西北大学"双一流"建设项目资助

教育部人文社会科学研究项目（15XJA752001）成果

光明社科文库
GUANGMING DAILY PRESS:
A SOCIAL SCIENCE SERIES

·文学与艺术书系·

约翰·弥尔顿诗文研究

（上）

陈敬玺 ｜ 著

光明日报出版社

图书在版编目（CIP）数据

约翰·弥尔顿诗文研究：上下册 / 陈敬玺著．--

北京：光明日报出版社，2021.9

ISBN 978 - 7 - 5194 - 6290 - 1

Ⅰ．①约… Ⅱ．①陈… Ⅲ．①弥尔顿（Milton，

John1608 - 1674）—文学研究 Ⅳ．①I561.064

中国版本图书馆 CIP 数据核字（2021）第 178183 号

约翰·弥尔顿诗文研究：上下册

YUEHAN·MIERDUN SHIWEN YANJIU：SHANGXIA CE

著　　者：陈敬玺

责任编辑：史　宁　　　　　　　　责任校对：刘欠欠

封面设计：中联华文　　　　　　　责任印制：曹　净

出版发行：光明日报出版社

地　　址：北京市西城区永安路 106 号，100050

电　　话：010 - 63169890（咨询），010 - 63131930（邮购）

传　　真：010 - 63131930

网　　址：http://book.gmw.cn

E - mail：gmrbcbs@ gmw.cn

法律顾问：北京市兰台律师事务所龚柳方律师

印　　刷：三河市华东印刷有限公司

装　　订：三河市华东印刷有限公司

本书如有破损、缺页、装订错误，请与本社联系调换，电话：010 - 63131930

开　　本：170mm × 240mm

字　　数：720 千字　　　　　　　印　　张：40

版　　次：2022 年 1 月第 1 版　　印　　次：2022 年 1 月第 1 次印刷

书　　号：ISBN 978 - 7 - 5194 - 6290 - 1

定　　价：180.00 元（上下册）

序

    2019年我收到敬玺博士的《英语文学原著导读》（*A Guide to Classics of English Literature*），2020年又收到他的专著《约翰·弥尔顿诗文研究》的出版小样。这部专著是一个教育部项目的研究成果，也许已经有十年的研讨写作了，即使如此，亦让我叹为观止。我知道，他已经出版过专著《国际汉语语言交际能力培养论》和双语教材《英语国家文化基础》，发表了中英文学术论文二十多篇。敬玺博士给我的印象不仅是勤奋多产而且是他大学科、宽口径的学习经历，东西问道、中外求索的开阔视野，以及博通与精专相偕的研究道路，给我以醍醐灌顶的启迪。

    记得当年我从海外归来，招收比较文学和汉语国际教育博士研究生，有一年报考人数特别多却只招收一人，笔试面试第一名便是陈敬玺。我翻阅了他的简历，他虽然第一学历并不亮丽，但曾获得过英语教育和比较文学两个硕士学位，有在中学和大学教授英文和中文的经历，功底扎实，综合素质合格。特别是基于我自己的经历，希望阅读涉猎较广、有一定研究写作能力且英语水平较好的考生入选。果然，培养这样的博士生就特别省心。敬玺很快就选定了"国际汉语语言交际能力的培养"这一专题，逐步进入理论学习、资料收集、实践考察、论文写作，并于泰国乌隆皇家大学语言中心教学、考察两年后，提交了一部质量较高的博士论文，顺利通过评审答辩，令我十分欣慰。获得博士学位后，他继续寻找中西交汇的前沿课题而埋头研究，又在英国的伦敦政经学院教学、进修两年，在比较文学和华文教育两个方面都取得了骄人的成绩。

    敬玺博士的新作以及他学术成长的范例，使我进一步思考起我国学术界一再讨论的精专与博通这一对矛盾。诚然，我们期待尽快培养新一代学有所成的文科专精人才，然而事实是，博士、教授越来越多，能够比肩上一代那些学贯中西、博通古今的大家却越来越少。究其因，首先是我们大学的人文社会科学的分科过细，不仅文史哲域界分明，即使文学院内，古典、现代、外国、语言、传播等亦各成一体。我们学院派的一些中文教师、研究生中，搞中国文学的不大暗外国文学，搞古典文学的不大理现代文学，搞语言的不大通文学，甚至中文系学者中很多人尚缺少生花的文笔，阅读外文资料就更寥寥无几了。文科的专才，首先要有基础大文科的宽厚博通，然后"由博返约"，不懈深钻，才能历练出治学专精、独树一帜的文史精英。学业至细至窄、急功近利、速食速成，必然是无根之木，难成大器。愿敬玺博士持续不懈，厚积薄发，在"博通"的基础上追求研究课题的"精专"，做一名守正创新的新锐学者。

至于这本《约翰·弥尔顿诗文研究》，它是一部涉及弥尔顿全部诗歌散文研究的专著，已经审编列入"光明社科文库"系列，将是我国第一部全面研究弥尔顿诗文创作的学术著述，其价值自有学界评估；普通学习外国名著的人，亦可通过阅读此书深入领略十七世纪英国诗文的风采，我就不在此赞言了。

是为序。

陈学超

2020. 10. 20

目　录
CONTENTS

引 言

1. 英国的文艺复兴

16 世纪中叶，意大利画家瓦萨利（Giorgio Vasari，1511—1574）在《艺苑名人传》（1550）中断言：古希腊、罗马艺术在中世纪逐渐衰亡，到 14—15 世纪才在以佛罗伦萨为中心的地区再生与新生。19 世纪中叶，法国史学家密什莱（Jules Michelet，1798—1874）和瑞士史学家布克哈特（Jacob Burckhardt，1818—1897）分别在其专著《法兰西史》（1833—1867）和《意大利的文艺复兴文明》（1860）中首次使用了 Renaissance（"再生""复兴"之意）一词。此后，Renaissance 逐渐为欧洲史学界接受，正式成为标志一个时代的专用名词，即从 14 世纪到 17 世纪（1350—1650）前后 300 年的西欧历史。

文艺复兴首先发生在意大利，后来影响到德、法、英和西班牙、尼德兰等西欧国家。这是新兴的资产阶级在文学、艺术、哲学和科学领域里掀起的一场文化运动，它颠覆了封建主义、经院哲学的学术专制和教会在世俗事务中的专制，完成了学术、思想上由中世纪向现代化的转化，因而与 18 世纪的法国资产阶级启蒙运动并称为欧洲的两大思想革新运动。

一般认为，文艺复兴的进程分为三个阶段：第一，发生期（14 世纪初—15 世纪中叶），即"早期的意大利文艺复兴"，以佛罗伦萨为中心，"人文主义"新思潮兴起；第二，全面繁荣期（15 世纪中叶—16 世纪末），即"后期的意大利文艺复兴"，绘画、文学和戏剧得到空前的发展，并逐渐影响到德、法、英、西等西欧国家；第三，近代自然科学的兴起（17 世纪初—17 世纪中叶），造就出一个"世界的发现"与"人的发现"的伟大时代。

与大多数西欧国家一样，英格兰是在早期意大利文艺复兴一个多世纪后才发生了文艺复兴。人们常常将英国文艺复兴的开端定在 1485 年，因为从政治层

1

面上看，博斯沃斯战役（Battle of Bosworth）结束了玫瑰战争并开始了都铎王朝的统治，英国开始向现代过渡；从技术层面看，它距离卡克斯顿（William Caxton）在伦敦建立起第一家活字印刷厂（1576）的时间不过十年，印刷术的引进使文学传播的广度和速度获得极大的提高；从文化层面看，英国即将进入亨利八世时期（1509—1547），正是这个时候英国的宗教改革自上而下开始，而人文主义者莫尔（Thomas More，1478—1535）和怀厄特（Thomas Wyatt，1503—1542）也开始活跃起来，新的思潮和新的文学样式逐渐进入英国社会。结束的时间一般确定在1660年，也就是英国清教革命结束、王政复辟成功的那一年。英国的文艺复兴持续近两百年，核心在16世纪20年代到17世纪20年代之间的一百年，巅峰则出现在16世纪下半叶的伊丽莎白时代（1558—1603）。诗人斯宾塞（Edmund Spencer，1552—1599）、西德尼（Sir Philip Sidney，1554—1586），戏剧家马娄（Christopher Marlowe，1564—1593）、莎士比亚（William Shakespeare，1564—1616）、散文家雷利（Sir Walter Raleigh，1552—1618）和培根（Francis Bacon，1561—1626）都是此时的风云人物。

　　与意大利和其他欧洲国家的文艺复兴相比，英国的文艺复兴（English Renaissance）具有五个显著的特点：其一，不是直接从古典（古希腊古罗马）中而是通过接受古典影响的同时代欧洲人那里获取灵感和营养；其二，作为一个岛国，英国的政治、社会发展很少受到欧陆的影响，国家统一和民族团结在这里是头等大事；其三，乔叟（Geoffrey Chaucer，1340—1400）所奠基的本土文学足以吸收外来影响而不被外来文化同化；其四，主导艺术形式是文学和音乐，视觉艺术成就与意大利比起来简直不值一提；其五，文化文学发展与宗教改革是同步进行的。①

　　延续近两个世纪的英国文艺复兴又进而分为前后相连的三个时期：实验时期（1476—1579），终结于斯宾塞《牧人日历》（*The Shepard's Calendar*）的出版；莎士比亚时期（1579—1616），终结于莎翁离世；清教时期（1616—1660）。在不到半个世纪的清教时期，英国经历了"曾经席卷一个国家的最为剧烈的道德和政治变革"，腐败堕落的贵族、"君权神授"的观念都随着查理一世的头颅落地而土崩瓦解了。在宗教/政治斗争中暂时占了上风的清教徒关闭了所有的戏院（1641），戏剧演出被视为伤风败俗的娱乐活动，伊丽莎白时代（亦即莎士比亚时期）曾经蓬勃奔放、意气风发的文学想象力由此受到遏制，"快乐英格兰"（Merry England）于是风光不再。然而，政论散文和诗歌却再一次兴盛起来，尤

---

　　① 参见拙作《英语国家文化基础》之 "2.4.5 The English Renaissance"（59－61页）。

其是诗歌，不仅流派纷呈，出现了玄学诗派（the Metaphysical School）、骑士诗派（the Cavalier Poets）和清教诗派（the Puritan Poets），而且产生了诸如堂恩（John Donne）、赫伯特（George Herbert）、马伏尔（Andrew Marvell）、本·琼生（Ben Jonsen）、萨克林（John Suckling）、拉弗勒斯（Richard Lovelace）、赫里克（Robert Herrick）和弥尔顿（John Milton）这样的伟大诗人。其成就比起辉煌的伊丽莎白时代也不显得逊色，因而被称为"第二次文艺复兴"（a second renaissance），虽然其格调、趣味已远非前朝风光了。①

　　如果说莎士比亚时期（伊丽莎白时代）是一个阳光明媚、充满快乐的时代，一个充满激情的时代，一个对今生和来世充满信心的时代，那么，清教时期则是一个阴沉凶险的时代，一个忧郁沉闷的时代。从一个时代进入另一个时代，如同从阳光明媚的草原来到一个暮色沉沉的森林之中。早期人文主义理想已随风而去，十六世纪末的自信也逐渐淡出，代之而起的是一种或者内向的、忏悔的，或者严肃的、说教的，或者玩世的、享乐的情调。早期风行一时的抒情诗不见了踪影，偶尔见到的也只是一些痛苦、冥想、玄妙神秘的诗作。整个诗歌创作中表现出来的都是逃逸遁世或者慷慨激昂的情绪。散文（包括政论文、布道文和宣传小册子）取代戏剧而兴盛，因为作为"文学轻骑兵"的散文最适合迅速、快捷地表达意见，尤其是激烈尖刻的宗教/政治意见，而口头表达，如演说、谈话类，比笔头表达更直截了当、痛快淋漓，以至于不少人认为，十七世纪前半叶可以说是散文的时代，而其主导风格是所谓的"巴洛克"（Baroque），"华丽而散漫"。对于这种情形，英国文学评论家鲁宾斯坦（A. T. Rubinstein）这样说道：

　　"我们也许可以用一个形象的比喻来说明十七世纪英国文学的发展道路：它好比一股强大的巨流，带着伊丽莎白时代全部强烈的希望、成就或憧憬，撞击在日益增长的民族不和的岩石上，一时间分作两股支流。一股是……可爱的浅溪，另一股是狭深的急流。它保持甚至加强了在它之前的情感力量，但失去了至少是暂时失去了异彩纷呈、嬉戏谐趣和舒畅自如——这些是原来那股巨流所

---

　　① 参见：1）Arthur Zeiger. Encyclopedia of English 之 Book Twenty. History of English and American Literature 的 The Puritan Age. P. 468.

　　　　2）王佐良，何其莘在其《英国文艺复兴时期文学史》（第三页）中对清教时期文学局面的总结是：论战性文章（宗教的与政治的）大量出现；诗歌界出现不同政治色彩的派别；用白体诗（即无韵诗体）写的诗剧从此衰落。

特有的光荣。"①

这里的"可爱的浅溪"指的是骑士诗人和属于英国国王、英国国教的玄学诗人，"狭深的急流"指的是清教徒诗人作家。他们的诗文虽不比前代多姿多彩，却自有其美丽动人之处。

在整个十七世纪的英国文学中，或者至少在清教时期的诗歌和政论散文中，弥尔顿毋庸置疑是一位领军人物。事实上，弥尔顿不仅被认为是一位继莎士比亚之后的重要诗人，一位他所处时代的伟大人物，而且也成了整个英国文学史上的一位举足轻重的艺术巨匠。

2. 约翰·弥尔顿的生平与创作

十七世纪的英国，是一个伟大而动荡的世界。都铎王朝随着伊丽莎白一世的离世（1603）而结束，继位的詹姆斯一世带来一个新的斯图亚特王朝而且将英伦三岛实际上统一成一个政治实体，但第二位斯图亚特君主（查理一世）却开启了长达半个世纪的混乱。先是发生了国王与议会之间的激烈内战（the Civil War, 1642—1652），结果国王接受审判而后被砍头（1649），克伦威尔将军成为共和国的护国公（1653），随后有查理二世的复辟（the Restoration, 1660）和反攻倒算，皇家学会正式成立（1662），伦敦发生大火灾和瘟疫（1665—1666），接着又发生了不流血的"光荣革命"（the Glorious Revolution, 1688—1689），确立了英国至今仍然在实行的政治体制——君主立宪制。历史性的剧变对整个社会都产生着影响，社会各个层面、各个个体都不得不对这种变革做出各自的反应，文学和诗人作家自然也不例外。

约翰·弥尔顿（John Milton, 1608—1674）与其父同名，老约翰·弥尔顿于1600年和莎拉·杰弗里（Sarah Jeffrey）结婚，后来生下六个孩子，存活下来有三个：老大安妮（Anne）、老二约翰、老三克里斯托弗（Christopher）。小约翰与姐姐、弟弟皆相差七岁，于1608年12月9日出生在伦敦城里布莱德街②的"展翅雄鹰"（the Spread Eagle, Bread Street, London）宅第中。父亲为金融界的文书兼公

---

① RUBINSTEIN A. T. The Great Tradition of English Literature［M］. New York and London：Modern Reader Paperbacks, 1953：113.

② 布莱德街西面一百米开外便是著名的圣保罗大教堂，南边不远处即是著名的伦敦桥，属于伦敦老城（the City），在1666年伦敦大火中烧毁，后来重建，成为繁华的街区。在弥尔顿的出生地有纪念标牌，见图一。

证人，既酷爱古典文学，又是有名的乐师。沉默寡言、恪守原则又具有自由思想和音乐素养的父亲成为小约翰性格教养的一个重要来源。①

图一　布莱德街墙上的标牌　　　　图二　布莱德街现状（2018）

12 岁以前，弥尔顿在家中接受父亲和苏格兰人托马斯·杨（Thomas Young）的教诲，以后进入圣·保罗学校（St. Paul's School）学习。杨后来成为剑桥大学耶稣学院的教师，从他那里弥尔顿学到用拉丁文作诗的本事。圣保罗学校是当时伦敦城的四大名校之一，② 在那里弥尔顿接受了拉丁文作业练习，在 15 岁意译出几首赞美诗，与查尔斯·迪奥戴迪（Charles Diodati）③ 结成终生友谊，并自学了希伯来语、法语和意大利语。

1625 年 2 月 12 日，弥尔顿来到剑桥大学的基督学院学习④。此时的剑桥大学里，中世纪的经院哲学仍占据着主导地位。在这里他与教师威廉·查珀尔（William Chappell）发生过一点过节，曾被勒令休学一段时间，但在其余时间过

---

① 成年后的诗人写过一首"致父亲"（Ad Patrem）的拉丁文诗来表达自己对父亲的感激和怀念。
② 其他三所分别是：商人泰勒学校（Merchant Taylors'）、威斯敏斯特学校（Westminster）和圣安东尼学校（St. Anthony's）。
③ 迪奥戴迪是旅居英国的一个热那亚医生之子，与弥尔顿情谊深厚，成人后的诗人为他写过两首拉丁文哀诗，其中的"哀达蒙"（Epitaphium Damonis）成为与"黎西达斯"齐名的两大挽歌。
④ 该学院培养了不少的诗人，包括弥尔顿之前的斯宾塞和后面的德雷顿、格雷、华兹华斯、柯勒律治、拜伦和丁尼生。提出进化论的大科学家达尔文也毕业于该学院，其半身像还保留在该学院里。

得都比较顺利和充实，接受了严格的演说训练和神学研究，并开始写诗。他于
1629 年 3 月获得学士学位，又在 1632 年 7 月获得硕士学位。弥尔顿后来对母校
做出过这样的评价："在其比较健康的状态与我自己年轻时的判断里，我从来就
没有特别地敬佩过，现在就更不敬佩了。"①

图三　剑桥大学基督学院（2018）

剑桥毕业后的六年（1632—1638）里，
弥尔顿随父母先是在哈默斯密斯（Hammer-
smith），然后在霍顿（Horton）庄园过着与世
隔绝、苦读诗书的宁静生活，这是他一生最
幸福的时光。这一时期的生活情况，我们都
是从他的诗文中得知的。这些作品包括可能
创作于 1633 年的《致夜莺》（第一首十四行
诗）、姊妹诗篇《快乐的人》（*L'Allegro*）和
《沉思的人》（*Il Penseroso*）、可能作于 1634 年
的《阿卡迪斯》　（*Arcades*）和《科莫斯》
（*Comus*）与作于 1637 年的《黎西达斯》（*Ly-
cidas*）。前三首是他诗意才华的自然流溢，其
他几首则是出于别人呼请而写的应景之作。

图四　霍顿庄园（2016）

天才弥尔顿此时的最大特点是创作动机源于外部而非内心。给这一蛰伏期画上
圆满句号的，是一次"朝圣"式的远游———年多的欧洲大陆（包括法国、意

---

① GARNET R. Life of John Milton［M］. Middlesex：The Echo Library, 2006：9.

大利和瑞士，主要在意大利）之旅。正国人所谓的"读万卷书，行万里路"！

　　1638 年 4 月底或 5 月初，弥尔顿来到巴黎，受到英国驻法大使斯卡迪摩尔勋爵（Lord Scudmore）的热情接待，并经大使引荐结识了瑞典女王克里斯蒂娜的特使，博学的荷兰法理学家雨果·格劳秀斯（Hugo Grotius）。然后南下，经由尼斯、热那亚、里窝那和比萨于 1638 年 8 月达到意大利文艺复兴重要阵地佛罗伦萨。停留佛罗伦萨期间，与当地名流（贵族与学者）过从甚密，所创作的拉丁诗受到盛赞，又拜见了被软禁的科学家伽利略。10 月，参加音乐会，聆听歌手里奥诺拉（Leonora Baroni）的歌唱，并为她写下几首警言诗。两个月之后，离开罗马来到那不勒斯，结识了曾经照顾过大诗人塔索和马力尼的老侯爵曼索（Marquis Manso）。① 就在他准备继续前往西西里岛和希腊之时，祖国内乱的消息传来，于是赶紧回到罗马。虽因激进的宗教观点而受到天主教耶稣会的威胁，但他仍在罗马停留了两个月，而后回到佛罗伦萨。1639 年4 月，经由博洛尼亚和佛莱拉来到水城威尼斯，其间写下六首意大利语诗歌（编号 2 - 6 的十四行诗和一首短歌）。一个月后来到维罗纳和米兰，再经由伦巴第、亚平宁的阿尔卑斯山和日内瓦湖来到热那亚。在热那亚，他将一批在意大利

图五　弥尔顿拜见软禁中的伽利略

收集到的书籍船运回国，自己则经由法国于 1639 年 7 月底最终返回英国。

　　约翰·弥尔顿回国之后的所作所为就如华兹华斯的诗句："你的心上承载起她最低贱的职责。"虽然满怀"飞越爱奥尼亚峰"的远大抱负，他却悄然做起了教外甥、悼朋友②的事情。姐夫菲利普斯已过世 8 年，留下 9 岁的爱德华和 8 岁的约翰两个儿子。姐姐再婚后又添了两个女儿。弥尔顿于是承担起教育外甥的义务，"在圣布莱依德教堂院里一个叫罗素的裁缝家租房安顿下来"。有一段时间，他只是一意谋生，没有闲暇作诗著文。

---

① 弥尔顿写有一首拉丁文诗作《致曼索》，对这位曾经文学赞助人对自己的热情接待表示感谢。

② 指的是为迪奥戴迪写下的《哀达蒙》，其中充满诗情画意和深切悲伤，不失为拉丁诗中的上佳之作。

　　在那不勒斯得到的消息其实就是苏格兰叛乱与查理国王决心武力镇压叛乱。但等到他回到国内时，王室军队已经"像学校放假一样四散而去了"。弥尔顿或许对于自己匆忙回国多少有一些后悔，但没过几个月就感觉到革命才刚刚开始。第二次苏格兰战争远比第一次战争更加残酷，结果，查理一世不得不于1640年11月召集起"长期议会"，而议会将大主教洛德关进伦敦塔，把国王宠臣斯特拉福德送上断头台，清除了阿谀奉承的法官和腐败堕落的大臣，并使受迫害的清教徒成了迫害者。弥尔顿于是搬到伦敦城墙外面"极像意大利宽阔、整齐街道"的奥德斯盖特大街，加入宗教和政治论争："我四处打听，想找一个能把我自己和书籍装下的地方，所以在城里一幢足够大的房子里住下来，并重新开始了我一度中断的学业，高高兴兴地把公共事务留给了上帝，留给了那些已经担当起这一任务的人们。"①

　　不过，长期议会召集之后，他"觉察到真正的自由之路就紧随这些开端事件而到来，自己打年轻之时就在为此做着准备，当然不能对神圣的事情和有关人权的事情置若罔闻，因此决心将自己所有的天才、所有的勤奋都转移到这一斗争中，尽管当时他正在思考一些其他事情"。② 从弥尔顿的笔记中可以看出，即便在那个时候，他也在考虑诗歌主题，但在其后的18年里并没有致力于诗歌创作，而是在教学之余撰写了大量的政论散文和宣传小册子来针砭时弊、启蒙民众，其中就有著名的《论教育》（*Of Education*，1644）、《艾瑞帕吉提卡》（*Areopagitica*，1644 即《论出版自由》）和发表于查理一世被处决后两周的《论国王和官吏的职位》（*The Tenure of Kings and Magistrates*，1649）。

　　1643年5月或6月，弥尔顿与牛津郡森林山的保王党人理查德·鲍威尔之女玛丽·鲍威尔（Mary Powell）结婚。一个月后，新婚妻子回娘家且一去不复返。不幸的婚姻促使他写出《离婚的主张与约束》（*The Doctrine and Discipline of Divorce*）和另外三个以离婚为题的册子，基本主张是夫妻性格不合便构成解除婚约的理由。1644年，弥尔顿视力出现问题。1645年，与妻子和解后全家搬到巴比肯的一幢大房子里生活。次年，接纳了牛津（国王的大本营）失陷后财产遭到没收的岳父一家人；大女儿安妮出生。1647年3月，父亲去世，弥尔顿于是停止私塾生涯，再次搬家，住进上霍尔本区的一幢小房子。次年，二女儿玛丽出生。1652年，三女儿德波拉出生，妻子难产而亡。第一次婚姻给他留下了三个女儿。

---

①　GARNET R. Life of John Milton［M］. Middlesex：The Echo Library，2006：29.
②　GARNET R. Life of John Milton［M］. Middlesex：The Echo Library，2006：29.

图六　约翰·弥尔顿画像（1642）

1645 年底，弥尔顿正式出版了自己的第一部诗集：《英语诗、拉丁文诗合集》。诗集由英语诗和拉丁文诗两个部分组成，每个部分都有自己的标题页（有可能是两个部分单独出售）。出版商汉弗雷·莫斯雷（Humphrey Moseley）声称："不是出于盈利的目的，因为眼下一般的小册子也比大学者的著述好卖。我只是出于对我们自己语言的热爱……我不知道您的品味，不知道您如何喜爱这类作品，也不知道您的灵魂是多么和谐。也许一些平常的歌曲更能取悦于人……随他去吧，反正我要把缪斯女神带给我们自大名鼎鼎的斯宾塞以来的新生命公之于众，这样才能对得起这个时代。"①

1649 年 3 月 15 日，弥尔顿被任命为共和国国务院的拉丁秘书或外语秘书（Secretary for Foreign Tongues），来到白厅办公，主管新政府对外信函和宣传的翻译和撰写工作，年薪为 289 镑 14 先令 4.5 便士。1652 年，因过度劳累而双目完全失明，但仍在一个新配的助手协助下继续工作。② 随后搬出白厅，将家安顿在威斯敏斯特的小法兰西。他在这个时期的文学活动包括：准备一部英格兰史（1670 年才得以出版）、一首颂诗、一首十四行诗、与迪奥戴迪间的通信和一些并不很成功的圣歌（赞美诗）英译。《基督教教义》（De doctrina Christiana，1825）似乎也正在酝酿。但主要精力和才华还是投入在受命或自发的政治论战中，在头几年用拉丁文写下弑君有理的《为英国人民辩护》（Pro Popula Anglicano Defensio，1651）和《为英国人民再辩》（Pro Popula Anglicano Defensio Secun-

---

① GARNET R. Life of John Milton［M］. Middlesex：The Echo Library，2006：45.

② 弥尔顿先后有三位工作助手：韦克林、菲利普·米杜思和安德鲁·马伏尔。年薪从 1655 年 4 月开始由 288 镑减为 150 镑，但成为永久性的待遇（似乎要作为退休金）。但他继续为国工作，年薪为 200 镑，并在克伦威尔统治下的最后几个月特别活跃。

da，1654），沉重地打击了反革命保皇派的嚣张气焰。在共和国岌岌可危时又用英语写下《建立自由共和国的现成简易方法》（*The ready and easy way to establish a free commonwealth*，1660）和《自由共和国现有方法与简述》（*The present means and brief delineation of a free commonwealth*，1660），为挽救来之不易的共和国事业做最后的努力。

图七　小法兰西（1848）　　　　图八　现在的小法兰西（圣詹姆士公园西侧）

　　1660 年 5 月 7 日，弥尔顿离开自己的住所，躲进史密斯菲尔德的巴塞洛缪小胡同里。1660 年 5 月 29 日，查理二世重返王位，反对查理一世的书册全部遭到焚烧。或许是因为他的政敌认为失明已使他遭到天谴，或许是因为新议会中有马伏尔（Andrew Marvell，1621—1678）这样的朋友鼎力相助，在他前面又有 20 多人更遭人痛恨，他没有被送上绞刑架，但一度被捕、囚禁并课以罚款。12 月 15 日，下议院做出决议他才获得豁免。他随即搬出威斯敏斯特的官邸，暂时来到霍尔本的北边避难。从 1660 年下半年直至 1674 年 11 月 8 日离世，他被迫置身于国家的政治生活之外，虽然他的政治理想和革命热情没有丝毫的动摇。

　　1663 年 2 月，弥尔顿与比自己小 30 岁的伊丽莎白·敏舒尔（Elizabeth Minshull）结婚。婚后不久便搬迁到邦希尔园地的火炮步行道（Artillery Walk，Burnhill Fields）上定居，这里成了他最后的栖息之所。敏舒尔是"一个贤淑、文静、和蔼的女人"，给诗人的晚年生活带来一缕阳光和安慰。她在丈夫过世后继承了 2/3 的遗产，回到自己的家乡南迪奇，过着贫穷而安逸的生活，直至 1727 年 8 月或 9 月逝世。

晚年的弥尔顿不再重视仪式和形式，不再参加宗教敬拜，生活明显地表现出三个特点。首先是人丁兴旺，除家人外还有一个男仆、一个女佣。其次是生活规律。每天早上四点起床，有人给他朗读《圣经》；七点后听人给他读书或者口授诗行，然后吃中饭；晚餐吃得少，时而会有橄榄。娱乐主要是在花园散步，一次三四个小时，天气不好的时候就坐在家中的摇椅上，听人用风琴演奏自己创作的歌曲（他失明状况中的幸福源泉）。最后是生活宁静却从不缺少社交，有很多好友（包括马伏尔、皮吉特医生和西里亚克·斯金纳、外甥爱德华等）前来探访和交谈。虽然生活拮据（已失去固定的收入）又遭病痛折磨（失明加上痛风），父女关系失和（其中不乏政见不同的因素），但都没能够阻止他全身心地创造出集一生之心血的伟大诗作。他在自己口授、别人笔录的情况下，于1667 年和 1671 年完成了三大巅峰之作：《失乐园》（*Paradise Lost*, 1667）、《复乐园》（*Paradise Regained*, 1671）和《力士参孙》（*Samson Agonistes*, 1671）。还将先前的一些著述整理出来，包括《不列颠史》（*History of Britain*, 1670）、《拉丁文家书》（*Familiar Epistles*, 1674）和《基督教教义》。

图九　教堂内的碑铭　　　　图十　圣翟尔斯教堂（2018）

弥尔顿一生的任务结束了，他完成了自己意志与能力能够完成的所有工作。唯一还让他感到痛苦的事情是依旧动荡的政局。1674 年 11 月初，他"中风发作"并于 11 月 8 日深夜"毫不痛苦"地离开尘世。11 月 12 日，"他在伦敦的所有文人和名人朋友，也有一些平民百姓，都来把他的尸体护送到科里坡盖特附近的圣·翟尔斯教堂（St. Giles, near Cripplegate），然后把他埋葬在圣坛里面。"①

弥尔顿自己曾说过，他一生有三大愿望：编一部拉丁文大辞典、写一部英国历史、作一部伟大史诗。第一个愿望未能完成，尽管也好歹编成一本《拉丁文辞典》。第二个愿望也不算完全实现——虽然出了一部六卷本的《英国史》，却只写到1066年的诺曼征服（Norman Conquest）。第三个愿望不仅完成了，而且是超额、优质地完成了。在"黑暗"和孤独的晚年竟然一下子成就了三大部史诗性的作品。三部诗作之中，最具代表性、最为优秀的当是《失乐园》。"取材于圣经的《失乐园》是英语中唯一具有古典趣味的叙事诗，如果说它像但丁的《神曲》，还不如说它更像古典作品本身……其语言极其完美，被奉为诗歌艺术的典范。"② 事实上，《贝奥武甫》（Beowulf，中世纪的英国民间史诗）和《失乐园》一直被认为是英国文学传统中的双璧：一为民间史诗之巅，一为文人史诗之冠。

3. 约翰·弥尔顿对后世的影响

从一开始，弥尔顿就经受着各种各样的批评和指责，同时也引发了非同寻常的热情和崇敬。他在捍卫正义与崇尚自由中表现出来的坚强不屈的个性，在议政论争或针砭时弊中直截了当的风格，都使人们无法将他拒之于政治和艺术的大门之外。即便是复辟时期，人们对这位弑君行为的赞颂者也不无敬意，例如 Lee 附在剧本《人的天真状态与堕落》后面的恭维性诗句：

> "您的名气有一点须归功于故去的诗人，
> 因为弥尔顿开启了我丰富的宝藏，
> 并把您能好好处置的东西粗暴投掷。
> 一种混沌，因为他找不到完美的世界，
> 直到您的伟大天才从乱石堆里闪耀；
> 他是金色的矿石，你则将矿石提炼。"

被弥尔顿讥讽为"一位很好的打油诗作者，但绝对不是诗人"的剧本作者德莱顿（John Dryden, 1631—1700）则表示，他以前就一直佩服弥尔顿，现在更

---

① GARNET R. Life of John Milton ［M］. Middlesex: The Echo Library, 2006: 96.
② ［美］翰·梅西. 文学简史 ［M］. 熊建，译. 北京：中国友谊出版公司，2005: 259.

是加倍地佩服他。他在《弥尔顿隽语》（*Epigram on Milton*，1688）中评论道：

> "三位诗人，出生在三个不同的时代，
>
> 希腊、意大利、英格兰把他们推崇。
>
> 第一位思想高远，无人能与之匹敌，
>
> 第二位庄重威严，第三位二者兼顾。
>
> 天然的力量也不可能走得更远：
>
> 他将前二者结合起来形成第三种。"

安德鲁·马伏尔则在其《论弥尔顿的"失乐园"》（*On Milton's 'Paradise Lost'*，*Poems*，1681）中说：

> "我看见双目失明却勇气不减的诗人
>
> 在薄薄的书册中展示他宏大的设计，
>
> 弥赛亚加冕，重归于好的上帝训令，
>
> 反叛的天使，结有禁果的大树，
>
> 天堂、地狱、地球、混沌界……，
>
> 提要让我有一会儿为其意图而担心，
>
> 他会不会毁灭掉（我发现它很强大）
>
> 那大寓言和老歌曲里神圣的真理；
>
> （参孙就是这样轻松摸到神殿的立柱）
>
> 世界都势不可当地为其失明而复仇。"

十八世纪，弥尔顿被视为与辉格党事业相关联的共和派人士和诗人，在美国与法国也产生了较大的影响，甚至被视为美、法共和思想的先祖。1712 年，艾迪生（Joseph Addison，1672—1719）在其《旁观者》（*Spectators*）杂志上发表系列介绍《失乐园》的文章（共 18 篇），称："弥尔顿在这一方面（情节）超过了荷马与维吉尔！""弥尔顿最大的才能就在于其思想的崇高。""弥尔顿在这一方面（和维吉尔一样）光芒四射。"最后总结道："现在我终于完成了对一部为英格兰民族增光添彩的著作的观察和评述。"① 1732 年，本特雷（Richard Bentley）出版了修订版的《失乐园》。1737 年，著名的新古典诗人蒲伯（Alexander Pope，1688—1744）在其《致奥古斯都》（*Epistle to Augustus*，1737）中对前代诗人评论道：

> "斯宾塞本人最喜爱古董词汇，

---

① 原文为：I have now finished my observations on a work which does an honour to the English Nation.

> 西德尼诗句的罗马节律不好；
>
> 弥尔顿的硬翅无法缚住天堂，
>
> 只好用散文蜿蜒逶迤打扫地上，
>
> 让天使和天使长在诡辩中联合，
>
> 使圣父上帝变成学校里的牧师。
>
> 不是我要削掉他书里的美妙，
>
> 就像本特雷把绝望的吊钩挥舞。"

评论中讥讽意味十足，但将弥尔顿与斯宾塞、西德尼并列，说明心里还是十分看重的。十八世纪末，约翰逊（Samuel Johnson，1709—1784）在其《诗人传》（*Lives of the Poets*，1779—1781）中对弥尔顿虽然不无偏见但对其诗歌成就也是津津乐道：

> "尽管在措辞上存在一些问题，他在丰富多样性方面能够得到很多的称赞。他完全可以称得上是一位语言大师，在旋律优美的词语选择上是如此的努力以至于仅从他的书中就可以学到英语诗歌艺术。"①

> "对天才最高的赞美就是独创性。……不过，在所有荷马的借鉴者之中，弥尔顿或许是借鉴得最少的一位。他天生就是一位独立思想者，对自己的能力十分自信，不屑于别人的帮助或者妨碍。他并不拒绝前人的思想或意象，但并不刻意追求。他从同代人那里既不寻求也不接受如此帮助，在他的作品里没有能够让其他作者自豪得以满足或者恩赐可以实现的东西，没有相互恭维，也没有祈求支持。他的杰作都是在缺少帮助和双目失明的情形中完成的，什么困难到了他的手里都烟消云散。他生来就是要做艰难事情的，他的作品不是最伟大的英雄史诗，仅仅是因为他不是第一个做这类诗歌的人。"②

1722 年，建筑工程师总监和文学爱好者威廉·本森，出资制作出弥尔顿的半身塑像。到了十八世纪中叶，英国的瓷器商将莎士比亚和弥尔顿成双成对的小雕像（被设计成优雅壁炉架上的家神模样）投向市场。在威斯敏斯特大教堂里，莎士比亚被塑造在谢马克思雕像的上方，弥尔顿的塑像则占据了主柱的半面，柱面上有一摞书和诗人优雅的右臂肘。弥尔顿的诗作被陆续地译成十几种

---

① HARDY J. P. Johnson's Lives of the Poets, A Selection ［M］. Oxford: Oxford University Press, 1971: 111.

② HARDY J. P. Johnson's Lives of the Poets, A Selection ［M］. Oxford: Oxford University Press, 1971: 112 – 113.

语言。

十九世纪，弥尔顿被视为民族诗人与国际诗人。浪漫主义运动中，对其严厉批评者有之，如布莱克（William Blake, 1757—1827）在其《天堂与地狱的联姻》（*The Marriage of Heaven and Hell*, 1793）的注释中说："弥尔顿写天使与上帝之时戴着镣铐，在写魔鬼和地狱之时却得心应手，究其原因，他是一位真正的诗人，堕入了魔鬼之列而不自知。"① 创造性模仿者有之，如华兹华斯（William Wordsworth, 1770—1850）在其《序曲》（*The Prelude*）第三部中，记述了他以前在"居室和祈祷室""祭祀"弥尔顿之后的酩酊大醉，并在晚年经常对侄子说："当我开始献身诗人生涯时，我心里坚信，在我之前有四位诗人我以为有必要继续作为榜样，那就是乔叟（Geoffrey Chaucer）、莎士比亚、斯宾塞（Edmund Spencer）和弥尔顿。"他的《1802 年伦敦》（*London*, 1802）则是高唱着弥尔顿的赞歌：

> "弥尔顿！你该生活在这个时刻，
> 英格兰需要你：她现已陷入
> 死水泥沼：神坛、刀剑和纸笔、
> 火炉、厅堂与高塔的英雄财富，
> 使之丧失掉自古就享有的内在
> 幸福之天赋。我们很是自私；
> 哦！唤起我们，重新回归自己，
> 放弃礼貌、德行、自由、权力，
> 你的灵魂就像星星，驻足别处；
> 你发出的声音好像大海的涛声：
> 像裸露的天空那样纯洁、威严
> 和自由，你走过常人的人生路，
> 神圣而快乐；不过在你的心里
> 深藏着对她自己最卑贱的责任。"

在另外一首赞美十四行诗的十四行诗中，他感叹道："别小瞧商籁体；批评家，你紧皱眉头，／没看到它应得的荣誉；……／……；当阴森骤然／降落在弥尔顿的路途近旁，经他之手／这东西便成为号角，他借此吹出／扣人心弦的

---

① 英文原文为：The reason why Milton wrote in fetters when he wrote of Angels and God, and at liberty when of Devils and Hell, is because he was a true Poet, and of the Devil's party without knowing it.

诗歌——可惜量太少！"更多的则是将其极力推崇的，例如同属"湖畔派"的骚塞（Robert Southey，1774—1843）就在一封书信中说道："把我的诗作与《失乐园》、塔索、维吉尔、荷马相比较，这是再荒唐不过的事了，尽管有正当的比较理由。我的心思和弥尔顿完全不一样，我的诗作也没有他的那种想象力与性格。除了华兹华斯（他们两个简直是旗鼓相当），也没有其他的诗人具有他的想象力和性格。不管我有什么才能，都和那种东西无关。"柯勒律治（Samuel Taylor Coleridge，1772—1834）则在《席间闲谈》（*Table Talk*，August 18，1833）中评论道："在《失乐园》里（或者在他所有的诗作中），你见到的都是弥尔顿。撒旦、亚当、米迦勒甚至夏娃都是弥尔顿式的创造。正是这种浓烈的自我意识给了我阅读弥尔顿诗作的最大乐趣，这样一个人的自我主义成为一种精神的显现。"雪莱（Percy Bysshe Shelley，1792—1822）认为"弥尔顿巍然独立，照耀着不配受他照耀的一代""从道德上讲要高于他的上帝"，称他为"光明之子的第三位""第三位史诗诗人"（仅次于荷马和但丁而高于维吉尔），是英语诗歌传统里唯一一位最具影响力的诗人，也是自己的楷模、益友和缪斯。拜伦（George Gordon Byron，1788—1824）在给《黑木》杂志的回信（1819）中大胆预言："我不信《失乐园》不会堂而皇之地流传后世，或许不是以英雄双行体的形式（尽管双行体在均衡得当时会让诗的主题得以延续），有可能是以斯宾塞或塔索的诗节或者但丁的三行诗节形式，因为这样的诗节可以轻而易举地将弥尔顿的诗才嫁接到我们的语言上。"散文家哈兹里特（William Hazlitt，1788—1830）在其《英国诗人选》（*Selected British Poets*，1824）对弥尔顿更是高度评价道：

> "弥尔顿属于最伟大的四位英语诗人，即他自己、斯宾塞、乔叟和莎士比亚，而且位列四位之首。他采用的题材确实普通而自然，但又具有超自然的辉煌和无法回避的情趣。总体上看，他是一位严肃诗人，与乔叟和莎士比亚不同而与斯宾塞相似。他的崇高属于最高水平，美妙属于同等的水平，感染力稍次于最高水平。他构思出撒旦、亚当与夏娃这样完美的人物性格，想象力丰富，学识渊博，描述生动，庄严又得体。在《失乐园》里，他似乎和他所表现的题材处于同等地位：他升华了题材又因题材而得以升华。他的诗歌风格是精益求精、宏伟有力，他的诗歌艺术虽然偶有粗糙刺耳之笔，但在和谐与花样上超出所有其他无韵体作家。其诗作具有精美音乐作品的效果。一些短制，如《黎西达斯》《快乐的人》《沉思的人》和十四行诗，表现出一种和谐的美妙、甜蜜和优雅品质。"

后来的浪漫诗人丁尼生（Alfred，Lord Tennyson，1809—1892）则以《弥尔

顿》为题创作一首诗，把弥尔顿的诗歌称为"英国的风琴乐音"：

> "哦，大嘴巴的和声发明家，
>
> 哦，精于歌唱时光或永恒，
>
> 上帝赐予英国的风琴乐音，
>
> 弥尔顿，一个世代回响的名字。
>
> 你的泰坦天使、加百利、阿必迭，
>
> 从耶和华的巨大军械库里射出，
>
> 在那穹隆高耸的苍天高塔中
>
> 回响着来临天使的咆哮——
>
> 我宁愿享受那树荫下的孤独，
>
> 伊甸园溪流的潺潺蜿蜒，
>
> 还有似锦繁花和雪松拱门
>
> 引人入胜，一如浪迹瀚海，
>
> 印度的些许灿烂夕阳之光
>
> 撒向富饶芬芳的大洋小岛，
>
> 肃然而立的深红色棕榈树
>
> 在平坦的氤氲高地上低语。"

如果说浪漫主义诗人对弥尔顿的尊崇更多的是建立在"感觉"（feel）与"激情"（passion）之上，那么史学家和散文家麦考利（Thomas Babington Macaulay，1800—1859）就更多的是在理性分析层面上对弥尔顿进行深入的评述。1825 年 8 月，他在《爱丁堡评论》（*Edinburgh Review*，August，1825，304-46）上发表长篇专论《弥尔顿》，认为：

"……我们暂时放下现今流行的话题，来满怀爱戴与敬仰之情纪念诗人、政治家、哲学家约翰·弥尔顿，那是英语文学的荣耀，也是英国自由的卫士和烈士。

"弥尔顿以其诗歌而闻名于世，我们就先说说他的诗歌。文明世界里的人们都将他列入最伟大的诗歌大师队列，但诋毁他的声音，尽管有些微弱，从来就没有停止过。有很多的批评家（其中一些名气很大）一方面称颂其诗作，另一方面却指责他这个人。他们承认，弥尔顿的诗作如果单独地看就完全可以被列入人类心灵创作出来的最伟大作品之中，不过并不愿意把作者本人列入伟大人物里面。这伟人生于文明初创时期，借助自己的力量为人类提供了制度之需，并在身处不利条件的情况下为子孙后代留下了无法企及的榜样。人们说，弥尔顿继承了前人的创造，他生活在一个启蒙的时代，他受过良好的教育，我们因此必须在这些有利条件做点减法才能对其才能做出公正的评价。"①

进入维多利亚时代，莎士比亚和弥尔顿更是被仿制在各式各样的陶器上，而为了督察新议会大厦的装饰方案，1841 年成立的皇家委员会决定：室内壁画的主题只能取自不列颠历史和三位英国诗人，即斯宾塞、莎士比亚和弥尔顿的作品。在 1867 年建成的艾伯特纪念馆正面朝南的基层上出现的也只有三个作家：乔叟、莎士比亚和弥尔顿。的确，许多读者一直把《失乐园》当作仅次于《圣经》的经典来阅读学习。十九世纪末，由于时代口味的变化，人们不再看好弥尔顿，而开始抨击他们一直认为神圣、完美、无可指责的诗人来，他们要么不喜欢诗人的风格，要么讨厌诗人使用的题材和持有的态度。这种现象的产生恐怕主要源自当时对十七世纪玄学诗、讽刺诗和色情诗的重新发现——人们在弥尔顿以外找到了他们自以为是的东西。

二十世纪，弥尔顿的声名骤降，"每每遭到恶毒的唇枪舌剑"。1933 年，批评家里维斯（F. R. Levis）认为：（弥尔顿）"在两个世纪占据主导地位后，过去的十年里被强行除名（dislodgement），这不必大惊小怪。"而这"除名"得归咎于艾略特与穆雷（J. Middleton Murry）对诗人的严厉批评。1943 年，批评家格雷菲斯（Robert Graves）在其《弥尔顿先生的妻子》中甚至称弥尔顿为"严肃的厌恶女人者"。虽然如此，人们还是没有忽略、忘记这位伟大的诗人。推崇玄学诗并一度贬抑弥尔顿的艾略特在 1947 年的演讲中也不得不承认诗人的伟大与价值：

"我们必须承认，弥尔顿是一位非常伟大的诗人，但要说他伟大在哪里就有点麻烦了。仔细分析后发现，批评他的东西远比称赞他的东西数量多而且引人注目。弥尔顿其人并不讨人喜欢，从道学家、神学家、政治家的观点上看，或者依据人类喜好的一般标准他都不能令人满意。……他作为诗人的伟大品质已经是广为人知，不过我以为这是出于错误的原因而且缺少应有的保留。他作为诗人的不当之处已经由庞德的等人指出来了，但没有引起人们的注意。我觉得有必要在断定他的伟大品质（在自己擅长的地方比别人做得都好）的同时，也关注那些对他的指责，指责他使语言遭受到（特定意义的）退化。"②

---

① MACAULAY L. An Essay on John Milton［M］. New York, Cincinnati, Chicago: American Book Company, 1894: 24.

② ELIOT T. S. Milton, Two Studies［M］. London: Faber and Faber, 1968: 9.

"……接下来,我要说到我们这个时代对弥尔顿做出的正面反对意见,即指责他是一种不好的负面影响。由此我将讨论那永恒的严厉指责(约翰逊使用的词语)。最后,我要谈论为什么我以为他是伟大诗人,一个能让今天的诗人受益的诗人。"①

"……弥尔顿的风格不是古典的风格,因为那不是对普通风格的提升,……而是一种个性的风格,其基础不是普通的话语、普通的散文或者直接的意义交流。……在弥尔顿那里,总是有一种对日常语言的最大(而非最小)限度的改变。每一种结构扭曲、外来词语、用外国语言方式或者外来词源本义(而非英语中公认的意义)而使用词语、每一种特质都是弥尔顿做出的暴力行为。……弥尔顿的诗歌是离散文最远的诗歌。弥尔顿的散文似乎过于靠近半成品的诗歌而不成为好的散文。

"……作为诗人,弥尔顿好像是所有怪异诗人中最伟大的一位。"②

曾经对弥尔顿风格多有诟病的里维斯也说过,在一战期间他一直都随身带着弥尔顿的诗作,尤其是《失乐园》。1924 年,美国学者约翰·梅西(John Macy)在其《西方文学史:文学的故事》(*Story of the World's Literature*)称赞弥尔顿为:"他那个时代的文坛巨匠,以及莎士比亚之后英国的主要诗人。""是他那个时代最重要的散文家、雄辩家和小册子作家之一。""在激烈的社会冲突中,弥尔顿耗费了人生中最为宝贵的 20 年时光,但他以自己无法超越的智识力量卓然不群于英国诗坛上。"③ 此后,但凡提及英国乃至整个欧洲文学传统,尤其是十七世纪的文学,都绕不过弥尔顿和他的《失乐园》。

进入二十一世纪,弥尔顿的作品继续广为世人阅读。约翰·克蕾丝(John Crace)于弥尔顿四百周年诞辰之际在《卫报》上发表《约翰·弥尔顿,我们最了不起的词语制作人》(*John Milton-our greatest word-maker*),文中称:

"对很多学者来说,他仍然是一位崇高的英语诗人。对其他人来说,他是一个瞎子,写出了那部关于天堂、地狱和英国革命失败的不易读懂却进入学校课程的长篇史诗。不过,在他诞辰四百周年的时候,我们要说他是一位值得纪念的作家,要纪念的也不只是史诗《失乐园》。把马丁·艾米斯、威尔·塞尔福等人放在一边,弥尔顿属于一个独创新词语的阵营。"

---

① ELIOT T. S. Milton, Two Studies [M]. London: Faber and Faber, 1968: 27.
② ELIOT T. S. Milton, Two Studies [M]. London: Faber and Faber, 1968: 36 - 37.
③ [美] 约翰·梅西. 西方文学史:文学的故事 [M]. 孙青玥,译. 北京:红旗出版社, 2014: 214 - 217.

2016 年，一位普通的英国人布兰迪·温瑟尔（Brandy Vencel）发表题为"反思：向弥尔顿说声道歉，我错怪你了！"的网络文章，来谈自己阅读弥尔顿的感想：

"十五岁的那年夏天，我从镇子上的图书馆搞到一本《失乐园》。不知道我当时为什么要借这本书。是以前听说过弥尔顿？可能吧。或许我隐隐约约地知道这个名字。究竟是什么原因让我如此大胆，我现在说不清。反正是我借出来就带回家，爬上一棵树，开始读了下来。"

"我从来没有忘记过他的《科莫斯》（我最喜欢的一本儿童读物就取材于此），但第一章里的生平简介还让我注意到弥尔顿对出版自由和言论自由的有力辩护：《艾瑞帕吉提卡》。"

2017 年 3 月，《新政治家》与《独立者》的前任文学编辑博依德·通金（Boyd Tonkin）在《旁观者》杂志上著文《为什么弥尔顿依然很重要？》（*Why Milton still matters*）就"《失乐园》在其出版 350 年之后仍然能够与其读者交流，尽管其支持者有时候似乎会丧失信心"的问题进行了解答：

"弥尔顿和莎士比亚一样仍然是我们的同代人。正如华兹华斯于 1802 年的一首十四行诗里面说的那样，'弥尔顿，你该生活在这个时刻：／英格兰需要你。'一半的国民差不多和他那个时代一样痛苦（甚至是血腥）地相互抵触，他们真需要弄明白那位双目失明、遭人白眼的激进分子'尽管在邪恶的日子里倒下，／身处黑暗，周围全是危险'，却最终将自己对英国革命失败和王政复辟的沮丧发泄出来，成就一部绝望之中寻求救赎的传世杰作。"

"弥尔顿的史诗里到处都是这种生动的人类戏剧场景，这倒让诗歌爱好者深感不解：为什么好莱坞没能将撒旦的天庭之战、乐园里的田园牧歌和致命又必需的堕落搬上银幕带到你的眼前呢？不管怎么样，从威廉·布莱克到萨尔瓦多·达利之类的插画作家，中间又有颇具弥尔顿幻想的浪漫派画家约翰·马丁都高高兴兴地从中拿过很多东西。"

如今，美国、日本甚至有专门的弥尔顿研究会，还有两种专门发表弥尔顿研究论文的期刊：《弥尔顿季刊》（*Milton Quarterly*）和《弥尔顿研究》（*Milton Studies*）。弥尔顿的诗作对于文学爱好者和受教育程度高的普通读者来说仍然占据着英语文学经典的位置，《失乐园》依然被视作是基督教世界中最伟大的史诗作品，堪与荷马、维吉尔和但丁的诗作相媲美。在后基督教的欧洲和美国的世俗界，《失乐园》已经成为女权运动者与弗洛伊德主义者、文化物质主义者和新历史主义者的文化论战战场，而不再坚持原先对其人文价值与基督教思想的关注。

就连基督教神学界也将《失乐园》列为"基督教文学经典",认为它"严肃认真地描绘了由于人的堕落犯罪所带来的死亡、天堂与地狱的真实情况,天使长米迦勒关于弥赛亚(基督)来救赎人类的信息,上帝在耶稣基督里的道成肉身,以及基督的复活和升天。"①

由此可见,弥尔顿的影响(崇尚的也好,诟病的也好)从诗人谢世之后就从来没有停止过。他被人们誉为"继莎士比亚之后的重要诗人,也是他所处时代的匠人"。诗人及其作品,特别是《失乐园》,至今仍然是学术界研究的重要对象。据统计,仅过去30年间发表的具有学术价值的研究成果在西方就有6000种之多。就连通俗读物和影视作品也频频使用"失乐园"作为它们的标题或流行语。

4. 约翰·弥尔顿在中国的流传与译介

在中国,外国文学(尤其是欧美文学)的译介工作开始于晚清时期。严复、梁启超开了头,林纾(琴南)成其就,五四时期和二三十年代达到高潮,八十年代后又掀起一轮更大范围的高潮。对弥尔顿的译介、研究也与此趋势大致同步。二十世纪伊始,梁启超在《饮冰室诗话》第八则开篇就说道:"希腊诗人荷马(旧译作和美耳),古代第一文豪也。其诗篇为今日考据希腊史者独一无二之秘本,每篇率万数千言。近世诗家,如莎士比亚、弥儿敦(即弥尔顿)、田尼逊(即丁尼逊)等,其诗动亦数万言。伟哉!勿论文藻,即其气魄固已夺人矣。"②周作人在1918年10月出版的《欧洲文学史》("北京大学丛书之三",由讲稿编辑而成,上海商务印书馆出版)之"十七十八世纪"中介绍十七世纪英国文学时,写道:"文学中有 Milton 与 Bunyan 二人为代表。""……后遂隐居,复致力为诗,命其女笔之于书,乃成三大史诗,一曰 Paradise Lost,叙撒旦之叛与人类之堕落。一曰 Paradise Regained,叙基督抗魔之诱惑,复立天国。一曰 Samson Agonistes,叙参孙瞽顶曜目,为人之奴,终乃摧柱覆庙,自报其仇。"朱光潜在抗战时期完成的《诗论》中至少三次提及弥尔顿及其《失乐园》:"弥尔敦

① [美]阿尔文·施密特. 基督教对文明的影响 [M]. 汪晓丹,赵巍,译. 北京:北京大学出版社,2004:346.
② 梁启超. 饮冰室诗话 [M]. 北京:人民文学出版社,1959:4.

（Milton，即弥尔顿）在《失乐园》序里，芬涅伦（Fenelon）在给法兰西学院的信里，都竭力攻击诗用韵。""十六世纪以后，学者受文艺复兴的影响，看见希腊拉丁诗不用韵，于是对于韵颇施攻击，弥尔敦在'失乐园'里的序便有骂韵的话……在英文中想做'庄严体'的诗人都不肯用韵。莎士比亚的悲剧和弥尔敦的'失乐园'都是用无韵五节格做成的。""……没有宗教就没有希腊的悲剧，但丁的《神曲》和弥尔敦的《失乐园》。"①梁实秋也以为"纯就文学而言，他也是英国有史以来仅次于莎士比亚的作家"，而他的《失乐园》"其气势之雄伟与文词之优美较诸欧洲古典的民族史诗均无逊色。"台湾大学的朱立民、颜元叔在《西洋文学导读》之第四章"十七世纪英诗"中写道，"弥尔顿在逆境的激荡中创作了英国最灿烂的史诗《失乐园》。"他"竟然用圣经《创世记》做题材，写天堂与地狱之争。这样的宏伟布局和力量，难怪文学史家公认自《失乐园》后，史诗渐成绝唱，既已达到高峰，超越岂是易事"！②

　　三十年代至少出现了两个《失乐园》译本：朱维基的译本和傅东华的译本。朱维基的译本于1934年由上海第一出版社出版；傅东华的译本则早在1930年就由商务印书馆陆续刊行过一至三卷，1937年3月正式出版，同年6月再版。1947年出第三版。朱译本以散文句式翻译每卷开头的"解题"（内容提要），主体部分则采用诗体，并且兼顾到原诗的无韵诗体及诗段形式，尽量在译诗中体现出来。傅译本则是以四韵式为主译出"提纲"（内容提要），文白相间、古朴典雅，有词曲的味道，而主体部分的翻译在诗句的排列上进行了一些调整，使之更合乎一般读者的诗歌阅读，照顾了韵脚，更具诵读性。③

　　五十年代末出现了一个弥尔顿诗歌翻译的小高潮。首先是上海的新文艺出版社于1957年、1958年分别出版了朱维之的译本《复乐园》和杨熙龄的译本《科马斯》。朱译《复乐园》虽为旧译，但所收录的八首弥尔顿短诗（包括"莎士比亚碑铭""圣诞清晨歌"和六首十四行诗，即标号为7、16、18、19、22和23的十四行诗）都为新译，而且在"弥尔顿和复乐园的战斗性（代序）"中从"弥尔顿在革命的思想战线上""弥尔顿的坚强性格""在复乐园中表现了诗人自己的形象""复乐园的艺术性和局限性"四个方面对诗人和该史诗进行了评析。④ 接着，人民文学出版社于1958年分别出版了傅东华翻译的《失乐园》

---

① 朱光潜．诗论［M］．北京：三联书店，1984：191，244，76.
② 朱立民，颜元叔．西洋文学导读［M］．台北：巨流图书公司，1993：165.
③ 李宪愉．二十世纪中国翻译文学史：三四十年代·英法美卷［M］．天津：百花文艺出版社，2009：18.
④ 约翰·弥尔顿．复乐园［M］．朱维之，译．上海：新文艺出版社，1957：I–XXIV.

（重印）和殷宝书翻译的《弥尔顿诗选》。后者收录了姊妹诗篇"快乐的人"和
"幽思的人"、假面剧《考玛斯》、十四行诗（10 首）、《失乐园》（选译，三
段）、《复乐园》（选译，第四卷）和《力士参孙》，并在"译本序"中指出，弥
尔顿诗中体现出来的思想有二，即资产阶级革命思想和人文主义思想，而其艺
术"可以说达到了极高的境界，英国诗人能与他媲美的，实在不多。首先，他
善于描写伟大的场面。……其次，诗人善于表达激烈的感情，有时是直接的叙
述，有时是由故事的形象中反映出来的"。①商务印书馆则在 1958 年推出的"汉
译世界学术名著丛书"中收录两种弥尔顿的散文：何宁译出的《为英国人民声
辩》（包括《再为英国人民声辩》）与吴之椿译出的《论出版自由》。《为英国人
民声辩》还配有高崧撰写的序"反封建的革命斗士——英国伟大的诗人和政论
家弥尔顿"，对弥尔顿的生平创作做了介绍，对《为英国人民声辩》《再为英国
人民声辩》进行了评析，认为"这两篇政论，不仅显示了他的崇高理想和革命
热情，而且表现出了他坚强不馁的斗争意志。他的爱憎极其分明，他一面痛斥
萨尔美夏斯以及其他支持王党的人是流氓、无赖，一面尽情地歌颂革命、赞美
自由。"② 1962 年，《英语学习》第 11 期（第 2 - 7 页）刊登有李赋宁的论文
《密尔顿与华兹华斯——介绍三首十四行诗》，其中详细分析了弥尔顿"叹失
明"（或"致西里亚克"）这首十四行诗，认为："密尔顿在这首诗里抒发的是
他个人的强烈感情，但这不是狭隘的、无聊的个人感情，而是革命者为国家、
为人民的崇高感情。当感情达到白热化的程度时，伟大的诗人所用的语言往往
是最简单、最朴素、最接近口语的一种。密尔顿不是唯一的例子。"③ 1964 年 1
月，人民文学出版社推出杨周翰、吴达元等主编《欧洲文学史》（上），其中的
"第十四章 十七世纪文学"的第二节为"英国文学与弥尔顿"（218 - 222 页），
介绍了弥尔顿早期短诗《快乐的人》《沉思的人》、中期政论文《论出版自由》
《论国王与官吏的职权》《为英国人民声辩》与晚期的三部杰作《失乐园》《复
乐园》《力士参孙》。

新时期出现了新一轮弥尔顿译介和研究的高潮。1979 年，人民文学出版社
出齐杨周翰等主编的两卷本《欧洲文学史》，其中用了四页（上卷 218 - 221 页）
介绍了弥尔顿及《失乐园》，认为后者是"革命清教思想的反映"，史诗的意图

---

① 约翰·弥尔顿. 弥尔顿诗选 [M]. 殷宝书，译. 北京：人民文学出版社，1958：1 -
19.

② 约翰·弥尔顿. 为英国人民声辩 [M]. 何宁，译. 北京：商务印书馆，1858：5.

③ 李赋宁. 英国文学论述文集 [M]. 北京：外语教学与研究出版社，1997：160 - 165.

"在于说明人类不幸的根源"。同年，上海译文出版社出版由周煦良主编的《外国文学作品选》（共四卷），其中的第一卷对弥尔顿和《失乐园》做了评介与节译，认为"（在这些）作品中弥尔顿采用了《旧约》中的题材，反映了资产阶级革命者的精神面貌"，"《失乐园》中撒旦和堕落天使反抗上帝的形象表达了英国革命者当年的斗争，但在亚当身上却又表现了清教徒的妥协性。"1981年，朱维之将译出的《斗士参孙》与《复乐园》合辑出版。接着重新整理翻译《失乐园》，结果于1984年出现了注释全面、影响最大的《失乐园》译本（上海译文出版社）。在"译本序"中，朱维之称弥尔顿为："十七世纪英国最著名的诗人、思想家、政治家和政论家，是欧洲十七世纪进步文化的基石，十六世纪和十八世纪两股思想洪潮之间的过渡人物，即文艺复兴运动最后的殿将和启蒙思想的最初发起者。他从小受人文主义的教育，反对封建礼教，反对不彻底的英国宗教改革，被称为宗教改革的改革者；同时他又鼓吹自由、平等、博爱，强调弑君无罪论，被称为启蒙思想的先驱者。""他在晚期完成的三大诗作：《失乐园》（1667）、《复乐园》和《斗士参孙》（1671）是他事业的顶点。"而其中的"《失乐园》无疑是弥尔顿最伟大的诗作，和荷马的《伊利亚特》、维吉尔的《伊尼德》、但丁的《神曲》同为西方世界少数不可企及的史诗范例。"① 1988年，上海译文出版社出版了由王佐良编译的《英国诗选》，其中收录弥尔顿十多首十四行诗和六个《失乐园》的片段。1993年，上海译文出版社又推出朱维之的译本《弥尔顿抒情诗选》，其中收录有：《圣经·诗篇》两篇（114、136）意译、"火药发明者""五月晨歌""十四行诗"（全部23首）、"短歌""圣诞清晨歌""莎士比亚碑铭""愉快的人"和"沉思的人""在神圣音乐中""科马斯——假面剧""黎西达斯"和"哀达蒙"，总共36首诗作。在"译者絮语"里，朱维之评述道："弥尔顿的短诗名篇，绝大多数是青少年时代写的，全是抒情诗，既有初恋和生离死别的私情，又有愤世嫉俗的爱国热情。……他这两种抒情诗都是真诚磅礴之作，既出自纯情，又富于哲理。"② 赵稀方由此认为："中国翻译弥尔顿的专家是朱维之。他早在四十年代就开始翻译弥尔顿并在五十年代出版了《复乐园》。此后他开始翻译最著名的《失乐园》，没想到译稿在'文革'中全部被抄走。1981年，朱维之将译出的《斗士参孙》与《复乐园》合辑出版。接着重新整理翻译《失乐园》，终于在1984年由上海译文出版社出版。至此，弥尔顿三大诗作终于有了完整的中译本，这是新时期英国文学翻译

---

① 约翰·弥尔顿. 失乐园 [M]. 朱维之，译. 长春：吉林出版集团，2007：1-13.
② 约翰·弥尔顿. 弥尔顿抒情诗选 [M]. 朱维之，译. 上海：上海译文出版社，1993：1.

的一个重要成就。"① 1996 年。杨周翰的论文集《十七世纪英国文学》（第 2 版）由北京大学出版社出版，其中收录两篇弥尔顿专论："弥尔顿的教育观与演说术""弥尔顿的悼亡诗"。

　　高校外国（英美）文学教材和作品选读也在中文专业和英语专业兴盛起来。中文专业的除了前面提到的《欧洲文学史》和《外国文学作品选》外，九十年代又有高等教育出版社推出的两套"面向 21 世纪课程教材"：郑克鲁主编的《外国文学史》（两册）（1999 年 5 月第 1 版）和陶德臻、马家骏主编的《世界文学名著选读》（共五册）（1992 年 1 月第 1 版）。前者在（上）"第四章 十七世纪文学"的第一节"概述"之"巴洛克文学和清教徒文学"中断言"英国以弥尔顿和班扬为代表"，然后用了一大段（第 95 - 96 页）介绍了弥尔顿的三大诗作《失乐园》《复乐园》《力士参孙》和三篇主要政论文章《论出版自由》《论国王和官吏的职权》《为英国人民声辩》。后者选用了《失乐园》，两段选文出自第一卷和第九卷，全部十二卷都给出了"内容概要"（解题）。南开大学出版社则于 1998 年推出由朱维之主编的《外国文学史》（两册），其中的"欧美卷"对弥尔顿及其创作多有精到的评述。英文专业的主要有四种：文学史有陈嘉的 *A History of English Literature*（共四卷）（商务印书馆，1982 年 7 月第 1 版）和刘炳善的 *A Short History of English Literature*（上海外语教育出版社，1981 年 7 月第 1 版）；作品选读有陈嘉编的 *Selected Reading in English Literature*（三卷）（商务印书馆，1981 年 8 月第 1 版）和扬岂深、孙铢主编的 *Selected Reading in English Literature*（三卷）（上海译文出版社，1981 年 1 月第 1 版）。陈嘉的《文学史》（第一卷）"第四章 英国资产阶级革命与王政复辟时期的文学"之"第三节 约翰·弥尔顿"集中介绍了"生平""早期创作""中期：散文与十四行诗""《失乐园》《复乐园》《力士参孙》"四个方面的问题，与之配套的《作品选读》则选有《论出版自由》（两段）《叹失明》（或"致西里亚克"的十四行诗）《失乐园》（第一卷，84 - 191 行）和《力士参孙》（结局部分，1596 - 1659 行）。刘炳善的《文学简史》第三部第三章用了五页（108 - 122）对弥尔顿进行了四个方面（"生平与著述"《失乐园》《力士参孙》"弥尔顿诗歌特点"）的介绍，而扬岂深、孙铢的《作品选读》（第一卷，56 - 61 页）选有《失乐园》（第一卷部分）和《叹失明》（或"致西里亚克"的十四行诗）。

　　进入二十一世纪，外国文学，特别是英语文学的译介、研究工作更似雨后

---

　　①　赵稀方. 二十世纪中国翻译文学史：新时期卷［M］. 天津：百花文艺出版社，2009：2 - 3.

发新笋般地在中国大陆又一次蓬勃发展起来。一方面是重印、重译名著或者直接引进原作。哈尔滨出版社于 2001 年、2005 年分别推出刘怡君改编的《失乐园》和刘彦汝编译的《失乐园》，时代文艺出版社于 2004 年推出李霞译出的《失乐园》，作为其"世界文学名著收藏系列丛书"之一。广西师范大学出版社更是不遗余力，在 2004 年推出金发燊重译的《失乐园》《弥尔顿十四行诗选》和《复乐园》《力士参孙》，几乎包括了弥尔顿的全部诗作。2007 年，吉林出版集团有限公司推出重印的朱译（多雷插图本）《失乐园》。中国政法大学出版社则于 2003 年原版引进剑桥大学出版社（1991 年）"剑桥政治思想史原著系列"之一"弥尔顿政治著作选"（Milton's Political Writings），其中收录了《论国王和官吏的职位》《为英国人民一辩》两篇散文原文。2013 年，商务印书馆推出殷宝书译出的散文《建设自由共和国的简易办法》，译林出版社则推出赵瑞蕻译出的姊妹诗篇《欢乐颂与沉思颂》，其"附录"收录两篇论文："《欢乐颂》与《沉思颂》解说""简论《欢乐颂》与《沉思颂》"。① 2014 年 6 月，北京理工大学出版社引进翻译出版"哈佛百年经典"，其中的第 30 卷为张春、张影莹合译的"培根论说文集及新特兰蒂斯"与"弥尔顿论出版自由与教育"，收录弥尔顿散文两篇：《论出版自由》和《论教育》。

　　另一方面则是将国内外研究成果融入各种各样的西方（外国）文学教材和学位论文。仅在具有较大影响力的中、英文外国文学史及选读和英国文学史及选读之中就有：李赋宁主编的新版《欧洲文学史》（共三卷四本，商务印书馆，2001 年）、常耀信的 Survey of English Literature（南开大学出版社，2006 年 1 月第 1 版）和王守仁主编的 Selected Readings in British Literature（高等教育出版社，2001 年 9 月第 1 版）。《欧洲文学史》在"第五章 十七世纪文学"中对弥尔顿的诗文都有中肯的评述。常耀信的《文学简史》第五章（80 – 89 页）重点介绍了弥尔顿的三部诗作：《失乐园》《力士参孙》和《黎西达斯》。而王守仁的《作品选读》在"弥尔顿"名下选了《失乐园》（第一卷的一部分）。直接引进的英美关于弥尔顿研究的专著和论文汇编，除了较早的 A. T. Rubinstein 的 The Great Tradition in English Literature（《英国文学的伟大传统》，其中 44 页论述的是弥尔顿），还有近年来的 Andrew Sanders 的 An Oxford Concise History of Literature（《牛津简明文学史》，2000 年译为中文）和 George Sampson 的 The Concise Cambridge History of English Literature（《剑桥英国文学简史》，1972 年第三版）、"剑桥文学指南"系列的 Milton（Dennis Danielson 编，2000 年）与 English Poetry：Donne

---

① 约翰·弥尔顿. 欢乐颂与沉思颂［M］. 赵瑞蕻，译. 南京：译林出版社，2013.

to Marvell（Thomas N. Corns 编，2001 年）、Lois Potter 的 *A Preface to Milton*（《弥尔顿导读》，2005 年）和 Gordon Campbell 的 *John Milton*（"牛津名人传记丛书"之《弥尔顿》，2008 年）。

对弥尔顿及其《失乐园》的研究更是呈现出方兴未艾之势。不仅相关论文频频出现在专业期刊及高校学报上，而且涌现出相当数量的硕士博士学位论文。作者在 2020 年 7 月 31 日从"中国知网"于"约翰·弥尔顿"词条下就检索到650 篇论文（1981 年至 2020 年 7 月，前后 40 年），其中关于《失乐园》的222篇，关于《复乐园》的 9 篇，关于《力士参孙》的 17 篇，关于弥尔顿十四行诗的 62 篇（其中 35 篇是评析"悼亡妻"），关于"悼亡诗"的 28 篇，关于《黎西达斯》的 7 篇，关于《基督教教义》的 6 篇，关于《论出版自由》的 101 篇，关于史诗传统的 6 篇，关于《圣经》的 31 篇，关于"伊甸园"的 10 篇，关于"基督教"的 18 篇，关于自由意志的 7 篇。研究作品的占了多数，而作品又集中于史诗《失乐园》、十四行诗和"悼亡诗"和散文（演讲）《论出版自由》。对作品中的思想研究则主要集中在宗教、政治（包括"自由"）的讨论上。

5. 研究内容与特点

约翰·弥尔顿是英国文艺复兴时期的杰出诗人和著作家，可以和乔叟、莎士比亚、斯宾塞一道并称为四大英语古典诗人，但他不仅作诗，而且著书立说，参与到时代的政治、宗教论争当中，成为演说家、政治家和散文家。他长达 50年的创作生涯可以明显地分为早、中、晚三个时期。[①]

弥尔顿早期（1640 年之前）的创作主要是抒情诗，包括宗教题材的《圣诞晨歌》（*On the Morning of Christ's Nativity*，1629）和《耶稣受难》（*The Passion*，1630）、成长题材的姊妹诗篇《快乐的人》《沉思的人》（1632—1634）、诗剧《阿卡迪斯》（1630—1632）和《科莫斯》（1634）、田园牧歌《黎西达斯》(1637)、一些十四行诗（如第一首"致夜莺"和第七首"叹时光"）与外语诗作（如编号 2 - 6 的六首意大利语十四行诗、编号 1 - 6 的拉丁语挽歌）。所抒发的既有个人私情又有家国情怀，颇有伊丽莎白时代的遗风。

弥尔顿中期（1640—1660）的创作与当时的宗教、社会论争及其共和国拉

---

① 弥尔顿在 17 岁时创作的"悼亡婴"（On the Death of a fair Infant dying of a Cough）大概是他最早的诗作。

丁秘书职务紧密相关，主要作品是政论册子，包括反主教制的小册子（5 部，1641 年 5 月匿名发表，如《反主教制的教会治理之理由》（*The Reason of Church-government urg'd against Prelaty*, 1641）、讨论离婚问题的小册子（4 部，1643—1645 年发表，如《论离婚的主张与约束》（1643）、讨论教育问题的小册子（2 部，1644 年发表，即《论教育》和《论出版自由》）、政治论争小册子（近 10 部，发表于 1649—1660 年），主要有反对暴政的《论国王与官吏的职位》（1649.1）和《偶像破坏者》（*Eikonklastes*, 1649.10）、为弑君辩护的《为英国人民辩护》（1651.1）和《为英国人民再辩》（1654.5）、为拯救共和国而最后一搏的《建立自由共和国的简便现成方法》（1660.2）和《自由共和国现有方法与简述》（1660.3）。诗歌创作主要是编号 8 – 23 的十四行诗和一首加长的十四行诗《长期国会重新出现良知的强暴者》（*On the new forcers of Conscience under the Long Parliament*, 1646），政论色彩十分强烈。

弥尔顿晚期（1660—1674）的创作主要是三大史诗性诗作：《失乐园》（1667）、《复乐园》和《力士参孙》（1671）。全部取材于基督教的《圣经》，但时时表露出对政治时局和个人境况的思考。整理出版（或死后出版）的散文作品包括：两部历史《不列颠史》（1670）和《莫斯科维亚简史》（*A Brief History of Moscovia*, 1682）、两部教材《启蒙拉丁语文法》（*Accedence Commenc'd Grammar*, 1669）和《逻辑艺术教程》（*Artis Logicae plenior Institutio*, 1672）、一部《基督教教义》写于 1655—1660 年，重现于 1823 年，1825 年出版]。

从上一节的分析中，我们可以看出，过去 40 年间，我国对弥尔顿的译介和研究虽然取得了斐然成果，但明显存在着不足和遗漏。其一，微观研究多，宏观研究少。"中国知网"中检索出的 650 篇论文基本上都是针对某一部作品或者作品的某一个方面，很少有对弥尔顿诗文做出的全面研究。不多几部专著也是如此，例如沈弘的《弥尔顿的撒旦与英国文学传统》（北京大学出版社，2010 年 4 月第 1 版）。其二，诗歌研究多，散文研究少。针对弥尔顿诗作的论文占了一多半，而散文研究集中在《论出版自由》一篇上，宗教学界对《基督教教义》，教育界对《论教育》偶尔有所涉及，而其他的散文作品（如历史著述和书信）几乎无人涉及。其三，诗歌研究集中在三部史诗性作品和十四行诗、悼亡诗的研究，其他抒情诗和外语（意大利语、拉丁语、希腊语）诗很少涉及，散文研究也是集中在两三部名作上。译介情况也大致相似，朱维之和金发燊将三大史诗性作品和十四行诗全部译出来，前者还译出其他一些抒情诗和两首拉丁语诗，但仍有一些诗作（尤其是拉丁文诗作）没有译出来。商务印书馆的"汉译世界学术名著丛书"也只包括四部弥尔顿的散文作品：《论出版自由》

《为英国人民声辩》《为英国人民再辨》和《建设自由共和国的简易办法》。其四，诗歌和散文作品研究的深度和广度尚有欠缺。例如对史诗《失乐园》和演讲式政论《论出版自由》的研究，既存在文本解读偏误的问题又有我们思维定式的影响。前者或许是因为过多依赖汉语译文，后者则表现在聚焦作品的社会历史内容而对艺术表现形式和语言修辞有所忽略，即便是内容主题的分析也集中在作品的革命性、反抗性上，对其中所蕴含的宗教和政治、自由、教育和两性关系的文化思考探讨不足。

笔者自 1978 年开始学习英语便和英语文学结上缘分，对弥尔顿和《失乐园》渐生兴趣。后来攻读世界文学与比较文学专业的硕士学位，更是迷上了弥尔顿，学位论文便是《论〈失乐园〉的人学内涵与艺术意蕴》，其后又陆续发表近十篇与弥尔顿相关的论文。2012 年 5 月，作者获批陕西省教育厅社科研究项目"史诗《失乐园》与英国的文艺复兴"（12JK0257），结项成果是《弥尔顿的〈失乐园〉与英国的文艺复兴》。2016—2018 年，作为国家公派教师在伦敦政经学院（LSE）语言中心任教，得以对弥尔顿的生活足迹进行实地考察，又搜集到很多与弥尔顿相关的材料，包括 1848 年版的《弥尔顿散文全集》（全五卷）、Nonesuch 图书馆于 1969 年编印的《弥尔顿诗歌全集》（包括所有的英语诗作和外语诗作）、1899 年版的《约翰·弥尔顿诗歌、散文著作导读》和原版艾迪生、约翰逊、麦考利、艾略特对弥尔顿的评述和近年来一些评论文章，并和一些本土英国文学专家进行深入交流。这些积累和准备让作者决定依托教育部人文社会科学研究西部和边疆地区项目立项"约翰·弥尔顿诗文研究"（15XJA752001）来对上述的不足进行一些补漏和填空，产出一部全面研究弥尔顿诗文创作的专著来。

专著将根据弥尔顿创作的三个时期分为三大部分，每一部分都首先对此期的创作全貌做出叙述，然后对其中具有代表性的作品进行多视角深层次的分析和解读，最后做出一个总结。"结语"则对弥尔顿于英语文学和英语语言的特殊贡献进行总体的评估。具体编写体例如下：

第一编　早期的抒情诗创作。分"概述""宗教诗作与《圣诞晨歌》《耶稣受难》""十四行诗创作与政治十四行诗""姊妹诗篇《快乐的人》与《沉思的人》""田园挽歌《黎西达斯》和《哀达蒙》""假面剧诗作《阿卡迪斯》和《科莫斯》"，以及外语诗作"十九岁""致父亲"和"十一月五日"与"总结"八个部分。

第二编　中期的散文创作。分"概述""政论散文（一）：为自由而奋争""政论散文（二）：为弑君做辩护""政论散文（三）：为共和国鞠躬尽瘁""公私信函：皮埃蒙事件与诗人生活细节”“历史著述：《不列颠史》和《莫斯科维亚简史》”“神学著作：《基督教教义》”与“总结”八个部分。

第三编　晚期的史诗创作。分“概述”“史诗《失乐园》的文本解读”“史诗《失乐园》的多视角分析”“短篇史诗《复乐园》的分析解读”“古典式悲剧《力士参孙》的分析解读”与“总结”六个部分。

结语　分“弥尔顿在散文创作上的成就”“弥尔顿对英语史诗创作的贡献”“弥尔顿对英语抒情诗和英语语言的贡献”以及“今天我们还需要弥尔顿吗?”四节论述。

第一编 01

| 早期的抒情诗创作 |

概　述

弥尔顿在 15 岁时就已经用英语意译出两首希伯来语赞美诗（第 114、136 首），在 17 岁时写出了《悼亡婴》或《死于咳嗽的可爱婴孩》（*On the Death of a fair Infant dying of a Cough*）一诗。17 岁至 21 岁是他创作大量饱含个人趣味和天真诗情的拉丁文诗的时期，其中有写给朋友查尔斯·迪奥戴迪的"第一挽歌"（*Ad Carolum Diodatum*, *Elegia Prima*）、纪念剑桥大学校标执掌人理查德·莱丁之死的"第二挽歌"（*In obitum Praeconis Academici Cantabrigiwensis*, *Elegia Secunda*）、纪念温彻斯特主教兰斯洛特·安德鲁斯的"第三挽歌"（*In obitum Praesulis Wintoniensis*, *Elegia Tertia*）、"医学教授之死"（*In obitum Procancellarii Medici*）、"艾利主教之死"（*In obitum Praesulis Eliensis*）、"十一月五日"（*In Quintun Novembris*）、写给托马斯·杨的"第四挽歌"（*Ad Thomam Junium*, *Proeceptorem Suum*, *Elegia Quarta*）、迎春之作"第五挽歌"（*In Adventum Veris*, *Elegia Quinta*）、写给查尔斯·迪奥戴迪的"第六挽歌"（*Ad Carolum Diodatum*, *rui commorantem*, *Elegia Sexta*）、记述自己初恋的"第七挽歌"（*Nondum blanda …*, *Elegia Septima*）和"柏拉图的'理念'"（*De Idea Ptatonica quemadmodum Aristotles intellexit*）等 13 首。这些诗作对一个二十岁左右的年轻人来说绝非平庸之作。

于创作第六首拉丁文挽歌同时，弥尔顿作有颂诗《圣诞晨歌》（*On the Morning of Christ's Nativity*），诗中的奇喻充溢青春活力，用典也是新奇精巧。无论是在所有英语诗里面还是在弥尔顿自己的诗作中，都是独一无二的。他尝试创作一首《圣诞晨歌》的姊妹篇《耶稣受难》（*The Passion*），但写下八个诗节便不得不住笔。另外一组重要诗作包括：小诗《五月晨歌》（*Song. On May Morning*）、十四行诗"致夜莺"和五首意大利语十四行诗（编号 2 – 6）、一首意大利语"坎佐尼"（canzone，组歌或短歌）。可见，21 岁的弥尔顿就对意大利诗人情有独钟，同时他对异性的热情也被一位旅居英格兰的意大利女性点燃。诗里面显现出来的圣洁与热情成了弥尔顿强烈创作力的明证，同时也驳斥了一种误解，说他是一个没血没肉、无精无神、缺乏性爱、消瘦憔悴、让人敬而远之的清教徒。从纯文学意义上看，这组诗作也很重要，因为它们表明那种不同于伊丽莎白时代的十四行诗、直接由意大利源头触发的十四行诗已经回到了英国。弥尔顿用十四行诗来表现的内容题材大大超过了先前的诗人。1630 年，他写下《致莎士比亚》（*On Shakespeare*），发表在 1632 年出版的莎士比亚第二对开本中。精美的诗行、莎士比亚"从容的节奏"与别人"笨拙的艺术"的对比都十分引人注目。随后，又有两首半幽默、半感伤的成功诗作。《温彻斯特侯爵夫人墓志铭》（*An Epitaph on the Marchioness of Winchester*）不失为一首表现十七世纪葬礼艺术的佳作，又是对以后创作《快乐的人》的一种演练。为自己年满 23 岁而做的那首十四行诗"叹时光"早已为人熟知，诗中透露出诗人对自己的远大抱负（"假如我得恩惠如此利用时光，那大监工就会以为一如既往。"），但也有人看出其中的抱怨之意。

美妙的微型假面剧《阿卡迪斯》被弥尔顿称为"由一些高贵家人呈现于达比遗孀伯爵夫人海尔菲尔德宅中的娱乐活动之一部分"，所以常常被人误以为是一个残篇。事实上，这是弥尔顿在"娱乐活动中角色"的全部，其中的三支歌曲，尤其是"在那彩釉般的平坦绿地上"，可谓精美绝伦，由十音节双行体诗句写成的精灵演讲也是趣味十足，属于诗人在这类诗作中的一次认真尝试。24—25 岁时作下的三首诗（"时光" *On Time*、"割礼" *Upon the Circumcision* 和"庄严音乐会" *At a Solemn Musick*）在语气和技艺上很是接近，说明诗人已经摆脱了《耶稣受难》里那种不快状态而找到了自己的"庄严音乐"，同时也表现出弥尔顿宏伟风格的两个方面：持久迸发的高贵力量和构建节奏分明诗节的技巧。后者为一首最具崇高风格的英语短诗，吸引着从亨德尔到帕里的音乐大师们，他们一再把它谱成曲子，供人传唱。

紧随其后的是一直受人喜爱的姊妹诗篇：《快乐的人》和《沉思的人》。诗中的自传意味明显，记录着勤奋好学的弥尔顿在霍顿庄园的精神生活：先是轻松愉快，继而严肃沉思。八音节双行体诗人一直都在使用，但在这两首诗里面表现得特别突出，使之成为同类诗作中的翘楚。我们可以把这两首诗当作是一种"实验"或一种消遣，因为诗人随即便回到他那更为严肃庄重的创作道路上来，创作出我们称为《科莫斯》的假面剧。弥尔顿心里清楚剧作的主题是贞洁而非狡黠，所以取名为"1634 年米迦勒节晚上在拉德娄城堡呈现的假面剧"。弥尔顿的朋友亨利·劳斯（Henry Lawes）专门为之作曲并在其中扮演了仆从精灵的角色。故事情节可能部分借鉴了皮尔的剧作《老妇谭》，真实演出效果并不好，因为原本就是一种家庭娱乐而不是公众戏剧。令人特别感兴趣的一点是弥尔顿在对话里面抛弃了先前在《阿卡迪斯》中使用的双行体而改用了无韵体，在其他部分里则使用了八音节双行体或抒情节律。"寓教于乐"在诗中得到了绝佳的结合。《假面剧》在1637年匿名出版，成了弥尔顿第一部公开发表的诗作。

同年，弥尔顿写出了另一首好诗。或许在这段时间里父亲对他的未来一直有些担忧，所以在这首重要的拉丁文诗《致父亲》中，既充溢着对父亲的感激之情又有一点自我辩护的意思。他在这一年写给查尔斯·迪奥戴迪的两封书信里明确地宣称自己正在强化羽翼，酝酿着一次高飞，于是在第二年（1638年）写出了《黎西达斯》。弥尔顿的同龄人和朋友爱德华·金于1637年在威尔士近岸的爱尔兰海中落水身亡，一些剑桥校友为此著文悼念并结集出版，《黎西达斯》就是其中的一篇。这首诗从类型、语气和渊源上讲都是典型的挽歌，总体布局也属于古典田园挽歌的那种，诗律形式则是一种独特、有益的自由又严谨的创作安排。我们从其中的几句诗行中第一次听到"预言战争"的音符：前来哀悼死者的圣彼得和其他象征性人物对当时腐败的神职人员发出强烈的谴责，而《黎西达斯》发表的那一年正是洛德版的祈祷书要强加于苏格兰的时候。

1638年，弥尔顿离开英国前往意大利，书面创作减少了。不过，在意大利的这段时间里产生了一件优秀的作品，即写给乔万尼·巴蒂斯塔·曼索的书信（Mansus）。年迈、高贵的维拉侯爵曼索曾经是大诗人塔索的朋友和传记作者。此外，还有写给萨尔兹里和歌喉动人的罗马歌手里奥诺拉的三首诗作（Ad Leonorum Tomoe canentem）。回国途中，他听到好友查尔斯·迪奥戴迪的死讯，写下了《哀达蒙》这首质量稍逊于《黎西达斯》的拉丁文哀歌。这也是他此后多年里写下的最后一首长诗。

弥尔顿致力于散文论争的二十年往往被人视为他浪费掉的岁月，因为他忙于政务工作和政治论争，只是偶尔有十四行诗问世，但即便是这16首（编号8–23）也带有明显的论争性质，我们不妨将其称为"政治"十四行诗。

1645年，弥尔顿将其早期诗作结集出版，取名《约翰·弥尔顿先生诗作，包括创作于不同时间的英文、拉丁文诗》（Poems of Mr John Milton, both English and Latin, Composed at several times）。经过暴风雨般的散文论战之后，终于迎来了早期诗作可爱的平静。附在集子里的有一首奇特又脍炙人口的拉丁文颂诗《致约翰·鲁斯》（Ad Joannem Rouseum）。鲁斯是牛津大学图书馆的管理员，弥尔顿把诗集的第二版送给她时附上了这首诗。其后有了一段平静的间歇。宗教宽容的提议在议会中获胜，弥尔顿写出一首"带尾巴"的十四行诗：《论长期议会重新出现良知的强暴者》，尾巴里则是带着"刺"：新的长老不过是老"牧师"的大写符号！编号13–23的11首十四行诗则是在诗集出版后写就的，包

图十一　1645年《诗集》封面页

括 1648 年写下的《致费尔法克斯将军》（*Lord Fairfax*）和《护国公克伦威尔》（*Oliver Cromwell*）的高贵十四行诗。

　　弥尔顿在早期（加上中期政治论争之余创作的 11 首十四行诗）创作了总共 72 首诗歌作品。其中，英语诗 36 首，按其创作时间先后排列为：《悼亡婴》（17 岁）、《学院的假期习作》（20 岁，*At a Vocation Exercise in the College*, part in Latin, part in English）、《圣诞晨歌》（21 岁）、《基督蒙难》（22 岁）、《五月晨歌》（22 岁）、《致夜莺》（22 岁）、《论莎士比亚》（22 岁）、《哀大学车夫》（一、二）（*On the University Carrier*, 1/2, 22 岁）、《温彻斯特侯爵夫人墓志铭》（22 岁）、《二十三岁有感》（或《叹时光》）、《阿卡迪斯》（23 岁）、《时光》（23 岁）、《割礼时分》（23 岁）、《庄严音乐会》（23 岁）、《快乐的人》（23 岁）、《沉思的人》（23 岁）、《科莫斯》（25 岁）、《黎西达斯》（28 岁）、《伦敦城即将遭袭》（33 岁）、《女士，你正值豆蔻青春》（35 岁）、《玛格丽特女士》（35 岁）、《遭诽谤有感一、二》（37 岁）、《致作曲家劳斯》（38 岁）、《致教友凯瑟琳》（38 岁）、《长期议会重新出现良知的强暴者》（37 岁）、《致费尔法克斯》（40 岁）、《致克伦威尔》（44 岁）、《致亨利·韦恩爵士》（44 岁）、《叹失明（一）》（47 岁）、《悼晚近发生的皮埃蒙大屠杀》（47 岁）、《致劳伦斯》（47 岁）、《致西里亚克》（47 岁）、《叹失明（二）》（47 岁）与《梦亡妻》（50 岁）。《伦敦城即将遭袭》之后的 17 首都是四五十年代论争之余创作的十四行诗。

　　拉丁文诗作有 28 首，按其创作时间先后排列为：第一挽歌《致查尔斯·迪奥戴迪》（17 岁）、三挽歌《温彻斯特主教之死》（17 岁）、《艾利主教之死》（17 岁）、二挽歌《剑桥大学仪仗官之死》（17 岁）、《医学教授之死》（17 岁）、

《十一月五日》（17 岁）、《火药阴谋案》（In Proditionem Bombardicam，共 4 首，17 岁）、《火药发明者》（In inventorem Bmbardae，17 岁）、四挽歌《致托马斯·扬》（18 岁）、七挽歌《十九岁抒怀》（19 岁）、《时间无害自然》（Naturam non pati senium，20 岁）、《柏拉图的理念》（亚里士多德批评，20 岁）、五挽歌《春天来临》（20 岁）、六挽歌《致乡居的迪奥戴迪》（21 岁）、《致父亲》（23 岁）、《致罗马歌手里奥诺拉》（3 首，30 岁）、《致罗马诗人萨尔兹里》（Ad Salsillum，Poetam Romanum oegrotantem，30 岁）、《致曼索》（31 岁）、《达蒙墓志铭（或"哀达蒙"）》（31 岁）、《致约翰·鲁斯》（牛津大学图书管理员）（38 岁）、《农民和地主的寓言》（Apologus de Rustico et Hero，40 岁）、《萨尔马修斯的一百金币》（In Salmasii Hundredam，42 岁）、《萨尔马修斯》（In Salmasium，46 岁）。后四首是在论争时期写下，最后两首分别出现在《为英国人民辩护》《为英国人民再辩》中。

意大利语诗作有六首，包括编号 2 - 6 的五首十四行诗：《哦，美丽的女士》（Donna leggiadra …）、《正如在荒山褐色薄暮之中》（Qual in colle …）、《致迪奥戴迪》（Diodati，e et'l diro …）、《甜美的女士》（Per certo I bei …）、《谦恭的年轻人》（Giovane piano …）和一首"坎佐尼"短歌《女士和年轻人》（Ridonsi donne …），都是诗人二十一二岁时的创作。

希腊语讽刺短诗有两首：《无名、无辜的哲学家》（Philosophus ad regem quondam qui eum …）和《肖像雕刻师》（In Effigiei ejus Sculptorem）。

此外，弥尔顿还意译或直译出《圣经·雅歌》中的 19 首赞美诗，即 1 - 8 首、80 - 88 首和 114、136 两首。还有 12 个古典诗人（包括但丁和彼特拉克）的片段英译出现在其散文作品里面。

这些诗作如果按照其表现主题和诗体风格，又可大致分为五大类：

第一类，宗教题材，如《圣诞晨歌》《耶稣受难》《割礼时分》《庄严音乐会》。

第二类，抒怀题材，如《五月晨歌》《黎西达斯》《快乐的人》和《忧郁的人》。

第三类，十四行诗，共 25 首（包括编号 1 - 23 的诗作和长调、短歌各一首）。

第四类，假面剧（诗剧），《阿卡迪斯》和《科莫斯》。

第五类，应酬类，包括《悼亡婴》《悼大学车夫》《温彻斯特侯爵夫人墓志铭》等悼亡诗和《致托马斯·杨》《致曼索》《致父亲》等颂赞诗。

下面，我们将从宗教诗作、十四行诗作、姊妹诗篇、田园挽歌、假面剧诗作和外语（拉丁语）诗作六个专题，来对弥尔顿的抒情诗进行讨论和分析。

第一章

宗教诗作与《圣诞晨歌》《耶稣受难》

弥尔顿以宗教为主题的抒情诗包括他从拉丁文《圣经·雅歌》中意译或直译出来的 19 首赞美诗和《圣诞晨歌》《耶稣受难》《割礼时分》《庄严音乐会》4 首原创诗作。《圣诞晨歌》是他的第一首也是最有特色的宗教诗作。

第一节　《圣诞晨歌》

一、基本情况

1629 年 12 月，弥尔顿为好友迪奥戴迪写了一首哀歌（"第六哀歌"），其中提到这一首他正在写的诗，说那不仅是他诗作中篇幅最长，而且也是最有抱负的一首。

> 你现在还要将我的职业问询
> （我的任务为何？——要让你知晓），
> 我要将天堂种子的和平之子来歌唱，
> 还要歌唱古老"圣书"里预告的
> 那个充满祥瑞的时代，——
> 在低贱的畜栏里面，
> 发出他天堂里的呜咽，
> 现在则与其父一道把那昊天统治，——
> 天堂上繁星密布，天使在列队歌唱——
> 一座座偶像陡然在他自己的庙堂中
> 矗立起来！耶稣基督诞生的那一天，
> 清晨的头几缕光线带来我这一份献礼。

早期的意大利"圣诞"题材画作往往充溢着爱与宽容的细节，在弥尔顿的《圣诞晨歌》里则随处可见青春气息的"奇喻"（conceit）和寄托深远的美丽。颂诗对诗歌格律与语言音乐性的把握是令人惊奇的，这在英语诗歌与诗人自己的诗作中都是十分独特的。

《圣诞晨歌》（*On the Morning of Christ's Nativity*）在 1645 年的《诗集》里占有显著的位置，它既柔韧又庄严，成了弥尔顿早期诗作中的主要成果。这是一首献给圣婴的赞歌，使用了诗人自创的诗节形式，带着自信的优雅在长短不一的诗行中翻转腾挪，而后在一个庄重的亚历山大诗行（alexandrine，六音节抑扬格诗行）上面停留下来：

> （据说）这样的乐音
>
> 以前从未有人演奏过，
>
> 只是在往昔，清晨之子曾经放歌，
>
> 那时候，伟大的造物主
>
> 把他的星座在天上排列，
>
> 将均衡和谐的地球安装在枢纽上，
>
> 把漆黑的底座掷向深渊，
>
> 吩咐汹涌的波涛沿着湿滑的水路行进。
>
> （And bid / the wel / tering / waves their / oozy chan / nel keep.）

这样的音乐不只在此提及而且真正演奏过。弥尔顿在后来写的《论教育》一文里指出："学习的目的是重新获得对上帝的正确认识以修补我们始祖带来的毁损。"诗人也可能暂时听到了先前人类耳朵曾经听到的星球音乐。

《圣诞晨歌》可以被看作一幅三联的画作：左侧画板表现的是和平与宁静，右侧画板表现的是暴力和噪声，中间的画板作为音乐和声庆贺着人与神的合二为一。全诗由四个序言性质（Prologue）的诗节和二十七个圣歌（The Hymn）诗节组成。序言诗节由 6 个抑扬格五音步诗行加上最后一个六音节抑扬格诗行构成，韵式为 a b a b b c c；圣歌诗节由 7 个抑扬格三音步或五音步诗行加上最后一个六音节抑扬格诗行构成，韵式为 a a b c c b d d。每一个诗节的最后一个诗行或者意义和节奏的落脚处都是与前面几个诗行不一样的庄重的亚历山大诗行（六音节抑扬格诗行）。总共 244 个诗行。第一个序言诗节和最后一个圣歌诗节原文展示如下。

1

THIS is the Month, and this the happy <u>morn</u>,	a
Wherein the Son of Heav'ns eternal <u>King</u>,	b

Of wedded Maid, and Virgin Mother born,	a
Our great Redemption from above did bring;	b
For so the holy Sages once did sing,	b
That he our deadly forfeit should release.	c
And with his Father work us a perpetual peace.	c

27

But see the Virgin Blest,	a
Hath laid her Babe to rest.	a
Time is our tedious Song should here have ending;	b
Heav'ns youngest teemed Star,	c
Hath fixt her polish Car,	c
Her sleeping Lord with Handmaid Lamp attending:	b
And all about the Courtly Stable,	d
Bright – harnest Angels sit in order serviceable.	d

二、批评分析："文学"的神学思想①

《圣诞晨歌》是一个展示弥尔顿"词语"美学的好样本。人们普遍承认这是清教精神的产物，但还是依据"道成肉身的教义根本无法表达出来，除非艺术家可以处理好一个有血有肉的婴孩"的标准批评它不是一幅感性的圣像图。实际上，清教精神界接受了上帝对这一问题的看法并进而认为上帝的作为缺少了语言的报道力量就无法得到正确的理解。他们相信，语言的神秘抵达可以在瞬间将一个宏大的历史行动、实施行动的上帝和人心的运动联结在一起。在《圣诞晨歌》里，弥尔顿将道成肉身的主题处理为一种"言语行为"，使用了"事件"而非"圣像"的诗歌策略。他不是在给画家指指点点，而是在为历史提供一种省略式的叙述、一种剧情，并在所有的节点上都标上星号。

基督降临（the Advent）立即得到宣告并与十字架上基督受难及其作为一种界定性的法律交易联结起来：

"圣婴微笑不语，还在襁褓中卧躺，

他须在那痛苦的十字架上，

将我们经历的丧失救赎。"   （第16节，151－153行）

---

① CRISTOPHER G. B. Milton and the Sciences of Saint: Milton's 'Literary' Theology in the Nativity Ode [M]. Princeton: Princeton University Press, 1982.

不过，从教义宣告中断章取义无异于扭曲颂诗的一大优点，既让教义成为诗中的支架却又避免了强制性的说教。不少学者发现，《圣诞晨歌》其实讲的是道成肉身或人类救赎的效果，弥尔顿史诗中诗人的在场特别值得一提。诗人在场让颂诗成为新教"圣礼"（"客观的"许诺被植入意识的那种语言交易，交易在此由一种对教义的反复赞美而标志出来）的戏剧化处理结果。"诗人——乡下汉"在序诗中就已确定颂诗本身就是其语言献祭，因为这一献祭他便可以继续完成一项路德所谓的"天堂功课"，并"将其嗓音加入天使的合唱中"。虽然有注释说明诗意是如何在一个圣诞早晨进入他的脑子，也有暗示说他是受圣灵的召唤而发声，但诗人的内心涌动是带着极端的沉默而得以处理的。颂诗十分精妙地将"诗人——乡下汉"的主观意识与客观事件联结起来，他的内心运动和教义要点都被呈现为"事件"。恩惠在诗人意识中引发的运动用人们熟悉的牧歌范式表达出来，而根据这种范式，乡下汉对其爱人的回应被描述成为一种自然界里的剧烈变化。这一范式自文艺复兴时期的诗歌集子以来就一直具有相当的神秘潜能，虽然也常常成为恭维人的老套路。对这一范式的翻新——大自然用以体现爱人的威力与情郎的爱慕——通常会唤起一种神秘感。虽然这一范式在英语圣诞歌谣中已经被用在了基督身上，但弥尔顿的应用还是有了新的拓展，而且更加精细复杂。自然的回应先是通过拟人化的手法得到泛化处理：

　　　"大自然惊愕不已，

　　　　为他脱下自己灿烂的衣饰

　　　　来表示对其大主的同情。"　　　　　　　　　　　　　（第 1 节，32 – 34 行）

接着，自然的各个方面都显示出那种在过去三十年里展现在许多菲利斯、阿斯特里（传统的牧羊人）眼前的活跃反应。马伏尔后来也在其《艾泊顿庄园》（*Upon Appleton House*）中把这类自然反应置于玛利亚的脚下：

　　　"风儿带着无声的惊奇

　　　　轻柔顺畅地吻着水面，

　　　　向温和的海洋细语新来的欢欣；

　　　　海洋忘记了狂吼怒号，

　　　　宁静之鸟正在孵伏中了魔的波涛。"　　　　　　　　（第 5 节，64 – 68 行）

我们要是对牧歌范式有正确的了解，就会发现自然也同时呈现了一种对乡下汉内心与其上帝的描述。这与《失乐园》中亚当的情形完全相反。在《失乐园》里，真的自然需要一位祭司来献出其赞颂。我们看到牧歌中的自然为诗人亲热地"说话"，这首诗便不像人们有时所声称的那样疏远和冷漠了。"丑陋的形状"与"罪孽的头脸"属于其罪过被"白雪"遮盖住了的诗人。"低眉顺目的'和平'"与斑鸠从云端降临到其心里，艾泊顿庄园的地盘在玛利亚到来时变成了乐园，"诗人——乡下汉"得到救赎的意识也成了田园牧歌。弥尔顿敏锐独特的笔触在于他将自然的和平岁月与奥古斯都时代的和平岁月糅合在一起："战争或战斗的声响，／在世界各处都听不到。"（第4节，53-54行）。把历史加入田园牧歌的做法再次说明，《圣诞晨歌》一诗就是由"事件"而非"图画"编织而成的。

弥尔顿的第二个主要诗歌策略也是动态性的。从一开始，他使用的诗节形式（三音步诗行让人想到淳朴英语颂歌的民间节律）便把音乐理解和教义理解联结在一起。当他将教义以"听见"的形式加以呈现来表明从沉默到歌唱的突变时，这种联结就显而易见了。乡下汉在圣诞晨歌中听到了前所未闻的美妙音乐，这是弥尔顿对宗教改革主题——持有信仰即聆听广为流传的教义的"上帝秘密"——所做出的音乐版本说明。将教义体系用无害于人的简洁形式呈现出来，赋予每一条教义一个听觉的关联物，这可是绝妙的大手笔。合唱中的晨星、"至高荣耀"的圣歌、撒旦叮当作响的镣铐与命运的喇叭声都相应地唤起创世、道成肉身、救赎和二次降临的教义。将音乐理解与教义理解对等起来的手法有助于说明语言文字难以解说、视觉艺术勉强能够（或许根本不可能）解说的王国的悖论，天使的合唱则轻松地把曾经的和将来的王国交织在一起，将来的王国里

　　"幸福已经开始；因为自此以后

　　那古老的恶龙就要吃苦，

　　被禁锢在更狭窄的空间，

　　僭取而来的治权不及先前的一半，

　　王国如此衰落，他怒不可遏，

　　把那层层叠叠的鳞尾疯狂地扫来扫去。"　　　　（第18节，167-170行）

对铭记在心的乐曲之期待绝妙地将现在、过去与将来的王国之谜传达了出来。为了不让我们忽略这一点，弥尔顿使用了维吉尔弥赛亚式牧歌中的环形结构："假如这等神圣的乐歌／把人类想象长久包裹，／时光便会倒流，黄金时代就会回转"（第14节，133-135行）就可以弥补维吉尔模式（"不，／还不能这样"）的不足。将末世论用音乐反复的形式来进行界定，还有一大好处，即赋予教义以激情四溢的美学色彩。在弥尔顿将寻求信仰（"闻道"）描述成领会一样的音乐时，爱神的位置在宗教改革虔敬中才开始明晰起来。

　　"这等甜美的乐音，

　　凡间谁又能够奏出？

　　神圣庄严的婉转歌喉

　　与丝弦之音相互应和，

　　将他们的灵魂全都陷入狂喜。

　　清气不愿失去如此的愉悦

　　发出万千回声，将天籁之音永久延伸。"　　　　　（第9节，95－100行）

另外一种赋予诗歌以决定性运动品质的方法是弥尔顿对比鲜明的指涉风格。圣诞被处理成三个简短的乐谱（第1节29－31行，第8节85－92行，第27节237－244行），而在每一个乐谱里，指涉都简单、直接并带有"语义"价值。前七个诗节里有对自然装扮富含奇喻的间接指涉，然后我们又一次看到牧人与圣婴"和善地与下界的他们生活在一起"得到直接的说明，似乎我们经过不经意的详述后正在朝关键的识别标志回归。这样，诗中的指涉组织就将卖弄风情式的拐弯抹角与毫不含糊的直截了当对立了起来，对立的方式则让直接指涉层层递进。在诗的后一半里，弥尔顿表明了他对异教神祇的看法：稻草人而非无意为之的基督教神谕，并通过指涉风格和声音联想——所有那些歇斯底里的"尖叫"和神经质的"叹息"——对异教神的列举越来越多地通过宣告缺席（如莫洛神殿里"徒劳的铙钹声"）而得以间接迂回地完成，直至后来对逐退异教神一一点名，将形容词语与整个诗行堆积起来，令人惊诧地指涉到一种真空虚无。弥尔顿用了两个比喻性的迁移来对太阳进行描述，从而使其指涉风格产生最为强烈的对比：首先通过床帏文明的屏障，然后通过仙女们为月亮所喜爱的迷津。

　　"趁着太阳还在熟睡，

　　云霞的帷帐，红通通一片，

　　脸颊枕着红色的波澜，

　　成群的苍白色魅影，

　　结队朝向地狱行进。

　　足戴镣铐的鬼魂溜进各自的坟茔，

　　身披黄衫绛裙的仙女

　　辞别月亮迷宫，随着夜驹飞逝而去。"　　　　（第26节229－236行）

　　弥尔顿或许无意将"诗意的"模糊与神启的明晰对立起来，不过，我们清楚地看到他试图使用奇喻来"给太阳穿上外衣"，然后明白无误地对初升的太阳进行评说。指涉风格上的强烈对比使婴孩着床显得十分真实：

　　"看啊！有福的圣母

　　已经让圣婴安歇。

　　我们冗长的歌唱该在此结束了。"　　　　　　（第27节237－239行）

　　终于，我们受邀来将基督降临视为圣诞场景了。随着东方哲人的目标（在第5节里已经得到宣告）的充分展现，我们也有了一种旅途终了的感觉。最后一个诗节具有最为强烈的视觉吸引力。弥尔顿只是在教义得以呈现和领会之后才给出视觉上的论断，这说明他是像宗教改革者那样只是将"图画"作为一种修辞性的强调手段。弥尔顿很像画师伦勃朗，知道弃用色彩和光线会赋予其他的东西以特别的意义，所以在此处，"图画"（虽然只是圣诞塑像的轮廓）成了一种大胆的修辞笔触，将历史与教义的可能进行了一个总结或者"封存"。

　　弥尔顿似乎注意到了路德关于基督生死场景简洁反应的告诫，因而使用了压制日常细节的方式避免了矫情的风险。最后一个场景中表现出来的柔情因为是简洁而阳刚地表现出来——"爱"是如何用力来加以界定——也就显得更为有力了。最后一个诗节所显露出来的是——上帝的一切力量都集中在爱怜、呵护之上。所有的"天堂兵士"（廷代尔语）都被用来关注圣婴：

　　　"天堂最年轻的星星，

　　　已经修好闪亮的马车，

　　　熟睡的天主有使女在提灯侍奉，

　　　在庭院般的马厩四周，

　　　披挂闪亮的天使正在轮流准备效劳。"　　　（第27节240—245行）

　　在《圣诞晨歌》中，弥尔顿显露出他终生的追求，即用力量和明晰来理解上帝的爱，将信仰描述成"听到的"教义，把教义视作早期的历史（或者把早期的历史视为教义），坚信上帝之言具有重大的效用。后来的弥尔顿摒弃了一种牧歌式的历史观，给异教神填上暗淡的底色，让上帝之言自己发出，但在本诗中，他对上帝之言的神学思想并没有什么美学倾向，因为他非常出色地把音乐联想和牧歌范式用作了赤裸词语的"诗意性"外衣。

第二节　《耶稣受难》与《割礼时分》

一、《耶稣受难》

　　《耶稣受难》（*The Passion*）是弥尔顿在1630年，即他22岁时创作的。诗人在写下八个诗节后感觉诗歌题材过于宏大，超出了自己的经验和才能，于是不得不住笔。我们现在所见到的56行残篇，每一个诗节都与《圣诞晨歌》中"序"的诗节形式一样，由6个抑扬格五音步诗行加上最后一个六音节抑扬格诗行构成，韵式为 a b a b b c c。我们先看一看原诗的第 1 个诗节：

ERE – WHILE of Musick, and Ethereal mirth,　　　　a

Wherewith the stage of Ayr and Earth did ring,　　　b

And joyous news of heav'nly Infants birth,　　　　a

My muse with Angels did divide to sing;　　　　　b

But headlong joy is ever on the wing,　　　　　　b

In Wintry solstice like the shorten'd light　　　　c

Soon swallow'd up in dark and long out-living night.　c

　－、／　－　、／　－　、／　－　、／　－　、／　－　、／

其汉语译文如下：

一

往昔的音乐和超凡的快乐，

把层层大气和地球都震撼，

天堂圣婴诞生这令人欢欣的消息，

我的缪斯与天使一道分享、歌唱。

但奔放的快乐总是飞来飞去的，

好像冬至时分变短的日光，

很快就被吞噬在漫长的黑夜中。

二

现在，我就得将欢唱转变为悲伤，

把我竖琴的音符调成深沉的痛创，

不久以前，我们至爱的主还在将

危险、陷阱、冤屈及更糟的紧攥，

他为我们自由自在地承受这一切，

完美的英雄，危急中接受考验，

劳作如此艰巨，凡间无人可以承担。

三

至高无上的祭司俯下王者的头颅，

美丽的眼眶中滴下馨香的油脂，

走进简陋而又单薄的帐篷住所，

繁星般的前额低垂在天穹下面。

噢，这是什么样的面罩和伪装？

此外，他还须承受死亡的击打，

然后温顺地静卧在同胞们的身边。

四

后面的这些场景限制我漫游的诗句，
我的福玻斯被束缚在这一范围里，
他那上帝般的行为和强烈的诱惑
与所遭受的苦难，在别处可以寻见。
轻歌曼曲于我尚可，悠扬柔和的
笛声和低沉的提琴则更适合来表达悲痛。

五

黑夜，悲伤的好护主，做我的朋友吧，
把你的斗篷抛扔在那杆子上面，
让我深感荣幸的想象达成一个信念：
皇天后土都将笼罩上我的悲哀，
因为我阴沉的伤悲白昼无法知晓。
我书写的纸页会是漆黑一片，
写下的诗句被我的泪水洗刷，变成空白。

六

看啊，看那战车与那滚滚的车轮，
在示巴洪水边把那先知飞卷上天！
我的精神感到一位快递小天使
把我带到了萨里姆高塔那里，
经历辉煌的塔楼沉陷在无辜的血泊中。
我的灵魂在神圣幻象中静坐于此，
深深陷入我的深思、痛苦和狂乱阵阵。

七

我的眼睛发现了那块阴沉的岩石，
那是装有天堂丰富宝藏的圣棺椁，
我孱弱的双手在这里伤悲地展开，
但在软化了的石材上我要镌刻上
我哀怨伤心的诗行，生动一如往常，
因为我的泪水得到良好的训诫，
它们会与井然有序的字母严丝合缝。

八

> 或者，我该由此带上无形的翅膀，
> 在荒野的群山之上开始放声痛哭，
> 丛林、山泉柔情似水，与我相伴，
> 很快就将温和的回声从胸中吐出，
> 而我（由于悲伤极易穿上伪装）
> 便可以为我那喧闹伤悲的感染
> 已在某块积雨云中聚集起哀悼的群众。

耶稣基督以自己身体的死亡来将犯了罪的整个人类救赎，这么重大而严肃的主题确实不是一个二十一二岁的小伙子可以处理的，即便是在饱经世事、技艺精妙到写出《失乐园》和《复乐园》这样的史诗性作品后，他也没有打该主题的主意。不过仅从这一残篇中我们也可看出年轻诗人非凡的抱负和诗歌素养。

二、《割礼时分》

据《圣经》记载，犹太人的祖先亚伯拉罕在 99 岁时听从耶和华的旨意，行了割礼，即切除全部或部分阴茎包皮。耶和华告诉他，以后世世代代的男子，在生下来的第八日都要受割礼，受割礼的新生婴儿便与耶和华缔结成契约，成为犹太教信徒。割礼因此成为犹太教徒履行与耶和华之间的契约、确立犹太人身份、进入婚姻许可范围的一种标志。对犹太人来说，为出生后第八天的男婴举行割礼是具有特殊的神圣意义的，割礼仪式在希伯来文中被称为"盟约"（brit）或"割礼的盟约"（brit milah）。

《割礼时分》（*Upon the circumcision*）是弥尔顿在 1633 年，即他 25 岁时创作的，共有 28 个诗行，由七个语法句子构成，以抑扬格五音步为主（夹杂着数个二、三音步），诗行的节奏灵活，韵式也不规律，基本模式为 a b c b a c c d d c e f f e g h i h g i j k k j l m m l。全诗汉译如下：

> 你熊熊的掌权天使与明亮的带翼武士，
> 曾经奏出美妙乐曲，唱出得胜颂歌，
> （有福牧羊人的警觉耳朵最先闻听）
> 与云彩一道如此甜美地唱出你的快乐，
> 在倾听的黑夜、轻柔的静寂中穿行；　　　　　（第一个语法句）
> 哀悼吧！你若伤心就和我们一道承受，
> 你火一样的精华无法提取点滴的泪水，
> 在你的叹息之中燃烧，尽可来借用

从我们沉痛悲哀中哭出来的海水，

他先前和天堂先驱一起进入这世界，

现在流着血，给予我们安宁。　　　　　　　　　（第二个语法句）

啊！我们极度的罪，

这么快就已开始

抓住他的婴幼期！　　　　　　　　　　　　　（第三个语法句）

噢，是更超越的爱还是更公正的律法？　　　　（第四个语法句）

公正的律法，不错！但有更超越的爱！　　　　（第五个语法句）

因为，我们遵守那公正命定的宣判，

迷失在死亡里，直至永驻天堂的上帝

正襟危坐，秘密赐福，将其荣光倾注

给我们这脆弱的尘土，无遮无拦；　　　　　　（第六个语法句）

我们仍在逾越的伟大契约，①

则完全地心满意得，

复仇"正义"的所有愤怒

在一旁向我们的多余延伸，②

又将顺从封存；在今天，先是承受

刺痛的创伤，不过啊，不久后便是

巨大而剧烈的阵痛

将在我主心脏的更近处刺戳。③　　　　　　　（第七个语法句）

　　第一个句子（开头五个诗行）先是追忆天使曾经给选民带来的音乐和快乐，第二个句子（接下来的六个诗行）对正在进行的仪式进行评述，天使感到"沉痛悲哀"是因为割礼暗含了人类犯下的罪，人类将得到"安宁"是因为割礼已将那罪的象征（包皮）去除。第三个句子（接下来的三行）是诗人对人类命运的强烈感叹：人一生下来就要承担我们始祖所犯下的原罪。第四、五两个句子最短，都只是一个诗行，却一问一答，把割礼的因由交代出来，既是神圣"律法"的要求又是上帝"更超越的爱"的显现。第六个句子（共四个诗行）对这

---

① Great Cov'nant（伟大的契约）指的是摩西律法（十诫），也暗指割礼仪式。《旧约·创世记》17：7－8"我要与你并你世世代代的后裔坚立我的约，做永远的约，是要做你和你后裔的神。我要将你现在寄居的地，就是迦南全地，赐给你和你的后裔，永远为业。我也必做他们的神。"

② Excess（多余）即 Sin（罪），其象征或许就是在割礼中去除掉的包皮。

③ 这种剧痛（huge pangs strong）暗指基督在十字架上遭受的尖钉刺入身体的感受。

"点睛之笔"做出解释：我们遵守"命定的宣判"就会沐浴到上帝的"荣光"。最后一个句子（最后八个诗行）则表达出诗人对人类现状的失望，因为他们还在"逾越"那"契约"，将"服从""封存"起来，惹得"复仇（的）正义""愤怒"不已，但仍然满怀希望，因为今天所"承受"的"创伤"预示着耶稣基督降临为人类的救赎而受难，然后升天。

第三节 《庄严音乐会》

《庄严音乐会》（*At a Solemn Musick*）是弥尔顿在 1637 年，即他 29 岁时创作的一首描述一次神圣的基督教音乐会的短诗。总共 28 个诗行，以扬抑格五音步为主，但第 8、15、16 三行为扬抑格三音步，第 16 行为抑扬格六音步。基本上是双行押韵，但有例外，总的韵式为：a b a b c c d d e f f e e g g h i i j j k k l l //
m m n n。汉译如下：

> 幸福的一对塞壬①，天堂快乐的保证，
> 生于星球，和谐的姊妹，声音与诗句
> 把你神圣的音响联姻，加上混合力量，
> 就能够用注入的意义②刺穿那一些死物，
> 并为我们高高抬举的想象呈送上
> 那支纯净、自得、③ 不受干扰的歌，
> （这支歌总是在蓝宝石的王座前
> 为端坐于王位的"他"反复咏唱）
> 伴着圣洁的呼喊，随着庄严的典礼，
> 光彩的撒拉弗④排着熊熊烈火的队列

---

① Siren（塞壬）是古希腊神话中半人半鸟或半人半鱼的女海妖，以美妙的歌声诱使水手驶向礁石或危险区域。现在又经常用该词来指称"耀眼迷人而又危险的女人"或者"汽笛声、警报器"。

② Sense 一词即可理解为"意义"又有"感觉"的意思。

③ Content 用作形容词意为"自得、满足"，若用作名词，又可表示"内容、容量"的意思。因此，这一行又可理解为"那支内容纯洁，纤尘不染的歌"。

④ Seraphim（撒拉弗）为基督教和犹太教中地位最高的神的使者，又称歌颂神或炽天使，带有六翼，无形无体，以赤色火焰为象征。

将他们高举的天使①大喇叭响亮吹奏，

成千上万的基路伯②开口加入大合唱，

把他们不朽竖琴的金色丝弦拨动，

而那些身披胜利棕榈叶的公正精灵

绵绵不绝地将虔敬

而神圣的赞美诗吟唱，

以便让地上的我们带着并不刺耳的歌喉

可以准确无误地将那美妙的音响来呼应；

我们立即唱和呼应，直到不相称的罪

刺痛"自然"的鸣钟，用嘶哑的噪声

来撕破世间万物唱给他们伟大天主的

美妙音乐，（天主的爱在完美和音中

将其行动操控）；他们驻足站立，

带着原初的服从和完善的姿态。

噢，但愿我们很快就能重续那支歌，

与天堂和韵再次合拍，直至不久后上帝

将我们与他天堂里的伴侣结合在一起，

与他住在一起，在无尽的曙光中歌唱！

　　前24行实际上是一个语法句子：Blest pair of Sirens, pledges of Heav'n's joy, // sphere-born, harmonious sisters, voice and verse, // wed your divine sounds, and mixed power employ, // dead things with inbreathed sense able to pierce // and to our high-raised fantasy present // that undisturbed song of pure content // aye sung before the sapphire-colored throne // to Him that sits thereon, // with saintly shout and solemn jubilee, // where the bright Seraphim in burning row // their loud up-lifted Angel trumpet blow // and the Cherubic host, in thousand choirs, // touch their golden harps of immortal wires, // with those just Spirits that wear victorious palms // hymns devout and holy psalms // singing everlastingly, // that we on earth with undiscording voice // may rightly answer that melodious noise, // as once we did, till disproportioned sin // jarred against Nature's chime and with harsh din // broke the fair

---

① Angel（天使）是侍奉神的灵，受神差遣而帮助需要拯救的人，传达神的旨意，是神在地上的代言人。

② Cherubim（基路伯）即地位低于六翼天使的二级天使，常由带翅膀的孩童表征。

music that all creatures made // to their great Lord, whose love their motion swayed // in perfect diapason, whilst they stood // in first obedience and their state of good.

将一台教堂里举行的神圣音乐会来描述：一对迷人的女歌手用美妙的嗓音将配上旋律的诗句反复地唱给上帝，头等天使（撒拉弗）昂首吹奏着天使喇叭，二等天使（基路伯）低头拨动竖琴的金色琴弦，无数精灵披着棕榈叶高唱赞美诗——地上的人们也曾在堕落之前回应着这天籁之音的节拍而快乐地歌唱，但后来违禁犯罪而将这"自然"的鸣钟和美妙的音乐破坏掉。13 个抑扬格五音步诗行夹杂着 3 个抑扬格三音步诗行，基本上双行押韵、偶尔隔行押韵也造成连绵不断、和谐又有变化的音响效果。

后 4 行为另一个语法句子：O may we soon again renew that song // and keep in tune with Heav'n, till God ere long // to His celestial consort us unite // to live with Him, and sing in endless morn of light.

所表达的是一种愿望：但愿我们很快能够再次唱起那支与天堂音乐合拍的纯洁无瑕的歌，和上帝重续圣约，永远在曙光中高唱赞美上帝的圣歌！标准的双行押韵，所压之韵为鼻音和双元音，而最后一行是多出标准诗行另一个音步（两个音节）的六音步抑扬格诗行，又给人一种雄浑辽阔、余音绕梁的音响效果。

从《割礼时分》和《庄严音乐会》这两首短诗中，我们可以看出，年轻诗人已经抛弃《耶稣受难》里的那种沉郁顿挫的风格，找到了属于自己的"庄严音乐"。两首诗已经明显地透露出弥尔顿独特的伟大风格：崇高、持久运动的力度与构建节奏强烈、音韵和谐诗节的技艺。这一风格将在晚期的长诗创作中得到淋漓尽致的发挥。

第四节　本章小结

弥尔顿宗教题材的诗歌应当是他的试笔之作，这从他 15 岁就意译出两首赞美诗，21 岁作《耶稣受难》却未能完成，诗节形式和诗行格律极具实验性质的事实中是可以看出来的。作于 23 岁的《割礼时分》和《庄严音乐会》则是比较成熟的短篇诗作了。《割礼时分》用 28 个诗行、7 个语法句子对"罪"与"赎罪"的主题进行了思考；《庄严音乐会》用 28 个诗行、两个语法句子对"一对塞壬"将"声音与诗句""联姻"成神圣的"庄严音乐"进行了韵味十足的生动描绘。最能体现其宗教情愫和青春诗才的则是《圣诞晨歌》。

　　《圣诞晨歌》可谓是弥尔顿的第一部成熟诗作，诗人的天才在其中得到了充分的展示。它要表现的是宇宙之于人类的不平衡，将婴孩、母亲和马厩做了最小化的处理，而对事件的宇宙意义做了全方位的展现，即将（圣母玛利亚和圣婴基督为代表的）人类最小化而把神圣最大化。但作者不能声称他写的是圣诞的神性而不写其人性，因为事件本身既是一桩令人心酸的人类事件，又是一件壮丽宏伟的宇宙事件，即"隐居于你可爱子宫里的无限性"①。弥尔顿的成就在于诗里面的"专横傲慢让人不安，而其神奇力量令人震颤"②。

　　1629 年的英格兰诗坛上，一位才华横溢的青年诗人闪亮登场了。

---

①　约翰·当恩（John Donne）语，原文为：immensity cloistered in thy deare womb.

②　克里斯托弗·利克斯（Christopher Ricks）语，原文为：disconcerting in its imperiousness as well as thrilling in its might.

第二章

十四行诗创作与政治十四行诗

弥尔顿创作的十四行诗有 23 首，还可以加上长调（加长的十四行诗）、短歌"坎佐尼"（意大利歌曲）各一首。其中，8 首（标号 1 - 7 的和那一首"短歌"）写于早期，基本上都是诗人自己的抒怀之作，其余的 17 首（标号 8 - 23 的和那一首长调）作于中期，大多带有政治论争的色彩。

总共 25 首的十四行诗依据其表现内容和语言媒介可以分成四类：① 英语抒怀类（5 首，即 1、7、19、22、23 号）；②意大利语抒怀类（6 首，即 2 - 6 号和一首短歌）；③政治论争类（8 首，即 8 、11、12、15、16、17、18 和长调）；④颂赞应酬类（6 首，即 9、10、13、14、20、21 号）。这些诗作很好地展示了诗人对不同情感调式和诗歌形式的娴熟掌握程度。

下面，我们就这四类十四行诗进行讨论。

第一节　英语抒怀类

弥尔顿用英语写下的抒怀类十四行诗有五首，标号为 1 和 7 的两首作于早期，后三首（标号为 19、22、23）则作于中期，第 23 首写完两年后便发生了将诗人命运彻底改变的王政复辟。

一、基本情况

弥尔顿在 21 岁时写下他的第一首十四行诗《致夜莺》：

哦，夜莺，夜幕降临、万籁俱静时，
你就在那边的花枝上婉转鸣唱，
在情人的心里边注入新的希望，
快乐时光缓缓走进吉利的五月；

你流动的乐符合上了白日的双眼，

在杜鹃的薄喙预兆恋爱成功前

我第一次听你歌唱；哦，假如

朱弗将恋爱之力与你的乐曲相连，

那么就赶紧歌唱，免得那仇恨之鸟

在附近的丛林把我无望的命运预告，

一如你年复一年地在我得解脱之前

就开始歌唱；不过，假使毫无因由，

不管是缪斯还是爱神把你称作伴侣，

我都为二者服役，成为他们的随从。

年轻的诗人宣称自己将追随缪斯（Muse）和爱神（Love），"为二者服役，成为他们的随从"（Both them I serve, and of their train am I），因而在其后的六首意大利语十四行诗中为他的那位无名女士高唱赞歌。这与人们对弥尔顿的传统认识（不苟言笑的清教徒道学家）倒是大为不同。

更为人熟知的则是更具特色的第 7 首《叹时光》（*How soon hath time* …）：

时光，你这狡猾的韶华窃贼，

转瞬间便偷走我二十三个春秋！

匆匆岁月无情，只管全速前行，

春日几近尾声，却仍未现花蕾。

也许，我的外貌当真欺骗了实情，

本已是日益接近而立之年，

内在成熟赋予我勃勃生气，

但在外表上并无多大的显现。

然而，或多或少，或速或迟，

终归都要走向同样的归宿；

高尚的也好，卑微的也罢，

时光和上苍注定要将我带往。

假如我得恩惠如此利用时光，

那大监工就会以为一如既往。

诗人反思自己走过的二十三个蹉跎年岁，决心要紧紧跟随上帝的意愿："或多或少，或速或迟，// 终归都要走向同样的归宿。"这首被誉为"樱桃核上雕刻人头"的十四行诗，将在下一节详细地评析。

弥尔顿对十四行诗体的熟练把握，在他三十六七岁时写下编号为 19 的《叹失明（一）》（When I consider …）之中得到最明显的表现。这首诗紧扣一个问题：在双目失明的情况下，怎样才能够施展上帝赋予他的诗才。

　　想到自己在人生过半之时就已将
　　光明丢失在广漠的黑暗世界之中，
　　而一种死神要将其隐藏起来的才能
　　在我身上一无用处，虽然我的灵魂
　　更愿用它来侍奉造物主，呈现自己
　　真实的故事，不然他就会对我斥责。
　　"失去光明，上帝就索要白日功课？"
　　我傻乎乎发问，"耐心"制住牢骚
　　立即抢上前来回答："上帝才不需要
　　人的功课，也不需要自己的天赋。
　　好好地承受轻微的束缚，就是对他
　　最好的侍奉；他的状态即王者之态。
　　万众听令，在大地海洋忙个不停。
　　侍立在他左右也一样在为他服役。"

　　在同年创作标号为22的《叹失明（二）》或《致西里亚克（二）》（Cyriack, this three years day …）的十四行诗中，弥尔顿对虽然双目失明自己却无怨无悔的心境做了解释：

　　西里亚克，三年来我这双眼睛啊，
　　外表清亮，也不见半点瑕疵，
　　实际上不见光明，视力尽丧；
　　眼球形同虚设，全然看不见
　　日月星辰、花草林木和男女老少，
　　三年如一日。但我并不抱怨
　　上苍的安置或意志，一丝一毫
　　也不减退热情和希望，而是
　　坚忍不拔，砥砺前行。你若问我：
　　是什么支撑着你？是一种良知：
　　维护自由是我的宿命，全欧洲
　　都在谈论，纵然我过劳而终至失明。
　　即便没有更好的引导，这一知识
　　也让我冲破俗世面具，遗憾无存！

弥尔顿在年过半百时写下了怀念自己第二任妻子凯瑟琳的《梦亡妻》（或《悼亡妻》，即最后一首十四行诗，Methought I saw …）：

> 我仿佛见到了那故去的结发圣徒
>
> 好像阿尔刻提斯从坟墓中回转，
>
> 朱弗之子奋力将让她起死回生；
>
> 把虚弱苍白的她还给快乐儿郎。
>
> 我的爱妻，刚刚洗净分娩的血污，
>
> 依照古训洁面净身而得救赎，
>
> 我深信自己会再一次在天堂
>
> 自由自在把她上下看个清白，
>
> 浑身白衣素裹，一如她心灵的纯洁，
>
> 脸上蒙着薄纱；在我幻想的眼里，
>
> 慈爱、甜美、和善之光随处闪现。
>
> 那样的清晰，脸上是莫大的欢喜！
>
> 可是，啊！她正要俯身拥我入怀，
>
> 我醒了，她逃走，白昼带来黑夜。

本诗第一句入梦，有所见，是虚；末一句出梦，无所见，是实，首尾呼应，浑然一体，写活了悼亡爱情的诗篇。"我仿佛见到了……""脸上蒙着薄纱；在我幻想的眼中，……"蒙着薄纱而后在天堂被揭去？像阿尔刻提斯一样戴着面纱从坟墓中被救活？被弥尔顿的失明而罩上了薄纱？传记作者一直在为他见到的是哪一个妻子（第二任的凯瑟琳还是第一任的玛丽）的幻象而争论不休，但真正的要点是幻象本身所具有的水晶般的朴实。将古老文学与"古老律法"的非人格性与一种哀婉动人的个人谦恭和同情怜悯交织在一起，这就让它成了弥尔顿十四行诗中的王冠之作。

二、《叹时光》评析①

萨缪尔·约翰逊在其《诗人传》中说过："弥尔顿的确是天才，他可以把岩石雕成巨人像，但不能在樱桃核上刻出人头来。"然而，弥尔顿一些貌似平凡的小诗其实就是精雕细刻的结果，突出的例证便是标号为 7 和 18 的两首十四行诗。前者是他在自己二十三岁生日到来时有感而发，不妨称之为"叹时光"，后

---

① 本节的主要内容作为项目阶段性成果以"樱桃核上雕刻人头"为题发表于《渭南师范学院学报》2019.5（49 – 55）。

者则是他在闻听瑞士伏都派（the Vaudois）新教徒于皮德蒙惨遭屠戮（1655）之后内心激愤而作，将在"政治十四行诗"一节进行评析。

《叹时光》一诗的原文如下（汉译参见上一节）：

How soon hath Time, the suttle theef of youth,

Stol'n on his wing my three and twentieth year！

My hasting days flie on, with full career,

But my late spring no bud or blossom shew'th.

Perhaps my semblance might deceive the truth,

That I to manhood am arriv'd so near,

And inward ripenes doth much less appear,

That some more timely – happy spirits indu'th.

Yet be it less or more, or soon or slow,

It shall be still in strictest measure ev'n,

To that same lot, however mean or high,

Towards which Time leads me, and the will of Heav'n.

All is, if I have grace to use it so,

As ever in my great task Master's eye.

特别引人注目的是最后两个诗行，因为不同的标点断句会让我们得到不同的理解。初版（1645）与再版（1673）都将这两行标点为 All is as ever in my great taskmaster's eye.（在上帝这个大监工的眼里，所有一切都和往常一样）而从其收煞位置、逻辑节奏和必胜语气上看，这种断句和理解也合乎情理。

诗句的暗示力量或许来自我们对插入语成分 if 子句的理解。All is（全都是）预示着一个超越一切差别的总体论断，if 子句造成的停顿则暗示论断背后所隐藏的精确性和逻辑性。更为重要的是，if 引导的条件子句本身也在给人一种暗示：主句同样无可指责，其内容与子句一样司空见惯，其意义和子句一样明白无误。此外，插入语本身就足以让读者对最终的任何论断都确信无疑，而为了迎合 if 子句给出的不确定修饰，读者在心里边就得把主句的头两个音节（All is）当作是已经完整的东西，似乎 it 与 so 这两个先行词已经在那里准备接受修饰和限定了。if 子句因此鼓励读者离开诗句，自以为已经从主句中获得了整个诗句的意义和 All is as ever 的具体所指。

也就是说，最后两行诗究竟说的是什么并不重要。诗句并不要求读者确切地知道其最终论断和具体内容，阅读完全是一种毫不费力的实用信念之举——当然是对诗句而非对神祇的信念。只有在你试图去确定其具体意义并明白以这种顺序排列的二十个音节是如何传达这一特定意义之时，它们才会叫你感到费解。词语以多种方式相互连接在一起并同诗中其他诗行连接起来，蕴含于其中的真理虽然没有完全显露出来却已经让读者信服了。这可是了不起的成就。

起着收煞作用的两个诗行虽然没有明明白白地将其内涵显现出来，但绝不是没有内涵。如果对追求准确理解的批评家做出的意义阐释做一番审视，我们就会清楚地发现这种特别的内涵。第一种阐释如前所述，是依照全诗的逻辑而得来的。后六行诗节的句法结构暗示，在这首特别的彼特拉克式十四行诗里面，最后的两行起着总结或解释的作用。既然之前的四行表面上讲的是一件事（it），严格地讲却在指涉另外一件事（that same lot），那么能够与之呼应并让 it 和 that 的具体所指落到实处的总结诗行就要被视为是已经这样做了。换言之，最后的两行似乎就是 9 – 12 行的同位语，All is as ever in my great taskmaster's eye 则作为一个与之相关联的句法单位迫使读者做出这样的解释：用上帝的衡量标准来看，人早一点晚一点，这样或者那样有所成就，其实都不要紧，因为"对上帝来说都是一样"（it's all the same to God）。这或许就是我们对本诗的首要理解或者阐释，理解或阐释的依据有两个：其一，诗的韵律节奏、修辞节奏和初版、再版里的标点都将 All is as ever 作为一个受 if 子句修饰并被断开的独立子句；其二，这种理解或阐释反映并落实了我们对这两个诗行的第一印象。

这种阐释或许没错，但并不充分，因为它提出 All 即 if I have grace to use it so 中 it 的先行词，却没能说明 so 的所指是什么。我们或许可以将 so 理解为可以推断出来却不十分贴切的 gracefully（"优雅得体地"），或者更为合理的"与上帝意志相符"之代词性成分，否则，so 只能是飘忽不定而不具有实际意义了。

究竟该怎样解读这两个诗行呢？诗中已经给了我们一种，即把第 14 行看作是 use it so 的注解，把 ripeness（成熟）作为第 13 行中 it 的先行词。这样，收煞诗行的意义就成为 All that matters is whether I have grace to use my ripeness in accordance with the will of God as one ever in His sight.（要紧的是我是否能够进入上帝的法眼而得到恩惠去按照上帝的意志来把我的成熟加以利用），或者 All（that matters）is：whether I have grace to use it so, as ever（conscious of being）in my great taskmaster's（enjoining）eye.（全部的问题就是：我是否能够如同我在大监工责令的眼里自觉自愿地享受恩惠而如此利用它呢），诗行的句法结构明显倾向于这一解释。

尽管如此，诗行还是具有某种暗示指向：人类要注意全能全知上帝的睿智。诗行包含的这种理念与 if I have grace to use it so 里包含的道德经济学（表面上假定遵循一种人类可理解、可预知的模式之天堂正义）相互补充，或者隐含于其中。如果要让适当利用时间和才能这一道德义务，与决心的理念产生那种简单、现成而不需神学支撑的传统意义，我们就必须假定这一模式的存在。即便是粗心的读者没有发现 so 与第 14 行之间的句法关联，但关联依然存在，并包含在诗行的体验里。

上述两种解释都基于一种并不算是严谨的假设：All is 即 All that matters is（"全部是" = "要紧的是"）。虽然 All that matters is 象征性地表达了 All is as ever 结构的精神，但两种解释都把第 14 行的句法结构解读为：绝对不让 as ever 去充当前一行里 it 指涉的直接宾语。All that matters is 是对 All is 的注解，这一观点反映出一种姿态，即无视诗行里明显存在却与其句法结构相悖的区别。两种解释都有道理，需要注意的是：①如果把 All is 解读为 All that matters is，我们就违背了解读所依据的逻辑；②这一违背其实无关紧要；③在违背自身逻辑之时，我们已经超越了人类的局限，即逻辑与人的逻辑需要只不过是一种绝望的张扬；④让我们完成这一暂时性超越（超越有过失的人类脑力缺陷）的正是本诗。

事实上，本诗轻松自如而又令人信服地表明：我们借以维护和界定健全智性的所有区别并不那么重要。最后两个诗行对这一命题做了清楚的说明，条件子句 if I have grace to use it so 与其修饰限定的论断之间存在的奇特关系又对此做了进一步的说明。其一，条件子句与中心论断的绝对精神并不相容，但它借助自身基督徒式的谦卑语气增强了被断开的绝对性权威。其二，if 子句的具体内容与 All is 主句的具体内容之间存在着一种似非而是的和谐关系，另外一种区别因此被消解掉。消解只有在引入一个我们一直在小心回避的主题——本诗与葡萄园工人的寓言（《马太福音》第 20 节）和才能寓言（《马太福音》第 25 节）之间的关系——之时才能进行讨论。

弥尔顿在手稿中为自己当时无所作为的读书生涯有过辩解和抱怨，他提到"将其才能隐藏起来的可怕封锁而设置下的福音禁令"，但也暗示自己并不太在意立即就让自己的才能付诸实用，而是特别想让它们派上大用场，"不考虑早熟或者晚成，只想去做更为适合的事情，因为在葡萄园主人找寻雇工的时候，最后来到的人并没有失去什么东西"。

考虑到诗中对成就、无所成就与成就时间的关注，考虑到与之平行的暗示 All is … As ever，再考虑到前面一行中 grace 一词明显的宗教概念与形容词 great 所暗示的上帝指涉这样的语境，监工（用来指称一个对早一点或晚一点干活的区别并不在意的存在）一词的使用就将葡萄园寓言这一特定典故引了进来，而典故促成并证明了一个论断：诗中所涉话题之间的一切区别都没有什么意义。

才能寓言不如葡萄园寓言那么显而易见却也被很多人认可。典故来自第 13 行中的 use 一词，所起的作用是逆向的——只有在第 14 行最后进入全新的基督教语境之时才开始发挥作用。

葡萄园寓言和才能寓言的应用让本诗的表现内容和范围得以显著地拓展，也使其长度、语气和私人话题的局限得以有效地突破，但这并不等于说本诗的主旨就是寓言，或者寓言在读者身上产生的效果（对最后两个诗行的理解带有《圣经》典故的色彩）与其在未发现典故的读者身上产生的效果之间存在非常大的区别。正是因为要避免这一误解，寓言典故直到诗的结尾才被引入。如果我们在此时还没有听到葡萄园寓言的回声，All is as ever 的姿态就会仍然支持该寓言是诗意主旨的普遍观点。同样，（才能寓言所固有的）做善功得拯救的理念也一直隐含在第 13 行里面，因而不用担心另外一种考虑：撇开短语 to use it so，单独对 if I have grace 进行解释。已然完成的 if 子句，与其是在说"上帝乐意"不如说它暗含"假如我行为端正"之意。当然，如果仔细加以揣摩，你就绝不否认 if I have grace to use it so 的确是在说"上帝乐意"。

由此可见，if I have grace to use it so 合并、模糊或者消除了两种泾渭分明的传统基督徒式谦卑的区别。一种暗含自由意志这一并不复杂的神学理念而且符合挣多少得多少这一道德经济学原理；另一种则是恩惠理念本身所固有且暗含形而上、超逻辑的正义。两种观点在未有神学配套的普遍思想里是互不相容的，但在 if I have grace to use it so 中却可以和平共处，二者之间的区别并不重要且在人们的意识中已经消失。If 子句本身使 grace 成为世俗决心的好伴侣，让最后两个本不可能和谐相处的诗行一起出现，这就向我们表明二者在行动上没有什么分别，本诗从一开始就在展示和启动葡萄园寓言里的正义。

葡萄园寓言贯穿本诗的始终，但只是在最后一行的最后一个短语里才明白无误地显现出来，典故与十四行诗之间的关系因此类似于葡萄园里最后被雇用的工人和先前来到的工人之间的关系。诗的效用取决于寓言典故的感知程度，这是收煞诗行给出的假定，却限制和低估了本诗的成就。我们最好把本诗视为对葡萄园寓言中的实用原理做出的一种解说。普通读者对这一原理或许并不知晓，但也会在阅读本诗的过程中毫不费力地感受到并予以认可的。

例如，读者还未读完全诗就可能已经获得了一种实际体验，即具有流动性而无足轻重的时间定位概念。对一个一直哀叹青春不再的人来说，第 4 行的开头几个词（But my late spring）要表达的意思应该是"而我渐渐逝去的春光"和"春光已去"，只是句中动词的时态（shew'th 现在时）将没有发芽、开花的春天带回到眼前。late 一词在此应当理解为"迟缓"。

9-12 行里出现了一些比较的内容，最后的那个短语（and the will of Heav'n）来得比较晚，远在读者期望与 Time 同位的第二个语法主语出现之后。这一明显的迟缓既展示了葡萄园里后来受雇的工人之做工模式，又预示着寓言典故在最后才会出现。不同寻常的位置让短语（至少是暂时性地）以 me 的语法平行结构呈现出来，成为 leads 的第二个直接宾语。事实上，弥尔顿在手稿中就在 Leads me 和 and the will of Heav'n 之间加上了一个逗号。

把 Time（时间）视为 the will of Heav'n（上天的意志）的引导者，这在哲学上是讲不通的，不过，句法上的逻辑开放性及其对错误的招致这一事实本身，可以把我们带往第 11、12 行的另外一种附带意义：Time 与 the will of Heav'n 是相互合作的共同引导者。这种意义在句法结构上看不如"时间引导上天的意志"诱人，但在实质上更加引人入胜。"上天的意志"可以被视为"那相同的命运"之平行意义，即 to 的第二个相距较远的宾语，所欲表明的是说话人的命运与"上天的意志"同属一物。因此，"上天的意志"要么是引导者，要么就是目的地，当然到底是哪一个就无所谓了，反正二者都指向同一件事。

在第 10-12 行里，短语 even to 中 to 的动作既掺入了 fully as far as 之近义词（even to 通常有"远达某一数量"之意）的动作，也融合了第 12 行中 Toward which 里 toward（"朝向"某一目的地）的动作。一种等式（ev'n / To that same lot "与那同样的命运相符"）因此成了目的地：To that same lot, however mean or high, / Toward which Time leads me.（朝向同样的命运，低贱也好高尚也罢，/ 时间把我领向那一命运）。其中，high 被比喻性地用作 mean 的反义词，重现其本义（"高大"）并暗示一种艰难的上进。

再看第 10 行中两个习语在短语 in strictest measure 里的无缝合并。短语同时聚焦于数量概念（就像在 in measure even "数量相等"里）和确定数量之手段与过程的精确性概念（就像在 in strictest measure "以最严格的标准来衡量"）。我们之所以要对这个短语加以特别的关注，是因为：①它增加了自己逻辑上可能的表现力又使超逻辑的理解成为一件毫不费力的事情；②两个被合并的短语确实有所区别，但这一区别并不那么重要。

接下来，我们看开头两个诗行里动词 steal 暂时经历的变形。在第 2 行开头，偷窃者被标志为"窃贼"（time "时间"）后就被 stol'n（偷走了），读者自然会把它看作是一个及物动词，意为"偷窃"，但紧随其后的三个词将它变成不及物动词，即 Time has Stol'n on his wing（"时间偷偷地展翅飞去"），不过收尾的短语 my three and twentieth year（"二十三个岁月"）给了 stol'n 一个直接宾语，从而将其意义又拉回到及物的"偷窃"。对这一变形，我们也有两点需要注意。其一，就诗的整体意义而言，stol'n 用作及物的"偷窃"（时间偷走了我的青春）或者不及物的"偷偷地行走"（时间偷偷地走掉）其实无关紧要，因为两种用法都指向同一件事情。句子的句法流动性渐渐抹平了人们通常见到的区别，第 1 行里的两种潜在论断在概念上也变成了同等的东西。读者在读完句子之后并不会对两种"偷"的意义区别加以特别的关注，区别已经有效地消失在句法里面了。其二，诗句利用各种方式使自己可以阐释的内容超出了自己能够容纳的范围，例如：时间偷偷溜走的概念是附带而来的，即由诗行发出但并非其句法结构最终给出的合乎逻辑的那部分含义。

我们在开头两个诗行里看到了两种相互关联的品质，这两种品质在接下来的诗行里又得到多次、多方面的再现。1、2 两个诗行所包含的隐喻形象都用上了空间运动的概念，旅人成了拟人化的抽象时间。到了第 3 行，日子由于第 2 行里"插上翅膀的时间"而"飞起来"。到了第 6 行，旅人则由于动词 arrived 的使用而成了说话人自己。时间窃贼、日子与诗人之间的区别虽然是真实存在，却并不真的重要，三者都只是在不同侧面对同一事实做出某种主观性的思考。在第 3 行里，hasting 一词根据上下文应被理解为一个临时的形容词，意为"快速""匆忙"，但下面一行引入一个植物性隐喻，又使其意义不得不调整为"早到的成熟"。5、6 两行蕴含一个与 1、2 行中 stol'n 所发生的类似变化，变化基于第 4 行里 bud（花蕾）和 blossom（花朵）所蕴含的变形隐喻（"我的春天"即"我的青春时代"）。在这两个诗行里，物质外表（semblance 特别隐含面部特征之意）概念与阳刚气质的外部表现概念把第一个四行诗节中神圣的诗意枝条糅合在一起，暗含着一种（对不长胡须的下巴）孩子气的绝望。到了第 7 行，"成熟"的标准型隐喻出现了，诗句因此继续前行，似乎从来就没有过对现实青春时代的幼稚性焦虑。

第二个四行诗节开始讨论外表与实际的区别，但又在讨论过程中从不同方面对这一区别进行了消解。例如 semblance 这个可能的关键词。在第 5 行里，my semblance 从道德意义上讲是中性的，意思是"我的外表"，但在它成为 might deceive（可能会欺骗）的语法主语时，二者结合起来产生一丝令人不快的"故意作假"的意味。这一含意其实是这个词惯常的意义（"与实不符的外表"），但直到行中"欺骗"出现，上下文并没有显现出这一意味。"欺骗"的意味刚刚出现就马上蒸发掉：第 6 行表述的实情 That I to manhood am arriv'd so near.（我已如此接近成人的年龄），没有给出显现有利可图的欺骗机会，semblance 再次退隐到先前的中性道德状态中，deceive the truth（欺骗实情）也只能成为习惯用语中不太可能出现的"误导人"之中心语了。区别再次变得没有多少实际意义了。

区别无关紧要的理念，更为突出地表现在第二个四行诗节中前后两个诗行的逻辑关联上。第 5、6 行的外部表现与第 7、8 行的内在真实形成一种鲜明的对比，但将其连接在一起的是 And——一个暗示被连接成分之间存在相似性与思绪延续的词语。读者若是顺着连接词的含义往下读，就一定会把 doth much less appear 理解为"表明"或者"显而易见"，就会看出 5、6、7 三行说的是诗人的外貌显得比实际年龄要年轻，结果心智上的成熟被另外一个事实——这些无形的品质从未显露出来——严严实实地遮盖住了。不过，现代读者不会遵从 and 的指示，因为我们生活于其中的并不是一种可以理性地指望诗人把自己"内在成熟"隐藏起来的文化。短语 much less appear 多少带有一些传统的基督教——柏拉图式的悲叹意味（精神价值比起物质成就来总是被低估，总是比物质成就"显得少得多"），所以，And inward ripeness doth much less appear 被临时用来暗指不为人觉察、常遭人低估的精神成就和资源，也临时性地暗示第 7 行以 But（而非 And）开头、可能直截了当表示出来的那种观点。这些暗示仅仅延续到第 7 行，到了第 8 行，appear 一词作为"看得见"的同义词功能立即消失了，诗行给予"成熟"（ripeness）的修饰又将其限定为"社交上显而易见的成熟"与"适时快乐精神（而非说话人/诗人）拥有的品质"，给 doth appear 留下的唯一意义就是"构成其外表"和"到达"。7、8 两行因此成为第 4 行里的悲叹（"我青春岁月的尾巴没有显现出成熟的外部标识，而内在的成熟显现出来得更少！"）之实质性平行语。可见，第二个四行诗节表现出来的内容超越了诗节本身的容量，阅读这一讨论"区别"话题的诗节其实就是消解区别的过程。

再看似可解却又难解的第 9 行：Yet be it less or more, or soon or slow。Less 与 more 这一对称均匀的反义词通过节奏等式使自己延续到 soon 与 slow，而 soon 和 slow 也是用 or 被平衡地连接在一起。Less / more 与 soon / slow 这两对反义词同样被并列连词 or 连接成 more 与 soon 构成的一对反义词。从概念上看，soon 与 slow 紧密相连，slow 则与 soon 的反义词紧密相连；slow 让诗行含有"快捷"和"全速"的意义，soon 对 late 也产生同样的作用，使之具有 my late spring 中的"末期"之意，但 soon 和 slow 并不构成习惯用语上的对立。对本诗行的理解因此成为理解其自身无法容纳的意义的一种经历［其中包括三对选择：less / more，soon / (late) 和 (fast) / slow］，一种以不经意的反常顺序（两对将不好的 less 或好的 more 与好的 more 与好的 soon 或不好的 slow 平衡地对立起来）来完成理解的经历，还是一种将词语作为两对来进行理解（虽然同时还有四个单独的、在逻辑上平等的相互可以替代的选择，A 或 B 或 C 或 D）的经历。

　　诗行展示给读者的其实是一种漠视区别的姿态，表明"区别并不要紧"，在消除区别的过程中将意欲消除的区别淡化。诗行解读是一种赋予能力的行为，读者可以借此培养和提高自己对区别进行独立思考的能力，超越对词语（尤其是比较级的形容词）的依赖。说到底，词语不过是区别的制造者，要迎合人的脑子，而人脑需要确定的区别多于自然给予我们的区别。诗行认为区别微不足道而将其消除，使用代表性的手段本身又被诗行中优越的界定力量淡化掉，轻松阅读这些诗行因此成为一种完全次要却全然真实的超越人脑局限（虽然是暂时的）的经历。也就是说，我们不仅相信葡萄园寓言中的薪酬水平是公正的，而且要自信、轻松地将其公正性理解为只适合于人类的"同工同酬"理念。

　　弥尔顿的十四行诗创作走的是意大利而非英国的路子，诗行结构是"8+6"的模式，即由一个八行诗节和一个六行诗节组合而成，思想与节奏在八行诗节里逐渐走向高潮，在六行诗节中再逐渐回落，两个诗节之间往往有一个转折。押韵模式也分两个部分，八行诗节是 abba abba，六行诗节是 cdcdcd 或者 cde cde。《叹时光》这首诗基本遵循着这一模式，但又有一些创新。从句法结构和意义表达上看，本诗由三个四行诗节和一个双行诗节构成，每一个诗节就是一个完整的句子。第一个四行诗节（句子）说，时光飞速而去，自己仍然一事无成；第二个四行诗节（句子）说，自己内心已然成熟，但在外表上没有什么显现；第三个四行诗节（句子）说，自己坚信，上帝终归要让自己有所作为的。起收煞作用的双行诗节（最后一个句子）则主要想说，只要自己对时间善加利用，就一定会得到上帝的青睐。从韵式上看，本诗还是属于"8+6"的模式，八行诗节的韵式是 abba abba，韵词分别是：youth—year—career—show'th，truth—near—appear—indu'th；六行诗节的韵式是 cde dce，即 cde cde 的变式，韵词分别是 slow—ev'n—high，Heav'n—so—eye。两个诗节之间有一个明显的转折性词语 Yet（然而）。

　　深感岁月蹉跎却自信会有所作为，这种情感即便在24年之后（1655年）身处革命大潮却已经双目失明的境况中仍然没有改变。在标号为19和22两首《咏失明》的十四行诗里，弥尔顿还在说"我并不抱怨／上苍之手，老天意志，也丝毫不减／志气和希望，而总是振作精神向前／直行"，而且坚信"侍立其（上帝）左右的，也同样在为他效力"。真可谓"江山易改，本性难移"。

　　尾韵的使用基本依照彼特拉克的模式，此外，弥尔顿还利用英语词语的特点创造了一些跨行用韵的范例，例如：第2行第4音节的 wing 与第4行第4音节的 spring 相互押韵，第13行第6音节的 grace 与第14行第6音节的 great 形成头韵和谐音；第4行的尾韵词 shew'th 与第7行的尾韵词 appear、第6行的起始词（连词）That 与第 8 行的起始词 That（关系代词）分别构成概念韵。

弥尔顿还通过词语的惯常用法与其在语境中的语义潜势来拓展诗句的表现力，例如：固定短语 much less（第 7 行）表达了一种日常语言悖论，修饰 timely 的 more（第 8 行）与 Yet be it less or more（第 9 行）里的名词性 more 之间或者 some more timely – happy spirits（第 8 行）与标准的名词短语 some more 之间相互作用，相映成趣。或许这只是偶然而为之，但完全可以用作推断诗句潜在含义的线索，这些细微的联系与瞬间的脑力活动无疑有助于拓展读者的读诗经验。

弥尔顿在《叹时光》这首十四行诗里总共使用了 128 个词（行均 9 个），除了稍显生僻的 career, semblance, indue 三个，其他都是日常词语。但他通过对词语的选择和排列、句法的安排、典故的应用让一首小诗蕴含了远远超出其本来可以容纳的诗歌意义，这不可谓不是一个奇迹。除了弥尔顿，大概没有几位英语诗人能够具有如此高超的艺术才能。这首十四行诗不是《失乐园》，但就其篇幅而言，却是一座巨人像，没有人会希望它更长一些。约翰逊的评价并不完全正确，弥尔顿不仅可以像《失乐园》和《力士参孙》那样把岩石雕成气势磅礴的巨人像，也能够像《叹时光》那样在樱桃核上刻出精致美妙的人头来。

第二节　意大利语抒怀类

在《致夜莺》那第一首十四行诗里，弥尔顿就宣称自己是缪斯和爱神的仆从，于是，他在 6 首意大利语十四行诗（标号为 2 - 6，2 和 3 之间夹着一首短歌《坎佐尼》）里为那位无名女士高唱赞歌成了顺理成章的事情，同时也可看出 21 岁的弥尔顿对意大利诗人和彼特拉克的传统是多么情有独钟。从纯文学意义上看，这组诗作很重要，因为它们说明那种大不同于莎士比亚的十四行诗，直接由意大利源头触发的彼特拉克十四行诗已经回到了英国。

一、基本情况

六首意大利语十四行诗大约都出自 1630 年，也就是诗人二十一二岁时在剑桥大学的意大利语习作。① 考虑到弥尔顿的挚友查理·迪奥戴迪的原籍是意大利，弥尔顿对意大利语和但丁、彼特拉克、塔索等意大利诗人又是十分崇敬，同年写下的《致夜莺》是对爱情和诗歌的献身表达，这个推断是可以站住脚的。

第一首（标号2）"哦，美丽的女士"（Donna leggiadrail…）的汉语译文如下:②

>哦，美丽的女士，你的芳名给
>
>里诺河的绿谷、高津增光添彩。
>
>我确信男人个个都一无是处，
>
>你美妙的灵魂竟未使之立刻迷恋；
>
>当充溢你意志的甜美行动与天赋
>
>轻微地自现于外层空间——
>
>爱神的弓与箭会悉心呵护
>
>并将给你的族类戴冠加冕。
>
>当你轻松又欢快地歌唱时，
>
>吸引山林的神力根深蒂固，
>
>让那人看管耳与目的门扉，
>
>他自知不配得到你的青睐。
>
>上天的荣光才能给予他帮助，
>
>他内心的激荡不要过于深沉。

看来，羞涩的年轻诗人对这位内秀而外美（给河谷"增光添彩""美妙的灵魂"）、又有如此甜美歌喉的"美丽的女士"十分神往却又自惭形秽（"自知

---

① 关于这七首意大利短诗的创作时间和地点，历来有两种看法：①弥尔顿在剑桥大学学习意大利文时，出于对彼特拉克和塔索的喜爱而写就的习作；②弥尔顿在欧陆之旅期间于意大利博洛尼亚或者附近写就的抒怀之作。支持前一说法的证据是：诗人的密友迪奥戴迪是意大利人，他可能在其家庭社交圈里见到一位外国女歌手，而且懂几门外语，这位异域美女激发了年轻人对爱情的向往。支持后一说法的证据是：诗人在路上遇到了一位意大利美女，她把意大利语尊崇为爱神看中的语言，弥尔顿便写下这些意大利语短诗献给她。作者支持第一种说法，主要佐证有：①编辑《弥尔顿诗歌全集和散文选集》（*MIlton: complete poetry & selected prose*）的维西雅克（E. H. Visiak）列出了"诗文创作时间"（p. XV），把这些诗作都定于1630年；②乔治·桑普森（George Sampson）的《剑桥英国文学简史》（p. 33）相信这些诗作与《五月晨歌》和《致夜莺》同时写就；③第4首"致迪奥戴迪"在向挚友诉说自己的艳遇，而迪奥戴迪在他意大利之旅期间已辞世。

② 6首意大利语十四行诗皆为作者根据维西雅克编本中由乔治·麦克唐纳（George Mac-Donald）给出的英语译文做出。

不配得到……青睐"），不敢向其表达自己内心"深沉""激荡"的激情，只是寄希望于她能先施与自己恩泽，然后将"爱神的弓和箭"来"细心呵护"。

第二首（标号3）"正如在荒山褐色的薄暮之中"（Qual in colleaspro …）的汉语译文如下：

> 正如在荒山褐色的薄暮之中，
> 娇小的牧羊姑娘常常行走，
> 给奇花和异草浇水又撒露。
> 花草在陌生的土壤里无精打采，
> 远非其本土春日中的怡人模样；
> 爱神因此来考验我的伶牙俐齿，
> 用奇特的语言把鲜嫩花草唤醒，
> 而我对着你，用快活的嘲弄
> 唱出我族已不解其意的歌声——
> 美哉，我的泰晤士！美哉，阿诺河！
> 爱神希望如此，而我不惜牺牲他人，
> 内心里明白爱神的希望绝不会落空。
> 厄运招致迟钝，辛劳带来铁石心肠，
> 他从天上耕耘着如此肥沃的土壤。

诗人显然是在为自己使用意大利语（"奇特的语言"）作诗写歌进行辩护和解释。意大利是情歌的故乡，用意大利语创作诗歌（尽管"我族已不解其意"）可把"无精打采"的爱的"鲜嫩花草"来浇灌和"唤醒"。诗人相信"爱神的希望绝不会落空"，所以从容地"耕耘着如此肥沃的土壤"。谁说弥尔顿这位清教徒严肃古板、不解风情？

第三首便是那首《坎佐尼》的短歌"女士们和年轻人"（Ridonsi donne …），可谓是比"商籁体"多了一行、抒情意味浓厚的一首十四行诗，汉语译文如下：

> 女士们，沐浴在其青睐中的年轻人，
> 带着仿效的微笑来到我身旁：请问，
> 你们为何要用一种不为人知的语言
> 给爱蒙上雾水？你的勇气来自何方？
> 告诉我——千万别让你的希望受挫，
> 让最美的思想径直飞进你的脑海！
> 他们反唇相讥：别人叫嚷将你分出，
> 别人支撑你，要求得到另外一片海，

> 在大海那植被茂盛的滩涂上面，
> 草木始终含苞待放，为你的鬈发，
> 永恒的奖赏，永不凋零的叶片；
> 为何要背负着过重的负担？——
> 歌声呀，我要告诉你，你得回答我：
> 我的女士说（她的话就是我的心），
> 这是爱神的母语，符合自己的角色。

看来不少人不理解诗人为何选择"不为人知的"意大利语来写情诗，"给爱蒙上雾水"，而不是"让最美的思想径直飞进你的脑海"。弥尔顿则坚持认为这"符合自己的角色"，因为自己心仪神往的异国女郎告诉他，意大利语是"爱神的母语"，最适合表达爱情。

第四首（标号4）"致迪奥戴迪"（Diodati, e te'ldirò …）的汉语译文如下：

> 迪奥戴迪——我一直想开口说——
> 我这冥顽之人，爱神习惯于蔑视
> 并轻率地将一个个陷阱变成笑料，
> 我已沉沦，诚实的腿脚时而出错。
> 金黄色的发绺，胭脂红的脸颊
> 未把我迷惑，但在新世界外表下
> 隐藏着一种让心灵美化的美丽。
> 你好！高尚心灵的谦恭风采，
> 微微闪耀着可爱黑色的眼睛；
> 伶牙俐齿之家臣说出一番话语，
> 半球中心之处传过来一种话音，
> 都会让疲惫的月亮偏离正道。
> 她的双眼发出如此热烈的光焰，
> 我的耳朵根本无法将其有效阻挡。

诗人在向自己的挚友吐露叫他怦然心动的一次艳遇，虽然美丽的外表（"金黄色的发绺""胭脂红的脸颊"）未曾将自己"迷惑"，但"心灵美化的美丽""高尚心灵的谦恭风采"把自己深深地打动，结果诗人"根本无法将其有效阻挡"。

第五首（标号5）"甜美的女士"（Per certo …）汉语译文如下：

> 甜美的女士，你令人愉悦的双眼——
> 它们不是别的，的确是我的太阳。

重重地击打着我，如同在刺杀那
穿越利比亚大沙漠的孤独旅人。
炽热的水蒸气真是让我惊慌，
从那一边腾起，把我的痛苦开启。
或许是那习以为常的情侣——
我不是也不明了——将此称作叹息；
部分自行关闭，痛处更痛，隐藏
并震撼我的心胸；部分无拘无束，
奔腾而出，而周围都凝结成冰。
然而，在我的眼里，道之发现
让我的黑夜充溢着无声的阵雨，
直至我的"曙光"女神盛装归来。

意大利的一首著名情歌叫作《我的太阳》，而年轻诗人的"太阳"就是那位长着"令人愉悦的双眼"的"甜美女士"。既然是太阳，有时候就会炙热难当，让人"惊慌""痛苦"和"叹息"，单相思、徒劳的爱情不就是这样吗？但也有温暖宜人的时候，所以尽管想要"关闭"和"隐藏"自己的"心胸"，却还是"奔腾而出"，而且在情绪低落的"黑夜"之后给自己带来五彩的"曙光"。

第六首（标号6）"谦恭的年轻人"（Giovane piano, …）汉语译文如下：

谦恭的年轻人，恋爱中的傻子！
在我寻寻觅觅以逃避自我之时，
女士，我由衷地将这鸿毛之物
奉献于你。在许许多多的考验里，
我一直是真诚、勇敢并坚定不移，
高尚、谨慎、伟大的思想把我提升。
宏大世界尽情咆哮，电闪雷鸣，
我还是我，披挂上金刚石盔甲，
把侥幸和妒忌全然拒之于外面；
芸芸众生则满怀着希望和恐惧，
渴望得到内在禀赋和高贵价值，
余音绕梁的竖琴和多才多艺的缪斯。
只有在爱神钉上其致命利刺的地方，
你才会发现这并不是那样的艰险。

诗人自幼勤奋治学，加强修养，至此不仅具有了"真诚、勇敢并坚定"的性格和"高尚、谨慎、伟大的思想",而且诗才歌艺都渐臻精到,也就是具备了人人渴望的"内在禀赋和高贵价值"。唯一的"软肋"就是被"爱神钉上致命利刺",但发现这并非"那样的艰险",因此大胆地将其爱慕之心呈现给自己心仪的"女士"。

二、批评分析

6首意大利语抒怀诗当是情窦初开的年轻诗人在学习意大利语期间的练手之作。虽然有"少年不识愁滋味"之嫌,没有"梦亡妻"那样深沉的情感,艺术上也不够成熟,但仍然向我们透露出作为青年大学生的弥尔顿生活情感和艺术追求的一个侧面。

第一首和四、五、六三首向我们展现出一个初次坠入爱河的年轻诗人形象。弥尔顿在圣保罗学校上学时交下一个叫迪奥戴迪的小朋友,迪奥戴迪的父亲原籍是意大利托斯卡纳地区的卢卡城,但迪奥戴迪本人打小就在英国生活,应该是个地道的英国人,具有非凡的天赋和学识,是诗人的挚友。他为这位好友至少写过四首诗作:标号为4"致查理·迪奥戴迪"的意大利语十四行诗、用拉丁语写的第一、第六两首挽歌和《哀达蒙》的田园哀歌。在第一挽歌(*Elegia prima*)的开头,弥尔顿便充满感情地回复道:

> 朋友,你的书简迟到了,但字字句句
> 都给我带来你完整无缺的情思;
> 你的音色和情思从德瓦西岸传过来,
> 在那里,切斯特的清溪将其水流
> 急匆匆地倾注到弗吉凡的海水之中。
> 相信我,它能够让人去了解
> 遥远的国度,滋养深爱我的那颗心,
> 还有那忠诚无比的心灵——
> 距离还亏欠着我那迷人的朋友——
> 一旦召回则马上将其还清!

在第六挽歌里,弥尔顿对好友的申明(原谅他写出的诗作不若平常,因为他太沉溺于朋友为他举行的欢迎活动而无法给予缪斯应有的关注)做了如下的回复:

> 我是营养不良,却要祝你"健康"
> (因为你营养过剩,可能缺少健康);
> 你的缪斯现又何须与我来较量,

叫我远远地离开我欲望的阴影？

从我的歌里你会知晓我所有的执着？

相信我——没有哪支歌能说"所有"，

抽筋的节拍也无法将我的爱如此禁锢——

爱是绝不愿意将自己

传递至千万步态中的蹒跚脚步。

你高明地描绘了

可爱腊月那些欢快喜庆的场景；

给上帝献祭的仪式，天堂的逃亡者，

冬日景象都不住喝彩的乐趣——

爱热闹的炉边，高卢葡萄的恩惠！

为何要指责缪斯"逃离美酒欢宴"？

巴库斯与歌咏，歌咏与酒神早已联姻；

福玻斯从不曾不屑用

常春藤的碧玉枝条来将其头颅

装点，也不曾想用

常春藤头饰去换取酒神的桂冠。

迪奥戴迪于 1638 年 8 月在回家途中遭遇海难，溺亡于北海，年仅 25 岁。弥尔顿从欧陆之旅返回英国后才闻知死讯，随即写下《哀达蒙》这首拉丁语哀歌，悲哀、孤寂、痛苦之情不仅表露在诗的开头：

希末拉神泉的姊妹啊！你保留着

达芙妮、海拉斯的记忆，珍惜着

比昂那存放多日的沉痛灵柩，

请在泰晤士河畔市镇里唱出西西里乐调！

唱出瑟西斯深沉的哀伤和惊叹，

咏叹痛苦的呻吟和呜咽的泪滴；

他在幽暗洞穴、阴郁丛林和潺潺流水中

将哀怨寻找，对达蒙的哀伤让她心碎；

夜半悲哀依旧，孤独游荡在荒芜的田畴。

而且渗透于每一个诗节的末行："空腹的羔羊，快回家去；悲伤正压着你们的牧人！"这显然是对维吉尔《牧歌》（八）的末句"不害羞的羔羊，你吃饱了就回家吧！"之反义套用，诗中重复多达 16 次，构成重章叠句，很好地表达自己对好友英年早逝的哀悼、对社会不公的不满。意大利语的"致查理·迪奥戴迪"

则是 21 岁的诗人向 17 岁的好友倾诉自己的一段感情经历。可见，两人的情谊是多么的深厚。可靠的推断是，大学期间，弥尔顿在迪奥戴迪的帮助下自学意大利语，常常参加好友家的社交活动，其间结识了一位来自意大利的美女歌手，名叫艾米莉亚（Emilia）①，而艾米莉亚的美丽激发了年轻诗人对爱情的向往，结果便有了第一、四、五、六这 4 首意大利风的十四行诗。第一首描写自己对美丽女郎心驰神往却又羞惭自卑，只好将"深沉"的"激荡埋藏在心间"。第四首迫不及待地向好友坦白自己的这种境况：具有娇美容颜和美丽心灵的女郎已把自己平静的心打乱，叫自己"根本无法抵挡"。第五首说那女郎好似"我的太阳"，自己不敢追求或者追求无果都让人"叹息"和"痛苦"，但又无法遏制向往的情感，但这种爱恋会在自己的"黑夜"之后带来清新灿烂的黎明"曙光"。第六首则坦言，自己修养到位，思想与才能也已成熟，现在却被"爱神钉上"那"利刺"，原以为是"致命"的，结果发现"并不那样的艰险"，所以大起胆来向心仪的女郎表露自己的情感。这不就是一个年轻人初恋的全过程吗？第二首和第三首都是在对自己使用意大利语这种异域语言来写诗进行辩解和说明：意大利是情歌的故乡，意大利语最适合表达爱情，是"爱神的母语"，自己用这种语言作诗是想学那"荒山褐色的薄暮之中""牧羊姑娘"给那"在陌生的土壤里无精打采"的"奇花和异草浇水又撒露"，"用奇特的语言把鲜嫩花草唤醒"。由此可见，青年时期的弥尔顿对但丁、彼特拉克和塔索的诗歌传统是有多么的热爱。

　　十四行诗发源于意大利，由彼特拉克于 14 世纪创立，后来成为一种主要的情歌样式。16 世纪传入西班牙、法国和英国。托马斯·怀厄特（Sir Thomas Wyatt the Elder）在出使欧陆期间通过对法、意名家的译介将十四行诗这一诗体引入英国。他借用彼特拉克的爱情题材，又从别的意大利诗人那里吸收了韵式。"8 + 6"的意大利结构模式在他手里逐渐变成"4 + 4 + 4 + 2"的模式，开始了诗体的"英国化"进程。彼特拉克的十四行诗将女人理想化，怀厄特则将表现主题变为爱情幻想的破灭。其后的萨利伯爵（Henry Howard，Earl of Surrey）将十四行诗基本定型下来，再经过西德尼、斯宾塞和莎士比亚之手，十四行诗体终于被完全地本土化，即"英国式十四行诗"：结构固定为三个四行诗节（quatrain）加上一个偶句诗节（couplet），韵式则变成 abab cdcd efef gg，即四行诗节是隔行押韵，三个诗节不重复用韵，最后的偶句诗节互相押韵。弥尔顿在

---

① SAMPSON G. The Concise Cambridge History of English Literature［M］. Cambridge University Press，1972：303.

这六首意大利语习作里是把彼特拉克作为模仿对象，完全采用了"意大利式"结构，即让前八行和后六行之间保持思想和节奏的平衡一致，前八行的韵式为abbaabba，即一、四、五、八行押一个韵，二、三、六、七行押一个韵，首行与末行同韵，使整个诗节浑然一体，形成一个统一的节奏。第四行末尾有一个短暂的停顿，第八行末尾则有一个明显的收煞，思想的表达和节奏的发展在此达到高潮，并准备在后六行的诗节中逐渐地回落。后六行并不带来新的思想，节奏比较简单，韵脚也不严格，只要求在最后的两行形成押韵或不押韵的偶句。诗的重心在前八行，后六行依附其上，为重心提供一个"渐弱"的落潮。请看最后一首（标号6）的意大利语原文：

Giovane piano, e semplicetioamante	a
Poi chefuggir me stesso in dubbiosono,	b
Madonna a voidelmiocuorl humildono	b
Faròdivoto; iocerto a prove tante	a
L'hebbifedele, intrepido, costante,	a
De pensierileggiadro, accorto, e buono;	b
Quandoruggeil gran mondo, e scoccailtuono,	b
S'arma di se, e d'intero diamante,	a
Tanto del forse, e d'invidiasicuro,	c
Di timori, e speranze al popoluse	d
Quantod'íngegno, e d'alto valorvago,	c
E di cetrasonora, e delle muse:	d
Sol troverete in tal parte men duro	c
Ove amormiselínsanabil ago.	d

韵式属于典型的意大利式：a b b a a b b a／c d c d c d. 思想逻辑的关联，可以参考前面的汉语译文。

第三节　政治论争类

一、总体情况

与时事密切相关的政治论争类十四行诗有 8 首，即标号 8、11、12、15、16、17、18 和那首长调。标号 8 的"伦敦城即将遭袭"作于 1642 年 10 月，其时，英国内战正酣，保王党军队一时占了上风，从牛津逼近伦敦城，而弥尔顿当时就住在城墙外边。在即将面临家破人亡的危急情况下，他写下这首诗。在前八行里，他呼请军官们将自己的家园保护，因为"他会知恩图报，他能妙笔生花，// 让如此君子之举传播于世，// 把你的声名洒向山川海洋"（He can re-quite thee, for he knows the charms // That call Fame on such gentle acts as these, // And he can spread thy Name o're Lands and Seas, // What ever clime the Suns bright circle warms. ）。进入后六行，则借古喻今，说伟大的亚历山大大帝虽然"曾将楼台寺院都夷为平地，// 却下令赦免了品达的家园"，勇武蛮横的斯巴达人在欧里庇得斯的劝说下"终使得雅典城池得以保全"，后世之人从而将其功德世代传颂。古代帝王将相既然如此尊重和保护诗人，今日的"尉官校官"和"铠甲武士"何不效仿一下呢？

1645 年，弥尔顿忙于"离婚"论战，写下的册子《四度音阶："圣经"关于婚姻的四处论述》（Tetrachordan, foure chief places in Scripture which treat Marriage）一经发表，便惹来一片骂声和讨伐声。弥尔顿为此写下两首十四行诗来回击这些谩骂和攻击，即标号 11 和 12 的"遭诽谤有感"（一）（二）。第一首讲那些"文人墨客"竟然连册子的名字都看不懂："天哪！封页上写的是什么！"诗人因此非常愤怒：你们把苏格兰长老"麦可多纳或嘎拉斯普"这样"连昆提良（古罗马语言学家）都瞠目结舌""拗口的名字"都能流利地说出来，却为何认不出"四度音阶"这么一个词？原因竟然是人们"憎恨学识"（Hated Learning wors）"读书甚少"（now seldom por'd on），不由得让人为剑桥大学的首任希腊语教授和国王的恩师契克爵士鸣冤叫屈。第二首说自己"不过是遵循古已有之的自由范例 // 提醒世人来摆脱他们的羁绊"，却招来魑魅魍魉的恶毒攻击，他不由得慨然长叹：自己无异于"投珠于猪豕而终被糟践"！继而又为世人深感悲哀，因为"他们口中喊叫自由，心里想的却是放纵"（Licence they mean when they cry libertie），一如我们的"叶公好龙"。弥尔顿由此断言，"爱自由就必须首先做到智慧和善良"（For who loves that, must first be wise and good;），自由在无知的坏人手里就变成了肆意和放纵。而这正是弥尔顿自由观的一个基本出发点。

托马斯·费尔法克斯（Sir Thomas Fairfax）爵士是议会军队的总司令，奥利弗·克伦威尔（Oliver Cromwell）是议会军队精锐"新模范军"的统领、议会独立派领袖与后来共和国的"护国公"，亨利·范恩爵士（Sir Henry Vane）或"小亨利"则为共和国的国务委员和财政总管。弥尔顿在 1648—1652 年给这三位英国革命时期的风云人物分别写下三首十四行诗，对他们的丰功伟绩进行颂赞，同时就目前局势提出一些警告，因而成为政治色彩最为浓烈的十四行诗。在下一节里我们将对其进行专门的剖析。

1655 年，在意大利的皮埃蒙（Piedmont）地区，一群伏都瓦教徒（Vaudois）因拒绝加入罗马教会而惨遭大屠杀，这在英国国内引起剧烈反响，克伦威尔下令全国斋戒并为那些幸存者募捐，竟筹集到四万英镑，同时派出特使向事件制造者萨沃伊公爵递交抗议书并游说欧陆新教国家进行有效的干预。作为国务院拉丁秘书的弥尔顿为共和国撰写了与此有关的一切公文信函[①]，并写出一首感情激昂、气势磅礴的十四行诗，即标号 18 的"悼晚近发生的皮埃蒙大屠杀"。诗人丝毫不加掩饰的愤慨从胸中喷涌而出，大声疾呼道："复仇吧，我的主啊！圣徒惨遭杀戮，// 尸骨散落在冰冷的阿尔卑斯山间"（Avenge O Lord thy slaughter'd Saints, whose bones // Lie scatter'd on the Alpine mountains cold）。开头这两个诗行所表现出来的力度，诗人以后再也没有能够超越。接下来对大屠杀的惨状和诗人的悲愤做出生动和深沉的描绘："他们都是你的羔羊，却在自己的圈棚 // 遭受嗜血的皮埃蒙人的屠杀，连怀抱 // 乳婴的母亲也都被推下山崖。从谷底 // 到山巅都回荡着他们的哀号，直至飞升 // 到天堂。"最后的 5 个诗行则是恳求天神对教皇大肆屠戮新教伏都教徒的罪行进行报复："请把殉道者的鲜血和骨灰 // 撒遍意大利的田野，三重冠的暴君 // 依然在那里作威作福；但愿从他们中间 // 生长出百倍的生灵，让他们老早就 // 知晓天道，能够躲过巴比伦的浩劫！"这就超越了对某一具体事件的抗议而成为对所有寻求宗教自由人士的强烈辩护。

写于 1646 年的"长期议会重新出现良知的强暴者"是一首"加长"或者"带尾巴"的十四行诗，不妨叫作一首长调。从创作时间和主题上讲，它应该放在《遭诽谤有感》的两首十四行诗之间，因为诗人在其中以独立派人士的身份强烈抗议长老会派的做法："甩掉了主教大人，// 用生硬的誓言废除了祷告 // 来抢夺那丧夫的荡妇——兼职多薪"又"来强暴我们那基督解放出来的良知，// 用…… // 长老会式的等级制度来将我们驾驭"，认为他们的"诡计和笼络比特伦特更为卑鄙"，而"新的长老不过是老'牧师'的大写符号！"（New presbyter is but old priest writ large.）和已遭驱除的主教都是一丘之貉，因而大声

---

① 收在 J. A. 圣约翰编辑的《约翰·弥尔顿散文全集》（*The Prose Works of John Milton*）第二卷中的"国务信函"（Letters of State）之第二部分"以护国公奥利佛名义写下的信函"里就有 9 封（第 8 - 16 封）都与皮埃蒙事件相关。第 8 封题为"护国公奥利佛等致安详王子——意皮德蒙亲王、以马内利·萨沃伊公爵"。

呼吁议会"用其先发制人的无害大剪刀 // 除掉你们（长老会派）的护符伪装……，// 也消除我们正当的恐慌"，将良知的自由好好地保护。

二、重点解析①

在 8 首政治十四行诗之中，题赠给三位英国革命大功臣（标号 15、16、17）的三首最具代表性。解析这三首诗作可以让我们对弥尔顿政治十四行诗的特殊品质有一个深入的认识。

"致费尔法克斯""Fairfax, whose name in arms through Europe rings,"

1648 年 6 月 13 日，费尔法克斯将军率军围攻科尔切斯特城，同年 8 月 17 日，克伦威尔将军在普林斯顿大败国王查理一世的苏格兰援军。本诗当作于这两大事件期间，也就是保王党人与议会军队的冲突激烈、国家处于危机状态之时。全诗汉译如下：

> 费尔法克斯，你的英名威震欧洲，
> 人人妒忌、羡慕，个个交口称赞，
> 所有猜忌的君主们更是目瞪口呆，
> 谣传四起，令远地的王侯们发怵；
> 你品性高尚，不屈不挠，为家国，
> 带来胜利无数，虽然新的叛乱
> 高昂蛇怪的九头，无信的北方
> 撕破盟约而给毒蛇去添翼加力；
> 不过，更为高贵的任务在等着你，
> 战争只能带来无穷无尽的战争，
> 除非真理与权利将暴力摆脱掉，
> 公信之力从贪赃枉法的可耻烙印中
> 清白再生。只要贪婪与掠夺恣意
> 横行，勇敢者的鲜血就只会白流。

第一个四行说，将军的威名已经传遍全欧，有人妒忌，有人敬佩，君主们则人人自危，担心英国革命会波及自己的统治并最终将其推翻。第二个四行说，尽管北方的苏格兰无视先前与英格兰议会签订的盟约而入侵英格兰北部，以援助保王党人，对议会军队形成内外夹击之势，诗人仍然相信，有将军的英明指

---

① 本节的主要内容作为项目阶段性成果以"论弥尔顿的政治十四行诗——兼论弥尔顿对英语十四行诗的贡献"为题发表于《西北大学学报》2018.2（140 – 146）。

挥和战士的英勇作战，反革命的叛乱一定会被平定下去。第九行的"不过"（O yet）则将这种信念做了逆转性的处理。接下来的六行非常恳切地告诫将军，不能仅仅满足于用革命的战争抗击反革命的暴力，因为只有在真理得以维护、人权受到尊重、公信不遭玷污的情况下，胜利才会真正获得："除非真理与权利将暴力摆脱，// 公信之力从贪赃枉法的可耻烙印中 // 清白再生。"（Till truth and right from violence be freed, // And public faith cleared from the shameful brand // Of public fraud.）。诗人在诗末提醒将军，必须清除革命胜利后在执政过程中出现的贪赃枉法、巧取豪夺等腐败现象，否则革命必将归于失败："只要贪婪与掠夺恣意 // 横行，勇气的鲜血就只会白流。"（In vain doth valor bleed // While avarice and rapine share the land.）。诗人不幸言中，十多年后，在革命中遭处决的国王查理一世之子查理二世从欧陆流亡途中被接回英格兰，加冕成为新的国王而完成了王政的复辟。

本诗在结构上基本上遵循着"8 + 6"的范式，但在第八行末尾只是用了冒号而不是句号，前八行与后六行形成转折的关系，到第十三行中间才首次出现句号，第二个长顿出现在末行，全诗由两个句子构成。一、二、四、九、十、十一行末各有一个短顿（逗号），其余六行要么只是在行内有一短顿要么一直延续到下一行，构成跨行诗行（run-on line）。前八行的韵式恪守着 abbaabba 的范式，但后六行的韵式为 cddcdc，与 cdecde 的标准范式有出入。

"致克伦威尔"（Cromwell, our chief of men, …）

本诗可能作于 1652 年 5 月，亦为国家处于危机状态之时。英格兰的残余议会（长期议会经过大清洗而剩余的部分，在 1653 年被克伦威尔解散）设有一个由 14 人组成的国家宗教（"福音"）委员会。1652 年，以约翰·欧文为首的数位牧师向该委员会提出有关宗教事务的 15 项建议，其中的一项为牧师应该领取国家给予的生活费。针对这项提议，弥尔顿创作了本诗。全诗汉译如下：

> 克伦威尔，人中之王，你曾经历了
> 乌云滚滚的战争和粗野的诽谤，
> 坚定的信念与超常的毅力指引你
> 劈波斩浪，光荣赢得和平与真理，
> 你扼住头戴王冠的傲慢"命运"而
> 为上帝建伟功，替苍天行正道，
> 达温河水滚涌着苏格兰人的血，
> 登巴战场响彻人们对你的颂赞，
> 桂冠挂满沃赛斯特，但有许多事情

犹待你去进取。和平中的胜利

与战功一样流芳，新起的敌人

咄咄逼人，要给心灵套上世俗的枷锁！

请帮助我们把自由良知从狼爪之下

解救出来，狼的福音只是为其肚腹！

在前八行半之中，诗人先对克伦威尔的品性和功绩进行了概述：不屈不挠，英勇作战；顶住异议，反抗命运；扼制王室，替天行道；伸张正义，维护和平。接着，细数他在三大战役中立下的赫赫战功：1648 年 8 月 17 日在达温河边的普林斯顿大败汉密尔顿统率的苏格兰军队，1651 年 9 月 3 日在登巴大败莱斯利统帅的苏格兰军队，1650 年 9 月 3 日在沃赛斯特完胜苏格兰军队并将其统帅俘虏。在第九行的后一半，诗人笔锋一转（yet much remains）：战场的功劳已成过去，要做的事情却有很多，和平时期的建设与战争时期的军功一样可以流芳百世。诗人告诫将军：革命暂时是胜利了，但新的敌人已经露头，他们正在威胁着要用世俗的锁链来束缚人们的心灵和自由的良知："和平中的胜利 // 与战功一样流芳，新起的敌人 // 咄咄逼人，要给心灵套上世俗的枷锁！"（Peace has her victories // No less renowned than war, new forces arise, // Threat'ning to bind our souls with secular chains!）"福音委员会"部分牧师的提议其实用心险恶，因为世俗事务与宗教事务绝不应当搅和在一起，牧师的报酬只能来自会众自愿的捐款，而不该由国家来支付。在诗末的偶句中，诗人呼吁克伦威尔，要坚持政教分离的原则，拯救自由的良知，保护人们的心灵！（"请助佑我们把自由良知从狼爪之下 // 解救出来，狼的福音只是为其肚腹！" Help us to save free conscience from the paw // Of hireling wolves, whose gospel is their maw.）

本诗采取了一种特殊的结构（10 + 4），是弥尔顿十四行诗中唯一的一首以偶句收尾的诗作。全诗由三个句子构成，前九行半构成第一个句子，接下来的两行半为第二个句子，最后两行是一个整齐的偶句。二、四、六、七、八、十一行末有一短顿，其余六行要么只是在行内有一短顿，要么一直延续到下一行，构成跨行诗行。前八行的韵式恪守着 abbaabba 的范式，但后六行的韵式为 cdd-cee，与标准的 cdecde 范式出入很大。

"致亨利·范恩爵士"（Vane, young in years but in sage counsel old,）

本诗作于 1652 年 7 月 3 日。亨利·范恩爵士年轻时曾三次出任英国在北美的殖民地——马萨诸塞——的总督，内战后成为长期议会的重要成员，为激进的独立派之领袖人物，也是国王的死敌。查理二世复辟后被不公正地（未参与弑君事件却成为报复对象）处死。1662 年，范恩爵士的传记出版，本诗首次出现于其中。全诗译文如下：

> 范恩，你年纪轻轻却做事老练，
> 一位强于未在罗马执掌舵柄的
> 元老，那时正是文韬而非武略
> 把凶残的伊比鲁特和生猛的非洲人赶走；
> 到底是要和议，还是去戳穿那些
> 空虚国家的企图，实在难以猜度；
> 于是你主张动用国家的两大神经，
> 钢铁和金银，来获取精良的装备，
> 以有力地支撑战争；此外，你又学到
> 鲜有人做到的，——懂得教会
> 和政府的权力为何，又如何区分。
> 多亏有了你掌握的这两件国之利器。
> 结果，你有力的手掌成了和平时
> 教会的依仗，而你成了教会的长子！

"未在罗马执掌舵柄的元老"（senator ne'er held // The helm of Rome）可能指的是年老失明的阿比阿斯·克劳狄。罗马人在赫拉克利亚战败后曾一度要与马其顿人讲和，阿比阿斯带着儿子来到元老院的议事厅，慷慨陈词，列举史实，鼓励国人士气，说服元老院坚持战斗，直至最后胜利。阿比阿斯强于在位掌权的罗马元老，而范恩爵士强于不在位掌权的阿比阿斯。这就是弥尔顿对爵士的至高评价！短诗在一开始便指出，范恩爵士虽然年轻（其时仅40出头）却做事老练。驱逐强敌本需武力，诗人却盛赞爵士的文韬和智巧，因为范恩爵士并不是亲临前线指挥作战的三军统帅，而是掌管财经后勤、提升装备质量的运筹帷幄之人。内战中的英格兰虽然财力有限，但在爵士的得当运用下，英格兰终于在海战中战胜欧陆的强敌——荷兰海军［"空虚国家"，此处的"空虚"（hollow）与"神圣"（hallow）谐音］。原本无法测度的事情（spell 既指"测度"，又有"拼写"之意，暗含对荷兰语读音和拼写不一致这一情况的讽刺），却在范恩爵士手里得以圆满完成。在第九行末尾，"此外"（besides）更进一层，说他学到了别人没有做到的事情。教会与政府先前是统一的，革命将二者分离，使其各司其职，各显其能，即"懂得教会 // 和政府的权力为何，又如何区分"（to know // Both spiritual power and civil, what each means, // What severs each）。在第二个三行组里，诗人把教会和政府两种力量的发挥都归功于范恩爵士，所以，教会在平时就把他视为支撑和依靠（长子）（The bounds of either sword to thee we owe. // Therefore, on thy firm hand religion leans // In peace, and reckons thee their eldest son.）。对比和双关的手法在诗中得到了巧妙的运用。

全诗由三个句子构成，前十一行构成第一个句子，第十二行为第二个句子，最后两行构成第三个句子。第四行末有一冒号，表明前四行与接下来的七行构成论断和解释的逻辑关系。第六行末和第九行中间有分号，表明解释分为三个层次，第三个层次以"此外"开头，表明这是最重要的理由。后面三行的两个句子则顺理成章地表达国人和教会对爵士的感激之情。一、七、八、十行末有一短顿，其余五行要么只是在行内有一短顿，要么一直延续到下一行，构成跨行诗行。整首诗的韵式都严格遵循着 abbaabba cdecde 的范式。

第四节　颂赞应酬类

一、总体情况

属于颂赞类的十四行诗共有 6 首，标号为 9、10、13、14、20、21。第 9 首"女士，你正值豆蔻青春"（Lady, that in the prime of earliest youth）中的"女士"究竟是谁，我们并不知道，但一定是个正值豆蔻年华却已离开人世的虔敬、善良姑娘，弥尔顿极可能跟她们家很熟，所以应邀写下盛赞其德行的十四行诗。全诗几乎是用三四个《圣经》典故堆积而成，具有浓厚的基督教意味。前八行先说她"明智地避开那条大道，……攀登那通向天堂真理的山道"，这里引用了《雅歌》3：2 的典故："我说：我要起来，游行城中，在街市上，在宽阔处（in the broad ways），寻找我心所爱的。"而"你的选择要强过玛利亚和路得"则用了《路加福音》10：41 - 42 的典故："耶稣回答说：'马大，马大！你为许多的事思虑烦忧，但是不可缺少的只有一件，马利亚已经选择那上好的福分，是不能夺去的。'"还用了《路得记》1：8 - 18 的典故，即路得决定不离开婆婆拿俄米而回娘家，要跟婆婆一同回到伯利恒。"傲慢自得之人总是见不得你 // 德行与日俱增，……// 你却并不发怒，只有怜悯与同情。"（and they that overween, // And at thy growing vertues fret their spleen, // No anger find in thee, but pity and ruth.）具有如此美德，死后必定要进天堂。所以后六行先说："你的担忧确定无疑，……// 用光亮之行为和荣耀之希望 // 来灌注你的香灯。""只要新郎……深夜前来祝福，……天国的门户就已经为你而洞开。"这里又用了《马太福音》25：1 - 13 的典故："那时，天国好比十个童女拿着灯，出去迎接新郎。其中有五个是愚拙的，五个是聪明的。愚拙的拿着灯，却不预备油；聪明的拿着灯，又预备油在器皿里。新郎迟延的时候，他们都打盹，睡着了。半夜有人喊着说：'新郎来了，你们出来迎接他！'那些童女就都起来收拾灯，愚拙的对聪明的说：'请分点油给我们，因为我们的灯要灭了。'聪明的回答说：'恐怕不够你我用的，不如你们自己到卖油的那里去买吧！'她们去买的时候，新郎到了，那预备好了的，同他进去坐席，门就关了。……""你童贞、聪慧、纯洁"（virgin wise and pure）一定会与新郎一道进入天国的。全诗用的是"8 + 6"的结构，由三个语法句子构成，前八行是一句，后六行分两句，分解在第 11 行的后半段："请你放心"（Therefore be sure, ）。韵式是标准的 a b b a a b b a / c d e c d e。悼词的功用完成了，意大利式的诗体也还比较工整，只是不够形象和生动，韵味似乎差一些。

第 10 首《致玛格丽特女士》（*Daughter to that good Earl,*）所赞颂的那位"善良伯爵"即马尔伯勒伯爵（Earl of Marlborough），是一位颇有声望的法官和政治家，在查理一世解散议会四天后去世。本诗是对其聪慧女儿的赞美之词，汉译如下：

> 那位善良伯爵的爱女啊，令尊
> 担当过英国议长，掌管过国库，
> 却未曾让丝毫的金银财宝玷污，
> 卸任之后更是自觉理得而心安，
> 直到那一届议会被可悲地解散，
> 他才垮了下来，就像喀罗尼一伙
> 战败的消息害死那雄辩的老者：
> 奸诈的胜利扼杀了自由的权利。
> 虽然令尊声名鹊起之时我还年幼，
> 未见当年的盛事，但在你的身上，
> 夫人，我似乎见到了他的化身；
> 你的话语恰好是对他美德的颂赞，
> 人人都认定不但你所说不虚，
> 而且你也具备，尊敬的玛格丽特。

父亲的美德"你也具备"（So well your words his noble vertues praise, // That all both judge you to relate them true, // And to possess them, ），女儿如其父亲令人"尊敬"，这评价应该不低。

第 13 首《致作曲家劳斯》（To Mr. H. Lawes, on his Aires）是对好友亨利·

劳斯（Henry Lawes）音乐天赋的颂赞。劳斯曾为弥尔顿的假面剧《科莫斯》谱曲而且在演出时扮演了侍从精灵和牧人忒西斯的角色。诗作的汉译如下：

> 哈里，你的歌音韵和谐，节奏明快；
> 教会英国的音乐给英语词语配上
> 适合的乐符和重音，你是第一人，
> 可不像在米达斯耳中有长短之分。
> 你的功力，你的技艺让你出类拔萃，
> 赢来的赞誉使"嫉妒"也黯然神伤；
> 后世之人将你载入史册，因为
> 你用流畅的乐调将我们的语言美化。
> 你让诗词增色，诗词也必须振翅举羽
> 给你添彩；福波斯合唱队的祭司，
> 将至福的诗行谱成了赞歌或故事。
> 但丁定会允许"名声"来把你高抬，
> 高过好友卡塞拉——在"净界"里
> 他身处微微荫翳曾求乐师为他歌唱。

"教会英国的音乐给英语词语配上适合的乐符和重音，你是第一人"（First taught our English Musick how to span // Words with just note and accent），这当是对作曲家最高的赞赏吧。颂诗的结构也很工整：五个句法句子都在行末结束，而且是在4、6、8、11 和14 行末，基本上是"4 + 4 + 3 + 3"的模式，韵式为 a b b a a b b a // c d e d c e，颇具行云流水的音乐味道。

第14 首《致教友凯瑟琳》（When Faith and Love …）是写给伦敦书商和出版商乔治·托马森（George Thomason）的妻子的一首悼亡诗，凯瑟琳死于1646年，该诗也当写于那时。全诗的汉译如下：

> "信仰"与"爱"未曾离开你，他们促成
> 你公正的灵魂，让你和上帝在一起；
> 你温顺地弃绝"生命"这俗世的死亡
> 负担，生与死由此将我们分为两边。
> 你的功课与施舍，你的一切慈善之举，
> 未曾落下，也没有在坟茔中遭作践，
> 而是听随"信仰"金杖的正确指引，
> 和你一起升华到永恒的至福之地。
> "爱"做他们的向导，"信仰"是你的侍女，

他们的挚友；给他们披上华丽的光芒，

插上天蓝的翅膀，好让他们飞升天堂，

在判官的面前高声唱出对你的赞歌，

没有半点虚言，判官因此叫你歇息，

把那清冽纯净的不朽甘泉尽情畅饮。

"信仰"与"爱"是基督教最重要的美德，弥尔顿在《基督教教义》中认为《旧约》的精髓是"信仰"而《新约》的主旨是"爱"，凯瑟琳二者兼具，无疑是一位真正的基督徒，死后必定光彩地升上天堂（that up they flew so drest）。

第20首"致劳伦斯"（Lawrence of vertuous Father vertuous Son,）是写给议员爱德华·劳伦斯（极可能是诗人曾经的学生）的一首颂赞和建议诗作。全诗的汉译如下：

劳伦斯，正直父亲的正直儿郎，

如今田野阴湿，道路又泥泞，

我们还可以偶尔去哪里相聚，

围坐炉火来消磨这寒冬临近、

忧郁烦闷的日子？时光自然会

缓缓前行，直到西南风再次

吹醒冰封的大地，给不耕不织的

百合和蔷薇换上新鲜的衣裳。

什么样的美味佳肴来招待我们？

雅典风味和葡萄美酒？然后

去听弦乐袅袅或者歌喉绕梁？

欣赏不朽的仙乐和托斯卡纳小曲？

能品评而不沉溺于此等情趣，

这样的人就绝不是愚钝之士！

本诗主要是向爱德华提出"养生"建议：在寒冬时节"烦闷的日子"里，不妨找个地方把音乐欣赏，把美酒品尝，只要不沉溺于其中就好。有节制地享受生活乐趣，就是聪明人之举。

第21首"致西里亚克"（Cyriack, whose Grandsire on the Royal Bench …）是写给自己的学生和好友西里亚克·斯金纳的一首短诗。全诗汉译如下：

西里亚克，你的祖先曾就座于英国

忒弥斯的王室长凳，博得诸多赞颂，

也著书立说将英国的法律阐释弘扬，

而其他法律研学之士总是将它扭曲；

今日我思来想去，便下定决心投身于

快乐之事，免得以后会追悔莫及。

欧几里得歇歇吧，阿基米德靠一边，

瑞典人和法国佬的鬼主意与我何关？

适时学会调节好生活，潜心修身养性，

这才是你人生之中最好的捷径。

别的事情，和善上天则自会安排；

不许那么过分地拘谨。连上帝赐予的

快乐日子都要克制，表面上的明智

可不就是徒然加重了时日的负担！

　　先是盛赞其祖先在英国法律上做出的贡献，然后话题一转，对他提出劳逸结合的建议："适时学会调节好生活，潜心修身养性"（To measure life, learn thou betimes）。

　　6 首应景而作的十四行诗明显地可以分为三种情况：致无名女士的第 9 首和"致教友凯瑟琳"的第 14 首属于悼亡诗，旨在颂赞其美德，以便能够进入天国；"致玛格丽特女士"的第 10 首和"致作曲家劳斯"的第 13 首是写给自己所尊敬的好友，对其德行和才华的赞美是发自内心的；"致劳伦斯"的第 20 首与"致西里亚克"的第 21 首则是写给自己学生兼同事或助手的年轻人，以颂赞其先祖开头却落脚于给出中肯的建议。下面，我们对标号 10 和 20、21 的三首诗作做一个详细的分析。

二、重点解析

　　马尔伯勒伯爵詹姆士·雷（James Ley）于 1624 年任查理一世的财政大臣，四年后则辞去这一职位，当了议会议长，但于查理一世将其第三届议会解散后的第四天去世。伯爵的女儿玛格丽特·雷（Margaret Ley）后来嫁给霍布森上尉，夫妇二人定居在奥德盖特街（Aldersgate Street），成了弥尔顿家的邻居。在首任妻子玛丽回娘家一去不返的那一段日子里，诗人常常在夜间去拜访他们。玛格丽特既聪颖又善于社交，颇受诗人的敬重，所以写下标号为 10 的颂赞女主人的诗作：

Daughter to that good Earl, once President	a
Of England's Counsel, and her Treasury,	b
Who liv'd in both, unstain'd with gold or fee,	b
And left them both, more in himself content,	a
Till the sad breaking of that Parlament	a
Broke him, as that dishonest victory	b
At Chæronéa, fatal to liberty	b
Kil'd with report that Old man eloquent.	a
Though later born, then to have known the dayes	c
Where in your Father flourisht, yet by you	d
Madam, me thinks I see him living yet;	e
So well your words his noble vertues praise,	c
That all both judge you to relate them true,	d
And to possess them, Honour'd Margaret.	e

前八行引经据典，将女士过世的父亲颂赞，"掌管过国库，// 却未曾让丝毫的金银财宝玷污"，又把他比作"那雄辩的老者"，即雅典的大演说家伊索克拉底（Isocrates，436－338 BC），因为这位雅典爱国演说家在雅典的最后一线自由希望毁灭之后毅然结束了自己的生命。后六行则水到渠成地将女士来赞美："在你的身上，夫人，我似乎见到了他的化身"，真是"有其父必有其女"或者"女承父业"！因为"你的话语恰好是对他美德的颂赞，// 人人都认定不但你所说不虚，// 而且你也具备"。赞美之词应是发自诗人内心的，结构形式也是比较完美的。全诗由两个语法句子构成，前八行一句，旨在颂赞其父，后六行一句，将女士与其父相媲美。第二句开头用"虽然"（Though）先后退一步，在下一行马上又用"但在你身上"（yet by you）大踏步前进，接下来用"恰好……人人都……而且"（So well … that all … and），又以"尊敬的玛格丽特"的呼语收尾，将他对女士的颂赞推向高峰。全诗的韵式是标准的 a b b a a b b a c d e c d e。

爱德华·劳伦斯可能先前是诗人的学生，现在成为同事（于 1656 年被选为议员）和朋友。其父亨利·劳伦斯（Henry Lawrence）时任克伦威尔国务院的总理，弥尔顿时任国务院的外语秘书，当与他们父子熟识。1652 年以后，弥尔顿从白厅搬出，来到圣詹姆士公园西侧的小法兰西，住在一座花园楼房里，因为双目失明，对音乐的喜爱就胜过以往，更喜和朋友谈天说地。寒冬时节，主要的乐趣便是以文会友，大家一起清谈、浅酌、吹拉弹唱。在这种情形下，诗人于 1655 年为爱德华写下一首十四行诗，原诗如下：

Lawrence of vertuous Father vertuous Son,

Now that the Fields are dank, and ways are mire,

Where shall we sometimes meet, and by the fire

Help wast a sullen day; what may be won

From the hard Season gaining: time will run

On smoother, till Favonius re-inspire

The frozen earth; and cloth in fresh attire

The Lillie and Rose, that neither sow'd nor spun.

What neat repast shall feast us, light and choice,

Of Attick tast, with Wine, whence we may rise

To hear the Lute well toucht, or artfull voice

Warble immortal Notes and Tuskan Ayre?

He who of those delights can judge, and spare

To interpose them oft, is not unwise.

弥尔顿依照古罗马诗人贺拉斯的颂歌样式先把爱德华的父亲进行赞美，顺带也把儿子恭维一下："正直父亲的正直儿郎。"接着提出建议：在"田野阴湿，道路泥泞"时候，咱们聚在一起"围坐炉火来消磨这寒冬临近、// 忧郁烦闷的日子"怎么样？"时光自会缓缓前行"直至冬尽春来，我们为何要无所事事，等百合、蔷薇花开？咱们尽可以在一起一边享受"美味佳肴""葡萄美酒"一边聆听那"弦乐袅袅或者歌喉绕梁"的"仙乐""小调"——前者是雅典风味的，后者则是托斯卡纳情调（都是古典风）。颇有我国唐人"晚来天欲雪，能饮一杯无？"的韵味。最后两行（一个语法句子）中的动词 spare 意义有点费解，因为根据词典的解释，主要意义有三种：①"抽出；留出"（allow sb/sth such as time or money available to sb or for sth especially when it requires an effort for you to do this）；②"省去；免去"（save sb/yourself from having to go through an unpleasant experience.）；③"不伤害；不损坏"（to allow sb/sth to escape harm, damage or death, especially when others do not escape.）。那么，在这里它到底相当于 afford，spare time for, leave off/forbear 中的哪一个意思呢？也就是说，这一句的意思究竟是"主动提供娱乐""花时间去娱乐"还是"禁绝（不去）娱乐"呢？根据上下文，恐怕是第二种意思较为吻合，加上前面的 judge（"评价、鉴定"），或许可以汉译为："能品评而不沉溺于此等情趣，// 这样的人就绝不是愚钝之士！"弥尔顿并不排斥享受生活乐趣，但这种享乐必须是有节制的，否则就是放纵。本诗由四个语法句子构成，第一句在恭维的基础上婉转地提出建议（"既然……，找个地方……如何?")，第二句给出强化建议的理由（即使不如此，"时光仍会前行"），第三句则进一步建议（可以享受"美酒""佳肴"还有"不朽的仙乐和托斯卡纳小曲"），第四句则使用了警句句式 He who … is …来将"聪明人有节制地享乐"的意思表达出来，从而打消爱德华的最后一丝顾虑。从结构上看，很像是英国式十四行诗，即前十二行由三个四行诗节构成，将一种思想层进式渲染三次，到达顶点，然后在最后的偶句里用警句式语句把本诗的题旨总结出来，但同时具有意大利式 8＋6 的模式，韵式也是意大利式的 a b b a a b b a c d c e e d。

西里亚克·斯金纳（Cyriack Skinner, 1627—1700）曾经是弥尔顿的学生，后来成为律师，和老师有比较深的友谊，在 17 世纪 50 年代常常去小法兰西去看望老师和朋友，给双目失明的老师念东西听，帮助老师记录构思出来的诗文，还写过一部简短的弥尔顿生平。弥尔顿为他写过两首十四行诗（标号 21 和 22），还在弥留之际将自己毕生心血的手稿《基督教教义》交由他保管（斯金纳试图在荷兰出版但遭拒绝，手稿遂遭政府没收，1823 年才在白厅档案室被人发现）。

第二首《致西里亚克》的十四行诗往往根据其内容汉译为《叹失明（二）》以便和第 19 首《叹失明（一）》相呼应，衬托出弥尔顿对自己不幸遭遇的态度之变化：前者是在"广漠的黑暗世界之中""才能在我身上一无用处"；后者则是"但我并不抱怨 // 上苍的安置或意志，一丝一毫 // 也不减退热情和希望，而是 // 坚忍不拔，砥砺前行"。第一首（21）《致西里亚克》则可与《致劳伦斯》相媲美。该诗的原文如下：

> Cyriack, whose Grandsire on the Royal Bench
> Of British Themis, with no mean applause
> Pronounc't and in his volumes taught our Lawes,
> Which others at their Barr so often wrench;
> Today deep thoughts resolve with me to drench
> In mirth, that after no repenting drawes.
> Let Euclid rest and Archimedes pause,
> And what the Swede intend, and what the French.
> To measure life, learn thou betimes, and know
> Toward solid good what leads the nearest way;
> For other things mild Heav'n a time ordains,
> And disapproves that care, though wise in show,

That with superfluous burden loads the day,

And when God sends a cheerful hour, refrains.

弥尔顿依然是援例在前四行里把斯金纳的先祖颂赞：他的外祖父科克爵士（Sir Edward Coke, 1552—1634）"曾就座于英国 // 忒弥斯（Themis，希腊神话中的司法女神）的王室长凳，博得诸多赞颂，// 也著书立说将英国的法律阐释弘扬"。接下来，话题一转，"下定决心投身于 // 快乐之事，免得以后会追悔莫及"。于是有了7、8两行的决心："欧几里得歇歇吧，阿基米德靠一边，// 瑞典人和法国佬的鬼主意与我何关？"即放下几何学、物理学的书本，不要去考虑什么政治问题。9、10两行则水到渠成地提出自己的建议："学会调节好生活，潜心修身养性。"最后四行又向他解释为何自己提出这样的建议：上帝已为人安排好了一切，生活的乐趣可得靠自己争取（新教加尔文派的"预定论"观点）。从结构上讲，本诗也具有英国式（颂赞—过渡—转折—建议—原因）和意大利式（前八行建议"及时行乐"，后六行给出支撑理由）的综合，韵式则是标准的意大利式：a b b a a b b a c d e c d e。

《致劳伦斯》和《致西里亚克》创作于1655年，诗人在双目失明的情形下规劝自己的学生和好友：在学习劳作之余要设法有节制地享受文明愉悦，品味闲情逸致。我们若将它们与诗人十多年前写下的《致迪奥戴迪》比较一下，就会发现，弥尔顿对生活乐趣是很向往的——少年时渴望异性爱情，为外美内秀的女性所吸引，中年时强调享受生活，适当地把自己放松，即一直提倡"及时行乐"。不过，弥尔顿提倡的"及时行乐"与骑士派的 carpe diem（seize the day）并不一样，不是花天酒地、放荡狂欢，而是清谈、浅酌、赋诗、歌咏，属于"有节制的"享乐，绝对不是"放纵"。

第五节　本章小结

1645年出版的弥尔顿英文、拉丁文诗合集收录了10首十四行诗，另有13首十四行诗是在1645—1658年创作的，其中的9首在1673年再版的弥尔顿短诗集中问世，4首（第14、16、17、22首）因政治色彩较浓而未能公开发表。收齐诗人全部23首十四行诗（包括那首"坎佐尼"和"带尾巴的"十四行诗）的版本出现在21年之后，即1694年面世的爱德华·菲利普版本。

对于弥尔顿的十四行诗，约翰逊博士坚持认为"上佳之作也只能说是一般水平"①。但我们若是不把其历史意义与其内在价值混同起来，就会相信约翰逊对《叹时光》《悼晚近发生的皮埃蒙大屠杀》《梦亡妻》这样诗作的评价实在是有失公允。如果说，六首意大利语习作在艺术上还有稚嫩之嫌，两三首颂赞诗属于应景之作而不够生动形象，弥尔顿大部分的十四行诗都是在文学史上占有一席之地的。弥尔顿将政治内容引入十四行诗，扩大了十四行诗的表现领域，他直接学习彼特拉克，在英语世界保留和完善了意大利式十四行诗，这就足以让他青史留名了。事实上，在莎士比亚与浪漫派诗人之间唯一还被人广泛阅读的十四行诗就是弥尔顿创作的，正如华兹华斯在他那首1827年写下的论十四行诗的十四行诗里说的：

> 不要轻视十四行诗；批评家，你皱眉不赞成它，
>
> 忘记了它应得的荣誉；用这把钥匙
>
> 莎士比亚打开了他心灵的门户；音乐
>
> 来自这把小琵琶，它安慰了彼得拉克的爱情创伤；
>
> 塔索上千次吹奏了这只笛子；
>
> 轲莫恩斯②用它慰藉了一个流放者的悲伤；
>
> 像鲜艳的桃金艳树叶，十四行诗闪烁在
>
> 丝柏枝当中，用这些植物但丁装饰了
>
> 他赋予幻想的前额：像萤光一般的灯火，
>
> 他鼓舞了从神怪世界被召唤回来的温柔的斯宾塞，
>
> 在黑暗的道路上探索前进；当失意和消沉
>
> 降落在密尔顿路程的周围时，在他手中
>
> 十四行诗变成一只军号；从军号里他吹出了
>
> 振奋人心的乐曲——唉，可惜太少了。③

不过，弥尔顿作为一个十四行诗人，他的乐器库里并不只是号角。他的十四行诗作的确能够振奋人心，其中的上佳之作无不具有一种坚硬砂石般的个性纹理：

"在形式如韵脚的安排上他……回到比特拉克即意大利原型，此外他的

---

① 参见：撒母耳·约翰逊的《诗人传》之"弥尔顿"篇。

② 即葡萄牙著名诗人 Camoens（一译"卡蒙斯"），他在印度的果阿和我国的澳门度过17年的放逐生活，年轻时期写过350多首十四行诗，大部分以不幸的爱情为题材。

③ 李赋宁. 英国文学论述文集 ［M］. 北京：外语教学与研究出版社，1997：160－161.

诗句经常跨行，有如写白体诗。在声韵上他是黄钟大吕之音，在情调上他激越、雄迈。如果众多的其他十四行诗人可以称为婉约派，那么弥尔顿是豪放派。"①

---

① 王佐良，何其莘．英国文艺复兴时期文学史［M］．北京：外语教学与研究出版社，2006：320.

第三章

姊妹诗篇《快乐的人》与《沉思的人》

弥尔顿在自己二十四、五岁的时候写下三首语气和技艺都十分相似的短诗：《时光之上》《割礼时分》和《庄严音乐会》。可以看出，诗人已经抛弃《耶稣受难》式的沉郁风格，找到了属于自己的"庄严音乐"。三首诗已经显示出诗人自己的伟大风格：崇高、持久运动的力度与构建节奏强烈诗节的技艺。

接下来，弥尔顿写下姊妹诗篇：《快乐的人》和《沉思的人》。这两首可爱的诗作可谓是他的练手之作，自传性质十分明显，反映了弥尔顿在霍顿庄园的隐居研读生活：先是快乐，后是肃穆。虽然在他的前后有很多诗人使用了八音节双行体（octosyllabic couplet）这一诗歌形式，但弥尔顿的两首绝对是其中的佼佼者。说它们是习作，那是因为诗人随即又回到庄严肃穆的路子上，写下以"贞洁（童贞）"为主题的诗剧《科莫斯》。

第一节　《快乐的人》

一、基本情况

诗的原题 L'Allegro 是意大利文，伯顿·拉菲尔（Burton Raffel）① 注解说这相当于英语里的 lively, cheerful, gay, merry，因而赵瑞蕻将其汉译为"欢乐颂"，朱维之则汉译为"愉快的人"，作者在这里采用了《快乐的人》这一折中的译文。全诗由 10 个长短不一的诗行组成的"序"开头，又由双行的"尾"（"假如你能够赐我这样的乐事，欢乐啊，我便愿与你永不分离！"）来收煞。正

---

① RAFFEL B. The Annotated Milton：Complete English Poems［M］. New York：Bantam Books, 1999：51.

文可以分为四个长短不一的诗节，总共 152 个诗行，基本格律是八音步双行体。

二、文本分析

在 10 行的"序"里，诗人开篇便对"忧郁"（Melancholy）命令道："滚开吧，可憎的'忧郁'"（Hence, loathed melancholy），叫她永远躺卧在"幽暗的西默里荒原里"（in dark Cimmerian desert）。据说西默里人居住在世界的西头永远黑暗的地方。诗行采用了灵活的韵式：abba cddeec。

11－24 行为第二个诗节，旨在追溯"欢乐"（Mirth）这"文静而美丽的女神"（goddess fair and free）之渊源和出身："秀丽的爱神维纳斯"（lovely Venus）与"头戴常春藤花冠的酒神巴库斯"（ivy－crowned Bacchus）的爱情结晶，或者是"嬉戏的"西风神（Zephyr）与"玩耍的"黎明女神（Aurora）的漂亮爱女，在天叫作"优福罗欣"（Euphrosyne，三个美惠女神之一），在地称为"末瑟"（Mirth）。女神是如此"丰盈、活泼、欢畅"（So buxom, blithe, and debonair）！

25－68 行为第三个诗节，旨在对"欢乐"的内容和表现进行描述。诗人先是催促女神快快到来，给人们带来（Haste thee, nymph, and bring with thee）：

> 戏谑，和青春的快乐，
> 妙语、幽默话，和寻开心的把戏，
> 点头、哈腰和体现在喜比①
> 双颊上的微笑，和爱好
> 在柔和的酒窝里逗留的欢笑；
> 还有使人忘了忧虑的嬉闹，
> 以及双手捧腹的哈哈笑。②　　　　　　　　　　（26－33 行）

"欢乐"的具体表现有："用你的脚尖，绝妙地舞蹈，轻灵地向前"（trip it, as you go, // On the light fantastic toe;），"聆听云雀飞翔和歌唱，歌声惊破那呆滞的黑夜"（To hear the lark begin his flight, // And singing, startle the dull night.）；"走向窗扉，透过野蔷薇或者藤蔓或者金银花丛，向晨光问好"（And at my window bid good morrow, // Through the sweet－brier or the vine, // Or the twisted eglantine;）；传入耳中的是"驱散残夜的公鸡欢鸣"（While the cock, with lively din // Scatters the rear of darkness thin.）和"猎犬的吠声和号角声"

---

① 即 Hebe，一译"赫伯"，希腊神话中司青春的女神。
② 姊妹诗篇的成段汉语译文引自：赵瑞蕻《欢乐颂与沉思颂》，其他片段皆为作者自译。

(... how the hounds and horn // Cheerfully rose the slumbering morn)，"愉快地把安睡中的清晨唤醒"(Cheerfully rouse the sumbering morn)；沿着树篱在绿色山丘漫步，看"朝阳庄严地升起，给云层穿上五彩的衣裳"(Where the great sun begins his state // The clouds in thousand liveries dight)。人们于是开始享受劳动的快乐：

> ……，农夫吹着口哨在近旁，
>
> 哨声响在已犁好了的田野上；
>
> 挤牛奶的姑娘快活地唱歌，
>
> 割草人正在把镰刀磨呀磨；
>
> 在山楂树下，那山谷里，
>
> 牧羊人在讲他们各自的故事。①

69-116 行为第四个诗节，旨在添加一些新鲜的乐事 (mine eye hath caught new pleasures)：悠闲吃草的羊群游荡在草场和田野上 (Russet lawns, and fallow grey, / Where the nibbling flocks do stray)；云雾笼罩着群山 (Mountains, on whose barren breast // The laboring clouds do rest;)；雏菊布满牧场，溪流清浅流淌 (Meadows trim, wit daisies pied, // Shallow brooks, and river wide;)；塔楼和雉堞掩映在茂密的树林里 ("那里也许住着某个美人，那是邻近少年人凝望的北极星。")，近旁的两颗老橡树之间袅袅升起炊烟 (Towers abd battlements it sees // Bosom'd high in tufted trees, // Where, perhaps, some beauty lives, // The cynosure② of neighbouring eyes. // Hard by, a cottage smokes // From betwixt two aged oaks,)；传说中的牧羊人科里顿、忒西斯、菲利斯、特斯提里斯等在津津有味地享用乡村美味后，到牧场上去捆麦子，堆干草。有时随着欢快的铃铛声，古风的三弦琴开始奏响，山村里的男女老少便来到阳光摇曳的树荫下面舞蹈、嬉闹 (When the merry bells ring round, // And the jocund sound // To many a youth and many a maid // dancing in the checker'd shade;)，然后喝着栗色麦酒，讲起麦布仙后的故事 (Then to the spicy nut-brown ale, // With stories told of many a feat, // How fairy Mab the junkets eat;)。故事讲完了，各自爬上床头，在和风中进入梦乡 (Thus done the tales, to bed they creep, //By whispering winds, soon lull'd asleep.)。好一幅田园牧歌的欢乐景象！

---

① 这里的 tell his tale 还可以理解和翻译为"把他的羊儿一个个清点（点数）"。Tale 有"计数；总数"的古意，在这里用作双关语。

② 原文中的 cynosure 意为"小熊座""指针"，也可指"众人瞩目的焦点"。

117－150 行为第五个诗节，在描绘完乡下的快乐事之后，转过来描述城里人或者所谓"高雅"的快乐事（Tower'd cities please us then）：喧闹的人群（the busy hum of men），成群的骑士和贵族（throngs of knights and barons bold），身着盛世衣装，举行庆典和竞赛（In weeds of peace, high triumph hold//… //Of wit or arms, while both contend // to win grace），或者游行欢宴、假面舞会和戏剧表演（And pomp, and feast, and revelry // With mask and antique pageantry;）──"这些景象就是年轻诗人所梦想，在夏夜，坐在仙女出没的小溪旁。"（Such sights as youthful poets dream // On summer eves by haunted streams. ）欣赏戏剧大师本·琼生的喜剧和"甜美的莎士比亚，想象的孩子，吟唱他那本土自然的山林乐曲"（Or sweetest Shakespeare, Fancy's child, // Warbles his native wood－notes wild. ）。还可以投身到配上不朽诗文的美妙音乐中（Lap me in soft Lydian airs,①// Married to immortal verse. ），从而"解下所有的束缚和镣铐，将隐藏起来的和谐灵魂放飞"（Untwisting all the chains that tie // The hidden soul of harmony）：

> 这也会使奥菲斯自己从铺满
>
> 伊丽西恩花朵的床上面，
>
> 金色睡梦中抬起头来倾听着
>
> 这样的乐音，他也会迷住普鲁托的耳朵，
>
> 使他同意释放他上次
>
> 曾经放回半路的幽丽蒂斯。②

最后的两行将全诗收煞住，并把自己的愿望重申一遍：

> 假如你能够赐我这样的乐事，
>
> 欢乐啊，我便愿与你永不分离！

我们从中清楚地看到一位热爱自然、热爱艺术又追求快乐、享受生活的年轻诗人。谁说诗人弥尔顿只是一位不苟言笑、尖酸刻薄的清教徒？

---

① Lydia（吕底亚）为公元前小亚细亚的一个国家，后被波斯人征服。Lydian（吕底亚式的）指的是古希腊时期的一种柔美的音乐风格。另外两种风格为"多利亚式"（Dorian）和"弗里吉亚式"，前者朴素庄严，后者雄健勇武。

② Orpheus（奥菲斯）是传说中古希腊的著名乐师，擅长弹奏七弦琴，其琴声竟能让野兽入迷，让山石感应。他的妻子 Eurydice（幽丽蒂斯）遭蛇咬死去，他悲痛欲绝，追到地狱，奏起七弦琴，竟将冥王 Pluto（普鲁托）感动，使他答应把幽丽蒂斯放回人世，但附带一个条件：返回的路上不可回头看望。但奥菲斯太爱自己的妻子，一出地狱大门就禁不住转过来看了妻子一眼。结果，幽丽蒂斯立即消失，回到地狱里去了。Elysian flowers 即生长在 Elysium（今译为"爱丽舍"，即极乐幸福世界）的花朵。

第二节　《沉思的人》

一、基本情况

诗的原题 Il Pensoroso 是意大利文，伯顿·拉菲尔（Burton Raffel）注解说它相当于英语里的 thoughtful，serious，grave，因而赵瑞蕻将其汉译为"沉思颂"，朱维之则汉译为"沉思的人"，作者因而采用了《沉思的人》的译文。全诗也是由 10 个长短不一的诗行组成的"序"开头，又由双行的"尾"（"忧郁啊，给我这样的乐趣，我就会自愿和你在一起！"）来收煞。正文可以分为五个长短不一的诗节，总共 176 个诗行（比《快乐的人》多了 24 行），基本格律是八音步双行体。

二、文本分析

开头 10 行的"序"，也是先发出命令："虚妄骗人的欢乐，滚开！"（Hence，vain deluding joys）因为她"出自愚蠢的血统，没有父亲"又"没有什么用处，只是把杂七杂八的东西填满那坚定的心灵"（The brood of folly，without father bred！// How little you bested // Or fill the fixed mind with all your toys！）但愿她永远"生活在懒散之人的脑子里"，"用花哨的形状去占据愚蠢的想象"（dwell in some idle brain / And fancies fond with gaudy shapes possess）。结构和《快乐的人》一样，韵式也是 abba cddeec。

11 – 30 行为第二个诗节，旨在呼请和迎接"聪慧、神圣的忧郁"（goddess sage and holy），因为她"（人类目光无法看见的）天神一样的明亮面容"（Whose saintly visage is too bright // To hit the sense of human sight）"蒙上了黑色、宁静的智慧底色"（O'er laid with black，staid wisdom's hue），但出身高贵（Yet thou art higher far descended）：是"孤独的农神萨特恩"（solitary Saturn）与"金发的灶神维斯塔"（bright – haired Vesta）的爱女。

31 – 50 行为第三个诗节，继续恳请"忧郁"来临，将其描绘成"沉思的女尼，纯洁而虔诚，端庄、坚贞而又娴静"（pensive nun，devout and pure，// sober，steadfast，and demure），她"漆黑的长袍裹身，深黑的披巾覆肩，庄严、肃穆、步履稳健、神情专注"（All in a robe of darkest grain，… // And sable stole of

cypress lawn, / Over thy decent shoulders drawn, … // With even steps and musing gait // … Thy rapt soul sitting in thy eyes.），"怀着神圣的热情，静立在那里，如同大理石雕像一般，忘了自己"，抬眼与上苍交流，低头与大地对视（There, held in holy passion still, // Forget thyself to marble, till, // With a sad leaden downward cast, // Thou fix them on the earth as fast.）。与"忧郁"同行的则有"和平与宁静、清心斋戒和隐居悠闲"（calm Peace and Quiet, Spare Fast, … retired Leisures）。

51-102 行为第四个诗节，对紧随"忧郁"而行的"沉思"（Contemplation）与"寂静"（Silence）进行细致的刻画。小天使"沉思""展开金色的双翼，在远处飞翔，驾驭风火轮的宝座"（Him that yon soars on golden wing, // Guiding the fiery - wheeled throne）。"无声的寂静"则"悄悄地飘过，除非夜莺愿赏给我们一支清歌，以她最甜蜜最悲伤的心情，舒展了'黑夜'紧蹙的眉心"（... hist along, // 'Less Philomel will deign a song, // In her sweetest and saddest plight, // Smoothing the rugged brow of Night.）。在月神（Cynthia）驾着凤辇从熟悉的橡树上空缓缓经过时：

> 可爱的鸟儿啊，① 逃开了愚蠢的喧嚣声。
> 你最富于乐感，也是最忧郁的心！
> 你，女歌手啊！我时常到林中去
> 寻觅，去谛听你的夜曲。　　　　　　　　　　（61-64 行）

如果看不到这爱鸟（sweet bird），"我"便独自一人"行走在干燥、平整的草地上"（On the dry and smooth - shaven green）：

> 去眺望那轮漫游着的月亮，
> 她奔驰在太空最高的地方。
> 仿佛一个迷途人，
> 失落于辽阔、茫茫无路的苍穹；
> 她时时又好像低头寻找，
> 穿过一片羊毛一样雪白的云层。　　　　　　　（67-72 行）

"我"也时常来到起伏不平的高地上，驻足倾听"从遥远之处传来的晚钟声响，越过宽阔的河岸，舒缓，悠扬，沉郁而喧闹"。（I hear the far - off curfew

---

① Nightingale（夜莺）一词由"黑夜"和"唱歌"（gale）中间加上个 in 构成，是少见的夜间歌唱的鸟类，常常被视为诗人的灵感来源。弥尔顿非常喜爱夜莺，他的第一首十四行诗就是《致夜莺》，在史诗《失乐园》里也时常向夜莺祈求灵感和诗才。

sound，// Over some wide water'd shore // Swinging slow with sullen roar；），或者"在天气不佳时，找一个偏僻寂静的地方"（Or, if the air will not permit，// Some still removed place will fit），"在那里，屋中炉火余烬闪着微光，……只有炉边蟋蟀吟唱或更夫的呼喊催人发困"（Where glowing embers through the room // Teach light to counterfeit a gloom，… // Save the cricket on the hearth，// Or the bellman's drowsy charm.）。午夜时分，"我"会在某座孤寂的高楼上点上一盏灯（Or let my lamp，…，/Be seen in some high lonely tower，），以便去"与至伟哲人赫慕斯一起眺望天上的大熊星座，或者从冥界里唤回柏拉图的灵魂"（Where I may oft outwatch the Bear，// With thrice great Hermes, or unsphere // The spirit of Plato，）与他们一起探讨宇宙的奥秘。"有时候，辉煌无比的悲剧，身披紫色华服一闪而过，呈现忒拜、佩洛浦斯的家世，或者特洛伊神族的故事，① 或者近代不常有的高贵传说"（Sometimes let gorgeous Tragedy // In sceptred pall come sweeping by，// Presenting Thebes' or Pelops' line，/ Or the tale of Troy divine，/ Or what （though rare）of late age.）。

103 - 130 行为第五个诗节，诗人继续将"忧郁"这悲伤的贞女（sad virgin）来赞美，相信其神力"或许会把（古希腊诗人）穆萨斯从他的住处唤出，会让乐神奥菲斯的灵魂唱出摄人心魄的乐曲，随着琴弦弥漫回荡"（Might raise Musaeus from the bower，// Or bid the soul of Orpheus sing // Such notes as warbled to the string，），"会把他唤来，让他讲完勇敢者康布斯坎等人的故事"（Or call up him that left half told / The story of Cambuscan bold，②…），还会唤起"其他伟大诗人"（斯宾塞、塔索和阿里奥斯托等），"他们用精明而庄重的曲调吟唱出骑士比武、悬挂的战利品，还有茂密的山林和恐怖的巫术咒语"（In sage and solemn tunes have sung // Of turneys, and of trophies hung，// Of forests, and of enchantment drear，）。

因此，夜啊！在你灰暗的行程中，

请时常望着我，直到淡妆素服的黎明降临，

她像平时一样，不卷发，也不打扮修饰，

---

①　Thebe（忒拜或底比斯）为古希腊 Boeotia 地区的主要城邦，俄狄浦斯曾为其国王。Pelops（佩洛斯）为希腊神话中 Tantalus 大神之子，被其父宰杀以飨众神，但众神又使之复活。Troy（特洛伊）指荷马史诗《伊利亚特》。三者在这里泛指所有的古希腊悲剧，如《俄狄浦斯王》《俄瑞斯特斯》（三部曲）等。

②　Cambuscan（康布斯坎）的故事指乔叟《坎特伯雷故事集》里未写完的"乡绅的故事"（the Squyeres tale）。

　　就去打猎，随着那阿狄加的男孩子；①
　　一片云雾面纱似的飘过她头上，
　　当飘荡的风正在呼呼地吹响，
　　或者引来了一阵静静的细雨，
　　当猛烈的风已刮得心满意足；
　　末了，树叶沙沙地响着，
　　屋檐上的雨水一滴一滴地飘落。　　　　　　　　　（121-130 行）

　　131-174 行为第六个诗节，诗人祈求"忧郁女神"在"太阳开始射出耀眼的光芒时，把我带往晨曦丛林阴翳的小径、山神喜爱的幽暗树荫里"（And when the sun begins to fling // His flaring beams, … // To walks of twilight groves // And shadow brown, that Sylvan loves），"听不到斧子砍伐的声音，山林仙女也不会受到惊吓"（Where the rude axe, with heaved stroke, // Was never heard the nymphs to haunt. ）：

　　请把我藏在隐蔽地点，靠近小溪，
　　那里不会有世俗的目光来探视，
　　避开了白昼强光的眼睛，
　　当蜜蜂的双腿携带着花粉，
　　在花木丛中忙忙碌碌，又欢唱，
　　小溪中的水潺潺地流淌。　　　　　　　　　　　（139-144 行）

羽翼沾上露水的睡梦于是降临。梦醒之后，"柔和的音乐在上空，四周，地下回响交叠，那是精灵或林中神怪赐予众生的乐音"（… sweet music breathe // Above, about, or underneath, // Sent by some spirit to mortals good, // Or the unseen genius of the wood. ）。

　　诗人并不满足，他还要祈求"忧郁女神"：

　　……让我坚定的脚步
　　朝着可以潜心研修的教堂的庭院回廊走去，
　　我爱那高高竖起的圆形屋顶，
　　还有那些坚实的石柱，刻着奇异的图形；
　　画满故事传说的门窗，
　　闪现出一种富于宗教氛围的幽光。

_____

① Attic boy（阿狄加男孩）指猎人色法卢斯（Cephalus），希腊阿提卡城邦的国王，出外打猎时被黎明女神伊俄斯（Eos）看见，女神立即爱上了他。

在那里一阵阵风琴声悠扬，

伴奏着下面合唱队引吭高唱。

庄严的音乐啊，嘹亮响彻的圣诗，

那么动听悦耳，透进我的耳朵里，

啊，我溶解了，融入了极乐，

在我面前呈现着整个天国。 (155–166 行)

诗人最后的愿望是"我衰老慵懒的晚年能够在宁静的隐居生活中度过，身裹粗糙的衣袍，处在满是青苔的斗室中"（And may at last my weary age // Find out the peaceful hermitage, // The hairy gown and mossy cell），上观星宿，下察百草，"直至老年的经验达到预言性乐曲那样的高度"（Till old experience do attain // To something like prophetic strain.）。

最后的两行将全诗收煞住，并把自己的愿望重申一遍：

忧郁啊，给我这样的乐趣，

我就会自愿和你在一起！

对弥尔顿或者很多同时代的人来说，"忧郁"是先于"快乐"的。剧作家弗莱彻（John Fletcher, 1579—1625）在其《美好的勇力》（The Nice Valour, 1624）一剧中的名曲开头就说："离开吧，你一切虚妄的欢乐！""没有什么比可爱的忧郁更为优雅、甜蜜的了！"散文家伯顿（Robert Burton, 1577—1640）在其《忧郁的解剖》（The Anatomy of Melancholy, 1621）开头的组诗"作者关于忧郁的摘要"里也说：

在这里我的所有欢乐都是愚蠢的，

没有什么比忧郁更为甜蜜的了。

即便是在早些时候的莎士比亚那里我们也能看见"忧郁的哈姆雷特"。忧郁或者沉思，或许就是英国文艺复兴时期的时代病吧！

第三节　本章小结

约作于 1632 年的两首"温文尔雅的姊妹诗篇"（graceful, urbane companion poems – Lewalski, 48）对快乐与沉思给人带来的理想乐趣进行了探讨。二者其实构成生活的两种不同路径："轻松愉快的欢乐"与"神圣无比的忧郁"，各自给人以不同的乐趣。"快乐的人"主要活动在白昼，而"忧郁的人"主要活动在黑夜。或者说它们是两种人格的表征：L'Allegro 代表的是一个无忧无虑的人，

他尽情地享受生活的乐趣，远离生活的阴暗面，并不对人生意义进行追寻；Il
Pensoroso 则代表了一个沉思默想的人，他终日耽于思考，愉悦主要来自读书，
往往缺乏行动的能力和欲望。二者看似相互对立实则相互补充，快乐里有一丝
庄重，忧郁里夹杂着愉悦。在某种意义上讲可以说是一首诗，其主旨就是赞美
理智的生活。从表现效果上看，将"快乐的人"与"忧郁的人"放在一起就产
生了光亮与阴影对比鲜明、类似于绘画的效果，其中的一方以对方的存在而变
得甜美醇厚，从而使二者水乳交融。清澈悦耳的措辞比其内容上的美妙更加突
出，如此高贵的思想从来没有在诗歌里得到这样平易近人而信手拈来的表达。
可以说，弥尔顿是在通过诗句的构思来绘制出一幅双联图景，以表达自己在不
同时节所感受到的两种相互交替的心境：喜悦和庄严。他在二者中间都找到了
快乐，但执着追寻的还是寂寞、孤独的那种快乐——忧郁，亦即他正在霍顿庄
园享有的读书、冥想的生活。

　　每一首诗的开头都是在驱逐象征着另一首诗所赞美的心境之女神，最为优
美动人的则是那些描绘音乐的诗行，即《快乐的人》的第135－144行和《沉思
的人》的第161－166行。前者的英语原文如下：

> And ever, against eating cares,
>
> Lap me into Lydian airs,
>
> Married into immortal verse,
>
> Such as the meeting soul may pierce
>
> In notes, with many a winding bout
>
> Of linked sweetness long drawn out,
>
> With wanton heed and giddy cunning,
>
> The melting voce through mazes running,
>
> Untwisting all the chains that tie
>
> The hidden soul of harmony, ···

后者的英语原文如下：

> There let the pealing organ blow
>
> To the full voiced choir below,
>
> In service high, and anthems clear,
>
> As may with sweetness, through mine ear,
>
> Dissolve me into ecstasies
>
> And bring all Heav'n before mine eyes.

　　出生于德国的英国巴洛克风格作曲家亨德尔（Teorg Friedrich Hendel，

1685—1759）据此于 1740 年写出了同名的田园颂歌，虽然加上了一个第三乐章 "温和的人"（Il Moderato）。亨德尔的音乐作品又激发了当代大舞蹈家马克·莫里斯（Mark Morris）在 1988 年创作出《快乐、沉思与温和的人》（L'Allegro, Il Penseroso et Moderato）这一部集思想、音乐与舞蹈为一体的伟大作品。采用的技巧是全新的，创作的源泉则非弥尔顿的诗篇莫属。

贬抑和驱逐对立的心境，将所颂赞的心境来迎接，这其实是有先例可循的，例如约翰·弗莱彻在 1624 年演出的剧作名曲就以 "离开吧，你一切虚妄的欢乐！" 来开头。在诗作的主体部分又使用鲜明的对照手法对 "忧郁" 与 "欢乐" 这两种相反性格与情感类型进行刻画。结尾的押韵对句 "我将与你一起同住"，其实也是莎士比亚同代人马娄（Christopher Marlowe, 1564—1593）的名诗 "来与我同住" 之回响。马娄的诗共有 6 节，每节 4 行，两行押韵（aabb），首尾的两个诗节的原文如下：

> Come, live with me, and be my love,
>
> And we will all the pleasures prove
>
> That valleys, groves, or hills or fields,
>
> Or woods and steepy mountains yield;
>
> ...
>
> The shepherd swains shall dance and sing;
>
> For thy delight, each May morning.
>
> If these delights thy mind may move,
>
> Then live with me, and be my love.

两首诗的开头都是一段 "祈求"，使用的是长短不同的抑扬格诗行，押四个韵，韵式比较灵活。后面的诗行则一直使用四音步（八个音节）的抑扬格双行体。这一诗体在乔叟的手里首先使用，出现了《名誉之堂》（House of Fame）、《玫瑰传奇》（Romaunt of the Rose）等诗作。本·琼生也使用这一诗体写出不少的喜剧作品，弥尔顿也在一年之后写出假面剧《科莫斯》中的几个朗诵诗节。可见，这是一种实用有效的诗歌技巧，可以让诗句有所变化而避免单调，还能够制造出一种精致而轻快的歌曲节奏，例如：

> Haste thee, nymph, and bring with thee
>
> ‐ \ ‐ \ ‐ \ ‐ \
>
> Jest, and youthful Jollity.
>
> ‐ \ ‐ \ ‐ \ ‐‐

不算行首的停顿轻音，也可算作是抑扬格的变体——扬抑格吧。

帕格雷夫（Palgrave）在其编选的《英诗金库》中指出，弥尔顿的《欢乐的人》和《沉思的人》是"我们语言中最早的纯粹描绘性的抒情诗"[①]。"快乐"是大自然的娇子，"忧郁"或"沉思"是悲哀与天性的女儿。诗人使用白描的手法对自然景色和生活场景进行勾勒和刻画，以衬出两种貌似对立实际相通的心境。在某种程度上讲，它们与我国六朝时期的抒情小赋——如江淹的《别赋》《恨赋》——极具异曲同工之妙。而诗人对生活的积极态度和深沉的爱恋、对人世万象的透彻思考正是其人文主义思想的真实表现。

十八、十九世纪的英国诗人，特别是浪漫派诗人都从其中或多或少地汲取了灵感。《欢乐的人》激发济慈写出了《幻想颂》（Ode to Fancy），《沉思的人》则成为丁尼生《记忆颂》（To Memory）"唯一的生父"。济慈还受到《沉思的人》的启发，写出了《忧郁颂》（Ode to Melancholy）和《啊，孤独!》（O, Solitude）两首脍炙人口的诗作。后者的汉语译文如下：

> 啊，孤独！假如我必须与你同住，
> 你可不要在那些堆积杂乱、
> 阴暗无边的屋子里；请跟我去攀援——
> 大自然的观景台；在那里，山谷幽静，
> 花开漫山，河水高涨而透亮，
> 仿佛在方寸之间；让我守望着你，
> 在掩映的枝叶中，那儿蹦跳的鹿儿
> 会把狂蜂从顶花盅里吓住。
> 虽然我乐意与你去探寻风景，
> 但与一颗天真的心（其语言
> 体现着优美的思想）亲密交谈
> 是我灵魂的快乐；而且我坚信
> 人类至高无上的幸福感
> 就是两种思想进入你的境界。

真可谓是古希腊明快的哲理与基督教沉郁的教义之有机融合！

---

① 转引自维里蒂（A. W. Verity）《弥尔顿诗选》中两首诗前面的"引言"，英文原文为：the earliest pure descriptive lyrics in our language.

第四章

田园挽歌《黎西达斯》和《哀达蒙》

1645 年出版的《约翰·弥尔顿英文、拉丁文诗集》所收录的最早作品是诗人在 15 岁时英译的几首《圣经·诗篇》，最为著名的则是《黎西达斯》和假面剧《科莫斯》两部诗作。《科莫斯》与《黎西达斯》曾分别在 1637 年和 1638 年单独匿名出版。诗集中的拉丁文诗之最后一篇是《哀达蒙》。《黎西达斯》和《哀达蒙》一起被视为英语悼友诗的双璧。

第一节 《黎西达斯》

一、基本情况

弥尔顿作诗的冲动基本上都来自外部。《科莫斯》的创作冲动源于别人所求，《黎西达斯》则源于对亡友的纪念。爱德华·金（Edward King）是弥尔顿在剑桥大学的校友，做过诗文并接受了牧师职位——弥尔顿则是拒绝接受牧师职位。然而，就在他准备入职之时，金从切斯特乘船前往都柏林去省亲，在爱尔兰海中遭遇海难而溺水身亡。据说，在渡船触礁时，别人都在惊慌逃命，金却一直跪在甲板上祷告。剑桥校友们很是伤心，准备出版两卷纪念挽歌集，取名为《悼念爱德华·金先生》（*Obsequies to the memory of Mr. Edward King*）。上卷收纳拉丁语、希腊语挽歌，下卷收纳英语挽歌。英语诗集上的拉丁文箴言为"你若思想没错，沉船无处不在"。弥尔顿应约写出《黎西达斯》，并被收入英语诗集，成为第 13 首也是最后一首英语挽歌。

弥尔顿与金的私交似乎不薄，写诗纪念自然是情理之中的事情，但金的突然离世对他来说已经带上了象征的意义，因为他已经被主教逐出教会（church-out）了，他自己或多或少地变成了金本人。事实上，弥尔顿决定创作这首挽歌，是为他自己，为自己不愿去做的牧师职务，更是为了英格兰教会所失去的那个人。他必须说：我曾在剑桥与此人同学；我以前可能就是黎西达斯；我们曾经一起读书；他现在已经离开了我们；这种清白之人不大受人待见；他不会死去；他只是去过一种更为壮阔和高尚的生活。司空见惯的哀情被弥尔顿的高超艺术和个人信念提升到了一个非凡的高度，田园牧歌式的挽歌被用来表达老掉牙的主题还不能让人感到难堪或者默默无闻。阿卡迪亚变成了剑桥，英格兰场景与牧羊人牧场关联起来而变得丰富多彩，不过，展示诗人才华、美化剑桥或者金的形象还用不上这些技法。挽歌实际上是诗人的一种自白：向上帝发出成为一个真正诗人的呼请，决心将自己全部的才能都贡献给信念所引发的事业。诗中寥寥数行所刻画出来的形象与诗人的十四行诗、书信、拉丁诗和革命册子里出现的图景并无二致，弥尔顿是在用自己的人生经历制作一首弥尔顿式的诗歌或者布道文。

诗人首先怀着对逝者田园牧歌式的哀痛，对他们的大学友情进行了理想化的描绘。接着，他大声发问：为何一定要做诗人？为何要对无情的缪斯念念不忘？

> 别人与树荫中的阿姆瑞利斯嬉戏，
>
> 揪着尼厄娜团团乱发打打闹闹，
>
> 我这样做是不是更好？

清教徒式的回答随之而来。他要成为诗人，因为这样才能最好地取悦上帝，不是为了俗世的声誉（高贵心灵最后的一个弱点），而是为了天堂的名望。

然后，诗人就只为上帝和上帝的教会做出即时的服侍。他或许不得不默默挂念着缪斯，但必须对拒绝让他这样的人成为牧师的那个教会进行谴责。圣彼得亲自出场来指责主教们将诗人逐出教会的行为。两个神秘诗行里出现了恐怖之声，说是要发出猛攻却又没有下文。但没过多久声音又再次出现，不再那么神秘，不再那么悄然。与此同时，诗人在黎西达斯的灵柩上撒上英格兰的鲜花，唤出尸身静卧其中的神话海滨景象。天使的歌唱再次响起来：

> 上天的圣徒都在将他款待，
>
> 肃穆地列队，和美地集会，
>
> 移动步履，歌唱他们的荣光，
>
> 将泪水从他的眼里永远地拭去。

挽歌的创作时代（1637年）背景：①查理一世无议会的个人统治（personal rule）已逾八载；②对清教徒的迫害达到顶点；③坎特伯雷大主教洛德正在将其主教制的祈祷书（Prayer Book）在苏格兰强行推行；④杰出的清教徒普莱恩

（William Prynne，1600—1669）被割去了耳朵；⑤威廉主教被罚款一万八千英镑并惨遭国王囚禁。因此，我们在诗里面就看到了"腐败神职人员之毁灭"的预言。

《黎西达斯》采用了田园挽歌（pastoral elegy）的形式，说话人与黎西达斯皆为牧羊人，他们"在同样的山丘上"长大，放养着"同样的羊群"。这一诗歌传统可以追溯到古希腊、古拉丁诗歌，维吉尔的《农事诗》第五首是一个绝好的样板。18世纪的约翰逊博士对此有一著名的评述："只要有虚构的乐趣，就不会有什么悲哀。"（Where there is pleasure for fiction, there is little grief.）这一批评的依据有两个：其一，挽歌形式（genre）本身具有人为性和非人格性（剑桥学生并不是牧羊人）；其二，将异教典故和基督教典故融为一体。然而，对一些读者，尤其是热爱弥尔顿诗歌的人来说，这可是英语语言中最伟大的短诗之一。经历过丧亲亡友之痛的读者对诗里面透露出来的真挚情感肯定会是深有同感的。

挽歌总共193行，其中有两个高潮。第一个高潮自"唉！哪有什么用处，不断经营这些平凡的、受人轻视的牧歌，苦吟这些出力不讨好的诗句？"（Alas! What boots it, with incessant care // To tend the homely slighted shepherd's trade, // And strictly meditate the thankless muse? 64 – 66行）开始，阐明自己的远大抱负：不仅仅在吟咏诗歌方面赢得荣誉，还要用整个生命去为国家、为人类做出贡献。第二个高潮从"他抖动主教的发髻，严厉地说道：'年轻小伙啊，我免了你该有多好！我看够了，那些只为口腹之欲的人偷偷摸摸，连挤带爬，进了羊栏。……'"（He shook his mitred locks, and stern bespoke：// How well could I have spared for thee, young swain, // Anow of such as for their belly's sake // Creep and intrude, and climb into the fold? 112 –115行）开头的一段，将英国国教会的腐朽严加斥责，声称要将其彻底摧毁。在结尾处，我们看见诗人：

> 他终于站起身来，猛拽一下蓝色斗篷；
> 明天朝向新绿的树林，与新鲜的草场。

可见，诗人的悲情是真挚的，愤懑是真切的，态度则是积极向上的。

二、解读（一）：关于生和死的探究①

弥尔顿清楚，伟大的诗作来自"前人做过"与"必须去做"之间的那种张

---

① RICKS C. English Poetry and Prose 1540—1674 [M]. London: Sphere Books Ltd., 1986：252 –263.

力。如果说弥尔顿于 1645 年发表的诗作属于真正的诗歌，那么这些诗作就必须既能激发惊奇，又能满足期待。毫无疑问，《黎西达斯》与古希腊诗人忒奥克利托斯（Theocritus）和古罗马诗人维吉尔有很多的相似之处，可这又当如何呢？

"这又当如何？"正是十八世纪英国大文豪约翰逊质问本诗的那个著名的问题。"诗中没有自然，因为没有真情；没有艺术，因为没有新意。"他的指控得到满意的回复了吗？五首古典式田园哀歌、两首古典式慰藉诗、九首文艺复兴式牧歌、悼诗理论、当代哀歌构成了司各特·艾利治（Scott Elledge）编辑的悼念"黎西达斯"的诗集之开卷部分，它们都与"黎西达斯"相关，但没有一首能够用来驳斥"又当如何"这一问题。现代批评家里维斯（F. R. Levis）认为约翰逊错了，因为他要让该诗"成为别的什么而不是他自己，要有诗的实质而不只是艺术性"。

《黎西达斯》真是一首华而不实、毫无真情和智慧的诗作吗？理解本诗的难处不在细节问题，而在作诗的过程，即惯例的问题。有什么东西可以让牧歌形式不沦为做作演戏或者舞会服装呢？约翰逊一再声明，虚构不能表现真正之悲情，以此来将整个牧歌形式加以否定，"它所给出的意象都是往昔用过的，其内在的未必存在性总是将不满强加于心智"①。

然而，批评家的任务是理解诗人所理解的东西，即惯例本身没有什么好坏之分，一切取决于你如何将它利用。所谓惯例，即作者与读者之间的一种约定，艺术家依据这一约定将素材限定、简化，通过控制重心的分配来保证更大程度的专注。惯例因此是中性的，用好了会增光添彩，用坏了则是弄虚作假。但问题依然存在：这首牧歌与人有何关联？或者：这又当如何？

《黎西达斯》的最后两行为：

> 他终于站起身来，猛拽一下蓝色斗篷；
>
> 明天朝向新绿的树林，与新鲜的草场。

这并不构成诗人生平的密码，而只是一种惯例，凝结着一种人的需要，即从死中走出回到生里。丧葬挽歌作者既要伤心一阵又不能一味吊慰，毕竟死者是要被埋葬的。弥尔顿便要在埋掉爱德华·金之后再去颂赞他，所以，《黎西达斯》证明了这样一个真理：哀悼与庆祝迥然不同，但快乐或许能让人轻松地哀悼，将充溢内心的悲情和苦痛自由地倾诉出来。没有让这一惯例成为敷衍之词的则是"他终于站起身来，猛拽一下蓝色斗篷"一句里面的蕴含之意："终于"（At last）机智而有力地传达出"葬礼吊唁并非在短时之内完成"的含意，"猛

---

①　JOHNSON S. "Milton" in Lives of the Poets [M]. London: Clarendon Press, 1971: 94–95.

拽"（twitched）则表明一种"刚刚做出决定"的动作，传达出（说话人）"下定决心，将往事抛于身后，将其肩负起来而非摆脱出去"之含意。

"新鲜的草场"（pastures new）本身并不新鲜。早在1633年，菲尼斯·弗莱彻（Phineas Fletcher）就用一种迷人而略显荒谬的意象来结束组诗《紫色海岛》（*The Purple Island*）的第六个诗章：

> 到家了，我的羔羊；避开那降落的水珠；
> 明天，你们将在新鲜的草场上饱餐欢宴，
> 伴随着初升的朝阳，畅饮珍珠般的露水。

弥尔顿通过移动这两个词来将种种能量释放出来，结果没有构成一个三行诗节的中心韵脚，而是形成一个双行诗节（整首诗而非一个诗章）的收煞韵脚。就像所有规范的丧葬挽诗那样，《黎西达斯》以"新"词来收尾，对牧羊人来说，新鲜的草场所代表的不只是新奇或者变化之愿望，还代表着工作和职责：将羊群赶往新鲜的草场。最终从悲痛中走出来的人可不是那推卸肩上责任的牧羊人。

传记性阅读的风险是忽略本诗的艺术价值。假如我们将弥尔顿这个人塞进诗里，圣彼得评判坏祭司的那些诗行就似乎成了离题之语：表达了诗人的个人情感却与诗歌本身不相干。这样的话，弥尔顿本人就要因为他写在诗上面（而非诗里面）的词语受到一些指责。《黎西达斯》于1638年初次发表于爱德华·金的丧葬诗集中时并没有带上什么眉批，但在1645年重新发表时加上了几句对诗作渊源的说明："在这篇独唱的挽歌里，作者哀悼一位学识渊博的朋友，他不幸于1637年从（西英格兰的）切斯特出发横渡爱尔兰海时遇难淹死。"1638年至1645年间，洛德主教已然失势，弥尔顿便情不自禁地在其后背上拍了一巴掌："并借此对腐朽的教会阶层的灭亡做出预言，虽然那时他们气焰正盛。"对坏祭司的控诉自然与洛德相关，但并不局限于此。我们更应注重初版的《黎西达斯》而非八年后添加上去的眉批。抨击坏祭司的目的并非只是抒发诗人的个人情感，还具有与诗歌本身的艺术关联意义。

圣彼得无不愤怒地哀叹道：

> 年轻小伙啊，我免了你该有多好！
> 我看够了，那些只为口腹之欲的人
> 偷偷摸摸，连挤带爬，进了羊栏。

这是离题之语吗？《黎西达斯》是一首对死亡的愤慨诗作，这就出现了一个问题："为何好人命不长，祸害遗千年"？因而就不是离题之语了。可见，对坏祭司的抨击是有其即时的意义的。李尔王对着死去的女儿考迪莉娅大声哭诉道：

  ……没，没，没有命了！

  为何狗啊马啊老鼠都有命，

  而你却偏偏没有一丝气息？

  我们并不认为这哭诉是离题之语或者是对动物王国的不相干抨击。强烈的愤慨呐喊是相同的："为何是你，而不是那低等的生命？"在《李尔王》里是创造等级上的低等，《黎西达斯》里则是道德意义上的低等。

  《黎西达斯》是弥尔顿对公正与"天道于人"的探究，是关于死亡的一首伟大的英语诗，而死亡的话题被分解成许多令人痛苦的问题。爱德华·金这样一个才华横溢、虔诚爱教的人为何突然死去呢？

  《黎西达斯》展示了两种不同的信念。作为人的弥尔顿怀有本诗收尾表现出来的那种信念——基督徒的复活。作为诗人的弥尔顿则愿意进入并充分表达别人的信念。两种信念不应简单地表述为异教与基督教之间的冲突。对弥尔顿和斯宾塞而言，异教与基督教是你中有我，我中有你。异教常常被视为基督教的一种，就像文艺复兴时期的许多诗人那样，斯宾塞可以用潘神来指称基督。《黎西达斯》中的关键表现在有来世与无来世两种信念之间。基督徒相信来世，异教徒不一定拒斥来世，所以这并不构成基督教和异教之间的一大分别。换言之，诗的前提经历了某种变化。

  从第一行的"再来一次吧，月桂树啊，再来一次"到164行或许可以被叫作诗的第一部分，前提是"黎西达斯死了"。从"别再哭泣，悲伤的牧羊人，别再哭泣"（Weep no more, woeful shepherds, weep no more,）到结尾可以被看作是第二部分，前提变成"黎西达斯没有死，他在天堂永生"。第一部分基于这样一个假定——黎西达斯死了，完了。该部分所展现的是我们的愤慨意识与不信来世者所怀有的慰藉之情。但从165行开始，这个前提被否定了。诗人不再相信"黎西达斯死了"而是给出了一个完全相反的信念："你所伤悲的黎西达斯没有死"。否定了死亡，诗人的结论就能够给人一种与先前慰藉全然不同的慰藉，即一种将片面慰藉吸纳进来、意图完全相异的全面慰藉。本诗的长处在于这样一个事实：篇幅占四分之三的第一部分充分展示了我们的恐怖意识与即便面对死亡也是存在的慰藉，并未声称更大的慰藉如同黑夜之后便是白昼那样随之而来。

  如果说《黎西达斯》的结构是一个前提取代了另一个前提，那么诗的前半部分就有两处破坏着这一结构，因为这两处都在祈求一种来世。第一处是福玻斯对"人类奋斗有何意义？"这一问题的回答，即"名声"。不是远近闻名的那种"名声"（"名声不是生长在尘世间的花草"），而是一种更加捉摸不定的神秘的天堂名声：

As he (Jove) pronounces lastly on each deed,

Of so much fame in Heav'n expect thy meed.

太阳神应允给黎西达斯的究竟是什么酬劳？这里并没有明确地指出来。如果我们将后一行断句成 Of so much fame, in Heav'n expect thy meed（在天堂你可望得到你的酬劳，即大名声），则出现"黎西达斯会上天堂"的暗示；如果在 fame 后不加那个逗点，将 fame in Heav'n 作为一个意义单位，则表示"黎西达斯将会闻名于天堂从而得到酬劳"之意。

这种模棱两可的答复具有如下的意义：在前半部分不唤起来世的前提里面，福玻斯的许诺不过是一种高尚的名声理想，然而，从诗的结尾上（如同站在高台之上俯视跨越过的地面）看，福玻斯的话语则似乎包含了来世的暗示，即 Of so much fame, in Heav'n expect thy meed. 的许诺。

第二处是圣彼得。圣彼得在诗的前半部分出现不久必然带来对来世的许诺吗？圣彼得话语中最引人注目的东西是话语并没有唤起那种作为对他自己哀叹之答复的来世，其范围究竟是什么？圣彼得以审判的声音说话，他持有两把钥匙，却只有一把带有一个副词（一个铿锵押韵的副词）：

Two massy Keyes he bore of metal twain,

(The Golden opes, the Iron shut amain.)

（金的管开，铁的闭，急速地关闭。）

就此而言，圣彼得用生铁一般的语气对邪恶做出审判，而不是用金子般的语气对善良进行奖赏。对"为何是黎西达斯，而不是坏祭司？"这一问题，圣彼得的回答并非黎西达斯得到奖赏或酬劳，而是厉声断言邪恶必将得到惩罚：

你那站在门口的，双手拿着武器，

准备一击取其性命，无需再击！

一句话，强调坏人多行不义必自毙。这便是圣彼得对愤怒呐喊的回答！

可见，福玻斯和圣彼得都没有为黎西达斯给出一种来世，虽然二者的出现都暗示着来世。转折点出现在第 164 行："你，海豚啊，请把这不幸的青年漂送回来！"（And O, ye dolphins, waft the hapless youth.），诗行对前半部分做了总结，又为其后的诗行充当着不朽之慰藉的角色。这一双重作用在诗中使用的典故里得到印证。不是用了尸体被海豚带至岸边，成为水手吉祥海神的帕里蒙（Palaemon）的典故和因其音乐神力而被海豚带至岸边生还过来的艾利昂（Arion）故事吗？帕里蒙像黎西达斯那样死去了，艾利昂与黎西达斯一样是神圣歌手。见到典故中的帕里蒙，第 164 行便以悲剧性的尊严结束了诗的前半部分；见到典故中的艾利昂，该行则暗示着紧随其后的那种拯救：

> 别再哭泣，悲伤的牧羊人，别再哭泣，
>
> 因为你们所悲伤的黎西达斯没有死去。

典故的使用确实让诗作的意义模棱两可。

《黎西达斯》由两大块组合而成，前半部分使用了辐射状而非线性的结构，只出现了一个论题——死亡，但引发了许多其他的问题，问题之间并不存在什么逻辑顺序。1–14 行给出了前提："黎西达斯死了，盛年未到就死了"。15–24 行为虔敬发声，饱含尊严地讲述我们哀悼逝者的原因。25–36 行以象征的形式呈现生命本身，而后"但是啊！突然有了沉重的改变，你现在离去了"。37–49 行再次以象征的形式呈现死亡本身。接着以 50 行"在山林仙女宁芙出没的地方，……"开始问起问题来了。问题都得到了某种程度的回答，即一种在"不朽"语义框架内的部分慰藉。慰藉不是全面的，并非因为弥尔顿在回避基督教问题，而是因为此类慰藉原本就不充分。然而，部分的慰藉并不是一无是处。弥尔顿对此有充分的表述，总是有一种叫声引发出来某种安慰性质的回复。50–63 行：为何无人阻止？因为无人能够阻止，就连至尊的诗人——祭司俄耳甫斯也不行。64–84 行：人类奋斗意义何在？是"名声"，或者在某种意义上讲是"自尊"。

89–102 行：是谁做下的？此处的部分慰藉属于迷信说法。若是有人一再质问是谁引发了此类无法言说的悲剧，唯一的答案就是迷信了。"谁对黎西达斯做下这样的事情？"这一问题要么没有任何意义要么只能得到迷信的回答。迷信是宗教信仰的大敌，人们大多不会认为迷信的人生观具有安慰人的力量，但仍有很多人对此深信不疑。之后来到剑桥（103–107 行），像所有的人类机构一样，他可以提出一个问题："啊，是谁撕裂了我的誓言？"别人描述加缪的词语要多于加缪自己说出的词语。

108–131 行：为何不是哪一个坏人呢？因为坏人在劫难逃！132 行则开始了那段百花争艳的可爱诗段，其中孕含了三重慰藉：自然界及其无尽美丽的慰藉、艺术本身的慰藉（挽诗也是为黎西达斯准备下的花环）、仪式的慰藉。

> 让不雕花洒落他全部的美丽，
>
> 叫水仙花用泪水盛满其杯盏，
>
> 播撒在黎西达斯躺卧的月桂灵柩。
>
> 为此，让我们穿插些许轻松，
>
> 用脆弱的思想将虚假推想耍弄。

搞清楚"虚假推想"究竟为何，这很重要。弥尔顿并没说轻松或者思想是虚假的。"推想"指的是黎西达斯躺卧于灵柩之上的假象，由于黎西达斯已经葬身大海，尸骨无存，这"推想"便是"虚假"的。黎西达斯的称号与记忆在此出现只是供人去敬仰。"让我们穿插些许轻松"里没有不高尚和虚假的成分。弥尔顿没有发现，对那些认为死亡关闭一切的人来说，不存在什么慰藉，但他知道，这样的慰藉必须面对死亡的残忍性与偶然性。诗句于是立即唤起那种偶然性来：

> 天哪！漫漫的海滩和汹涌的海水
>
> 将你冲向远处，你的骸骨今在何方？

之后，通过神秘的海豚，来到了拒绝死亡的基督教式慰藉："黎西达斯没有死去"。

《黎西达斯》在收尾处给出了基督教信仰声称要给出的东西：一切的一切。但它在开始之时用了非凡的诚实给出了一种同样珍贵的东西，一种我们希望并非一无是处的东西。《黎西达斯》一诗的独创性质与慷慨的诚实分不开，正如理查德·赫德（Richard Hurd）在十八世纪所说的那样："其中有一种非常独创的气息，虽然处处充溢着古典式的模仿"（there is a very original air, although it be full of classical imitations.）。

三、解读（二）：对乡村情郎的教化①

《黎西达斯》提出了许多问题，却没有对问题给出回答或者回答得不够充分，这就引发了人们对它的争论和分歧。读者读诗因此更像是诗人在写诗。事实上，它就是弥尔顿对其牧歌人物构思的一个重要组成，从中又派生出构成其现实质地的挑战、要求、质疑命运、神祇、自我等因素。旨在息事宁人和消除疑问的回应来自神祇和自然，也来自圣徒，但这些回应经常表现为无济于事且往往为提问者所忽略。

细读诗中那些一度被视为"离题"的诗句，我们发现，对其结构和部分之间的主题关联性的解释必定将我们引向那种基于冲突机制的诗歌理念。冲突有时发生在古典的与基督教的神话之间，有时发生在天真与世故之间，但主要发生在诗人试图调解的诗歌忠诚之大原则之间。结果，弥尔顿将诗中代言人的经验变成一种积极进取的经验，牧歌人物没有消失在辩论和流产的谐音运动之中。最为典型的表现便是诗人强烈反对那种将其心理景观中的恬静"大草场"淹没在福波斯与圣彼得勉励性话语中的知识，反对没有采取法庭辩论的形式。悲号

---

① 这里的"乡村情郎"源于 swain 一词。

的牧羊人只是试图将争论消除，催促自己在混乱的心境中前行，同时又在要求一种永远不会到来的解释。在对必要知识之自我辩护意识进行描绘的过程中，弥尔顿的诗歌技艺达到了更高的水准：我们看到了那种进展非常缓慢的理解实现过程，这种理解却与形成挽歌外表和结构的种种冲突相伴相生。最后那幅蕴藉人的幻景不是从一种启示而来或者从人类具有的智慧之预定立场中孕育出来或者直接道出，不是诗人的理解或者他在本诗开头的角色中自然发出的，也不是一种被搁置起来的知识或者隐含在牧歌中、存在于牧羊人内心的潜势。它是这样的一种知识，其实现时常依赖于他把握和接受诗之经验旨在交给他的那种能力。

在牧歌人物这种发展演变的每个阶段里，意识的变化都反映在代言人对主宰田园牧歌之命运发出挑战并对文学、宗教教条做出反应之时所使用的语言当中。这一过程可以被描述为一种"自我教育"，但不是一种诗人在《论教育》中提及的缓慢而顺利攀登"山坡"的过程。《黎西达斯》是登山开头几步的戏剧化展现。诗人明白，人类作为堕落的动物，其行动"永远都是我们这种黑暗航行中在猜测和忧虑中的跌跌撞撞"，因而认为"黑暗与偏离都是我们自己的事情""我们的理解上面都有一层无知的薄膜""被虚假的光芒……遮蔽模糊起来"，而"真理的实质是质朴和光亮"（《论宗教改革》）。人对此无法觉察，不仅因为能力不足，而且根本不愿去接受真理。

挽歌一开始，我们便为一种对我们一无所知的过去之暗示所困扰。"不过，再一次"（Yet once more），我们还不认识的乡村情郎这样说道，但他提及的事件根本没有具体所指，诗里面出现的只是一种象征性的姿态，想以此唤起此类文体先前惯常的做法，或者指涉其他诗作或者唤起哀号的牧羊人所经历的危机与失落。他对象征性植物所说的话，把充满敬意的致歉与一种对强加于身的任务之强烈反感交织在一起。我们不禁注意到，这种对传统挽歌作家的完全否定——自己没有资格去充分赞颂挽歌主题的表态——在这里变成了指称更为宽泛、个人色彩更为浓烈的比喻了。诗人没有准备好，不是因为金的德行超越了他的颂赞才能，而是因为自己还未达到一种"成熟"的理想状态。我们可以感受到他渴望成熟的程度却不明白成熟由什么构成，也不知道成熟如何能够得到认可。理想状态是通过否定和限制的意象来加以界定的。乡村情郎来采摘莓果，固然是"天然粗糙"，象征着诗人没有准备好的状态与被迫来进行的行为，强式的韵脚也将我们的注意力转移到"绝不枯萎"和"醇厚年月"。这些声响与诗中显著的行为暴力格格不入，但为我们确定了评判下文的永恒、宁静之标准。弥尔顿由此开始了对本诗基本模式的塑造，即我们见到和听到的戏剧事件之描述被表达和暗示在对这些事件做出阐释的语言里。乡村情郎赋予事件的意义被融入更广阔、更真实的意义中，而这些意义只有在他顺从其经验的过程中才会自动显现出来。

同样的观点还可以从另外一个角度来得出，即对八行体（ottava rima）终曲里的话语声音——亦即引导我们回顾乡村情郎并对其所说、所学之物进行思考的声音——进行观察。声音从一开始就掌控着本诗的措辞行文，并在我们聆听乡村情郎讲话的同时允许和帮助我们发现其他没有看到的东西。因此，在我们将"强扭的粗糙手指"与"粉碎"转化为说话人的痛苦与不满的意象时，我们发现"醇厚的年月"所代表的是一种现实，即理解并最终要证明那些特定的正在表现出来的"心绪不宁"。承认乡村情郎首次讲话里的象征性植物有其"适宜的季节"，这一预言性的概念控制着全诗的进程，贯穿于所有对成熟的忧虑和幻想之中。同样，开头十来行一边坚持早来的死亡与毁灭的理念，一边又在创造"适宜的季节"（用以判别成熟的稳定、已知标准）之必要的理念。可见，乡村情郎在讲话的开始就不知不觉地说了许多实话，牧歌的语言也开始成为对牧歌模式进行重新界定的术语。

如果说牧歌的关键信号在一开始就告诉我们，本诗将要谈论诗歌本身，那么，弥尔顿的典型做法就是将这一熟知的理念体现在以声音响度来进行排序的系列时段中。前十四行的"逻辑"因此成了：黎西达斯之死的"痛苦约束"迫使乡村情郎提前叨扰诗歌桂冠，因为黎西达斯是歌手，不能任其在缺少挽歌酬谢的状态中随风而去、随波逐流。在弥尔顿笔下乡村情郎的虚幻世界中，沉默是一种威胁，一种无声的死亡、混乱、做作的符号。在祈求缪斯"拨动琴弦"时，一场艰辛的活动，即用"出生于上界的姊妹，声音与诗歌"之音乐来填充遭到之宿命所造就的沉默，也就开始了。情郎期待其"命定的骨灰瓮"，盼望另一诗人来为其说出得当的"好话"，不可或缺的声音延续也就在此时被确定下来了。

在牧羊人耳里，腐烂和疾病就是丧失的消息。弥尔顿在诗的开头就对此进行了细化处理，对构建牧歌世界过程中自然声响与人为声音的比喻意义做了强调。清晨的"眼睑"张开，看到两个牧羊人正在走向恬静、肥沃的平原，平原弥漫着青春的气息和自由的歌声。乡村情郎回忆起金龟子闷热的号角，展示出他们那能够让农牧神舞蹈起来的"乡村小调"，从而对其共同经验的质量——美妙的"悦耳声音"足以让想象中古板、挑剔的"老学究"高兴起来——进行了证明。

刚刚逝去的短暂快乐幻景就这样给勾画出来了。我们所熟悉的牧歌景象里弥漫着小调乐音与欢快曲子，而这些天真无邪的不成熟与刚刚冒头的单纯抱负都是很适宜的。然后，我们回到一个被"重大变化"改变的现在，丧失了安慰——不是来自所应允的未来荣光之安慰，而是来自对惨遭蹂躏的过去之单纯与满足的安慰。丧失亲人的牧羊人既受到事件的限制，又须顺从自己对事件之理解的限制。澄清理解限制的方法之一便是弥尔顿对司空见惯的"哀伤谬论"做出的灵活处理：乡村情郎所描述的自然场景并不主动地表达哀伤之情。树木并不扔掉果子，母羊的奶房并不瘪去，牲口并不拒绝吃草。利比亚狮子不会悲伤地咆哮，山涧泉水不会干涸，土地长出的也并不只是毒麦。"重大变化"被界定为一种曾经给自然世界带来秩序、舞蹈和快乐的乐音之缺失。柳枝"不再"为黎西达斯的歌唱摇动，树林、洞穴用其"回响"来哀悼已经死去的牧羊人，而其"回响"现在只能在沉默中震荡不已。弥尔顿让诗行带着鲜明的节奏，层层推进，将一切毁灭和悲伤都界定为耳中乐音的丧失，从而不容置疑地将这一观点表明。

哀伤因此将我们带回到开头的那些诗行，即对突如其来的命运之一种颇感困惑和抑郁的思考。此刻，"徒劳的拒绝与羞怯的托辞"（denial vain and coy excuse）已经被哀悼诗友的恰当行动与死神留下的伤痕一扫而空，整个哀诗的运动都在那个世界的记忆与不可拒斥的冲突之中得到了预演。变形已经发生，乡村情郎在努力理解其中的深意，用曾经之事的指涉来对现在的现实进行界定，内心明白死亡不仅对于美和单纯而且对于诗人的创作潜力都是有害无益的。然而，被剥夺的是牧羊人的耳朵，先前被迫过早摇落月桂树叶的则是乡村情郎。

乡村情郎也无法持久地记着这一现实，他接下来的思绪便是依照挽歌传统对诸神提出质询，发现某种共谋关系来对黎西达斯的死亡进行解释。他选择本地传说中的人物来与吟唱性、预示性的诗歌构成守护关系。不过，这一努力刚刚开始便宣告结束了，不是因为情郎眼尖心明而未能对此类凯尔特人的废话投入信任，而是因为他知道伟大的缪斯（真正诗人的守护者与天才之源，即俄耳甫斯）无法拯救其可贵的被保护者。于是，他使用一个又一个的神话却趋近于接受一种大于自己所承认的象征意义。"普遍性的自然的确哀悼"俄耳甫斯的死亡，对"其血淋淋的面容"之注视有效地阻止了"高地草场"与"乡村小调"世界的再次进入。毁掉这一神话的也不纯粹是一种无声无息、神秘莫测的命运行为，俄耳甫斯"诱人的神力"被淹没在"骚乱"的"可怕咆哮"里面，这是酒神追随者的惯用伎俩，却在人类历史中一再重复出现。这样的力量毁灭了诗歌，也毁灭了与生产诗歌之自然的情感同盟。

既然对普遍性困境有着这样的认可，乡村情郎就无法不假思索地退回到先前为其所用的可靠程式中了。弥尔顿让其思绪重新回到当下，从而对此做出了明示，但这个当下已经因为他在之前诗行里获知的东西而发生了变形，兄弟诗人"在同一山岗上放牧"的记忆变成了对诗歌本身辩护的探究。情郎一度回想农牧神和达米塔斯（或许指的是弥尔顿在剑桥的希腊语老师）带来的快乐与认可，现在说到的却是"平凡的、为人轻视的牧歌"。诗中没有说明可以改变我们对诗人呼吁的了解和意见，新的诗歌品格所反映出来的是情郎正在发生变化的意识。环绕那些欢快声响和自由舞蹈意象的田园牧歌式的轻松自在已经被笼罩上了俄耳甫斯命运之回忆的阴影，对诗歌的自然呼请也变成了累赘而麻烦的事情。此外，情郎对自己与其呼请之间关系的质疑并不是用怀旧的言辞表达出来的，而是与现实的当代诗人、时尚风格和即时回报相联系。简言之，田园牧歌式的姿态开始消融在这样的讨论里：在 1637 年的英格兰做诗人，这意味着什么？所给出的选择是用努力与安逸的形式来表达出来的。"闲散"（otium）的意境通常与牧歌传统相关联，弥尔顿便借此塑造了自己剑桥求学的最初青春画面，而现在变成了"与树荫喇叭花戏耍"的自然学者与情色诗人。田园牧歌中具有表现力的比喻不再单一，而是分成了真实与虚假、勤快与懒惰的歌唱。真实、勤快的歌唱属于那些"不懈努力"、追求呼请、"严格思考"缪斯的人们。这些可不是对着贪图享乐的听众吹奏"即兴"曲调的自由牧羊人概念，而是表现出一种对神圣而费力的艺术之严肃追求。这种追求我们在弥尔顿自己青春时代的创作中可以见到。他反问自己的不仅是哪一种诗歌形式更好，而且还是自己所知道的更好的诗歌形式在其辛勤耕耘、获得收成后却得不到应有的称赞时是否值得自己去探究。

文艺复兴时期的名声（fame）概念具有崇高性质，与通常所谓的声誉与公众认可并不相同，但弥尔顿在此不无痛苦地向读者表明：名声并不足以保证乡村情郎的追求。这是"高尚心灵的最后弱点"（last infirmity of Noble mind），但终归是一种缺陷。这一点在他希望"找到"名声并想要"突然迸发出光辉"（即取得前所未有的辉煌与钦羡）的举动中得到了强调。诗行处处回响着远大抱负，诗句暗含的激情在泼洒于"撕裂纤薄生命"（slits the thin - spun life）的"盲目'愤怒'"（blind Fury）之上的无声轻蔑里变得更加势不可挡。然而，这种爆发遭到福玻斯声音的节制，太阳神的回答是：他所期待的名声在天堂，名声的植物和月桂树与香桃木不同，并不生长在凡间。时态的变化扰乱了诗中已有的时间顺序，开始暗示出一种心灵的过去。这不仅澄清了"然而，再一次"所暗示的一些含意，而且预示着终曲里弥尔顿会将情郎的整个经历都浓缩在其收尾的评论之中。

对叙述诗行进行模糊化处理，这是弥尔顿为挽歌创设一个虚拟时间所使用的特殊方式，其功用大致与开头诗句所暗示的回顾相同。我们虽然感到不适，但这正是作诗经验的一部分，因为它以微妙的方式提醒我们：本诗的场合与论断在特殊与普遍意义的两极之间动荡不停。乡村情郎强迫自己进行的思考或推测引发而且是再次引发了一种心灵历史，而弥尔顿以及任何一位严肃诗人已经生活在这样的心灵史之中，从而可以立即回到牧歌意象群的等待潮流之中。福玻斯演讲中"更为高贵的情绪"固然带出来一种对传奇人物阿瑞图萨和敏昔乌斯①的得当呼请，但并没有扰乱乡村情郎所储备的牧歌惯例之水流。弥尔顿在其他挽歌诗人那里可能见到的丧葬队伍将我们带回到熟悉的挽歌传统和第 50 - 55 行里对林中仙女讲话的质询情绪中。似乎情郎忘记了这样一个情况：我们已经发现对原因的探究和守护缪斯的概念都不过是愚蠢的梦幻。不过，"大海的先驱"与希波塔底斯（Hippotades，风神）这些比喻都不请而至，海与风为情郎并未提出的问题做出解答，就像古典自然神祇的自我宣告那样。

至此，传统牧歌机制似乎从乡村情郎那里夺回了主导权。除了"背信弃义的狗吠"（perfidious Bark）上的那几个诗行，情郎所起到的作用便只是报道和叙述了。激愤、痛苦的个性语调减弱了，取而代之的是圣彼得给出的愤懑而严峻的斥责。

传统的送葬队列于是从内心迸发出来，福玻斯的讲话本可能成为任何一位年轻诗人关注和思考的版本，但这种谴责的本意是让我们得到这样的感觉：未得到乡村情郎认可和利用的一种力量正在闯入脆弱的框架中，以便来表达文字技巧所无法柔化或者间隔的真理。这是用一种全新的词汇，包括"浮华的歌曲""刺耳的音乐"与"内心"腐烂的"饥饿绵羊"之声响和判定性意象，传递到人们耳朵中的，是一种从"平凡的、为人轻视的牧歌"诗句中尝试提取出来的语言。语言完全取得了效果，所凭借的不仅是声响，而且是将情郎辩护性牧歌模式转换成启示性方式的做法。圣彼得提及的现状与情郎在第 64 - 69 行里所哀叹的情况并无二致，但在他的口中，牧羊人不再是一个艺术生命虚幻而高雅的典故。乡村情郎为了作诗一直在试图理解和掌控黎西达斯之死的含义，却忽略了年轻牧师之死对于英格兰牧师团体健康成长的意义。圣彼得的话语让他记起了所忘掉的东西，虽然没有用福玻斯的那种热切方式。诚然，圣彼得甚至没有面对情郎说话，只是在描述依然"腐败的僧侣"而对失去的东西进行界定，对

---

① Arethusa（阿瑞图萨）为山林仙女，遭河神阿尔菲俄斯不懈追求，被月神阿尔忒弥斯化为泉水。Mincius（敏昔乌斯）是古罗马诗人维吉尔家乡 Mantua 的一条河。

报应和惩罚做出预言。就像在诗中每一个明显的转折点上那样，这一诗段的地位（与进展中的挽歌模式之关系）并没有得到具体的说明。弥尔顿没有让我们轻轻松松地加以确定，我们或者情郎将无法从圣彼得的话语中理解到什么东西，更无法确定将来会发生什么事情。

这种令人头疼的不确定性在情郎的回答中得到了强调。圣彼得对"牧羊人"真正含义的说明被称作是"可怕的话音"，情郎只承认一种声响，而这种真实、刺耳的声响打断了它正在试图协调自己思绪的齐整、哀伤、怀旧的姿态。回归传统因此就更加令人心酸、绝望，也更加细致入微。列举花卉与送葬队列一样属于田园挽歌原型的标准组成，我们从弥尔顿的三一学院手稿中可以看出，花卉列举的确是他呕心沥血、字斟句酌之作，其目的则是在怜悯同情的大自然之种种美丽中为悲伤和困惑找到一点缓解。阿尔菲俄斯与西西里的缪斯再次受到呼请来与乡村情郎建立一种温和、单纯的关系，"请求溪谷"将其鲜花撒落在想象中已故牧羊人的"月桂灵柩"上面。呼请得到了回应，情郎立即转向"低洼的山谷"，跟它们说话，其想象回到从新鲜景色的奔涌溪流里发出的令人心旷神怡的"潺潺流水"。花卉列举为我们勾勒出一个与情郎开头所给出的回忆、自传性场景迥然不同的"乐土"（locus amoenus）。这里没有"高地草场"，没有欢快的笛声，也没有异教神祇的舞蹈。情郎在圣彼得指责的极端惊惧之中变戏法般地带出文学牧歌的治疗、康复性的景色，似乎列举花卉的惯例本身就具有消除听闻之记忆的神力。他不再对其选定的诗歌样式拥有完全的掌控，不再把自己和金称作是牧羊人。简单而自负的等式被圣彼得拿走，他被迫回到生动的同情本性那原初隐藏的借口中。他对一种人为的文学样式发号施令，以便抓住从中提炼出来的那种安慰。

不过，这种把握一开始就在松懈，因为所提及的万物之美受到调和，蒙上了阴影。弥尔顿精心勾画出来的田园牧歌景象同时成为一种对无力规避圣彼得话语效力的间接见证，从而带来一种全新的认识。高地青绿草场上牧羊人的生活景象勾勒出来的抱负和信心开始让位于列举花卉的情绪，而这一情绪与"低洼山谷"与其"潺潺流水"极为协调一致。诗行表现出田园牧歌对安逸生活、脱离世俗乃至永恒不朽和逃避责任的执着追求。花卉属于春天，这也与黎西达斯英年早逝的主题一致，与诗人自己心智还未受到负面经历猛烈侵袭的成长阶段一致。"黝黑的星星稀稀拉拉地俯瞰"这一田园场景，但经历了人世任意、冷漠和严酷的牧羊人（诗人）不可能走进成熟的太阳光芒之中。"肆虐的狂风"可以在想象的山谷里低吟、嬉戏，但吸引情郎"清澈志气"的诗歌成就高度受到了"从每一个崎岖海岬那里刮来的锯齿翅膀之阵风"的猛击。情郎、诗人都可以心满意足地徜徉在休闲景色里，只要他在心里将这一文学模式认作积极责任模式的一种真实而惬意的替代物。一旦理解甚至认可了田园牧歌的真实意义，低洼山谷就必须变成一种永远需要却最终无法置身其中的心境。

因此，花卉列举诗段给出的光彩绝伦的细节与生动可爱的声色最终都要沦落为一种"不真实的假定"，情郎也必须表明他知道被抵制掉的诱惑之内在意义。情郎抵制诱惑的手段便是坦诚而温和地表白自己的动因："为了插入一点轻松，让我们脆弱的思想与不真实的假定嬉戏一下"（第 152－153 行）。明明白白地承认人类思想的脆弱，而对田园牧歌的想象是最美丽、最脆弱的思想之一，这便将"虚假的"内含指控机制给去除掉。弥尔顿在这里没有让萦绕不散的怀旧音符失声，也没让诗行发出透明、单纯的声响。隐隐一现的香甜细雨和春花朵朵给出了些许轻松，却也只是出现在不带幻想的思考行为之间，而思考行为所面对的则是圣彼得指责与金已亡故的事实真相。完全自我意识和逆来顺受的感叹"哎呀！"（Ay me）将嬉戏的氛围野蛮地破坏掉，情郎随之被卷入收煞的诗句节奏中。就连诗句的语法结构也让我们感受到逐渐上升的戏剧节奏，但直到九行过后我们才看清"同时"（whilst）一词的管辖范围：黎西达斯的尸体被深不可测的海水粗野地卷走，大天使米迦勒则被请来"目视回家的路"。"同时"也让人回头，来到列举花卉的那一诗段，因为情郎意识到自己努力呼请"碧玉般"生动的大自然而用到的艺术技巧既没有平息其悲伤或迷茫，也没有阻止苦难经历（黎西达斯的骸骨被抛掷在海洋深渊里的妖魔鬼怪中）的流动，诗意的想象在这里就显得苍白无力了。弥尔顿将白勒鲁斯（Bellerus）"寓言"和守护大天使的"宏伟景象"并置起来，从而将这一点表明。情郎在发现其诗力有限之后做出的反应则将悲伤与自责变成了祷告，他没有向缪斯或者象征性的山川清泉求助，因为这样做只会维持挽歌诗人中心的虚构性，坚持阐释话语的重要性，所以，他放弃了那些洋洋得意的虚幻想法，将牧羊人亡故的主题让给了米迦勒与神奇海豚的保护势力。放弃或让渡并非完全是一种有意识的选择，这让我们逐步发现米迦勒守护的力量是那种想象之流，想象之流随着黎西达斯尸体湮没于大海的恐怖景象而被带回到真实存在的爱尔兰海峡和"被守护的高山"，这又一次回答了一个问题，但并不出人意料。情郎无力、无知的自我意识——才能和眼力都是别人给我的——至此已经非常深刻了。不是因为他请求得到，而是因为他承认自己的不足。

同样的模式、出人意料而无法理解的回答似乎主宰着呼请米迦勒之后的安慰性话语。乡村情郎放弃了要求自然与神祇做出解释的那种纯属徒劳的任务，他对诗歌价值与目的的深切怀疑得到了平息或者满足。他曾经雄心勃勃地闯入环绕牧歌对秩序与理解的种种追求之困惑与失望的世界，现在却已缩减成了一个痛苦的思考：亡故好友的尸体到底去了哪里？问题的解决不是靠另一个来自挽歌框架外的声音，而是为情郎创作出来的一种全新声音。标识这一全新声音的是这样一个事实：情郎在诗中第一次面对人类听众开始发话。他将与缪斯、仙女、月桂树和香桃木讲话的那种迂回、隐晦弃置一旁，朝向一群其在场不容置疑的送葬者。他在诗中第一次既不发问，也不挑战，更不与自己辩论，而只是讲述自己认为是真实的事情。这一转变与逻辑顺序的论证或说明无关，别人告诉他的与自己听到的东西都不能解释他是如何把握自己讲给牧羊人的全新真相。转变存在于我们听到的话语本身中间，话语的效果完全取决于其功用和内容。情郎对黎西达斯在"别的树林"里得到的安慰之慰藉性幻象是哀歌中唯一的指向启迪、教化别人的一段诗句。这不是福玻斯说教那样的私密启示，也不是圣彼得说教那样对历史真实的严厉控诉，而是（弥尔顿在《教会政府之理由》中所描述的）诗歌提供服务的一个样板，即"缓和心灵不安，给感情定下基调，用辉煌、高尚的圣歌赞美万能上帝的宝座与装备"。这些任务通过在神圣诗歌中体现出真正牧师的义务而得以顺利完成，在诗行中传达出来的则是音乐反映光明景象的真理。这不是多年学习、精心准备的结果，而是对意志的适当矫正。情郎能够说出来慰藉性的诗句，这正是弥尔顿对上帝恩惠融入人世的戏剧化处理。

这些诗行在情郎达到悲伤、自我克制、自我认识的至深处时立即出现，这不是巧合。只是在他承认自己特有的崇高诗歌观不过是不真实的假定时，他才接受到真正诗歌的天赋，这一天赋并没有把田园牧歌当作异教的虚构而抛弃掉，而是将其转化成理解现实的基督教模式。古典模式并没有错，但不够完整，它在本诗中充当的不仅是一种传统的寓意框架，而且还是表征心智、心灵不完整性源自想象自足性之假定的一种方式。这种假定的力量在《黎西达斯》中以多种方式给我们呈现了出来：对剑桥"高地草场"青年生活回忆的平静、自负，对阿玛瑞丽斯和"忘恩的缪斯"积极回报的痛苦思考，呼请敏西乌斯与西西里缪斯水一样的声响来清除福玻斯"高涨的情绪"与圣彼得"可怕的声音"之种种努力，花卉诗段编织出来的织锦挂毯，对无法抓住所有这些假定预示出来的些许轻松自如之绝望……在所有这些情形中，他都无法或拒绝面对和接受令人费解的亡故事实，都在努力拒斥将他强行带入成熟状态的知识，而这都被投射到维系田园牧歌之流动的努力之中。

在悼念金的诗集里，《黎西达斯》是唯一一首田园牧歌式挽歌。弥尔顿选择这一诗体在同代人的眼里一定是有意复古或者追寻传统甚至向其"师长"（斯宾塞）致敬的举动。年轻牧羊人之死只是为诗歌提供了一个正式场合与框架，诗歌真心要模仿的行动则是构思诗人与祭司之角色。

弥尔顿创作的惯常做法是通过一种新知识对意识（想保留自己熟悉的安全感但无法拒绝改变其世界观的真实力量）之入侵而完成制作不成熟、不充分思想的死亡。弥尔顿并不告诉我们改变是如何完成的，我们看到的只是改变后的结果。亚当从不叙说违背天命的经过，我们看到的只是他尝食禁果之后言行上的变化；参孙或许提到自己内心涌动着"某种激励性的运动"，但其悄无声息的心声则是发生在舞台下面；《复乐园》里基督的内心辩论我们并没有亲眼见到，我们只是在他回应撒旦提问和反驳撒旦之时听到其结果并看到基督的行为。弥尔顿总是呼请我们从其主人公行为之思考中学到一些东西，隐含于其中的指令则是：通过测试他们在不利情境中做出的反应来了解其内在心灵的发展过程。正是从这种意义上，我们可以说弥尔顿的诗歌是说教性质的，具体来说就是将知识或者教义传递给读者或观众。

《黎西达斯》或许可以在某种程度上与这些伟大诗作相媲美，因为它使用的主要慰藉手段并非只是对情郎与黎西达斯"宽宏补偿"的戏剧景象之重述，而是整个复杂的过程。在这一过程中，他既提升了自己也被提升至赋予他这种景象的制高点。如前所述，他只是在其想象屈从于僵直的自我意志并使之追随黎西达斯尸体进入海底之后才做出那一段安慰人的演讲的。对意志的屈从立即引发了纠正景象的确定，其中，黎西达斯"虽然在水面下沉陷"，却没有死去，因为类比作为发现真理的手段在田园牧歌的象征和语言之逐渐消解过程中被取消了。

> 日星就这样沉入海洋的底部，
> 但不久便把低垂的头重新扬起，
> 播撒下光线，并带着全新光芒的矿石
> 在清晨天空的前额上熊熊燃烧。

牧羊人等同于诗人也不足以解释或者证明诗人与诗、诗人与艺术之间的真实关系。出错的不是这样的关系概念，而是对隐喻使用固有理念的错误表征。隐喻让人觉得不同的现实可以被语言融合在一起，然而，情郎明白融合是由受到启迪后的理解带来的，理解使用的语言既显露不同也显示相似。可见，情郎在这些诗行里偶遇一种类比，而类比与黎西达斯的悲剧性结局、自身心理经验与（保证类比真实性、用其原型——"他可爱的力量漫步在波涛之上"——约束所有心灵史的）力量之传统象征都是协调一致的。田园牧歌式的隐喻是一种不完整的现实图景，但在一种明喻——"日星（太阳）沉陷……，黎西达斯也落人"——里得到了昭示。情郎现在可以看到、控制并明白了一种存在于自然、超自然现象（而非固有的文学语言里）的身份。

因此，我们应当注意，挽歌中对天堂"别的树林"（那充满快乐和爱的温暖国度）的描述与初次出现在"清晨张开的眼睑下面"的田野一样，都是一种想象性的虚构。这里、那里都有友谊、音乐、阳光和慰藉性的琼浆。我们对此的不同反应并不能在基督有意而为之的无声在场中得到解释，只有情郎讲话的语气和语调才能说明白。他使用了永恒的现在时，坚定而明确地描述了永存的而非曾经的或者过去的事情。最后，他自己披上了预言的斗篷，告诉黎西达斯，从挽歌开头的悲伤、失落中将会走出什么来。如果缺少了情郎刚刚发现的对所有牧羊人、"所有徘徊在凶险洪水中的人"的责任姿态，这种预言便不会是完整的。死去的牧羊人将得到保护"天才"出世的奖赏，而活着的诗人被赋予或承担起向所有愿意开启不定航程之人解释旅程意义的责任。

情郎讲话的语气表明，承担这一责任需要谦恭也需要信心。诗人了解黎西达斯曾生活于其中的"严肃队列和甜美人世"，所以"开口歌唱并在歌声的荣光中移动"，但歌曲本身并不是他所能够模仿的。不过，他还是挑起了维持歌曲记忆与预言远景的重担，他在讲话里表现出来的谦恭和信心与情郎在承担真正牧羊人义务之时所接受的模棱两可的知识天赋完全一致。呼请祭司式诗歌带来了特殊的神力和责任，作为悲伤挽歌诗人的情郎原先只对将自己与他人区分开来的才干有感觉，圣彼得的话语则让他记起了更为重要的牧师团体担当。他对此的反应是退缩或者暂时退缩到美与闲适的虚构世界中。现在，认识到自己的能力和责任——向"悲伤的牧羊人"传达真正的基督教慰藉，而拯救牧羊人部分依赖于其神启声响的力量，这使他获得了一种足以完成所应允任务的语言：一种对时间与挽歌进展将其带往"命运"并能够"在严格意义上回应命运"的语言。

情郎最后讲话使用的语气是老师的语气，他教给读者的是其理智在诗中没有发现但诗的行动让他们认识到的真理。弥尔顿在终曲里肯定在 uncouth（粗鲁、不满）一词上玩起了双关的游戏，因为情郎虽然在最初不情愿接触常青月桂树时无知无识而且无名，现在却是有所知识而且即将出名。我们听到的讲话并不符合"多利斯曲调"的特征，其庄重的节奏被具有充实个性与高深个性与智慧的诗人描述为"婉转动听"。在终曲里，我们感受到了幽默，也感受到了宁静，因为弥尔顿在用我们对田园牧歌场景的惊人发现来提醒我们：我们刚刚开始的旅程有多么的广阔！我们发现情郎一直在按照想象中的一天时间的长度放声歌唱，而我们自己却走出了原先那种时间周期，"在清晨天空的前额上"燃烧的"日星"这一灿烂辉煌又生动有效的象征又一次明明白白地指称太阳，现在则"落入西边的海湾里"。所引起的感动是回到了一个熟悉的自然真实世界里。当我们记起失而复得的现实就是田园牧歌的文学世界，完全由初次发声的诗人把握和掌控时，我们对弥尔顿欢快、愉悦的华美技艺也就心领神会了。虚构开启了通向仅只在虚构中可以表现的世界，而发现这一真实让我们以及情郎永远不会将一种虚构误解为其原本意欲表达的东西。

第二节　《哀达蒙》

一、基本情况

挽歌中的达蒙指的是查理·迪奥戴迪（Charles Diodati），其父是来自意大利托斯卡纳大区卢卡城的移民，但他自己却是地地道道的英国人，而且是一个具有非凡天赋、才学和品行的优秀青年。他与弥尔顿之间的友谊始于少年时代，弥尔顿在 17 岁时为他写下拉丁语的"第一挽歌"即"致迪奥戴迪"，开头便是对好友的殷切思念：

> 朋友，你的书简迟到了，但字字句句
> 都给我带来你完整无缺的情思；
> 你的音色和情思从德瓦西岸传过来，
> 在那里，切斯特的清溪将其水流
> 急匆匆地倾注到弗吉凡的海水之中。

在 20 岁时又为他写下"第六挽歌"即"致安居乡下的查理·迪奥戴迪"，对朋友的关心和鼓励更是溢于言表：

> 我是营养不良，却要祝你"健康"
> （因为你营养过剩，可能缺少健康）；
> 你的缪斯现又何须与我来较量，
> 叫我远远地离开我欲望的阴影？
> ……
> 你高明地描绘了
> 可爱腊月那些欢快喜庆的场景；
> 给上帝献祭的仪式，天堂的逃亡者，
> 冬日景象都不住喝彩的乐趣——

爱热闹的炉边，高卢葡萄的恩惠！

　　弥尔顿可能跟他学习意大利语，并参加其家庭聚会，得以认识那位叫艾米莉亚（Emelia）的意大利女郎，因此在 21 岁时写下六首记录自己初恋的意大利语十四行诗，其中标号为 4 的就是在向好友表露把自己弄得不知所措的初恋：

迪奥戴迪——我一直想开口说——
我这冥顽之人，爱神习惯于蔑视
并轻率地将一个个陷阱变成笑料，
我已沉沦，诚实的腿脚时而出错。
……

　　这样的一位挚友竟于 1638 年 8 月在伦敦英年早逝，弥尔顿岂能不感到悲痛？

　　1638 年底，弥尔顿正准备从意大利的那不勒斯出发前往西西里岛和希腊，但 "被英国传来的关于内战的可怕消息阻止了，因为我认为我的同胞公民们正在国内为自由而战而自己为了获取知识在外国悠游自在是卑鄙的行为"。[①] 于是中断欧陆之旅，经罗马、佛罗伦萨、威尼斯、米兰等地于 1639 年五六月间返回到与法国接壤的意大利西北重镇热那亚。在那里，弥尔顿拜访了迪奥戴迪的叔叔乔万尼（让）·迪奥戴迪（Giovanni or Jean Diodati），极可能就是从他那里得知好友的死讯。7 月回到英国，不久便发表了纪念好友的拉丁诗：《哀达蒙》（*Epitaphium Damonis, or Epitaph for Damon*）。弥尔顿这首最伟大的拉丁语诗作的唯一的已知版本现收藏于伦敦的大英图书馆，笔者曾有幸在那里看过一眼。

二、分析解读

　　一贯被称为是《黎西达斯》拉丁文版本的挽歌《哀达蒙》原诗总共 219 行，分 19 个诗节。[②] 原诗的开头有一段文字说明：

　　"瑟西斯和达蒙是两个毗邻的牧羊人，打小便是情投意合的亲密朋友。瑟西斯出游在外听到达蒙离世的传言，急急赶到家中发现传言不虚，遂写下本诗以寄托自己的悲哀与孤寂之情。诗里面的达蒙指的是查理·迪奥戴迪，他父亲的原籍是意大利托斯卡纳地区的卢卡城，但从其他方面看是个

①　ST JOHN J. A. The Prose Works of John Milton ［M］. Vol. I. London：Henry G. Bohn. 1848：256.
②　《哀达蒙》拉丁文原诗见维西雅克编辑的《弥尔顿诗歌全集与散文选集》第 520 - 528 页，作者参照原文依据斯基特（W. Skeat）的英译做出汉译，其中参考了朱维之在《弥尔顿抒情诗选》里的汉语译文。

地道的英国人。他生前是个非常优秀的青年，具有非凡的天才、学识和其他各种典范的禀赋。"

原诗的前17行构成挽歌的第一个诗节，诗人依照惯例向西西里岛的缪斯（Himerides nymphaea，希末拉神泉的姊妹）祈求灵感，以便使自己像古典牧歌诗人悼念达芙妮、海拉斯和皮昂那样能够写出真挚动人的诗歌：

> 希末拉神泉的姊妹啊！你保留着
> 达芙妮、海拉斯的记忆，珍惜着
> 比昂①那存放多日的沉痛灵柩，
> 请在泰晤士河畔市镇里唱出西西里乐调！
> 唱出瑟西斯深沉的哀伤和惊叹，
> 咏叹痛苦的呻吟和呜咽的泪滴；
> 他在幽暗洞穴、阴郁丛林和潺潺流水中
> 将哀怨寻找，对达蒙的哀伤让他心碎；
> 夜半悲哀依旧，孤独游荡在荒芜的田畴。

瑟西斯（也就是诗人"我"）感到孤独和悲哀，那是因为：

> 自那命定的清晨将达蒙带至阴间以来，
> 青色的麦穗已两度长成丰满的麦实，
> 乡下的田庄也两次获得金色的收成，——
> 瑟西斯还在远方！他正迷恋于托斯卡纳
> 城市柔曼的乐歌，实在是太久了！
> 但当其充实的心灵和对撇下羊群的思念
> 把他带回故园，静坐于熟悉的榆树下，
> 第一次感觉失去的好友不再回得来，
> 才开始卸下他无法估量的伤悲重负：
> "空腹的羔羊，快回家去；悲伤正压着你们的牧人！"

罗马诗人维吉尔在其《牧歌（八）》的末句里用了"你吃饱了就回家去吧，不害羞的牛羊。"弥尔顿在这里反其意而将其化用："空腹的羔羊，快回家去；悲伤正压着你们的牧人！"既表达了自己痛失挚友的哀痛，又暗示出"好人命不长"的命运不公与教会残忍对待教民的不公现象。除最后两个诗节外，其余十七个诗节都用这一诗行来收煞，构成重章叠句，起到反复渲染、层层推进的作用。可谓是全诗的"点睛之笔"！

---

① Bion（皮昂）即写有《悼阿都尼》的牧歌诗人。

第 18－25 行构成第二诗节，瑟西斯向上苍祈求，达蒙虽然离去了，可不能没有诗歌给他送行：

> 老天哪！我将呼请什么样的神灵，
>
> 栖居崇高苍穹的神灵来频顾地球？
>
> 他们就这样无情地夺去你的生命！
>
> 难道你就这样将其抛弃？难道你
>
> 清明的精灵悄然逃去，与无名死者做伴？
>
> 赫尔墨斯①绝不会做出这样的裁决，
>
> 去用他那金色的棍杖将灵魂分开，
>
> 把你带向和你品行相当的队列中，
>
> 远离那被可耻地囚禁、没有歌声的羊群。
>
> "空腹的羔羊，快回家去；悲伤正压着你们的牧人！"

第三个诗节（26－34 行）：瑟西斯向亡友郑重地许诺，人间天上都会有颂赞他的诗歌和音乐：

> 不过，你要知道，无论你将遭遇什么样的命运，
>
> 除非什么豺狼以其令人瞠目的扫视挡住我的视线，
>
> 你绝不会完全消退于坟墓中——无人为你哭泣，
>
> 定会享用崇高的敬意，永存于牧人的口唇之中。
>
> 他们将在达芙妮身旁把祈祷欢欣地献给你
>
> 所钟爱的天使，把他们共同的颂赞
>
> 欢欣地献给你，就在达芙妮的身旁，
>
> 只要佩里斯带着牢靠的愉悦，②
>
> 只要福恩纳斯热爱着我们整齐的农田。
>
> 假如珍视往昔的神祇有什么用处，
>
> 假如挚爱雅典的学问艺术用什么用处，
>
> 假如拥有擅长歌唱的朋友有什么用处，
>
> "空腹的羔羊，快回家去；悲伤正压着你们的牧人！"

在第四诗节（35－43 行）里，瑟西斯似乎在将"绝情"的故友来责备：

---

① 赫尔墨斯即罗马神话中的神使墨丘利，他手持金杖，分别灵魂的善恶，叫一些阴魂从冥土出来，把另外一些送进地狱。参见维吉尔的《埃涅阿斯》第四卷。

② Pales（佩里斯）为牧人的保护神，下一行的 Faunus（福恩纳斯）为农神，二位神祇都喜爱田野、自然。

死去的牧人！这是你的奖赏，你可贵的担保，
可我将得到什么样的苦难结局呢？
什么样的忠实、温情的伴侣会像你那样
紧紧地贴在我的身旁？又有谁会像你
那样经常和我待在一起，在厚实冰霜的
严寒之中或者在绿草枯死的炎炎正午里？
当我必须用长矛对付巨狮之时，谁可能
会施以援手，将饿狼从高高的羊圈里吓走？
谁来闲谈、歌唱，把漫长的白昼来消磨？
"空腹的羔羊，快回家去；悲伤正压着你们的牧人！"

在第五诗节（44－49行）里，他又进一步地"抱怨"故友：你离去了，谁又会给我慰藉，谁又会来陪伴我享受快乐，度过险恶？

谁会在今后把我的心扉打开？谁来告诉我
怎样把那刺骨烦扰的深沉伤痛来抚慰？
当水蜜雪梨在温馨的火光中滋滋作响，
当丰实板栗噼啪爆响，炉膛石飞溅四方，
谁会用甜美的交谈来将漫漫长夜来哄骗？
门外面，恶棍"南风"把世界撕成碎片，
又在那榆树梢头将他的雷霆万钧来酝酿。
"空腹的羔羊，快回家去；悲伤正压着你们的牧人！"

进入第六诗节（50－56），他继续追问道：

当夏日时光在正午的车轴上慢慢滑动，
当潘神①逍遥卧歇在高大的橡树阴翳里，
当林中的仙女再次光临其熟悉的山乡，
牧人在不远处，农夫在树篱下酣睡——
谁将重新带给我你那失去的恩惠，
尽情地欢笑，（雅典才能与之匹敌的）高雅智巧？
"空腹的羔羊，快回家去；悲伤正压着你们的牧人！"

在第七诗节（57－61行）里，瑟西斯情景交融地把自己失去挚友的哀痛倾泻出来：

---

① Pan（潘神）即山羊神和牧羊人，习惯在正午酣睡。初次出现于希腊诗人忒俄克里托斯的《牧歌（一）》里。

　　我形只影单，在田间地头漂泊游荡，

　　在枝桠勾结的密林山谷中把黑夜守候，

　　头上风雨交加，周围悲鸣动天，

　　狼藉一片的森林在颤栗的暮色中低垂下来。

　　"空腹的羔羊，快回家去；悲伤正压着你们的牧人！"

第八诗节（62－67行则）继续这种倾诉：牧人离去，羊群何人来照看？

　　悲哀呀悲哀，我的田野长满了杂草——

　　先前却是多么齐整！日趋成熟的麦穗发了霉，

　　将头低垂！还未交接的藤蔓无人看管，

　　香桃木无精打采，让牧人的钩镰倦怠，

　　伤心的羊群一起抬头，望着它们的主人。

　　"空腹的羔羊，快回家去；悲伤正压着你们的牧人！"

在第九诗节（68－73行）里，古代的牧人都来向瑟西斯发出邀请：

　　听！提忒罗的提议响彻榛木密林，

　　阿尔菲西波的呼唤传至花楸树林，

　　伊贡至柳荫，标致的阿敏沓到河边。①

　　"这儿有泉水，清爽的山泉！这儿有

　　珐琅草皮般的苔藓！这儿西风吹拂！

　　这儿阿布特浅吟低唱，合着潺潺流水"——

　　顾不上他们的笛声，我一步步走进密林。

　　"空腹的羔羊，快回家去；悲伤正压着你们的牧人！"

　　第十诗节（74－80行）：能听懂鸟兽语言的大师看到失魂落魄的瑟西斯也不由得疑惑不解：

　　占星师莫普苏②碰巧瞧见我回家的脚步，

　　他听得懂所有飞禽的语言，于是大叫：

　　"瑟西斯，这是什么？你的静脉燃起了

　　什么邪恶的怒火？爱情让你迷失方向？

　　煞星正在将你俯视？在有牧人的地方，

---

① Tityrus（提忒罗）、Alphesiboeus（阿尔菲西波）、Aegon（伊贡）和 Amyntas（阿敏沓）都是经常出现在忒奥克里托斯和维吉尔的田园牧歌中的人物，他们在此都希望和瑟西斯结交。

② Mopsus（莫普苏）原本是维吉尔《牧歌》中的牧羊人，在塔索的《阿敏沓》中再次出现，懂鸟兽的语言。

农神带来不幸，将铅箭斜射进他们的心胸。

"空腹的羔羊，快回家去；悲伤正压着你们的牧人！"

第十一诗节（81－86行）：山林仙女更是对此不解，建议年轻人去用恋爱将愁烦化解：

林中仙女在惊叹：谁在往你跟前走来？

瑟西斯，你缺少什么？是这青年惯常的步态

——怒火的眼睛、暴躁的神情和阴沉的额眉？

不！轻歌曼舞、嬉戏调情、山盟海誓可都是

年轻人的事！很晚才开始恋爱，那可是双倍的不幸！

"空腹的羔羊，快回家去；悲伤正压着你们的牧人！"

第十二诗节（87－92行）：朋友们一个个都来为迪奥戴迪送行：

希亚斯、德廖善，还有包西斯的女儿，

伊戈丽，① 节律和芦笛艺术的女主人，

哎呀，都因心高气傲被吞噬；栖居在

切尔默河畔的克洛里斯②也来了；

他们温柔的话语和善意的怜悯

一点也不能把我安慰，与我毫无关系。

"空腹的羔羊，快回家去；悲伤正压着你们的牧人！"

第十三诗节（93－111行）：鸟兽交友随便也弃之若敝屣，但人类得一良友实属不易，一旦失去便成永远的伤痛！

哎呀，相与的小公牛在田野嬉闹，

天性将它们接连成为欢乐的玩伴，

它们并不从中挑挑拣拣才做得朋友。

一如豺狼，它们成群结队把食物寻找，

又像长毛野驴那样依次交欢；海里的

族类亦如法炮制，普罗透斯③在荒滩上

---

① Hyas（希亚斯）是一年轻美丽的猎手，后被一头母狮吞噬。Dryope（德廖普）和 Baucis（包西斯）是奥维德《变形记》中的人物，前者为一美女后变成无忧树，后者则是一善心老妪。Aegle（伊戈丽）为维吉尔《牧歌（六）》中的水中仙女，但并不是包西斯的女儿。

② Chelmer（切尔默河）位于埃塞克斯，克洛里斯是真有其人。这里提及的古典著述中的人物当指弥尔顿和迪奥戴迪所认识的一些人。

③ Proteus（普罗透斯）在荷马的《奥德赛》中是外形多变的海神，在斯宾塞《仙后》里则是个海上牧人。

　　　　一群一群地数着捕猎而来的海豹。

　　　　飞鸟中普通的麻雀也是结伴在谷堆上方

　　　　叽叽喳喳掠来掠去，很晚才归巢回营。

　　　　如果死神将那伴侣侵袭，沟渠里的芦苇

　　　　或者鸢鸟弯弯的钩喙夺去它的生命，

　　　　它便立时另寻伙伴，与之结对而行。

　　　　人类受命运驱使，却得忍受严峻的生活；

　　　　意见各不相协，心里又明争暗斗。

　　　　即使在千万之中，也难寻得同心同德。

　　　　假如"侥幸"的誓言不经意地放出一个来，

　　　　又会在某一天不被察觉地从你身旁夺回去，

　　　　只给你留下长久，不，永远的悲痛！

　　　　"空腹的羔羊，快回家去；悲伤正压着你们的牧人！"

　　第十四诗节（112－123 行）：瑟西斯不禁后悔起来——为什么自己非要去罗马观光，而未能在挚友弥留之际将他陪伴。

　　　　哎呀，是什么游荡的愚蠢让我误入歧途，

　　　　来到那陌生的海岸，翻越那高耸入云、

　　　　白雪皑皑的阿尔卑斯山峰？真的有必要

　　　　去探看罗马的坟墓（提忒罗当年撇下羊群

　　　　和田畴时就是这样①）？把你这充满阳光的

　　　　好友失去而突然哀悼悲伤！我怎能梦想到

　　　　在你我之间竟会隔着如此的深渊——

　　　　密林和巉岩——崇山峻岭和湍水激流？

　　　　啊！我本可以合上你弥留时的眼睑，

　　　　紧紧抓住你的双手，说出那临终的告别语：

　　　　"在你飞向星空的路上一定要想到我！"

　　　　"空腹的羔羊，快回家去；悲伤正压着你们的牧人！"

　　第十五诗节（124－138 行）：回想起在挚友家乡佛罗伦萨参加赛诗会的经历，那里的景象、那里的情谊多么叫人流连忘返！

―――――――――

　①　弥尔顿在这里可能指的是维吉尔的《牧歌（一）》，诗中的提忒罗（即维吉尔本人）到　　　罗马城里去，向屋大维申诉，不要将自己的农场没收充公。另一牧人问道："是什么要　　　紧的事让你去罗马观光？"

　　然而，请你相信，噢，托斯卡纳的牧人，

　　对你们的记忆和思念，我绝对没有怨言，

　　你们都是在缪斯神坛做过献祭的好青年！

　　"恩惠"与"智巧"曾与你们同在，而达蒙啊，

　　你也来自托斯卡纳，你家祖宅就在卢卡老城。

　　噢，当我懒散地躺卧于阿诺河的清凉水流边，

　　我是那样的如痴如醉！在白杨树荫的下面，

　　绿草如茵，紫罗兰、香桃木随手可以采撷，

　　远处传来黎西达斯与米纳尔迦①二人的对唱！

　　我也曾斗胆一试，并未让你的心情因此不快，

　　或许是因为你的礼物（天赋）总是与我同在：

　　装书的篮子、蜡粘的排箫，还有罕见的酒盏。

　　良医诗人戴蒂和弗兰西尼都是赫赫有名的吕底亚人，②

　　你们不是让那些桦树皮来记下我的名字吗？

　　"空腹的羔羊，快回家去；悲伤正压着你们的牧人！"

　　第十六诗节（139－160行）是比较长的一个诗节，瑟西斯在这里觉得好友并未故去，还在跟他一起徜徉在英格兰乡村，给他讲述草药和医术的知识，因而将草药来埋怨，为什么无能把你的主人救活？继而想到自己十多天前作诗竟未成的尝试，于是打定主意，以后不再创作什么山林乐歌，而要唱出全新的曲子：

　　当我了无忧伤，独自在月光下把我的小羊

　　关进栅栏时，露湿的月亮就把这反复吟唱。

　　当发黑的灰烬抓住我所有的朋友之时，

　　我一遍又一遍对自己说：达蒙时而在歌唱，

　　时而在网兔，时而在编织多用途的柳条筐。

　　我如此这般，确信未来的缪斯，我生翼的

　　愿望已然来临，一如当下已然成形：

　　喂，朋友，现在不忙吧？要是手头没活儿，

---

① Lycidas（黎西达斯）和 Menalcas（米纳尔迦）在忒奥克里托斯的《牧歌（七/八）》里面曾各自举办歌咏比赛。弥尔顿在此想像其比赛地点就在佛罗伦萨，因为他曾在这里的嘉甸学士苑参加过赛诗会并因此结识名流。

② 弥尔顿结识了佛罗伦萨诗人戴蒂（Carlo Dadi）和弗兰西尼（Antonio Francini），两人都曾为诗人 1645 年出版的《诗集》提供颂赞性的诗作。

我们何不躺下歇息一下，在柯耐河畔、
伽西弗劳①田间，卧躺于清新的树荫下面？
你将讲述从药草中提炼出来的琼浆玉液：
卑微的番红花、风信子和菟葵的叶片与那
沼泽地草木，还有一切"医生"②的手艺！
去你的"药草"！去你的"医生"手艺！
烂掉吧，"草药"！你对你的主人如此不济！
第十一夜过去，又过了一天，我的麦笛
正在奏出更崇高的乐曲，我的双唇还未放在
新的排箫上面，箫管已裂开，胶带被崩断，
再也不能把庄严的乐曲洋洋洒洒倾泻而出。
但此时此刻，恐怕是最不叫人担忧的时候，
我的乐曲马上就要肆无忌惮地随风飞扬。
不，我要说！山林乐歌啊，快快把路让开！
"空腹的羔羊，快回家去；悲伤正压着你们的牧人！"

维吉尔在《牧歌（十）》的62-63行里唱道："林中仙女的诗歌不能使我满意，就是你们这些山林也没什么用场。"弥尔顿似乎在此向读者表明自己诗风即将发生转变：从虚构的田园牧歌转向对本土现实的关注。事实上，本诗就是他前期诗歌的最后一篇，以后的十四行诗多与时局相关，晚期的史诗性作品更是风格迥异。

第十七诗节（161-178行）：诗人表明今后要将英国的历史来叙述——事实上，他后来写成一部六卷本的《不列颠史》，而且要抛弃外语使用本土的英语为英国人创作诗歌——事实上，他后来用英语创作出三部史诗性的诗作。

关于驶离里奇巴柔浅滩的特洛伊船队，③
我要放声歌唱；古老的王室小岛伊诺根

---

① Cassivelaunus（伽西弗劳）凯撒在《高卢战记》中提到的不列颠酋长名，其统治区域包括了 Colne（柯耐河）。柯耐河流经弥尔顿乡居时的霍顿庄园，最终注入泰晤士河。
② 迪奥戴迪在牛津大学学的是医学专业。
③ 根据维吉尔的猜想，特洛伊城沦陷后，王子埃涅阿斯率领一些人来到拉丁姆地区定居，建立了罗马城，后来一位叫布鲁图（Brutus）的首领远征不列颠建立起殖民地，故而被视为不列颠人的先祖。

（潘达拉斯公主），① 远古的柏林、布兰和艾薇公爵；②

还有那阿莫里克③土地上的新不列颠；

又有伊格蕾（她受骗后孕育生下了亚瑟，

梅林献计，换上假格罗伊的相貌和甲胄④）；

最后，噢，假使还没有死去，我的芦笛

将要被挂在那一棵古老的松树枝丫上。

忘掉许多——或者不列颠战箫尖利的声音

为你本土的缪斯做出了选择。可又怎样？

一个人到底不能也不希望把一切事情做完，

这对我已经是足够的奖赏，足够的名声。

此后，我定将隐姓埋名，对外界充耳不闻；

假使秀发飘飘的乌斯河、阿兰河水饮用者、

塞汶河里的湍流漩涡、特伦特河边的树林，

还有你河流之王的泰晤士、被污染的他玛河

以及偏远奥克内群岛的波涛都来学唱我的歌。⑤

"空腹的羔羊，快回家去；悲伤正压着你们的牧人！"

第十八诗节（179－197 行）：诗人通过对曼索所赠酒杯上的图案描绘来完成对同时具有基督教色彩和异教色彩的天堂婚姻的生动刻画。

这些东西，我曾为你包裹在月桂的韧皮里，

我还在旁边保存着曼索赠与我的两只酒杯，⑥

（曼索在那不勒斯海岸享有至高无上的声誉）

每只酒杯都很神奇，一如其主人；他在杯子

---

① 根据斯宾塞《仙后》和蒙茅斯的杰弗里（Geoffrey of Monmouth）的叙述，希腊国王潘达拉斯在被布鲁图战败后将自己的女儿伊诺根嫁给他做妻子。

② 三人据传说都是将罗马人战胜的不列颠武士。

③ 阿莫尼克指的是法国西北沿海地区，即今天的布列塔尼亚（Britanny）。

④ 根据马洛里《亚瑟王之死》和蒙茅斯的杰弗里的叙述，不列颠王彭德拉贡（Uther Pendragon）在魔法师梅林的帮助下变成伊格蕾亡夫模样与她有一夜情，使她受孕生下亚瑟，即后来鼎鼎大名的亚瑟王。

⑤ 乌斯河、阿兰河、塞汶河、特伦特河、泰晤士河与他玛河都是英国的河流，奥克内则是位于苏格兰东北的群岛。弥尔顿在此是说他今后要用本土的英文作诗给本土的英国人读。

⑥ Giovanni Basttista Manso（曼索）是意大利那不勒斯的诗人和艺术赞助人，弥尔顿在欧陆之旅中与之结识，并为她创作一首《致曼索》的拉丁语诗，曼索也回赠给他两部自己的诗集——所谓的"两只酒杯"。

四周都镌刻上令人浮想联翩的思想，

每一边又都配上了相互呼应的情调。

中间是红海与吐露芬芳的春色，还有

遥远的阿拉伯海湾与遍滴香油的树林。

那里又有神鸟凤凰，① 长着彩虹般的翅翼，

（世间绝无仅有）喷射出蔚蓝色的火焰；

身后似镜的水面上，五彩朝霞渐次展现。

另一边则是巍峨的奥林匹亚与辽阔的苍穹。

哎呀！还有爱神②那祥云的箭袋、闪亮的大炮，

耀眼的刀剑和浸泡在金红颜料中的投枪！

他从高处并不把微小灵魂、普通叫喊刺伤，

而是从极远处投射下他光彩夺目的眼光，

穿越星球，不知疲倦地将那箭杆仰射上天，

绝不下掷，神圣心灵与天神模样由此闪亮。

而在最后一个诗节即第十九诗节（198 - 219 行）里，诗人相信故去的挚友已经升入天堂，"栖身于那纯清的天空""参加那天堂的婚礼盛宴"：

你就是其中的一个，不是什么油滑猜想

把我哄骗，达蒙！我现在对此确信无疑，

否则你那蕴藏光彩德行、天堂一般的柔肠

将归于何处？到那忘河的深渊里③将你寻找，

简直不得要领！不该为你流泪，我不再哭泣。

滚走吧，眼泪！他已栖身于那纯清的天空，

他和天空一样纯洁！我们的彩虹又算得什么？

生活在英雄的灵魂和永恒的神祇中间，

用圣洁无瑕的口唇将不朽和愉悦尽情痛饮。

听说你有了上天的旨意和裁决，你还会

温柔地光顾我，赐予我幸运的词语和恩惠吗？

你倒是更愿意听到哪一个更为合适的名字？

---

① 从自己的灰烬中不断重生的不死鸟凤凰（phoenix）成为基督教里基督及其重生的象征。

② 小爱神丘比特（Cupid）射出的箭点燃了天上的爱情，完成了天上的婚姻。希腊人管小爱神叫作厄洛斯，罗马人则叫作丘比特。弥尔顿依据新柏拉图主义区分了天堂精神之爱和地上生殖、物质之爱。

③ Lethean deep（忘河的深渊）指为是地狱里的那条忘河 Lethe。

是达蒙，还是所有圣徒都喜欢的迪奥戴迪？①

都没关系，在这下面，我们永远叫你"达蒙"！

因为你闪亮的荣誉和纯洁的青春已然赢得

同样的恩惠；因为你对情色、肉欲的味道

从不知晓，你将在天上看见留给你的童贞荣光；

在那里，饰以黄金火焰的光亮额眉将覆上

胜利的棕榈阔叶，② 永远作为尊贵的客人

去参加那天堂的婚礼盛宴！③ 盛典上面，

歌舞升平，受祝福者把竖琴和排箫奏响，

锡安山上，瑟西斯的棍杖带来他神秘的

欢庆典礼和葡萄酒宴，天国里一片狂欢。

因而说服自己，不要再为达蒙流泪，而应为天上的欢宴感动。天国的婚庆欢宴表明诗人和但丁一样明白天堂是欲望的完美、圣化和实现而非对欲望的拒斥。所以，自己应该像在《黎西达斯》的收尾处所做那样："站起身来，猛拽一下蓝色斗篷；明天朝向新绿的树林，与新鲜的草场"。

挽歌里，瑟西斯（也就是诗人自己）的情感经历分为四个阶段：悲痛和哭诉——孤寂和懊悔——回忆和决心——欣慰和祝愿。前八个诗节先是悲痛，挚友故去两年竟然没有诗歌相伴；然后是哭诉，老友故去，留下我一个人如此孤单，今后又有谁能分享我的快乐和凶险？9 到 14 诗节先是孤寂，就连古代的牧人、术士和仙人都不忍见我如此孤寂和伤悲，鸟兽在伙伴死后立即找到新欢，可人遇知己不易，一旦失去岂可再还？随即对自己的意大利远游感到后悔，若是还在国内，起码可以陪着挚友走完人生最后一程！15 - 17 诗节则先是对二人在英国乡村漫游与自己在挚友家乡谈艺论诗（似乎是和老友在一起！）的追忆，然后痛下决心，不再用异国的语言去做那田园牧歌，而要使用本土的英语来将英国的历史歌咏！最后两个诗节借助故土（意大利）诗人所赠亡友的酒杯上的图案，将天国的婚典和欢宴想象，想到亡友就在其中沐浴天国的荣光便得到一些欣慰和释然，因而"不再哭泣"，只是祝愿他"在天上看见留给"自己的

---

① 在拉丁语里，Diodatus 的意思是"天赐"。

② 《新约·启示录》7：9 "此后，我观看，见有许多的人，没有人能数过来，是从各国、各族、各民、各方来的，站在宝座和羔羊面前，身穿白衣，手拿棕树叶。"

③ 《新约·启示录》19：7-8 "我们要欢喜快乐，将荣耀归于他。因为羔羊婚娶的时候到了，新妇也自己准备好了，就蒙恩得穿光明洁白的细麻衣。这细麻衣就是圣徒所行的义。"

"童贞荣光",好好享受那"天堂的婚礼盛宴"和锡安山"天国的狂欢"。

与《黎西达斯》一样,《哀达蒙》涉及了许多古典和现代的虚构和真实人物,也利用了许多古典式挽歌的手法,包括重章叠句"空腹的羔羊,快回家去;悲伤正压着你们的牧人"!包括送行的人群——虽然不是送葬人而是来给予诗人安慰的朋友,还有在自然世界里寻找慰藉的人们。而且,在两首挽歌里,弥尔顿都是将这些特征糅合在一种正在出现的基督教幻景当中。

第三节　本章小结

一些批评家不愿让弥尔顿按照自己的方式来作诗,对《黎西达斯》再三指责,十八世纪后半叶的约翰逊更是对其口诛笔伐,结果成为文学批评上的一大憾事。约翰逊指责挽歌是"人为"之作,可我们谁都知道所有的艺术创作都是人为的!挽歌中使用牧歌的传统由来已久,可人们大多都忽略了一个事实:这首诗从类型、语气和渊源上讲都是典型的挽歌,总体布局也属于古典田园挽歌的那种,但诗律形式则是一种独特、有意的,自由又严谨的创作安排。我们从其中的几句诗行中第一次听到"预言战争"的音符:前来哀悼死者的圣彼得和其他象征性人物对当时腐败的神职人员发出强烈的谴责,而《黎西达斯》发表的那一年正是洛德版本的祈祷书要强加于苏格兰的时候。这一离题是否合适?一直有人在发出这种质问。检验的方法其实很简单:有谁愿意将这节高贵情感的音符删除掉呢?

弥尔顿的拉丁文诗作具有传记价值,例如《哀达蒙》这首可与《黎西达斯》相媲美的挽歌。拉丁文诗作固然富含诗歌技艺却缺少生气,所以尽管被"拉丁文诗歌企鹅丛书"收录,但得到的评价却是:"弥尔顿用拉丁文作诗时,便成了一个模仿者,而不再是诗人"。(ceased to be a poet and became an imitator)然而,文艺复兴所强调的就是合适的"模仿",这在人们对诗歌类型的信念中表现得最为明显。事实上,诗人一直都在用一种诗歌类型意识作诗。文艺复兴时期的批评家轻轻松松就可说明,十分之九的现代诗歌都可归于有着自己惯例与期待的诗歌类型。区别只在于,十七、十八世纪的诗歌类型得到更为明白的凸显,并不让人有什么担忧。

具有强烈诗歌类型意识的弥尔顿用本土语言和外国语写过不少悼亡诗。已知他最早(17 岁时)写下的英语诗作就是《悼亡婴》(*On the death of a Fair Infant*),其他还有《悼大学车夫》(*On the University Carrier*, 1631)(两首)、《温彻斯特侯爵夫人墓志铭》（*An Epitaph on the Marchioness of Winchester*, 1631）和四首英语十四行诗。他用拉丁语创作的挽歌就有七首，另外还有《医学教授之死》和这首《哀达蒙》。在十多首悼亡诗里面，多数只是应景之作，动机来自外部，多少有点"为赋新词强说愁"之感，但《梦亡妻》《黎西达斯》和《哀达蒙》三首都是诗人发自肺腑的真情实感，故而成为其中的翘楚。

第五章

假面剧诗作《阿卡迪斯》和《科莫斯》

《牛津文学术语词典》对"假面剧"（masque or mask）的解释是"一种壮观的室内演出，它集诗剧、音乐、舞蹈、歌曲、奢华服饰和花费巨大的舞台效果为一身，在16世纪与17世纪初深受欧洲王室喜爱。宫廷成员往往化妆进场，扮演着神话人物角色，遵循着一个简单的寓意性情节，结束时，演员去除面具与观众一起舞蹈一曲"。"在詹姆斯一世和查理一世的宫廷里，最高形式的假面剧则是由本·琼生（Ben Jonson）和设计师英尼格·琼斯（Inigo Jones）二人在吵吵闹闹中合作呈现出来的耗资巨大的《奥伯隆》（Oberon, 1605–1631）及其他剧作。1640年代的议会革命让这种奢华形式戛然而止。"①

事实上，查理一世于1633年重新颁布了詹姆士一世的《娱乐书》（*Book of Sports*），规定在每个教区沿用传统的节庆活动，以便将宫廷对文化的控制扩展至全国。清教徒则借助宗教的理由对所有的宫廷与乡村娱乐活动都进了抨击，他们认为假面舞剧、五月花柱、莫里斯舞蹈都是罪恶渊薮，礼拜日的娱乐活动则是对上帝规定的安息日的亵渎。他们甚至发现在田园牧歌、新柏拉图主义、宫廷假面舞剧的礼仪表征与王后的罗马天主教信仰之间存在着某种关联。他们掌权之后关闭全国所有的剧院并禁止各种假面剧演出也就不足为怪了。

不过，在1630年代初的英格兰，假面剧演出不仅在宫廷盛行一时，而且在一些显贵家中也时而呈现。弥尔顿就在1634年间为海尔菲尔德的德比伯爵遗孀和威尔士总督布里杰沃特勋爵分别写出一出假面剧：《阿卡迪斯》和《科莫斯》。

---

① Oxford Concise Dictionary of Literary Terms［M］. Oxford & New York：Oxford University Press，2000：130.

第一节 《阿卡迪斯》

一、基本情况

Arcadia（"阿卡迪亚"，变体为 Arcady 和 Arcades）是位于伯罗奔尼撒半岛中部一个与世隔绝的地区，据说是潘神（Pan）的故乡，而且盛产牛羊，所以在古代世界可谓是闻名遐迩。古罗马诗人维吉尔在其《农事诗》（Eclogues）里将阿卡迪亚描绘成一个淳朴、宁静的世外桃源，文艺复兴时期的田园牧歌诗人继承并发展了这一传统。

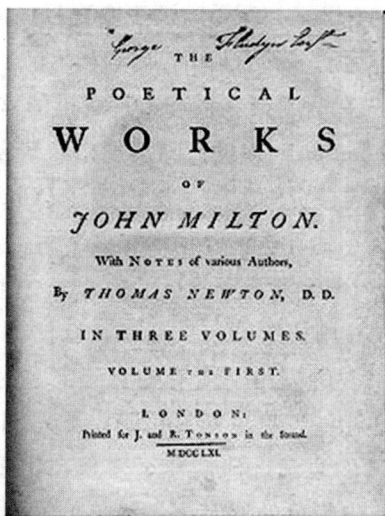

图十二 《弥尔顿诗集》封面

弥尔顿的《阿卡迪斯》大概写于 1633 年和 1634 年之间，这是为海尔菲尔德的达比伯爵遗孀（the Countess Dowager of Derby）专门准备的一出娱乐假面舞剧，由伯爵夫人与其家人身着田园服饰在家中表演。剧本由两支歌曲和中间山林精灵的一段韵文独白构成，除两句表演说明外，总共 95 个诗行。剧本开头的说明有"娱乐活动之一部分"（Part of an entertainment），有人便据此认为该剧只是残篇。这其实是一种误解，因为假面剧是一种综合艺术形式，诗歌原本只是其中的一部分或者"娱乐活动中角色"的全部。此外，一个伯爵遗孀家里的歌舞活动不可能和国王近臣威尔士总督的歌舞活动相比较，更不能和宫廷演出的规模相媲美。

二、文本分析

剧本开头有这样一段说明："为海尔菲尔德的德比伯爵遗孀呈现的娱乐活动之一部分，由伯爵夫人家庭的一些高贵人士表演，他们身穿田园服饰出场，口中唱着这支歌，朝向伯爵夫人端坐于其中的主座翩翩舞去。"

他们所唱的这支歌有 25 个诗行，构成四个六行诗节，其中的第一个诗节多出一行。诗节的基本韵式为 a b b a c c，变式有 a a b b c c 和 a b a b c c 两种，基本上都是双行韵。歌曰：

> 瞧啊，仙女和牧人，你们瞧，
> 我们眼前看到的那位夫人，
> 多么光彩夺目，威风凛凛！
> 太神圣了，绝不会看错！
> 这正是她，
> 我们的誓言与愿望之所向：
> 我们郑重的找寻至此结束。
>
> "名声"，在往昔提升其价值
> 似乎是那么的费力和奢侈，
> 现在则尽可将其严加指责，
> "名声"减损了对她的赞美。
> 表达出来的不足一半，
> "妒忌"把其余的都隐藏起来。
>
> 瞧啊，她那闪亮的宝座四周，
> 光芒四射，多么庄严与辉煌！
> 好似银线射向那四面八方！
> 不是别人，只能是她，
> 一如光明女神
> 端坐于其光亮之中。

她或许就是聪慧的拉妥娜①

或者是顶天立地的西比莉②

那位伟大的百神之母？

天后朱诺③也不敢与她夸美，

谁会料想此等地方

竟有女神天下无双？

　　然后，山林精灵（the Genius of the Wood）出场，面对舞蹈者说出由 58 个双行押韵诗行构成的独白：

停下，高贵的牧人！你们虽然如此装束，

我也能从你们的双眼里见到荣光闪动。

你们属于人人皆知的阿卡狄，来自

那经常为人赞不绝口的有名河川，

河神阿尔甫斯通过海水下面的

秘密水槽来与阿瑞修萨相会。

你们这些林中的芳香玫瑰，

足登银靴、美丽而善良的大仙女，

为何到此寻寻觅觅，我十分清楚。

就是向那位端坐王座之中的大女王

奉送上你们全部的敬意和效忠。

我对她（我的女神）也是崇敬万分，

愿意奉献出我所有的有益服役

来加深这黑夜令人愉悦的肃穆，

然后把你们领向更近的地方，

好看清马虎寻找所不能发现的。

我独处树荫可是经常坐在这里

注视着它们，总是惊奇不已。

你们知道，是约夫④命我来掌管

这片美丽山林并住在橡树绿荫中，

---

① Latona 即那与宙斯生出双胞胎阿波罗和阿尔忒弥斯的女神，于是将其一对子女高度赞扬。

② Cybele 即古代小亚细亚人所崇拜的自然女神或大地母亲。

③ Juno 即罗马主神朱庇特（Jupiter）之妻，也就是天后。

④ Jove 即罗马主神朱庇特。

看护高高的树苗，将丛林的枝丫

编织成美丽花哨的弯弯圈圈。

在接下来的 13 行（48 – 60 行）里，山林精灵将自己如何日夜保护山林的情形作细致的描绘：

此外，在夜深人静，在瞌睡

锁上人类的感官之时，我就去

聆听天庭塞壬吟唱出的和音；

她们静坐在那九个封闭的星球上，

对着那些手持生命的硕大剪刀

并挥舞着金钢般纺锤的女神歌唱。①

她们可决定着人与神的命运啊！

如此甜美的强制力隐藏于乐声，

让必然性的女儿们昏昏欲睡，

叫变幻莫测的大自然规矩下来，

把下界万物依照上天的乐调

（长着粗鄙而不纯洁耳目的人类

自然听不见）亦步亦趋地运行。

继而又转向伯爵夫人，将舞蹈者向那里引导：

不过，如此的神乐必将映射出

对她无与伦比的不朽赞美，

她那独特的光彩领导着我们，

假如我拙劣的双手与嗓音能够

触到人间绝无的声响。我则会

去尝试低级神祇显现与我的技艺

来将她那高贵的品质高声颂扬。

现在，请走向她光彩照人的宝座，

在那里，来自于高贵枝叶的你们

都可靠近她，亲吻她神圣的衣裙。

精灵一边朝着宝座舞蹈，一边唱起了第二支歌。这支歌最短，共有 12 行，基本上沿用着双行押韵的惯例，只有一个例外，即由两个词（三个音节加上一顿号）构成的 90、93 行隔着两行大致押韵（/mi：/；/ – ti/）。

---

① 此处的"女神"和后面的"必然性的女儿"指的都是命运女神。

在那平坦的珐琅绿地上，

还没见人影，未有足迹，

跟着我，婉转地歌唱，

把那丝弦轻轻地拨响。

在那遮星蔽云的

榆树绿荫屋下面，

跟我走吧：

我要把你们带往她的宝座，

身披万丈霞光。

和神祇一样。

这样一位田园女王，

可不是在哪儿都见得到！

　　精灵和舞蹈者继续唱起第三支歌，这支歌由 14 个诗行构成，基本格律是八音步抑扬格，基本韵式是双行韵。歌曰：

在莱东河的水仙沙岸边，

仙女和牧人，不要再舞蹈！

古老的吕开俄斯山和青黛的库勒涅山上，

不要再于曦光中结对而行。

艾丽曼斯山为你的损失伤心，

却回报你一块更肥沃的土壤。

从那怪石嶙峋的米纳努斯山上，

赶着你们的羊群来到这里，

你们将沐浴更大的恩惠，

来将此地的女主服侍，

绪任克斯是你潘神的情人，

但这女仙也可做她的侍女。

这样一位田园女王，

可不是在哪儿都见得到！

　　显然，这是一出颂扬女主人及其子女德行的家庭假面舞剧。篇幅不长，总共 109 行，包括三支歌曲和一大段独白。三支歌分别由 25、12、14 个双行押韵诗行组成，间或有隔行押韵的变化。精灵的独白共 58 个押韵诗行，都是双行押韵。外表上看，似乎只是弥尔顿的练笔之作，但田园牧歌式的抒情意味十分的浓郁，尤其是那首"在那平坦的珐琅绿地上"的歌曲，可谓是精美绝伦！从中不难看出年轻诗人的才华，也预示着另一部完整成熟的假面剧诗作的出现。

第二节　《科莫斯》

一、基本情况

在 1645 年出版的《诗集》里，《科莫斯》是篇幅最长的一部作品。在 1637 年初次发表时，它使用了《科莫斯，于 1634 年在拉德娄城堡呈现的一出假面剧：米迦勒节晚上，面对尊贵的约翰·布里杰沃特伯爵、布莱利特子爵、威尔士总督大人演出》（A Maske Presented at Ludlow Castle, 1634: On Michaelmase Night, before the Right Honourable John Earle of Bridgewater, Viscount Bradley, Lord President of Wales）的名字，说明这是弥尔顿为庆贺布里杰沃特伯爵当选威尔士总督而特意创作的一出假面剧。同年 9 月 29 日，剧作在伯爵的拉德娄城堡排演出来：伯爵 15 岁的女儿爱丽丝（Alice）扮演"女士"，她的两个弟弟约翰（11 岁）和托马斯（9 岁）扮演"两兄弟"，剧作的曲作者（亦即伯爵家的音乐教师）亨利·劳斯扮演侍从精灵和忒西斯。1637 年，剧本匿名出版，卷首附有一篇致劳斯的献词，成为弥尔顿单独发表的第一首诗作。1645 年，经修订放在《诗集》中正式出版。1673 年再版。

三个版本都用的是《1634 年拉德娄城堡呈现的假面剧》的名字，1738 年，多尔顿（John Dalton）为适应舞台演出需要采用了《科莫斯》的名字，之后这一剧名便沿用了下来。

二、文本分析

假面剧的第一个场景设置在荒山野林里。侍从精灵降临（或者上场），口中唱道（1 – 17 行，无韵诗行）：

> 约夫王庭星光灿烂的门楣之前
> 便是我的宅院，那些不朽身影
> 和光亮明净的精灵们济济一堂，
> 在温和、安宁、静谧的氛围里
> 高高地俯视这喧闹迷茫的黑点，
> 人称地球，充斥着低俗的烦恼，

> 软禁在这牛圈里边，不胜叨扰，
> 却努力维持着脆弱、狂热的存在，
> 全然不顾德行给我们带上的冠冕，
> 变形来到凡间，面对真正的仆人，
> 四周则是端坐于圣位的各路神祇。
> 但仍有人想通过准确的阶梯攀升，
> 用正义的双手拿走那一把金钥匙
> 以打开通向那扇永恒殿堂的大门：
> 我的差事就是去那里一趟，要不然
> 我才不会用这罪孽深重境界里的
> 乌烟瘴气来把这些纯洁的仙草玷污。

精灵接受天界之主约夫的差遣，来到人间小岛上这一阴郁林地要把独往独来的旅人保护和引导（I was dispatched for their defence and guard；第 42 行），因为"酒神巴库斯与海妖塞壬结合而生下的儿子科莫斯正在凯尔特人与伊比利亚人的田野上游荡，现在就在这片林地里用水晶杯里的东方琼浆来诱惑迷途的旅人，而旅人一旦喝下去就会变成野兽的样子，忘掉家园，忘掉亲朋好友而在感官的猪圈里快乐地打滚"。（To loll with pleasure in a sensual sty. 第 77 行）一见到有天神青睐之人途经这一危机四伏的林地，精灵便像流星一样从天而降来将其护送（I shoot from Heav'n, to give him safe convoy，第 81 行）。落地后的精灵脱下彩虹编织的天界装束，换上乡村牧羊人的衣衫。这时，林中传来"令人憎恶的脚步声"。精灵随即藏起身来。

科莫斯上场。他一手拿着魔杖，一手端着酒杯，身后跟着一群长着野兽头脸、身子却与普通男女无二的怪物。怪物们浑身发光，手持火炬，口中发出狂野的声响。科莫斯开言道：

> 星星让牧人把羊群赶进圈里，
> 上天的穹隆将下界万物笼罩，
> 白天在高空闪着金光的马车
> 则在这湍急的大西洋水流里
> 将其光亮的车轴缓缓地放下，
> 而斜照的夕阳把上升的光线
> 映射在这昏暗的林地上面，
> 踱步走向他在东方寝室里
> 另外的那一个目标。

（第 94-101 行）

他于是张开双臂，迎接"快乐的欢宴""午夜喧闹与狂欢""醉醺醺的舞蹈与乐事"（…, welcome joy and feast, / Midnight shout and revelry, / Tipsy dance and jollity. 第 102–104 行），命令随从们：

用玫瑰色的枝叶编织你们的发束，

播撒你们的芬芳，播撒你们的美酒！　　　　　　（第 105–106 行）

因为"忠告"和"严峻"已经入睡，而

黑夜与睡眠又有什么关系呢？

夜里有更好的甜蜜让我们品尝：

维纳斯醒来了，恋爱也复苏了。　　　　　　　　（第 122–124 行）

他随即宣布：狂欢仪式开始！

来吧，让我们手牵手，脚点地，

开始一轮轻松狂热的舞蹈。　　　　　　　　　　（第 143–144 行）

跳着跳着，科莫斯发觉有人正在朝他们走来：

……，一定是个处子

（以我的本事还是可以分辨出来的）

迷失在林子里，来见识我的魔咒，

掉进我捉弄的圈套吧。不用多久

我就会有一大群吃草的漂亮牛羊，

就像我母亲塞壬的周围那样。　　　　　　　　　（第 148–153 行）

女士上场了。她本来是跟两个弟弟一起往家里赶路，弟弟们见她走累了，便叫姐姐在松树下休息一会儿，自己则去找些果子来充饥。夜幕降临了，弟弟们还没有返回，女士一个人循着喧闹声来到这里，以为可以找到识路之人。她对狂欢、喧闹原本很是反感，但想到：

这些念头会让人惊愕不已，但对

有德行的心灵无济于事，因为有

良知这一坚强的助手永远相伴——

哦，欢迎你，纯净的信念，洁白的希望，

你就是长着金色翅膀、飞来飞去的天使！　　　　（第 210–214 行）

心中期盼"无瑕的贞洁"（unblemished form of chastity）"会派来一位光彩闪亮的保护神，以便在危机时分不让我的生命和名誉受到伤害"（第 219–220 行）。

夜空中飘过来一片乌云，远处传来光亮和喧闹声。女士精神为之一振，遂向林子深处走去。第一支歌曲由女士口中唱出：

甜美的回声，身居缥缈密室

甜美而无形的林中仙女，

在缓缓流淌的米安德河岸边，

在紫罗兰四处点缀的山谷中，

苦恋中的夜莺每天晚上

都来此把伤心的歌儿高唱；

你还能找到像你和水仙①

那么好的一对儿吗？

噢，假如你

把她们藏于某个花穴，

一定告诉我具体地方。

甜美的言语女王，星球女儿，

你摇身一变飞向天界，

将洪亮的恩惠带向所有的天堂和音。　　　　　　（第 230 - 243 行）

科莫斯听见"这令人陶醉、引人入迷的天籁"，很是惊讶，决定上前去搭话并使之成为自己的"王后"（I'll speak to her, / And she shall be my queen. 264 - 265 行）。女士误以为遇见了一位牧羊人，便将自己姐弟失散而迷路林中的实情相告。科莫斯骗她说看到她的两个弟弟往西边走过去了，主动提出带她去将他们寻找。（320 行）天真纯洁的女士信以为真而随他前行。

迷失于黝黑林中的两个弟弟正为不幸的姐姐担心不已，但大弟以为"虽然太阳和月亮都已沉入大海，德行可以凭借其自身的灿烂来完成自己的使命"（Virtue could see to do what virtue would, / By her own radiant light, though sun and moon / Were in the flat sea sunk. 373 - 375 行），而"清白的心胸自有光亮，所以身居中心而沐浴灿烂日光；包藏祸心之人，即便在大太阳下面也是如行夜路——他就是自己的地牢！"（He that has light within his own breast / May sit I'th' center and enjoy bright day, / But he that hides a dark soul, and foul thoughts, / Benighted walks under the midday sun - / Himself is his own dungeon. 381 - 385 行）。他相信"她（姐姐）具有一种潜在的力量"，那就是"贞洁"（chastity），而"贞洁的姑娘如同身披金刚的衣裳，没有什么野蛮之徒和山贼土匪胆敢去玷污她处子的纯洁"（She that has that is clad in complete steel, / No savage fierce, bandit or mountaineer / Will dare to soil her virgin purity. 424 - 426 行）。为此，他引经据典，用古希腊的美丽传说来说明贞洁所具有的强大力量（441 - 475 行）。

---

①　在古典神话里，"回声"即林中仙女 Echo，"水仙"即 Echo 所深爱的 Narcissus。

隐隐约约的吆喝声从远处传来，兄弟二人担心有强人出没，遂拔剑在手，严阵以待。不过，上场的是牧羊人装束（外表是他们父亲的仆从忒西斯）的侍从精灵。相认交谈之后，他们发现自己的担忧已然成真：藏身山林的魔王科莫斯已经把"尊贵的女士"骗走了（509－579行）。二弟不由得惊呼道：

> ……哦，黑夜与阴影啊！
>
> 你们竟然与地狱联手成三股结节
>
> 来对付一个手无寸铁的弱小处子，
>
> 让她如此孤立无援！ （第580－582行）

但大弟已然坚信"德行可能遭到袭击，但绝不会受到伤害；邪恶或许会将它惊扰，但绝不能把它奴役"。(Virtue may be assailed, but never hurt, / Surprised by unjust force － but not enthralled. 589－590行）兄弟二人随即动身去解救落入魔窟的姐姐，但精灵告诉他们："刀剑是无法对付魔王的，破除魔咒的唯一方法是他带来的神草'息摩尼'"（Haemony）。(616－656行）精灵把神草交给他们并交代：勇敢地进入魔王的厅堂，手持神草向他冲去，打碎他的酒杯并抢下他的魔杖。

下一个场景是一座宏伟的殿堂，乐声四处缭绕，美味堆满台面。科莫斯一伙上场，女士被束缚在中了魔法的椅子上。科莫斯端来酒杯，女士接过放在一旁，想站起身来，科莫斯警告她坐着别动，不然就挥动魔杖将其神经封闭在石膏里面。女士毫无惧色，严词以对：

> 你的所有魔咒对我自由的心灵
>
> 可是无可奈何，虽然你束缚住了
>
> 我这身体，可上天是会开眼的。 （第663－665行）

魔王见硬的不行，便以软言相劝："你干吗要对自己这样残忍呢？大自然赋予你娇美的身体，是来享受温存和美味的，可不是接受糟蹋和浪费的！"（679－681行）但女士也不吃这一套，而是厉声斥责："对有节制的明智胃口来说，邪恶的东西绝不是什么美味佳肴！"（704－705行）

科莫斯并没有死心，而是继续劝说：

> 听着，女士，不要害羞，不要受那
>
> 同样夸大其词的名字——童贞的欺骗。
>
> 美貌是大自然的硬币，不能深藏不露，
>
> 而必须用于流通；美貌的好处在于
>
> 双方合作并共享幸福，自得其乐
>
> 则是一点味道也没有的。

(List, Lady. Be not coy, and be not cozened

With that same vaunted name, virginity.

Beauty is Nature's coin, must not be hoarded,

But must be current, and the good thereof

Consists in mutual and partaken bliss,

Unsavory in th' enjoyment of itself.)　　　　　（第 736 – 742 行）

　　"要是你错过时光,那就会像被人遗忘的玫瑰花那样,垂头丧气地凋零在枝叶上",而"美貌是大自然的显摆,须在宫廷,在宴会,在庄严高贵的场合上展示出来,好让尽量多的人来赞叹其精巧工艺"。(743 – 747 行)而且"你还很年轻啊!"(You are but young yet.) 为何不"及时行乐"呢?

　　女士严厉斥责道:"骗子!不要对无辜的大自然指三道四!好像她愿意让其子女在富足自得中去胡折腾什么一样!大自然是我们善意的供给者,她的福祉只为那些依照其严肃法纪与节制圣令而生活的人们。"(762 – 767 行)

　　虽然深感心虚,但魔王仍未放弃最后的努力:

可这会立刻治愈一切呀!喝上一口

低落的精神就会马上沐浴在快乐中,

比睡梦中的幸福更为快乐!识相点,尝一口吧。　　（第 811 – 813 行）

　　就在此时,两个弟弟提剑跑进来,从魔王手中夺过酒杯,摔碎在地上。众魔试图抵抗,但被一一击退。侍从精灵走了进来,惊讶地发现魔王带着魔杖已逃之夭夭,被死死束缚在椅子上的女士无法得以解脱。不过,他随即想到了塞汶河神萨布琳娜(Sabrina),即常常为牧羊人排忧解难的古英格兰国王布鲁图斯之女,相信女神会来帮助一个与她自己相似的贞洁烈女的。(824 – 858 行)于是,精灵唱起了第二支歌:

美丽的萨布琳娜啊,

你静静地坐在

明镜般清亮透明的浪花下面,

把琥珀色的长发编织成

缕缕的百合,披散在身后。

你听,为了可爱的荣誉;

银色湖水的女神啊,

聆听而后救赎吧!　　　　　　　　　　　（第 859 – 866 行）

……

从珊瑚铺就的床榻上升腾,

　　升腾吧！在汹涌的浪花中

　　把你玫瑰色的脑袋晃动吧，

　　然后对我们的召唤做出回应。

　　聆听而后救赎吧！ (第 885－889 行)

河神萨布琳娜在水中仙女的簇拥下从水下升腾起来，口里唱道：

　　在满是灯芯草的河岸边，

　　生长着茂密的垂柳和紫柳，

　　我滑动的坐辇在此停留，

　　上面镶满红色的玛瑙、

　　天蓝绿松石和碧绿宝石

　　徘徊在海峡中；

　　我从浅浅的水里走出，

　　将我无印无迹的双脚

　　放在流星草绒绒的脑袋上；

　　我踩踏着，它们却不低头。 (第 890－899 行)

　　精灵请求女神"把真处子身上的魔咒解除"（To undo the charmed hand / Of true virgin,），"以帮助身陷困境的贞洁为己任"（It is my office best / To help ensnared chastity）的萨布琳娜立即将仙露洒在女士的胸脯、指尖和红唇上，然后用自己贞洁的手掌摸了摸魔椅。魔咒解除了。仙女们离去。女士从椅子上站起身来。精灵欢唱道：

　　贞女啊，你是洛克林的女儿，

　　古老的安喀塞斯家族之后，

　　愿你镶着花边的浪花为此

　　永远丰沛，愿从雪山上

　　奔流下来的千万条溪流

　　都最终汇入你的怀抱！

　　……

　　来吧，女士！借着天堂的恩惠，

　　让我们飞离这遭人诅咒之所，

　　不然，那亚师魔王还会用

　　别的什么诡计来把我们欺骗。

　　我们会去一个神圣的地方，

　　那里没有色味，没有喧闹。

我将是你忠实的向导，

穿过那阴郁的大森林；

离此地不太远的地方

就是你父亲的住所。

今天晚上，高朋满座，

气氛庄重，共同来庆贺

他深受欢迎的光临。

庄园里的村夫也赶来

跳起吉格等乡村舞蹈。

我们将刚好凑上这热闹，

而我们这样不期而至

定会让他们的快乐倍增。 （第938—955行）

场景再次变换，将拉德娄镇子和总督（大人）的城堡显现出来。乡村舞者
上场，随后是侍从精灵和兄妹三人。精灵唱出假面剧的第三支歌：

后退，牧人们，后退！你们足可

闹腾到下一个阳光假日。

这里，用不着低头、点头，

踮起你们更为轻快的脚尖，

快速移动开来；宫廷般的举止，

墨丘利最早设计创制，

与俏丽的山林仙女一道

舞动在草坪、林地之上。 （第958—965行）

下一支歌则将兄妹三人呈送到他们的父母面前：

高贵的主人，聪慧的夫人，

我给你们带来了新的快乐。

快瞧瞧你们这长势喜人、

漂漂亮亮的三大棵枝条。

上天已适时将其青春考验，

还有其信念、耐心、真诚

然后把他们带到你们面前，

头戴不朽赞歌的王冠，

在胜利的舞蹈中战败

感官的愚蠢和恣肆放纵。 （第966—975行）

舞蹈结束，侍从精灵道出收场的诗句：

> 现在我要飞向海洋，
> 飞到那白昼从不闭眼的
> 静谧、安详、幸福之乡，
> 飞向上天那广袤的原野。　　　　　（第 976－979 行）

并最后唱出假面剧的题旨：

> 任务既然已经顺利完成，
> 我就可以四处飞，四处跑，
> 快速去往绿色的天涯海角，
> 暮色的苍穹缓缓向下低垂，
> 从那里我可以很快地飞升
> 到月亮上面的各个角落。
> 愿意随我而去的人们啊，
> 敬爱德行吧！只有她才自由！
> 她可以教会你如何去攀升，
> 超越那星球上的乐声，——
> 但假如德行还不够坚强，
> 上天便会自己屈尊就她。　　　　　（第 1012－1022 行）

假面剧于是将其应有的效果都完成了。它给人带来了娱乐，通过夸赞儿子的勇敢和女儿的贞洁把伯爵恭维颂赞，且将演员和观众都引向某种舞蹈。不仅如此，弥尔顿还给出了更为广阔的视角，开头和结尾都是由精灵的演讲来完成，而他的演讲用新柏拉图主义的术语来表述此次使命，便给剧作赋予了新的寓意，即他所解救的固然是那女士，但从更宽泛的意义上讲，他要将所有的灵魂都来解救。

三、深层解读（一）：真实世界与剧中世界①

假面剧是一种集诗人、设计师、作曲家与编舞者创作于一身的综合艺术形式。在十七世纪，假面剧基本上是在一个多小时里由宫廷舞蹈者和观众共同参与完成。与话剧不同的是，假面剧有华丽的布景、舞蹈和音乐，演出是为了庆祝某个特定的事件，而庆祝的方式是利用前来参与庆祝活动的一些人，让他们

---

① RICKS C. English Poetry and Prose 1540—1674 ［M］. London：Sphere Books Ltd，1986：266－272.

既不失去真实的自我又成为这一奇异的双焦点文类的一个焦点，以便"在其行动和观众之间建立起一种独特的关系"。奥吉尔（Orgel）在其《本·琼生式假面剧》（*The Jonsonian Musque*）中对这一特性做了精辟的论述：

> "它以一种特别的方式诉诸于观众。它从头开始就试图冲破观众与演员之间的障碍，让观看者成为布景中的一部分。假面剧要达成的目的是摧毁任何戏院意识，将整个宫廷纳入模仿的范围之中——在某种意义上讲，观众看到的就是他最终变成的。"①

这一分析让我们对假面剧有了如下的界定：不仅靠其表面的样子，而且（作为一种形式）靠其试图成就的样子（not only by what it looked like，but by what，as a form，it was trying to achieve）。

那么，1634 年在拉德娄城堡呈现的这出假面剧是要达成什么样的目的呢？第一个问题是，它在庆祝什么？布里杰沃特伯爵于 1631 年被王室任命为威尔士总督大人，并在 1633 年得到官方的确认。1634 年，伯爵的家人要前往他的官邸拉德娄城堡与之会合。呈现本剧便是对伯爵家人团圆和授职仪式的庆祝活动。为之配乐的是亨利·劳斯，也就是 1646 年弥尔顿为之写了一首十四行诗（标号 13）的那个著名作曲家。他还在剧中扮演护佑精灵的角色。精灵将假面舞导入，以行善的眼光审视剧中事件，所采用的外形是一个名叫瑟西斯的牧羊人。当"弟弟"向瑟西斯致意时，观众定然会把他说的话视作寓言本身里的话，也会认为是说给现实生活中的劳斯的话：

> 是瑟西斯吗？你的精巧乐曲常常
>
> 让那急湍缓流停住脚步仔细聆听，
>
> 又让山谷中的麝香蔷薇芳香四溢。　　　　　　（第 494 – 496 行）

劳斯/瑟西斯之于故事很重要，因为他的存在代表着自信的警惕性。女士与其两个弟弟很重要，因为他们是伯爵的子女，爱丽丝·艾格顿年方十五，两兄弟分别 11 岁和 9 岁。他们分别在唐申德（Aurelian Townshend）的《滕碧河复原》（Tempe Restored）和卡鲁（Thomas Carew）的《不列颠天堂》（Coelum Britanicum）假面剧中出现过。有了劳斯和伯爵子女的经验，弥尔顿就可以设计一出对青年演员要求甚高的剧作来。我们不知道是谁扮演科莫斯或者（将中了魔法的女士营救出来的林中仙女）萨布琳娜，塑造科莫斯和萨布琳娜这两个角色并非出于这样的目的：展示他们在寓言中的角色与其在台下的真实自我之间的相互作用。因为这两个角色并没有台下的自我。

---

① ORGEL S. The Jonsonian Masque [M]．Cambridge，Mass：MIT Press，1965：3.

　　假面剧的寓言很简单。女士与其两个兄弟正在前去参加父亲授职仪式的路上，途经一片树林，女士与两兄弟走散，遇见科莫斯及其喧闹狂欢的随从。科莫斯装作好人，假扮牧羊人将女士引开。瑟西斯告诉兄弟二人要防范科莫斯的魔法，并将有庇护神力的仙草 haemony 交给他们。科莫斯催促女士喝下他备下的药液，但遭到女士的严词拒绝。两兄弟闯进来将科莫斯及其随从赶跑，但无法将遭魔法困于椅上的女士解救出来。瑟西斯向塞文河仙女萨布琳娜求助，才使得女士重获自由。女士和两兄弟又得以继续他们的旅程，最终出现在拉德娄城堡里他们的父母面前。剧情随之结束。

　　从一开始，寓言就是与台下情景一道呈现给观众的。在开场的演说中，护佑精灵提到海神涅普顿与其从属神祇，而后转向与之相关联的授权。对于布里杰沃特伯爵而言：

> 这一大片面朝落日晚霞的土地，
> 正由一位权势显赫的贵族治理，
> 他受人信赖，威风凛凛地引导着
> 一个古老、傲慢而装备精良的民族。
> 他那几个有着高贵教养的漂亮子女
> 正在赶路前来参加他们父亲的典礼，
> 目睹新近授予的权杖，但路途艰险，
> 恐怖的树林让孤单的旅客心中不安。　　　　　　（第 30 - 37 行）

对弥尔顿的假面剧创作成就，奥吉尔做出了精辟的论述：

　　"《科莫斯》频频被人引用，说它是对假面剧的致命一击，然而在许多方面它都是比琼生本人还成功地应用了琼生的艺术技巧。弥尔顿总是清楚自己的作品是真正的假面剧，即对（戏剧创作于其中并为之服务的）环境的象征性表达，一种（在贵族、夫人成为舞者演员时）真实世界与剧中世界融为一体的创作。观众（布里杰沃特伯爵与其家人和宫廷）的指涉频繁而错综复杂地编织进剧本的结构里，这就是对这一结论的最好印证。"①

　　然而，通过这一双焦点的形式，作者想要表达什么呢？现代读者可能对此有所怀疑，因为现在尚存的类似情形已经是无足轻重了。观看一出校园剧演出的父母所关注的不光是戏剧本身，还有演剧的子女。这种既快乐又紧张的场合要求孩子们好好表演以展现剧中的寓言，却又不能表演得太好以至于达到专业的水平，否则我们会全然忘掉演员的台下自我。看手势猜字谜（charades）之类

---

① ORGEL S. The Jonsonian Masque [M]. Cambridge, Mass.: MIT Press, 1965: 102.

的团队游戏也是这样。演员与观众将对游戏的反应与表演者就是我们的熟人之认知搅和在一起而且乐此不疲。校园剧表演与猜字谜游戏让我们对假面剧所特有的双重感觉有了一些切身感受，可是，让弥尔顿免于平庸琐屑的特质又是什么呢？

答案是戏剧表演者与戏剧行动之间所存在的真实关系。弥尔顿的假面剧是在庆祝布里杰沃特伯爵执掌权力，弥尔顿所使用的词语序列暗示，伯爵未来引导一个古老民族的能力与其过去引导自己子女的能力之间是息息相关的。

> ……受人信赖，威风凛凛地引导着
> 一个古老、傲慢又装备精良的民族。
> 他那几个有着高贵教养的漂亮子女
> 正在赶路前来参加他们父亲的典礼，
> 目睹新近授予的权杖，……

人首先要管好自己而后才能约束他人，用《复乐园》里基督的话说就是：

> 然而，能够管辖自己内心并将激情、
> 欲望和恐惧加以约束，才是真君主。
> 每一个有德行的智慧之人皆是如此，
> 未及于此之徒只是心怀恶意去治理
> 那城市居民或者头脑顽固的大众。
>
> （《复乐园》第二卷第 466 – 470 行）

伯爵子女的善良和服从与伯爵必须在其领地灌输的善良与服从密切关联。伯爵在他家庭这个微型社会里表现出来的能干不正好说明他具有治理威尔士的卓越才干吗？威尔士总督大人肩负父母官的责任，而弥尔顿是在人们反对"家长式统治"前很久写出剧本的。可见，弥尔顿编出一个故事，故事里面伯爵的三个孩子面临考验和诱惑表现出勇气和坚强，通过这一故事他就能够给出这样的暗示：完全有理由相信布里杰沃特伯爵真的是"一位受人信赖、威风凛凛的贵族"。戏剧高潮是将孩子们呈现在他们的父母面前。寓言被暂时抛在了一边，观众的眼睛都盯在作为台下自我的三个孩子身上：

> 高贵的老爷，光鲜的夫人，
> 我给你们带来了新的欢欣；
> 看你们这三个窈窕的枝叶
> 成长得多么善良和体面。
> 上天及时地将其青春考验，
> 还有其信念、耐心和诚实。

> 经历了如此严酷的磨炼，
>
> 戴上了不朽赞美的王冠，
>
> 战胜了愚蠢的感官和放纵，
>
> 在欢庆胜利的舞蹈中凯旋。　　　　　　　　（第 960－975 行）

之后便只剩下戏剧的尾声了。

　　既然剧作如此不加掩饰地用来展示三个善良的孩子，那么这一切不也提出了自己的问题吗？究竟是什么让寓言没有流于虚假和油滑呢？答案还是表演与动作之间的关系。伯爵的子女在寓言里面通过参与戏剧演出，就已经（至少在某种程度上）显示出他们的勇气、自制与服从。尽管我们承认，1634 年演出的剧作比 1637 年发表的剧本要短小，我们仍可以断言，剧中所表现的不只是对孩子的挑战，演剧本身也对他们构成一种挑战。三个孩子的年龄分别是 15 岁、11 岁和 9 岁，伯爵对他们的教育应当包括美德的培育，而美德正在他们心里萌芽。他们竟然能够成功地完成表演，这才是剧作的志向或预言！弥尔顿写过不少关于教育的文字，现在创作了一部关于教育和教养的假面剧，伯爵的三个孩子在寓言里战胜了科莫斯固然值得称赞，寓言之外剧作之内他们向父母表现出来的服从、得体与自制更是值得称赞。

　　作为一项教育原则，儿童通过学会正确地表述美德，来获得美德这种观念自有其本身的局限，但是弥尔顿假面剧中所依据的那种教育理念并不显得过时和奴性，因为二十世纪大诗人叶芝在其《自传》中也表达了类似的看法：

　　　　"我以为所有的幸福都取决于那种带上另外一个自我的面具之能量，所以快乐的生活或者创造新的生活都是一种非我的再生。这种非我没有任何记忆，瞬间产生出来，永远在更新。……"

　　　　"纪律约束与戏院意识之间存在着一种关系。假如我们不能把我们自己想象成异于真实自我的人，不具有那种第二自我，我们就不能将纪律约束强加于我们自身，虽然我们可能接受其中的一个。因此，主动的美德不同于对当下法典的被动接受，它是戏院式的，具有明显的戏剧性，带上了一个面具。艰难完整的人生状况就是这个样子。"

　　《科莫斯》之类的假面剧即以戴上面具开始，又以展现纪律约束与戏院意识之间的关系收尾。

　　正是在这些意义上，弥尔顿的假面剧必须与话剧或诗歌有所不同。若是想拿一首诗来与之比较，那就有马伏尔（Andrew Marvell）的《艾泊顿庄园》（Upon Appleton House）。这首诗也是在礼赞一位赋闲在家的伟大公众人物，礼赞的方式是援引此人与其公共权力密切相关的德行、幸福家庭。在诗的结尾，马伏尔对这一家的女儿玛利亚进行赞美，以此来对费尔法克斯勋爵及其夫人进行赞美。玛利亚抵制住了爱情、泪水、叹息和奉承的计谋，是一个林中仙女：

> 然而，心中明白哪里有埋伏，
>
> 她安全脱险，方式虽不优雅。
>
> 从一开始就是这个样子，
>
> 教养在一个家中的天堂，
>
> 接受费尔法克斯与善良维尔
>
> 那严峻的纪律和严格的约束。

弥尔顿剧中的女士就像马伏尔诗里的玛利亚一样，从埋伏中脱险，只因为有一个真正的父亲（本身就是一个真正的公众人物），成功地创造出一个家中的天堂，而这天堂与真正的天堂一样有着严厉的纪律约束。马伏尔的礼赞与弥尔顿的礼赞所不同的只是媒介：前者用词语创制出一种对玛利亚的礼赞，并通过她来礼赞其家人，从而使礼赞成为一种善意的预言。弥尔顿将他的女士带上舞台，让她说出他的词语，且听着这些词语说出来，他的礼赞所使用的媒介与语言不只是自己的词语，还有"伯爵子女的词语"。与作者另一出宫廷礼赞《阿卡迪斯》（Arcades）的优雅相比，《科莫斯》的艺术活力来源于这样一个事实：《科莫斯》是绝对的假面剧，《阿卡迪斯》则是一种三心二意、漫无目的的东西，即"一种娱乐活动的一部分"或者"娱乐活动中角色"的全部。

四、深层解读（二）：变形与象征行动①

女士（the Lady）被麻痹而后得救，这其实是女士与科莫斯之间原始冲突所引发的冲突，也折射出在私下里一直侵扰弥尔顿的那种冲突。在理想主义这一点上，女士是先前"基督学院的女士"（弥尔顿的绰号）的折射：在寄居霍尔顿期间"匆匆逝去的春光"里，应该选择什么样的职业，对他来说就是诸多相互竞争的理想之间的争斗，而这与《科莫斯》里面的冲突不无具有关联。"从感官世界和理想主义之间的冲突中获得解脱和解放，既出于无意识的因由，也来自水面之下、花岸之上，来自音乐、诗歌和记忆，又来自自然之纯洁、天真的一切深邃源泉。"②

带有自我意识、纪念维吉尔的《科莫斯》于1637年出版，这标志着弥尔顿

---

① NEUSE R. Metamorphasis and Symbolic Action in Comus [J]. ELH, 1967, 34 (1).

② MUELLER M. Milton, Mannerism and Baroque [M]. Toronto: University of Toronto Press, 1963: 37.

对自己与缪斯的爱慕、缪斯与他个人关注之间关联的认可。互相冲撞的要求在诗作里面得到了妥协与和解——弥尔顿首次公开声称，自己要努力做一个诗人。《科莫斯》的主题接近于"快乐与美德的和解"，即传统所关注的"感官生活"与赞美理想（如通向神圣的贞洁）之间的协调。

女士遭受囚禁，实际上就是她远离肉体（享乐）的胜利巅峰。"假如她只是拒斥科莫斯对她的注意，她就只是被束缚在椅子上面。因此，不经教育而与生俱来的人之理智就能够暂时拒斥激情，但依然会屈从于诱惑。只有在科莫斯被仙草（即理智得到哲学知识的加固）赶走之后，灵魂才将诱惑完完全全地驱除。科莫斯在离开之时挥动魔杖而使女士瘫痪麻痹，这又象征着一个事实：只是在这最后的（理智的和哲学的）拒斥当中，灵魂才会完全丧失朝向肉体的运动力。"[①]

詹恩（Sears Jayne）将运动分为三个阶段，以便"与灵魂的三种运动（下降→停止→上升）保持一致"，所以，我们首先看到灵魂从上帝那里来到物质世界，然后看到灵魂停止其下降（或向外的）运动，最后看到灵魂在心智的帮助下开始其上升（或内向的）运动。……人类灵魂由女士（理智）和萨布琳娜（心智）二者来表征。

新柏拉图主义的寓意阐释将人与灵魂等同对待，把灵魂及其归宿视为唯一的现实，这在描述可能性上或许属于骑士派。弥尔顿在《科莫斯》里创造的则是另外一种寓意，或许可以称之为斯宾塞式寓言，既指向精神领域又指向自然、历史领域。萨布琳娜便是一个明证：作为洛克林的女儿，她既指向历史过去，又在地理上指向塞汶河，而作为神话人物又具有寓言性的精神意义。

人们对《科莫斯》做出大量解释所依据的一个重要道具便是随从精灵推荐给人来对付科莫斯的仙草（haemony）。人们基本上（基于文艺复兴时期魔草moly 之寓意）把仙草界定为恩惠或哲学知识，但我们最好还是先看看诗中对仙草的叙述吧，科莫斯可怕的魔法让随从精灵想到这种植物的德行：

> 如何保护女士不受惊扰，
>
> 这样的担心与最终考虑
>
> 让我想起一位年轻的牧羊人，
>
> 不是什么大人物但特别擅长
>
> 各种具有魔力和治伤功效的草木，
>
> 枝繁叶茂地生长在晨曦之中；

---

① JAYNE S. The Subject of Milton's Ludlow Mask [J]. PMLA, 1959, 74：539.

> 他对我一往情深，总是求我唱歌，
> 我一张开歌喉，他便坐在柔嫩的
> 青草上面，如痴如醉地聆听，
> 而作为回报，他打开随身的皮囊，
> 给我展示五光十色的奇花异草，
> 为我解说它们各自不同的功效；
> 在所有的药草中间有一小块儿
> 并不起眼却神力无边的根茎；
> 叶片微黑，带着一些细刺，
> 在有的国度（但不在这里），
> 它会开出黄灿灿的花朵来：
> 不为人所知，不受人待见，
> 村夫天天将其踩在钉鞋下面，
> 然而，与赫尔墨斯给予尤利西斯的
> 魔草"莫离"相比，它更具神效；
> 他将其称为"西莫尼"，馈赠与我
> 并叮嘱我不要轻易把它动用，
> 因为它可以对付所有魔法、毒咒
> 或者阴湿、可憎的妖魔鬼怪之火；
> 我不假思索地把它紧紧包住，
> 直到现在，为紧急情况所迫。　　　　　　（第 617－643 行）

　　首先要注意的是，仙草经历过一次变形，即从金黄的花朵变成了不起眼的根茎，但在变形中仍然在生命之本的黑土之中保留着神祇的效力。仙草因此从词源上表现出谦卑的田园精神（拉丁文的"土地"为 humus，与"谦卑"humility 一词同源），在其最低贱、最根本的层面（"并不起眼"或"不为人待见"）上，大自然保留着上帝坚不可摧的辉煌与"无边神力"。

　　精灵的语言似乎让我们注意到一个清晰可见的田园观念：雨果·阿赫纳（Hugo Rahner）曾对"根"的象征意义有过绝妙的解说，弥尔顿对此肯定知晓，因为这种解释源于古代，经过教父时代并一直延续到文艺复兴时期的点金术中。格里高利对"根"的解释为："人之本性，即人之根本的性质。根在地下老化，逐渐死去。人也会这样，依从肉体之本性最终分解成灰烬。"

　　可见，魔草（moly）与曼陀罗草（mandragora）都不过是人们用来表达人作为根和花双重属性（黑土之出产但可以"在天空面前展现其意识的白花"）的植物中最为有名的两种。人的这种双重属性同时又被当作是人身上的一种鲜明对比或者精神分裂，只有魔草与曼陀罗草才能将其治愈，因此就有了"草药人"或者：

> "精神生活的草药师把我们从黑色的根变成白色的花……并警告我们说，即便是在由太阳神赫利奥斯吻醒过来的花里面，那一原始神力依然在发挥主宰作用，这种作用与精神之神秘法则一致，自其根部升起。"①

人之双重属性的一面在《科莫斯》里是由随从精灵变形为牧羊人忒西斯（与仙草从金色的花变为黑色的根相一致）的事实得以表征的。不过，精灵的变形或者降临并没有解除女士所中的魔法，魔法的解除按照田园的模式存在于仙草黑根所代表的低贱层面上，即随从精灵现在要求助的河中仙女萨布琳娜。

有萨布琳娜出现的那一场景因此可能成为一种对新柏拉图主义式进步变形理念的明显拒斥。在世俗的黑暗森林里，精神与物质、灵魂与身体对人维系着双重的要求，而在女士的麻痹状态中，我们似乎隐隐约约地看到纯精神的局限，因为即便在她正当地拒绝了科莫斯的诱惑时，她还是被擒，不能借助意志或者精神来把自己解救出来。以随从精灵形式出现的精神必须到别处去寻求救助。

于是，他造访萨布琳娜，把她作为某些方面与女士对等的一个榜样。更为重要的是，萨布琳娜象征着一种美德或力量，其实质与仙草类似，同样也经历了一次变形：突然死去又突然复活。

与之相对立的是哥哥关于贞洁灵魂的讲话：灵魂经常与天堂居民交谈，而这：

> 将一缕光线投向外面的形状，
>
> 那未受玷污的心灵殿堂，
>
> 然后一点点将其变成灵魂
>
> 的精髓，直到一切成为不朽。　　　　　　　　　　（第 459 - 463 行）

话语暗含一种精细的神圣化过程："一点点"发生着，并未丧失有意识的控制，也不涉及对自我不能预知的灾难。

在河水中重生之后，萨布琳娜随即开始了她拯救的使命：

> ……她依然保留着她
>
> 处女的温柔，常常在傍晚，
>
> 在晚霞的草场上探访牛羊，

---

① RAHNER H. Greek Myths and Christian Mystery, Chapter V. "Moly and Mandragora in Pagan and Christian Symbolism" ［M］. New York: New York and Evanston, 1963: 179.

> 来补救好事精灵乐于制作的
>
> 所有顽劣气息与厄运征兆，
>
> 用罕见的瓶装液体将其治愈。
>
> 牧羊人为此举行各种节日，
>
> 用质朴的曲调来歌唱她的善行。 （第 842 – 849 行）

并把自己托付给河水。这似乎说明萨布琳娜开始在另一端成为精神的象征。作为河神，她是自然"低贱的"无意识生命（而非心智）的表征，她应随从精灵的呼请而来，一旦再次降临，"女士便从其座位上站起身来"，获得救赎和医治。

与仙草一样，萨布琳娜用"罕见的瓶装液体"也治愈了受到"好事精灵"之感染的所有自然之物，包括"绝顶聪明的女士"。萨布琳娜说：

> ……看我
>
> 这样把我一直珍藏的
>
> 纯洁山泉一滴一滴地
>
> 洒在你的胸膛上面。 （第 910 – 913 行）

讨论女士与科莫斯的遭遇因此必须超越纯智性的视角，必须将其视为与其理性意识门槛之下的本性一面的遭遇。事实上，人们传统上就把科莫斯视为一种本能之神，弥尔顿通过科莫斯的父母（巴库斯和塞壬）与其领地（森林）已经将这一点暗示出来了。女士注定要拒斥的是其自然原则代言者的品质，问题是就在女士口头上获胜之时，她被本能之神的魔法麻痹瘫痪掉了。

由此可见，在哥哥关于贞洁之力的声明里似乎有一种敌意的戏剧讽刺：

> 不可战胜的处女，精明的密涅瓦
>
> 披挂在身用来将敌人冻结成石头的
>
> 蛇头怪戈耳工盾牌究竟是什么？
>
> 不过是贞洁、严厉的生硬外貌
>
> 与带着突兀敬佩和纯粹畏惧
>
> 来摧毁野蛮暴力的高贵恩惠。 （第 447 – 452 行）

这是一个非常准确的意象，其中所包含的不是女士之作为（她并未遭遇任何暴力），而是发生在她身上的事情，即在感官与贞洁严厉的冲突之中出现了一种麻痹。萨布琳娜把女士解救了出来，这也就涉及她内心最深处的东西，这种天性被唤醒并表现在意识当中。

如此看来，萨布琳娜就成为一种人之低劣本性在一种新的视角下真实地暴露出来并被变形（不再是与精神、理智的冲突而是对精神与理智的和谐反应）之象征性表达。弥尔顿似乎在他创作（《失乐园》）生命之树之前就已经看到了感官与精神之间存在的根本和谐性与连续性：

> 所以从其根部
>
> 轻松地迸发出绿色的树干，从树干生出
>
> 更为轻盈的树叶，最后是美轮美奂的花朵
>
> 吐出芬芳四溢的气息：花朵与其果实，
>
> 人类的养分，层层叠叠，攀升至
>
> 至高的精神活力，给动物，给知性
>
> 带来生命，带来感觉，又带来
>
> 幻想和理解，灵魂由此接受理智，
>
> 理智成为灵魂之存在。　　　　（《失乐园》第五卷 479 – 487 行）

伊甸园里不间断的连续体到了这个世界必须还原成"黑暗的森林"，但即便如此，也依然存在着精神与本性（天然）之间的一种深层类比，类比有时会不知不觉地融进一个隐喻或象征的整体。

仙草与萨布琳娜都经历了一次死亡、一次变形，人类精神也是如此，它必须找到其根本与其本性基础。

在《科莫斯》里，这种范式为一种周期性的模式所围绕和强化。人们一般认为假面剧起源于农耕社会的仪式，一些学者也相信假面剧从来就没有完全丧失过这一根源。隐含在《科莫斯》中的特定周期性仪式似乎就是对肥沃土地的感恩。女士把（远处听见的）科莫斯的狂欢误以为是欢庆丰收时，这一观念就隐隐约约地引进来了：

> 我的耳朵没有出错的话，声音就在这边；
>
> 我最好的向导啊，这好像是喧闹
>
> 肆意寻欢作乐的声响，
>
> 有快乐的笛声或者嘈杂的管乐，
>
> 在大字不识一个的村夫中间响起，
>
> 为他们满圈的牲畜、充盈的田庄
>
> 放肆地舞蹈，赞美丰饶的潘神，
>
> 感谢本不该感谢的神祇。　　　　　　　　　　（第 170 – 179 行）

科莫斯自然不是在庆祝丰收，但其模仿性的仪式实在有一些相似：

> 我们拥有更为纯粹的火，
>
> 模仿者繁星的合唱，
>
> 星星在其黑夜不眠的球体里
>
> 快速地旋转，带来月和年。　　　　　　　　　（第 111 – 114 行）

最后，我们有了一群真正的乡村舞蹈者，他们在诗剧的结尾来到城堡。"在不远处"，随从精灵对所照看的年轻人说，"就是你们父亲之居所"：

> 在那里，在今晚，许多朋友
> 庄严地相聚在一起，以庆贺
> 他的来临，在他的身旁，
> 周围所有的乡村农夫都在
> 跳着基格舞和其他乡村舞蹈，
> 我们将发现他们正在享受快乐。　　　　　（第 948 – 953 行）

牧羊人结束了专为伯爵（就像是对潘神）而跳的舞蹈之后，精灵对他们说：

> 回去吧，牧羊人，你们也闹够了，
> 直到下一次的阳光假日，
> 这里不会有低头、点头的舞姿
> 或者别的什么舞步了。　　　　　　　　　（第 958 – 961 行）

加入了两个舞蹈，《科莫斯》便牢牢地构建起仪式性的场景，牧羊人既在庆祝伯爵的受职又在欢庆米迦勒节，也就是自然与人对季节更替、植物结果而死亡和期盼重生的基本遵从。如果说，这种滑稽戏是对假面剧中心仪式的亵渎，那么科莫斯及其随从就是对牧羊人的收场舞蹈与其后的宫廷舞蹈的亵渎性戏仿了。牧羊人的舞蹈固然是宫廷舞蹈的前奏，但其本身则是一出凸显二者之间和谐性的田园假面剧。

可见，科莫斯是一种威胁，仅仅是因为他所代表的是一种与精神真正脱节的性质，是暴政之主的化身，是无政府驱动力的象征。科莫斯不承认季节也不承认自我陶醉之外的任何乐曲和节奏，但在他与随从精灵之间同时有着某种类同：二者都是狂欢活动的引领者。而在诗的结尾，精灵说话时用到的也是先前科莫斯用到的八音节诗行。随着科莫斯及其随从被驱散，开始了真正的狂欢收场，即随从精灵向所有的人发出邀请：

> 用胜利的舞蹈来战胜
> 感官的蠢行与无节制的放纵。　　　　　　（第 974 – 975 行）

此外，精灵在尾声中对永恒青春属地做出了描述，这与没有季节变化的"荒芜肥沃"之虚幻世界（即科莫斯引诱其随从进入的世界）形成鲜明的对比。

精灵所描述的永恒青春属地代表着季节性周期的终结，一如斯宾塞笔下的阿都尼花园。在赫斯帕洛斯花园里：

> 年青的阿都尼常常在休息，
> 在柔和的酣睡中治愈其

> 深深的创伤，而在地上，
>
> 亚述女王伤心地坐着；
>
> 在高空之中，她那有名的儿子
>
> 天上的丘比特闪着金光在前行，
>
> 怀中抱着他可爱甜美的赛克，
>
> 她一路辛劳而来，正在昏睡。　　　　　　　　（第 999 – 1006 行）

作为植物化身的阿都尼被（寒冬的）野猪杀死，但在医治的睡眠里复活或再生。这一场景让我们想起女士在科莫斯施过魔法的椅子中的昏睡。在斯宾塞版的神话里，阿都尼的复苏有赖于具有人世间美丽的女神（即端坐于"地上的""亚述女王"）之悉心照料，弥尔顿笔下的女士也是由自河水中升起的萨布琳娜从科莫斯魔杖之"创伤"中解救过来。

可见，在假面剧意欲恢复黄金时代或世界的"规划"里，发生了一种双重的变形：柏拉图的形式变形为人类考验与失误（事物在"表面上的展现"）领域中的积极参与者与（由假面舞者与观众代表的）社交世界的变形。两种变形在最后的舞蹈中汇合成为一体。在这里，我们有了一种升华的现实：虚幻与真实、虚构与现实的时间混在一起，已经分不出你我来了。

五、深层解读（三）：诗剧与政治①

宫廷假面剧大多被视作是反清教政策的象征，因此在整个斯图亚特王朝时期都有人在批评宫廷假面剧中所体现的政治内容，但没有谁愿意摒弃这一戏剧样式（他们希望改革而非抛弃假面剧）。在所有的假面剧里面，《科莫斯》可谓是改革得最为彻底的一部。弥尔顿既对本·琼生的艺术大加赞赏又对其政治观点间接地提出批评。

弥尔顿用"科莫斯"这个名字作为其剧作的反面人物，这并非出于偶然或者巧合。本·琼生的两部剧作：《快活与美德的和解》（*Pleasure Reconciled to Virtue*）与《向威尔士致敬》（*For the Honour of Wales*）讲的都是科莫斯的事情。剧作虽然还未付梓印刷，但合作者亨利·劳斯很可能看到过演出，并可能在弥尔顿创作本剧的过程中帮过他的忙。虽然我们无法证明，琼生的科莫斯就是一个直接的模板，但《科莫斯》中那铿锵有力的说教与文本远胜于场景的情况还是折射出琼生而非流行的宫廷样式之影响。另一方面，弥尔顿假面剧中的田园牧

---

① NORBROOK D. Poetry and Politics in the English Renaissance ［M］. Oxford：Oxford University Press，2002：233 – 252.

歌品质为我们提供了一种与王后的戏剧品味至少是在表面上的关联。在那些宫廷田园牧歌中，英尼格·琼斯（Inigo Jones）所设计的豪华场景效果履行着一种悖论性的任务：将宴会厅转变成为一种淳朴的乡村场景。对于一位经历了内战却对往昔念念不忘的保王党人来说，牧歌式的戏剧就是已不复存在的卡洛琳时代的一种象征。

弥尔顿选择贞洁这一主题也是具有时代性的。经过了白金汉伯爵的遇刺和国王、王后的亲密关系，人们对王室婚姻生活的贞洁就非常关注了。清教徒露西·哈钦森（Lucy Hatchinson）后来对"节制、贞洁、严肃"的查理大加赞扬，因为他把淫荡不洁从宫廷中清除了出去。威廉·达文南特爵士（Sir William Davenant）有一部假面剧，其焦点便是一种"贞洁爱情的神殿"，但他本人对那种新兴的柏拉图式爱情一直心存疑虑。对于布里杰沃特一家来说，贞洁具有特殊的意义：三年前，布里杰沃特的妹夫卡索黑文伯爵（Earl of Castlehaven）就因为一系列的残暴性犯罪而被砍下头颅。弥尔顿对贞洁主题的处理使一些与此相关联的政治、宗教问题得以微妙的复兴，这些关联先前却为流行的时尚所遮蔽。

在近些年里，弥尔顿在假面剧里赋予女人主要角色的革新意义才被批评家发现。在 1634 年的时候，女演员被普遍视为娼妓，但鼓励女人演戏的正是信仰天主教的王后，这一主题因此在政治上就显得十分敏感。弥尔顿不是一位仅仅因为不为人接受而拒斥艺术革新的诗人，他努力改变这一习俗来让革新为自己的意识形态服务，在假面剧里将一个有对白的角色给予贵族。王后在宫廷娱乐中喜欢扮演的角色聚焦于传统上属于女人的问题，即爱情和阴谋。爱丽丝小姐在两年之前曾经在唐申德（Aurelian Townshend）的一部假面剧中担任角色。剧中，王后及其侍奉贵妇代表着美丽，而国王象征着英勇美德的男性原则，爱丽丝则是代表和谐的 14 位假面舞者之一。剧作将男性、女性的美德按照层级体系来加以安排应用，美德享有最终的优越地位，而王后只是"身体美"的象征。不过，这种灵与肉的层级结构被剧作呈现得平稳而和谐：世俗的辉煌成了神祇的体现。在剧作的结尾处，邪恶的诱惑女妖塞壬被宫廷的辉煌感动得丢掉了自己的魔力。

弥尔顿让内在德行与身体外表之间的关系更加复杂，并对妇女品行的宫廷观念提出了挑战。要想把自己的角色演好，爱丽丝女士就必须添加上一些传统贵族优雅仪态所不具有的品质。她不仅仅是被动地恪守贞洁，而且借助一整套政治哲学来保证自己立场的准确性，而这让科莫斯感到不知所措，因为他不相信女人是会思考的。"骑士派"诗人对女人的社会角色是有简单明了的看法的，不过，妇女在传统中的从属角色开始受到挑战。十七世纪二十年代已经出现了一系列的小册子，对妇女的尊严进行肯定，并为男性神学家对夏娃提出的指控进行辩护。不久后，伦敦的清教徒妇女便要求得到一种权利，以便在公共事务中发挥更大的作用。弥尔顿自己思想中那些批判性的理性主义前提毁坏了许多证明女性从属地位的论证。这一事实或许会有助于说明他后来对男性优于女性这一主题的辩护，然而，在创作《科莫斯》之时，这种辩护并不是那么强烈。妇女与男人平等甚至优于男人，这样的主题其实在 1618 年——也就是詹姆士一世时代关于妇女问题的论争处在巅峰之时——演出的一出假面剧中就已经有所声张。剧中有敦促代表贞洁和其他女性德行的六位女性假面舞者：

> 清楚你们的力量，看到自己的德行，
> 他们在各自不同的心灵
> 或者颜面的优雅里边
> 植入女人享受优先的权利。
> 勇猛好战的太太们
> 不能算作是人类，而应该
> 行为得当，中规中矩。
> 自由之火发出最强的火焰，
> 男人的威严驯服和抑制
> 我们学究般的活跃精神。
> 处女们，学会自由生活吧；
> 啊，但愿能够这样，
> 妇女便可以和平共处，相互撒谎。①

剧作的结尾并没有对这一激进的分裂主义立场给予支持，但已是明明白白地在强调男女平等。

剧中使用的语言是戏谑的，但包括一些严肃的成分。六种男性美德皆取自《仙后》里的角色，诗人似乎正在对斯宾塞对传统角色的质疑做出回应。弥尔顿也可能受到了鼓舞而再次思考斯宾塞对两性关系传统意象的描绘，认为诗人是"睿智和严肃"的，而这正是《科莫斯》中对贞洁美德的称颂。斯宾塞在《仙后》中让贞洁的首要表征成为一种积极的品质，从而对传统提出挑战。弥尔顿在《科莫斯》里则让"女士"在陌生而充满敌意的幻境中展示其足智多谋。哥哥称颂美丽和贞洁的长篇演说在情感上是相当传统的，完全可能出自一出卡洛

---

① 摘自由托马斯·鲍蒙特爵士（Sir Thomas Beaumont）赞助出版的科尔—奥顿假面剧（Cole – Orton masque）。

琳（查理一世）的宫廷假面剧，其特别之处在于，他对这些品德神力的信心无疑是有所夸大的。"女士"的美貌和高贵血统并没有让她远离诱惑，但剧作给了她展示自己正直节操和论争力量的机会。或许我们可以认为，弥尔顿只是为理想的女性行为引入了一套新的模板，不过，他对宫廷模板的拒斥是十分明显的。

斯宾塞对弥尔顿这出假面剧的影响并不局限于《仙后》的第三卷。科莫斯在宫殿里端着施过魔法的酒杯，可谓是"极乐亭"（Bower of Bliss）里阿克拉西娅（Acrasia）的男性版本，而弥尔顿将真理的清泉与放纵的浊流对立起来恐怕与《仙后》的第二卷不无关联吧。在启示文学的漫长历史中，偶像崇拜一直由施过魔法的酒杯所表征并在后来被界定为"精神乱伦"（spiritual fornication），所以，真正的信仰与"贞洁"的品质等同了起来。在斯图亚特王朝时期，对宫廷持批评态度的诗人经常从《仙后》的第三卷之中借用意象，詹姆士一世奢靡的宫廷生活与贞洁偶像的"童贞女王"（Virgin Queen，暗指伊丽莎白一世）形成鲜明的对比。尼克尔斯（Richard Niccols）在《绿帽子》（Cuckow）一诗中将贞女卡丝塔（Casta）先后从"极乐亭"（可能影射詹姆士宫廷）、特洛伊诺班特姆（可能影射伦敦）逐出，而后让她在弗吉尼亚（一块叫人想到"童贞女王"的殖民地）那里寻求庇护。其他讽刺诗人则从《仙后》的第一卷里汲取意象成分来表达他们对詹姆士一世温和对外政策的不满。然而，到了十七世纪三十年代，启示理念在宫廷里遭到越来越多的怀疑。1636年，伊丽莎白公主的儿子们来访英格兰，一些廷臣希望国王借此对西班牙开战，宫廷娱乐活动便明显地显示出斯宾塞象征主义风格的复兴迹象。一个叫作布里托玛提斯（Britomartis）的角色出现在一出娱乐剧作中，为战事进行辩论。剧作家米德尔顿先前在一出露天盛装表演中对启示性"真理"高唱赞歌，却被作为煽动性作品而遭到压制。弥尔顿或许知道米德尔顿的启示性讽刺剧《对弈》（A Game at Chess）。剧作一开场，就见一位天主教牧师使用与科莫斯类似的爱恋语言来对贞洁的新教徒，白色女王的兵卒实施诱惑。"清晨睁开的眼睑"在《黎西达斯》中再次出现，但其内涵已是大不相同了。

《科莫斯》在米迦勒节①演出，这就使之具有了启示的意义，而1637年版里添加上"阳光笼罩的贞洁力量"（sun-clad power of chastity）的语句更是表明

---

① 米迦勒节（Michaelmas）又叫作"圣米迦勒、圣加布里尔和圣拉斐尔（有时还加上圣尤利尔）节"，是一种西方国家在每年9月29日举行的基督教节庆。米迦勒是最大的天使长、最主要的英武天使和光明与白昼的守护神、宇宙智慧的管理者，其主要功绩是在天庭大战中打败反叛的撒旦。

了这种意义。女士漫游而进入的那片黑暗森林，不由得让人想起斯宾塞《仙后》里的"过失林"（Wood of Error）和但丁《地狱篇》中的黑森林。在斯图亚特宫廷文人中，本·琼生无疑是最为反对启示传统的一位。他创作《快活与美德的和解》的一个目的就是针对来自清教与天主教方面的抨击而为王室的教会政策做辩护。当时，国王正在试图将新的敬拜仪式引入苏格兰，而这一举措被视为一种"偶像崇拜"。琼生把他的科莫斯塑造成为狂欢无度的代表与某种意义上的偶像崇拜，也就是一个并不那么强大可怕的敌人。大力神赫拉克勒斯赶走科莫斯并从其手中拿回那只被滥用的酒杯，这就给出了这样一种寓意：精细的敬拜仪式只有在被人滥用之时才会成为"无关紧要的偶像崇拜的东西"，其本质并非是邪恶的。清教徒所担心的是，这样的论点即便是在普遍意义上站得住脚，但也极有可能被人利用而使一些具体的偶像崇拜做法回到教堂里。

相比之下，弥尔顿笔下的科莫斯要危险可怕得多了。"滥用的美酒"或许被赋予了一种寓意而让人想到传统与传统滥用之间的分别，也就是偶像破坏热情的资质条件。然而，假面剧所强调的是幻象制造者科莫斯所具有的危险力量，即面对偶像崇拜所表现出来的沾沾自喜之巨大危险。科莫斯的酒杯被打碎了，但在剧末他仍然逍遥法外。弥尔顿对琼生的剧作有所模仿，但同时也做出了含蓄的批评。宽泛地说，弥尔顿对启示传统的召唤其实是给读者一种微妙的提醒，叫读者注意一种差异，即信仰天主教的王后所提倡的宫廷贞洁德行与等级传统之间的差异。

不过，弥尔顿并没有完全排斥舞蹈。庄稼汉的嬉戏最终无伤大雅，女士所听到的是科莫斯一伙发出的凶险声响，而在剧末乡下人与布里杰沃特的儿女都在欢快地舞蹈。但是，弥尔顿所要表现的重心不在宫廷决心而在道德斗争上。只是在科莫斯被击溃、女士得到解救之后，有德行的人物才重新回到宫廷，舞蹈因而成为对主要动作的一种补充，而不是德行的中心代表与工具。假面剧大多使用景观来赋予戏剧冲突以戏剧力量，但在《科莫斯》里，景观并不占有中心的地位。当然，景象并不少见，而且在场景设置所允许的范围内是细致详尽的。弥尔顿独具匠心之处是他对景色的有效利用。科莫斯的那座中了魔法的宫殿本来是可以展现其"所有的宜人品质"的，但科莫斯只是一个幻象制造者，他自比为太阳神阿波罗，唱出的歌曲能让达芙妮"驻足倾听"。女士必须借助道德上的破坏偶像行为才能将其拒斥，并不具有斯宾塞赋予其古雍的那种摧毁快乐亭台的神力。弥尔顿一如既往地将女士置于一种被动抗拒的境地，一种与传统英雄概念大相径庭而近乎荒谬不经的境地。她被禁锢在椅子上面，丝毫不得动弹，根本无法展示传统假面剧中男性人物所具有的神功，也不具有女性人物所享有的宫廷恩泽。

　　女士所有的只是论辩的力量。对科莫斯的引诱话语，她以一种愤然的反驳来加以回应，所抨击的不仅是其即时的结论而且是其基本的前提，即享受奢华与明白消费是自然而然的事情。财富的公平分配比起传统的等级制度更能将社会带往自然的秩序。女士要观众注意到语言的力量，她原本并不想"开启我的双唇"（755 行），但她的舌头必须把科莫斯的傲慢制服。科莫斯继续试图让她喝下杯中之物，女士的两个兄弟赶来将其企图中断，却未能将其擒获。《快活与美德的和解》的结尾是对美德的赞美，说它是"用自己的光亮"提升自己的一种完美力量；《科莫斯》则在结尾处承认，美德如果没有神助就可能是非常"脆弱的"。

　　事实上，女士的演讲几近摧毁假面剧形式的基础。无论是在多大程度上炫耀知识，假面剧最终都是一种女士所拒斥的炫耀性消费形式。刻薄的清教徒无法理解华美形式的价值，所以对这种宫廷娱乐严词批驳。女士的演讲其实涉及了当时的敏感问题，即十七世纪二三十年代之交在英格兰西南地区所爆发的大规模反对非法圈地的抗议运动。政府采取了相应的措施把动乱平息了下去，但运动引发的担忧仍在达文南特（Davenant）的假面剧《不列颠得胜》（*Britannia triumphans*，1638）里面得到了反映。琼斯的设计将 1549 年农民起义领袖杰克·凯特（Jack Kett）这一人物置于反叛者之中。弥尔顿对女士的演讲做了刻意的模糊处理，以便使之与贵族的规则相一致，即她敦促"每一个有正义感的人"都得到应有的东西。女士毕竟是属于贵族阶级的，伯爵付给弥尔顿的酬劳也绝不会构成铺张浪费的一部分。不过，她坚持以理性原则来实行治理而不是对传统的贵族价值观亦步亦趋，这就更多地接近莫尔《乌托邦》的精神了。

　　女士的讲话同时也表现出一种反等级制的潜势：女士是在教导男人如何治理社会。妇女在当时总是被排除在传统形式的公共话语之外的，所以一些妇女就去寻找一种预言性话语渠道。十七世纪三十年代，反对洛德主教的预言甚嚣尘上，让妇女来做出预言因此具有双重的颠覆性意义。布里杰沃特家族一定十分在意这样一种预言。艾琳娜·戴维斯女士（Lady Eleanor Davis）在成功地对白金汉公爵的命运做出预言后赢得了"神算子"的声誉。虽然她的观点并不算激进，但对洛德主教的反对却是激烈的。1633 年，她在自己观点遭到审查和禁止后来到了荷兰并在那里出版了自己的一些作品，其中有一首诗谈到拜尔莎匝（Belshazzar）的欢宴，对这位在"宴会厅"里举办不醉不归的宴饮、鼓励偶像崇拜的安息日狂欢的邪恶君主之注定命运进行了描绘。这种描绘与卡洛琳王朝的假面剧演出显然是不无关联的，而这一关联在国王于白厅宴会大厅外被处决后艾琳娜女士即重印此诗的举动中更是得到了明白无误的表达。由于这种宣传，她在返回英格兰后立即被捕，并因预言洛德主教将在年底丢命而遭到进一步的惩处。不过，她在当时的名门望族中还是有不少朋友，波西米亚的伊丽莎白公主就因同情启示性观点而为她的案子求过情。公主指出，艾琳娜女士其实具有贵族血统，是那位臭名昭著的纽卡斯尔伯爵的亲妹妹。之前不久艾琳娜女士对布里杰沃特的姻亲做出的指控里面既有不贞洁又有颠覆性语言的罪过。《科莫斯》上演之时，艾琳娜女士还被关在狱中。弥尔顿笔下的女士没有说出具有明显女性主义倾向的观点——她只是说到一个有正义感的"人"，她的预言性演讲也没有直接指涉艾琳娜女士，就像贞洁的主题并未直接指涉卡索黑文一样。急于进献恭维的作者本应避免所有这些话题，但弥尔顿却将政治、社会、宗教紧张的观点都凸显了出来。带有偶像破坏理念的女士演讲威胁着宫廷的框架结构。

女士偶像破坏的话语显得平淡无奇也缺少诗意，科莫斯引诱女士的话语则显得诗意盎然，并将观众和女士尽皆置于接受考验的境地。弥尔顿并不否认诗歌可以赋予邪恶以美丽的面目，不过在细读科莫斯的演讲后我们发现诗人其实是在苦心地向观众表明思想意识的局限性。在艺术和赤裸裸的说教之间并不存在简单的一一对照关系，快乐与德行在升华后的层面上是可以协调一致的。

但是，弥尔顿的假面剧总是要回到这样一种理念：堕落世界的权力关系会将艺术的乐趣扭曲变形，艺术也会被用来表达暧昧的政治目的。音乐与诗歌在根本上与宫廷无关而是与自然力量紧密相连，这是贯穿《科莫斯》全剧的线索。在《阿卡迪亚》里，弥尔顿就已经通过森林精灵的大段演讲（论述他与自然和谐的亲密无间关系）将宫廷式恭维几乎完全遮蔽住了。到了《科莫斯》，音乐更是成了超验的象征而非宫廷辉煌的符号。可是，弥尔顿对艺术和政治间关系的认识是非常复杂的。精灵那田园式的外表装束将他与流行的宫廷假面剧传统联系了起来。事实上，乐师劳斯就是宫廷娱乐活动的积极参与者，他甚至参与了王室礼拜堂的音乐创作并在内战中站在国王的一边。在某些场景中，《科莫斯》几乎就成了第一部英语歌剧———种出现于意大利、依靠奢华的王公补贴而存在的艺术形式。然而，弥尔顿（至少是在年轻的时候）并不因为赞助人无法确定而拒斥艺术上的革新，所以寻找革新的深层潜能无疑更具建设性的意义。

在写给劳斯的一封信里，艾德蒙·沃勒（Edmund Waller）将中世纪的音乐比作华美的雕花玻璃：精美的乐曲遮蔽了意义。劳斯的音乐则是尊重歌词的意义而具有偶像破坏的性质，仪式性的装饰被抛在了一旁。长期以来，清教徒都更多地把音乐视为心灵层面的东西，其即时感官品质不如视觉艺术那么丰富，所以特别看重声响与意义的和谐。如前所述，在弥尔顿的早期诗作里，音乐改革已经具有了启示性的联想。即便是他与劳斯在政治上分道扬镳之后，弥尔顿还为他写上了一首颂扬其音乐作品的十四行诗。

在诗歌、音乐或者布景中加入某种恭维，这是假面剧设计者的惯例，但是引起剧本结局的"魔术"在一种即时意义上成了宫廷艺术家的创造，设计则最终成为王室赞助人权力的外在表现。在《科莫斯》中，魔术被紧紧攥在乐师和诗人的手里。告知两兄弟解救妹妹方法的是精灵，搞砸解救努力的则是贵族。假面剧说到底是一种教育性的练习，父亲的权威被委托给了孩子的老师。在传统的剧作里，女士的最终得救本当是由廷臣的德行或者其贵妇的美丽来完成的，但在《科莫斯》里王室与父权的代表布里杰沃特伯爵则没有在行动结局中发挥什么作用。女士并不是被从天而降的廷臣而是被破土而出的河神萨布琳娜解救出来的。虽然可以说萨布琳娜与宫廷有某种关联，是传说中的不列颠公主，但从根本上讲还是自然美丽与和谐的一种形象。只有在她"婉转的歌声与恳求的诗句中被得当地唤醒"时，她才能够把女士解救出来。她的歌唱就是对劳斯独唱艺术的专业展现，将感官印象与语音系统的敏锐糅合了起来。

清澈的水流与宫廷麻醉剂之间的对立贯穿于剧作的始终，这种做法源于预言和启示传统的历史惯例。从本质上讲，这其实是两种话语的分别：一种是被偶像崇拜和社会不公败坏掉的话语，另一种则是能够挣脱这些束缚而折射出神的真理的话语。培根在其《学术的进展》中一直将改革后的学术与流动的水相提并论，弥尔顿在其政论创作中对这类意象做了深化处理。"真理在《圣经》中被比作是流动的山泉，而泉水如若不是在永恒地流动就一定会腐败成为一潭顺从和传统的泥沼"（第二卷第 543 页）。在《科莫斯》里，人物与自然的关系成了他们道德状态的表征，全剧处处弥漫着童话传说，而这种做法在斯宾塞的传统中就已经与想象中的宫廷独立关联在一起。精灵可以借助其音乐——他的歌声曾经"阻滞了混乱的溪流"——来达成与周围环境的完美和谐，其音乐之所以可以改变自然则完全是因为他愿意聆听自然，愿意将自己的个性屈从于广阔的宇宙，让自然与人为的声响完美协调起来，一如其独唱曲那样尊重语言的音、义并与之进行合作。科莫斯的乐曲粗鲁地打碎了夜景的宁静，女士的歌声则与四周氛围贴近，"乘着宁静的翅膀"飘来飘去，让宁静"绝不愿意被别的东西所取代"。就连科莫斯也对女士的歌声有所反应，他第一段演讲的开头是极具抒情性的：即便是邪恶也会对神的秩序表示敬意。

当然，科莫斯是堕落者而非传统贵族价值的代表。不过他也给出了一些暗示：用来反映宇宙秩序的传统乡村与宫廷仪式实际上钝化了深层宇宙和谐的意识。构建一种基于对神功顺从的真正"自然"秩序，就必须把这一过程颠倒过来，即不是把传统的社会等级投射到宇宙从而将政治进行审美化处理，而是有必要以一种全新的关注来聆听自然的声音。弥尔顿并不提倡一种简单的复古主义，我们需要努力将人类艺术推向真正自然的境地。正如即兴演讲比鹦鹉学舌的老生常谈需要更加多的努力，去除掉传统仪式的宗教敬拜更多地需要会众而不是"朴素歌曲吟唱"的"单调鸦片剂"。劳斯的音乐具有一种前所未有的音乐技能，其本身就是自然和谐再次觉醒的标志。《科莫斯》是"对听的研究"，这种说法倒是不错。萨布琳娜要去"聆听然后拯救"，并在最后的一段演讲里敦促人们去"听，只要你们的耳朵没有问题"。当然，弥尔顿的诗歌从传统象征主义中汲取了养分以便对自然过程进行描述。萨布琳娜的战车镶满珠宝，但战车和珠宝似乎都违背常理地偏离了正道，徘徊在永恒的流水和诗人的艺术句法结构之中，即静止的技巧与自然的过程对立了起来。

或许是应劳斯的要求，1634年初版的《科莫斯》的结局是相当单纯的，精灵打断在象征拉德娄城堡的背景中婆娑起舞的演员，以便将孩子们的舞蹈技艺呈现出来，因为他们可以模仿神使墨丘利的宫廷装束。精灵当着自豪的父母之面对孩子进行赞美，将最后的舞蹈引入剧末，又以一小段赞颂德行的演讲收尾。在《快活与美德和解》的末尾，墨丘利也做过类似的讲话，号召假面舞者重登德行之山。然而，虽然有了这类超越的姿态，本剧与所有斯图亚特时期的假面剧一样都对附着在廷臣身上的神性高唱赞歌。詹姆士国王是神祇启明星（Hesperus），充斥着美丽贵妇的宫廷则是金苹果乐园（Garden of Hesperides）——一个纯洁快乐之所。在拉德娄演出中，精灵开始是从金苹果乐园升起而来到歌舞大厅的。在1637年再版中，弥尔顿则将这一部分恢复到初稿里的样子，使其成为精灵升天之前所做的收场演讲之一部，对超越性而非固有性进行了强调。此外，他又加上了两段文字来增强凡间与天堂之间的引力。金苹果乐园与（斯宾塞贞洁传奇中的）阿都尼花园交织在一起，这在某种程度上降低了剧中主要行动的严厉性质，而且提醒人们：鱼水之欢本身并非邪恶。

精灵的演讲对贞洁的婚姻有一些暗示，其指向不是传统的世俗欢宴而是启示性的神秘婚姻。精灵的想象"高高越过"阿都尼花园而来到一个普赛克与丘比特联姻的天域。这一神话本是灵魂与天堂之爱合二为一的传统寓言，在卡洛琳宫廷里曾经十分流行，具有启示性的联想意义，而这便是弥尔顿精妙的寓意指向。普赛克已经成为真正隐形教会的象征，在荒野中徘徊游荡。普赛克的劳作被弥尔顿描绘成"徘徊游荡"，自然暗含了这样的意义指向，而且与先前女士在黑森林里游荡的场景联系了起来。可见，现在普赛克与丘比特重新联姻，神圣灵魂则与基督二次结合。弥尔顿利用传统的祝婚意象来颂赞这一结合，这在某些方面就是对禁欲主义进行驳斥。丘比特与普赛克是要生儿育女，拥有"青春"和"快乐"这对"幸福的双胞胎"（the blissful twins）的。假面剧的结尾是精神幸福的意象，这就明显地暗示：鱼水之欢、作诗之乐皆可具有类似的性质。不过，生育和婚姻本身只是在将来才会发生，这让弥尔顿的假面剧带上了一丝并不圆满的意味。对于启示性的去伪存真而言，世俗时光不过是一出幕间滑稽戏而已。此外，科莫斯仍然逍遥法外，人们必须时时警觉，防止他尝试"某种新的伎俩"。

《科莫斯》对贵族的自负进行了批评，却似乎博得了布里杰沃特一家的欢喜。弥尔顿恪守了传统的样式，而其迂回隐蔽的暗指并没有被人注意到。显而易见的是，这是一出具有超常文学成就的假面剧，其出版发行因而折射出其贵族赞助人的信任。弥尔顿出版本剧时没有署名，也似乎没有去努力利用这种新关系来为自己在宫中谋得一官半职。他依旧在继续自己的自学计划。

第三节　本章小结

大学毕业后在霍顿的五年（1632—1637）应是弥尔顿一生中最幸福的时光，没有任何强制性的写作练习，完全自由地读书学习和思考问题。为此，他在拉丁文诗"致父亲"中表达了自己对父亲的感激之情："你没有让我去做商人或律师"。在霍顿，弥尔顿没有朋友也没有恋人，定是过着一种寂寞的求知生活，但他怀抱远大理想也有熟人的同情，他在与好友迪奥戴迪的通信中说："只争朝夕、休息不足、两耳不闻窗外事，把我拉到了一边，直至到达自己设定的终点并完成自己学业上的一大阶段。""我正在让我的双翅成长以准备飞翔，不过，我的飞马（Pegasus）羽翼还未丰满，还不能在空中飞翔。"但他也时不时地练练手，把自己所想所思记录在诗行里，于是在 1633 年写出了第一首十四行诗"致夜莺"和《快乐的人》《忧郁的人》的姊妹诗篇，又于 1634 年应邀写下两部诗剧：《阿卡迪斯》和《科莫斯》。

《阿卡迪斯》和《科莫斯》的存在须归功于乐师亨利·劳斯。如果老弥尔顿真是从布里杰沃特伯爵（Earl of Bridgewater）那里租来的房子，那么两部作品都是为伯爵家族而写下的。如果弥尔顿对这一家族没有什么特别的忠心，那么他创作的唯一动机就是要在好友亨利·劳斯的音乐演出里尽一份力。①

《阿卡迪斯》可以说是创作《科莫斯》之前的一种准备，篇幅很短（三支

---

① GARNETT R. Life of John Milton［M］. Middlesex：The Echo Library, 2006：17.

歌加上一段独白，总共才 109 行），内容也很简单——把伯爵夫人的子女载歌载舞地带到她面前，其间完成对妇人的恭维、对孩子的夸赞。但其中浓郁的诗意和牧歌风味，尤其是第二支歌还是让人看到了年轻诗人的坚实功底。

在《科莫斯》里，弥尔顿对源于宫廷的假面剧传统进行了改革。因为不是在宫中演出，规模自然比较小，舞台布景也比较简朴，表演者人数也不多，弥尔顿便在对话上下起了功夫，将田园戏剧和专业戏院的元素加了进去。在宫廷假面剧里，贵族或王宫舞者全都不说话（说、唱由雇来的专业人士去做），他们只是全神贯注于行进和舞蹈。在《科莫斯》里，由伯爵子女扮演的女士和两兄弟不仅说，女士还要唱，而且科莫斯领舞的那一段滑稽戏干脆直接插入舞者队列。两兄弟相互激烈争辩，又采取大胆的入侵行为将科莫斯一帮歹徒冲散。不过，戏剧的重心还是在科莫斯与女士之间的语言交锋（引诱、威胁无果）上，这不由得让人想到琼生的《福尔蓬奈》（*Volpone*）中赛丽亚和福尔蓬奈本人间的交锋，女士遭遇的困境也很像宫廷戏剧里的女主人公。剧中对话的丰富性在卡鲁和达文南特之类御用文人那里几乎见不到，颇有莎士比亚的意味，例如：

> 于是，大自然撒出丰盛的恩赐，
>
> 用慷慨的双手，满把满把地播撒，
>
> 给大地布满芳香、水果和牛羊，
>
> 让大海繁殖数也数不清的鱼虾，
>
> 岂不是叫人尽情享受，满足口福？
>
> 还让千百万纺织的虫儿去工作，
>
> 在绿色的作坊里放出柔软的发丝，
>
> 为的是打扮她的子孙，不使哪一个
>
> 角落缺少她的财富，她腰缠万贯，
>
> 人见人爱，为子女储藏。
>
> （710－719 行）

详细、生动、丰富而戏谑（蚕的变形）——这样的声音在贵族宫廷娱乐中实属罕见。

可见，《科莫斯》这部诗剧对弥尔顿、对整个十七世纪的英国文坛都是独特的。其一，它将高度的道德性与高贵的想象力融合起来；其二，它的措辞造句（尤其是对话）是无与伦比的。亨利·沃顿爵士（Sir Henry Wootton）于 1637 年在收到劳斯印制的一份初版的《科莫斯》时曾这样评论道："如果说您诗歌中抒情部分带有的多利安式精致风格未能让我着迷的话，那么我倒十分愿意特别地赞美其中的悲剧成分，我必须明白无误地承认，迄今在我们的语言中还没有出现过与之相媲美的东西。"

第六章

外语（拉丁语）诗作

约翰·弥尔顿喜爱语言，他学习和掌握了拉丁语、希腊语、希伯来语、法语和意大利语，并通过这些古典和现代的语言学到多种诗歌样式和诗歌传统。事实上，他在年轻时所创作的抒情诗，要么是用这些语言写就，要么就是从这些语言翻译过来的——现存最早的诗作就是他在 15 岁时从希伯来语意译过来的两首赞美诗（第 114、136 首）。他模仿著名的贺拉斯颂歌《致皮拉》写成一首精美的英语诗，他将许多赞美诗从希伯来语翻译成英语，他还在自己 17 岁时为剑桥大学的副校长写有一首拉丁语挽歌，并为纪念火药阴谋案的发现做出一首拉丁语长诗。他不仅熟悉古典文学的风格和精神，而且掌握了古典文学的诗歌形式与词汇。希腊人和罗马人的影响贯穿在他的挽歌《黎西达斯》和史诗《失乐园》中。

首先，他在自己 15、40 和 45 岁时分别从希伯来语《旧约·诗篇》中英译出 19 首赞美诗。他曾用希腊语写下两首短诗："无名、无辜的哲学家"（Philosophus ad regem quondam qui eum …）和"肖像雕刻师"（In Effigiei ejus Sculptorem）。又曾将 12 个古典诗人（包括古希腊的索福克勒斯、欧里庇得斯和古罗马的贺拉斯、塞内加还有意大利文艺复兴时期的但丁、彼特拉克和阿里奥斯托）的作品片段英译出来，用于自己的散文创作中。

然后，他在 21 岁时用意大利语写下 5 首彼特拉克式十四行诗和一首"坎佐尼"短歌。这 6 首诗作的汉译和分析，见第二章第 2 节"意大利语抒怀诗"。

最后也是最重要的，便是他于 1626 年—1654 年创作的 28 首拉丁语诗作。第一首是他 17 岁时写下的"第一挽歌"，最后两首则是到他在年过不惑之时著文《为英国人民辩护》《为英国人民再辩》而收入文中讽刺论敌萨尔马修斯的拉丁语短诗。本章主要讨论这些拉丁语诗作。

第一节　拉丁语诗作

弥尔顿是一位多语或者双语作家，其作品中有一大部分都是用拉丁语写成，拉丁语简直就是他的第二母语，他用拉丁语总共写出了 28 首诗作。这些诗作按其创作时间的先后顺序排列，分别是：

1. 第一挽歌"致查尔斯·迪奥戴迪"（ad Carrolum Diodatum）（17 岁）；

2. 第三挽歌"温彻斯特主教之死"（In obitum Praesulis Wintoniensis）（17 岁）；

3. "艾利主教之死"（In obitum Praesulis Eliensis）（17 岁）；

4. 第二挽歌"剑桥大学仪仗官之死"（In obitum Praeconis Academici Cantabrigiemisi）（17 岁）；

5. "医学教授之死"（In obitum Procancellarii medici）（17 岁）；

6. "十一月五日"（In quintum Novembris）（17 岁）；

7 – 10. "火药阴谋案"（In Proditionem Bombardicam）（共 4 首，17 岁）；

11. "火药发明者"（In inventorem Bmbardae）（17 岁）；

12. 第四挽歌"致托马斯·杨"（Ad Thomam Junium …）（18 岁）；

13. 第七挽歌"十九岁抒怀"（Elegia septima）（19 岁）；

14. "时间无害自然"（Naturam non pati senium）（20 岁）；

15. "柏拉图的理念（亚里士多德所批判的）"（De Idea Platonica quemadmodum Aristoteles intellexit，20 岁）；

16. 第五挽歌"春天来临"（In adventum veris）（20 岁）；

17. 第六挽歌"致乡居的迪奥戴迪"（Ad Carolum Diodatum ruri commorantem）（21 岁）；

18. "致父亲"（Ad Patrem）（23 岁）；

19 – 21. "致罗马歌手里奥诺拉"（Ad Leonoram Romae cantentem）（共 3 首，30 岁）；

22. "致罗马诗人萨尔兹里"（Ad Salsillum，Poetam Romanum oegrotantem）（30 岁）；

23. "致曼索"（Mansus）（31 岁）；

24. "哀达蒙（或'达蒙墓志铭'）"（Epitaphim Damonis）（31 岁）；

25. "致约翰·鲁斯"（牛津大学图书管理员）（Ad Joannem Rousium，Ox-

oniensis Academiae Bibliothecariium）（38 岁）；

    26. "农民和地主的寓言"（Apologus de Rustico et Hero）（40 岁）；

    27. "萨尔马修斯的一百金币"（In Salmasii Hundredam）（42 岁）；

    28. "萨尔马修斯"（In Salmasium）（45 岁）。

最后的四首是在政治论争的中期写下，其他 24 首都是在 1640 年以前写就。在这 24 首中间，有 18 首都是诗人 17—23 岁之间（即在剑桥大学求学时）的作品，具有习作和模仿的性质。

2—5 这四首属于悼亡诗，应景意味较浓；19—23 这五首是在逗留意大利期间写给当地歌手和诗人的颂赞诗；14、15 两首宣扬世界活力，或可归于说理诗；1、17、24 这三首挽歌在第四章第二节《哀达蒙》里已经讨论过。本章便不再对这 14 首诗进行分析。其余的 14 首大致可以分为四类：1）抒怀诗，第 13、16 两首；2）亲情诗，第 12、18 两首；3）政治诗，6—11 共六首；4）特别诗，25—28 共四首。

我们先来看看诗人在为英国人民做辩护的论战文章里对论敌萨尔马修斯进行讽刺和挖苦的两首短诗。

其一，"百头怪萨尔马修斯"（14 行）

    谁让萨尔马修斯来瞎扯什么

    "成百上千"？谁叫这饶舌鹊

    来尝试我们的语言？他那大肚

    不知餍足，艺术大师成就了

    这件事：雅各布斯金币①的赞助。

    一百个金币——从流亡国王的钱袋

    滚涌而出。瞧！摆放起来，

    曾经就是叛国者金子的希望。

    他新近才把威胁抛掷下来，

    去将头戴教皇冠冕的反基督

    作为优先对象而广为播撒，

    只消大吹一口气——连他

    也会自愿地收回说过的话

    并在红衣主教们中间吟诵。

---

    ① 雅各布斯金币，即 Jacobus，为詹姆士一世时期铸造的一种金币，值 20 旧先令。

其二,"萨尔马修斯"(18行)

　　欢呼吧! 你这条青鱼, 无论
　　在深海之中有着怎样的鱼形,
　　在你那水汪汪的巢穴里面,
　　冬日的寒露都在你身上爬行。
　　萨尔马修斯, 好心的骑士,
　　见你衣不遮体便深为同情,
　　要给你穿上衣衫: 从何而来?
　　迅捷地备下纸一样的馈赠——
　　他为每一位都做下一顶纸帽、
　　武器、名号和荣誉, 装饰着
　　克劳德·萨尔马修斯的标识;
　　你徜徉在鱼虾海鲜市场上,
　　穿过一个又一个的买卖摊位,
　　身着你骑士领主的漂亮制服,
　　做出一副亲信模样: 你或许
　　因为精明的投资而增色添彩,
　　笑看那用衣袖擦拭鼻涕的人
　　靠着竹篮、木桶勉强地过活。①

这两首讽刺诗用在嬉笑怒骂皆成文章的两个辩护论文中, 怕是再合适不过了。

　　"农民和地主的寓言"则是一首通过一棵苹果树的遭遇将封建领主的贪婪来讽刺的寓言诗, 极可能是少年时代对曼图亚(意大利北部一城)诗歌的仿作:

　　一个乡巴佬从他自己的苹果树上
　　每一年都摘下那最为丰满的果实,
　　然后奉献给他住在城里的主子。
　　主子受到那苹果无与伦比的哄诱,
　　终于禁不住将那棵苹果树挖走,
　　移植在自家园中。她一下子离开
　　自己熟悉的土壤, 便逐年萎缩下来,
　　(一直硕果累累, 现在却一蹶不振)

---

① 　这两首讽刺诗和下面两首拉丁语诗作的汉语译文皆是笔者根据维赛罗 (Mr A. Vesselo) 的英译作出。

不再结出果实。当事实摆在他面前，

贪婪之心成为奢望，努力皆为徒劳，

他不无恼恨地快速伸展自己的双手，

那主子一边诅咒，一边为厄运哀号：

啊！多么应该是那些（并不算大）

天赐之物自由与我，凭着佃户的恩惠，

带着感恩之心把它享用！要是我当初

将那贪婪阻止把胃口放开，该有多好！

而今一切都没有了，什么也没留下来，

子孙后代和先人前辈，全都不在。

最为奇特的一首是作于 1646 年的"致约翰·茹斯"（牛津大学图书管理员）。1645 年，弥尔顿出版了自己早期的诗集，集子后附了这首拉丁文颂诗，应当是在首次寄去诗集未果后再次给牛津大学博德莱图书馆管理员茹斯邮寄诗集而随信发出的一首诗作。诗作的前面有这样一段文字说明：

"我的一卷诗集途中遗失，他希望我重新奉送一册，以便与我其他作品一起放在公共图书馆里。

颂诗由三个诗节（strope）、三个对照诗节（antistrope）和一个第三诗节（epode）① 构成。虽然在诗行数目上并不是一一对应，但我还是将其如此划分，以求读起来方便，而不着眼于恪守吟唱古法。在其他方面，诗作的风格或许可以被严格地称作单一诗节。节律分为两种：（由十一个音节构成的）菲力西安诗行②允许在第三音步出现两次扬扬格（spondee），而卡图卢斯③往往在第二音步两次使用扬扬格。"

诗节一

我这册小书，穿着一种花哨衣裳，

（实际上是两种！）

---

① Strope 即诗节或者任何不很规律的诗歌分节（诗段）。在古希腊品达式颂歌里，开头就是一个 strope，接着是一个诗行数目、韵律节奏相同的"对照诗节"（antistrope），再后面又是一个结构和长度都不相同的"第三诗节"（epode）。这种三段式的排列可以重复多次。在合唱颂歌中，合唱队在吟唱第一诗节时会朝一个方向舞蹈，在吟唱对照诗节时再退回来，然后静立原地吟唱第三诗节。

② Phalaecian Line（菲力西安诗行）是一种由 11 个音节组成的古典诗行，中世纪和现代欧洲也有使用。

③ Catulus（卡图卢斯）为公元前一世纪的罗马抒情诗人，尤以写给情人莉丝比娅的爱情诗闻名，其诗作对文艺复兴及其后的欧洲抒情诗的发展产生过影响。

齐齐整整，将朴素的魅力来显彰，
很久以前便生产出来，
出自一勤勉少年之手，虽然
还未成为完全成熟的诗人，——
他时而流连忘返，在意大利的林地
里穿来穿去，时而在不列颠的草场：
先是冷冷淡淡地吹奏他本土的芦笛，
然后用"粗野的"拉丁羽茎放声高歌
域外的乐歌，让其左邻右舍瞠目结舌，
站在那自己很少涉足的坚实地面上。

对照诗节

喂，小小书册，是谁用诡计
把你从你同胞兄弟那里分离？
（就像我多才朋友的惯常行为，
从这个城市里送出）
当时，你即将成功，让"声名"把
（天蓝先祖）泰晤士河水摇篮珍视；
由此喷出缪斯那晶莹剔透的泉流，
将其神圣的文采诗情激发出来，
（那卓越的才情贯穿整个世界）
天上星球穿越流逝的
浩渺时间长河而回归之时，必将
为人纪念，直至永远！

诗节二

而今啊，什么上帝，什么天堂的种子
一边在同情我们人类的原始天才，
（假如我们犯下的过失已得补赎，
卑鄙下贱的懈怠变成了懒惰散漫）
最终会结束这些怪异的国民噪音？
什么神力来恢复我们和平的艺术？
（近来与居无定所的缪斯一道
从英格兰的各个角落惨遭流放）
谁会用福玻斯那箭袋里的箭杆

去将那张牙舞爪、肆意劫掠的
下流坯子痛刺？谁会奋力去将瘟疫
从缪斯频顾的泰晤士河流远远驱赶？

对照诗节

不过，小小书册，虽然你由于
不诚实或疏忽大意
从你同侪队列那里出走一次，
悄然躺在什么私家巢穴里，
或许为平庸商贩的身手糟践，
冷漠、粗俗，却又刚愎自用，
可既然新的希望已经
再次向你展现，你便可以设法
逃离那"忘却湖"，震动双翼，
朝向朱弗崇高的厅堂飞升而去！

诗节三

高兴起来吧！因为茹斯要将你拥有，
又从全部的遭遇中得知，他对你的
缺席深感痛惜，要求你快快到来。
名流士子都对他有极其高的评说，
他要把你庄严、郑重地措置在那
至圣之所，
他就在那里尽心尽力照管着
不朽的著作，——一座宝藏，
其高贵价值超过那雅典王之子
（为雅典美女克鲁萨所生的伊翁）
所掌管的宝藏：伊翁在其伟大、
神圣先祖建造的宝库中
充当着宝藏的守护者，
那里藏有棕褐色的三脚架和德尔菲的礼物。

对照诗节

你将再次去拜访缪斯那绿荫
遮蔽的溪谷，去往那牛津谷里
阿波罗的殿堂，

太阳神因此将其提洛仙岛

与偶蹄的帕纳塞斯山不屑一顾；

你将受到崇高的礼遇，确实得到过

这等超常卓越的命运，

（我聪明的朋友为此

的确发来了如此恳求）

在那里，人们在光辉灿烂的书卷里

读到你，它们曾为罗马和希腊增添

其远古时代的辉煌和毫不掺假的饰装！

第三诗节

如此这般，我的诗作，你绝非徒劳，

（我从自己贫乏的诗才中倾吐而出）

虽然迟到，却去了一切嫉妒；我求你

安于宁静，在那至幸至福的地方，

茹斯将给予你赫尔墨斯般的宠爱，

把你悉心的看管，足以令人称美；

有辱斯文的粗俗之人不得入内——

淫邪下流之类的看客望而却步！

而或许在我们的后继者出世之后，

一个心地更为完整、

思想更加成熟的时代

将会在这里对此

做出更公正的评判；

到那时，感谢你，茹斯，在"觑视"墓的上方

一个康健的"时代"会知道我是否该得到颂赞！

这首诗模仿古希腊品达式的合唱队颂歌而又有所变化，颂赞之中又夹杂些许幽默，这在不苟言笑的清教诗人那里恐怕是不多见的吧。

抒怀类、亲情类和政治类拉丁诗作，将在下面三节中讨论。

第二节　抒怀类

弥尔顿在 19 岁和 20 岁时用拉丁语创作了两首抒怀诗，即第 13 首"第七挽

歌"和第16首"第五挽歌",前者或可称为"十九岁抒怀",后者又叫作"春
天来临"。

一、第七挽歌:《十九岁抒怀》

这首抒怀诗由四个诗节（104行）和一个"尾声"（10行）组成，总共114
个诗行。每个诗行基本上都由11个音节构成（拉丁语诗行靠音节个数构成节
奏）。先看第一诗节（前13行）：

> 亚马修斯①神坛的温情女神啊，
> 我还未领略你爱情的法则，
> 以及毫无约束的淫荡火焰，
> 便将那"爱"的箭矢轻视为
> 适合于孩童耍弄的小玩意儿，
> 鄙夷强大无比的"爱"及其神力！
> 去吧，孩子，去射杀那温顺的斑鸠②，
> 温柔的战争当有年轻稚嫩的指挥官！
> 去吧，少年，去赢得你打败麻雀的大胜仗；
> 诸如此类的战利品定可与你
> 勇武热情的杂音相匹配；
> 怎可将此单薄的武器对准人类？
> 你的箭袋绝不会强过人的力量。
> 此情此景，丘比特怎能受得？
> （他可是最易动怒的神祇哟）
> 他那冷酷的心燃起双倍的热情。

诗人一直沉溺于学业，而今年满19岁，正是恋爱的年龄，也该被丘比特的
箭矢射中并为其"双倍的热情"所激动了。

第二个诗节（14-50行）：

> 春天来临，光亮从农舍屋脊倾入，
> 将五月的第一天导引和带进；
> 可我的双眼还在寻觅隐退的"黑夜"，

---

① 亚马修斯为塞浦路斯岛上的一座古城，据说是因大力神赫拉克勒斯之子 Amathes 而
得名。
② Turtle 即 turtledove 斑鸠在英文中又可指称"情人"，一似国人说"鸳鸯"。

仍无法适应"白昼"的强烈光线。

猛然间，不知疲倦的"爱"带着花翅翼，

立于我的座榻近前：温柔而严厉的双眼，

晃动不已的箭袋，将其神的颜面泄露，

（尽可让那少年或者"爱"着色生气。）

因此，在天堂的神殿里面，

年轻的特洛伊人伽倪墨得斯在多情的

朱弗酒杯里把美酒勾兑；得利欧浦王

之子海勒斯遭水中仙女强暴，却让那

美丽的仙女们欣然接受他重重的亲吻。

然而，丘比特的怒火（你会相信

这对他最为适合！）之上又添加上

严酷威吓与深深怨恨的掺杂混合。

可怜虫！（他说）从他人命运中吸取教训，

你本可以付出比这少得多的痛苦；

可现在得轮着你去见证

我右手的强大力量，与那些

抱怨其重重威力之人

结成一伙，抱为一团：

你如此付出代价，我则赢得声望。

正是我自己（你若不知又当如何？）

将傲慢的福玻斯轻视贬低——

从巨蟒的征服中升华吧，可于我

他是收获了胜利！

达芙妮在思索，他会时常承认

我的飞镖比起他的更有准头，

更为致命。帕提亚人凭借飞跑来胜人，

开弓放箭，却在玩弄手腕上技不如人。

克里特猎手屈从于我，他伏击了

普罗克里斯①又稀里糊涂地杀戮；

巨人俄里翁已被我制服，

---

① 雅典国王之女或雅典公主。

> 赫拉克勒斯的胳膊也被我这
>
> 朋友干掉。尽管朱弗将其霹雳
>
> 向我尽情抛来，我则将其一束来
>
> 挡回，刺向他两肋，深入骨髓。
>
> 假如还有什么疑惑，我那娴熟的飞镖
>
> 便将来教会你（尽管我试图用并不
>
> 轻松的心态去击中你的心扉）；
>
> 因为你的缪斯不会无缘无故将你庇佑，
>
> 福玻斯的大蛇也不会来为你驰援！
>
> 他说着话，将其金须箭矢又挥又舞，
>
> 又朝维纳斯温暖的怀抱飞奔过去。
>
> 然而，在他将雷霆般话语向我掷来时，
>
> 我几乎大笑出来，少年的恐惧一概不知。

春天带着"爱"来临，但年轻的诗人却不知所措。尽管在古典学识上颇有长进，但在恋爱方面既无知又恐惧。

第三诗节（51－76行）：

> 可是现在，伦敦人漫游的地方，
>
> 那些城区都欣喜非常，而现在
>
> 那邻国的乡居村舍将我热切呼请。
>
> 人们结队成群，光鲜亮丽的人群
>
> 来来往往，看那容貌就像是天仙；
>
> 她们让那白昼以双倍的光辉闪耀。
>
> 我是被蒙骗？还是她们借来的光艳
>
> 让太阳神福玻斯本身更为灿烂？
>
> 我并不坚定地从那相反的愉悦场景中
>
> 逃离，而是依照年轻人的心性漫步，
>
> 让双眼不被人注意地迎接她们的目光；
>
> 我也不会从她们的注视中将眼光收回！
>
> 在那里我发现，一双超群绝伦的眼光
>
> （就在这第一天里，
>
> 我发觉这病根开始了！）：
>
> 维纳斯回到了地上，如此的魅力无穷；
>
> 或者天后朱诺光彩出众，无与伦比。

狡黠的丘比特注意到他的愤怒，将这女郎

清清秀秀地置于我行进的路上；

为我设计下这陷阱的只能是他。

然后，潜伏于路边，箭袋满满，要

将我伏击。在他的背上，

晃动着他那庞然大物的利剑。

接着，那小淘气突然紧紧贴住女郎的

每一片眼睑，再贴住其芳唇；又挤进

唇舌之间，忽而还颤颤悠悠地躲进那

颊上的酒窝；然后，他随心所欲，

恣意游荡，这位灵巧的弓箭手在我

不设防的心胸之上扎下一千条剑伤。

猛然间，我的心把新奇的热病感染；

"爱"的烈焰将我的身躯燃遍，

而我自己变成一个熊熊燃烧的火团。

虽然我依然感到更多的悲情伤痛，

只有她能够将我平和的心境恢复，

她却走出我的视线，不再被我看见！

突然有那么一天，一个来自异域的女郎把他完全地迷住，"爱"在他全身"燃遍"，他决计要去将她追寻，把内心的迷乱来平复，却发现那女郎已经离他而去。

第四个诗节（77 – 104行）：

目瞪口呆，沉默而伤心，几将回转，

我去了，身心两分离——

将身体留在这里，

灵魂却定要遵循她的意愿！

瞬间痴迷于快乐，哭泣实为一种欣慰；

朱诺的儿子①就这样从崇高的天堂上

陡然抛至凡人家园，哀悼奥林匹亚之失；

---

① 天后朱诺的儿子指的是火与锻造之神伏尔甘（Vulcan）。

就这样，安菲阿尔奥斯①将下落的

夕阳看了最后一眼，在其受惊的快马

将他带往冥府的途中。我无所作为，

沉浸于伤悲，究竟该走上哪一条路径？

怎能希冀爱情开始飞扬，

或者紧紧跟随？啊，我能否看见

她可爱的容颜，哪怕只是瞬间？

是啊，用词语（伤心的词语！）来交谈，

除非是由冥顽不化的金刚石模子做成，

或许，她不会对我的祈祷充耳不闻！

肯定是无人曾将更不幸的火花浪费，

那第一个（唯一一个）样板，我心里清楚！

那么，饶过我吧，温柔欲望的翼翅之神！

不要让你的行为明明与你的

职责相互冲突！而今啊，维纳斯的

儿子，我满怀着巨大的恐惧看到你

手中那张弓！噢，你霹雳的威力，

与火光熊熊的利剑是那么的匹配！

从今往后，让我献祭的烟火

升腾至你的神坛！我只求你为我

变成所有神祇中至高无上的那一个！

并终将我从这激情之中解脱出来——

不，不是解脱，因为（虽然不知为何）

甜蜜总是与有情人的悲伤彼此不分。

因此，请反复吟唱着这一句祷告吧：

无论"公平"的命运把我变成什么，

一支箭矢都会刺入两颗心，你我合二为一。

诗人第一次感到将自己"身心两分离"的爱的魔力，他不由得向爱神祈求，要她把自己从爱的痛苦中"解脱"出来或者全身心融入爱之中，与所爱之人"合二为一"！

---

① Amphiaraus（安菲阿尔奥斯）为阿尔戈斯国王，参与七将攻忒拜的远征中败北，为大地吞噬，后借众神之力得以永生。

尾声

　　这些怠惰，无用的战利品，

　　我忧虑重重，违逆常理，看不上眼，

　　却总竖立在前。让我步子走歪的

　　正是我自己盲目的幻想，

　　而不加约束的青春，带来邪恶的教养；

　　直至"学院"从其荫凉的亭子里

　　给出苏格拉底浪涛的冰爽溪流，

　　教会我忘却自己尝试过的羁绊；

　　立刻，永远，将激情的烈焰熄灭！

　　一如块冰武装，把我的心胸凝结。

　　小丘比特有种感觉，担心箭杆凝滞；

　　可爱的维纳斯则实在不愿在我身上

　　看到迪奥米德①那样的炽热情感！

在这10行的"尾声"里，诗人好像突然又梦醒过来，觉得向情感屈服的想法就是青春"盲目的幻想"，所以转过念头，决心用自己对学问的追求（"苏格拉底浪涛的冰爽溪流"）"将激情的烈焰熄灭"。

　　可见，《十九岁抒怀》就是年轻诗人对自己一次青春苦涩初恋的记录：一心只读圣贤书的他突然遭遇一位美丽的异国女郎，爱恋的激情一下子被激发出来，让他一时不知所措，又颇感痛苦熬煎，因为那心仪的美人已不知所踪；就在他魂不守舍，恳求爱神快快光临而向这炽热的情感屈服时，他却突然清醒过来，决定丢掉"这些怠惰，无用的战利品"，继续自己更高的精神追求。

　　两年之后，弥尔顿在他第一首十四行诗《致夜莺》中声明，自己对诗歌和爱情的追求要同时进行："不管是缪斯还是爱神把你称作伴侣，我都为二者服役，成为他们的随从"。但此时的他显然对爱情的态度是模糊的：希望得到却又有些害怕，最终还是让缪斯占了上风。这种情况在两年之后才有了改变——他在1630年写下的六首意大利语十四行诗里表达出来的恋爱感受与他在本诗中描述的初恋显然有所不同。

---

① 在荷马史诗《伊利亚特》里，迪奥米德（Diomede）是阿喀琉斯的情妇，后被阿伽门农王夺走，阿喀琉斯怒火中烧而退出希腊联军的阵营。

二、第五挽歌:《春天来临》

第五挽歌或者《春天来临》是弥尔顿于第二年(即写出《圣诞晨歌》的1629 年)创作的。全诗共 140 行,分为十个诗节。前 20 行是第一诗节:

> 瞧啊,旋转"时光"的永恒轮回,
> 用明媚春光将和煦西风更新,吹醒!
> 瞧啊,她过客般的青春又回来了,
> 地面霜冻已经消融,鲜嫩绿茵重新披上!
> 除非我看错,新的力量注入了我的缪斯,
> 她的神力再一次获得了"春"的天赐?
> 正是"春"的赋予,她才焕发了青春!
> 人人称美,她愿去将新奇的职责寻觅;
> 因为在我心眼的想象中,总是漂浮着
> 卡斯塔利圣泉和帕纳塞斯孪生山峰①,
> 培林山泉每晚都从那里给我带来美梦。
> 无形之力在搅动,我的内心开始沸腾,
> 圣洁的乐音使我的心绪如痴又如狂。
> 阿波罗来了(瞧那编织着达芙妮月桂
> 枝叶的发绺,眼见的正是福玻斯天神!)
> 从我的身体溜出,把我的精神
> 来放飞,飞向那高远的清澈蓝天,
> 与那白云为伍,自由漂浮,自在游荡;
> 既而又疾行于阴翳弥漫的岩岫之中
> (那是游吟诗人偏远的隐秘之所)
> 直至"天堂"神秘的圣坛开启。
> 我或许可以卜占出
> 她八荒疆域之内所发生的一切;——
> 那渺茫的地狱深渊也逃不出我的双眼!

20 岁后的第一个春天来临,一直把诗歌和音乐追求的年轻诗人"内心开始沸腾"起来,将自己的青春思绪和情感自由地"放飞"。

---

① 帕纳塞斯山(Parnassus)位于希腊中部,古时候被认为是太阳神和文艺女神的灵地,卡斯塔利(Castaly)是此山上的一处山泉,也被视为诗人的灵感之源泉。

第二诗节（21 – 24 行）：

> 从开启的口唇中流溢出什么高调？
>
> 什么样的诞生预示着熊熊燃烧的圣火？
>
> 除了"春"还有什么将我的心绪激动？
>
> 她所有的赞美就是她对自己的奖励回馈！

春回大地，万物复苏，诗人"心绪激动"也是自然之理。

第三诗节（25 – 41 行）：

> 菲洛梅尔①啊，从你低矮的房屋里
>
> （那里的枝叶蓓蕾初绽）不停地婉转鸣唱，
>
> 周围的树林中，万籁俱静，
>
> 咱们开始吧，（你栖息于密林枝叶中间，
>
> 我受困于城市里）开始歌唱
>
> 新近来临的"春"之娇姿和媚态。
>
> 你好！"春"又转回了！她的赞美醒了；
>
> 愿那缪斯将咱们这歌唱变为永恒！
>
> 太阳，带着金色的缰绳已然北去，逃离
>
> 那埃塞俄比亚草地和提托洛斯绿茵②：
>
> "夜"径忽隐忽现，幽"黑"时行时止，
>
> 她如囚徒一般栖身于恐怖的阴翳中：——
>
> 北去的车夫经历了更为漫长的旅程，
>
> 忍受了血汗苦劳，现在又不知疲倦地
>
> 把北斗星辰来追；无人燃起警觉的火堆，
>
> 来将朱弗的高庭深院值守，悉心照看，
>
> 因为，随着"黑夜"的退却，
>
> "谋杀""诡计""抢劫"也逃之夭夭；
>
> 诸神自然也不惧怕那"巨人"的恶毒！

夜莺开始歌唱了，阳光明媚了，把一切邪恶驱赶，让栖居都市的诗人的心胸也
开朗起来。

第四诗节（42 – 61 行）：

---

① 菲洛梅尔（Philomel）即夜莺，被弥尔顿视为诗人的灵感源泉。

② Tithonus（提托诺斯）是特洛伊国王拉俄墨冬的儿子，厄俄斯的情人，在此指特洛伊地
区。埃塞俄比亚位于东非，特洛伊位于小亚细亚西北，二者草绿指的是春分时节。

或许，在高耸的巉岩上面斜卧着一个

乡下牧人；破晓的曙光将地上的露水染红，

牧人可能对福玻斯说过：

福玻斯，今晚——就是今晚——你是否

少了你那位使女？那使女的职责就是

将你那狂奔猛冲的火驹来约束。

辛西娅①背负箭袋，心急如火，

快速前行，穿过她挚爱的树林，

直到她看见，

在高天之上，那"白日"的光轮，

于是她熄灭自己的微光，（似乎）

自得其乐，因为有了孪生兄弟的襄助，

她如此快速完成了任务！

你不会离去吧，"黎明女神"（福玻斯叫道）

离开你年迈新郎的床榻？

歇息在那冰冷的卧榻上面有何用处？

你的猎手，刻法罗斯，正在那草坪之上

等着你光临。那么，起身吧！西米托斯山②

高耸入云的峰峦正守候着你的光焰。

金发女神自觉其羞赧的颜面

已将自己罪行一一彰显，

把那早祷的战车更为迅捷地驱赶。

"地球"将马上摘去那昏聩的衣帽，

扑向你的怀抱，噢，福玻斯——那可是

她应得的奖赏：她以撩人的美丽

向天空展露其丰饶无比的胸怀，

你此时还能看到什么比这还要可爱？

氤氲芬芳的赛伯伊人③将那收获呼出，

---

① 辛西娅（Cynthia）即月亮女神。

② Hymettus（西米托斯山）位于希腊东部的雅典附近。

③ Sabean（赛伯伊人）指居住在现今也门（《圣经》中的示巴，贸易中心）说古南阿拉伯语的一支古老部族。

（呼出温润的油膏，用芳香将阵风浸染）

她惹人怜爱的双唇之间

混含着帕福斯①玫瑰的奇香异味。

太阳神活跃起来，牧人和猎人出现了，大地剥去阴翳的衣衫将其美丽尽情展现，百花盛开，将人们心中的爱情催生。

第五诗节（62 – 71 行）：

瞧啊！奥林匹亚那高大的松林

在艾达山上茂密地生长，圣林盖顶，

好似王冠覆于那高贵的头额之上；

她旋即又拿鲜花系结她露珠的头发，

五彩缤纷，要让她的情郎心动：——

（普罗塞耳皮娜②在其蓬松的头发上

遍插各色花卉时就曾让冥王惬意非常！）

听啊！福玻斯，你的新娘的确乐意，

每一缕春风都在

为你的爱情做甜蜜的祈祷！

看那西天正在拍打他麝香的翅翼，

带着肉桂的芳香，拍打又叹息，

而天上的每一只鸟儿

都在朝你飞来，似乎要将致意给你带来。

无论在圣山奥林匹亚还是在冥界阴间，春风都在为"爱情"祈祷，人间的鸟儿也将春天的问候四处播撒。

第六诗节（72 – 94 行）：

"地球"并非缺少嫁妆的冒失新娘，

不会渴求示好爱怜，也不会出于穷困

要求你那订婚的奖赏。

她善意地给出贞洁的药草，

以便配上你妙手回春的声名。

假如这种奖励（她闪亮的礼物）让你动心，

---

① Paphos（帕福斯）是位于塞浦路斯岛西南部的一座古城，因为敬拜爱神阿芙罗蒂特，所以由其变来的形容词 Paphian 便具有了"性爱的、淫荡的"含义。

② Proserpine（普罗塞耳皮娜）即冥王（Pluto）的王后，或地狱之母。

（你瞧，礼物可能把爱情买来！）

那么你要知晓，她为你掌管着巨大的财富，

深藏于浩瀚海洋潮汐之下，

或者那重峦叠嶂、山外有山的地方。

我呀！厌倦了奥林匹亚山顶的辛劳，

你急急地跳入遥远西方的海洋深渊，

她对你是多么的欣喜！噢，福玻斯，

你为何总是不停地在天空中穿来穿去，

将浑身湛蓝毛发的特提斯海①带到她

西方水域的怀抱中？你要如何处置

那海上女神？如何安排大西洋波涛？

你为何要在污秽的咸水里冲洗你的神颜？

虽然将它们安顿在我这林荫中要强十倍。

那么，来吧！那些熊熊燃烧的发辫

深浸露水里面：待在我清爽的草丛中，

睡眠将轻轻柔柔地落于你的眼睑。

那么，来吧！将你的灿烂置于我的胸前；

你斜卧在哪里，低语的西风就在哪里

爱抚般地在我们昏昏欲睡的肢体上爬动，

潮湿的玫瑰低声哭出他们的晶莹露珠。

你若是将那火苗掌管得更为牢靠，

塞墨勒那熊熊燃烧的"命运"闪电

或者法厄同那炽热冒烟的车轴②

又怎能为我储备下什么样的恐怖？

那么，来吧！将你的灿烂置于我的胸前。

一直潜心于艺术追求的诗人也为这春日景象所吸引，祈求太阳神"将你的灿烂置于我的胸前"。

第七诗节（95－114行）：

---

① 特提斯海（Tethys）即古地中海。
② 塞墨勒（Semele）为卡德穆斯之女，与宙斯结合生子狄奥尼索斯（酒神），在目睹宙斯释放雷电时被闪电烧成灰烬。法厄同（Phaeton）为太阳神赫利奥斯之子，曾私驾太阳车狂奔乱跑，险些将世界焚毁。

此时，放纵的"地球"把心扉敞开，

追随她的那一伙走向其父辈的老路；

浪迹天涯的丘比特啊，正在四处游荡，

满世界漂泊，用那太阳的耀眼光芒

将自己火炬般闪亮的光线重新点燃。

那把致命的弓上弦已开张，尖声高唱，

闪亮箭杆带着簇新矢头，把悲伤预告：

他如此苦苦寻觅，那使女仍未被征服，

戴安娜本身更是有待于驯服，

而维斯塔①这纯洁女神坚守自己惯常的

职责，在自己神坛旁边熊熊燃烧。

维纳斯用"春"来将其色衰面容修复，

好似从温和的大海水沫中新浴而出。

此时，青春乐队游走于大理石街市里，

将那婚礼赞歌的喜庆乐曲高声奏响，

直至宽阔的海岸和空洞的陡崖将副歌

"婚姻神啊，你好！"反复吟唱。

看那天神身披节日盛装，赏心悦目地

将自己那优雅步履一步步缓缓地迈动，

散发出紫色藏红花的颜料与芬芳。

一个个的女伴，胸前披金佩玉，

走向前来，将这荣光五月的快乐品尝！

人人都在祈祷，祷告的内容却是一样：

愿从维纳斯那里赢得自己最爱的情郎！

牧羊人将那七簧的芦笛尽情地吹响，

而菲利斯牧童伴着笛声把歌儿高唱。

大地敞开心扉，爱神四处游荡，婚典处处可见，人神皆将自己精心装扮，要来把五月的春光细细品尝，祈求爱神给自己带来心仪的爱情。

第八诗节（115 – 127行）：

此时，那水手唱起自己的夜歌，

---

① 维斯塔（Vesta）是罗马神话中的灶神。上一行中的戴安娜（Diana）是罗马神话中月亮与狩猎的守护神。

> 将漆黑的夜色诱惑；海豚听到这歌声，
>
> 划过浅滩上的浪花，将四周仔细观瞧。
>
> 高耸的奥林匹亚山上，朱弗也觉欢欣，
>
> 开始与朱诺一起嬉戏；受主神之召唤，
>
> 各路天神蜂拥而至，加入这家族欢宴。
>
> 在姗姗来迟的曦光中，萨梯①们成群结队
>
> 迈动轻快的步子，在芳草地上翩翩起舞。
>
> 西凡纳斯②也在近旁，
>
> （柏枝结成一对，成了他的额眉）
>
> 上半身是神，下半身为山羊。
>
> 参天古树下面隐藏着树木诸神，
>
> 在空旷田野上面与丘陵之间游荡；
>
> 在米纳努斯山坡之上，
>
> 阿卡迪亚的潘神③已然放荡不羁，
>
> 也在草场上和丛林中四处乱窜——
>
> 西布莉④母亲躲不过
>
> 他的追逐，刻瑞斯亦不能幸免！

就连奥林匹亚诸神和田园牧歌中的各路神仙都为这春色打动，各自寻求着自己的爱情游戏和欢宴。

第九诗节（128－131）：

> 此时，多情的法翁⑤也在寻找猎物，
>
> 要将个俄瑞阿德⑥造就；她飞奔而去，
>
> 把恐惧遮掩；虽然深藏，却只遮住一半，
>
> 一半还露在外面，希冀被农牧神发现；
>
> 飞奔着——在飞奔中又将其恐惧显现！

农牧神也将山岳女神来追求，女神那欲迎还拒、"犹抱琵琶半遮面"的神态

---

① 萨梯（Sytur）为希腊神话中的森林神。
② 西凡纳斯（Sylvanus）为古罗马神话中的森林田野之神。
③ 潘神（Pan）为古罗马神话中的森林神。
④ 西布莉（Cybele）为古代小亚细亚人所崇拜的自然女神。下一行中的刻瑞斯（Ceres）为古罗马神话中的谷物神和农神。
⑤ 法翁（Faun）即古罗马神话中半人半山羊的农牧神。
⑥ 俄瑞阿德（Oread）为古罗马神话中的山岳女神。

简直就是恋爱中的凡间女子！

第十诗节（132－140行）：

> 此时，在"天堂"真身面前，各路神祇
>
> 都将其林地显露，处处都有那善意的天神，
>
> （但愿他们永在！）但众神，我要再次恳求，
>
> 不要从你们钟爱的林地里游荡走去！
>
> 朱弗啊，愿崭新的黄金时代如此地呼唤你，
>
> 再一次来到地球上，敬仰你的人们在忧伤：——
>
> 你为何要回来
>
> 用上你雷霆万钧的烈焰火炮？
>
> 福玻斯啊，至少你不要拒绝去
>
> 将这婚礼的队列延长，而要把
>
> "春"的步子放缓，不让她匆匆离去：
>
> 粗暴的冬天那漫漫黑夜慢一点到来，
>
> 横亘在我们极地间的阴暗晚一点降临！

最后，诗人呼请诸神用爱而非恨感化人间，恳求太阳神把春光留住，让冬天和黑夜晚一点到来。

青年弥尔顿惜春爱春、向往爱情的情感在这些弥漫着田园牧歌气息的诗行里得到了生动的表达。这种情感、这种气息、这种表达，其实在他一年前或者同时写下的10行英语短诗《五月晨歌》中就已经可以看到：

> 明亮的晨星，白昼的先行官，
>
> 翩翩舞蹈从东方而来，带着她
>
> 锦簇的"五月"，从其绿色怀中
>
> 撒下黄的流星花和淡的樱草花。
>
> 你好，多彩"五月"，你激发
>
> 快乐、青春与火热的欲望；
>
> 树木花草都为你衣着打扮，
>
> 山川河流又将你祝福夸赞。
>
> 我们用这清早的乐歌向你致敬，
>
> 把你欢迎，并愿你常驻人间！

第三节　亲情类

弥尔顿最终取得的成就离不开他早期受到的良好教育，包括他的家庭教师托马斯·杨（Thomas Young）和言传身教的父亲。为此，他在 1627 年和 1632 年分别为老师和父亲创作了一首拉丁文诗歌。

一、第四挽歌：《致托马斯·杨》

托马斯·杨来自安德鲁斯，后来成为剑桥大学耶稣学院的教师，他让小约翰在上学之前就学到了用拉丁文作诗的本事。1620 年，杨离开弥尔顿家到德意志的汉堡港担任在那里生活的英国商人的牧师。1625 年 2 月，弥尔顿进入剑桥大学的基督学院学习，远在海外的杨给他寄来一本希伯来语《圣经》，为此，弥尔顿在 3 月 26 日写给老师的信中说道：

"我卓越的老师，尽管我已决定给你写一封诗体信，我还是觉得应该再给你写一封散文体书信，因为我对你尽心尽力的教诲所怀有的感激之情是不能用处处受局限的诗歌节律所能够表达的，只有无拘无束的散文或者丰富多样的亚细亚词汇才能表达一二。尽管我远不能准确地表述出我对你的无限感激，即便是我倾尽所有词语，用尽所有亚里士多德或者那著名巴黎逻辑家搜集到的话题，也无法做到。……只有上帝知晓，我一直把你视为父亲（a parent），一直对你十分尊敬，故而不愿用我的习作来叨扰你。……"①

1627 年，已在剑桥大学读书两年的弥尔顿为远在欧洲大陆的老师写下一首拉丁文诗歌，即"第四挽歌"（《致托马斯·杨》或者按国人的习惯叫《致老师》），以寄托自己的怀念和愤懑之情。全诗 127 行，分成 6 个诗节。基本内容如下：②

第一诗节（1－32 行）：

信函啊，快快地飞越浩瀚的海洋，

轻轻地掠过那平静似镜的水面，

---

① ST JOHN J. A. The Prose Works of John Milton［M］. Vol. III. London：Henry G. Bohn，1848：487－488.

② 作者根据 W. Skeat 的英译作出下面的汉语摘译。

来到那日耳曼人的土地上！

甩开无聊的怠惰，没有什么

能将你阻止，或者使你迟缓！

而我，可要恳请风神埃俄罗斯

（他在西西里的阴沟里则是把风

来遏制）让绿发的神祇与（碧空女王）

多利斯，带着她所有的仙女，

让你在他们的领地畅行无阻。

但可能的话，给自己找来一副龙辇，

就像美狄亚从伊阿宋那里看到的一样，

或者如少年特里普陀里墨从伊洛西斯

带来快乐，将那锡西厄①的海岸祝福。

当日耳曼的黄沙在你面前出现时，

将你的脚步转向富庶的汉堡城墙。

她（名字里有一段故事）就是

从被谋杀的汉玛身上得到现今的称号：

　　　（丹斯克权杖因此为之低垂！）

因为这里住着一位高级教士（其虔诚

是前无古人）喂养照看着基督的群羊。

我的心已为他撕去了一大半，

在这里只留下剩余的一小半。

瞧，那浩淼的海水、险峻的高山

将我这两半的心儿隔绝开来！

你对于我，比希腊至圣苏格拉底之于

雅典大将亚西比德，比马其顿大智者

之于菲利普的继承人，②比菲尼克斯

或者半人半神的喀戎之于严厉的

阿喀琉斯还要珍贵！

---

① Scythia（锡西厄）指古代东南欧与亚洲之间的一个地区，公元前8—2世纪的锡西厄帝国以黑海北岸为中心，从俄罗斯南部延伸至波斯边界。

② "马其顿大智者"指的是亚历山大的导师亚里士多德。"菲利普的继承人"指亚历山大大帝。

> 有了他来指引我前行，我初次来到
> 缪斯隐秘的阴凉地和神圣的丘陵上，
> 踏上帕纳塞斯的绿草坡①；皮埃利亚的
> 喷泉早已干涸，我快乐的头额三次得以缓解，
> 而克里奥饮过卡斯塔利亚神泉②，正在醉笑。

年轻的诗人希望风神帮忙，将信件快快带给远在日耳曼土地上为同胞提供精神慰藉的老师。正是老师把他带向诗歌的殿堂，而且培养他的基督教素养，所以他的恩情比起苏格拉底、亚里士多德和阿喀琉斯之于他们各自的优秀学生都毫不逊色。而今，老师远离故乡已经七年，思念之情日益深切，简直是"心已为他撕去了一大半，在这里只留下剩余的一小半"。

　　第二诗节（33－56行）和第三诗节（57－86行）引经据典来将对老师的思念和感激之情进行反复渲染。第四诗节（87－105行）：

> 噢，祖国啊！冷淡的家园！
> 比你那将海浪撕成水沫的
> 白色岸崖还要严峻和冷漠，
> 你为何要将你无辜的儿郎
> 往海外流放（如此铁石心肠！），
> 让其在遥远的海滨寻觅急需的食粮？
> 朱弗自有先见之明，从天上
> 把儿子派遣，将内容丰富的喜讯传达，
> 教人如何通过死亡向那美丽星空前行！
> 你不正是在禁闭严实的冥界黑暗之中
> 因为憔悴灵魂那永恒的饥馑而死去吗？
> 即便如此，提斯栢的先知在逃出亚哈
> 与腓尼基愤怒女王之手时，也须迈动
> 不习惯的脚步走过阿拉伯的泥泞旷野
> 与崎岖的荒原！西里西亚的保罗啊，
> 也是从菲力匹被逐出，遭受种种折磨，
> 遍体鳞伤，浑身流血被人牵着前行；

---

① 帕纳塞斯山位于古希腊中部，被视为是太阳神和文艺女神的圣地，亦即音乐和诗歌的灵感来源地。

② 克里奥为诗神缪斯之一。卡斯塔利亚神泉位于帕纳塞斯山上，被视为灵感之源泉。

就连生命之主的"他"也曾如此遭罪，

那忘恩负义的加大拉渔夫一再恳求

我们的主快快离开他们的河岸。

诗人怨恨祖国为何将虔诚的大教士在"海外流放"，继而安慰老师，古来多少贤人（包括圣保罗和耶稣基督！）都曾遭此辛苦。

第五诗节（106－122行）：

忧虑缠身，也要躲开绝望，充满希望，

不要因为害怕而让你摇晃的身躯苍白无力。

闪亮的剑丛将你团团围住，那又怎么样？

就是千百只标枪投来毁灭的威胁，也没有

一只会将你不着片甲的身体触及和伤害。

更不会有一片刃尖被你喷出的鲜血沾染。

耶和华自身，手持灿烂辉煌的金色圆盾，

将把你收于他的羽翼下面，为你而战：

他在锡安山的护佑之下于夜半时分

将那亚述人的军队沉重打击，

又把那白霜的大马士革从古老田野里

倾泻在撒玛利亚身上的大军彻底击溃；

乌压压的同盟军，与其可怕的王侯们，

都已被恐怖征服；清激的号角在虚空中

吹响！马蹄声声，在滚滚风尘中践踏，

铺天盖地，在无垠的平原上奋力拼杀！

横飞的沙砾将其颠簸的战车肆意撞击！

剑戟交错，铿锵作响，哀号交织其间；

马蹄腾空，嘶鸣不已，将酣战进行到底！

诗人热情鼓励老师"躲开绝望，充满希望"，有上帝耶和华的庇护，你不仅不会受到伤害，而且在基督教事业中会战无不胜！

第六诗节（123－127行）：

希望——最不幸的人也会心存

希望——就这样赋予人高度的勇气，

去消除所有烦恼，坚定一种信念：

更美好的岁月就在前面将你等候，

你一定会再次见到你本土的家园！

诗人在此再三将希望来强调，坚信"明天会更好"，老师一定会回到故乡英格兰！事实上，没过多久，托马斯·杨就回到英国，在弥尔顿的母校当了教师。

弥尔顿使用的是外语，模仿的是古典挽歌，但诗行里饱含对老师的思念、感激之情，充满对老师所遭不幸的抗议、同情，更是诚挚地勉励老师永远充满希望，坚定地相信老师定会完成使命，回归故乡。

第二年，杨回到阔别多年的英格兰家乡，不久便写信邀请弥尔顿到他那里去散散心。7月21日，弥尔顿在给老师的回信中说道：

> "……您要我春色一浓就到您那里去，我很高兴地接受邀请，一来去享受季节带来的乐趣，二来好与您促膝交谈。我很乐意暂时离开喧嚣的城市来到您艾西尼的拱廊，就像是来到那著名的芝诺游廊或西塞罗塔斯卡纳别墅。在那里，您生活虽然简朴，精神却如帝王一般，治理着您那小小的农庄，蔑视财富、野心、排场、奢华与凡人所钦美的一切东西。……"①

从中，我们不难看出诗人与其老师之间的深厚情谊。

二、"致父亲"（*Ad Patrem*）

弥尔顿出生和成长于狭窄的布莱德街道里一个清教徒家庭，但并非与自然和音乐娱乐无缘，而是一直都享有慈爱父亲的言传身教。老约翰在生意上信守诺言，又酷爱音乐，经常为人创作一些家庭音乐作品。弥尔顿打小受到严格的音乐教育，不仅会歌咏，而且会演奏风琴和低音提琴，这对他后来的诗歌创作和晚年的生活都不啻为一件幸事。此外，颇具艺术天赋的父亲没有强迫大学已经毕业的弥尔顿做他不愿去做的牧师或者律师之类的工作，而是随其心愿在霍顿乡居数年，继续读书思考，还资助他到意大利做了一年半的游学。即将进入而立之年的弥尔顿对年过古稀的父亲自然理解加深，感恩不尽，所以在1637年写下一首很重要的拉丁文诗歌《致父亲》，诗中充满对父亲的感激之情，同时也有自我辩护的意思。原诗总共120行，分为五个诗节和一个尾声。开头的16行为第一诗节：②

> 噢，我多么渴望皮埃里亚山泉来将我的

---

① ST JOHN J. A. The Prose Works of John Milton [M]. Vol. III. London：Henry G. Bohn, 1848：491.

② 本诗的汉语译文是作者根据沙棱伯格（William Shullenberger）的英译而作出。

心胸透彻浇灌，渴望那源自双子峰的洪流①

充溢我的口唇，然后从中奔涌而出，

让我那奋力振翅的缪斯翱翔升天，

发出稚嫩的叫声，把一位好父亲歌唱。

至爱的父亲，无论这支歌会让你多么开心，

其思想都微乎其微，因为我迄今还不知道

如何才能将还未得到的礼物充分地酬谢，

我无论如何都无法用实物来把恩情答报：

你的宽宏仁慈已经超越我能给出的崇敬，

这崇敬我只能用感激的言语苍白地述表。

但请打开这一书页，里面有我的叙述，

我所珍视的一切全都写在这张纸上。

要是金色的克里俄②赐予的禀赋还未成熟

在遥远深梦的洞穴、帕纳塞斯的树荫

与神圣的月桂林里，这对我便全无用处。

诗人依照惯例向缪斯乞灵，然后道出本诗的题旨："把一位好父亲歌唱"，即表达自己对"宽宏仁慈"老父亲的感激之情。

第二诗节（17－55行）：

你不当蔑视古代先知的劳作和圣诗；

从其根源上讲，没有什么比天堂种子

（人类心灵）的缥缈升腾展现得更多，

在灰烬中把普罗米修斯之火重新点燃。

天神钟爱歌咏，尽可让深渊中颤栗的

塔耳塔洛斯③心惊，把地狱权势们约束，

将悲哀的阴翳固定在三重的金刚石上。

福玻斯的祭司和口唇苍白的西比尔浑身颤抖，

在未来的日子里把那深藏的奥秘泄露。

在圣诗净化过的神坛旁边，那祭司

---

① Pierian Spring（皮埃里亚山泉）位于马其顿的塞萨利，自古被视为缪斯女神的出生地。位于希腊中部的 Parnassus（帕纳塞斯山）有两座山峰，一直被视为太阳神和缪斯的灵地。二者皆为诗人灵感来源。

② Clio（克里俄）是九位缪斯之一、掌管历史的女神。

③ Tartarus（塔耳塔洛斯）指的是地狱底下暗无天日的深渊，重罪者居于此处接受惩罚。

用沾满乐歌的双手砸倒那金角的公牛;①

用老练的眼睛扫视那系带冒气的肉体,

从温热的内脏堆里读出"命运"之言。

当我们最终将奥林匹亚故国恢复时,

依照不变的顺序立于永久的岁月中,

我们会头戴金冠列队穿行于天堂宝座间,

甜美的乐曲与婉转的琴声水乳交融,

响彻于繁星的拱顶和天堂两极之间;

将疾转星球四周环绕的烈火精灵,

正在用崇高的乐调和永恒的圣歌

将星空大合唱严严实实包围起来;

古老的"巨蛇"平息掉炽热的呼吸,

"猎户"将其毁灭一切的利剑入鞘,

大力神则对群星的重负不再知觉。

曾几何时,乐歌用奢侈与饕餮完好的

血盆大口给君王的宴会厅堂增辉,

谦恭的酒神见此佳肴也觉怡然自得。

欢宴人群里,诗人有着尊贵的位置,

他那飘逸的长发被结束成橡树圈环;

他会歌咏英雄的战功、励志的行为、

混沌以及那均衡世界的庞然基础。

大神乱成一片,把橡实当食物抢夺,

而恐怖的霹雳还被禁锢在火山洞穴中。

究竟是什么空洞的噪音可以给予人

失去词语、意义和各种雄辩的乐趣?

还是让乡村乐人而非乐圣唱起歌来,

他们让河流臣服,听糙皮橡树吟唱,

不是哀怨的琴声,叫簇簇阴翳迷醉,

潸然泪下;他从歌咏中赢得如此赞美。

诗人向父亲说明自己的远大志向:作先知式的伟大诗人,因为发自心灵深处的

---

① Bull 指称"公牛"又指涉"教皇训谕/诏令",属于双关语,此处映射头戴三重金冠的
罗马教皇。

歌咏能"在灰烬中把普罗米修斯之火重新点燃",让深渊中的阎王心惊,"把地狱权势们约束,将悲哀的阴翳固定在三重的金刚石上"。因而他"从歌咏中赢得如此赞美"。

第三诗节（56－66行）：

> 请你不要再将那神圣的缪斯轻视
> 也不要指责她们孱弱无力而慕虚荣,
> 正是它们使出浑身解数为你们祝福,
> 将和谐的乐调与千万声音结合联姻,
> 从而赋予你阿里翁子嗣①的美名!
> 难怪我天生就是个诗人!因为你我
> 血脉如此相连,亲密非同一般,
> 都为同族类的艺术和激情所吸引。
> 福玻斯愿意将自己一分为二,
> 一半给予我,一半给了我的先人;
> 先祖与孩童,我们共享分身的天神。

正是父亲的言传身教,弥尔顿才对音乐和诗歌如此痴迷,父子一起分享着太阳神的赐予:"一半给予我,一半给了我的先人"。

第四诗节（67－100行）：

> 虽然你貌似憎厌那可爱的缪斯,
> 但我知道其实不然;你从未让我去那
> 康庄大道和财富唾手可得的地方,
> 金色希望闪耀着钱币堆积的亮光,
> 也未把我塞入那常人喜欢的法律
> 坏监房,更没让吵闹把我耳朵污染。
> 你渴望更好地将那远大抱负来培植,
> 远离城市的喧嚣,殷勤地把我带往
> 那庄重的孤独,来到爱奥尼亚岸边
> 惬意地休憩,良友般陪我漫步、思想。
> 我一直保留着可爱父亲的共同责任,
> 但朝更高的目标奋进;父亲,皆由你助,

---

① Arion（阿里翁）为古希腊诗人,被人从船上投入海水,他奏响七弦琴,海豚为之动容,将他营救上岸。

> 当罗慕洛斯语言①的雄辩向我开放
> 所有的拉丁姆美妙，出自朱弗口唇的
> 壮丽语句紧靠高贵的希腊人隆隆鸣响，
> 你便要我去将高卢人的精华采撷过来，
> 学习意大利人用退化的语言新作的表述
> （与古老"蛮族"的骚乱全然不同！）
> 与那巴勒斯坦智者所宣告的种种奥秘。
> 最后，上天所容万物、我们地球父亲
> 与天地之间那永恒流动着的氤氲气流，
> 潮汐隐藏的奥秘、水沫翻滚的海洋，
> 都是经你我方知晓：快乐的知识皆源于你。
> 从分开的云层里，知识荣光地走出来，
> 将其素颜光辉灿烂地俯向我的双唇，
> 否则（为其甜美溺爱所恼）我会逃开。
> 去把你的财宝堆起，以便和我的来相比；
> 你们渴望奥地利的富足或印加人的帝国，
> 当是何等的虚妄，不过是蠢人的夸耀。
> 为让子女发挥才能，做父亲的难道还能
> 比他做得更多？就是朱弗也不过如此！
> 他将那永世的灯盏（许珀里翁的火轮，
> 黎明的光亮缰绳，以光芒四射的辐条
> 为须鬓的圆形冠冕）托付给他的儿子。

父亲没有流于习俗让弥尔顿毕业后去经商或者做律师，而是让他"将那远大抱负来培植"，并资助他远赴欧陆在罗马人、希腊人和高卢人那里汲取艺术的养分，掌握科学知识。诗人深感"快乐的知识皆源于你"，而自己现有的知识财富远胜于那些金银和权势，而这都是父亲所赐，父亲为自己所做的简直可以和天神相比！

第五诗节（101–114行）：

> 因此，学究成堆，我则最不成器，
> 却能项挂藤环，头戴桂冠，洋洋得意；

---

① Romulus（罗慕洛斯）据说是罗马城的创建者，所以他的语言就是罗马人的语言，即拉丁语。

> 不再默默无闻，混迹于粗野之徒之中，
> 我将从那世俗的眼光注视中怡然走出。
> 走开吧，你这徘徊的忧虑，阴冷的抱怨！
> 坏山羊"嫉妒"歪斜的淫光，快滚开！
> 暴躁的"诽谤"，闭上你那蛇蝎的心肠！
> 邪恶的暴徒，你终归无法触及我的心房，
> 不会把我收服；怀着一颗正直牢靠的心，
> 我将奋勇向前，超越你那蛇蝎的毒刺。
> 亲爱的父亲啊，我还没有能力给予你
> 应得的回报，或者用行动匹配你的赐予；
> 让回忆来帮忙吧，带着一颗感恩的心，
> 来历数你的善行，在心里面忠实地保存。

有了父亲的理解、帮助和教育，诗人才有了今天的成就，而且作为正直之士继续前行。虽然现有的成就还不能报答父亲的付出，但自己那颗感恩的心会一直将父亲纪念。

尾声：

> 还有你啊，嬉戏娱乐，我青春的诗歌，
> 假如你敢于有永世发达的任何希望，
> 依然向着光明，让你的主子存活下来，
> 不被黑暗湮没强暴，赶往拥挤的冥国，
> 或许这些颂赞会成为下一个时代的样板，
> 把一位父亲的美名、善行永久地流传。

在6行的尾声里，年轻的诗人希望自己的诗歌能够把父亲的恩情永恒流传。

9年以后，也就是1646年9月，弥尔顿84岁的老父亲溘然长逝。弥尔顿作为诗人和政治家的名声还没有确立起来，父亲最终还是未能在有生之年看到爱子给予自己"应得的回报"！

第四节　政治类

英国的宗教改革始于亨利八世，一直延续到其女伊丽莎白去世，都铎王朝结束。在短短的几十年里，英国从罗马天主教走到国王至尊的天主教，再到受保护的新教、激进的新教，又回到咄咄逼人的罗马天主教，而最终再次回到新

教。每一次转变都伴随着危险、迫害和死亡。这就足以让人们对宗教信仰保持着谨慎的或者怀疑的，甚至极其敏感的态度。

继承王位的詹姆士一世是苏格兰的国王詹姆士六世，他在苏格兰曾许诺对天主教徒采取宽容政策，但在戴上英格兰王冠后并没有将这诺言履行，而是将前任君主的反天主教法令再三重申。而天主教国家西班牙在和英格兰签订和约后改变了对英格兰天主教徒的庇护政策。于是，一些天主教徒暗地策划了"火药阴谋案"（the Gunpowder Plot），他们的计划是在1605年11月5日趁着国王出席议会例会将国王和议员一起炸死，并以此作为在全英发动起义的开端。他们雇用天主教徒的士兵盖·福克斯（Guy Fawkes）将36桶火药秘密运到上议院的地下室，但因有人告发，福克斯于4日夜被捕，试图起义的天主教徒遭到镇压。这一未遂的爆炸案据传说是由罗马教皇指使的，所以有关英格兰天主教勾结罗马天主教颠覆英格兰王权的阴谋广为流传，引起一系列骚乱和动荡。

对于天主教的罪恶行径，作为清教徒的弥尔顿自然十分愤慨，[①] 因而在詹姆士一世去世时，也是该事件二十周年之际写下了四首以"火药阴谋案"为题、一首以"火药发明者"为题的拉丁文短诗和一首以"十一月五日"为题的拉丁文长诗。

一、五首"火药"短诗

第11首是以"火药发明者"（In inventorem Bombardae）为题的四行短诗，汉译如下：

> 古人糊里糊涂将普罗米修斯歌唱，
>
> 他从福玻斯的车轮上撕扯下天火；
>
> 在我看来，这人从朱弗手里偷来
>
> 三叉霹雳和地狱利器则更是厉害。

火药是从主神那里偷来的"三叉霹雳和地狱利器"，火药的发明者比那为人类盗取天火的普罗米修斯还要了不起，这是赞美还是讽刺？

7-10这四首都是以"火药阴谋案"（In Proditionem Bombardicam）为题，其汉译分别如下：

---

① 清教徒（Puritans）是极端的新教教徒，他们对已有的宗教改革不满意，希望清除英国国教中的"天主教"色彩，具体表现为：1）清除天主教仪式；2）主张因信称义；3）反对主教制，主张由宗教大会定教规。参阅钱乘旦，许洁明. 英国通史 [M]. 上海：上海社会科学院出版社，2012：144.

火药阴谋案（一）

不忠的福克斯，当你新近图谋作恶，

意欲灭掉不列颠的酋长和王座之时，

阴谋家，说实话！你不知这就是结局？

你貌似温文尔雅，却用了大不敬的

虔诚来赎你的大罪，将你的牺牲品

用装有闪亮旋转轮子的硫磺火车

一下子遣送至天堂上崇高的庭院？

就像那远古时代闻名遐迩的预言家①

远离凶残的"命运"女神，乘着旋风

离开约旦的田野，去将晨曦的领地寻找。

诗人对阴谋案的具体实施者进行强烈的谴责。

火药阴谋案（二）

隐身在那"七山丘"② 中间的巨兽，

你竟然企图通过这一路径去将

詹姆士送上天堂？假如除了你的

兽头你再也拿不出什么更好的祭品，

那就请你不要用那用心险恶的祭礼。

瞧！我们的国王常年拒绝你的帮助，

在他明星般伙伴之中已经高升空中，

用不着地狱的尘埃来加速其飞行。

因此，你且住手！还是去把你那

遭诅咒的邪恶兜帽与渎圣的罗马

所敬拜的每一个野神都快快送上

天堂！假如你如此或用别的诡计

不帮这个忙，相信我，他们就将

永远踏不上通往圣空那陡峭路途！

诗人将阴谋案的指使者来谴责和挖苦：我们的国王已在天堂，不用你们费心送
他升天；非要用此法的话，那就把你们"敬拜的每一个野神都快快送上天堂"！

---

① 此处指《圣经》中的犹太先知以利亚（Elijah）。
② Seven Hills（七个山丘）指的是罗马城。传说罗马城最先是修建在七个山丘上的。

火药阴谋案（三）

　　詹姆士国王将地狱烈火轻蔑嘲笑；

　　烈火一旦遭弃，皇天在上的居所

　　便不会把生灵接受；头戴三重冠的

　　罗马妖怪咬牙切齿发出凶恶吼叫，

　　虎视眈眈，将其十重头角猛烈摇晃：

　　"不列颠，你不许毫无顾虑地轻视

　　我们视为神圣的东西，蔑视圣物

　　必定要付出沉重的代价；你们既然

　　终归要进入天堂，那就让那些穹隆

　　由哀悼的火焰路径来照得亮亮堂堂吧。"

　　噢，预言的歌手，你唱出的歌声多么

　　接近丧葬的真实！你的歌词又是多么

　　接近那严峻的事件啊！地狱烈焰并未

　　将其阴影旋升、烧尽，送入天神队列。

罗马教皇发誓要报复英国，但英格兰国王对此不屑一顾，因为那"预言"注定不会成真。

火药阴谋案（四）

　　不敬的罗马新近发誓要凶恶地报复，

　　将他们遣至幽暗冥河与地狱深渊，

　　乖张"女神"则要将其升往星空，

　　加入天堂那崇高、光亮的天神行列。

　　短小精悍的四行诗完成对罗马天主教的最后讽刺：你们要将我们的国王和议员送入地狱，命运女神却将他们升至天堂。你们的阴谋绝不会得逞！

　　最全面、最深刻的叙述和讽刺则是表现在《十一月五日》这首长诗里。

二、《十一月五日》（*In quantum Novembris*）

　　《十一月五日》可谓是一部微型史诗（a miniature epic），《失乐园》里的撒旦在这里已有了雏形。这也是弥尔顿一首重要的诗作，因为其主题——火药阴谋案，在他的第一篇政论册子《论改革——兼论教会纪律》里面充满活力的段落中非常突出，而且在诗中他正式宣告了自己即将动手创作的伟大史诗。原诗

共有 227 个诗行，分成九个诗节。前 30 行为第一诗节：①

> 虔诚的詹姆士刚刚离开偏远的北方
> 就开始了他对这源自特洛伊的人民
> 与阿尔比恩人②大帝国的统治——
> 那牢不可破的契约刚刚将英格兰主权
> 与苏格兰人的喀里多尼亚③联结起来，
> 而那和平制造者才刚刚登上财富
> 与幸福的王座（免于敌人的伤害，
> 免于不可告人的诡计），那地狱之王，
> 残忍的暴君，烈火的湍流，从天庭
> 虚无缥缈的高度被逐出而四处流浪
> 却被复仇女神视为先祖，开始作恶。
> 但其同谋（国王议会的忠诚之士）
> 及时告发，他们经历了令人哀痛的
> 无数死亡，决心成为他王国的成员。
> 在这半空中间，他点燃愤怒的风暴，
> 在那里，朋友与朋友之间一心一意，
> 积聚仇恨——一同把好战的国土武装；
> 而他这欺骗大王却欣然在其领地上
> 添加上一直享有（橄榄茂盛）和平的
> 颠覆者与所有热爱无瑕德性的人们，
> 诱使所有的人心都去犯下弥天大罪。
> 他还用悄然的埋伏和隐形的罗网
> 将马虎大意的灵魂引入圈套：就像
> 里海的雌虎在月光全无的夜色中，
> 在昏昏欲睡的星光下，穿过荒野，
> 搜寻其惊恐的猎物；风暴午夜的
> 萨马努斯主子，罩上火焰与烟雾的
> 蓝色旋风，把市镇众生全部毁掉。

---

① 作者根据 W. Skeat 的英译做出下面的汉译。
② 阿尔比恩（Albion）是古时对英格兰或不列颠的雅称，阿尔比恩人即英国人。
③ Caledonia 是古时候对苏格兰的称呼，也是诗歌中对苏格兰的别称。

> 然而，灰白的田野现在出现，四周
> 是涛声阵阵的峭壁悬崖——海神
> 所眷爱的领地，往昔用其爱子之名
> 命名的地方：海神之子曾游弋四海，
> 竟敢在特洛伊古城惨遭劫难之前
> 用激烈的征伐将阴沉的赫拉克勒斯挑战。

诗人先对事件做出概要叙述：詹姆士国王继位后将不列颠岛实际统一起来，但没过两年，阴谋家就要将其谋害，但幸亏被告发，阴谋才最终未得逞。

第二诗节（31–53行）：

> 撒旦看到这里处处欢天喜地，
> 丰饶富足，田野覆盖着谷神的
> 恩赐和祝福，而——这让他最为
> 悲伤——人们个个都在敬拜着
> 唯一真神的高尚、神圣精灵，
> 于是，他终于迸发出沉重的叹息，
> 地狱的火焰，血红的硫磺气色，
> 臭气熏天；往昔的提福斯①（被朱弗
> 封压在埃特纳山下的庞然大物）
> 惯常从西西里的裂口中喷涌而出；
> 他的双眼光芒四射，宛如铁钢，
> 或者像矛尖对着矛尖铿锵作响，
> 他那金石般的青牙，紧紧咬啮，
> 上下错动：游荡在大地上，见到了
> 最叫人伤悲的景象！只有叛逆的人们
> 对我的束缚不屑一顾，虽然我的计谋
> 一直都那么坚强。假如我的努力还有
> 什么用处，他们的快乐就不会长久，
> 不受我的仇恨和抱负影响。他说罢
> 便展开漆黑的翅翼在净空中间游弋；
> 无论他飞往何处，迎面都会袭来
> 无处不在的旋风，浓厚的大气里

---

① 堤福斯（Typhoeus）即希腊神话中的百头巨怪。

时常充斥着电闪雷鸣，声震云霄。

不久，他就飞越寒冷的阿尔卑斯山，

来到奥索尼亚①的边疆地区：

风暴肆虐的亚平宁山脉连绵不断，

处处凶险，还有古老的萨宾地界②；

右手边是广袤的埃特鲁利亚③（素以

巫术而闻名）：你这台伯河啊，也在

偷偷地将忒蒂斯④亲吻。接着往外飞，

他降落在玛尔斯之子罗慕路斯⑤的城池上。

魔王撒旦见不得人好，看见人们快乐地将真神敬拜，十分恼火，准备和罗马城里的歹徒们一道将这一切毁灭。

第三诗节（54 – 67 行）：

暮色恢复了她暗淡迷蒙的光辉，

而此时，头戴三重王冠的那位，

环绕着那座城池，在高空之中

显露出面包做成的神祇：他自己

则被众人高高地抬举。在他面前，

屈膝的君王和无穷尽的托钵僧走过，

手执细蜡烛——他们在顽固而盲目地

浪费生命，在西姆林永恒黑夜中成长！

到了神殿，标灯一齐照亮，宛如白昼，

（这是圣彼得节前夜），雷鸣般的赞歌

在空荡荡的穹隆和空荡荡的虚无中

回荡：一如酒神布罗弥乌斯的嚎叫，

或者他那帮卡德摩斯家乡的徒众在

高声地吟唱痴狂的典仪：伊索普斯

伴着明镜般清澈透亮的波涛浑身颤抖；

西塞隆山上空洞的岩石随之轰隆作响。

---

① 奥索尼亚（Ausonia）即意大利的那不勒斯地区。

② 萨宾（Sabine）即意大利北部亚平宁山脉的中部地区。

③ 埃特鲁利亚（Etruria）为意大利中西部的一古国。

④ 忒蒂斯（Thetis）即海神 Nereus 的女儿，这里指大海。

⑤ 据传说，罗慕路斯（Romulus）与其孪生兄弟雷慕斯（Remus）共同建造了罗马城。

在罗马城里，国王和僧侣们在黑夜里来到那教皇面前，开始他们的对圣彼得的颂赞典仪，那阵势连山川海洋都为之倾倒。

第四诗节（68—89行）：

> 这些典仪，终于在肃穆中进行：
> 寂静的"黑夜"停用了埃里伯斯①那
> 老式的武器，现在则猛抽着鞭子
> 将其战车队迎头赶来——地狱之子
> 如"盲目的"提弗洛斯、狂野的"黑马鬃"、
> "忧郁"的迷兰基提和"无语"的西欧皮，
> 以及鬃毛坚硬的"颤栗者"福利克斯！
> 而那国王的制服者，弗莱格顿领地的
> 继承者，得到了厅堂（当然，这秘密的
> "情夫"并未荒废时日，无聊的夜晚都
> 不缺美妇人的陪伴）却不能闭上双眼来
> 享受宁静；黑黝黝阴暗边界的主宰者，
> 那随时在捕猎人类的寂静死者之君王，
> 以俯卧的姿态正站立在其卧榻之旁；
> 双鬓已染上伪装的白雪，闪闪发亮；
> 长长的垂须，把胸前严严实实遮盖；
> 死灰色的长袍拖拽着附着的裙裾，
> 把地面清扫一光。剃刮光光的后脑
> 挂着蒙头的斗篷；为使其手艺更加
> 完美无缺，又在他淫荡的腹股四周
> 围上麻绳段段；迟疑不前的双脚
> 则套上了四处开窗的露趾拖鞋。
> 人们传说，圣弗兰西斯曾如此打扮
> 独自穿行于人迹罕至的荒郊野外，
> 成群结队的野兽环顾四周，他虽然
> 还未被封圣，却已在向村中的部落
> 传送那终将获得拯救的神圣喜讯，
> 而豺狼（乃至利比克狮子）终被驯服。

----

① 埃里伯斯（Erebus）即混沌（Chaos）之子，代表着阳世与冥界之间的黑暗地带。

"黑夜"带着地狱的群魔急急地赶过来，那将国王制服的教皇却内心不得安宁；混沌之子（撒旦）打扮成虔诚圣徒的模样来将其探视。

第五诗节（90－132行）：

> 凭借如此的装扮，那狡猾的毒蛇
> 用他那令人憎厌的双唇将意念传达：
> 他轻声呼唤，"我的儿子，你睡了吗？
> ——你忘了你的信仰？忘了你的羊群？
> ——噢，圣父啊！一个出生于北方
> 天空下面的蛮夷族群，正在把你那
> 高贵的王座和三重王冠耻笑、嘲弄！
> 瞧，不列颠的弓箭手如何踢开你的统治！
> 快点醒来吧，从怠惰中醒来，让罗马的
> 恺撒把你敬仰！——天上的穹隆已经
> 为你把大门打开！砸碎这些满腹淫邪
> 傲慢的精灵，叫他们知晓（你们这些
> 大不敬的家伙）你自己诅咒的神效，
> 噢，掌管使徒锁钥的天神啊！
> 不要忘记去报复那已被摧毁掉的
> 西方舰队，那葬身海洋的西班牙
> 军旗，还有那些不久前处于亚马孙
> 处女统治下而被送上可耻断头台
> 并为教会殉难的圣徒尸体！不过，
> 假使你昏睡于鹅毛软床，不愿去摧毁
> 不断增长的敌对力量，他们很快就会
> 羽翼丰满，武士很快就占满特瑞尼海
> 并将他们鲜艳的旗帜插遍阿文泰安；
> 他们会破坏你先辈的遗迹——
> 是的，用火烧掉，然后用渎神的双脚
> 踩踏他神圣的脖颈——而其双脚上的
> 鞋袜，王公贵族一度都情愿屈身亲吻！
> 然而，不要用这些东西来刺激那开阔的
> 战场，因为你的劳作注定要无功而返。
> 把你那所有的技艺都用在谋划上；因为

　　　　把束缚你意志的东西视作异端并不聪明。

　　　　瞧啊，伟大的国王正在召集他的议会，

　　　　从那遥远偏僻的地方，议员和贵族们

　　　　（终身的和宗教界的）身着肃穆的长袍，

　　　　头戴万人敬仰的白色发绺，都应召而来。

　　　　他们朝着狂风猛吹，竭力将一切

　　　　都化为灰烬，与硝石火药烧成一片，

　　　　所用之处就在集会的厅堂正下边。

　　　　但如今，先要警告那些忠诚于自己

　　　　原有行为的人们；为了这一目的，

　　　　你们竟都敢于违背那对你的训令？

　　　　趁着浑身束缚的敌人突然感到恐惧，

　　　　为这巨大的灾难惊讶而不知所以时，

　　　　让凶猛的法兰克人和西班牙人入侵吧。

　　　　玛丽的时代终究会因此返转回来，

　　　　让好战的英吉利人来服从你的统治。

　　　　那么，你就不用担心，而你神圣的

　　　　男人女人，在庄严节庆受你赞美的

　　　　权势——你知晓是有惊却无险。"

　　　　他巧妙地说话，然后脱下伪装，

　　　　朝无趣的忘河和可憎的地方逃去。

他告知那教皇，北方的蛮族正在反抗他的统治，他必须及时地去把他们镇压下去。他的计策是，趁着国王召集议会，从那集会的厅堂下面用硝石与火药"将一切都化为灰烬"，这样就会恢复他在英格兰的统治。

　　第六诗节（133－138 行）：

　　　　当玫瑰色的曙光推开天堂那

　　　　红色的大门，光明的回归让地球

　　　　披上一片金色时，清晨还在哭泣，

　　　　为她黝黑儿子门农①及其悲伤结局：

　　　　（她为何要用芬芳的泪水来沾染

　　　　那些山头？）大门上的看守人

---

　　①　Memnon（门农）为厄俄斯之子，埃塞俄比亚国王，在特洛伊战争中被阿喀琉斯杀死。

将黑夜的愉悦形状和美梦转回来，

把睡眠赶出那星星粉饰厅堂的大门。

黎明到来，光明回归，晨曦还在为那悲惨的结局伤心。

第七诗节（139－154行）：

有一个地方，永久的黑暗阴沉

将其紧紧围绕，巨大的地基之上

耸立着庞然的建筑——古老无边的

废墟，但现在成了冷酷的"谋杀"

与舌尖分叉的"欺骗"（狂野"不和"

的一胎所生）之巢穴：在裂开的山岩

和切割的石场之间，散落着人的骸骨

与惨遭刀剑的尸身；端坐的黑沼"诡计"

转动双眼，斜视前方，"争吵"和"诽谤"

则在下巴上长满毒刺，根根好似钢针；

"疯狂"与血淋淋的"恐惧"在此处

扇动翅膀，无名的"鬼魂"也在这里

不停地嚎叫，叫声穿过无声的寂静；

而清醒的地球满身是孔，凝结成块！

与此同时，在"岩穴"的腹地深处，

"欺骗"和"谋杀"两位主人浑身颤抖

——尽管没有什么力量在洞穴之中

将其追逐（犬牙交错的黑岩笼罩着

"死亡"的阴影，叫人不寒而栗）——

面带反转的骇人神情，各自不同，

一对恶煞踏上了征程。

"欺骗"和"谋杀"于是离开自己的巢穴，要将那毒计来实现。

第八诗节（155－167行）：

巴比伦的高级祭司向这些罗马无赖

（证明有长久忠诚）致意且直言不讳：

在遥远的地球西边，汹涌的大海中间

居住着一个我所憎恨的族群，

睿智的大自然对它已经做出判定，

与我们的世界根本都不相宜；

我要你们，立即快速地朝那里走去。

他们带着地狱的火药，在诅咒声中

驰入君主王侯吹动的稀薄空气之中！

不过，胸怀狂热的忠诚、为真正信仰

而鏖战不休，成为你们的同谋而促成

实际行动的究竟是谁？他开口言说；

那严峻的双胞胎满腔热情地应承下来。

那让缓缓弯曲的天空俯下身去

并从他缥缈的城堡里投射光芒的神，

满脸哂笑，俯视任意妄为的人们

做着徒劳的努力，现在必将行动，

将其民众的事业来护卫。

罪恶之都巴比伦的祭司督促罗马的歹徒"地狱的火药"，"欺骗"和"谋杀"这一对双胞胎立即遵命。然而，上帝绝不会让他们的阴谋得逞，一定会将他的选民来保护！

第九诗节（168－227行）：

（据说）有一个地方，

远离亚细亚，也远离丰饶的欧罗巴，

朝向麦莉蒂克大湖（即非洲大陆）：

泰坦诸神的小妹"声名"在这里

建起她令人称美的黄铜高塔：宽阔

而回声不绝；比起阿托斯或敖萨山①

的柏里翁峰更加毗邻那璀璨的星火。

这里矗立着一千个宽敞的门楼长廊，

一千扇窗扉，从薄纱般的墙壁里

隐隐约约地将她空旷的庭院显现。

这里人头攒动，处处人声鼎沸，

仿佛成群的苍蝇围着牛奶木桶

或者在闷热季节天狼星向天空衣袍

爬去之时于芦苇羊栏边嗡嗡吟唱。

情妇"声名"（乃母的复仇者）高高地

---

① Athos 与 Ossa 上的柏里翁山峰都是位于希腊境内的圣山。

坐于塔尖之上；她高昂的头颅四周
竖起无数只耳朵，来将这广袤地球
各个角落里发出的声响、气息
一丝不漏地抓住、拾起；
从不曾看到过，噢，阿尔戈斯，
"小母牛"的不公守护者，你那
粗糙面具上闪动着数不清的眼珠，
即使在昏昏欲睡之时也无比警觉，
时刻注视着下界的四面八方：
有了这一切，她便时常去把我们
时代见不到的地域寻找，甚至那些
连光芒万丈的太阳都无法企及的地方。
就这样，数不清的口舌喋喋不休，
她将所闻所见倾注给你所欲之人，
或许过于轻率；时而以假乱真，
时而用荒唐之言道出真情实意。
然而，"声名"啊，因为一宗善举，
你在我的歌里赢得了颂赞，对于别的，
我的缪斯则绝对不屑于去歌唱。
在史诗中给你的美誉，我也不会
有什么后悔。我们英吉利人
受到你的庇护，也会以适当的感恩
来回馈于你。噢，无常的女神！
掌管永恒焰火的朱弗向你遣来他
先前的霹雳，让这地球震颤不已，
并发出话语："声名"，你也在沉默？
那帮大不敬的教皇党人阴谋反对我
与不列颠同胞，侥幸逃过你的惩罚，
却企图使用那种前所未闻的杀戮
来对付手执权杖的詹姆士国王？
他如是发问。雷霆主人的命令立即
传到"声名"耳里。先前是那么迅捷，
现在则带上了嗡嗡作响的翅膀——

换上她那娇柔的外表和崭新的羽饰
——然后右手抓起那把声音嘹亮的
卡拉布利亚①青铜大喇叭，把展开的
翅翼当作双桨，在丰盈的空中滑翔。
虽然远不足以驾驭飞驰的云彩，
却也胜过狂风自身和太阳的烈马。
她口吐恶毒咒语，首先飞越英伦市镇，
一如既往将暗藏杀机的飒飒声响播撒，
然后带着尖利的叫声，喷出"欺骗"的
狡诈和所有将生灵残害的可恶阴谋。
罪恶滔天的行为啊！但不只是行为，
还有那有名有姓的罪恶制造者，他们
不喜安宁，而是埋伏在隐秘的角落！
男人、女人、翁媪、少年听闻传言，
无不目瞪口呆，个个瞠目结舌，
毁灭世界的意识刺透人们的内心！
与此同时，虚空里那悲天悯人的
"天神"深深为之感动，最终将
教皇党人野蛮、狂妄的行动予以挫败：
罪犯立即被捕，得到应有的惩处；
而感恩的赞美诗歌和挚诚的香火
都献祭给了上帝。街头巷尾燃起
温和的快乐火焰；少年成群结队，
载歌载舞，——一年三百六十五天，
哪天的名气大过十一月五日这一天？

诗人想象非洲大陆的某处就是"名声"的老巢，"名声"从那里获悉教皇党人的阴谋后立即来到不列颠将其告发，结果阴谋遭到挫败，罪犯立即被捕。英格兰人感谢女神，更是把上帝颂赞。原本可能是天大的悲剧现在成了孩童们嬉戏的节日——每年十一月五日燃放烟火以示纪念的"盖·福克斯日（夜）"。

17 岁的年轻清教徒诗人具有如此激烈的宗教（政治）热情并不令人惊讶，但如此娴熟的拉丁文诗歌技巧、如此丰富的诗歌想像、如此大胆的比喻修辞，

---

① Calabrian 为意大利西南部一个行政区，是古老的西中海文明发祥地。

不得不让人拍案叫绝。我们从这部"微型史诗"不难看到他后来的《失乐园》里撒旦、地狱、混沌界的先兆。

第五节　本章小结

弥尔顿在求学和意大利之旅时创作的外语诗歌，主要有两首少时习作的希腊语短诗、六首叙述自己一次恋爱经历的意大利语十四行诗与 28 首长短不一的拉丁语诗作。弥尔顿的拉丁语诗作很重要：其一，消除了人们对诗人年轻时无所作为的疑虑；其二，表明一个成熟的诗人已经开始崭露头角；其三，具有真实可信的传记价值，尤其是献给好友迪奥戴迪的第一、第六挽诗，《哀达蒙》这首挽歌和"致父亲"这首书信体诗作。《哀达蒙》足可与《黎西达斯》相媲美，"致父亲"则让我们发现诗人与其父亲之间的情感关联。

弥尔顿的拉丁语诗作无疑是富含诗歌技艺，但缺少生气，所以尽管被"拉丁文诗歌企鹅丛书"收录，得到的评价却是："弥尔顿用拉丁文作诗时，便成了一个模仿者，而不再是诗人"。

可是，在 1645 年，诗人和模仿者之间的区别是如此鲜明吗？

文艺复兴时期的人们对"独创性"（originality）的认识与我们有很大的不同。事实上，文学界直到 1787 年才开始使用"独创"这个词语。约翰·霍金斯爵士（Sir John Hawkins）在《约翰逊博士生平》一书中用 original（独创的）一词来表达"前所未有的，在品格或风格上新奇或新鲜"的意思。此外，约瑟夫·沃顿（Joseph Warton）于 1756 年在提及但丁"崇高而有来源的诗作"（sublime and original poem）时第一次用到这一词语。从英语词典中，我们可以清晰地看到 original（独创的）一词语义重心的演变：原意由"有来源的"（having an origin）逐渐变为"没有来源，自身就是来源"（not having an origin, but being itself an origin）。"独创性"的前提是惊奇，而文艺复兴时期的诗人认为对待惊奇一定要谨慎，否则就会沦为一文不值与空洞无物。约纳森·理查逊（Jonathan Richardson）在称颂《失乐园》的比喻风格时对此有很好的说明："弥尔顿大胆借用的比喻是他自己的，它们在唤醒心灵时没有用突兀的碰撞，而是用了音乐的手法。它们让我们惊奇而不是让我们惊吓。"

总　结

弥尔顿在 1640 年以前的早期（中期偶尔为之）创作了 72 首不同语言、不同风格的诗歌作品。其中，英语诗 36 首、拉丁文诗作有 28 首、意大利语诗作六首、希腊语诗歌两首。此外，还英译出希伯来语《圣经·雅歌》中的 19 首赞美诗以及 12 个古典诗人（包括但丁和彼特拉克）的诗作片段。

这些诗作按照表现主题和诗体风格可以大致分为五大类：宗教类、抒怀类、十四行诗、假面剧（诗剧）、应酬类（悼亡和颂赞）。本编大致依据这一分类对 72 首诗作进行了评述。

宗教题材的四首诗作，尤其是《圣诞晨歌》和《庄严音乐会》将青年弥尔顿的宗教情怀和诗歌天赋初次展现出来。

25 首英语、意大利语十四行诗让我们看到青年和中年弥尔顿的生活侧面，也让我们体会到原味的彼特拉克十四行诗和诗人多样化的诗才。

姊妹诗篇《快乐的人》和《忧郁的人》将乡居霍顿潜心读书青年诗人的心灵呈现给我们，又将其编织精致田园牧歌的本事显现出来。

用英语写就的《黎西达斯》、用拉丁文创作的《哀达蒙》让我们看到弥尔顿从古典源泉汲取养分并消化后注入现代母语的能力，也让我们看到"情动于中而行于言"的真情挽歌魅力。

假面剧《阿卡迪斯》和《科莫斯》给我们留下不少脍炙人口的诗句和歌曲，也让我们看到敢于冒险、勇于革新的青年弥尔顿形象。

希腊语、意大利语和拉丁语写成的外语诗更让我们看到他的语言天赋和多样化的诗歌才能。事实上，弥尔顿自始至终都在用英语和拉丁语制作魅力和实用的诗词文章，在革命后建立的共和国做外语（拉丁语）秘书期间，更是以拉丁语为武器，打击共和国的敌人，捍卫共和国的尊严。

弥尔顿早期的诗歌创作最显著的特点便是其超乎寻常的多样性，最为明显的便是语言：英语的、意大利语的、拉丁语的、希腊语的，甚至有源自希伯来语的英语译作。当然还有文类，即便是在英语诗作中，我们也发现有悼亡诗、贵族式娱乐诗剧、具有性格刻画传统的姊妹诗篇、模仿挽歌的戏剧性诗作等。隐含在其中的文化意蕴从祭司般的虔敬，到同代剑桥大学机智的戏谑，再到贵族家庭高尚的雅致，几乎无所不包。可以说，青年弥尔顿创作出了一些他那个时代最优秀的诗歌，比卡鲁（Thomas Carew）和达文南特还要好的贵族娱乐诗剧，甚至比琼生还要好的丧葬挽歌，甚至比赫伯特还要好的基督教节庆诗歌。从某种意义上讲，他那部 1645 年的《诗集》代表着斯图亚特时代前四十年英语诗歌的最高成就。

第二编 **02**

|中期的散文创作|

概　述

从 1639 年 7 月结束欧陆之旅回到英格兰直至 1660 年初王政复辟遭受监禁，整整 20 年间，弥尔顿都投身于政治论争，并于其中的 10 年作为共和国的外语（拉丁语）秘书直接参与革命活动，亲身经历了英国内战和共和国政权的兴衰，并在这一过程中写下了大量的政论册子（pamphlet）以及其他类型的散文作品。根据其出版时间，这些作品分别是：

1641 年，《论宗教改革，涉及英格兰教会纪律》（*Of Reformation*，*touching Church - Discipline in England*）；

1641 年，《论主教制》（*Of Prelatical Episcopacy*）；

1641 年，《对斯迈克提姆努斯的抗议者之批评》（*Animadversions upon the Remonstrant's defence against Smectymnuus*）；

1641 年，《论反主教制教会治理之理由》（*The Reason of Church - Government urg'd against Prelaty*）；

1641 年，《对"非难的小驳斥"册子的辩护》（*Apology against a Pamphlet called A Modest Confutation Animadversions*，*etc.*）；

1643 年，《离婚的主张与约束》（*Doctrine and Discipline of Divorce*）；

1644 年，《论教育，给 S. 哈特利布先生的一封信》（*Of Education.* To Master S. Hartlib）；

1644 年，《马丁·布瑟尔的判断，英译本》（*The Judgment of Martin Buccer*，*now Englisht*）；

1644 年，《艾瑞帕吉提卡》（*Areopagitica*，意译为《论出版自由》）；

1644 年，《四度音阶》（*Tetrachordon*）；

1645 年，《克拉斯特里恩》（*Colasterion*）；

1649 年，《论国王与官吏的职位》（*The Tenure of Kings and Magistrates*）；

1649 年，《与爱尔兰反叛者缔结的和平条款之观察》[*Observations upon the*

Articles of Peace with the Irish Rebels（*Articles of Peace*, etc.）］；

1649 年，《偶像破坏者》（*Eikonoklasts*）；

1651 年，《驳斥萨尔马修斯为英国人民辩护》（*Pro populo Anglicano defensio contra Salmasium*，即《为英国人民辩护》）；

1653 年，《一封书信，涉及晚近议会的解散》（*A Letter touching the Dissolution of the late Parliament*）；

1654 年，《为英国人民再辩》（*Pro populo Anglicano defensio secunda*）；

1655 年，《大护国公反驳西班牙人》（*Scriptum Dom - Protectoris contra Hispanos*）；

1655 年，《驳斥 A. 莫鲁斯自我辩护》（*Pro se defensio contra A. Morum*）；

1659 年，《论教会事业中的世俗权力》（*Treatise on Civil Power in Ecclesiastical Causes*）；

1659 年，《关于从教会中驱除雇佣人员最可能办法的思考》（*Considerations touching the likeliest means to remove Hirelings out of the Church*）；

1660 年，《建立自由共和国的简便现成方法》（*Ready and easy way to establish a free Commonwealth*）；

1669 年，《启蒙拉丁语文法》（*Accedence commenc' t Grammar*）；

1670 年，《不列颠史》（*History of Britain*）；

1672 年，《逻辑艺术教程》（*Artis Logicae plenior Institutio*）；

1673 年，《论真正宗教、异端、分裂、宽容与制止教皇势力增长的最佳方法》（*Of true Religion, Heresie, Schism, Toleration, and what best means may be used against the growth of Popery*. 即《论真正宗教》）；

1674 年，《家信集》（*Epistolarum familiarium liber*）；

1674 年，《给现任波兰国王约翰三世的宣言和书信》（*Declaration or Letters Patents of the Election of this present King of Poland, John the Third*）；

1676 年，《英国伪上议员克伦威尔的书信》（*Literae Pesudo - Senatus Anglicani, Cromwellii*）；

1641 年与 1681 年，《1641 年长期议会和牧师议会里性格特写》（*Character of the Long Parliament and Assembly of Divines in MDCXLI* 即《性格特写》）；

1682 年，《莫斯科维亚简史》（*Brief History of Moscovia*）；

1697 年，《自由共和国现有方法与简述》（*The Present Means, and brief Delineation of a Free Commonwealth, Easy to be put into practice, and without delay. In a Letter to General Monk in Toland's editon of Milton's Prose Works*）；

1698 年，《历史、政治及其他作品》（*Historical*，*political*，*and miscellaneous works*）与《致友书，涉及共和国的裂痕》（*A Letter to a Friend*，*Concerning the Rupture of the Commonwealth*.（Dated Oct. 20，1659）；

1743 年，《致奥利弗·克伦威尔的原始书信与国务文件》（*Original Letters and Papers of State addressed to Oliver Cromwell*）；

1825 年，《基督教教义》（*De Doctrina Christiana*）。

由 J. A. 圣·约翰作序和注解的《约翰·弥尔顿散文集》（1848 年，全五卷）① 则收录了下列散文作品：

第一卷收录三篇政论文：*A Defence of the People of England*《为英国人民辩护》；*A second defence of the people of England*《为英国人民再辩》和 *Eikonoklastes*《偶像破坏者》。

第二卷收录11 篇政论文和"国务信函"书信集共 12 种：*The Tenure of Kings and Magistrates*《论国王和官吏的职位》；*Areopagitica*《艾瑞帕吉提卡》；*A Letter to a Friend concerning the Ruptures of the Commonwealth*《致友书，涉及共和国的破痕》；*The Present Means and Brief Delineation of a Free Commonwealth*，*easy to be put in Practice*，*and without Delay*《自由共和国现有方法与简述》；*The Ready and Easy Way to Establish a Free Commonwealth*《建立自由共和国的简便现成方法》；*Observations on the Article of Peace*《和平条款观察》；*Letters of State*《国务信函》（135 封）；*A Manifesto of the Lord Protector to the Commonwealth of England*，*Scotland*，*Ireland*，*&c.*《共和国护国公宣言》；*Brief notes upon a Late Sermon titled The Fear of God and the King preached and since published by Mathew Griffith D. D.*，*and chaplain to the late king*《新近一次布道简录》；*Of Reformation in England*，*and the Causes that Hitherto have hindered it*《论英格兰的宗教改革》；*Of Prelatical Episcopacy*《论主教制》；*The reason of church government urged against prelacy*《论反主教制的教会治理之理由》（卷一、卷二）。

第三卷收录九篇论文和《私人书信》共 10 种：*Considerations Touching the Likeliest Means to Remove Hirelings out of the Church*《关于从教会中去除雇佣人员最可能方法的思考》；*Animadversions upon the Remonstrant's Defence against Smectymnuus*《对斯迈克提姆努斯的抗议者之批评》；*Apology for Smectymnuus*《为斯迈克拉姆努斯一辩》；*The Doctrine and Discipline of Divorce*《离婚的主张与约束》；

---

① ST JOHN J. A. The Prose Works of John Milton［M］. London：Joseph Rickerby Printers，1848.

The Judgment of Martin Buccer, concerning Divorce《马丁·布瑟尔关于离婚的判断》；Tetrachordon《四度音阶》；*Colasterion*《克拉斯特里恩》；*Tractate on education*《论教育》；*A Declaration*；*or*，*Letters – Patents*，*for the Election of this present King of Poland*，*John the Third*《宣言，或致现任波兰国王约翰三世的专信》；*Familiar Letters*《私人书信》（31 封）。

第四卷收录一部著述：*The first book of a Treatise on Christian doctrine, compiled from the Holy Scriptures alone*，/ translated from the original by Charles R. Sumner《基督教教义》卷一（38 章）。

第五卷收录四种著述：*The second book of a Treatise on Christian doctrine, compiled from the Holy Scriptures alone*《基督教教义》卷二（17 章）；*The history of Britain*《不列颠史》（6 章）；*The history of Moscovia*《莫斯科维亚简史》（5 章）；*Accedence commenced grammar*《启蒙拉丁语文法》。

五卷共收录25 篇政论文或著述（《基督教教义》上下两卷算一种）、两部公告或宣言、两辑书信总共29 种，根据其文类和主题，大致可分为五类：

第一类，政论册子，如《论英格兰的宗教改革》《论反主教制的教会治理之理由》《为英国人民辩护》《为英国人民再辩》《论出版自由》《离婚的主张与约束》《论国王和官吏的职位》《偶像破坏者》《建立自由共和国的简便现成方法》等21 种（篇），其中的一些名篇都是雄辩类散文。

第二类，公私书信，如《国务公函》《私人书信》《宣言》等4 种（篇）。

第三类，历史著述，包括《不列颠简史》和《莫斯科维奇简史》2 种。

第四类，神学研究，即《基督教教义》（上下两卷）。

第五类，教学材料，即《启蒙拉丁语文法》。

下面，我们将从政论散文、公私书信、历史著述、神学论著四个方面，来对弥尔顿的散文创作进行讨论和分析。其中，政论散文数量最大，内容也最为丰富，所以分成"为自由而奋争""为弑君做辩护""为共和国鞠躬尽瘁"三个专题，教材《启蒙拉丁语文法》在"为自由而奋争"题目下的《论教育》中涉及。

第七章

政论散文（一）：为自由而奋争

弥尔顿在 1654 年发表的《为英国人民再辩》中说道：

"从青年时代开始，我就在研究宗教权利和公民权利之间的区别。我发现，我要想派上什么用场，就至少应当在危机四伏的关键时刻与我的国家、我的教会和我的基督教教友们在一起。于是，我决定丢掉我一直从事的其他追求，将我全部的精力、才华和勤勉都转移至这一重大的事情上来。所以，我写了两本关于英格兰教会改革的书，献给一个朋友。后来，当两位地位显赫的主教为反对某些主要牧师而为自己的特权作辩护时，我觉得在这些出于对真理的热爱、对基督教的敬仰而做过研究的问题上，自己写出的东西应该比那些为一己私利和非法统治而喋喋不休的人来得好，所以就写了两本书——一本关于高级教士的主教制，另一本关于教会治理的模式——来回应其中的一位，对另一位则以某种'批评和责难'而后又以一种"辩护"做了回应。据说，这些书册都不失时机地支援了那些在面临对手的雄辩而无力招架的牧师。这个时候，我也枕戈待旦，准备随时迎接他们的反击。当主教们已经无力抵抗潮水般的抗击者时，我便有空闲将自己的思想转到其他的主题上来，试图将真正实质性的自由来促进。这种自由必须从内部而非外部去寻求，其存在并不依赖于刀剑的恐怖而是取决于端庄的行为和正直的生活。此时，我发现幸福的社会生活离不开三种自由，即宗教自由、家庭自由和公民自由。因为我已经著书将第一种自由论述，而官吏们又不遗余力地争取第三种自由，所以，我决定聚焦于第二种自由，即家庭自由。由于这似乎涉及三个重要问题，即婚姻维系的条件、子女的教育和思想的自由发表，我便将它们都作为我的考虑内容。我不仅就婚姻的严肃性而且对（必要之时）婚姻的解除发表了自己的意见，我的论据都来自神圣律法（基督对摩西律法并未废除或发表任何怨言）。我也就'奸情是唯一例外'的问题表达了自己和别人的意见。我们著名的塞尔登在其

《希伯来妻子》中已对这个问题进行了大量的讨论。一个男人如果在家里接受比自己低劣之人的卑鄙奴役，那他在议会和法院高谈自由又有何用？为此，我就这一问题出了几本书，这在当时特别地必要，因为夫妻常常成为最不相容的冤家对头，男人往往待在家里照看孩子，孩子的母亲则出现在敌人的阵营里，威胁着要将她的丈夫杀害、毁灭。我又讨论了教育原则的问题，虽然是以总结归纳的方式，但对那些热衷于该问题的人来说当是足以详尽的了。没有什么比以美德约束人心更为必要的事情了，因为这是政治与个体自由唯一真正的来源，国家的唯一真正保障与其繁荣、声望的可靠屏障。最后，我写了《艾瑞帕吉提卡》（或叫《论出版自由》）一书，以便将出版业从它所遭遇的限制中解脱出来，我认为决定是非真假、什么该出版什么该禁止的权利不应委托给少数无知、武断的人手里，他们对任何含有超过其粗鄙迷信水平的观点和情愫都不愿发放许可。对于最后一类自由，即公民自由，我没有说什么，因为我发现官吏们已经对它相当关注了。在议会没有宣布国王为人民公敌之前，在国王还没有在战败后作为俘虏受到法律的审判并处以极刑之前，我并没有写过有关国王权利的东西。"①

的确，弥尔顿一生都在为自由而奋斗，而他心目中的自由是内在的自由，包括宗教、家庭和公民三类。他在 1641—1642 年间写下的五篇论争文章（包括《论宗教改革，涉及英格兰教会纪律》《论主教制》《对斯迈克提姆努斯的抗议者之批评》《论反主教制教会治理之理由》和《对"非难的小驳斥"册子的辩护》）都是站在清教徒立场上争取更大的或者真正的宗教自由，即英国国教会与罗马旧教会彻底决裂，因为伊丽莎白女王采取的是一种妥协的宗教改革，宗教仪式和管理形式基本上还是沿用了天主教的那一套，而后詹姆士一世与查理一世的宗教改革更为保守，一心要保留和加强等级森严的主教制。弥尔顿在这些文章里把矛头首先对准主教和主教制，强烈要求在教会内部取消教士等级制，在敬拜仪式上返璞归真。这些主张在其神学专著《基督教教义》里得到了系统而深入的探讨，本章不再做更多的讨论。

1643 年，弥尔顿写下了《离婚的主张与约束》，其诱因可能是新婚妻子玛丽的离家出走。而后又接连写下三个相关的论争册子《马丁·布瑟尔的判断》《四度音阶》和《克拉斯特里恩》。他从《圣经》和学者那里引经据典来说明自己的观点：婚姻应是高尚心灵的结合，夫妻若是在脾气性格上不合就可以构成

① ST JOHN J. A. The Prose Works of John Milton: Vol. I ［M］. London: Joseph Rickerby Printers, 1848: 258 – 259.

解除婚姻的理由。在第一节中我们将以《离婚的主张与约束》为主来对他家庭自由的观点进行分析和解读。

在对离婚问题进行论争的同时，弥尔顿写下《艾瑞帕吉提卡》（或《论出版自由》）。这是他所有论争册子中最为知名的一篇，起因是议会中掌权的长老会派为压制异己思想的流传而重新确立书报审查制度。弥尔顿在文中据理力争，要求议会收回成命，还给人民言论自由的权利。第二节将就此进行解读。

与此同时，弥尔顿还应朋友之邀在1644年写了一封《论教育》的长信，对教育改革，包括教育目的和课程设置，提出了一些颇具建设性的意见。在第三节里，我们将对弥尔顿的教育改革思想进行讨论，并对其《启蒙拉丁语文法》做一简要介绍。史诗《失乐园》里所隐含的教育思想将在第三编里进行讨论。

第一节　《离婚的主张与约束》

一、基本情况①

册子原文的标题页为：

离婚的主张与约束：

恢复两性的益处，从教会法规与其他错误的束缚中解脱出来，

将律法与福音的《圣经》意义进行比较。

其中列举了作为"罪"将上帝律法允许而基督并未废除的行为进行清除和谴责之恶果。

经再次修订，内容大大增加。

（共两卷）

致英格兰议会和牧师大会

"名声远扬的议会和精英满堂的牧师大会，假如严肃地提出这个问题（不会是个不及时的问题）：在所有曾教过书的老师和导师之中，是谁吸引了最多的宗教的和行为的门徒？答案可能就是：习俗。虽然人们荐举美德为理论上最具说服力的东西，良知在质朴精神展示中最能说明问题，但无论这是神圣意志的秘密还是我们生于其中的原初盲目，我们都会发现，习俗依然被人默默认可为最

---

① ST JOHN J. A. The Prose Works of John Milton：Vol. III ［M］. London：Joseph Rickerby Printers，1848：169 - 273.

好的教师。……"

作者 J. M.

马太福音 13：52

"凡文士受教作天国的门徒，就像一个家主从他库里拿出新旧的东西来。"

箴言 18：13

"未曾听完先回答的，便是他的愚昧和羞辱。"

伦敦　1644 年付印

两卷共 36 章的论证纲要如下：

第一部
序言

在大多数人归咎于上帝施加的"恶"当中，人是他自己不幸的原因。我们的教会法家在有关离婚规定上的荒谬。带着更多基督教威严律法。雨果·格罗修斯与保罗·法吉乌斯的观点；这些话语的总体目标。

第一章

由摩西律法证明的立场。为道德、仁慈目的而阐释、维护律法。先是保罗·格罗修斯，然后加上其他人的。

第二章

基于婚姻首要原因的律法之第一条理由：没有任何契约与婚姻自身及缔约方的主要目的相互对立。

第三章

教会法的无知和不公，它规定了婚姻中身体的权利，却对心灵的恶行与怨恨只字不提。提出异议：心灵在契约面前应得到更好的考虑，而后回应。

第四章

律法的第二条理由，因为要是没了它（经常会这样），婚姻就不是它原本所应允（也是理性被造物所期望）的疗法。婚姻，假如我们向救主所要求的那样去追根溯源，不应是肉欲的疗法，而是将夫妻间爱和互助来实现。

第五章

律法的第三条理由，因为没了它，在婚姻中只见到无可救药的犯罪和不满之人便会处于更多、更大的诱惑境地之中。

第六章

律法的第四条理由，上帝看中家庭中的爱与和，这不仅是婚姻的一种强迫行为。比起必要的离婚来，相互怨恨地继续婚姻更会使婚姻破裂。

第七章

第五条理由，没有什么比一种根本不合适的婚姻更加妨碍和扰乱基督徒的整个生命了，其效用与偶像崇拜的结合相差无几。

第八章

偶像崇拜的异教徒在给出适当皈依希望的空间之后应当离婚。《哥林多书》7∶1 的地位应从双重的错误解说中恢复过来；普遍的解说者断然与律法作对。

第九章

通奸并非婚姻的最大过失：可能存在同样大的犯罪行为。

第十章

律法的第六条理由，禁止出于自然原因的离婚是违背自然的。

第十一章

第七条理由，有时候，让婚姻继续下去可能就是缩短或危害双方的生命；律法与神学都有结论：生命先于婚姻，后者本应是前者的安慰。

第十二章

第八条理由，或许（或者肯定）不是每一个结婚的人都曾受到感召；因此，一经发现和思考不合适之后，便不应使用暴力。

第十三章

第九条理由，因为婚姻不是单纯的肉体交合，而是一种人类社交；若是缺了这种交往，便不可能有真正的婚姻。婚姻与其他契约和誓言（为了人类利益可以撕毁）相比较。婚姻是教皇派的圣礼，不合适的婚姻则是新教教徒的偶像。

第十四章

论及家庭主义、唯信仰论；为何认为这些看法会源自对某些正当自由的不当限制，没有更大的原因来将约束蔑视。

第二部

第一章

安息日与婚姻的法令之比较。《福音书》中夸张并非不常见的辞格。过分须得反过分来医治，基督没有也不能将离婚律法废除，而只是取消对律法的滥用。

第二章

离婚怎样因为心硬而得到许可，不能被普遍的解说理解。律法不能许可，更不能实施对"罪"的允许。

第三章

依律法允许"罪"出现便是违背自然律法；立法者的终结和人民的利益，因此在上帝的律法中不可能。比起反预定论的耶稣会或阿米尼乌斯派所反对的东西来，这更会使上帝成为"罪"的作者。

第四章

假如离婚不是诚命，那么婚姻也不是诚命。离婚若是有罪，那它就不可能是天命。里维图斯的解决方案，由某种未知的"道"而分配的上帝不当去满足基督徒的心灵。

第五章

天命（或分配）是什么？

第六章

犹太人和基督徒一样没有权利享受这种假定的分配。

第七章

福音比律法更倾向于分配（天命）。帕里乌斯的回答。

第八章

摩西因心硬而忍受离婚的真正意义。

第九章

如何理解"机构"的词语；救主对其弟子的回答。

第十章

让离婚律法只成为后续律法前提之人的虚妄转变。

第十一章

另一种转变，说离婚为律法所允许却不为其同意。

第十二章

将其仅仅视为审判立法者的第三种转变，又一次证明是一项道德公正的律法。

第十三章

可笑的观点：依据埃及的习俗允许离婚。摩西并非不乐意给出这一律法。帕金斯承认这一律法未被废除。

第十四章

比匝关于用使徒律法来调节"罪"的观点无处可寻。

第十五章

离婚不单给妻子（比匝和帕金斯如此叙述）。更多关于"机构"的论述。

第十六章

"他们须是一整块肉"当如何理解；"上帝联结在一起的，人不当拆散"又是怎么回事。

第十七章

基督关于离婚的判决当如何阐释；格罗修斯的观察。其他增补。

第十八章

我们救主的"语词"是否不能正确地解释为现实通奸才构成离婚的原因。格罗修斯的观点，以及别的理由。

第十九章

基督的教导方式。圣保罗不带诫命地为离婚问题有所增补，说明这是一个公正的问题而非苛刻的问题。……

第二十章

圣保罗"仁慈相信一切事情"的意义，对人们无谓地担心会由此剧增的"放纵"当说些什么。对那些从未在此例中规定"耐心"的人如何。教皇党人严厉反对离婚却宽待所有的放纵。上帝在婚姻中要消除的不幸。人类不公正律法上面的缺陷。

第二十一章

离婚问题不当由律法来审理，而应由良知来判决，许多其他的"罪"也是如此。官吏只能保证离婚的条件是公正、平等的。法吉乌斯的观点，以及该主张的理由。

第二十二章

离婚不当受律法约束的最后一条理由，即它与自然律法和万国律法相违背。更有力地证明涉及塞尔登先生的《自然律法与人》。对帕里乌斯异议的回应，教会应当如何下达命令。这不会招致任何更糟的不便，也不会和现在一样糟。

（结束句）"……假如他们不能知道那一点，那么他们又怎会听到这一点？这一点我将毫不怀疑，得给他们留下一个结论：神子已将所有其他的东西都置于他自己的脚下，但他将他所有的诫命都置于仁慈的脚下。"

从提纲中可以看出，上部聚焦于阐述"主张"（doctrine），下部主要讨论"约束"（discipline），话题自然是"离婚"（divorce）。

二、批评分析

写作《离婚的主张与约束》（1643 年初版，1644 年再版），对弥尔顿而言，既有个人的原因又有政治的原因。已过而立之年的弥尔顿与一位名叫玛丽·鲍威尔的十七岁姑娘结婚成家，但没过几个月玛丽就回了娘家，直到三年之后才回到丈夫身边来。弥尔顿成了遭遗弃的丈夫，但在四篇讨论离婚的论文中并没有把自己遭弃作为论点，而是把脾性不相容作为解除婚姻的首要原因。读者对这些论文的反应部分地取决于一点，即弥尔顿的个人处境与他对此发表的看法之间的关系所引发出来的究竟是一种居高临下的微笑还是发自肺腑的同情？把弥尔顿本人视为公正无私法官的读者会将其中最具个人色彩的段落价值低估，其他读者则会把他当作目击证人，其证词由于基于亲身经历及事后反思而更加可信。

在玛丽离去的三年间，弥尔顿写出了几部最伟大的散文作品，包括两个版本的《离婚的主张与约束》《四度音阶》《论教育》和《艾瑞帕吉提卡》。它们相应地倡导家庭自由、教育改革与"自我表达自由"，主张基于脾性不相容的离婚自由、宗教宽容，还呼吁议会撤回一项出版审查法令，因为强制实施出版前的审查会妨碍人们去发现善美，从而冒犯上帝和人类理智。

弥尔顿最初发表的散文作品是在1641年与1642年间的系列反主教制论文，其突出特点是一种保罗式的绝对主义，即不把人类弱点视为神圣宽恕范围内的一种必然状况而与之妥协。读过这些文字再来看《离婚的主张与约束》，我们不由得对作者在神学、哲学、政治以及对人类弱点态度上的转变感到惊讶，一个似乎具有自负意识的年轻诗人却没有他本可能有的一种惨遭遗弃之感，而且不只是被妻子遗弃！从第一个离婚册子到《艾瑞帕吉提卡》，先前（与将来）的保罗式绝对主义不无同情地遭遇到错误人生与善恶兼具、并不完美的此世。如果说弥尔顿的散文为其伟大诗作提供了教义上的支撑，那么他的第一次婚姻与分离就构成一个"人类堕落"的相关事件：婚姻如同那禁令是一种乐园里实行的"神秘律法"（《失乐园》第四卷，750行），乐园的臣民起初觉得易于遵守，但后来悲哀地发现难以遵从。弥尔顿认为，精神上的不相容比起教会法规所允许的身体原因（通奸、性冷淡、不孕不育）是解除婚姻更有效的原因，所以主张一个二次机会，即离婚之后再婚的权利———一种他同时代人不会乐意去维持的立场。在他这篇最为激情澎湃的散文作品里，弥尔顿对人们见到别人"困顿人生"中"不合理的错误和负担"所表现出来的冷漠感到很是悲哀："我们如此冷漠、无聊，又如此远离同胞情谊，没有自我关注的激励，简直是不可思议！"

论文的语气及个性色彩十分强烈，有时竟会让人忘记一个事实：创作的时机也颇具政治意味。论文是写给英国议会和威斯敏斯特牧师大会的，约翰·塞尔登（John Seldon，1584—1654）则是两个机构的成员，也是唯一点到名的被题献者。"我们博学的塞尔登"出版了六七部著作，其知识来源不仅有希伯来《圣经》，还有《圣经》之后的犹太祭司著述，包括巴比伦——阿拉姆语的"塔木德"文本。塞尔登的引证来源如此多样，其论据似乎是信手拈来，毫无牵强之感，他又喜将主要观点掩埋在一个插入语里面，著述的目的则是要揭露新教英格兰社会（仍在受"宗教改革后主教对离婚的宣教"奴役）中的反常现象。

弥尔顿作品中最希伯来化的散文风格在《离婚的主张与约束》中闪现出来。他早期反主教制的论文将新教改革的精神贵族神化，因为他们强调二元论（"我们"与"他们"；新生与堕落），《离婚的主张与约束》则从自然法理论家塞尔登及其先驱雨果·格罗修斯（Hugo Grotius, 1583—1645）那里借鉴了许多东西。二位理论家都强调普世道德法的共性适用于各种情形。在初版中，弥尔顿提出，基督徒在信仰上优越于其他宗教，但在德性上却无优势可言："我们凭经验……发现，福音书里的圣灵与其说推动我们的意志臻于卓越德行，不如说在启迪我们心灵中对信仰的天赋更为有效，高于犹太教或者异教。"在再版中，弥尔顿则劝告有不幸婚姻的基督徒不要指望忍耐和受罪的改善而应接受离婚给予他们的缓解："如果我们不如（犹太人）或者一样糟糕（令人悲哀的例证说明的确如此），那么，比起那些上帝依据更严厉的契约给予其律法的人来，我们就更加或者至少同样需要这种得到许可的律法。"

弥尔顿反对福音书里基督对婚姻牢不可破的坚定宣判，即不合适婚姻中的伴侣必须表现出基督徒的忍耐并遵从上帝的意志。他将自己激进的自由诉求建立在《申命记》（24：1–4）中的离婚律法基础上。在本文中，让神祇具体化的是摩西律法而非神子：

"（上帝）天意的隐秘天道，我们不爱慕也不寻求，但律法是他显现出来的意志，他完整、明显而确定的意志；在这里他似乎以人形出现在我们面前，与我们签订契约，发誓要守约，把自己像一位公正的律法制定者一样捆绑在自己做出的规定上面，使自己被人理解、裁决或者被裁决、衡量且与适合的理智相符。"

连天国君王都要服从人类的裁决。查理王又怎敢拒绝呢？尽管类型学是非常适合弥尔顿诗歌的象征模式，本论文却将类型学的方向从《新约》转到希伯来《圣经》上了。对耶稣的言语与摩西律法的关系，弥尔顿坚持认为："把所有的（基督）话语都审视一遍，我们就会发现他经常用自己的话来解释律法，也把自己的话语交由律法来解释。"弥尔顿在《失乐园》第五卷至第八卷里对伊甸园——摩西律法的正面描绘在很大程度上都基于这些离婚论文。史诗里，弥尔顿在一种宜人的光明中将伊甸园政体未来的源泉摩西律法呈现出来，并提出一种简便、仁慈而宽容的律法模式。事实上，这种律法模式比当时基督教对离婚律法的理解更为仁慈。

《圣经》里关于离婚的语句与弥尔顿对这些语句的理解构成了进入本文的最

佳切入点:《申命记》24：1 - 2，希伯来《圣经》的离婚律法；《马太福音》19：3 - 9，《马可福音》10：11 - 12 与《路加福音》16：18，耶稣对《申命记》中劝人为善的权利明确而绝对地拒斥；《哥多林前书》7：9，保罗"宁可结婚而不燃烧"（弥尔顿将其解释为：在无可指责的孤独中燃烧）的论断；保罗将不知悔改者指涉为"愤怒的孩童"；福音书中允许以通奸为由将婚姻解除（通奸在弥尔顿的眼中几乎可以无所不指，包括精神的或情感的缺陷，甚至无可指责的脾性不相容）；《玛拉基书》2：16，"耶和华以色列的神说，他憎恶遗弃"（弥尔顿将其解释为：谁憎恶，就让他离婚）以及无数其他例证。弥尔顿对此类语句的有力误读（或者至少可以说，《圣经》语境里的语句与他在文中使用的语句之间的那种差异）应该显露出一个论点：离婚册子中表面上的敌人，教会法规和法利赛人，并不构成真正的挑战。尽管他将法利赛人叫作"刚愎自用"的拉比（犹太祭司），使之成为替罪羊，但弥尔顿自己对离婚的司法立场其实与最极端的法利赛人也好不了多少："这条（离婚）律法约束不了任何人；他完全可以将任何不入眼的东西都抛弃。"弥尔顿真正的敌人是耶稣和保罗反对离婚的判决以及保罗对律法的死亡预言。

对一些读者来说，弥尔顿这种要将《新约》中禁止离婚的语句与希伯来《圣经》中允许离婚的语句一致起来的马伏里奥①式努力必然显得不合时宜，甚至有批评家认为这些册子"其实很丑陋"（authentically ugly），依据就是他那"《旧约》的污染意识"（Old Testament sense of pollution）。此外，弥尔顿没有注意到离异给子女带来的困境，以为他们和被遗弃的妻子一样，要好过错误联姻的配偶一起勉强过日子。对"上帝连接在一起的，谁都不许拆散"，弥尔顿则减缩为夫妻二人不幸福，上帝就压根没必要把他们连接在一起。但若是一对结婚多年的夫妻又当如何呢？他们眼下的不幸难道意味着当初他们就不想在一起？这是否将其过去的一切意义都抹煞了？

对另外一些读者来说，因脾性不相容而离婚这一大胆、激烈的论点与将这一论点表达出来的精彩段落都将使本文成为弥尔顿散文作品中最为引人入胜的一篇。二十世纪八十年代，人们对弥尔顿离婚册子中性别政治的解读基本上都是负面的，但近年来，批评家和学者在尝试一种更为肯定和积极的观点。弥尔顿对不幸婚姻充满痛苦的描述之反面便是他对幸福婚姻发自内心、不无酸楚的

---

① Malvolio，莎士比亚喜剧《第十二夜》中的人物角色，他鄙视各种嬉戏乐趣，希望自己的世界纯洁无辜，可谓是典型的清教徒。

描述。对这位伟大诗人而言，人生最大的幸福莫过于基于精神和谐的持久爱情了。①

第二节　《艾瑞帕吉提卡》（或《论出版自由》）

一、基本情况②

政论册子的封面页为：

艾瑞帕吉提卡为不受审查的出版自由对英格兰议会做出的演讲

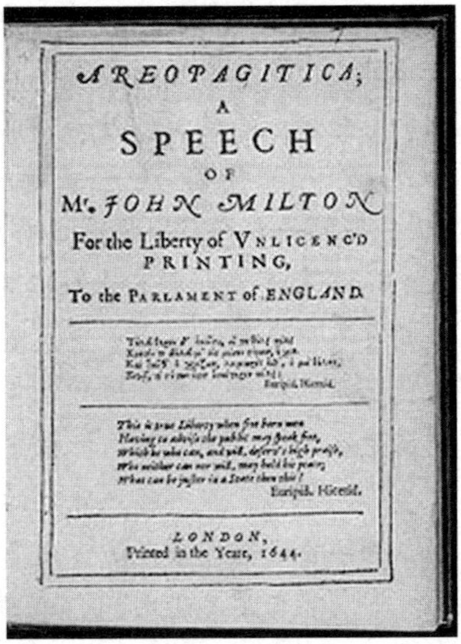
AREOPAGITICA;
A
SPEECH
OF
Mr. JOHN MILTON
For the Liberty of UNLICENC'D
PRINTING,
To the PARLAMENT of ENGLAND.
LONDON,
Printed in the Year, 1644.

图十三　《艾瑞帕吉提卡》封面页

"生而自由的人有必要谏议公众
便可自由讲话，这是真正的自由。
能够又愿意这样做的人值得盛赞，
不能又不愿这样做的人保持缄默：
一国之中有什么比这更为公正？"

——欧里庇锝斯

演讲的开头是：

"位列议会高堂的诸位可以向共和国的轴心首脑直接进言，或者在深居简出无法直接进言时将其预见的可以促进公益事业的事情笔之于书。我想他们在开始这一绝非卑微工作之时，内心会发生不小变化和感动的：或者对将来的结果顾虑重重，或者担心会招致种种责难；对自己所说的或者满怀信心，或者深信不疑。至于我自己，由于初次进入该主题，在别的不同时候可能受到过各种心情的影响，在这些前言里也可能流露某一种心情对我影响最大，但做此演讲的行为本身与给谁做演讲的思想已经在我内心燃烧起一种激情，远比一篇序言所带来的情绪更令人欣喜。"

---

① ROSENBLATT J. P. Milton's Selected Poetry and Prose［M］. New York & London：W. W. Norton & Company，2010：230 – 233.

② ST JOHN J. A. The Prose Works of John Milton：Vol. II［M］. London：Joseph Rickerby Printer. 1848：48 – 101.

演讲中的思想和语言则是精彩纷呈，以下是从中节译出来的22段汉译：

1. "因为这并不是我们希望得到的自由，让共和国永远不出现怨愤，谁都不会有这样的指望；只有在抱怨被自由地聆听和深入的考虑并由此带来迅速的改革之时，智者所寻求的公民自由之极限才能够达成。"

2. "我现在将带着这样的说教来到诸位面前：首先，法令的发明者是诸位都不愿承认的；其次，无论是哪一类书籍，人们对阅读是有一种总体上的看法的，虽然法令本意是压制诽谤性、煽动性的书籍，但不会产生什么效果。最后，法令将首先会阻止学术的发展和真理的发现，因为它让我们的才能在已知的事物中无法施展，变得愚钝，而且妨碍和削减宗教与世俗智慧本来可以得到的进一步发现。"

3. "因为书籍绝非死的东西，而是包孕着鲜活的子嗣与其父母（灵魂）一样活跃；书籍就像在一个宝瓶里保存着将它们孕育出来的鲜活智力最纯洁的效用和精华……不过，从另一方面讲，若是不够谨慎，杀死一本好书差不多就跟杀掉一个人一样容易——杀掉一个人便杀掉了一个理性动物，即'上帝的形象'；毁掉一本好书则将理性本身，即'（人瞳仁中的）上帝形象'扼杀。"

4. "不过，为了不让人以为是我引进了审查制，因为我是反对该法令的，我就要不辞辛劳地从历史中大量引证，来说明古代著名共和国对付这种混乱状况所采取的措施，直至这种审查工程从宗教裁判所里爬出来，而后它如何被我们的主教们抓起来又如何抓住了我们的一些长老。"

5. "不过，我得按照既定的计划首先说明这一个问题：不管是哪一类书籍，也不管给出的益处多还是害处多，人们对读书总体上到底是怎么看的？"

6. 《帖撒罗尼迦书》："凡事察验，善美的要坚持。"

"洁净的人，凡物都洁净。"酒、肉如此，各种知识无论好坏也是这样。只要意志和良知不被玷污，知识便不可能把人玷污，书籍也不能把人玷污。

一切看法还有错误，无论是闻知的、读到的还是校勘获得的，对于快速获取纯真的东西来说都有重要的帮助和效用。"

7. "我们知道，在这个世界里善与恶一起成长，几乎无法将它们分开……正是从尝食的一只苹果里边善与恶的知识像连体双胞胎一样跳出来到这世界上。亚当或许就是堕入了这一知晓善与恶的命运，即通过恶来知晓善。

……能够将携带一切诱饵与表面快乐的恶加以理解和考量却又能自制、区别并最终见给真正的善者选择和喜爱，这才是富于战斗精神的真基督徒。一种美德若是漂泊不定，羞于见人，缺少活动，不去呼吸，从不挺身而出把对手找寻，我便无法将他恭维……毫无疑问，我们带入世界的不是天真纯洁，而是不纯的杂质；让我们纯洁的是考验，而考验要通过对立之物。因此，美德在恶的面前如果只是个乳臭未干的孩子，对恶许给它追随者的极致之物无知无识而将它拒斥，那么它就只是一种空白的善，而不是纯粹的善……

因此，对恶的认识和了解于这个世界上人类美德之构成是必不可少的，对错误的审视于真理的确认也是十分必要的。那么，除了阅读各类论文、聆听各种理智，我们还能够如何更安全、少危险地进入那罪恶与虚伪的领域进行搜索呢？而这正是不加区别地博览群书的益处。"

8. "我完全可以证明，有百害而无一利的审查制可以从徒劳无益而又无法实施的实验名单上剔除。就连那些乐天派人士也不能不把它比作是那位勇士的英勇行为：关起园子大门来阻止乌鸦的进入。

看那聪明绝伦的真理，在无拘无束、自由自愿的时候，她快速地敞开胸怀，方法和话语的步子根本无法赶上。"

9. "我在一开始就努力在说明，没有一个民族或制度严明的国家，假如他们还将书籍珍视，采用过这种审查的方法。对此，或许有许多人回应道：这是后来才发现的一项谨慎作品。我的反驳是，这是一件浅显易懂的事情……他们之所以没有采用，不是因为他们不知道，而是因为他们不赞成这样做。"

10. "许多人因此抱怨神圣天意竟让亚当遭受越界之痛。这真是蠢话！上帝给了他理智，也就给了他选择的自由，因为理智就是选择；否则，他就只是个人造的亚当，和提线木偶没有什么两样。我们自己并不推崇被迫无奈的服从、爱和禀赋，上帝因此让他自由，在他面前（几乎就在眼前）放上一个撩人的东西，其中蕴含了他的优点、他获得酬报的权利和对节制的赞颂。上帝在我们内心创造激情，在我们周围设置乐趣，这些东西若不是经过适当的锻炼就会成为美德的有机成分，那上帝又为何将其创造呢？……你从贪婪之人那里夺去他所有的珍宝，他仍然有一件珍宝留下来，因为你夺不走他那颗贪婪的心。驱逐所有的欲念之物，把所有的青年都幽禁起来并用最严厉的纪律将其约束，你也无法让他们纯洁起来，因为纯洁不会这样来到那里。因此，正确处理此类问题需要极大的谨慎和智慧。"

11. "真理和信任绝非商品，可以凭提单、条例、规格来进行交易和垄断。我们决不能把国内所有的知识都当作大宗商品，不能将其作为绒面呢和羊毛来标价与发售。如果不许我们打磨自己的斧头和犁刀而要到从四面八方赶到二十个审查性的铸造坊去打磨，这不是和菲利士人强加于身上的奴役状态一个样吗？"

12. "某些人在不久前还被人家禁止宣教，现在却要来限制我们读书——除了他们乐意让我们读的东西。我们就只能将这些人的意图理解为对学术实施的第二次暴政。"

13. "它不会抑制宗派的分裂而会催生出宗派和分裂并使之拥有声誉。培根说过'对才智进行惩罚只会增加才智的威信，遭禁止的作品往往被视为真理的火花，飞溅到试图踩灭它的人眼跟前。'可见，这一法令只会是宗派的乳母和真理的继母。

有识之士认为，我们的信仰和知识通过运动而成长，就像我们的身体和容颜。在经书里真理被比作泉水，如果不川流不息地流动就会变臭成为一潭统一和传统的泥沼。在真理这个问题上，一个人可以是异端；他若是仅仅因为牧师这样说或者会议这么定而不知别的原因把任何事情来相信，他拥有的真理也就成了他的邪说，尽管他的信念纯真不假。"

14. "如果我们相信自己没错，对待真理也没有丝毫虚伪（虚伪自然不对），如果我们不责怪自己孱弱而轻佻的宗教，指责教民是未受教化或者不够虔敬的乌合之众，那么当一个和（据我们所知）曾经将我们教导的那些人一样贤明、博学又有良心的人不是私自挨家挨户做宣传（这更加危险）而是公开著文向世人发表他的观点、他的理由并说明现在的想法并不正确，岂不是一件非常公正、合理的事情吗？"

15. "诚然，真理曾随其圣主来到世界上，其外形既完美又辉煌，但在圣主升天且让使徒睡着之时立即有一个邪恶的骗子民族兴起。他们（就像埃及故事里泰丰与其帮凶对待善良的奥西里斯那样）把'真理'抢走，将其可爱的形体分割成千万个碎块，在风中四面抛撒。自此以后，'真理'的伤心朋友们，但凡敢于露面都像伊西斯仔细寻找被肢解的奥西里斯身体那样，四处奔波，一块一块地捡拾起来，能找到多少就是多少。上下议院的议员们，我们还没有找到所有的碎块，在其主人二度降临之前也不会将它们找全，但圣主会把每个关节、每个部位都拼接起来，最终塑造成一个永生不灭、完美可爱的形象。不要任由这些审查禁令处处妨碍、阻挠人们去继续寻找，继续为我们殉道的圣徒举办葬仪。

我们自豪地拥有光明，可一旦我们不明智地直视太阳本身，光明就会刺伤我们，让我们陷入黑暗。……我们得到的光给了我们，不是要我们去直视，而是要借助它去继续发现那些遥远的知识。……以已知的东西将未知的东西永远地寻求，在寻求的过程中不断向真理靠近（因为真理的整个身体是同质且成比例的），这是神学和数学中的金科玉律。它造就出教会中最美好的和谐而不是冷漠、中性、内部分裂的思想表现在外部的被迫结合。"

16. "对于一个如此顺从、如此乐于寻求知识的民族，你还能有别的什么要求？对于一块如此有为而多产的土地，除了聪明、忠诚的劳动者（他们早就成一个有知识的民族、一个由先知、智者和贤人构成的国家），你还能要求什么？……哪里有求知的强烈欲望，哪里就有各种争论、各种著述和许多不同的意见；因为正直善良者的意见就是正在形成的知识。在人们对宗派和分裂极端恐惧的情况下，我们确实委屈了这种对于知识和理解的认真、热切的欲望，而这欲望是上帝在这个城市里激发出来的。"

17. "然而，这就是那些曾经大声疾呼反对分裂和宗派的人们。简直就像我们在修建上帝的神殿期间，一些人切割石材，一些人把石材凿方，其他人砍伐木材，突然来了一拨缺少理智的人，根本不考虑在修建完工之前必须有许多宗派和分队在采石场和木材场工作。而当每一块石头都被巧妙地砌在一起时，也不可能成为一个严丝合缝的统一体，而只会是这个世界上彼此紧密相连的个体。一幢幢的建筑更不可能都是一种形式，或者说，其完美表现在：从许多适度的花样和（彼此并非不成比例）兄弟般的差异中产生出来的美妙、优雅的对称，让整个建筑群和结构显得和谐而美好。"

18. "我似乎在心中看到一个高贵、强大的民族像睡醒了的大力士一样站起身来，抖一抖她那无敌的发绺；我似乎看到她雄鹰一般地换上有力的青春羽毛，对着正午的阳光将她眨都不眨的眼睛点燃，在天国灿烂的泉眼那里将那一直被滥用的目光清洗、擦亮。而那怯懦、群聚的雀鸟与那只喜晨曦暮色的鸟雀在四周飞来飞去，叽叽喳喳叫成一团，对她的意图惊诧不已，心怀妒忌地预言：一个宗派和分裂的年头要到来。"

19. "给我自由去认识、说出并依照良知自由地争论，这是一切自由中的首要自由！"（Give me liberty to know, to utter, and to argue freely according to conscience, above all liberties.）

20. "……如果前来查禁，那么最有可能遭到查禁的便是真理本身，因为我们的双眼被偏见和习俗蒙骗和遮蔽，一见到真理便可能以为她比许多错误还不堪入目、不令人相信，就像是许多伟大人物那样被人怠慢和蔑视。"

21. "关于出版管理的问题，不要让任何人有幸提出比诸位在本法令颁布之前所制定的那一法令更好的建议来，即'除非印刷商与著作者或者至少印刷商的名字已经登记备案，任何书籍将不得付梓出版。'不遵此法令而出版的东西，如果发现有害或者具有诽谤性，人们能够拿出的最及时、最有效的对策便是火刑与刽子手。"

22. "对这些商品的诡辩和逻辑反驳，我并不擅长，但有一点我是清楚的，即好政府、坏政府都必然带有错误。有哪一位长官不会被误传消息，不会在出版自由掌握在少数几个人手里时更容易偏听偏信呢？（尊敬的上下议院的议员们！）如果能自愿、迅速地把出错的事情纠正过来，以最高的权威将朴实平易的通告（而非别人给出的一大笔贿赂）来尊重，那便是一种与你们高尚行为相媲美的美德，而只有最伟大、最智慧的人才会具备这种美德。"

我们不难从中看出弥尔顿演讲的思想逻辑和时而出现的警言妙语。本文的发表似乎对处于上升阶段的长老会派人士并没有产生应有的效果，但《弥尔顿传》的作者托兰德（Toland）认为论文实际上产生了不小的效用，据说有一位名叫麦博特（Mabbot）的审查官在申述了四大理由之后于 1645 年辞去了审查官的职务。

二、分析解读（一）：四重论据的演讲①

1641—1642 年，弥尔顿曾出版五个反主教制的小册子来声援长老会派。长老会派掌权后立即废除了那条臭名昭著的几乎无所不包的压制性审查法令：查理王于 1637 年颁布的"星室敕令"。但在 1643 年 7 月，长老会派主导的议会颁布了新的审查令，要求所有的书册、文件都须接受其指定人员的审查。弥尔顿公然藐视这一命令，未经登记就发表了两个政论册子：《离婚的主张与约束》《艾瑞帕吉提卡》。他在后者中试图说服他先前的同盟军收回那道出版前接受审查的命令（但他支持出版商与作者署名与保障版权的那一部分），但没有成功。他在两个册子里都署了名，自豪地宣告他"愿意公开接受任何质询"。

两个政论册子在外表和思想上都有许多相通的地方。崇高的风格、丰富的内容、热烈的情感都有明显的体现，而且使用了严谨的修辞来发出剧烈变革的忠告，以改善人类状况，因而表达出一种信念：人类在某种程度上有能力控制自己的生活。在讨论离婚问题的几个册子里，上帝不是严厉的法官，要求人们牺牲掉人间的乐趣，而是一种仁慈的力量，为做出糟糕婚姻选择的人们提供解脱痛苦（因教会法规的习俗阻止他们解除婚约）的自由。世界并不完美但可以改善的观点也被延续到《艾瑞帕吉提卡》中，虽然议会立法取代有关离婚的《圣经》律法（《申命记》第 24 节）而成了匡正的力量："因为这不是我们所希望的自由，共和国里不出现怨言，不要让世人有此指望。不过，只要抱怨得到自由的倾听、深刻的考虑和快速的改革，明智之士所寻求的市民自由之极限便

---

① ROSENBLATT J. P. Milton's Selected Peotry and Prose [M]. New York & London：W. W. Norton & Company, 2011：333 - 337.

有了保障"。

　　支持离婚与出版许可的法律对好人自然有所助益，但也可能被坏人滥用。放纵之徒将从宗教改革对基督限制话语的错误解读中解放出来，可能会随意地离婚；恶劣之人在没有议会审查令对其进行约束的情况下会出版粗俗下流的言论。但《申命记》中的离婚律法会让不幸的夫妻获得解脱，消除亵渎神明的绝望机会；去除出版前的审查则会让真理自由地流传，从而使宗教改革趋于完美。

　　在《艾瑞帕吉提卡》里，弥尔顿的宽容是有确定的限度的，他曾宣称罗马天主教应被彻底地清除，但在总体方法上还是和《离婚的主张与约束》一样表现出一种包容性，而这与他先前反主教制的册子大相径庭。伟大的教父德尔图良有句名问："雅典与耶路撒冷有何相关？"但在本文中，弥尔顿发现哲学教导与经文教义是相互兼容的。与"这片土地上有名的学人之长"约翰·塞尔登（John Seldon）一样，弥尔顿将政治与宗教联结起来，请求英格兰的立法机构推进宗教改革。

　　《艾瑞帕吉提卡》的题目本身就体现了这种包容性。它源自伊索克拉底（公元前436—338年）的"艾瑞帕吉提卡演讲"这一原本供人阅读而非讲出的演讲，个体公民在其中敦促雅典最高司法机构［艾瑞帕格斯——字面意为"（战神）阿瑞斯（或玛尔斯）山丘"——议会］改变其既定政策。除了前基督文化典故，题目还让人想到圣保罗在玛尔斯山丘上做的伟大布道（《使徒行传》17：22－31）。使徒在其中向雅典人说教，引用了对宙斯的乞灵之语："我们生活、动作、存留都在乎他。"弥尔顿同时诉诸于经书和伊索克拉底来将书面话语置于口头话语之上。他捍卫"文本契提弗"（textual Chetiv，希伯来《圣经》马所拉抄本的原始转写），反对"边缘克利"（marginal Keri，供人阅读的修订文本），在开首一句便将"克利"（宣告）和"契提弗"（书写）区别开来，把"直言其言语"者与他自己那样"写出其所预言的以促进公共福祉"之人对立起来，然后又补充道："写作比说教更具公开性也更易于反驳，如果必要的话。"

　　在这一古典的演讲稿中，有一个句子将四个部分的"证实"或证据列举宣布，成为主要论证从中流出的泉眼。四种论据分别为历史的、理智的、实用的和道德的论据。弥尔顿对其听众这样说："首先，审查制的发明者会是那些你自己不认可的人"，将这一议会命令称作是"货真价实的西班牙书籍审查政策"，从而将命令与西班牙宗教裁判所以及"愚蠢地罗马化的（坎特伯雷大主教）威廉·洛德主教制教会"联系起来。在这一历史论据中，他谴责罗马天主教将机构性权威强加于个体良知的自由之上。

　　第二个论据基于此世之中善恶在外部难以分离的事实。我们心中有善也有恶，所以必须自由运用理性和节制来将善辨认和选择："可以肯定地说，我们带入世界的不是纯真，而是杂质；使我们纯洁的是考验，而考验要通过对立之物。"弥尔顿承认人们对知识与对食物一样有胃口，所以争论道，既然我们想吃什么就吃什么，那么我们也应当自由地去读一切可读之物。毕竟当下被斥责为异端邪说的著作（如他自己写的离婚册子）可能在时机成熟之时被发现推动了宗教改革事业，而那些获得了审查官"出版许可"的书册可能最终被证明是虚妄之说。

弥尔顿在这一论证过程中的关键时刻引证了一个（取消了犹太教仪式律法对食物的区别的）保罗式诗句："但要凡事察验，善美的要持守。"（《帖撒罗尼迦前书》5：21）；"在洁净的人，凡物都洁净。"（《提多书》1：15），其后又加上一句"不仅是饮食而且是各种知识，善的或者恶的"。这简直就是弥尔顿对拉斐尔警告亚当和夏娃的一种回响："知识如同食物，同样需要 / 她对食欲进行节制。"（《失乐园》第7卷126－27行）。在乐园里，知识的食物被神圣律法禁止；食物的知识则受到以节制为外形的谨慎之约束。

弥尔顿在保罗式诗句本身里找到了大胆的思想力量，他的第一个论据对一个基于宗教改革系统神学的这些诗句做出了适应和拓展。授权来取消禁止食物与许可食物，尤其是犹太人与非犹太人之间的区别，包括诗文被宗教改革用来消除教会与世俗间的区别，并向四面八方宣告寻找经书的自由。弥尔顿将这一论据用在本文中，将阅读《圣经》的自由拓展至阅读任何文本。任何脱胎换骨的基督徒只借助《圣经》本身就能来把经书解读，到达（被享有特权的教士遮蔽和复杂化了的）真理，这一能力被稍稍调整，成为个体自由反抗审查制的一个有力证据。

第三个证据，即实用的证据，将出版前审查的徒劳无效曝光出来。弥尔顿认为，书籍和人一样，会因其过失而遭到报应、受到迫害，但印刷与否，得由出版商而非审查官来定。我们内心既然有恶，就没有必要试图将恶隔离起来。而且，审查官将不得不控制"所有的娱乐、消遣"，音乐、舞蹈、食物、衣饰、谈话与伙伴。足以胜任审查官之职的人是不会想要这种东西的。

第四个论据，也是最为复杂、最美丽的论据，其中包含了主要的比喻，即所罗门神殿的修建、拿撒勒的参孙、逃难之城、耶和华的人民皆为先知的以色列等，英格兰被描述成一个神圣民族。最能引起共鸣的是将真理比作奥西里斯被肢解的身体，而真理的朋友被比作伊西斯，"一块一块地将其肢体收捡起来"。镶入文中的神话传说可以作为跨文化指涉渗透于全文：埃及神祇的故事在普鲁塔克的《道德论》中出现过，而今又被一个英国的清教徒采用。

弥尔顿坚持认为，真理不只有一种形状，它有主观的一面，又有客观的一面：

> "真理在经书里被比作流动的山泉，泉水如若不川流不息地流动就会浑浊成为统一和传统的泥潭。一个人或许在真理上是个异端，假如他仅仅因为牧师这样说或议会这样决定而不知晓别的理由就信这信那，他的信念尽管不假，那么他所持有的真理也就变成了异端。"

这种民族主义式的论据时常诉诸经书："天堂的眷顾和蔼，我们有伟大的论据来以一种特别的方式认为对我们是青睐和偏心的。否则，为何首先要选择这个民族，从她那里，如同从锡安山上，发出并响起全欧洲宗教改革的最初消息和号角声呢？"弥尔顿在此暗指《以赛亚书》第2章第3节（"律法必出于锡安，耶和华的言语必出于耶路撒冷"），将第一个听到宗教改革号角的国家（英国）与第一个听到神谕的以色列相提并论。将这样一个神圣共同体的成员（包括最有学问的成员）置于审查官的权威之下，不啻是把他们当作三岁孩童，让他们对议会失望，给他们的牧师带去侮辱，将宗教改革的步伐阻滞。

1651年，弥尔顿自己成了共和国的书籍审查官，他在《艾瑞帕吉提卡》的结尾处请求议会用先前一条限制程度低一些的命令来对出版业进行调控。在某种意义上讲，他维护着离婚册子里的那种重要的连续性：敦促议会不去彻底地废除法律而是采纳更为人道的调控方式。

本文引发了各种不同的解读。在一些人眼里，弥尔顿是具有民主自由思想的诗人，在另外一些人的眼里，他却成了一个具有极端革命思想的预言家。将自由与权威视为绝对对立的人会将其保罗式基督教自由与无限制的宽容、对法律的维护与极权主义联系起来。不过纵观全文，虽然有保罗式的论据，弥尔顿也在摩西律法之下找到了自由的例证。《艾瑞帕吉提卡》采用了一种一元论阐释学，其中，普世的自然律法、摩西律法和福音与一种对审查制的自由主义立场是相协调的。弥尔顿使用一种（在宗教改革时期的《圣经》文本中流行的）教条上非正统的基督教自由观来消解牧师的特权，捍卫普世的阅读权利。

《艾瑞帕吉提卡》在所有的论争册子中独树一帜，属于一种古典式听众缺席的（1643年致英国议会）演讲词，所模仿的是伊索克拉底式和圣保罗式演讲。它又是一篇在创造性和文化意义上都出类拔萃的作品，超越了弥尔顿其他散文创作。这一结论也得到了许多名家评论的支持。威廉·克里甘（William Kerrigan）、约翰·拉穆里奇（John Rumrich）与斯蒂芬·M·福隆（Stephen M. Fallon）

称之为"为出版自由做出的最完整、最激励人之论辩"①，罗伊·弗兰纳甘（Roy Flannagan）则以为"《艾瑞帕吉提卡》已经成为至今人们仍在界定我们文化教养的文学经典"②。

三、分析解读（二）：真理与不确定性③

弥尔顿的《艾瑞帕吉提卡》长期以来一直被解读为一种对"完全自由"的经典式慷慨性呼吁。哈罗德·拉斯基（Harold Laski）与其他一些学者在纪念《艾瑞帕吉提卡》发表三百周年（1944 年）之时写下了一些论文，结集为《表达的自由》（*Freedom of Expression*）。在这些文章里，弥尔顿不仅是绝对自由之信徒，而且"更为重要的是，一个人文主义者——抛弃了中世纪教条主义而为其信仰寻求自然或实证基础的英国人文主义运动最伟大的代表"。（第 125 页）《艾瑞帕吉提卡》在其中也得到了高度的评价："对'认识、表达和自由辩论的自由'所进行的侵蚀没有什么不可以反对的。"（第 122 页）。但人们明显忘掉了一个事实：它本身就在倡导一种对这一自由的侵蚀。只有圣保罗大教堂的主持马修（W. R. Matthews）清楚地看到那一事实："弥尔顿对可容忍书籍的认识是有限的，"他温和地说，"似乎近来未曾读过他的书的很多人都对他所倡导的理性自由有一种夸大其词的认识。"（第 78 页）

事实上，弥尔顿最终并不反对审查制，他对抽象或绝对的"出版自由"并无多大兴趣，他对书籍的态度也并非出于崇敬。这种崇敬据说让纽约公立图书馆的建造者在其目录室里印上了其中的一句话："一本好书是一种主导精神的宝贵生命血液，被涂上油膏然后叫人珍藏，以寻求一种超越生命的生活。"（A goode Booke is a pretious life blood of a master blood, imbalm'd and treasured up on purpose to a life beyond life.）

我们还是就这句话与这句话所在的那一知名段落来开始我们的讨论吧：

"我不否认，教会与国家最为关注的事情便是对书籍贬损自己和人的情况保持警觉的眼光，然后将其作为作恶者予以拘留、监禁和严厉控制。书籍不是绝对的死物，而是蕴含着一种生命的潜力，这潜力同书籍之源的灵

---

① KERRIGAN W. , RUMRICH J. , FALLON S. M. The Complete Poetry and Essential Prose of John Milton [M] . New York: Modern Library, 2007: 925 – 926.

② FLANNAGAN R. The Riverside Milton [M] . New York: Houghton Mifflin, 1998: 992.

③ FISH S. Driving from the Letter: Truth and Indeterminacy [J] in NYQUIST M. Milton's Areopagitica from Re – Membering Milton: Essays on the Texts and Traditions [M] . New York and London: Methuen, 1987: 234 – 47.

魂一样活跃，……杀个人只是死了一个有理性的动物，即'上帝的形象'；毁掉一本好书则将理性本身，即'（人瞳仁中的）上帝形象'扼杀。许多人的生活都对地球构成负担，但一本好书是主导精神的宝贵生命血液，被涂上油膏然后叫人珍藏，以寻求一种超越生命的生活。不错，没有哪一个时代可以复活生命，生命的损失或许并不巨大；所有时代的革命并不常常能让失去的真理复得，而这让所有民族的利益受损。因此，我们必须慎之又慎，注意自己是否对公众人物的鲜活劳作做了什么迫害，是否将人保存在书籍里的美味生命做了什么糟践。我们明白，某种过失杀人罪可能由此犯下，有时还可能招致殉道行为，而若是延伸至整个印刷行业，便会成为一种屠戮大罪。屠戮的结果不仅是杀死自然的生命，而且是对超凡与第五元素（即理性气息本身）的伤害，所杀掉的不是生命，而是不朽和永恒。"①

如果我们剥掉其中明显的理想主义成分，那么这段文字就绝对是非弥尔顿式的了。其一，它将价值与真理安放在一个具体的物体里；其二，它明显赋予该物体的那种敬仰已经近于（甚至等同）崇拜，而这是很危险的。一句话，该段文字有鼓励偶像崇拜之嫌，而这正是人们在引用它作为书籍宗教（即人文主义宗教）时常常带有的那种目的。然而，这可不是弥尔顿的宗教。弥尔顿神学的中心思想是"内心之光"（inner light）的教义，他的整个一生可谓是对警觉的践行。在这践行的过程中，他屡屡在这样那样的政治、社会或教会计划里觉察到另一种企图，即把内心之光的权威替代为某种强加的外部规则的虚假权威。正是出于这种精神，弥尔顿在一年半之前发表的《对"非难的小驳斥"册子的辩护》中提出了一系列相关的论点：拒斥固定的祷告词而支持"那些非强加的自由表达（它们从真诚的心里自然流出而成为外部的姿态）"；拒斥修辞与创作的规矩而支持"真正的雄辩"（拥有认识美好事物之强烈愿望与将此类知识融入其他事物之珍贵仁爱的人说出话来，自然蕴含着这种雄辩）；拒斥任何对其风格的批评（这种批评用某种外部的端庄标准来将风格衡量，对其辛辣、责骂甚至下流的词语进行辩解——"反对真理的敌人，可以有一种辛辣的味道"）；坚持认为真正的诗人只能是由这样的人来写出（与解读），即他自己就是"最美好、最高贵事物的作品与模范，不会去为英雄人物高唱赞歌，……除非他自己身上就有所有值得称颂的经历和实践"。在这些语句之中，弥尔顿一直都在警觉一种

---

① Elemental（元素的，基本的，自然的），而自然元素包括水、土、气、火四种；第五元素即自然以外的非物质精英或超凡的以太。

危险：将某种外部的形式具体化，使之成为真理与价值的仓储。

在初版的《离婚的主张与约束》（1643 年）之中，这一危险的表现形式就是《圣经》本身。弥尔顿在论文中所嘲弄的是这样一些人，他们相信律法的精髓在《圣经》的字里行间可以找到。他把这种人称为"极端的本本主义者"（extreme literalists）和"被字母捆绑的人"（letter bound men），因为他们让文本成为"凌驾于上帝崇拜和个人善良之上的""一种超验的命令"。拒绝将智慧与真理等同于书本，即便这书本是《圣经》，这也是他在后来的《基督教教义》中拒斥"摩西十诫"权威性的一点，因为他恪守保罗的规定："凡与信仰相悖者皆为罪"，而这与"凡与十诫相悖者皆为罪"是有所区别的。再后来，他这种反本本主义（anti‑literalism）又演变成为一种更为激烈的反书面主义（anti‑literaryism）：《复乐园》里的基督宣称，读书"令人厌倦"（第 322 行：many books, / wise men have said, are wearisome.）。

回到《艾瑞帕吉提卡》，我们便会发现将书籍如此颂赞的这段文字显得是多么不寻常了。弥尔顿断言，人的精神可以从其日常操练的环境中抽象出来，在各种"不请自来"的外部姿态之表达中发现真理。真理可以在那种外部表达中被捕捉并被"保存"在书籍中间，这似乎叫人不可思议。弥尔顿对自然物体的死字母（"被涂上油膏然后叫人珍藏"）之赞美甚于忠诚信徒的鲜活劳作，又将与生命一起消逝的真理作为"不甚大的损失"抛弃掉，将杀人与屠戮的词汇预留给"印刷"出版的损失，其中表现出来的所谓"教皇分子对遗骸的偶像崇拜"更是教人不可思议了。这几乎就像是他创作那一首伏都教徒遭迫害的十四行诗的最初草稿，开头一句不是"复仇吧，主啊，你那被屠杀的圣徒！"而是"复仇吧，主啊，你那被屠杀的书籍！"

最有利的证据来自《艾瑞帕吉提卡》本文，弥尔顿在其中许多地方都表露出有损书籍神圣这一观点的情愫。例如，在引用上面那段文字之前，有一个以"驱逐一切肉欲之物"开头的句子。其中的 objects of lust 其实是一个歧义短语，可以理解为"（驱逐）所有的肉欲之物"，即一切能激发人之肉欲的物体，也可理解为"（驱逐）所有已有肉欲可以附着其上的物体"。第一种解读的妙处在于它指出了一个未来的行动方向——除掉那些激发人之肉欲的物体；第二种解读则将这一行动方向自行击败或者消解掉，因为它要把一切都驱逐出去。事实上，第二种解读才是正确的：

> "驱逐所有的肉欲之物，将所有的年轻人都圈进在任何传统里都可以实施的最严厉的约束中；他们若不如此来到这里，你们便无法使之贞洁。"

也就是说，"贞洁"不是物体而是人的性质，我们不可以用消除物体的方法将其保护或者促进。的确，即便是有人去行那不可能的极端之事（消除世上一切物体），肉欲与其他罪的盛行也是不可避免的，因为"就算从贪婪之人那里把他所有的财宝都拿走，不给他留下一件珠宝，你们也不能剥夺掉他的贪婪之心。"有了贪婪之心这一存在的驱动力，他便可以带着他的欲望之物、他的肉欲之物在世界（即便只是他想象的内心世界）上繁衍生息。

我们不难发现，这种推理与反对审查制是多么的契合。只要是主张将审查制作为抗击"罪"的手段，它就"远不足以达到它想达到的目的"，因为"罪"并不栖居在审查意欲消除的物体之中。令人感到好奇的是，如果这就是反对审查制的有利论据（弥尔顿用了至少六次），那么它对反对审查制的替代方案（自由、不加限制地出版书籍）同样也是有利的论据，因为从中得出的必然推论是假如人而非书籍是罪之源泉，那么人而非书籍也是德之源泉；假如罪不会因其外在场合的消除而被消灭，那么德也不会因其外在表征得到保存而受到庇护。简言之，反对审查制（或者支持书籍出版）的论据其实是将书籍抛掷于话题之外的论据；书籍可以拯救你也可以将你败坏；否认论据一面的潜力也就是否认论据另一面的力量，从而削弱了弥尔顿在那一段文字中所提出的汪洋恣肆的主张。无论书籍是什么，都不可能是他在那些掷地有声的语句中所声称的东西——真理的保存者、主导精神的生命血液、上帝的形象。

那么，他又为什么还要说出来呢？答案是说出来就是要远离它。论文到其高潮，将书籍称作是"超凡的第五元素"和"理性自身的气息"时，弥尔顿突然止住了飞行："但我唯恐自己在反对审查制的同时遭到谴责，说我在引入许可证"。这一修辞上的华彩为其后历史回顾的离题之笔埋下了伏笔，也暂时呼应了弥尔顿自己将书籍（物体而已！）转化为优雅的手段和媒介时用到的许可证。虽然转瞬而过，却已足以将资质限制的阴影投放于说过的话语上面。这一资质限制伴随着我们走进"古代的著名共和国为应对这种出版混乱状况而采取的措施"。

"这种混乱状况"指的就是许可证，即准许书籍"如同其他出生一样自由地进入世界"这一行为带来的所谓"伤害"。弥尔顿告诉我们，正是这种自由的行为构成其将要巡视的社会的特点。我们因此有了这样的期待：其后的历史巡视之要点是，在这些"古代的著名共和国"里，德行兴盛将是审查制的缺失所带来的一大效果。但这一期待终因未取得如此鲜明焦点的一段历史而令人失望。弥尔顿首先引用了可能是其最有利的例证，"书籍和智者比希腊其他地方都要忙碌"的雅典城邦，但没有颂赞这一"忙碌之事"的益处，而是立即转向雅典人将其限制而采取的措施，结果发现"长官只愿去注意两类文字：渎神的文字……或者诽谤的文字"。"愿去注意"（car'd to take notice of）确立了这部分语言的不确定性，因为他一方面对长官的限制表示认同，一方面又在暗示"若是更为警觉的话，他本可以注意到更多"。从希腊来到罗马时，此类双重论据还在继续。弥尔顿通报了拒绝去审查的长官所实施的限制措施，描述了限制（或者更确切地说是不加限制）带来的结果，但卢克勒斯与卡特卢斯的"尖刻露骨"与奥维德的淫荡诗句不受限制而大行其是，究竟是好事还是坏事？这一问题用词不多，但弥尔顿使用的判决性词汇始终在将其暗示，而且没有什么可以用来反对这个问题，也没有给出任何例证来说明哪些书的出版会带来什么道德的结果。弥尔顿提到的书籍不虔敬、放肆无理、下流无耻或者放荡不羁，却能够顺利出版，这一事实主宰着历史，就势必给人一种负面的暗示：在许多（好的、坏的，文明的、野蛮的）社会中，书籍出版前不进行审查似乎并没有什么分别。

值得注意的是，"没有什么分别"发生在两个方向，被弥尔顿后来称为"杂乱阅读"的行为并未带来特别的坏处，也没有产生什么特别的好处。这似乎只是一件"中立"的事情，与共和国的道德地位并没有明显的关联。而假如审查制与道德的产出与保护如此缺少关联，那么书籍也当如此，整个历史就与引入历史的那种赞美断裂开来了。

只是在历史回顾完结之后，弥尔顿才重新拾起理应得到回答的那个问题："我们在总体上如何看待读书？……读书的利和弊是什么？"早先的问题似乎是书中有什么内容，这个问题则是问对了。但在他对希腊、罗马的做法做出如此不确定的叙述之后提出来，问题就显得奇怪了，似乎是由另一个提出，而这人还未认识到问题所假定的日程（把书籍分出好坏来）已经或多或少地被弃置一旁了。在开头的那些语句中，论文表现出一种不可思议的无能——不能解决也不能明白无误地延续那种（当书籍成为一种显然不受限制的赞美对象时强有力地预示出来的）论证线索。

论文猛然间做出决定性的转向，明显地（至少是暂时）稳住了脚步。弥尔顿将欧西比阿斯所报告的一个幻觉调用出来，而欧西比阿斯正在与弥尔顿辩论冒险阅读"异端"那"污秽书卷"是否合法。弥尔顿将第二个幻觉视为"上帝赐予他的"。上帝对欧西比阿斯说了这样的话："你手上得到什么书都可以读，因为你足以做出正确的判断，足以审视每一件事情。"这种弥尔顿所谓的"启示"用消解问题的方式把问题解决掉，即将书籍价值的问题转让给欧西比阿斯——他足以（严格意义上的"自足"）凭借已经具备的素质来将他所读的一切都转变成善良。为了避免误解，弥尔顿将欧西比阿斯从帖撒罗尼迦那里引用的一句话（"凡事察验，善美的要持守"）替换成同一作者的另一句名言："在洁净的人，凡物都洁净"，并随即给出了有力的解释："不但酒和肉是这样，一切知识（好的或者坏的）也都是这样。只要意志和良知没被玷污，知识和书籍就不会被玷污。"的确，书籍是比肉食更为"中立"的东西，因为"坏肉就是使用了最卫生的烹调方法也不会产生好的营养"，而坏书"对睿智的读者来说，可以借以……去发现、驳斥、预防和阐明"。当然，到头来，从书本身或者书中内容是否可以造成损害的意义上看，世上并不存在坏书，一旦进入读者的心里面便成为检验和拓展其睿智的机会与手段。依照同样的逻辑，从书本身或者书中内容是否可以产生智慧的意义上看，世上也不存在好书。正如弥尔顿在几页后所说，要是"一个聪明人能够像优秀的炼制者那样从最无用的渣滓中拣出金子……一个傻瓜即使有最好的书或者没有书都会依旧是傻瓜。"这种逻辑是必然的，自然支持"审查制不会带来任何好处"的结论，但同样支持另一个推论：给聪明人提供任何书籍对其智慧都无关紧要，因为他有书"或者没有书"都还是聪明人。

此时，论文中的论据似乎又倒过来了。原先要回答的问题是：书籍中的力量是行善还是作恶？——一个直接与支持还是反对出版前的审查相关联的问题。但到了弥尔顿宣称清者自清时，问题就不再是书籍里有无什么内容而成了人身上有无什么东西，结果，书籍是否要审查成了一个中立无差异的问题，因为至少根据迄今的论据来看，善或恶的兴盛并不取决于书籍。从此便有了一条直线通往以"驱逐一切肉欲之物"（一个只要在书籍要么是肉欲要么是德行之源泉时才有意义的建言）开头，以"你们不能将如此来到这里的他们变为贞洁"收尾的句子。

然而，要是论文的新观点是"人而非书籍是纯洁性的仓储"，那么这一观点从一开始就站不住脚，因为在说"清者自清"这话的同一书页里弥尔顿又说"我们带入世界的不是纯真，而是杂质"，这就马上使一开始就出现的那一困境（审查还是不审查？）之解决（或者消解）方案又成了问题。假如所有人心都是在一种杂质状态中进入世界，纯洁就是人心的一个条件，这一发现便没有多大的用处了。这种不纯洁也就成为审查必须计入"无用而不可能完成的尝试"之列的一个重要理由，也成为某种近乎绝望之事的理由，因为它让纯洁甚至其近似物借以达成的那一过程神秘起来。假如纯洁不在书籍里面（起初似乎是在里面）而在自然纯洁的心里面（后来的证据似乎支持此观点），那么纯洁就根本不存在。

事实上，这就是合理的结论，但有一点不同，就是对结论的否定性作了弥补，因为在宣称我们与生俱来便不纯洁的同一个句子里，弥尔顿又为我们提供了一种补救方法："可以肯定地说，我们带入世界的不是纯真，而是杂质。让我们纯洁起来的是考验，而考验是由对立物来完成的。"如果说根本就不存在德行（书里没有，物体中没有，就连心里也没有），那是因为德行必须要人制造出来，而制造德行就只能把它放在世界提供的许多磨刀石上磨砺加工，即通过"对立物"来完成。这不仅为一种论据———一度只强调无法做与不会成功之事———提供了一个正面的方向，而且让审查问题得以复活，使之再次重要起来，因为，假如德行的出现取决于有用无用来考验德行的材料，自然而然的结论就是，材料越多便越好。所以，在论文展开一半时，弥尔顿终于可以提出来一个清晰连贯而又能自圆其说的反对审查制的论据：谁要是以为"可以通过消灭罪之物质而将罪消灭"，那他就错了，因为罪不是外部而是内部景观的性质，只能在景观得到转变时才会被消灭。转变必须通过判断官能的连续操练才能完成，给判断提供操练的机会因此成为关键所在。审查虽然是作为一种促进德行的方法被提出来，但它会通过消除成长赖以存活的材料将其成长的环境消除："瞧，我们是多么……如此努力去驱逐罪，也就是多么努力去驱逐德，因为二者属于同一个问题。"书籍被再一次宣称它对真理和德行的维护是绝对的重要，但不是因为真理与德行不在书里面，而是因为男男女女通过中立的书籍这一媒介才能使自己成为书籍所不能包含的那一类假象。

不过，这似乎已经跑题了。假如弥尔顿原本是想告诉我们书籍"对构建人类德行是必不可少的"（但并非德行之精髓），那他为什么不开门见山直截了当地说出来呢？一旦我们认识到这等于是在问，他为何不直接将他希望我们拥有的真理直接交付我们，答案就在问题本身里了。假如他一开始就交付给我们，那就等于是在为本文争取一种他不愿给予其他书册的能力，即容纳书册原本不能容纳的东西，因为真理只能刻写在人心的肉板上。简言之，如果论文要忠实于自己的教训，它就不能将那教训直接给出来，而必须作为考验和操练的机会———这对构建人类德行是不可或缺的———而自行呈现出来，必须成为后来被弥尔顿称为"正在塑造的知识"的一件工具。

《艾瑞帕吉提卡》以两种相互关联的方式来履行着自我消除的职责。首先，它不断地对其无法捕捉渗透于全文的真理进行评论。在第一段里，弥尔顿就报告说，他被内心的一种"力量"紧紧抓住，这"力量"怎么也不愿尊重那正规演说的端庄品质，因此他不由自主地带着一种（通常在序言里见不到的）"激情"来发言。几页之后，他做了一次勇敢的尝试，将自己论证的顺序"暴露"给读者，以便对自己的话语进行监控，但在结束自己并无定论的历史回顾后不久发现自己处于偏离该顺序的危险中，于是赶紧纠正道："但我还是要按照前面提出的顺序来完成"。他回到正道上，按照计划继续前行了，但又突然觉得几乎给出了原本该在以后才出现的观点，发现那真理"在解释了这么多后已然清晰起来了"，从而对其做出制止或者预期。"看啊，"他感叹道，"真理多么地精巧！她在自由自愿施展拳脚时才能快速开放自己，让其方法和话语的脚步无法赶上去"。

这里的形象会显现得越来越大，是一个总是跑在任何要理解它的企图前面的真理形象，这一真理屡次从人的掌握中溜掉，从人的规划里溢出，从一度有希望捉住它的罗网中逃走。这里的罗网便是论文本身，它此时正在取消自己作为传达真理之媒介这一资质，但同时又在依据相同的程序努力制造另一种媒介，即读者（本文的失败或者弥尔顿的策略之直接受益人）的心灵。从论文一开始我们就在跟踪这一策略，其中有鼓励读者去完成一项总结或理解的早熟行为，这一行为还未发生或者因为一种全新、复杂视角的引入而遭受挫败。这样的事情屡屡发生，结果让人迷失方向，但又有所助益，因为在迷失的过程中，读者不得不开始那种构造其自身德行不可或缺的劳作与操练。这样，论文便同时成了它意欲给人的教训之象征和受害者，而这教训是"真理不是任何外在形式（哪怕是宣告这真理的形式）的性质"。

这是一种非常具有教学法意义的策略，弥尔顿于同一年在《四度音阶》里对此做过描述和命名，而当时他的注意力在基督教导的方式上。基督违反外部的成文法以履行仁慈律法的习惯让弥尔顿特别地感动，他将基督的行动和训诫的精辟形式放在一起比较，发现二者都有一种长处：让其追随者不能轻易地将德行的方式与一种轻便的机械规则等同起来。"因此"，弥尔顿说，"那最具福音特点的训诫是用谚语的形式给予我们的，旨在将我们从字词中驱赶出来，尽管我们很喜欢在那里坚持"。

在《艾瑞帕吉提卡》中，我们始终在被人从字词里往出赶，先是书籍中字面的字词，而后是从雅典、罗马历史所表征的字词，然后是从慰藉性的字词，最后是从（最具慰藉意义的）经文中（"清者自清"）中的字词。当然，所有的字词与其他用作例证的字词都是由《艾瑞帕吉提卡》本身提供的。而论文也给出了使之暂时具有吸引力的论据，结果将我们从其中驱赶出来的一个字词就是论文本身，因为我们没有得到安慰和虚假的保障，即坚持它在自我取消的序列中所呈现的任何规划，说你不会在那里（书籍里、历史里、经文里）找到它，又说你在这里（本文的书页里）也不会找到，因为你只能自己变成它，而这正是论文以其微小的自我牺牲的方式帮助你去完成的事情。

这种帮助需要的是自我补充，即从字词中赶来的是一个没有尽头的策略，因为每一次成功都会产生出再次使之必要的条件：表明真理和德行不在"此"处的行为本身总是带有一种负面效应，即暗示它们会在"彼"处找到。同时，"彼"处成了一个要将我们赶出来的新字词。《艾瑞帕吉提卡》给出的（也是示例的）唯一正面教训就是，我们决不能停下来并在弥尔顿宣布："如果有人以为我们定要在此扎下营帐，实现（我们在其中深思的人间玻璃能够展示给我们的）终极改革愿景，直至来到至福的幻象，此人便是用这一意见宣告自己掌握的真理还少得可怜"之时，我们得到一种特别有力的（虽然不是最终的）规划。"此"是指人类知识与理解力的现状与其论文中的这一特别时刻。任何维持安宁与成就的地点或物体或条件此时都成了一个字词及进行偶像崇拜的场合。有些人将宗教改革视为一种确定的计划或者日程或者最终事情完结、目标实现的一系列步骤，于是犯下审查制支持者所犯的同样错误。将要成为审查官员的人认为去除景观中所有的肉欲之物后，道德生活便会变得完美；改革者则认为在剥去我们身上教皇制的一些陷阱后，道德生活才会完美起来。审查制与过早地关闭微弱改革都是同一种诱惑（用以替代那无数非决定性行为的诱惑）的不同形式。这是弥尔顿笔下的每一个主人公（包括《复乐园》里的青年耶稣）都感受到的诱惑，也是弥尔顿在用（总是躲过他的规划与我们紧张担忧的）真理的名义召唤我们前行时让论文读者一再感受到的诱惑。

这一找寻却无结果的模式在那些旨在讨论真理本质的段落里得到了绝妙的展示。初次相遇时，"人或许就是真理中的异端"这一声明对舒适的阅读似乎就能理解——独立的真理可以由一个人以非此即彼的方式来持有，即出于个人确信或干脆凭借他人（牧师、教皇等）所说的话。只有第一种持有才是真实的，第二种成了"他持有的真理变成他的异端"。不过，这一分别的逻辑要是成立的话，真理可以被正确或错误地持有这一理念却成了问题，因为一方面，没有内化吸收的真理不再成为真理，不过是空洞的字词；另一方面，真诚拥有的真理不可能被赋予文字形式——以至于可以说别人并不真正持有"它"。没有什么"它"可以和持有与被持有分离开，所以，"真理中的异端"这一短语没有真正的意义。只要它似乎暂时有了意义，那么它本身就是又一个字词，另一次过早关闭的邀请，我们必定被驱赶出来。

在一个句群中，我们再次被驱赶出来，句群以一个有名的问句开头："当真理在自由开放的遭遇中身处险境，谁曾认识真理？"在这里，真理和虚妄被想象成相互对立的敌人，人们在战场上可以见到它们。但随着这一军事意象的演化，其结构组成也发生了变化。真理不再是战斗的参与者，而是突然间成了战斗结果的代名词，真理与虚妄之间的分别不再是我们开始要做的事情，而是我们必须行军"进入平原",并试图"用论证的方式来解决问题"方能获得的东西。简言之,真理已经从我们的视线中消逝,但段落里的修辞依然让我们以为,一旦我们让"真理的战争"没有限制地继续下去,她还会再次成为关注的焦点。这一点是通过将真理与普罗透斯(臭名昭著的变形者和欺骗者)相比较而做出的。弥尔顿提醒我们,普罗透斯只有在被缚之时才现出原形来,真理则是恰恰相反:你若是束缚或限制她,"她就把自己变成其原形而外的各种形状"。其寓意很明显:"给她空间就行",让声称认识她的人到战场上去角斗,她就不会马上被人看见。不过这一寓意随着下一句的到来又被消解掉了:"然而,她有一个以上的形状也不是不可能的。"但假如她有一个以上的形状,那么她就没有任何形状了,完全像普罗透斯那样,躲过任何要束缚她的企图,即便那企图采用了一种周密计划后发动的战斗(战斗结束时她才会现身)形式。当弥尔顿在句群结尾宣告:"真理可能在这一边或者在那一边,并不是不像她本身。"反身代词几乎成了一种嘲讽式的提醒,即我们自己寻求的对象,只要我们认为看得见就永远不会躲过我们,并总是不像她自己。

这一目标在另一段或许是最为人熟知的文字中成了吸引和诱惑。段落开头是个令人伤心的故事:从前"真理当真来……到世界上,……外表很完美,看上去很辉煌;"但"一帮邪恶的骗子……将其可爱的外形分割成一千个碎片。"可以说,真理在故事还未开始就已经从中隐退了。不过,好像不是一切都失去了,因为真理的肢解给我们留下了一项任务,即在我们还能找到的时候尽可能"一块一块地捡拾起那些肢体(的碎片)"。"我们还没有找到全部"这一说法似乎预设下另外一个规劝,即要我们继续寻找,不在此扎下营帐。然而,他在明显的收尾处添加上更具毁灭性的东西:"永远也不会,直至她的主子再次来临"。这是一个低点,因为它否定了获取知识的可能性,让找寻变得毫无意义,与审查制一样没有效果;但我们若是将论文反复给出的教训——知识与真理并非可测量又能包容的实体、此物与彼物的性质、此状态或彼状态的特点,而是存在的模式、内在的气质、永远在渴望新启示的心境——应用起来,那它就成了一个高点。只有在我们把它视为一种对外在于我们的东西,即作为一种由预先剪切或制作的碎片组成的巨型拼图游戏时,这种找寻才是徒劳之举;但假如我们把找寻当作媒介,借助它我们的知识"正在建构",我们的德行正在构造,那么它尽管总是失败,可终归还要成功。我们的确不会找到真理的所有碎片,但如果我们坚持不懈,当基督最终将"每一个关节和部件都带来"时,你我都会成为其中的一个。

于是,寓意不是"寻找并将找到"而是"寻找,你们就会成为"。我们会以一种不可思议的弥尔顿方式成为审查官，连续不断地做出一种审查性的判断，而弥尔顿在不经意地将大部分希腊、罗马文学侮蔑为放荡、不敬或者粗鄙之物之时就显示出这种判断。这不是一个不受约束之人做出的判断，而是由一个内心约束非常强大能在遭受歧视与谴责行为时不假思索做出判断的人做出来的。具有反讽意义的是，只是通过对审查要驱逐的东西——意见、论辩、推理、日程的连续流动——做出许可，审查的目的（即培育的真理）才能实现；不是通过审查制所提供的外部手段，而是借助我们自己进入价值的仓储而实现的，审查在一个没有污秽书籍的世界里发现这些价值却将其错误地识别。书籍与言论自由一样都不再是论文的论题了，二者都从属于它们使之成为可能的那一过程，一个无穷无尽、不断增殖的阐释过程；阐释的目的不是真理的澄清，而是让我们成为其有机体的成分，以便最终成为《复乐园》中耶稣据说已经变成的东西：一个活的神谕。

成为活的神谕就是变成一个完全统一的存在，其"心胸／满是善良、智慧、正义、完美的形状"（《复乐园》第三卷第 10－11 行）。但这只是耶稣才具有的状态，所有其他人都与使之完整的状态隔着一段距离，处于寻求和找寻的状态（对弥尔顿来说，它同时标识着这眼泪之谷的不足和荣光）中。一如死亡的瞬间，《艾瑞帕吉提卡》的瞬间位于两个缺席的个体之间，一个已经丧失，一个只会于现在苛求得到那些意识之吸纳中得以实现。尽管真理"的确一度进入其神圣的主子，成为一个看上去非常荣光的完美形状"，但它早就已经退出，一任我们受那许多会以她的名气将我们强迫的形状之虚妄的吸引。虽然有朝一日它将被重新组装"成为一种可爱与完美的不朽特征"，但那一天永远被延期，只有在每次其显现被过早宣告之时才会得以凸显。

与此同时，人生活在间隙中，而他就是那间隙，一个由永远逃避他的结合所负面界定的存在，这种结合永远逃避他，一旦获得便会在两种意义上将其分离的终止与其结局标识出来。我们带入世界的杂质是差异的杂质、不与上帝融为一体的杂质，但正是因为这种杂质，区别就不能被否认或者哀叹，而应予以拥抱。偶像崇拜与屈从于某种昙花一现的日程总体的索求之诱惑，能够通过（说明我们的不足、无情的差异增殖）无情的增殖而得到抵制。只要我们用不同的、不统一的材料来构建，我们就会"在精神建筑上表现出智慧"："在上帝之房构建之前，石材和木材上肯定有许多裂缝和切割"。这让我们暂时地认定，到时候上帝之房会真的建造起来，但就那经常受到鼓励的假定——真理终将实现——一样，随即让人失望："当每一块石头都被巧妙地砌在一起时，它就不可能被连接成一个连续体，只不过是在这个世界上相互临近。"这句话的前一半增加了一种期望，即后一半会报告最后的胜利（"当每一块石头都被巧妙地砌在一起时，大厦将会建成"），但胜利不止一次被延期了，给我们留下更多的差异与肩并肩的努力。这些努力只是在其用多种方式表示其不足、不完整时才会凝聚在一起，而这种不完整既叫人感到痛心又必须受到保护。感到痛心是因为它标识着我们与幸福的距离；受到保护是因为它作为代表在永久地提醒我们：幸福在一种联合中等待我们，而联合只有在我们被另一种联合吸入一种非手工制作的结构中才能够实现。

第三节　《论教育》

一、基本情况

在《论教育》① 一文中，弥尔顿就自己对教育改革的思考进行了总结，包括教育目的、教学方法和教学计划。

弥尔顿提出的教育目的是：

"通过重新获得对上帝的正确认识来修复我们始祖造成的废墟，又通过这种认识来爱上帝、效仿上帝、向上帝看齐，因为我们可以通过拥有真正德行的灵魂来最大限度地接近他，这种真正德行的灵魂与信仰的天堂恩惠一起构成至高的完美。"

弥尔顿认为语言是一切知识的来源：

"鉴于每个民族不能够给出各种学问的经验和传统，我们就要学习那些总是在孜孜不倦追求智慧的人的语言，语言因此成为我们传达有益事情的工具。语言学家会自诩掌握了巴别塔把世界分裂开来的所有语言，可如果他们没有吃透这些语言里的实在东西以及字句，那么他们就与只谙熟自己母语方言的农民和商人没有什么两样，不能被尊称为饱学之士。"

现今的教育则存在很多问题：

"把学习普遍地变成了不给人愉悦而又如此失败的事情。其一，我们错误地花上七八年时间，让学生把诸多拉丁语、希腊语的知识东鳞西爪地拼凑起来，而若是换上一种方式本可以在一年之内轻松愉快地学会。其二，我们在学习过

---

① ST JOHN J. A. The Prose Works of John Milton: Vol III [M] . London: Joseph Rickerby Printer, 1848: 462 - 478.

程中效率如此落后、低下，其原因就是我们的时间部分地耗费在中小学和大学无所事事的空闲中，又部分地浪费在一种荒谬的强制性要求上，迫使才智不足的学生去作文、写诗和演说，而这本属于成熟判断力的行为，只有经过长时间阅读、观察而又具备高雅格言、大量创作之人才可以完成，绝不可能从可怜的小家伙们那里收获得到，一如从鼻中挤血或采摘青果。此外，又有那不良的习惯，即将拉丁语、希腊语的习语与不教自会的英语习语放在一起使之卑俗不堪，难以卒读，却又无法避免，除非与自己读懂了的纯洁作者（他们可是连浅尝都算不上）有一种连续不断、精明细致的思想交流。相反，如果经过一些准备性的言语基础训练，待其记住特定的形式结构，经过一定的实践活动，用一种精选的小书透彻地将其教习，他们便可逐步地学会美好事物的精髓，循序渐进地学会技艺，整个语言也就很快为他们掌握了。这才是我认为最有道理、最有益的语言学习方法，只有用此方法，我们才最有希望来向上帝证明我们投入其中的青春年华。"

教学方法上也存在很多弊病：

"大学还未能从野蛮时代的经院式粗野中走出来，不是从最简单（也是最容易感觉到）的技艺开始，而是给其尚未入学的年轻新生以逻辑学和玄学中最具知性的选段，结果，他们刚刚离开那些文法平地、浅滩，只是不尽合理地学了一些词语和可怜的结构，现在却突然间被带入另一个天地，任其晃荡不定的智力在深不见底、极不平静的论战之中摇动和骚乱，于是大多对学习开始憎厌和蔑视起来，支离破碎的概念、模糊不清的言语使他们饱受嘲讽，倍感失望，虽然他们所期望的是有益的快乐知识。最后，贫困或青年岁月将他们纠缠，让他们各奔前程，再加上朋友的影响，促使他们进入野心勃勃、唯利是图的行当或者投入无知无识、徒具狂热的神学：有些被诱入法律界，……；有些被带入政界，……；还有一些，出于一种更为怡人的轻快精神，退隐下来（自以为这样最好），把安逸和奢华享用，终日里宴饮作乐……这都是教育的失误，是将青春年华虚度在学校里的必然结果。只是学会了字词，其实还不如没学。"

弥尔顿提出的具体教学计划是

通向一种德行的高尚教育之正确路径（the right path to a virtuous and noble education）：攀登之初，却是很艰辛，但又是一路平坦，青绿一片，满眼景色宜人，耳闻美妙乐音，让俄耳甫斯的竖琴也黯然失色。这是一种完整而慷慨的教育，旨在培养在和平与战争时期所有公私事务中公正、熟练、宽宏大量地做事的人才。（a complete and generous education, that which fits a man to perform justly, skillfully, and magnanimously all the offices, both private and public, of peace and war.）教育的对象是 12—21 岁的年轻人。

　　首先，要有一座宽敞的房子来作为办学的场所。房子要能住下 150 个人，其中二十多人可以是随从。房舍与人员皆由一个人来管理，这人须具备足够的德行，能够一人完成所有工作或者明智地指导、监督他人完成工作。这应该同时是中学和大学，所以不需要把学生转移至别的学习场所，除非是某种特别的法学院或者医学院——学生在那里将成为从业者。学生在白天的功课分为三个部分：学习、锻炼、进食。

　　学业中，首先应从某种好的文法之主要的基本规则开始，同时将其言语训练成（与意大利人一样的）清晰可辨的语音，尤其是元音。……然后，使他们谙熟最有用的文法知识并早早培养他们爱美德、爱劳动的品质。可以给他们读一读简单、有趣的教育书册，如希腊语的普鲁塔克、苏格拉底和拉丁语的昆提良。

　　不过，首要的技巧和基础工作是利用每一次机会给予他们讲课与解答的锻炼，以便引导和吸引他们自愿地服从，在心中燃起钻研学问、钦美美德的火焰，激发他们生当做勇士和爱国者、与上帝亲近且流芳百世的崇高愿望。白天的其他时间可以用来学习算术规则、几何基础甚至玩耍游戏。晚餐和就寝之间的时间，可将其思想集中在宗教基础和《圣经》故事上。

　　接下来学习农学著作，如加图、瓦罗等，因为其内容易学，而且可以让他们以后能够改善国土耕作、改良土壤、变废为宝。……一旦时机成熟，便可以让他们学习现代作者如何利用地球的论著，学习使用古代和现代的地图，阅读任何一种自然哲学的简易方法。

　　与此同时，可进入希腊语的学习，这与先前的拉丁语模式一样。文法难点会很快克服掉，亚里士多德与泰奥弗拉斯多的历史生理学自然展现在他们的面前……如此经过算术、几何、天文、地理的原理学习之后，便可以走进三角几何这门工具性的科学，而后又学习设防、建筑、机械或者航海。在自然哲学领域，他们可轻松地开始天文、矿物、植物和生物的历史甚至解剖学的学习。

　　其间，还可以给他们读一些并不乏味的作者的医学体系，以使其了解性情、体液、季节与未成熟状态的处理方法……为推动这些自然、数学领域的学习任务，他们还需要获得猎人、捕鸟人、渔夫、牧羊人、园丁和药剂师的有益经验；在其他科学领域里，应有建筑师、工程师、水手、解剖师的经验……这会给予他们一种永生不忘、与日俱增的自然知识的真正色调。然后，那些现在被认为很难的诗人（如希腊语中的俄耳甫斯、赫西俄德与拉丁语中的卢克莱修、维吉尔等）就会变得容易和轻松起来。

　　此时，岁月与一般的善意训诫已使之明显具有了伦理学意义上的理性行为，因而有了某种判断力，开始思考道德上的善与恶，所以需要特别加强经常性的健康训导，使之不走歪路且坚定不移，更多地教会他们认识美德、憎恶邪恶，同时把他们年轻的、易受外界影响的情感引向柏拉图、色诺芬、西塞罗、普鲁塔克等人的道德著述学习。……在完全具备了个人责任知识之后，他们就可以开始学习经济学了。截至现在，他们可能已经不经意地轻松学会了意大利语言，所以，过不多久即可以让他们涉猎一些希腊语、拉丁语或意大利语的精选悲剧，以及那些家庭事务主题的悲剧等诗作。

　　接下来，就要转到政治学了。学习政治学的目的是知晓政治社团的来龙去脉和因果关系，并在共和国处于危险的时刻不会成为摇摆不定的可怜的芦苇，任其良知摇摇欲坠（就像我们伟大的议员近来所做的那样），而当是坚韧不拔的中流砥柱。之后，他们可以钻研法律基础和司法公正，而律法最初是由摩西带着最正当的理由来颁布的。

　　礼拜天和每天傍晚到现在便可以水到渠成地用于最崇高的神学和教会史的学习了。此时，他们已在固定的时间内掌握了希伯来语言，经书于是可以依据原文阅读。或许可能再加上迦勒底语和叙利亚方言的学习。完成了这一切的学业后，自然就会出现精选的历史、英雄诗歌、庄严华美的雅典悲剧以及所有的名家演讲。这些作品不仅要阅读，其中的一些还要牢记在心并带着准确的发音和优雅的姿势郑重地朗诵，德摩斯梯尼或西塞罗、欧里庇得斯或索福克勒斯的精神与活力由此便赋予了他们。

　　最后，是让他们学习那些官能性的技艺的时候，这些技艺让人能够明晰、高雅而得体地（崇高、卑鄙或低下地）讲话与写作。逻辑学……教授柏拉图、亚里士多德、西塞罗、朗吉努斯等人的规则。逻辑学之后或之前开始学习诗歌，虽没有逻辑学那样深奥、精细，却更加简单、感性和充满激情。这并不是指诗文的韵律（这在之前学习文法基础时可能已经接触到），而是指在表现亚里士多德《诗学》、贺拉斯诗作及意大利评注家著述中的那种崇高艺术。它教给人真正史诗、戏剧诗、抒情诗所遵循的法则与"端庄得体"（decorum）的标准，而这正是伟大杰作必须遵从的东西。这种知识会让他们很快发现我们那些普通打油诗人和喜剧作家是多么令人不齿的东西，诗歌在神圣与人间事务之中又可能有什么样的宗教、荣光、辉煌的用处。

　　至此，时机已经成熟，他们成了各种卓越事务中的能干作家与创作者，对世间万物充满普世性的真知灼见。……现在，就值得去看一看，与这些学业相匹配、相一致的锻炼和娱乐有哪些了。

　　简略描述的这些学业课程，与古代毕达哥拉斯、柏拉图、伊索克拉底、亚里士多德等人创办的著名学堂十分相像。从学堂中走出来许多极负盛名的哲学家、演说家、史学家、诗人和王公贵族，他们遍布希腊、意大利和亚细亚，还促进了昔兰尼和亚历山大的学术繁荣。但这里的学业课程还将超过它们，彰显出一个巨大的缺陷，与柏拉图在斯巴达城邦中注意到的问题——对其年轻人进行的训练主要是为了战争——一样，学院或学堂都是为了和平的目的。我在此详细描述的教育机构则对战争、对和平同样有效。为此，午餐前要让他们有一个半小时的锻炼时间，而后再稍事休息；锻炼的时间可以酌情加长，早上起床的时间也就相应地要早一些。

　　我首先推荐的锻炼便是对武器的精确使用，以便能够用剑刃和枪尖来自卫和安全出去。这将会让他们保持健康、灵活、强壮和呼吸均匀，而且最有可能让他们身高体壮和勇敢顽强。若是适时再加上真正的坚毅和忍耐力的讲座与训诫，就会锻炼出一种天然的英雄气概，使他们憎厌那做错事的怯懦行为。还须让他们练习英国人过去擅长的摔跤术，包括抱、抓、握的成套动作，因为经常需要在打斗中去拽、抓、抱，也足以证明和激发其个体的力量。

　　有规律的休整与餐前的歇息既带来益处又令人愉悦，这可以采取聆听或学习庄严神圣的音乐和声方式来将精神娱乐和调整；……这（假如聪明人和预言家不走极端的话）对性情和行为有巨大的影响，使人心平气和、温文尔雅，远离粗鄙野俗和放肆任性。餐后做相同的事情，也不是不合适，因为这样做可以帮助和珍惜自然的第一份调制品，还会将他们的心思拉回来，心满意足地继续学习。接下来，在严厉的监视之下，他们须由突如其来的警报或口令引导，出门进行军事动作的训练，依据季节或者在露天或者在室内（罗马人就是这样），一直持续到晚餐前两个小时。先是步行，然后（根据年龄而定）是骑马，直到学会所有的骑术；操练含有游戏的成分，但更讲究准确无误和日复一日，以便让他们掌握军人的基本素养，学会所有的军事本领，如战斗、行军、宿营、构筑工事、围困和攻城，并了解古往今来的谋略、战术和战争名言。这样，他们就可能像久经沙场一样成为出色的指挥官来为国效力……

　　（现在回到我们自己的教育机构上来）除了这些校内的经常性锻炼，还有另外一种野外娱乐自身的练习机会；春暖花开之际，春风和煦，气候宜人，不走出学校去欣赏自然风光、享受天地欢悦，那便是对大自然的不恭甚至伤害了。因此，我不会在他们经过两三年的学习已经打好基础之时还劝说他们努力学习，而是要他们结伴出外，带着细心、沉着的向导，把祖国的东西南北走遍，学习和观察所有具有特色的地方与所有建筑和土壤的制成品——城镇、耕作和贸易港口。有时来到海上，从海军那里尽力学习航行与海战的实用知识。这些锻炼方式会把他们所有的自然天赋进行考察；假如他们中间有某种潜在的特长，便会在活动中表现出来并得到发挥的机会，而这只能极大地增加国家的利益，将那些古已有之的美德和优点重新焕发出青春来，在这纯洁的基督教知识中发挥更多的优势……

最后是他们的膳食问题。对此我没有多少可说的，唯一要强调的就是它应为同一校舍中最好的，因为很多时间他们会是在野外度过，从而会染上不良习惯。无可争议的是，他们的膳食应当简朴、温和且有益于健康。……涉及最佳、最高贵的教育方式，却不是像一些人那样从摇篮（婴儿时）开始，因为这需要做各种考虑。……我的唯一希望是，这并非一张每一个担当教师的人都可以拿去射箭的弓弩，因为这需要荷马给予尤利西斯那样的肌腱，但我依然相信，这一教育方式易于尝试（虽然现在显得有些遥远）而且出类拔萃。它显然不比我想象的更难，而那想象让我非常高兴，从美好的希望上看又是很可能实现的。如果上帝是如此训谕，这个时代就有足够的精神和能力去理解这一教育方式。

可见，弥尔顿根据自己的教育经历和理性思考制定出来一个包罗万象的理想主义式教学计划，教学对象是 12—21 岁的年轻人，教学内容包括学业、锻炼和膳食三个部分。各个部分的具体内容如下：

①学业 { （拉丁语）文法；算术/几何、游戏/宗教基础；
农学；希腊语；实用技术（三角/建筑/工程/植物/医学等）；
经济学/戏剧；政治学/法律；神学/教会史；
希伯来语（迦勒底语/叙利亚方言）；逻辑学/诗歌

②锻炼 { 使用武器/摔跤术；音乐（早餐前后）；
户外运动（游历山川/了解土壤和修造/航海与海战）

③膳食 { 同一校舍里最好的；
简朴、温和又有益健康

这无疑是一项具有文艺复兴时期的人文主义思想性质的教育改革计划。

二、分析解读

《论教育》由八个四开纸页组成，形式是写给萨缪尔·哈特里布（Samuel Hartlib）的一封书信。篇幅短小，缺少封面页，没有作者或出版商的名字，出版时间是 1644 年，这表明弥尔顿原本并不想让它广为流传。哈特里布是一位教育改革家和"情报员"（负责消息、书籍和手稿的传播），又是捷克教育家夸美纽斯（John Amos Comenius，1592—1670 年）的忠实信徒。他希望把崭露头角的弥尔顿拉入英国教育改革事业中，所以再三要求他著文阐述教育观点。

　　弥尔顿固然可能对夸美纽斯公民的和宗教的双重教育目标——通过知识的传播来为公共利益服务，实现即将到来的千禧年——感到同情，但对其创造一种普世性的人类知识百科全书的计划深表怀疑。他在一开始就不无轻蔑地提到夸美纽斯的两本书（《打开了的语言之门》和《大教学论》）："将许多现代的《语言之门》和《教学论》（我一定要拜读）所表现的东西来探求，这并非我之所愿。"从而将自己与夸美纽斯拉开了距离。他自己在剑桥（1625—1632 年），而后在哈默史密斯（1632—1635 年）与霍顿（1635—1638 年）苦读十数年，自然不需要什么摘要和纲要。他倡导一种不分男女的全民教育，但对男性公民的看法并不那么自由和开明。

　　不过，要是文中没有重要的夸美纽斯元素的话，弥尔顿就不会接受这一任务，尤其是这意味着打断自己更为迫切的论离婚的系列论文撰写工作。事实上，弥尔顿在教育改革势在必行这一点上与夸美纽斯是一致的，"因为他的缺失将使这个民族消逝"。哈特里布与夸美纽斯都可能赞同弥尔顿的教育计划，让学生从"最容易的技艺""易觉察的东西"开始，逐渐过渡到"隐秘的东西"。论文与夸美纽斯教育的实用本质（明显受到弗兰西斯·培根的科学实证主义与归纳逻辑之影响）是相通的。培根颇具影响力的拉丁文著述《新工具》（Novum Organum，1620）中的 Organum 英译为 instrument 或 implement（工具），即"用于军事或组织体系中的引擎"，弥尔顿把逻辑和修辞认作"官能性艺术"，是通向一个目的的手段或媒介："语言只不过是为我们传达有益知识的工具。"他提倡在书本学习中补充上"猎人、捕鸟人、牧羊人、渔夫、园丁和药剂师的有益经验；还要学习别的科学，如建筑师、工程师、水手、解剖师等"。

　　但即便是在这些例证中，弥尔顿也远离夸美纽斯的观点，因为他把诗歌包括在内，将其界定为"简单、感性并充满激情的东西，与逻辑、修辞这样的官能性技艺"并列。而且，将其论据强化来支持农科学习，其中参考了论及该主题的古典拉丁论文，又用了普利尼对赫拉克勒斯清洗奥吉厄斯王马厩的预言性解读，即用作意大利土壤的肥料。给当代读者而留下深刻印象的肯定是文中所引用的那些书卷和那些似乎是教师的不切实际的期望。列入意大利语只是事后的想法，而且教师似乎并非必不可少：学生"可以毫不费力地在任何时候学会意大利语言"。自信的语气贯穿全文，这或许是因为弥尔顿心里只有优秀学生。人们不禁要问：当他注意到"希伯来语（与两门阿拉姆方言一道）可能在一个固定时间内获得"时，这种自信是否有道理？

弥尔顿的教育计划涉及范围广泛，几乎是包罗万象，部分原因是他不同凡响、雄心勃勃地将新的教育体系与文艺复兴的人文主义结合了起来，例如农科的引入，而当时的其他教育体系会选择其一而拒斥其他。论文也在嘲讽经院哲学，但他最引人注目的东西是广博的包容性——弥尔顿伟大诗作中一元论审美的预兆，例如在《失乐园》的中间几卷里，古典的、希伯来的、基督教的传统同时存在。论文与诗作都将历史的延续性和变化性容纳了进来。弥尔顿在《论教育》中描绘的宏大远景涵盖了"所有（私人与公共的）和平与战争的职责"，而那部伟大史诗中间几卷所呈现出来的乐园之初创景象完全可以和1643年至1645年间写下的所有论文册子（相应地倡导家庭自由、教育改革和"自我表达之自由"）联系起来加以理解。在很多重要的方面，这些论文都是乐园的样板，但它们针对的都是当下或者最近将来的问题，而不是遥不可及过去的怀旧式召唤。

在弥尔顿的两大史诗中，堕落的人类，德行崩溃，根本无力完成自我救赎，只有完美的基督通过自己受难和死亡才能恢复乐园。上帝将神子与其使命描述成"这一完美的人，以其德行唤作我的儿子，/要为人类子孙获得拯救。"（《复乐园》第一卷，166－167行）。就连《复乐园》里的敌人撒旦也承认，他在耶稣身上发现了"在人身上见不到的完美品质"（第二卷，230行）。然而，在《论教育》里，人类完全可以通过教育达到"至高的完美"并由此重新获得人类被逐出乐园时失去的知识。

> "学问（学习）的目的在于通过重新获得对上帝的正确认识来修复我们始祖造成的废墟，又通过这种认识来爱上帝、效仿上帝、向上帝看齐，因为我们可以通过拥有真正德行的灵魂来最大限度地接近他，这种真正德行的灵魂与信仰的天堂恩惠一起构成至高的完美。"

虽然论文花了大量的时间讨论世俗的课程和市民的人文主义教育目的，但其开篇第一句却认同明智的人类活动之宗教动因与目的，即"不过是爱上帝、爱人类"。这极可能是弥尔顿最为主要的原则，他在其主要诗文里对此都有明确的表述，一个一个的变换词语来将上帝对待他所有创造物之连续方式进行强调。"信仰与德行""对上帝和人类的爱"作为乐园中超越自然律法的神圣戒律（这与知识树和婚姻相关联）在其《基督教教义》中出现。这是人类堕落后天道的精确伊甸园对应物或范本。

自然律法的终结是智慧和德行，这在弥尔顿所熟悉的柏拉图文章中都有过验证。在《会饮篇》中，苏格拉底区分了两类人：创造本能是身体的人；创造欲望是灵魂的人。后者"渴望在精神（而非身体）上得到子嗣，而灵魂的本质就是创造和生产子嗣。你若是要问这子嗣为何，笼统而言，就是智慧和德行"。

在《为英国人民辩护》中提及个人与团体的幸福时，弥尔顿将这些话语放在了一个柏拉图理想主义和伦理信条的框架里："第一也是最主要的爱之职责，始于灵魂也终于灵魂，生产出她神圣后代的幸福双胞胎，知识和美德"。

知识树是人神关系的保证，婚姻是人类之间关系的保证，二者都是知识和美德的伊甸园原型。在摩西律法之下，两种（伊甸园式）保证与灵魂的一对子嗣（自然律法）之对应物就是十诫的两块台板，浓缩成为两条，即信仰和表现（行为）。《失乐园》的年谱始于统治众天使的神子之比喻意义的出生——天使长拉斐尔作为西奈山显灵将其叙述出来。上帝断然地正式宣告将律法的两个台板（摩西十诫）压缩成短短的两行：爱上帝（"服从他伟大代理者的统治"）与爱邻居（"团结起来，犹如一个灵魂。"第二卷610行）。弥尔顿声称，律法和福音如果得到正确的理解，完全可以互相兼容："忠实者的功课就是圣灵本身的功课。这与爱上帝、爱邻居绝不相悖，……这就是律法全部。"随着基督的降临，两个台板的律法相应地转换成更高的乐调。在《基督教教义》的开头，弥尔顿对基督教神学的两大部分进行了界定："第一部讨论了'信仰'和'对上帝的知识'，第二部则是关于'敬拜上帝'和'仁爱'。超越自然律法的两条诫令，一个涉及知识树，一个涉及婚姻，对弥尔顿而言构成了自然律法中心规则的伊甸园对等物，摩西律法与福音。与'爱上帝、爱邻居'极为相像。"

对当代读者来说，论文中一些地方或许只是作者学问的炫耀，实际上却是弥尔顿充满激情地致力于改革一个被他视为第二个以色列的民族之必然结果。文中水流的源泉便是："纯粹地爱上帝、爱人类"。

三、教材分析①

《启蒙拉丁语文法》（ACCEDENCE COMMENCED GRAMMAR）

标题页为：

启蒙

拉丁语文法

带有

充足的规则

适合于有志于不太麻烦地

掌握拉丁语，无论老少，

---

① SUMNER C. R. The Prose Works of John Milton: Vol. Ⅴ [M]. London: George Bell & Sons. 1908: 432 – 479.

但特别适合年长者，
不用教，只需刻苦自学
（初版，1669 年）

首先，是一篇"致读者"：

很久以来，在培养年轻人的过程中一直有一种普遍的抱怨（而且理由充分），说人生有十分之一的时间（通常还会延长）都几乎无一例外地花在拉丁文的学习上了。拉丁文学习效率如此低下，原因不少，但主要的原因是将一种劳作分成了两种，即在理解那些规则的语言之前先学《入门》，然后学习《文法》。解决这一问题的唯一方法就是将两册书合而为一，而且使用英语。这样，漫长的旅途就大大缩短，理解的辛劳也大大缓解。这可是以前没有过的事情，即便是有也可能在简洁性和变化性上与本书有很大的差别。涉及字母和音节的文法在此略去，因为此前已经学过，而且与英语拼写本差别不大，尤其是因为无人相信拉丁文发音与其英语发音完全不是一回事。因词尾变格、词性或结构花样繁多而不属于规则的在此也略去，以免方法的进程和清晰被名录而非规则堵塞，或者在规则与规则之间有过多的中断。里纳克为许多的动词列出各式各样的习惯用语，所以不得不依照字母顺序来将其排列，结果，虽然富含知识却被认为不适宜于教学。其实，对这样的词语，有一个权威性强的词典就可以解决问题了。至于比喻性结构，有益的东西被吸收进几个句法规则里；音律则在掌握这些文法之后用不着英语化了，只要他上心去阅读就好。现在要考虑的是，与其他文法书相比，本文文法有哪些添加和变化？为什么要有这些添加和变化？不过，短于教学者切勿长于作序。随后便是文法书本身，明眼人一看就足以回答这些问题了。

看来是为解决现有拉丁文教材的问题而做出的一种尝试。

教材的正文纲要如下：

拉丁文法是正确理解、说、写拉丁语的艺术，是由最擅长说、写拉丁语的人观察而来的。

文法分为两个部分：正确用词（通常叫"词源"）与正确组词（或"句法"）。

第一部分
词源或者正确用词
ETYMOLOGY OR RIGHT WORDING

词源或者正确用词，教人明白每一个词的归属或者词性。

拉丁语共有八大类词

有词尾变化的四类：名词、代词、动词、小品词

无词尾变化的四类：副词、连词、介词、叹词

名词、代词和小品词有性、数和格上的词尾变化。动词的词尾变化见后面的动词部分。

性

数

格

名词

实词的词尾变化

形容词的词尾变化

代词

动词

动词是表示存在，如 sum（我在）或者动作，如 laudo（我称赞）的一类词，有语气、时态、数和人称的词尾变化。

……

词形变化

被动态与主动态的动词有四种词形变化，由其不定主动语气来区别，词尾总是 re。

小品词

小品词是与动词共用而派生出语态、时态和意指意义的一类词，通过词尾变化还可与名词形容词共用。

小品词要么属于主动态要么属于被动态。

……

副词……

连词……

介词……

叹词……

辞格

有时在词头、词中、词尾增加或减少一个字母或一个音节，这便叫作辞格。

文法第二部分

即

句法或结构

SYNTAXIS OR CONSTRUCTION

八大有词尾变化或无词尾变化的词类已经讲完了。接下来是句法或结构，亦即正确连接这些词类使之成为完整的句子。

结构要么表现在词于数、性、格和人称上的一致（即"协调"）上，要么表现在格或语气中词的相互辖制上。详述如下：

协调（一致）

实词结构

动词结构

被动结构

动名词结构

动词与动词的结构

小品词结构

副词结构

连词

介词

叹词

某些叹词具有好几个格。O 就表示主格、宾格或呼格，例如：O festus dies hominis. O ego laevus. Hor. O fortunatos. O formose puer.

另一些叹词有主格和宾格，例如：Heu　Prisca fides！Heu stirpem invisam！Proh sancta Jupiter！Proh deum atque hominum fidem！Hem tibi Davun！

是的，叹词可以看出来的，例如：Me miserum！Me coecum, qui haec ante non viderim.

还有一些叹词有一个与格，例如：Hei mihi. Vae misero mihi. Terent.

从纲要中可以看出，教材简明扼要，逻辑分明，又是用英语写就，应当具有较好的实用性、科学性和趣味性。教材虽然在 1669 年才得以出版，但极可能在他办私塾教外甥和其他学生的过程中就已在编写和使用了。

从《论教育》到《启蒙拉丁文法》再到《失乐园》里拉斐尔与米迦勒两位天使对亚当的启蒙和教育，我们应该感受到一个清教徒人文主义者对教育这种培养人的活动的关注和思考。这在弥尔顿那个时代并不多见。

第四节　本章小结

1641—1645 年，弥尔顿写下 11 个小册子或论证文章来将自己对宗教自由、家庭自由和公民自由的观点公之于众。阐述自己对教会管理之立场的 5 个册子，

从时间顺序上明显地分为两类：《论宗教改革》《论主教制》和《批评》三篇于
1641 年年中在主教制成为热门话题时几乎同时问世；《反主教制教会治理之理
由》与《为斯迈提姆努斯辩护》两篇于 1642 年年初在主教刚刚被赶出上议院的
时候问世。今天的英国人可能会抗议主教制所拥有的特权，但绝对不会将主教
制废除或者用另外一种教会管理形式来取而代之。人们争论的焦点不再是改变
国教而是不让任何宗教成为国教，所有宗教都应享受不偏不倚的平等地位。但
弥尔顿当时的理想是神人共治，而不容置疑的是，只要能够将主教制像教皇制
那样抛弃，他就可以创造出一种让神意在方方面面都满意的一种模式。因此，
当时的论争意义比现在要大得多，现在看似夸张的东西在当时都是一种常态。
弥尔顿论争的主题如火如荼而又悦耳动听。作为激情四射的散文诗，这些论争
作品中的精彩段落从来没有被人超越过，但作为论说文，作品的力度还是相当
薄弱的。没有哪个头脑健全的人会受到多少的触动，但任何一位具有阳刚气概
的人都会为其高贵热情的理想主义所感染。但凡心怀一丝理想和热忱，我们都
不得不承认弥尔顿达到了"一览众山小"的高度，而这一高度是通过理智的梯
子而非诗歌的羽翼来成就的。

　　《离婚的主张与约束》这部伟大著述与其他三个派生出来的论文，《四度音
阶》《马丁·布瑟尔的判断》和《克拉斯特里恩》一道，可以说几乎穷尽了离婚
这一话题所有的智慧和学问，但它并未在国家的法律或行为上产生任何可以感
知到的效果。罗马天主教的婚姻理论（婚姻是一种圣礼）一直都很盛行，虽然
最终受到大多数能够独立思考的人的责难。然而，弥尔顿把习俗骂得真够痛快！
长期确立起来的东西往往被我们赋予上一种神圣的品质，我们因此继续对它言
听计从，尽管心里明白它存在着很多的弊病。在反对人们习以为常的离婚原则
之时，弥尔顿肯定遭遇到我们今天难以想象的困难，因为我们现在满足于调查
事情的因由而很少顾及权威和习俗。必须承认，婚姻的目标是走进婚姻的人都
得到幸福，而这幸福不仅是世俗的繁盛或者家居有序，还应是道德、智性意义
上他们自己的愉悦和平静心态。如若不以此为目标，婚姻便堕落成为一种仅为
经济目的的社会联系，婚姻中的夫妻都成为他们带来的或者碰巧积累下的财产
的奴隶。但这不是真正的婚姻，只是生意上的伙伴关系，就像夫妻合伙开了一
家商号，如果有了孩子，他们也迟早会被带入这种关系，伙伴关系越多，生意
就越是兴隆。这种财产联系是不需要离婚的，因为金钱对于各方来说都是统治
一切的神祇。弥尔顿所追求的可不是这种婚姻，而是一种基于互爱、互助和情
投意合的新柏拉图式婚姻。虽然自由恋爱已经流行上百年，这一理想未必可以
说已经完全实现了。

弥尔顿的《论教育》属于动机源自外部的那类作品。"尽管这是一个人们能够想到的十分宏伟和高贵的设计，少了这种设计，这个民族就会消亡，但当时的我还只是因为您的恳求和召唤才写出来的。"这个人就是慈善家和大忙人萨缪尔·哈特利布。哈特利布发现英格兰在经济、社会方面都很落后，便积极投身于革新的事业。他在英国与外国新教徒之间的联络和引进夸美纽斯教学方法、改革英国教育等方面有不小的贡献。在写给哈特利布的书信的序里，弥尔顿提到夸美纽斯时几乎带着一些不屑一顾的口气，但论文始终贯穿着这位摩拉维亚教育家的思想原则。他提出的教育目标和夸美纽斯一样，都是要"为所有人提供教育"，使他们"在青春期以前学习现在和将来生活中遇到的所有东西"。弥尔顿的教育观完全是实用性质的，这和夸美纽斯的教育观并无二致。所有的教学课程都是由传达有用知识这一愿望来决定的。今天的教育体系让年轻人在不懂物理和政治地理、不懂历史和外语的状况下灰溜溜地离开学校。弥尔顿则走向了另一个极端：让年轻人的脑子里装满他们根本无法消化吸收的知识。他提出的设计还有一个缺陷，即对古典作家不加区分的崇敬，还有一些在现代人看来是很幼稚的课程，例如：他让天真朴实的年轻人从普利尼（Pliny）和索力努斯（Solinus）那里学习物理学，只能让人一笑了之；他提出卡图（Cato）、瓦罗（Varro）和克朗米拉（Columella）的农学课程（其中的训诫只适用于意大利的气候），谙于农学的哈特利布不知做何感想。另外一个十分明显的缺陷则被作者自己的大学问遮盖住了。他主张创建一种弥尔顿式的学院，从来不怀疑他设定的课程会超出千分之九百九十九（999‰）学者的能力，剩下的那一位也会因此而死去。如果出现了什么困难，他便轻蔑地将弃置一旁。① 他没有设置意大利语课，意大利语难道不能"花上几个小时就轻松学会"吗？"此前，希伯来语（我们还没有听过一个字）可能已经掌握了，然后就可能再加上迦勒底语和叙利亚方言"。对人类智力的这种高度自信十分不得了，却也说明弥尔顿只是一个理想主义者，其使命就是用高贵的思想激活人类而不是为改善人类而设计出实用的方案。

　　弥尔顿的下一部作品也是外部事件引发其智力活动的一个例证。《论出版自由》不是他灵魂的孤独外溢，也不是他对公共事务的观察，而是不愿让自己的书受到审查而招致真正危险的结果，却最终成为弥尔顿迄今最有名、最为精致、最具艺术性的散文作品，所论话题也并未过时。在别的散文作品里，他寻求的是要打压对手，而在这部作品里，他要做的是以理服人。他能够十分真诚地向

---

　　①　GARNETT R. Life of John Milton［M］. Middlesex：Echo Library, 2006：34.

其听众（上、下议会的议员）表达敬意，一心努力让他们对自己的尽职尽责与合情合理有一种好评。弥尔顿在其中显现出更多的现实人品格，论证过程诉诸理解力而不是纯理智。他明白无误地指出：审查制度是教皇的发明，与古代的先例背道而驰；审查制度不可能制止坏书的流通，反而会令人惋惜地妨碍好书的问世；审查制度会毁灭独立意识和责任意识，而独立、责任意识对刚健有力、富于成果的文学则是不可或缺的。他没有更多地触及首要原则、良知的神圣性与个人表明自己内心真实的义务。市政官有可能对那些出版之后被视为有害于社会的观点进行压制，他没有做出论争。他的主张是书刊出版绝对不能由一帮审查官来制止，他抨击的是审查制度而不是检察长。这种谨小慎微的做法束缚住了作者的雄辩力，因为《艾瑞帕吉提卡》虽然最好地表现了他作为倡导者的能力，但行文措辞的壮美程度却不及他惯常的水准。不过，开头的那段文字——"我似乎在脑海中看到了一个高贵而强大的民族"——可谓是他最为人熟知的散体文字，也没有哪一篇文章包含了这么多富于创造性的句子、这么多蕴含重要真理的表述。"世世代代的革命并不总是能弥补遭人拒斥的真理之损失。""为小善远胜于禁大恶，因为比起限制十个恶人来，上帝更喜欢一个有德之人的成长和成就。""好人的意见就是正在成形的知识。""人在实质上或许就是异端。"演讲快要结束时，论证的力度加大，作为诗人和预言家的弥尔顿高度赞美时代的途径，即他以为在所有上帝子民都成为预言家之时自己所看到的途径："看啊！这个巨大的城市、避难之所、自由之宅，上帝的保护包围环绕着它；比起纸笔和头脑，独坐灯下苦思冥想，摸索并产出新的思想和理念来把临近的改革满怀敬意和忠诚地呈现出来，战争的店铺在那里并没有更多的砧板和铁锤来制作全副武装的正义钢板和干戈来捍卫遭到围攻的真理。"他明明白白地指出，审查法令并不真是对宗教、道德诚实而错误的关切所带来的结果，而是长老会用来限制精神、不让独立派和保王派人说话的工具。

至此，我们发现弥尔顿在创作中和生活中都无可救药地缺少幽默和笑容。

第八章

政论散文（二）：为弑君做辩护

1649 年 1 月 30 日，查理一世被砍头。2 月 13 日，弥尔顿出版册子《论国王与官吏的职位》，以证明一个合法的行为，即假如普通官吏没有去或者拒绝去做，任何掌权者都可以对暴君或邪恶君王问责，经过核实的定罪程序而将其罢黜或者处死。这在现在和过去都是合法的。

1649 年 3 月 15 日，弥尔顿被共和国国务院任命为外文秘书，不久后便搬进白厅宫内的官邸中，负责国务书信往来，并从事起草、翻译公开发行的国务文件，审查出版物。

1649 年 2 月 9 日出版的戈登主教《国王肖像》（The Portrait of His Sacred Majestie in His Solitudes and Sufferings）把查理一世描绘成耶稣基督一样的殉道者，引起公众的广泛同情。弥尔顿受命对此做出回应：“我接下这份差事，因为那是分派给我的工作，而不是我选择或者喜欢的工作。”但觉得“对一个从如此高位跌倒下来、已为天性与过失付出最后代价的人所遭受的不幸进行批评，既不会有人叫好，也不是本文的本义”①。所以，《偶像破坏者》直到 10 月 6 日才得以问世，而《国王与官吏的任期》只是在一个多星期里就完成了。《国王肖像》的篇章结构使弥尔顿不得不逐条逐句地进行批驳，而这就必须大量使用自己所诟病的“批评”方式。弥尔顿最擅长的是高屋建瓴式的基于原则的讨论，但这种雄辩的力量剁碎在不厌其烦的琐屑细节的驳斥里了。他给出的论点或许会让法庭上的法官信服，但在驱散公众想象的魔咒上则无济于事了。他给出的回应试图将查理的形象与其所主张的绝对君权描绘成为偶然，声称只对上帝虔敬，因此要正正当当地推翻君权来保留上帝的律法。这种神学上的反击未能消除《国王肖像》动情的叙述在民众当中引起的同情和敬意。

《偶像破坏者》全文包括 28 章，各章纲要如下：序言；第一章　国王对这

---

① GARNETT R. Life of John Milton [M]. Middlesex: Echo Library, 2006: 51.

最后议会的呼吁；第二章　斯特拉福伯爵之死；第三章　他去往下议院；第四章　骚乱的侮辱；第五章　三年任期议会法案；第六章　从威斯敏斯特退隐；第七章　王后离去；第八章　赫尔遭驱逐与霍瑟姆家族的命运；第九章　招募军队；第十章　夺取军火库、要塞等；第十一章　十九点提议；第十二章　爱尔兰叛乱；第十三章　呼请苏格兰人与苏格兰人到来；第十四章　盟约；第十五章　诸多的嫉妒；第十六章　反《共同祷告书》条令；第十七章　在教会治理上的分歧；第十八章　艾仕桥协定；第十九章　各种战事；第二十章　时代的宗教改革；第二十一章　他的信件遭劫与泄露；第二十二章　他去往苏格兰；第二十三章　苏格兰将国王交给英格兰；第二十四章　他的牧师探视遭拒；第二十五章　他在霍尔姆比的忏悔冥想与誓言；第二十六章　军队于霍尔姆比突袭国王；第二十七章　题为：致威尔士亲王；第二十八章　题为：死亡冥想。

　　可见，批驳的确是逐句逐条来进行的，这绝不是他所擅长的，但弥尔顿作为政治论争者的声誉并不是建立在这本册子上面，也不仅仅是由英国公众所决定的。法国著名古典学者克劳迪·萨尔马修斯（Claudius Salmasius）受流亡在法国的查理一世之子之委托，写出《为国王查理一世辩护》（*Defensio Regia pro Carlo I*）并于 1649 年 10 月或 11 月面世。1650 年 1 月 8 日，国务院下令"弥尔顿先生须准备一些东西来回应萨尔马修斯的书，并在完成之后带到国务院来"。此时，他的一只眼已经失明，如果继续操劳下去另一只眼睛也会面临同样的后果。不过，他仍然毫无怨言、甘心情愿地接受了任务。这种工作热情本可能让他做出比《失乐园》更为崇高的成就来，但在十七世纪论争的效力主要表现在谩骂的使用比率上（尤其是用拉丁语进行谩骂），仅从这一点上看，弥尔顿的确是完胜了对手。萨尔马修斯写作时并没有具体的对手，所以没有使用多少针对个人的辱骂，在抨击弑君、弑父的群体行为中，他没有伤害某个具体的人，而弥尔顿却把所有的闪电霹雳都集中在他一个人的头上。比起萨尔马修斯对处决查理一世表现出来的正式愤慨，弥尔顿对这位胆敢诽谤英国人民的自以为是、爱管闲事的外国人的蔑视之情要强烈无数倍。他对萨尔马修斯的学究气不屑一顾，暴露对手惧怕母老虎似的妻子并受其奚落的情形。辱骂远远多于理性，对处决国王的合法性问题几乎避而不谈。弥尔顿对萨尔马修斯的回复（《为英国人民辩护》和《为英国人民再辩》）的巨大成功主要源自人们普遍具有的满足感：大名鼎鼎的萨尔马修斯终于遇到了对手！辩护于 1651 年 3 月出版，立即赢得了欧洲公众的关注，他们把这视为一个文学问题。到了 5 月，荷兰已经出版了 5 版，另外还有两个译文。

　　1852 年 8 月，针对他的《为英国人民辩护》而出现一部恶毒、刻薄的反驳文章《王室热血向上苍呼吁》（*Regii Sanguinis Clamor ad Coelum*），真正的作者是约克郡的前牧师杜默林，但当时人们普遍认为是出自阿姆斯特丹的神圣历史学教授亚历山大·莫鲁斯（Alexander Morus）之手。弥尔顿的反击出现在 1654年 4 月，其中包含许多自传性质的信息和一些对共和国部分名人的评价。《自辩》的个性色彩十分鲜明，例如对自己遭受的痛苦有这样坚韧和尊严的表述："让上帝决断的诽谤者停止对我的污蔑，停止对我命运的遗憾吧！我不会因此感到羞辱，我会毫不动摇地坚持我的观点。我不相信也不觉得自己是上帝愤怒的发泄对象，而是真切地感受和认可上帝在重大时刻的所有事情上对我慈父般的怜悯和善意，——尤其是通过他的精神慰藉与鼓励而默认上帝的神圣意志，使我更为经常地想到他对我的赐予而非抑制。最后，我绝不愿用我所作所为的意识来换取他们无论是多么正直的任何行为，或者离开我对同类事情惬意而宁静的回忆。"他还说，朋友们喜爱他，了解他的需求并更为努力地跟他做伴。共和国也给予他同等的礼遇。他还对一些共和国的名人（如布莱德肖法官、费尔法克斯将军和护国公克伦威尔）进行了描绘和评述，对当时的动荡局面也提出了自己的看法。

　　本章将对弥尔顿论及英国人弑君行为的三部论著，即《论国王和官吏的职位》《为英国人民辩护》《为英国人民再辩》进行讨论。

第一节　《国王与官吏的职位》①

一、基本情况

论文的封面页为：

论国王和官吏的职位

证明，

若是普通官吏玩忽职守或者拒绝行动，

任何人有权将暴君或坏国王来责问，

并在适当的定罪后将其罢黜、处死，

这是合法的，而且古往今来一直如此。

---

① ST JOHN J. A. The Prose Works of John Milton：Vol. II［M］. London：Joseph Rickerby Printer，1848：1 – 47.

而且，近来对罢黜多有指责的他们就是亲自做出罢黜之事的人。

此为再版印制，有一些增补，还添加了很多来自博学的新教牧师之翘楚的论据，用以维护本书的立场。

作者：J. M.

伦敦，出版商 马修·西蒙斯，奥德盖特街吉尔—里昂隔壁，1650 年

论文的基本结构为：

一、开端（exordium）（前八段）

假如人们内心是由理智管辖而非将其心智交由双重暴虐——来自外部的习俗和来自内心的盲目钟情，他们就会更清楚地看见喜爱、维护一国之暴君到底是怎么一回事。然而，由于在门户之内就是奴隶，人们自然而然地竭力使公共国家相应地交由他们借以自我管辖的内心邪恶的统治。的确，只有好人才能够由衷地喜爱自由，别的人不喜自由只爱放纵，而放纵在暴君统治下范围最大，程度最深。因此，暴君并不经常遭到冒犯，也不大对坏人怀疑，因为他们天然就带着奴性；但在那些德行与真正价值突出的人当中，他们真的害怕按理是其主人的暴君，将其所有的仇恨和怀疑都指向暴君。结果，坏人并不憎恨暴君，而是一直带着"忠诚"和"服从"的假名随时将其卑鄙的顺从染色。

……

二、叙述（narration）：王权之来源——人民

有识之士不应当也不能够愚蠢到不承认这一观点：所有人都是生而自由的，因为他们是上帝本身的形象和想像，享有高于一切创造物的特权，生来就是要发布命令而非被动服从。他们之前就是这样生活的。

三个要点：1）国王、官吏的权力来源于人民；2）国王只对上帝负责的说法是对律法的践踏；3）人民有权选择或者罢黜国王和官吏。

三、证实（confirmation）：何为暴君？如何处置暴君？

于是我们带着更多的安逸和论据力量来确定什么是暴君，人民可以怎样来反对暴君。所谓暴君（无论是通过什么方式戴上了王冠）就是不顾共同利益，只为自己和自己宗派来统治的人。这是圣巴塞尔对暴君的定义。

四、反驳（refutation）：君主与人民之间的双向契约

既然正义和"宗教"皆出自同一个上帝，那么正义的工作就常常更为人所接受了。但近来一些人带着心怀恶意、故态复萌者的口舌著文说，议会反对国王所采取的程序在新教国家或王国里是没有先例的，故而，我在下面给出的例子将都是来自新教，且主要是长老会的。

1546 年，撒克逊公爵、赫尔的兰特格雷福与整个新教联盟发起战争反对皇

帝查理五世，向他送去挑战，收回对他的所有信念和效忠，并在咨议会上长时间论辩是否该给他"凯撒"这样的头衔（"司雷登"50：17）。咱们都来判断一下，罢黜或弑杀所缺少的只是那种权力了。

……

五、结束（peroration）（长老会派出尔反尔）

[引证真正宗教改革家（路德、茨温利、加尔文、布瑟尔等）的说法来支持自己的观点。]

假如有人要四处搜集其他论著来推翻这些例证，或者用这些例证在其他引用语句中反对自己，他就不仅不能完善那些叛变牧师的虚假、粗鲁断言——罢黜或惩罚国王或暴君即反对所有新教神学家的一贯判决（事实恰恰相反!），而且证明（或许并非其本意）神学家的判决，假如是如此多样又变化无常就不值得考虑或者尊重了。在得出这一结论（我希望永远不会）之前，这些无知的断言者用自己的手段越来越多地证明自己不是新教神学家（尽管他们对这一点的一贯判断已经被他们大胆地掩饰掉），而是一群教会饿狼，跟随其父西门·玛古斯的脚步，嗅着双重生计和兼薪、声明、捐赠、归纳法和增加物的热味，虽然没被叫进基督的羊群，但仅靠自己肚腹的暗示（一如其戏谑被但以理发现的拜耳的祭司们），抓住了神坛，作为其煽动和反叛市政官吏的堡垒和要塞。他们友好、凯旋的手已经将他们从无礼的贵族手里把主教救出，公开或秘密地将他们慷慨供养，让他们在贫穷、卑贱中高高、富裕地抬举，惟一容忍不了的是其贪婪和激烈的野心，它们就像那派出蝗虫的深坑一样一直深不见底、无边无际，插手所有的事情，干预所有的人与其鲁莽的无知和强求。

逻辑论证的意味和《艾瑞帕吉提卡》一样十分明显。

二、文本分析

人文主义思想贯穿于弥尔顿所有著述，从他在剑桥大学求学期间的《预演》（一系列模拟古典演说的大胆演讲）到他以演讲形式呼吁出版自由的《艾瑞帕吉提卡》都是如此。《论国王和官吏的职位》也不例外。初版完全符合伊索克拉底（Isocrates）和西塞罗（Cicero）所定下的五级结构：①开端（exordum）；②叙述（narration）；③证实（confirmation）；④反驳（refutation）；⑤结束（peroration）。当然也可更为简便地分为立论、反论两大因素：叙述和证实构成论证的核心立论——说明世俗君权的原理，而开端、反驳和结束构成对长老会派的论辩。这也就应了作者在封面页上为自己定下的两个目标：①证明"任何掌权者将暴君罢黜和惩罚属合法行为；②新近大肆指责罢黜的人正是先前实施罢黜的人"。这两大目标的确定与 1648—1649 年间的政治形势密切相关。

得胜的议会联盟主要是因战争压力而结成的，一旦和平到来也就土崩瓦解了，政治解决方案因此无法达成。由长老派主宰的议会想与查理一世谈判，使他有条件地重坐王位，而这对议会之外的一些人来说无异于是牺牲了与国王开战的初衷；远更激进的军方则要将国王绳之以法，并在一鸿篇大论的抗议书中表达了自己对协定的反对。为打破这一僵局，军队于 1648 年 12 月发动了政变或者称为"普莱德清洗"，将议会中的异己分子逐出，只留下顺从自己意愿的议员，即所谓的"残余议会"。军方的干预引发了强烈的反应，反应不仅来自保王党人，而且来自长老会派，甚至"平等派"这样的激进团体。

在这关键时刻，弥尔顿将砝码放在了军方一边。证明自己行动正确的方法之一是贬损对手。长老会派先前极力反对国王查理，现在却退到《神圣联盟与契约》（1643 年）的第三条（许诺要保护国王的人身和权威）背后，这自然成了弥尔顿抨击他们的焦点。《论国王和官吏的职位》一文大都在揭露这朝三暮四的行为。弥尔顿对长老会的敌意最集中地体现在他经常引用的莎剧《麦克白》里一段演讲：

> "那些戏弄人的魔鬼再不可信，
>
> 竟拿模棱两可的话来骗我们；
>
> 对我们的耳朵守了信，
>
> 对我们的希望失了约。" （第五幕第七景）

长老会派也是"戏弄和欺骗世界"，说了"模棱两可的话"，因而像那"古怪姐妹"一样，不再被人相信，也不再能希望比麦克白夫人更好地卸掉身上的罪恶负担，他们就是"自己将国王罢黜的人，不能通过转换立场、故态复萌来将其身上的罪洗刷掉"。

不过，弥尔顿阐明这一信念的方式至少在三种场合中宣告过，他所倚靠的是长老会和苏格兰的来源。其要点就是提醒长老会派，他们在内战之初所倡导的对抗理论在很大程度上来源于自己在十六世纪的卓越先驱，约翰·诺克斯（John Knox）和乔治·布坎南（George Buchanan）。在本文中，尤其是"反驳"部分，弥尔顿一直在引用诺克斯和布坎南的著述。对于这两位人物的权威，其十七世纪的后继者根本无法否认，但其激进思想却可能让他们难堪。

使这一图景复杂化的是，长老会派并不否认这一激进遗产，而是已经成功地将体制性质的反抗理论中的一项基本原则用来对付军队及其追随者。这便是劣势官吏与私人个体之间的区别，亦即路德和加尔文论反抗的正统观点——劣势的官吏反抗暴虐统治虽然合乎律法，但私人个体采取任何政治行动从来就不合法。长老会派因此论辩道，军队既然是议会筹办的，那就只能是劣势的官吏的代理者，因而缺少任何独立的官吏权威，只能被视为私人个体的群体。于是，军队在清洗议会中的干预活动完全是非法的。

弥尔顿要证明军队行动的合法性就不能忽视这一论据，因此把"证实"主要用来挑战和逆转长老会派所依据的关键假定：私人个体从劣势的官吏手里夺取政治权力永远都不合法。他没有对体制性质的理论发起迎头痛击，而是选择从薄弱之处下手。

许多十六世纪的作家在讨论反抗话题时都承认劣势官吏和私人个体的区别，但又不愿用一种实际上让公民个体在某些情形中采取行动的方式来处理弑杀暴君的问题。他们通常区别两类暴君：作为暴君（即暴政）和篡位暴君（或无名分的暴君）。作为暴君原本是合法的统治者，但后来堕落而实施暴政，只能为劣势官吏所反抗。第二种有一定的灵活度，一个例证就是外邦入侵者，由于缺少任何名分，就只能由捍卫本土制度而行动的私人公民来反抗，但他们立即强调，一旦入侵者获得先前所缺少的合法性，这种反抗就要结束。此时，他们往往引出罗马从共和国转变为帝国时的例子，因为当时合法的抵抗最终变成了阴谋和煽动。

体制性质的反抗理论之主要支持者与《反暴君的裁定》作者的观点完全一致。但《圣经》里面有许多个体反抗以色列压迫者的例证，这就出现了问题，因为它带来一种特别令人难堪的暗示：出现了这些理论家一直努力要避免的结论，而这在《圣经》里有先例！弥尔顿的解决方法（也是标准的方法）是提出一种主张：尽管摩西、以笏、耶户等看上去是私人个体，但他们接受了来自上帝的呼唤，这就意味着他们应当具有某种甚至超过普通官吏的权威。

因此，当弥尔顿选择以笏弑杀摩押王伊矶伦的故事（《士师记》13：12－26）时，恰恰是因为它在"谁可合法反抗暴君"的争论中占据着关键的位置。他先是给出人们习惯上用来引发警示潜能的证据：伊矶伦"是外来的王公和敌人，而且以笏有来自上帝的特别准许。"然后，他将其一个个地消除。

弥尔顿的第一步是拒绝承认两类暴君区分的有效性。他看不到外来篡位者和国内暴君之间有什么实质性的差别，"看看西班牙国王有多大的权力来统治我们大家，就可明白英格兰国王能有多大的权力来对我们实施暴政"。根据西塞罗的观点，暴君不过是野蛮的怪物，他们抛弃掉这些普通的约定，所以应被当作人类敌人加以消灭。弥尔顿使用西塞罗的话语把自己的论据抖搂显露出来，"全世界人与人之间存在着一种兄弟般的友好关系"，将人从这些和平关系中逐出或自我放逐的唯一途径就是表现出一种敌对的性情。他又用格言的形式将这一观点表述出来："不是距离造成敌意，而是敌意造成距离。"于是，任何用"异国或本国"的标准来将暴君区别的努力都是"虚弱的借口"，暴君不过是一个将自己与人类社会分隔开来因而被视为"野兽"的人、一个"公敌"和"害虫"、一个"人类毁灭者"。

采用这种斯多葛式原则的结果便是将弑杀暴君这一问题的传统分析进行了颠覆。将两类暴君合并为一种描述就意味着不再可能具体给出在哪些情形中只有劣势的官吏可以采取抵抗行动。行为暴君和外来篡位者都受到私人个体的惩处。

弥尔顿接下来讨论别的反对意见。根据他的论证逻辑，他必须承认，伊矶伦是"敌人"，因为"暴君还能是什么呢？"但这不是因为他无权治国，以色列人已经"承认他是他们的君主"，使自己通过"忠诚、效忠的誓言"成为其"合适的选民"，这就实际上把伊矶伦划定为行为暴君，以笏也就必须使用来自上帝的"特别准许"才能将他弑杀。然而，弥尔顿堵死了这条出路，而是使用了完全不同的论据。

他首先指出，固然以笏是"上帝唤起来将以色列解救"的人，但不能看出他从上帝那里接受了什么正面的命令，以笏只是"按照公正原则"行事。

他的第二个也是更为重要的论据是，即使我们有上帝直接干预的无可争辩的证据也没有什么区别，虽然以笏接到"特别的指令来弑杀（犹太王）约兰"，这也并不能使其行为"不易被人效仿"。弥尔顿给出的解释是，以笏的行动"如此立足于自然理智，添加上上帝指令"的做法只不过"为这一行为确定了合法性"，也就是说，神圣指令确定某一既定行为为合法，但其本身并不构成其合法性的理由。如果要找出这种理由，我们必须求助于自然理智。说以笏和耶户不是私人个体，因为他们的作为是受上帝的指使，实际上忽略了一点，即这类行动是否正确，任何理性个体使用普通的法子就可以直觉地感受到。

这就逐渐形成了一个与新教自愿主义（认为上帝指使做的任何事都是公正的，因为那是上帝的意志）传统决定性的决裂。对弥尔顿来说，一种行动是否合法并不源自上帝表现出来的意志，而是来自一个事实，即其本身就是公正、合理的事情。这里的暗含意义是，有可能在神启和经书知识以外形成正确的伦理道德判断。因此，弥尔顿在"证实"部分一开始就提出了"对付暴君人们可以合法地做什么"这一问题，而他的回答也只是说"具有清晰判断力的人不需要被他的内心自然原则进行进一步的引导"。

这也让体制性质的反抗理论（继而是长老会派的例子）陷入混乱，为弥尔顿确保其意识形态目标扫清了道路。他现在可以肯定个体政治行动的合法性并由此为军队的行动提供辩护了。或者，用他在封面页上的说法，既然议会、"普通官吏疏忽或者拒绝将国王绳之以法"，那么"任何有权力"的人都可以"合法地"这样做。

这一声明中的个体主义（甚至是无政府主义）与世俗主义性质都不应被低估。很明显，弥尔顿对"圣徒"表示同情，又倾向以一种真正的神助方式呼请上帝的裁决，但又不无痛苦地让自己和军队远离被长老会派毁掉的宗教热忱和狂热的主张。他的怀疑主义、对自愿主义的反对、对理智的强调都根源于形成一种更为世俗、不那么脆弱的证据之需要。

同样的观点影响了弥尔顿对政治社会形成的叙述，尤其是他对正义之剑的讨论。假如他要让那声明（个体而不仅是官吏可以惩罚违法者）有任何分量，他就必须应对"这一权力来源于何处"的问题。在"开端"部分结束时，弥尔顿说，"执行上帝愤怒的一切人类权力"都"属于上帝"，从而添加了一种不容争辩的调子，但并没有引用任何关于生死权力的标准《圣经》文本来把这一调子建立在神圣立法之上，而是在"叙述"部分提出一种对正义之剑完全世俗化的描述。

虽然"人生而自由"，但最终还是形成了"城市、村镇和国民整体"来躲避源自人类堕落的"暴力"和"恶行"，人也就"商定通过结盟将自己彼此联系起来。避免相互伤害，共同抗击那些对这种商定带来骚乱和反对的事情。"然而，这种协定的结果仍然是前政治性质的，因为它还是一种纯粹自愿性的联系，虽然可以抵御外来威胁却不能约束内在的离经叛道。"因为没有发现什么信念足以维系大家"，所以就"有必要确定某种权威，以便可以用暴力和惩罚的方式来将违背和平与共同权益的事情加以限制"。因此，他们再前进一步，要创建一个真正的政治社会：为了自己的"安逸"和"秩序"而将（每个人心里原本自然具有的）"自我保护和生存的权威和权力交由一个或多人（即国王和官吏）"。不过，这些统治者作为交易结果享有的地位并不比"代理人或特派员"的地位更高，人们只是将"那公平正义"的执行权"委托"给他们，"否则每个人都会通过自然约定与契约来自己行使或相互执行"。

弥尔顿在此坚持这样的观点：在自然状态下，每一个个体都可惩治违背自然律法的人；在执行公义的过程中，世俗官吏所实施的并非新的权利而是所有前政治个体一开始就具有的权利。这在任何世俗的政治理论著述中都是没有先例的。这样，他就和格劳秀斯（Hugo Grotius, 1553—1645）一道来嘲笑那正统的观点：正义之剑只属于最高权力机构，只是与之同时出现，又只是作为上帝的直接授予。接着，他又补充道，这一权利并未发生疏离，只是被委托给了官吏，"他们保留着将其收回的自由……和权利"，而这就超越了格劳秀斯愿意承认的论点。

简言之，弥尔顿提出的与其说是一种反抗的理论不如说是一种革命的理论，类似于可代人实施惩罚的权力与"自卫的权力"之区别。再看两个弥尔顿急于强调的论点，我们就将其全貌看清楚了。

第一点，在讨论罢黜国王或改变政府形式的权利时，弥尔顿几乎无一例外地指涉"人民"而非议会。我们只需再一次看看正义之剑交付给统治者的程序轮廓就可以明白个中原因了。人民是这一交易的唯一参与者，拣选由他们来进行，被拣选上的成为国王或官吏。与布坎南一样，弥尔顿没有提到任何初选代表而后由他们代表人民选出统治者的问题。的确，他明确地认为，任何其他的治理形式——法律、誓言和议会——都是随后演变而来的，目的是保证原初选择的条件得到遵守。传统上与古代体制中的劣势官吏相对等的机构因此是在相对较晚的阶段才出现的，不能构成一个将人民排除在外的政治权力来源。自然而然的结论就是，罢黜和惩罚其国王的权利必须在人民手里。

第二点，弥尔顿在表述人民和统治者关系时喜欢使用"信赖/委托"（trust）一词。尽管他提到"约定或圣约"（bond and Covnant），甚至承认"君王权力""不过是国王与人民之间的相互契约或规定"，但"合约"（contract）一词从来没有出现过，论证结构也绝非契约论证式的。"信赖/委托"与"合约"的主要区别在于，由人民将权力委托于其统治者自身意味着使用权力来"首先谋取人民的利益而非一己私利"，而与人民构成合约关系的统治者从合约中获得权利和义务。其中的暗含之意便是，受托者可以在没有做错什么（因为他没有什么特权）也没有受到冤枉的情况下被随意开除。人民可以"根据情况经常"罢黜统治者，"虽然不是暴君，只是依照被统治者生而自由的人的自由和权利"而随意罢黜。"如果权利被滥用"，人民当然可以将其"收回"，而且"仅只为了变化而将其罢黜，因为他们认为这样有利于公共利益"。在"结束"部分，同样的声明又用更为强势、几乎是卢梭式的语句重申出来。一个"民族如果缺少在紧急情况下去除或者消除最高统治者或下属与其政府本身的权力"，便不能被视为"自由"的国家，而必定是"处于暴政和奴役状态之下"。没有了这种权力，他们便只是一个主子的"奴隶和家臣"，这主子"治理，尽管不是合法或者不可容忍的"，却是"不自由的"，因而必须予以废除。

或许我们完全有理由来问一问：弥尔顿为什么要采取如此极端的立场，超越必要的范围来证明弑君有理呢？答案或许可以是，他不想将进一步的体制性改变排除在外——不仅是形式上废除君主制和贵族院，而且是更为彻底的改革提议，类似于官员修订后于 1 月 20 日提交下议院的平等派《人民公约》。这一点有助于我们理解弥尔顿的告诫：要拥护"现在的议会和军队"。

如此开放的承诺注定难以维持。作为共和国的职能人员，弥尔顿必须维护现有形式的政权，而这意味着要改变他的理论。一个戏剧性的例子——几乎达到了一种"完全改变"（volte face）——出现在年底的再版中。在对新教"见证人"（路德、茨温利、加尔文和布瑟尔）做一画廊式回顾时，弥尔顿宣称，"公正对待无法无天的国王，对不合法的私人与合法的劣势官吏没有分别"，这是他们"明确而坚定的决心"，因而将他曾经努力去消除的区别重申出来。

然而，弥尔顿并没有毫不含糊地做出自己的区分，所以，我们不太清楚再次表现出来的激进思想到底减弱了多少。不过，一个问题出现了：为什么他明知道至少在一个基本方面与初版不一致却还要准备再版呢？答案或许是，因为他需要给长老会派一个提醒，让他们记着自己对个体（现在应当支持共和国）完全政治被动性的惯常坚持，甚至不惜将模糊带进原本是清晰的地方，或者突然在（先前被标识为狭隘的反苏格兰偏见的）文本中加进正统的欧陆观点可以得到这样的解释：弥尔顿已经看到了萨尔马修斯《为国王辩护》这篇文章，从而意识到自己有必要来构建一个在欧洲和国内环境里都站得住脚的立场。

三、深层解读①

按照亚里士多德的说法，悲剧的目的就是"宣泄"（catharsis），即引起而后净化怜悯和恐惧的情绪，那么，《论国王和官吏的职位》一文便成为一种反悲剧，其中，无情又无畏的弥尔顿竭力使其读者疏远这类情绪。这不是一件容易的事情，一篇论文无论是多么的令人信服都无法把它完成。还未砸碎的英格兰君主锁链让很多同胞都对审判查理一世的合法性提出质疑，这位君主作为殉道者、圣徒的成功自我呈现又让更多的同胞（被弥尔顿后来在其《偶像破坏者》中斥责为"反复无常、缺少理性、溺爱，偶像的乌合之众"）对 1649 年 1 月 30 日的处决表示抗议。终于在那一年的三月，不是满员和时常召集的议会而只是"残余议会"（即主张与查理王妥协的议员被清洗出去后的议会）废除了国王这一职位，在不列颠历史上第一次也是唯一一次建立了共和国。《论国王和官吏的职位》一文的首要目的即为"支持，至少是接受审判、弑君和新的共和国"。

弥尔顿在国王受审期间开始写作并于国王被处死后两个星期发表了初版。

---

① ROSENBLATT J. P. Milton's Selected Poetry and Prose [M] . New York & London：W. W. Norton & Company，2011：380 – 385.

再版的篇幅长了一些，煽动性也减弱了一些，但即便如此，也将弥尔顿作为最激进、最想破除旧习的英国大诗人这一形象凸显了出来。无论是从作为还是从语句上看，这都是一部非常重要的论著，所以引起了奥列佛·克伦威尔的国务院的注意。国务院随后不久便指定他为其外语秘书，让他成了共和国的主要宣传员和弑君有理的辩护人。

仅将《论国王和官吏的职位》的书名页看上一眼，就可以看出弥尔顿对英格兰的辩护——当然立即引发了反对意见——为何会在后来被法国和大西洋彼岸殖民地的革命者捡拾起来。论著中，弥尔顿进一步论述道：

> "既然国王或官吏拥有管理人民的权利，原初自然就是首先为了人民的利益而非一己私利，那么人民就可以在他们判断最为合适的时机经常将他选举或者拒绝、保留或者罢黜，虽然他并不是暴君。这只是依照生而自由并接受最适合他们的治理方式的人们所用到的自由与权利。"

弥尔顿那充满活力的声明"所有人生来就是自由的"道出了美国《独立宣言》所表达的理想。他对民治政府的辩护也引起了约翰·亚当斯和托马斯·杰弗逊的注意。早在1690年代，在胡格诺派教徒被逐出法国而四处流散期间写作的法国法学家让·巴克拉克就经常以赞许的姿态将弥尔顿捍卫自由权利、主张政教分离的论述引用。弥尔顿在《论国王和官吏的职位》与做秘书期间写下的论文里提出的观点在很大程度上借鉴了自然法理论家格罗修斯和塞尔登的著述。从理论上讲，在人类自然、文明前的状态中发现共享的道德规则为世界各地人类关系提供了一个基础。这就部分地让两个思想家都成为国际关系的先驱探索者。塞尔登与格罗修斯不同的是他确定了自然法的一个外部来源，即一种普世的神圣、积极的永恒义务法则。同样，弥尔顿在《论国王和官吏的职位》中将普世的人类自由建立在经文的基础上："上帝自身的形象和肖像……生来就是要统治而非服从。"

《论国王和官吏的职位》与弥尔顿的离婚册子具有一些共同的特点：都是以抨击习俗来开篇。开始与错误继而与"盲目钟情"（情感依恋、偏见）结盟。在《离婚的主张与约束》里，弥尔顿曾徒劳地希望威斯敏斯特大会中的长老会派成员会理解家庭合约与政治合约中的应急措施，从而一再坚持解散糟糕结合的适合性："结婚的人与宣誓效忠的人一样不会去构想自己的毁灭，整个民族与坏政府之间的关系如同一个人与不幸婚姻的关系。"这些论文都认为契约不能约束自然律法及隐藏于其中的理智，二者都反对神圣同盟（1643）、长老会派成员将其理解为维护国王生命与职位的合约。

这些论文中最重要的相似点与作者对格罗修斯、塞尔登自然法理论借鉴的强有力证据或许就是一种一元论阐释学的包容性，这与早期反主教制册子中的那种排外性大不相同。按照弥尔顿援引的那些权威说法，包括连（已丧失对上帝表现出来意志的认识的）异教徒都理解的自然法、查士丁尼罗马法（尤其是对自由、奴役进行讨论的部分）、希腊和罗马的顶尖作者（他们赞美刺杀暴君的英勇行为）、犹太人的摩西律法（犹太人真正宗教的认识、他们的英雄以笏、撒母耳、耶胡不经审判当场杀死暴君）、耶稣的福音、英格兰的普通法（其中一些律师位列"战争议会"，坚持法律而非君主的权利），一个人是可以去除暴君的。

弥尔顿不愿和他的长老会对手那样对外国的和本国的暴君（篡位者艾格龙、莫阿布王与一本土统治者）加以区分，这就在一篇主要取材于自然法理论的论文中指向了一个超国家的视角："谁不知道世界上人与人之间存在着一种友善的兄弟情义呢？英吉利海水也无法将我们从那种职责和关系中割裂开。"的确，在提及那场关于一个国家统治远海的论争时，弥尔顿似乎更青睐荷兰学者格罗修斯对自由海洋（Mare Liberum）的经典论点，而不是他同胞（即所谓的"我们博学的塞尔登"）的反驳，即"封闭海洋"（Mare Clausum）。一个在青年时代签名为"英国人约翰·弥尔顿"的人在幻想破灭之后的老年时代处于国际主义精神和纯粹倦怠情绪而写道："一个人的国家就是与之相处很多的任何地方。"《论国王和官吏的职位》代表着一个中间点：在宣称普世主义的同时透露出一个十七世纪普通英国人的排外思想：

> "也不是场所距离造就敌意，而是敌意造就距离。因此，只要他跟我们和平相处，无论远近，不管是哪国人，对我来说（就所有世俗人类职位而言），他就是一个英国人、一个邻居。而一个英国人……若是冒犯了生命和自由，……就算是一母同胞，他也不过是个土耳其人、萨拉森人、一个野蛮人。"

弥尔顿的印证来源多种多样，这与他意欲讲话的多样观众相一致。平均派成员与长老会成员虽然有很大的差别，但有一共同奋斗的目标，即处死国王是错误之举。如果说在标题页上申明的首要目的是证明罢黜暴君是属于正当之举，第二个目的则更加具体了：控告那些长老会派成员，他们朝三暮四、优柔寡断、表里不一。在1640年代初藐视国王但现在却要保护国王："他们在近来大肆指责罢黜，但正是他们自己做出了罢黜的事情。"由于牧师赫伯特·帕尔默先前抨击他是个离婚论者，弥尔顿就把帕尔默的《经文与理智》（Scripture and Reason，1643）单独拿来批评，引用了一些实际上已将查理罢黜掉的战斗性段落。的确，在弥尔顿申明自己反暴政论据的普世性时，他又说道："这是从最精彩、最真实的学问（有摩西的、基督的、正统的，还有必定对我们的敌人最具说服力的长老会派的）……中间挑出来的。"在涉及国王有两个身体（一个是凡人肉体，另一个充溢着神圣统治权）这一中世纪理论时，尽管他绝不会支持它，弥尔顿还是论辩说，长老会派其实已经将国王杀死了，因为：

> "国王是尊严和职务而非人的名字，……那么，他们将他罢黜并由此很早就从他那里取走了国王的生命、职务和尊严。可以说，他们在最严格的的意义上已经杀死了国王。"

《失乐园》里的弥尔顿式诗人在对将要取代伊甸园式美德的基督教英雄主义进行界定时，把权势从善美中分离出来，对英勇战争的拒斥（第九卷 28 - 31行）又含蓄地贬低了早先对天庭大战中天使的英雄主义和神子战胜邪恶的叙述。他更喜欢基督的"忍耐和英勇殉道／那种更强的坚毅"（31 - 32 行），但在写于国王受审及其余波的《论国王和官吏的职位》中，弥尔顿所赞美的是善美与力量结合起来的德性，而不是属于此世圣徒般的心神气闲。他宣称与查理国王的斗争"与英雄时代相称"，对"富有坚毅品质和英雄品德"的议会议员高度赞扬。论文颂赞那"执行公正更强的坚毅"而不是遭罪和殉道：审视着议会行动和军事会议的未来国家"此后会学到一种更强的坚毅，敢于将至高的公正实施在他们身上，而他们将通过武力努力实施宗教的压制和剥夺，努力保障他们在国内的自由。"弥尔顿在这里是暗指倒数第二首圣诗，一首胜利之歌：

> 愿他们口中称赞神为高，
>
> 手里有两刃的刀，
>
> 为要报复列邦，
>
> 刑罚万民，
>
> 要用链子捆住他们的国王，
>
> 用铁镣锁他们的大臣，
>
> 要在他们身上施行所记录的审判。
>
> 他的圣民都有这荣耀，
>
> 你们要赞美耶和华！

这些诗句理所当然被解读为对弑君者的辩护，并可能让人想到那最有名的弥尔顿式难题："黎西达斯那两只手的器械"（two - handed engine of Lycidas），但又与另一首圣诗（51：4）

> 我向你犯了罪，惟独得罪了你，
>
> 在你眼前行了这恶，
>
> 以致你责备我的时候显为公义；

判断我的时候显为清正。

相互对立，而这段诗句对保王党人"国王只对上帝负责"的论点至关重要。"有人会对我们说这种荒谬的意见是大卫的，因为他在第 51 首圣诗中向上帝呼叫'惟独得罪了你'；似乎大卫曾想象谋杀乌利亚又与其妻通奸不是对邻人犯下的罪，然而那摩西律法（《申命记》17）明显是针对国王的，不要以为自己高高在上，高于其兄弟。"弥尔顿将大卫"圣诗里哀婉动人的诗句"交由限制君王特权的摩西律法来裁决，因为摩西律法提供了"非常多的规则，供人遵从"。

将坚毅和英勇替换为怜悯和恐惧以及忍耐和殉道，《论国王和官吏的职位》便表达出一种希伯来（而非古希腊或基督教）的精神气质。即便是那些与基督相关的《新约》例证也表达出一种攻击性而非仁爱：他把希律王称作"那只狐狸"（《路加福音》13：32），玛利亚对儿子胜利表露为"他叫有权柄的失位，叫卑贱的升高。"（《路加福音》1：52）保王党人的宣传将忍耐殉道的国王与耶稣相提并论，这就会让任何对耶稣受难的指涉都在修辞意义上成为致命的东西。由于处于弥尔顿离婚册子核心的是《申命记》式的离婚律法，旨在限制君王特权的《申命记：17》就成了《论国王和官吏的职位》一文的中心文本。弥尔顿在两个册子里的论据中都烙上了这样的印记：坚持认为人类精神具有改革共和国的丰富潜力！

第二节　《为英国人民辩护》①

《论国王和官吏的职位》（1649）《偶像破坏者》（1649）和《为英国人民辩护》（1651）《为英国人民再辩》（1654）四个册子都是为了反驳国内外的敌人对英国处死国王之举的猛烈攻击，但后面两个更是作为共和国外语秘书"受命而作"的政治反击。

---

① ST JOHN J. A. The Prose Works of John Milton：Vol. I ［M］. London：Joseph Rickerby Printer, 1848：1 – 213.

一、基本情况

《为英国人民辩护》英文版的封面页题为：

> 英国人约翰·弥尔顿
> 《为英国人民辩护》
> 驳斥匿名的克劳狄，
> 别名萨尔梅茜的
> "为国王辩护"

正式论辩之前有一个"序言"：

人们大多认为萨尔马修斯为国王所做的辩护堆砌辞藻、内容空洞，我便担心在自己为英国人民做的辩护里也会和他一样被称为一个喋喋不休和愚蠢透顶的辩护者。不过，任谁也不会如此匆忙而不写下一个与主题分量相当的开场白，即便是在处理一个普通的话题。假如我采取同样的方式来处理一个迄今为止最为重大的主题又不至于太沉闷乏味，我就希望能够达到两个自己真诚渴望的目标：其一，在这一最为伟大高尚、最值得为后世纪念的事业中，我将倾尽全力而不至于捉襟见肘；其二，我指责我的对手夸夸其谈、堆砌辞藻，而我自己可以避免这些毛病。因为我要讨论的不是无足轻重、普普通通的事情，而是权势赫赫的国王，看他是如何践踏国家法律，摧残民族宗教，执政时为所欲为，最终为其长久奴役的子民在战场上所俘虏，又看他此后如何被投进监牢，在他言行举止都不能给人以任何希望时终于被王国最高议事会判处死刑并在他的宫廷大门口被枭首示众。我还要说明依据什么权利，尤其是根据哪一条法律做出如此判决与相关事项——这将对解除人民心中的一大迷信大有助益。我们英勇而高贵的同胞绝对值得世界所有民族和子民的尊敬，却受到来自国内外的谩骂者——尤其是来自这位胸无点墨的诡辩家（他竟然充当其他人的头领和元凶）——最恶毒的侮蔑，我将轻松自如地为他们辩护。试问，高居王座的国君里有谁的至尊权位曾像英国人民这样光辉灿烂呢？他们摆脱了世代沿袭的陈旧迷信之后，对国王本人或者说曾经是其国王的敌人进行了判决并毫无顾虑地用他自己的法律对国王实施了惩罚。国王被自己的法律罗网捉住却自称享有神圣权力，不受法律制裁，但一旦发现别人有罪则会毫不犹豫地处以同样的法律制裁。可是，为什么我要说这些事是人民自己说出和做出并自始至终有上帝见证呢？上帝常常根据自己无穷的智慧将不可一世、无法无天的国王推倒，把他及家人斩尽杀绝。他显明的冲动让我们的自由失而复得，他是我们行动的向导，我们崇敬他四处留下的神圣印迹，所以我们向前走的不是昏暗而是光明的道路，给我们指明道路的就是上帝本身。

假如我竟敢希望通过自己现有的勤奋和才能来把应当讨论的事情讨论，将讨论的结果书写下来，以便让所有国家、所有时代都来诵读，那我就是大言不惭了。什么样的风格才足以气势磅礴、辉煌雄浑呢？什么样的人才有足够的才华来完成如此伟大的人物呢？我们通过经验发现，在过去的世世代代里，只是时而出现一位能够将伟大英雄、伟大民族的行动成功叙述的人，那么，有没有一个人对自己的才华如此高看以至于认为自己能够用某种语言、某种风格来完成万能上帝荣耀而神奇的工作呢？我们共和国的一些杰出人物利用其影响勉励我来承担这项事业，希望我拿起笔来对那些武力无法消除的妒忌和诽谤进行驳斥，对他们完成的光荣行动进行辩护。他们竟然从众人之中把我挑选出来，让我能够在这样一种解救祖国与危难的英勇行为中有所作为，对我来说简直是一个极大的荣誉。的确，我自幼就痴迷于这类学业，逐渐形成一种信念，即如果自己不能去完成伟大的事业，至少也要将从事这种事业的人来颂扬。不过，我不敢自信有这样的好条件，所以祈求神助，呼请伟大、神圣的上帝和一切美好天赋的赐予者给予我才能和力量，使我能够真正有力地驳斥这个外国演说家的诳语谎言，就像我们高贵的将军们用武力虔诚而成功地打破国王的骄横和无法无天的统治而后通过令人难忘的惩罚将二者结束那样。不久前，我也曾这样单枪匹马地把国王本人彻底驳倒在地，而国王好像是从坟墓里爬出来，叫嚷着他死后发表的书里面那些狡黠、诱惑的词语出现在人民面前。

我的这个对手是个外国人，却是个蹩脚的文法家（尽管他千万次否认这一点）。他不满足于文法家的那份薪水，而要成为一个好管闲事、自以为是的家伙，不仅要插手国事，而且要过问一个外国的国事。然而，他随身携带的既没有谦逊也没有心智更没有如此重要的仲裁者所必需的任何其他资质，有的只是粗鄙无礼和一点点文法。真的，假如他是在这里用英语把他现在用拉丁语写下的东西发表出来，我想谁都会认为根本不值得回应，而只会斥之为屡遭破败的平庸之言，或者弃之为污秽不堪的"暴政经"，连最卑贱的奴隶也不甘忍受——不，曾与国王站在一边的人也不会认同他书里的说法！然而，他将此夸张成了一部大书，并在对我们的事情和体制一无所知的外国人中间大肆传扬，所以，我们应该告诉他们真相以免他们产生误解。对那胆敢谩骂别人的人，我们则当以其人之道还治其人之身。

假如有人来问，为什么我们一直默不作声而不早一点还击？为什么我们容忍他这么久，任其洋洋得意陶醉在胜利之中？别人是什么样子，我不知道；至于我自己，我要大胆地声明：即使我身体好一些，能够忍受写作的疲劳，我也长久没有找到词语和论据来为这么美好的事业做辩护。由于我身体孱弱，我只得断断续续地写作，几乎每个钟头都得中断一会，而这个题目却需要专心致志和不间断的研究。我高贵的同胞，祖国的救星，他们不朽的业绩已经是名震全球，如果我因体力不济的妨碍不挺身而出将他们赞颂，至少我希望自己能够不那么困难地捍卫他们，免受这愚蠢小学者的粗鲁和毒舌的伤害。如果自由默不做声，奴役却大放厥词；如果暴君找得到辩护人，主宰和征服暴君的人却没有人支持，那么自然和律法就要遭殃了。如果上帝赐予人的理智不能为人的生存、获救与合乎自然本性的人人平等找出更多的论据，只能为极权独夫对人类的压迫和毁灭找出理由，那就真的是件令人悲哀的事情了。因此，让我精神抖擞地参加这项高贵的事业吧！因为我坚信，对手的事业只是由欺骗、谬论、无知和妄测来维持的，我的事业则有光明、真理、理智、世上最伟大时代的实践和学识来支持。

到现在，引言已经说够了，但我们的任务既然是批评，那就让我们首先考察一下他这部杰作的题目吧：《为查理一世的王家辩护，致查理二世》。在儿子面前为父亲的事业做辩护，无论你是谁，你接手的是一件多么神奇的工作！一百比一地赢定了！萨尔马修斯，当初你用一个假名躲过了一场官司，现在干脆连名字都不署一个，可是我要把你传唤到另一个法庭、另外一些法官面前来。在这里，你可不能像往常一样在课堂上听到你所喜欢的喝彩声了。可这篇王家辩护书为何要献给国王的儿子呢？这根本用不着严加拷问，他自己供认不讳："是由那国王付费的。"好一个唯利是图、精于要价的讼棍！要是那可怜的穷国王不给钱，你就不会给你所谓"最圣明"的老子查理和最贫穷的儿子查理写辩护了，对吗？……

接下来对萨尔马修斯其人其作进行总体上的攻击和驳斥。①"国王出资"的雇佣文人；②女人气十足，"阉人"与"萨尔梅茜"；③朝三暮四的行径——对"主教制"的态度；④谦虚的表达——无知无识。将对手大多直呼为侮辱性的咒骂词语，如 mercenary and chargeable advocate, knave, rogue, crafty turn-coat, busy puppy, silly loggerhead, both a fool and a knave, a witless, senseless bawler 等。

……

你说："这项事业将在全人类的听证会上得到辩论，就像是在全人类的裁判庭上受审一样。"这可正是我们求之不得的事情，因为我们就可以有一个谨慎而明智的对手而不是你这样的莽撞蠢材。你就像胡言乱语的阿贾克斯一样悲剧性地总结道："我将向皇天后土宣告这些人的不公、不敬、不信和不仁，并在定罪之后把他们交给子孙后代。"噢,多么精彩的结语啊!你这个没头脑、没知识、只会狂吠乱叫的讼棍,生来就只能拾人牙慧,抄袭剽窃。你竟敢以为自己能写出一些能够流芳百世的东西吗?相信我,下一代的人就会把你和你这些东凑西拼的东西埋进土里去,但你这篇王家辩护倒可能被人拿来对照我的回应时而翻看。我要请求荷兰的那些灿烂国度废除他们的禁令,容忍你这部书公开出售。我已经发现了充斥全书的虚妄、无知和假话,它流传得越是广泛也就越会得到有效的抵制。现在让我们听听他将怎样来把我们定罪吧。

论辩的正文包括 12 章。其论证逻辑将在下一节做详细论述。

……

论辩的结语如下:

现在,在上帝的帮助下,我已经完成了所承担的任务,即在国内外为我同胞的高贵行动进行辩护,驳斥这个疯癫的诡辩家的妒言狂语,伸张人民的共同权利,痛斥君王不公正的统治——不是出于对君王而是出于对暴君的痛恨。我那对手所提出的论据、例证或文件,只要是有一点点实在的内容或说服力,我绝不会装聋作哑不予回复。或许,我还走了另一个极端,把他的胡言乱语当成坚实的论据而过多地回复了,因此给予了它们不应有的重视。

还有一件或许是对你们关系最大的事情需要去做,那就是,同胞们,你们要起来自己将这个敌人驳斥,而驳斥他最好的方法就是坚持不懈地用你们自己的善行去消除所有人的狂言恶言。当你们在各种压迫之下辛勤劳作时,你们逃到上帝那里去寻求庇护,上帝仁慈而欢喜地倾听了你们诚挚的祈祷和愿望,并在万民中首先把你们从危害德性的此世两大恶贼——暴政和迷信中光荣地解救出来。上帝把伟大的精神给了你们,使你们毫不犹豫地对战败被俘的国王做出公正的判决并处以死刑,从而在人类中形成了先例。在完成了如此荣光的行动之后,你们绝不要去想更不用说去做什么卑微之事,你们要想、要做的只能是伟大而崇高的事情。这样,你们唯一的路径就是如同你们在战场上把敌人战胜那样,证明你们在放下武器的和平宁静生活中仍然具有全人类最强大的能力来制服野心、贪婪、爱财,将繁荣容易带来的腐败——经常把其他民族制服和战胜——有效地避免,又像你们无所畏惧地将自己从奴役中解放出来那样,在维护你们的自由时显示出伟大的公义、节制和谦恭。只有这样你们才能证明自己不是萨尔马修斯这家伙所描画的人——叛徒、强盗、杀人犯、弑君者、疯子,才能证明你们原先将国王处死并非出于什么狼子野心或者侵犯人权的愿望,并非出于任何煽动思想或者邪恶目的,更不是出于疯狂念头或者一时的盛怒,你们惩处那暴君完全是出于你们对自由、宗教、正义、德性和国家的热爱。

假如事实证明你们竟是别有用心（上帝决不允许！），假如你们虽然在战场上勇猛在和平中却堕落了，假如你们已经将上帝对你们的善意、对敌人的愤怒如此明显地显露出来，现在却不能从眼前如此显著、耀眼的例子中得到教训去将上帝敬畏，把正义追求，那么我就会自然而然地以为和承认坏人所说所想你们做过的事情全都是真的，因为我无法否认。你们将很快会发现，上帝对你们的不满会比对敌人的愤怒更深，比你们先前得到的恩惠和眷顾（多于其他任何民族）更深！

下面是对文本的分析解读。

二、文本分析

在弑君行为发生的数周内，流亡在欧陆的保王党人一直在寻求一部著作来表达事件的恐怖性，激发对新政权的反对情绪，并发出正当继承人回归王位的呼吁。萨尔马修斯这位格罗修斯过世后欧陆头号新教学者立即主动请缨。他心里清楚自己不仅要合乎欧洲读者的口味，而且不能无视英国人的敏感，所以将其《为国王辩护》（1649 年 11 月匿名出版）的重点至少在最小的程度上与安立甘宗（英国国教）兼容起来。他对主教被逐出贵族院继而遭废除的事件感到悲哀，但一边在劝诫长老会派，一边又对独立派保留了最严厉的批评。他将弑君行为抨击为宗教狂热，将抨击的焦点放在约翰·库克（时任查理审判的检察长），尤其是其处决总结演讲上。萨尔马修斯的回应集中于两个绝对论的命题：人民并非君权的来源，君权直接来源于上帝；国王超越所有的律法（legibus so-lutus），因而只对上帝负责。

在 1651 年 2 月发表的《为英国人民辩护》中，弥尔顿逐章逐条地对萨尔马修斯进行了驳斥。虽然在咒骂加论证的模式上与《论国王和官吏的职位》没有两样，《为英国人民辩护》却更为自由地掺杂进西塞罗《猛烈抨击》（Philippics）的风格。西塞罗将自己塑造成一个面对安东尼颠覆共和国企图的共和国救世主，弥尔顿也站出来支持已是四面楚歌的共和国，抨击萨尔马修斯。西塞罗试图凭借安东尼的受贿嫌疑、雇用修辞家学习演说术、与多个女人乱搞关系等来将其名声败坏，弥尔顿也是极力贬损其对手的人格和职业道德。到第一章结束时，弥尔顿在全文中提出的指控就已经全部到位了。

萨尔马修斯宣称要将主教的事业来捍卫，但在之前的著述中主张废除主教并用一种长老体系取而代之。弥尔顿便抓住这一点处处对其羞辱，使其难堪，并通过求助新教学者（路德、茨温利、加尔文和布瑟尔等）而使自己披上宗教正统的外衣。其实，他在再版的《论国王和官吏的职位》中就已经开始这样做了。

接下来，《为国王辩护》是"国王付费"出版的事实也被用来诋毁其作者，说他是一个为金钱工作的雇佣文人，他对国王权力的辩护与安东尼的企图"都是从同一个泉眼里流出"的东西。与《论国王和官吏的职位》一样，弥尔顿对其对手的男人气概进行了责难，把萨尔马修斯当作泰伦斯剧中的"阉人"，经历了奥维德式的变形成了山林仙女"萨尔梅茜"，并最终成为屈从于荷马笔下的女巫塞壬，"习惯于（受妻子）最令人不齿的奴役"，对"德行和生于德行的自由没有一点口味"。这一家庭内部奴役的图景损坏了萨尔马修斯作为大主教发言人的信誉，有助于在其对暴政的奴隶式效忠与正直、阳刚的自有事业之间形成反复的对比。

弥尔顿把萨尔马修斯修辞上的无能当作是理所当然的事情，连他谦虚地宣称自己不期望达到西塞罗的雄辩高度也变成了他的短处。萨尔马修斯只是一个文理不通的"文法家"，尽管满腹经纶却对自己读过或编辑过的古典著述一窍不通。结束了对其对手能力上的轻蔑，弥尔顿转到文本阐释上，这构成第三至第五章的论争战场。

在第二章中，萨尔马修斯收集了标准的《旧约》文本来支撑"国王超越所有律法"的观点。弥尔顿则有意识地采用了人文主义注释家的方法，试图参照经书和历史语境来对这些选文进行阐释，说明正确理解得来的教训与萨尔马修斯提出的完全相反。例如，他收集证据来说明上帝让以色列人设立国王（《申命记》17：14）并非是情愿的，因而不表明对他们将自己屈从于超越所有律法的统治者之愿望的认可，而只是给出了神圣的"证明"：选择哪一种"国民整体的形式"之决定权"永远掌握在所有的人民和民族手里边"。

然而，弥尔顿对这类教训（表面上似乎与所需阐释经典的努力相矛盾）的价值表现出一种怀疑。从第二章开始，他便一直在回应"国王是神圣任命的"这一宣称。他争论道，存在着一种意义，其中一切总体的事情（因而不是任何具体的事情）都是用类似方法定下来的，例如人民的权利就和国王的权利一样。使用这种贬值的神圣任命理念，其结果便是在摩西（他毫无疑问直接向上帝问事）与没有"来自上帝的明显迹象"的其他情况之间划出了一条分界线。到头来与"以色列人要什么样的国王"毫不相干，因为英国人一开始就行使着"民族的权利"，"没有上帝的训令或禁令"，依照自己的选择而作为。

第三章以类似的方法讨论《新约》。这是"神圣的自由宣言"，其意义让萨尔马修斯给歪曲了。他演绎出一个"宗教义务"的虚假概念，所以需要进行重新建构。例如，门徒的政治建议应当只是针对私人个体而非"元老"或者"官吏"，从中得不出后者不抵制暴君的任何义务，也不可能得出门徒有意教育人们服从暴君的意图，因为当时的皇帝不是萨尔马修斯所声称的尼禄而是"诚实王子"克劳狄。不过，弥尔顿依然没有试图从这些经文中找出任何具体的训诫，只有一种嘲讽的虚饰。将萨尔马修斯的观点（"臣民当永远服从现在的权力"）拿来反驳他自己，弥尔顿便意欲说明只有依照自由原则来对其阐释，福音才会具有连贯的意义。

第四章开篇，弥尔顿便断言："至于说任何人都要服从一个凌驾于法律之上的人，这是任何法律都没有规定过的，同时也不可能作这种规定"，所以在回应"在犹太历史中找不到与弑君相应的事情"这一声明时，他再次对以笏和伊矶伦展开讨论，结论是："如果说以笏杀死伊矶伦是正当的，那么我们惩罚查理也是正当的"。但他并不想把这一对比当作先例而是要将隐藏的正义原则揭示出来，因为它让这对比成为真实。他再次使用耶户的例子来强调这一观点："不是因为上帝命令去做，杀死暴君就是好的与合法的，而是因为这是好的与合法的，上帝才命令去做。"

第五章开篇是对这一主题的重申。弥尔顿说，萨尔马修斯不能希望通过诉诸自然律法而将自己的论证推进，因为"上帝的律法与自然律法完全一致"，用上帝的律法来展示一个命题便是说明了"与自然律法最相适应的事情"。尽管前面几章已经使任务变得累赘，弥尔顿还是同意对古典来源进行审视，第五章的其余部分于是成了对他人文主义才能的展示。

在接下来的两章里，萨尔马修斯对新政权的基础——大众主权理论——进行了直接的抨击。他先是说明，人们在设置统治者时不能只是委托而须疏远其原有的主权。这就意味着一种完全、无条件、不可逆转的转移，结果"国王权力开始之日便是人民权利停止之日"。萨尔马修斯毫不费力地提出个体进入自愿奴役状态这一概念，只是要把它延伸至社会整体，罗马人民将权力交给皇帝所依据的"王法"（Lex Regia）就是这类合约的范本。

面对这些绝对主义的老生常谈，弥尔顿在第六、七章里重申，政治权力最好用委托来加以界定。在第三章里他就主张，自愿受奴役对个体而言是不可能的，因为他的自由并不是无条件地属于他："我们属于上帝"，"将自己变成奴隶交给凯撒"而是一种"亵渎圣物"。现在，他又指出，国王并非无条件地拥有财产（"他甚至不能卖掉王冠这一遗产"），也就不能充当主人将奴隶完全地控制。即便这些权利不是不能剥夺的，人们设置国王而"不基于委托就会是疯狂至极"了。因此，我们有理由将"王权"理解为一种交易，所涉及的是一种"可撤销的合法权力，而非暴政、无意义的权力"。一旦"公共福利"有需要，人民便可以收回他们"实际上"属于自己特有的权力。

　　萨尔马修斯又争论道，通常的类型学与此无关，因为共和国现在是一种完全没有先例的治理形式：军事统治，尽管有民主的借口，政权基本上是由一个军官把持的国务院组成，因而从贵族院被废以来国务院就将其权力挥舞在无差别的群众（不是人民而只能是乌合之众）身上。

　　弥尔顿倒是想对"社会、政治秩序已被推翻"这一论断进行反驳，但发现自己对共和国的革命行动所做出的辩护与结果与在社会方面很保守的宣称并不一致。《论国王和官吏的职位》的结尾似乎是在坚持个体与官吏的权利，《为英国人民辩护》则是使用了既非个体也非官吏的方式对"人民"做出界定。所以，在"序"里弥尔顿坚持认为，战争状态在将自己与"健全部分"（排除那些不忠的，"无论是平民还是贵族"）相关联时就得到了证实。在第一章里，他则称赞邀请军队采取行动的"更可靠的部分"。第三、四两章，他则更进一步，使用了"更好的部分"（parpotior）和"更可靠的部分"（pars sanior）来指称其行动是"人民的行动"因而可以代表全体人民。

　　人们有时会觉得这是一个失误，暴露出政权支持的狭隘性和弥尔顿对精神精英的非政治性关注。事实上，即便是虔诚者的公民身份资格也要在社会中界定，而且源于这样一个事实：他们不能被"奢侈和富饶"或"贫穷和缺乏"从"德行"之路上带走。此外，弥尔顿所用的词汇完全是惯常和传统的，像帕度亚·马西利乌斯（强调人民里面"分量更重的部分"）一样，许多后来的民众主权倡导者都常常使用定性的词语来界定"人民"，就连绝对主张激进平民主义的布坎南也坚持优先选取那些显示出市民美德的人。《为英国人民辩护》也不例外，其用法不过标识出一种转移，即从分别考虑的人民权利（以使个体反对长期议会的行动合法化）转至对集体考虑的人民权利（表现在残余议会中）的强调上来。事实上，弥尔顿在1649年1月4日已经让自己与下议院的投票结盟。

　　第八至十二章是为英国体制愿景提供历史材料，其核心是残余议会。弥尔顿放弃统治者最初由人民直接选出的布坎南式观点，转而提出人民先将权力"托付"给人民议会然后创设国王的观点。既然主权和贵族都是后来添加上的，并非这一团体的有机组成，将其废除也就无关紧要了。"诺曼征服之前就没有什么议会"的反对意见被当作一种言语抱怨，因为"那东西一直存在"。也并非有了议会才有了征服，征服者威廉确认了爱德华的法律也就保持了古代体制的延续性。

　　弥尔顿的叙述好像是对弗朗索瓦·霍特曼《法兰西》的模仿，主要论点是：君主制是选择性的；国王受其加冕誓言的约束；民众议会有权选举国王也有权来将其罢黜。这在先前已经得到认可。有了这一分析，弥尔顿便能够反驳萨尔马修斯的历史论据，维护"清洗"以来所有革命行动的合法性。

其实，这多多少少都代表了一种剧变。《论国王和官吏的职位》中的激进高点是通过立宪主义的批评来达到的，《为英国人民辩护》则以其古典文本中的一个事例来和谐地结束。虽然有那么多刺耳的咒骂，其内在的姿态还是审慎和温和的，著作的成功也就在这里。一种纯粹的西塞罗式气质、对特定情形下最佳安排的共和国非教条式的献身、否认对君主制有任何的敌视、拒绝对抗（除非在最严峻的情形中）……这一切都形成对一个不带任何狂热嫌疑的清醒自制的图景。

然而，若是认为所有激进主义的痕迹都被消除，那就错了。很多十七世纪的读者肯定不会这么想。《不要杀死谋杀》（Killing No Murder，1657）的作者威廉·艾伦就提出了谋杀克伦威尔的论据，其做法明显是从《为英国人民辩护》中学来的。另外值得注意的是《为英国人民辩护》自 1667 年就出现在哲学家约翰·洛克的书单上（其实他还有一本 1689 年版的《论国王和官吏的职位》）。洛克与弥尔顿之间最大的相似点就是一种斯多葛式视角，这让他们能够以最小量的资质来将人民（甚至个体）的权利维护，将暴虐的统治者来反抗。

第三节　《为英国人民再辩》

一、基本情况①

政论册子原来的标题页为：

为英国人民

再辩

抨击一则匿名诽谤

叫作

"王家呼吁上苍为英吉利人的弑君行为复仇"

（由罗伯特·菲莱斯译自拉丁原文）

论辩的开头则是：

---

① ST JOHN J. A. The Prose Works of John Milton：Vol. I ［M］. London：Joseph Rickerby Printer，1848：214 - 300.

"带着感恩的心记住神圣的善行，这是人的第一义务，而非凡的眷顾需要更多庄严、虔诚的感谢。带着如此感恩之心，我以为有义务写下这篇文章，原因有三。其一，因为我生活在这样一个时代，我的同胞德行卓越，灵魂伟大，进取积极，远超其先祖，竟唤起上帝来见证其正义的事业，并在上帝的明确指示下把共和国从最为悲惨的暴政中解放出来，把宗教从最令人不齿的腐化中解救出来。其二，因为在突然出现许多的粗鄙之徒来对我们光辉灿烂的成就进行侮蔑之时，当其中一个最为突出、自以为满腹经纶、得到其党徒拥戴的家伙承担起为暴君行为做辩护的责任，在一篇造谣中伤的文章里尤其对我大肆攻击之时，我既有足够的能力对付这大名鼎鼎的对手并应对这么重大的题目，于是承蒙那些国家救星的拣选和公共大众的一致授权，来为英国民族的权利亦即自由本身来辩护。其三，在如此重大、如此激发人们热望的事情中，我并不曾辜负国内同胞们的希望和舆论且让国外出类拔萃的饱学之士一致认可和高度赞扬，尽管对手自信无比还是把他彻底击溃，让他丧魂落魄、声名狼藉地败下阵来。他之后又活了三年，其间虽然心怀不甘，狂言要卷土重来，却并没有给我带来多大麻烦，只是获取了一些卑鄙下流的走狗的少许援助，收买了一些蠢笨放肆的追随者来给他捧场，以便弥补一下他新近遭受的意外耻辱。他的耻辱会马上出现。如此标志性的眷顾我要归功于神助，值得我诚恳认真地纪念，这就不仅可实现我报答恩情的愿望而且成为我圆满完成眼下任务的一个吉兆。试问，有谁不为自己国家的光荣感到自豪？有什么比自己世俗自由和宗教自由的恢复更能增添自己国家的美丽和荣光？又有哪一个民族和国家通过自己更为成功、更加勇敢的努力而将二者一起获得过？因为坚强毅力不仅辉煌展现在战场上刀兵相接之中，而且有力地展示于艰难困苦和反抗强敌之中。我们所崇拜的希腊人和罗马人在驱除暴君的过程中，让他们立即拿起刀剑，赋予刀剑以力量的就是这种对自由的热爱的德性。有了这一天赋，他们在万众欢呼和赞美声中完成了这一事业。他们这样做的目的与其说是出于冒险一搏不如说是为了彰显荣光和德行，为了注定要到来的报偿和桂冠，为了流芳千古，永垂不朽。……而现在，英国人必须奋起抗争的是那些长期以来的成见、迷信、诽谤和恐惧心理的堡垒，这可比强敌本身还要危险，但他们具有远见卓识又有上天意志的眷顾，以如此独有的热情和勇气将这一切都逐一地克服，结果（尽管参与战斗的人数众多、理念宏伟、精神高尚）让每一个个体的德行都超越了平凡，而过去一直被视为暴政温床的不列颠从今以后就要成为最适宜于自由成长的土壤，世世代代受人颂赞。在这次重大的斗争中，没有见到无政府主义和放荡无羁的表现，没有让那虚幻的光荣和对古人的过度效仿点燃他们对理想自由的渴望，而是让其生活中的坚毅、习惯上的清醒指给他们通向真正自由的唯一真实和安全的道路。他们拿起武器只是为了捍卫法律的圣洁和良知的权利。他们倚靠神助，使用各种令人敬重的努力将奴役的束缚打破。虽然我不能分享人们对这一业绩的颂赞，但若是有人指责我缺少勇气或者热忱，我便会轻松地将其驳斥，因为我尽管没有参与艰苦、危险的战争，却是投入到一种危险并不小、效果却更大的为同胞服务的事业中。在我们事业处在逆境时，我不曾有过怯懦和沮丧的表现；当我面对恶毒攻击和死亡考验时，也没有任何畏缩不前。从青年时代起，我就开始致力于文学修养，我的意志因此强于我的身体。我没有加入军营的劳作，因为任何一个普通人都会比我表现得更好，而是参加了最能够把我的优势发挥出来的事业。因此，我用自己更好的才能为我的国家、为我们所从事的光荣事业的成功做出尽可能大的贡献。我以为如果创造这样辉煌的功绩是上帝的旨意，那么由其他人恰如其分地用尊严和优雅来加以彰显，以便使武力捍卫的真理同样也得到理性的保护——捍卫真理最好的也是唯一合法的途径，这必然也是上帝的旨意。因此，当我赞颂那些在战场上取胜的人们时，我对分配给我的工作没有任何怨言而是暗自庆幸不已，感谢造物主如此善解人意将我放于这一位置，让其他人把我羡慕而不是叫我为自己感到遗憾。"

其后主要是为同胞将暴君处死这一行为的辩护，用事实驳斥了"莫鲁斯"对自己和参与审判的共和国名人（包括克伦威尔）的侮蔑和诽谤。

其中，最有意思的是对自己的叙述，即 Who and whence I am.（p. 254 – 261）与对共和国主要人物（如克伦威尔、布莱德肖、福利特伍德等）的性格描述。弥尔顿的自述在"第七章"的开头可以见到一部分。人物性格特写则包括：

1. 审判国王的首席法官布拉德肖（John Bradshaw）（p. 266 – 268）：

"约翰·布莱德肖，一个在自由得到尊重和知晓的任何地方都将受到高度赞颂的名字，出生于贵族家庭。早年一直在兢兢业业攻读本国的法律，后来成为老练、成功的知名律师和无所畏惧、不知疲倦的自由捍卫者。他积极参与重大的国家事务，数次履行严明清廉的法官职务。最后，当议会要求他出任审判国王的首席法官时，他没有拒绝这一艰巨而危险的任务。他不仅精通法律，而且具有兼收并蓄的思想、慷慨大方的情操、热心纯粹的行为。于是，他带着无与伦比的得体言行履行了这一职务，在人们心里激发起敬畏之情，也受到无数刺客刀剑的威胁，但他依然稳重、执着、机敏和尊严地完成自己的使命，简直就像是上帝专门派来在世界舞台上做高贵的表演。他得到的荣耀远超所有别的弑杀暴君者的荣耀，因为将暴君审判而后定罪比不经审判直接诛杀暴君更人道、更公正、更灿烂辉煌。在别的方面，他既不阴险，也不苛刻，而是温文尔雅、和蔼可亲。他那伟大的性格始终如一，给人的感觉是他不仅在那时而且在今后的时时刻刻都坐在那里把国王审判。在公共事务中，他从来不知疲倦，一个人就像是一群人。在家里，只要经济条件允许，他则是殷勤好客。他是最忠实、执着的朋友，乐意见到别人的优点并给予人相应地回报。"

2. 共和国的中流砥柱"护国公"奥利佛·克伦威尔（Oliver Cromwell）（p. 285 – 286）：

"奥利弗·克伦威尔出生于名门望族，在君主制下就因出色执行公民职能而闻名遐迩，在我国恢复和确立真正宗教上面更是做出了巨大贡献。他成长于退隐家庭里，即便到成年以后还是过着隐居的生活。他严格遵循宗教习惯，过着清白无辜的生活，在心里敬重虔诚的火焰，并在以后的重大场合与危机时分沉着镇定。在国王召集的上次议会里，他被选为家乡的代表，并在不久后享有见解公正、决心坚定的盛名。在刀剑出鞘之时，他主动请缨来到一支骑兵部队。虔诚、善良者从各地蜂拥而来，投至他的麾下，队伍人数激增，力量大大加强，而后屡建战功，很快便超越了其他的将军。这并不足为奇，因为他是一个非常严于律己而有自知之明的士兵。所有潜伏在心里的敌人——恐惧、幻想、欲望——他都能够消灭或者学会克服。他先是学会了约束自己，在自己身上取得了标志性的胜利，所以一经出战便像老兵一样锐不可当……居鲁士、艾帕米农达斯或古代任何名将得到的颂扬也不过如此。没有人能够在更短的时间内培养出一支数量更大、纪律严明的军队来。他们在任何情况下都听从指挥，深受国民的欢迎和拥戴。在战场上，他们是勇猛而凶悍，但对放下武器的敌人从不虐待。"

3. 共和国的另一名将费尔法克斯（p. 286 – 287）：

"费尔法克斯，我也没有把您的名字忽略。您将最坚强的毅力和最伟大的勇气结合在一起，你清白无瑕的一生让您出类拔萃，好像是苍天的特别宠儿。虽然您已尽可能地从世界隐退，将幽静生活（西庇阿的乐趣）来寻找，但真的愿您接受这颂赞的花环，您绝对当之无愧。您所制服的不仅是您的敌人，您也战胜了曾经将最优秀最伟大的人变为奴隶的野心之烈火、荣耀之欲望。"

还有其他的共和国功勋人士（p. 292 – 293）：

"我现在则迫不及待将那些在其中建立功勋的人来颂赞。首先是您，弗里特伍德（Fleetwood），我眼见你从一个孩子变为军功卓著的成人，在仁爱、文雅和宽厚上不输于任何人。您在战场上的勇猛、在胜利中的仁厚，连您的敌人也不得不承认。接下来是您，兰伯特（Lambert），年纪轻轻却能领着少数几个人阻止住汉密尔顿公爵和他那苏格兰军队的精锐的前进，将他们的进攻一再迟滞。

接着是您，德斯巴柔（Desborough）和您，霍雷（Hawley）。每当我听到或者读到最为激烈的战斗时，我总是希望而且实际也看到你们出现在敌人最密集的地方。还有您，奥夫顿（Overton），这些年来，我们相近的学业、温雅的举止和手足般的情谊让我们更加的亲近。在那场著名的马斯顿荒原之战中，我们的左翼被突破，而你在尸横遍野的阵地上仍然领着你的步兵坚守阵地，抵御强敌。而后来，在苏格兰战争中，当你的部队在克伦威尔指挥下占领法依夫海岸并打通斯特灵通道时，西部、北部甚至最偏僻的奥克内岛的苏格兰人都承认你的人道之举而向你屈服。我还要举出几位以其政治智慧和公民美德著称的人来，您已经指定他们做您的顾问，而我是通过友情和名声才知道他们的。惠特劳克（Whitlocke）、皮克林（Pickering）、斯特里克兰（Strickland）、西登汉姆（Sydenham）、西德尼（Sydney）、蒙塔库特（Montacute）、劳伦斯（Lawrence）。后面这二位教养极好，品味又高。此外还有无数的公民值得颂赞，他们有的在议会里出力，有的在军队中效劳。"

论辩的结语为：

"公民们，无论你们是争取自由还是捍卫自由，你们所依据的原则都是生死攸关的。自由不是靠武力获得或剥夺的，自由只能是虔敬、公义、节制和纯洁的德性之结果。除非这样的自由在你们的心胸和心灵里深深地扎下根，要不了多久就会有人用欺骗的法子把你们用武力获得的东西强行夺去。战争让许多人成为伟人而和平又让他们变得渺小。假如在解脱战争的苦难之后你们将和平的艺术忽略，假如你们的和平与自由只是一种福利状态，假如战争是你们唯一的德行和最高的赞誉，那么，请相信我，你们将很快会发现和平是你们利益的最大敌人。你们的和平就会成为一场更加令人痛苦的战争，你们所想象的自由也会变成程度最深的奴役……

至于我自己，不管世事如何变迁，我以为现在做出的努力会对我的国家有益，我愉快地接受了任务也就希望这任务完成得还不错。我没有把自己对自由的辩护局限于我周围的小圈子，而是让它如此广大普遍地传播，让这些超凡事件在同胞们和外国人中间得到说明和维护，所有善良的人都不得不承认辩护是公正的和理性的，有助于增加我国的荣光并激励后世来加以效仿。假如结果与开端不相呼应，那就是他们的事了。反正我已经完成了我的证明而且几乎可以说为那无与伦比的伟大事业竖起了一座不会轻易被毁掉的纪念碑。如果一个史诗诗人将史诗创作的既定规则严格地遵守，不去把诗里面要歌颂的英雄的生平事迹全都描绘，而只是依照惯例将其中的某个特定事件——特洛伊城下阿喀琉斯的怨恨、尤利西斯远征归来或者埃涅阿斯来到意大利——细细道来，那就足够了。证明如此，辩护也是如此。我已经英勇地将我同胞至少一项伟绩做了赞美，而将其余的省去，可谁能把一个民族所有的丰功伟绩都加以歌咏呢？在如此的勇气和活力展示之后，假如你们还卑鄙地放弃德性的道路，做出与你们不相符的事情，你们的后代就会坐在那里将你们的行为评判。他们会发现，基础打得很牢靠，开端（不，不只是开端！）也是很辉煌，然而他们又十分遗憾地发现，将这一伟大建筑完成的人为何不见？他们会发现，持之以恒的精神并没有与这些努力和德行同时出现。他们会发现，荣光得到了丰收，夺取至高成就的机会来了，却不见有人来将其付诸实施，虽然他们并不缺少建言、告诫、激励的人，也不缺少人将永不褪色的赞美花环绑缚在演员的额头上——演员在辉煌的舞台上如此光彩夺目！"

二、文本分析

弥尔顿对萨尔马修斯的回复发表之后，整个欧洲为绝对君权做辩护的人似乎进入了休眠状态。演说家弥尔顿是如此强大，又是如此巧妙、成功地在欧洲公众的心里激起强烈的反应，以至于具有声誉或政治才干的人没有哪个愿意冒着贬损自己名声的危险来对他进行攻击。弥尔顿于是得以满怀政治宣传员的精神在他的著述中对欧洲文明世界进行巡礼：鼓动德意志人、法兰西人、意大利人和西班牙人奋起摆脱好几个世纪以来的束缚和羁绊为自己争取自由。他在想象中似乎看到他们挺起身体，整理衣衫就要加入到这项伟大的事业当中。但又过了两个多世纪，对自由的热爱才最终渗入基督教世界的公众心里，将出生权意识在他们心里唤醒，又在信念中将其强化，让人们认识到屈从于暴君权势就是对人道主义的彻底违背这个道理。

然而，虽然没有什么能人、名士前来为当时的君主摇旗呐喊，却不缺少一些为了金钱来将暴君声援的三流笔杆子。萨尔马修斯在创作为查理二世做辩护的笨拙册子时没有发现他的老主顾，而是适得其反，将自己的诉求丢失在对判决和节制的赞美与对公民、宗教自由事业的爱慕上，结果被这一显著失败带来的轻蔑和谩骂彻底打垮。流亡的斯图亚特家族因此不可能再次给予他所属的阶级以任何赞助了。但后来有一个使用化名的人自告奋勇来迎战弥尔顿的愤慨和英吉利人的藐视。这便是一位叫作杜默林（Dumoulin）的无名小牧师，他在定居于法国的苏格兰人亚历山大·莫尔（Alexander More，拉丁文即 Morus' 莫鲁斯）的资助下，对英吉利共和国、判处查理王死刑的法官、为这一行为做辩护的弥尔顿发起了第二次攻击。弥尔顿对这次攻击的回复就成了《为英国人民再辩》。

在《为英国人民辩护》中，弥尔顿没有涉及个人细节，但在《为英国人民再辩》里，论敌的恶意污蔑使他对自己的一生做出回顾，辩护对自己的行为动机做出解释和证明，并对他同时代的一些著名人物做出评判。

因此，《为英国人民再辩》成了弥尔顿最有趣的散文作品之一。毫无疑问，其中的一些地方饱含作者强烈的个性色彩与其对共和国和自己的敌人不共戴天的深仇大恨。不过，这些情感爆发并不像那曾经让《为英国人民辩护》失色的多余之举，而是一种为政治论辩添加热度的材料。没有什么比伟人谈论自己更令人愉悦的了。一些人出于敏感的虚荣心而吹毛求疵，指责作家大谈自己、自己的情感和看法、自己的生平事迹。但你若不懂得如何珍惜就不值得知晓这些秘密。我们每个人其实都有虚荣心，无论我们是否向世人显露过，其实最虚荣的倒是那些把自己情感紧紧包裹的人。弥尔顿实在是太自立了，简直是自信、坦荡到不会对自己咕哝一句咒语或拒绝让世人见到自己遭受中伤诽谤时感到的愤怒。他对自己天才和才能带来的名气颇感自豪，因而愿意坦诚地讲述自己和自己的辉煌，非常愉快地对庞大的听众（他有幸来对整个文明世界做演讲）娓娓而谈，对自己雄辩赢得的满堂喝彩更是念念不忘。

在《为英国人民再辩》中，弥尔顿觉得自己有必要对共和国的主要弑君者和爱国者（如克伦威尔、布莱德肖、福利特伍德等人）的人物性格进行详细的描述。克莱伦敦（Clarendon）在其《历史》序言中对这些任务有过详细的描述，但弥尔顿在对这些人内在组织的描绘上显然是更胜一筹，因为克莱伦敦生活在王政复辟之后，属于统治阶级，自然对弥尔顿与清教徒总体持有非常刻薄的偏见。而且，历史本身总是比演说更受人欢迎，英文也总是比拉丁文更受人欢迎。这样，阅读、赞美克莱伦敦在当时成了时尚，忽略、贬抑弥尔顿同样成为一种时尚。现在，情况则翻转过来了，因为熟悉诗人作品的读者若有一千个，翻阅史家书页的恐怕还不到一个，而随着自由主义的盛行，弥尔顿散文甚至会越来越受人欢迎，暴政教条则注定要遭受鄙视而被扔进垃圾堆。

第四节　本章小结

弥尔顿在1649年出版的两个政论册子《国王与官吏的职位》《偶像破坏者》都是就国内外敌人对处死国王查理一世这一事件的猛烈抨击而做出的反击。前者旨在以理服人，所依据的理论是"君权民予"（而非斯图亚特王室所坚持的"君权神授"），即国王和官吏都是受人民的委托来治理国家，权利的来源在人民手里，一旦出现暴君或者暴政，人民就有权将其罢黜甚至处死。册子基于这一理论通过立论和反论的过程把自己的论点一步步论证出来。后者则是采取列举事实以戳穿谎言的思路逐句逐条地对国王的伪书进行驳斥，重申人民有权废除甚至处死暴君的论点，并特别指出，一个民族在去除暴君、得到解放以后如果还想着把这暴君迎回，那就无异于习惯做奴隶，因而不配享有其口中所呼求的自由。

　　弥尔顿于 1651 年和 1654 年分别在出版的拉丁文政论册子《为英国人民辩护》和《为英国人民再辩》中所做出的反驳更是直截了当和痛快淋漓。前者针对欧洲名人萨尔马修斯，嬉笑怒骂皆成文章，甚至不惜对其进行人身攻击。后者针对国内的无名鼠辈莫鲁斯（其实是杜默林），重点就其对自己和革命同志的污蔑进行了反击。从两个册子里，我们既感受到作者的崇高理想和革命热情，又为他那不屈的意志与鲜明的爱憎所感动。他一方面在痛斥论敌的无耻诽谤和谩骂，另一方面又在对同胞做鼓励和激励，把革命和自由尽情地赞颂。据说，萨尔马修斯在《为英国人民辩护》出版后不久恼羞成怒，郁郁而终，莫鲁斯在被《为英国人民再辩》批驳得体无完肤之后也是悄无声息。几个回合的激烈争战已将欧洲大陆和英伦三岛的保王党人彻底打垮，却也让弥尔顿本人付出了沉重的代价——原有的眼疾最终恶化成双目失明。弥尔顿对此虽然偶觉沮丧（见标号 19 "叹失明"的十四行诗）却也无怨无悔。在标号 22 的"致西里亚克"那首十四行诗里，他这样申明：

　　　　……但我并不抱怨

　　　　上苍的安置或意志，一丝一毫

　　　　也不减退热情和希望，而是

　　　　坚忍不拔，砥砺前行。你若问我：

　　　　是什么支撑着你？是一种良知：

　　　　维护自由是我的宿命，全欧洲

　　　　都在谈论，纵然我劳累过度终至失明。

　　　　即便没有更好的引导，这一知识

　　　　也让我冲破俗世面具，遗憾无存！

　　好一个自由事业的捍卫者，反抗暴政的辩护人！

第九章

政论散文（三）：为共和国鞠躬尽瘁

查理一世受审而后被处死，英国进入了一个长达 11 年的"王位空缺"时期。残缺议会宣布成立共和国（the Commonwealth），废除王位，取消上议院，国家主权由人民选举产生的下议院来行使。军队虽然不喜欢残缺议会，①却又不得不依赖议会。残缺议会随即设立国务院（Council of State）来把国务处理，从而将政权掌握在自己手里。1653 年 4 月，克伦威尔派兵驱逐议会，军队开始掌权并通过《政府约法》使克伦威尔成为护国公，负责国家的行政事务。1858 年 9 月 3 日，克伦威尔去世，其子 32 岁的理查德袭任护国公一职，却根本控制不了军队。1659 年 5 月，军队的将军们把先前遭驱逐的残缺议会召回，革命退回到了原点。不久后，理查德被迫退位。10 月，残缺议会又一次被军队驱散，英国已经来到无政府状态的边缘。1660 年 2 月，驻苏格兰军队总司令乔治·蒙克（George Monk）率军进入伦敦，再次把残缺议会召集来，要求他们自行解散，举行新的大选。4 月 28 日，由保王党人和长老会派人士组成新议会（"国民议会"）召开，会议的主要议题则是恢复斯图亚特王朝。②

1655 年年中，弥尔顿因双目失明从国务院外语秘书的职位上卸任。此后，他基本上不再参与公共事务，他的名字也不再出现在国务院的记录册上。这种状况一直持续到 1658 年 9 月 2 日，也就是克伦威尔去世的前一天。但看不见天日的诗人并未在动荡的时局中置身事外，而是坚守着共和理想和自由追求。事实上，在克伦威尔死后遗留下来的无政府状态中，弥尔顿对自己同胞（或者他们中间的一大部分）的倒退行为（backsliding）深感耻辱和愤怒，陆续写下了三

---

①　1848 年 12 月 6 日，议会军的普莱德上校带兵闯入议会，将 140 名长老会派议员驱逐（"普莱德清洗"），以后议会只剩下 90 名独立派议员，史称"残缺议会"（the Rump Parliament）。

②　钱乘旦，许洁明. 英国通史［M］. 上海：上海社会科学院出版社，2012：164 - 169.

篇文章，向国人发出"不要铸下大错"的警告，并做出预言：他们将给自己带来无穷无尽的邪恶，除非他们现在赶紧打消迎回国王的念头。他的预言竟然一一实现了，经过屈辱的 28 年，斯图亚特王朝与其"君权神授"和被动服从的理念最终在英伦遭到彻底的清除。西蒙斯博士（Dr. Simmons）认为其第一篇论文"最初由托兰德出版，实在是值得读者去关注"[1]。过了几个月，弥尔顿又将其"建立共和国之模式"一文题献给似乎掌控着全局的蒙克将军。表面上看，这是在向将军提出某种广受欢迎、切实可行的公正政体模式，实际上却是一篇旨在揭露国家退回到国王奴役故态而必然带来各种邪恶的文字，并表明自己对共和政府（而非君主制）的强烈希望。

到了 1660 年初，当"国民议会"已然同查理二世讲好条件，王政复辟即将付诸实施之时，弥尔顿又写出第三篇试图将岌岌可危的共和国来挽救的著名论文——《建立自由共和国的简便现成方法》。他在文中说，他是用"那美好的旧事业"（the Good Old Cause）的语言对"倒行逆施者"（backsliders）做出最后的忠告，希望他们警醒过来，转而把自由复兴。

第一节　《共和国的裂痕》[2]

一、基本情况

《致友书，涉及共和国的裂痕》（*A Letter to a Friend*, *Concerning the Rupture of the Commonwealth*, dated Oct. 20, 1659）是写给友人的一封书信。弥尔顿在信中主要是向友人阐明自己对解决当下政治危机的一些想法。

这封书信是在 1698 年（弥尔顿离世 24 年之后）编辑出版的《历史、政治及其他作品》（*Historical*, *political*, *and miscellaneous works*）中初次面世的，但其落款日期是 1659 年 10 月 20 日。1659 年对英国来说是决定其创建不久的共和国生死存亡的一年，对英国的残缺议会来说则是命运多舛的一年：5 月，在遭逐 6 年后重新被军方召回，10 月即被兰伯特（J. Lambert）将军解散，12 月，再次被

---

[1]　ST JOHN J. A. The Prose Works of John Milton: Vol. II [M]. London: Joseph Rickerby Printer, 1848: 102.

[2]　ST JOHN J. A. The Prose Works of John Milton: Vol. II [M]. London: Joseph Rickerby Printer, 1848: 102 – 106.

召回。而弥尔顿的这封信就是在获悉5个月前才重新恢复的残缺议会惨遭解散的消息后写出来的。

二、文本分析

这封致友人的书信全文汉译如下：

敬启者：

昨晚我们那伤感、严肃的谈话涉及仍然处于婴孩期的共和国这些危险裂痕，当然其内脏出现某种毛病也是在所难免。我为此比以前更为专注地把这个问题想了想，接受那些掌权者的智慧和思虑，却没有发现上帝或者公众要求我做些什么，不过是让我为掌权者做些祈祷而已。你让我更为深切地了解到现在的局势，引我深思，又叫我把自己的看法写出来，交由你的聪明才智来处理。我会毫无保留地把我的担忧告诉你，不仅会涉及我们现在犯下的罪恶，而且有能够将罪恶去除（假如上帝怜悯我们！）的权宜方法。

我首先得告诉你，我十分高兴地听到军队在上帝的圣灵引导下（我过去这样认为，现在仍然这样希望）已然被带入基督徒式的谦恭和自我否定中，以至于公开承认他们正在从那"美好的旧事业"中倒退回来，把他们悔悟的结果表现在恢复那著名的老议会——先前则是在没有任何公正授权的情形下被强行解散——这一正义的事情上。我说"著名"（尽管不是无害）的议会，是因为深受影响的人没有哪一个不愿承认他们得到的远比国家应给他们的多。我相信，上帝对议会的恢复很是高兴，所以在这个国家中大部分人都在拼命谋划将他们那埃及的束缚重新召回时，用一种象征性的胜利把他的欣喜表示出来。

更让我感到惊愕的是，他们为那伟大的解放连连道谢的口唇还未闭上，现在竟要退回去并很快故态复萌。他们在晚近时如此庄重地向上帝、向世界承认过错（且于更近的时候在那些柴郡反叛分子手里遭到惩罚），现在却将那（他们自己重新确立并给予其最高权力的）议会解散。这一切对教会、对共和国来说都没有明显的公众意义的原因，只是为了解除军队几位高官的职务，而这只是在被告知其反议会的意图时才得以实施。

我并不想对此进行谴责，因为我对其来龙去脉还不清楚。我只是要说一些我们这些局外人的看法，直到有人给出更好的理由来。我相信，对所有其他国家是绝对非法和可耻的，对我而言则是野蛮的或者在野蛮人中间也是不屑作样板的。一支受雇的军队竟然不为别的原因就这样将建立军队的最高权力机构控制起来！我要说，别的国家与我们这些最具良知的国内人一定会认为这种事对那（不久前还以文明、守纪闻名于世的）军队来说是可悲的耻辱。毫无疑问，假如荷兰、法兰西或者梵蒂冈军队的高官这样坐在议事会里，从各个军营里著文来将其上级反对，他们便可能轻而易举地把法兰西或威尼斯公爵削弱，将联合省①置于类似的混乱无序中。他们当中的大多数人对真正宗教无知无识，那又为何不这样做呢？因为自然之光、人类社会的律法、对长官的崇敬、契约、义务、忠诚、效忠都让他们一直心存畏惧。

这将是多么令人伤心的事啊！对我们宣称的宗教是多大的耻辱啊！对上帝的名字又是多么的不誉无光！他的担心、他那对宣称是他的军队的认识力竟然没让服从生效，对征召、雇佣他们的最高官长的忠诚也未生效，而自然之光、人类社会的律法、契约、合同在其他军队（最糟糕的军队之一）却能发挥作用，这可实在是大大的耻辱啊！这将毫无疑问地在我们中间把上帝的沉重判决推倒，而我们只能为这些伪善、这些对真理、神圣的冒犯进行报复——假如他们真的就是这个样子。我说这也不是要把军队来谴责，而是嫉妒他们的荣誉，激励他们快快表明、宣布他们晚近这些行动更好的理由，而不是现今看到的表面现象，并在他们中间发现亚干②。亚干危险的野心极可能糟蹋了他们应对这些混乱的（违背其本意的）诚实本性，而这最有可能再次招致普遍的敌人和随之而来的真正宗教、公民自由的毁灭。

然而，因为我们的罪恶现已更加危险和极端，远非抱怨可以补救，我便十分着急，想找到什么可能的法子来将我们拯救而不至于堕入日益迫近的毁灭。我们现在处于无政府的状态，没有议事和官吏的权力机构，而军队也觉得无力同时处理军事和公民事务。亟待进行的首要工作——缺了它共和国便无以为继——一定是建立一个元老院（Senate）或者国家总议会，并赋予其以下的权力：一、维护公共和平；二、维持对外贸易；三、为这些事务管理筹集资金。要么将议会重新召集起来，要么由军队（现在只有军队有权）来重组国务院。必要的条款是：一、让所有宣称《圣经》为其信念和敬拜之准则的人具有良知的自由；二、禁止独夫统治。

假如要再次考虑议会，为了安慰双方的荣誉，可以让深受感染的城市一方与集合的教会通过公共演讲或者友好恳求来进行协调。要是我们中间还存在那

---

① The United Provinces（联合省）即现今的荷兰国。1648 年，西班牙向尼德兰地区发动的"八十年战争"结束，尼德兰北部信奉新教的七省独立成尼德兰联合省，信奉天主教的南部各省仍归西班牙国王统治。

② Achan（亚干）是《圣经》中出现的犹太人，《旧约·约书亚记》7：1"以色列人在当灭的物上犯了罪，因为犹大支派中，谢拉的曾孙、撒底的孙子、迦米的儿子亚干取了当灭的物，耶和华的怒气就向以色列人发。"

种经常谈论的圣徒品格，那就应当具有绝对最高的说服力来达成和解。假如我们觉得议会应当解散，因为它没能充分给予人民良知的自由，没能带来相应的必要结果，即去除那些强行留在牧师位置上的人，那么军队就应立即选定一个国务院来。国务院的很多成员当来自议会，因为他们毋庸置疑符合这两种条件。重新召集起来的议会或者新选出的国务院（我以为他们能够将军队永久性地联合、凝聚起来）必须是一种公私兼顾的相互联盟和誓言，至死都不离不弃。也就是说，军队要保留，军官职位要享有终生，议会或国务委员也要保留。考虑到他们无论在哪一边，在议会里还是在战场上都有为人所知的优点，除非发现他们在两项原则的任何一项上作假或者在判决双方时犯下别的个性错误，这些人便绝对不能不公正。假如军队不接受这样一种联合，相信我，其中肯定有一个独夫。

军队必须维持，这是将我们的事务和内讧长期约束的保障，或许也会让军队中的长寿者感到满意。市民政府是一年一选的民主政府还是一种永久性的贵族统治，不在我的考虑范围内，因为我们正处在种种极端之中，我们共同的敌人正在对我们的安全造成威胁，正在虎视眈眈要将我们吞噬。它不会是寡头政治或者少数人的宗派统治，这可以通过他们自己选派的数目加以排除。选出的人要绝对恪守上述两项条件，即完全的良知自由与杜绝君主制的提议。由各郡选出来的忠诚之士构成井井有条的委员会，这会给予这一政府完美民主制上的样板和成效。至于法律改革与司法地点，在这里（如同现在）或者在各郡（我们长期以来努力的目标）以及许多类似的提议，皆出于公共利益的考虑，则可以放在适当的时候再考虑。那时，我们应该是已经度过了这些险恶的阵痛，有望获得良好的健康和坚实的政体。

但是，除非我所提议的这些事情以某种方式得到解决，我担心（上帝也不愿看到）我们将会即刻毁灭，或者在最好的情况下成为某个独夫（这些动乱的始作俑者和煽动者）的奴仆。这便是我对这些事务的理解所能够给出的所有想法，应你的要求，我毫无保留地表达出来。你已让我相信我可能以此为共和国做些服务，而此时每个人都应尽其所能为国服务。对我这些想法，你尽可随意处置，扔掉也好，保留也罢，告知他人或者束之高阁，怎么做我都不会生气。我只是遵从你的意见，即我这样做或许会给人一种在危急时刻有所用处的东西。然而，我一直都不缺少你呈现在我面前的那种机会，即表明我随时准备（尽管我此时并不适宜）去做人们需要我去做的事情，即履行一种公共义务。

1659 年 10 月 20 日

从中可以看出，写信的目的有两个：一是对现在的"罪恶"（evils）行为感到耻辱，二是提出解决现有危机的"权宜方法"（expedients）。所犯罪恶是"他们为那伟大的解放连连道谢的口唇还未闭上，现在竟要退回去并很快故态复萌"。即军方五个月之前才将残缺议会召回，现在又在此将其强行解散，使国家处于军事管制或者无政府状态之中，让共和国事业岌岌可危。

但弥尔顿的重点不在这里，"我并不想对此进行谴责，因为我对其来龙去脉还不清楚"。他所关注的是"找到什么可能的法子来将我们拯救而不至于堕入日益迫近的毁灭"。也就是提出自己的"权宜方法"，即"建立一个元老院或者国家总议会，并赋予其以下的权力：一、维护公共和平；二、维持对外贸易；三、为这些事务管理筹集资金。要么将议会重新召集起来，要么由军队来重组国务院。必要的条款是：一、让所有宣称《圣经》为其信念和敬拜之准则的人具有良知的自由；二、禁止独夫统治。"其他的很多事情可以留在以后再加以考虑。

弥尔顿对同胞的"罪恶"感到痛心和愤慨，但并没有绝望，而是想方设法提出一些"补救措施"（remedy），可见他对共和国事业是多么的关注和执着。但他心里清楚，自己有可能只是螳臂挡车，所以不无伤心地说道："我担心（上帝也不愿看到）我们将会即刻毁灭，或者在最好的情况下成为某个独夫（这些动乱的始作俑者和煽动者）的奴仆。"

虽然两个月后残缺议会再次被恢复，并于次年 2 月得到扩大（即召回了在"普莱德清洗"中遭驱逐的长老会派议员），革命前的长期议会于是得以恢复，但不到一个月长期议会又被解散。新选出的"国民议会"在 5 月便宣布取消共和国，斯图亚特王朝成功复辟。

第二节　《自由共和国现有方法与简述》①

一、基本情况

《自由共和国现有方法与简述》（*The Present Means, and brief Delineation of a Free Commonwealth, Easy to be put into practice, and without delay.*）其实是附在 1660 年 3 月写下的小册子《建立自由共和国的简便现成方法》前面致蒙克将军的一封公开信。附上这封信的目的是引起将军对册子的注意。1697 年，托兰德

---

① ST JOHN J. A. The Prose Works of John Milton: Vol. II [M]. London: Joseph Rickerby Printer, 1848: 106 – 108.

(Toland) 编辑出版了《弥尔顿散文集》（Milton's Prose Works），这封信才得以公之于众。

《自由共和国现有方法与简述》其实就是那个小册子主要观点的概括或者"简述"，包括三点：保证即将举行的选举选出支持共和国的议员；设立全国性的大（总）议事会；必要时可以动用军队来将这些设想付诸实施。

二、文本分析

这封致蒙克将军的书信全文汉译如下：

自由共和国现有方法与简述

容易付诸实施而且刻不容缓

致蒙克将军①

首先，要迅速开始各种努力，确保即将到来（依据议会先前颁布、据说并未取消的资质条件）的选举选出那些坚决或倾向于构建（没有独夫、没有上院的）自由共和国的人。如若选出来的不是这种人而是相反的那种人，又不采取某种有力的行动措施来及时地预防，有谁不能预见到我们的自由会在这一届议会里完全失去呢？最快捷的方式便是立即从各郡召来其主要士绅，把我国恢复王权（尤其是在违背一切慎行和先例的情况下，在一个先前遭到驱逐因而不应给予其复仇力量的王室中）的危害与由此引发的混乱摆放在他们面前，就像阁下在您给军队的公开信与您致议会成员的宣言中所做的那样。您会不再用那虚妄的期待迟滞他们，而会将一个自由共和国交在他们手中。如果他们愿意立即回到郡里并至少由那些具有良好资质的人们将其选出来，在每座城市或大镇（而后可以升格为城市）组成常设议事会，以便经常商讨本地或毗邻地区的福祉和发展，在每一个公民与所有的司法机构、官吏之中执行既有的和各自新制定的公正法律，掌管所有人与人之间的司法问题与所有公共礼仪、学校等装饰点缀。涉及不同郡或地区的人的问题，则可按照伦敦这里的做法或者在别的某个地点由平等的法官来判定。

其次，在每一个这等重要的地方，人们都选出惯常数目的能干骑士和市民来加入议会或者（此后最好叫作）国家大（总）议事会，其职责是：一、在阁下的统领下谨慎地处置海陆军事力量来将国内外的和平保卫；二、征收和管理

---

① 蒙克将军原为驻苏格兰的英军总司令，1660 年 2 月领军进入伦敦，恢复了长期议会，3 月解散长期议会而开始着手召集新的国民议会。弥尔顿的《建立自由共和国的现成与简易方法》册子及附在册子上的这封书信即发表于这次选举之前。

公共收入，但其账目须接受面向未来的检查；三、负责一切外交事务，制定所有的普通法，决定和平与战争，但皆须取得各个城市的常设议事会或者专为此类问题设立的全区大议事会的同意。他们在那里可以不费大的周折就充分、细致地讨论所有事项，并在固定的时限内指定代表将表决意见上呈。

选出的大议事会须是终身任职（我在册子①中已证明这将是最好且符合最佳先例的），但由于受到这样的限制，大议事会手上的事情并不多，权力也不大，所以不会危害我们的自由，而人民掌握着自己选择的公正法律，对共和国的总体事务具有自由表决权，因而有很大的权力来防止他们这样做。我们几乎没有什么理由来担心我们大议事会的永恒权力，因为它不过是我们公共自由、和平与统一在整个共和国的一种牢固基础和监护，是我们外交事务的处理者。如果我们认为这还不够，最后还可以使用那人人皆知的权宜方法，即部分轮换制。

最后，假如这些士绅拒绝这些有关即时自由、幸福状态的公平、高尚建议，那也没有关系，因为每个郡里都会有足够的人来充满感激之情地接受这些建议。阁下您也可以再次宣告这就是您的旨意，您那忠诚老练的军队随时都乐意来帮助您将其付诸实施。因为在每个郡里法律的全面绝对行使（这些提议里最难实施的一个）都是人们长久以来所渴望得到的，以前没有给予他们，所以引起普遍的不满。其他人看到所提议的这些体制的来龙去脉以及它们产生的整齐、体面、文明、安全、高尚的效果，一定会很快心悦诚服并逐渐自发地参与到如此幸福快乐的政府当中来。

弥尔顿在参考欧陆尼德兰联合省的共和国体制、柏拉图的《理想国》和英国当时的危急处境与可能性的基础上提出了三点"容易付诸实施而且刻不容缓"的建议。弥尔顿极可能认为，残缺议会既然已经和长老会议员"破镜重圆"，长期议会从而得以恢复，那就可以宣布其议员为终身职务，再也用不着举行大选了。如果出现缺额，就随时进行增补。他还建议全国的大（总）议事会只负责军队和收入的管理和外交事务的处理，地方事务管理则下放到各郡。既然这都是为全民利益和民众自由着想的设计，所以为了使之尽快顺利实施，不妨在必要时动用武力。这些意见都集中地表述在这封公开信里面了。

---

①　即与这封信一同呈上的《建立自由共和国的现成与简易方法》册子。

第三节　《建立自由共和国的简便现成方法》①

一、基本情况

《建立自由共和国的简便现成方法》（*Ready and easy way to establish a free Commonwealth*）是弥尔顿在 1660 年 3 月新的议会选举之前出版并在同年 4 月选出的"国民议会"召开时再版的一个小册子，也是他为挽救危在旦夕的共和国而做出的最后努力。随册子呈送和发表的还有上文所提到的《自由共和国现有方法与简述》。

册子及公开信并没有取得实质性的效果。1660 年 5 月，新近选举出来的"国民议会"宣布取消共和国。5 月 25 日，11 年前被英国人处死的国王之子查理回到伦敦，随即登上王位，成为查理二世。极具讽刺意义的是，把查理二世迎回国来的正是当初反对国王的人，让斯图亚特王朝顺利复辟的正是以前的革命者！率团到海牙去和查理二世举行谈判的就是内战时"新模范军"的主帅费尔法克斯。

二、文本分析

政论册子的原封面页为：

建立自由共和国的简易方法
自由共和国的优点
与恢复国王职权的不便和危险
增订的第二版
作者：J. M.

"我们劝告过苏拉，现在让我们把劝告给人民。"

伦敦，为作者印制，1660 年

论文的基本结构为：

1. 序言（第一段）

"写完这篇论文后，形势发生了一些变化……不过，让人颇觉欣慰的是，掌

---

① ST JOHN J. A. The Prose Works of John Milton：Vol. II［M］. London：Joseph Rickerby Printer, 1848：108 - 138.

权者已将建设自由共和国的决心宣告，并将尽可能地消除那种回归奴役状态的有害思想……我想最好不要把自己写下的东西压制下来，而是希望在新的情况下让这篇文章发挥更大的作用。"

2. 叙述（将自由共和国与君主制做比较）

"英格兰议会从长期的经验教训中断定，君主制是一种不必要的、累赘的、危险的政体，因而在捍卫宗教自由与公民自由的过程中表现最为忠诚的广大人民的支持下，公正而宽宏地将其取消，把王权束缚变成了一个自由共和国。这让争强好胜的邻国既羡慕又恐惧……

我们如此热火朝天地斗争、获得并享有政治与宗教自由许多年后，现在完全有希望为这个人人颂扬的伟大民族找到一个迅速而立竿见影的永久解决方案，即一个牢固而自由的共和国。可就是这个民族既不顾已然取得的荣誉也不管上天赐予的解救，竟然要倒转回去或者更确切地说可怜巴巴地爬回到我们曾经公开放弃和深恶痛绝的君主奴役中去，成为我们自己公正的宗教行动的诽谤者……

此外，假如我们回归君主制不久又后悔了……我们或许会被迫再一次进行战斗，再一次做出牺牲，但绝不可能在恢复自由的事情上达到我们现在的程度，绝不可能享有我们现在的自由，绝不可能拥有上天为我们的事业所赐予的慈悲和神助，因为我们的忘恩负义、倒行逆施让这一切都付之东流。我们离开他的神圣赐予，忘却我们在暴政之下痛苦呻吟和反复祷告时上帝对我们的眷顾，从而让成千上万忠诚、勇敢的英国人（他们为了这一自由而流血牺牲）鲜血白流，连粪土都不如。我们通过一场奇怪、愚蠢的事后游戏将我们已经赢得的所有战斗（连同被我们好不容易征服的苏格兰）全部输掉……我们沿着宗教改革进程中的幸福足迹徒然地掉头往回走，非常令人心痛地将自己立时可得的果实（自由共和国）剥夺。我们付出沉重代价方才换来的共和国，不仅被千秋万代的明达之士奉为最崇高、最阳刚、最平等、最公正的政府，最符合人类、世俗和基督教所有应有的自由和相应的平等，对德性和真正宗教十分的珍贵，而且（我几乎可以肯定地说）是我们的救世主向所有基督徒直接推荐或者命令他们（对君主制带有明显的拒斥和异教的烙印）创建的政府。

在自由共和国里，大人物都是公众永远的仆人和杂役，开销是花自己的钱，耽误的是自己的事情，而地位还高不过自己的同胞；他们在家里生活简朴，在路上行走如同路人，谁都可以自由、亲切、友好地与之交谈而不用对其崇敬。还有什么政府能跟基督的训诫如此接近呢？国王则不一样，他须作为半人半神来敬仰，周围有一个放纵、自大的宫廷，挥霍无度、骄奢淫逸且沉溺于假面舞会和宴饮狂欢；这就让我们男男女女的贵族精英颓废、堕落，不仅以宫廷的放荡生活为消遣，而且趋之若鹜，引以为荣。还会有一个负担也不会小的王后，她多半来自外国，是个教皇党人。又有一个母后，也是天主教徒。国王、王后、母后各设宫廷，各有无数侍从，而后生出王子，不久也有自己的豪华宫廷和侍从人员，不仅有仆从差役而且有贵族士绅——他们自幼受到的教育使他们不愿做人民公仆，只想当皇差，给皇室管家、侍奉、看门、养马甚至刷马桶。宫廷舆论总是与一切德行和改革相悖，让他们的心灵日益卑贱下去，他们的傲慢与挥霍也就愈加任性肆意。我们或许记得不久前的国内就是这个样子；或者看看法国现在的宫廷，每天都有恩宠利禄把新教贵族诱惑和败坏。这就够了。

那么把大家的幸福或安全的主要希望寄托在一人身上的人，一定是疯子或者糊涂蛋，因为这人若碰巧不错也只能做别人能做之事，若是个坏蛋就能恣意妄为，坏事做得比谁都多。把一国的幸福托付给人民选出的自由完整的议会，这才是最安全、最稳妥的办法，因为在议会里发挥主导作用的不是个人而是理智。他们本可以高贵地处理自己的事务，却懦弱地将一切交由一个人，又像不到年龄的男孩（而不是男人）将一切都托付给一个既不能履行承诺又在优厚待遇的担当过程中不当公仆而做主子的人，这是什么样的疯狂之举啊！把这个人看作我们鼻孔的气息，把我们所有的幸福、安全和福祉都牵挂在他的身上，这一定是非常女人气的事情！我们如若不是懒汉或者婴孩，就一定只将上帝依靠，将我们自己的决策与活跃的德行和勤勉依靠。……这种民主或共和采取许多勤勉而平等的人共同商量和谋划的办法，比一个专横君主的个人统治更为安全、更有前途。

一个民族在战场上英勇果敢地赢得了自由，却在之后的政策谋划中表现得如此怯懦、糊涂，以至于不知道怎样利用和珍惜自由，不知道如何对待自由、如何对待自己，竟然在与暴政进行十至十二年的战争和角逐之后卑贱、愚蠢地把自己的脖颈重新套进已被他们砸碎的锁链中，把胜利的果实，连同过去的光荣和帝王、暴君都无从夸耀亦曾获得的光辉范例分文不取地敬献在已被他们征服的人的脚下。这样的情形不曾发生在任何享有自由的民族身上，如若降落在我们的头上，必然是我们的奇耻大辱！

我敢说所有坦诚又有见识的人都会同意我的看法：没有个人独裁和贵族院的自由共和国果真能够实现，将会是迄今最好的政体。不过，他们会说，我们一直在把它期待，可就是等不来……而其原因完全可以归结为议会频繁遭遇到的骚乱、中断和解散；之所以这样，一是由于一些人脾气急躁、不愿合作，二是由于军队一些将领野心勃勃、心有旁骛，而这，我相信，是有悖于军队本身和其他将领的心意的，只不过这些将领还未将其识破或者实力尚有不足。"

3. 建议（总议事会及其职能，预防专断的措施）

"现在正是我们的机会，正是我们可以在这片土地上一劳永逸、不费力气或不用久等地建立一个自由共和国的大好时机。……因为每一个公正、自由的政府的根基（人们把一切都交由一个人管理，我们已经吃尽了苦头）就是一个由最能干的人组成的总议事会，人民选出他们是为了让他们时时将共同福祉的公共事务探讨和商议。国家主权须在这总议事会里，就像是存放在那里，但不是转让给他们，而由他们来代理。必须有这样的警示：总议事会须掌握全国的海陆军以维护共同的和平与自由；须征收和管理国库岁入，但至少在开支方面接受人民代表的检查；须制定或提出民法（不久会有更清楚的说明），管理商务，处理与外国的和与战的问题；而且，为了更加秘密和迅速地执行某些事务，须（和他们已经做到的那样）从议会中选出一个国务院来。

我断言，最高议会或总议事会的议员如果选得好就应当是终身职务，因为他们的工作是或可能是紧急之事，机会的得失就在刹那间……

如果担心长期连续掌权可能连最真诚的人也会腐蚀，那么我们还可以采取那人人皆知（近来又有人提出）的权宜方法，即每年（间隔长一些或许更好）有三分之一的议员按照选入时间的先后轮流退出，又以相同人数替补进来，借以防止终身供职导致的过于专断。人们把这种方法称为"部分轮换"。

不过，我希望这种国务轮换或部分轮换应尽量避免，因为它看上去很像"命运"之轮。……参议院的相继更换不仅有损于其尊严和光辉，而且会削弱整个共和国，使其处于明显的危险之中，同时国家机密会因此频频泄露，而至关重要的事务只得交到那些根本没有处理此类事务经验的新手手里。

为了使选民适合参加选举，使被选者适合治理国家，必须对我们腐败而不当的教育进行修补，要教育人民有信仰、有德性、有节制、有谦让且时常清醒、节俭和正直，不去羡慕富贵荣华而要憎恶暴乱和野心，把个人的福利与幸福建立在国家的和平、自由和安全上。这样，人们就无需太猜忌被选入议会的爱国同胞了，议员也可以被名副其实地称为我们自由的保护者了，虽然他们的主要工作是处理外交事务。不过，为了防止一切猜疑，人们可以在每个郡的主要城市都设立人民自己的普通议会，……议会的成员在权力上受到一定的限制，同时又是在目的纯正、一心为了共和国的状态下终身任职。

总议事会既能如此坚定不移地臻于永恒，在任何成员亡故或出缺时能随时递补上去，我们就没有理由再说全国不能有和平、正义、兴隆的贸易和全面的繁荣，而且还会带着对人类事务极大的信心以为，这一切会长远继续下去，……直至我们真正合法又是唯一可期待的王，我们唯一高贵的救世主、弥赛亚和基督，他永恒天父唯一的继位者，完成救赎后接受天父涂膏和任命的万民之主再次来临的时候。"

4. 重申（所提的办法简便易行；恢复君主制是可耻行为；一旦恢复君主制国人必遭涂炭）

"提出的办法简便易行，就摆在我们的面前，没有纷乱复杂也没有提出全新的、绝对的形式和条款或者什么异域模范……

但得承认，君主制或许对一些民族是方便易行的，可对我们而言已被抛弃，如若卷土重来，只会成为有害的东西，因为回来的国王绝对忘不了先前的遭逐受辱，必将竭力加强和全副武装自己来对付日后来自人民所有的类似尝试。那时，人民将受到严密的监视，不得不低头做人，永远不能取得今天已经取得并享有的一切，不能从自己强加于身的枷锁中解放出来，虽然他们比过去任何时候都更想这样做，即使失去同样多的鲜血和财物也在所不惜……

5. 展望（新的自由共和国里的自由与繁荣）

"迄今，我已经说明我们现在可以多么轻松地获得一个共和国，借助共和国又可以同样轻松地获得我们所渴望的自由、和平、正义和富足，同时也说明了在王权之下我们要永久享受这些好处是多么地困难、麻烦和不确定，不，应该说是不可能！下面，我则想继续更具体地说明在自由的共和国里，我们的自由与繁荣会比在君主制下更加充实、更加牢靠。"

人的全部自由由精神自由和世俗自由构成。（在君主制下没有信仰自由）

我们自由的另一部分在于享有公民权利与每个人按照自己的才能都得到提升；没有比在自由共和国里享受自由的权利被规定得更为明确，个人才能提升得更为公开的了。（主要城镇都首先自治，人们都能受到高尚的教育）

6. 结语（最后三段）

"现在我没有更多的话可说了。寥寥数语，若是思考透彻，则会将我们拯救；几件易事，合乎理智地做了，也不会让我们落入深渊。然而，假如人们感情用事将宗教和自由出卖给毫无意义、没有根据的忧虑，以为只有君主制才能恢复贸易，而不记得王国时期多少次瘴疠瘟疫将这座城市废弃而共和时期承蒙上帝的慈爱我们不曾遭此不幸。……最后，假如在得见真正光明之后，人们竟然认为应将自己的脑袋重新置于王权之下，这样做的理由和犹太人之所以想回埃及去膜拜皇后一样，即错误地认为在埃及能过上富足惬意的日子……无论我们怎么想入非非，把政体改为君主制是绝对不会改变我们的状况的。

然而，我还是冒着各种危险把我认为应该说的都及时说出来，及时地把人民警告；我并不怀疑各地各阶层都有明智之士，但我还是为智慧在我们中间产生不出效果而深感遗憾。

我这些话都是从合适地被称为'美好的旧事业'的角度上说出的。如果有人觉得有点奇怪，我倒希望对那些倒行逆施的人来说不是奇怪而是令人信服。或许我本该说这么多了，虽然我相信我只是在对树木、岩石说话，没有人可以让我去呼叫，只能和先知一道，地啊，地啊，地啊！把恣意妄为的大地居民置之不理的话向大地申诉，即使我的话竟是我们奄奄一息的自由的最后呼声。愿那将自由人类创造的，愿那将我们从奴役中解救出来的不会容忍此类事情的发生！但我相信我的话会说服许多贤明之士以及一些上帝从石头当中变出来的重获自由的孩童；虽然他们似乎正在为自己挑选一个首领以便回到埃及去，还可以被感化，来将自己正奔向何方的事情好好想一想；对着这另外一条人民的洪流告诫道："不要这般张狂，还是该顺着河道跑。"既然他们已经看见我们共同敌人的傲慢和张狂是如此的肆无忌惮，最终恢复并统一了他们更正确的信念，又正确、及时地意识到这一肆虐的疯狂洪流通过那些受蒙蔽、被利用的群众的普遍背叛将我们大家冲击到什么样的悬崖峭壁，他们定会将这些毁灭性的行动制止。"

册子所表述的主要观点在《自由共和国现有方法与简述》中已经做过分析，我们在细读文本后感受最深的恐怕是作者在论文中表达出来的复杂情感了。这情感至少包括三个方面：其一，对反动的斯图亚特王室的愤怒与蔑视；其二，对共和国光荣事业的眷恋和惋惜；其三，对政治投机主义分子的指责和厌恶。读一读册子的结尾三段，我们就一定会对此有一个直观的感受。

三、深层解读①

在 1658 年 9 月举行的克伦威尔葬礼队列里有三位诗人：约翰·德莱顿（John Dryden）、安德鲁·马伏尔（Andrew Marvell）和约翰·弥尔顿。年轻德莱顿的第一首诗作《英雄诗行》（*Heroique Stanzas*，1660）把故去的护国公塑造成一个坚强的英明领袖，但在王政复辟之后，他的《正义回归》（*Astraea redux*）又将查理二世描绘成奥古斯都（屋大维）二世，而诗作《致神圣陛下，国王加冕赞歌》（*To His Sacred Majesty, a Panegyric on his Coronation*，1661）更是对自己即将成为其桂冠诗人的斯图亚特君主高唱赞歌。马伏尔曾写下伟大的《克伦

---

① ROSENBLATT J. P. Milton's Selected Poetry and Prose [M]. New York & London: W. W. Norton & Company, 2011: 419 – 422.

威尔从爱尔兰凯旋而归，一首贺拉斯式颂歌》（*Horatian Ode upon Cromwell's Return from Ireland*，1650）和《奥·克伦威尔政府周年庆》（*The First Anniversary of the Government under O. C. 1654. 12*），并担任双目失明的弥尔顿（时任克伦威尔国务院的拉丁秘书）的助手，但在 1660 年 4 月，他当选为将斯图亚特王室召回的国民议会（Convention Parliament）的议员，又在 7 月受命协助完成一封对王政复辟回复的贺信。

弥尔顿的《建立自由共和国的简便现成方法》是在复辟发生之前由一位"美好的旧事业"支持者写下的最后一篇署名的反对君主制论文。在 1660 年 4 月，即其进入伦敦的前一个月，查理在其《布莱达宣言》（Declaration of Breda）将他接受王位的条件对外公布，许诺"一种温柔对待良知的自由"。这曾让马伏尔深受鼓舞，但弥尔顿绝不可能被这样收买过去。在激烈、热情地反对君主制的问题上，他从来没有过任何动摇。别的共和主义者反对国王滥用高压权力，弥尔顿则连王权的潜在存在都彻底拒斥，他在《论国王和官吏的职位》中评论道，缺少自决权的人们"完全可以被视为连奴隶都不如的人"，即便是他们的政府"并非不合法或者不可容忍"。他这种对君主制由衷的憎恶在十二年后发表的《建立自由共和国的简便现成方法》中也是显而易见的：

> "国王须作半人半神来敬仰，周围有一个放纵、自大的宫廷，挥霍无度、骄奢淫逸且沉溺于假面舞会和宴饮狂欢；这就让我们男男女女的贵族精英颓废、堕落，不仅以宫廷的放荡生活为消遣，而且趋之若鹜，引以为荣。"

> "他们本可以高贵地处理自己的事务，却懦弱地将一切交由一个人，又像不到年龄的男孩（而不是男人）将一切都托付给一个既不能履行承诺又在优厚待遇的担当过程中不当公仆而做主子的人，这是什么样的疯狂之举啊！把这个人看作我们鼻孔的气息，把我们所有的幸福、安全和福祉都牵连在他的身上，这一定是非常女人气的事情！我们如若不是懒汉或者婴孩，就一定只将上帝依靠，将我们自己的决策与活跃的德行和勤勉依靠。"

两篇论文之间存在着某种连续性，因为就在王政复辟的前夜，弥尔顿提出了一些在 1640 年代将议会和许多国人惹恼的类似观点，包括王室特权、国王宣布的战争法和君主为满足特殊需求而要求的补贴形式的强制性贷款。他预言道，一旦恢复王权，这样的纠纷必将永存下去。然而，对议会和人民来说是过渡期的形势已经发生了剧烈的变化。1660 年 2 月 21 日，蒙克将军恢复了长老会派议员（他们在 1648 年的普莱德清洗中遭到驱逐）的资格，这实际上为斯图亚特王朝的回归铺平了道路。国内大多数人现在更希望查理二世回到王位上来，所以，弥尔顿必须做出论辩，少数可以胁迫多数来接受自由：

> "反对治理主要目的的多数声音来把将要自由的少数奴役，这公平合理吗？若是付诸实施，少数迫使多数保有自由（这地他们并无过错）比起多数为了自己的卑鄙快乐而有害地迫使少数与其同做奴隶，毫无疑问要更加公正。"

清教徒当中有一个惯例，就是将英格兰和新英格兰认同为《圣经》中的以色列，一个与上帝结成契约关系的神圣民族。在1640年代初的论辩文中，弥尔顿曾频繁地使用这一惯例，如在《艾瑞帕吉提卡》一文中说：

> "天堂的宠爱，我们有理由认为，以一种特别的方式倾向于我们，让我们沐浴吉祥；除此而外，还有什么理由让这个民族先于其他民族被选中，又从他那里（如同出自锡安）宣告并响起全欧洲改革的第一声号角、第一批消息？"

弥尔顿在此暗指《以赛亚书》2：3 "因为训诲必出于锡安；耶和华的言语必出于耶路撒冷"，将第一个听到宗教改革号角的民族英格兰与第一个听到神圣言语的民族以色列相提并论。不过，在《建立自由共和国的简便现成方法》中，弥尔顿虽然沿用了这一《圣经》比较，却是满怀绝望和挫折的情感在注视他怯懦的同胞，因为他们与荒野里的以色列人并无二致：堕落的前奴隶，厌倦了天赐食粮而将那被囚之时想象中的佳肴渴望，害怕那上帝命其意欲征服的迦南人，"不如立一个首领，回埃及去吧"。（《民数记》11：5–6；14：4）。在同一段里，疲惫的弥尔顿对反对君主制做出预言，从而发出耶米利声音（《耶米利书》22：29）的回声："或许我本该说这么多了，虽然我相信我只是在对树木、岩石说话，没有人可以让我去呼叫，只能和先知一道，地啊，地啊，地啊！"

弥尔顿不仅拒斥多数人的统治，而且要求用一个单一的大议会（其成员由选举产生，终身任职）来取代一个同胞们想要的满员而自由的议会。他为这样一种贵族式统治形式提供了古代的范本：

> "因此，在犹太人中间有摩西建立的'散希德利姆'（Sanhedrim，由70人组成的最高理事会），在雅典有'艾瑞帕格斯'（Arepagus，最高议会），在斯巴达有老人会，在罗马有元老院，其成员都是选举出来且终身任职，从而世世代代连续不变。"

这两条提议是对当时政治形势的可靠指示，而不说明弥尔顿对真正共和主义的拒斥。弥尔顿于1659—1660年写出的论文在论点上并不一致而且越来越精英化，但这都是因为国内形势发生了剧烈的变化。弥尔顿始终都在不惜任何代价地维护共和国政府、防止君主制卷土重来。不断变化的政治结盟让弥尔顿听上去前后不一，将政治权利不同地置于"人民自己、少数高贵者和新生的圣徒"手中。随着英格兰一步步走向君主制，弥尔顿也相应地将自己的观点调整，试图最大限度地利用日益恶化的局势。他心里清楚，一个自由、开放议会中的既得利益集团让查理二世回国归位已然是不可避免的事情，自己提出的两条令人不安的建议并没有反映出弥尔顿对共和政府的理想憧憬，面临日益险恶的新的现实，他乐意用新的计划来取代早期的理想，在如此危险的形势中将自己确定为反君主制论文的作者，这都证明了他那非同凡响的无畏勇气和智力弹性，虽然这种弹性与其总体智力比起来还不那么明显。

第四节　本章小结

弥尔顿在宗教上逐渐向独立派趋近，在政治上则是始终拥护共和制，这在《论国王与官吏的职位》里就有了明确的表达。1651 年 9 月，保王派的军队在沃斯特战败，英国的共和思想随之产生。1653 年 12 月，残缺议会遭解散，克伦威尔成为护国公，弥尔顿和共和分子开始觉得共和国偏离了道路。查理一世被处决之后，共和分子不再感到有必要去批评王权，便试图去说服克伦威尔治下的新政府采用共和制的原则。1656 年，一系列反对克伦威尔独裁的著述发表出来，共和思想的势头因此变得强劲起来。但是，英国的共和运动并不统一，所谓的"共和国人"坚持认为解散残缺议会是合法行为。弥尔顿虽相信抽象的共和理念却也写下一些文章为护国公体制下的现有政府形式做辩护，这恐怕是与他当时所处的位置有关。即便是在《论国王与官吏的职位》里，弥尔顿也认为人们应该支持"现在的议会和军队"——共和思想被弃置一旁而将现有政府支持。在《为英国人民再辩》里，他又将克伦威尔的统治高度赞颂。当克伦威尔死去而共和国即将解体时，弥尔顿又回到了共和的原则上，发表了好几篇文章对君主制的政体进行抨击。这或许正好体现出弥尔顿面对风云变幻的国内局势时，内心所遭遇的无奈却又要"在最坏的处境中向最好处努力"的一种务实之举吧。

在 1659 年 5 月到 1660 年 5 月这短短一年里，英国国内局势正可谓是"翻云覆雨"和"朝三暮四"：先是解散了六年的残余议会被召回，但不到五个月即遭解散；1660 年 2 月，蒙克将军进驻伦敦，再次将残缺议会召回，又将十多年前遭到清洗的长老会派议员召回，长期议会于是得以恢复，但随即被迫自行解散，新选出的"国民议会"却决定在英国恢复君主制；1660 年 5 月底，查理二世顺利回到伦敦，斯图亚特王朝复辟成功。持续 20 年的革命最终回到了原点。

　　就是在这风雨飘摇的一年间，弥尔顿写下《共和国的裂痕》《自由共和国现有方法与简述》《建立自由共和国的简便现成方法》三篇政论文章（或者两封专题书信、一个政论册子），试图将那摇摇欲坠的共和国扶持起来。在论文中，他不仅对同胞和革命同志的"故态复萌"和保王党人的"倒行逆施"表达强烈的愤慨，认为那是对"自古就有的自由"和"美好的旧事业"所犯下的可耻罪恶，而且以"在最坏的处境中向最好处努力"的姿态提出了至少不回到君主制老路上去的一些"权宜方法"。但可惜的是，没有人注意到他的自由共和国观点，蒙克将军也没有听从他的这些权宜之计，就在最后那一个政论册子初版发表两个月后，君主制重新回到了英国。

　　但是，弥尔顿的共和理想与自由追求并没有随着王权的回归而消逝。在他最后一个政论册子发表 28 年后，英国发生了不流血的"光荣革命"，詹姆士二世国王被议会推翻，玛丽与其丈夫威廉在接受议会通过的《权利法案》之后成为新的君主。"君权神授"的理念被人踩在了脚下，君主立宪制从此得以确立，困扰英国上百年的主权问题也终于得到了解决：国王既然是由议会创造出来的，国家主权自然就在议会手里。君主的影子依然存在，实质上却已不再掌握实权。国家的最高权力由此从"独夫"国王的手里转移到"精英贵族"一批人的手里。

　　事实上，弥尔顿的一些具有自由共和思想和激进政治观点的诗文都是在 1688 年以后才得以公开发表与大众读者见面的。这位为自由、为共和鞠躬尽瘁的诗人散文家若是在天有灵，也应该感到一些欣慰了吧。

第十章

公私信函：皮埃蒙事件与诗人生活细节

1649 年 3 月 15 日，弥尔顿被共和国的国务院（Council of State）任命为外语秘书（Secretary for Foreign Tongues），负责国务书信往来，并从事起草、翻译公开发行的国务文件，审查出版物。任职 10 年间，经他之手写下并流传下来的国务公函共有 135 封，其中以共和国议会名义发出的 44 封，以共和国护国公奥利弗名义发出的 78 封，以共和国护国公理查德名义发出的 11 封，受命于理查德但以恢复后的议会名义发出的 2 封。

除书信而外，弥尔顿还留给了我们两份宣言：1655 年用拉丁文为克伦威尔写下的《护国公阁下致英格兰、苏格兰、爱尔兰等的宣言》（A Manifesto of the Lord Protector to the Commonwealth of England, Scotland, Ireland, &c.）和 1674 年用拉丁文代朋友写下的《宣言，或为现今波兰国王约翰三世的当选而写下的专函》（A Declaration, or, Letters – Patents, for the Election of this Present King of Poland, John the Third）。

弥尔顿从剑桥求学开始直至王政复辟前后不断地和朋友通信，流传下来的私人书信共有 31 封，最早的一封是 1625 年 3 月 25 日写给先前的家庭教师托马斯·杨（Thomas Young）的，最后一封则于 1666 年 8 月 15 日写给布兰登堡选侯彼得·海因巴赫（Peter Heinbach）的。

本章主要讨论国务信函和私人书信两类公私信函。

第一节　国务信函①

一、基本情况

经弥尔顿之手发出的国务信函，我们能够见到的有 135 封，一般分为四类：1）以议会名义写就（Letters Written in the Name of the Parliament）的 44 封，时间在 1649 年 1 月到 1653 年 10 月之间；2）以护国公克伦威尔名义写就的（Letters Written in the Name of Oliver the Protector）78 封，时间在 1654 年 6 月到 1658 年 8 月之间；3）以克伦威尔继位者护国公理查德名义写就（Letters Written in the Name of Richard the Protector）的 11 封，时间在 1658 年 9 月 5 日到 1659 年 2 月 25 日之间；4）受命于理查德但以恢复后的议会名义写就的（Letters Written in the Name of the Parliament Restored）只有 2 封，时间都是 1659 年 5 月 15 日。这些信函涉及很多内容和事件，包括：与荷兰开战；对西班牙大使延长商务活动之举进行指责；感谢意大利的托斯卡纳大公爵在利沃诺港对英国船只的保护；劝诫法兰西国王为遭受错误扣押的英国商人提供保护；鼓励新教（福音派）瑞士州为宗教而战；为瑞典国王喜得继承人与签订罗斯基尔德条约而祝福；敦促葡萄牙国王认真调查针对英国大臣的未遂谋杀案；委任驻俄罗斯大使；祝贺马托林攻占敦刻尔克……

收录在《约翰·弥尔顿散文集》（第二卷）中的"国务信函"的封面页为：

国务信函

致欧洲大多数王公和共和国

（在共和国与护国公奥利弗与理查德·克伦威尔执政期间）

其中的第一类"以议会名义写就的信函"（44 封）主要包括：

1. "英格兰议会和人民致尊贵的汉堡城市议会（或人民）" 7 封；

2. "致西班牙大使" 7 封；

3. "英格兰共和国议会致最安详的王子，西班牙国王菲力四世" 5 封；

4. "英格兰议会致最安详的王子，费迪南德二世，托斯卡纳伟大公爵" 5 封；

---

① ST JOHN J. A. The Prose Works of John Milton：Vol. Ⅱ ［M］. London：Joseph Rickerby Printer, 1848：200 - 332.

5. "英格兰共和国议会致最安详的王子，葡萄牙国王约翰四世" 3 封，"致葡萄牙代理人" 1 封（第 16 封）；

6. "英格兰共和国议会致最安详的王子，丹麦国王，弗雷德里克三世" 2 封，"英格兰共和国议会致最安详的王子，挪威王位继承人，弗雷德里克" 1 封（第 37 封）；

7. "英格兰共和国议会致最安详的王子，威尼斯公爵" 2 封；

8. "国务院对丹麦与挪威国王派出的超凡大使之回复的复信" 2 封；

9. 与荷兰东印度公司交涉英国公司和私人遭受损失的汇总情况 2 封；

10. 致意瑞典女王克里斯蒂娜、奥地利公爵、安达卢西亚总督、奥登侯爵、奥登堡伯爵和（波兰）但泽城市议会、瑞士新教城市议会的各 1 封，共 7 封。

这一类信函大多为处理国际纠纷或应酬，交际性、程式化色彩比较明显。

第二类 "以护国公奥利弗名义写下的信函"（78 封）主要包括：

1. "英格兰共和国护国公奥利弗致最安详的王子，法兰西国王路易" 10 封；

2. "英格兰、苏格兰、爱尔兰共和国护国公奥利弗致最安详的王子，查尔斯·古斯塔夫，瑞典人、哥特人、汪达尔人的国王……" 10 封；

3. "致荷兰联合省议会与执政官" 9 封；

4. "致最安详的王子，葡萄牙国王，约翰四世" 7 封；

5. "致红衣大主教马扎里尼" 6 封；

6. "英格兰共和国护国公奥利弗致最安详的王子，托斯卡纳伟大公爵，费迪南德" 4 封；

7. "致奥登堡伯爵" 2 封；

8. 写给一些欧洲城市［不来梅、吕贝克、汉堡、但泽、威尼斯、日内瓦、和瑞士新教（福音派）城市］议会和执政官的 13 封；

9. 写给欧洲国家别的王宫贵族（瑞典国王、丹麦和挪威国王、俄罗斯皇帝、塔伦特姆王子、特兰西瓦尼亚王子、萨沃伊公爵、威尼斯公爵、布兰登堡侯爵、奥地利公爵、黑森伯爵等）的 17 封。

其中 8—16 共 9 封信函都是与皮埃蒙大屠杀这一宗教迫害事件相关。

第三类与第四类皆受命于克伦威尔继位者 "护国公理查德" 而写就，共 13 封书信，其中：

1. "致最安详的王子，瑞典人、哥特人和汪达尔人的国王，查尔斯·古斯塔夫" 5 封；

2. "致最卓越的红衣大主教马扎里尼" 3 封；

3. "英格兰共和国护国公理查德致最安详、强有力的王子，法兰西国王，路易"2封；

4. "英格兰共和国护国公理查德致西弗里兹兰合众国高贵、强势的贵族阁下"1封；

5. "英格兰共和国护国公理查德致最安详的王子，葡萄牙国王，约翰"1封；

6. "英格兰共和国议会致最安详的王子、丹麦国王，弗雷德里克"1封。

四类国务信函大部分都是程式化、规范化的外交应酬之作，但第二类的8—16共9封书信都以1655年在意大利的皮埃蒙地区伏都瓦教徒（新教的一支）惨遭萨沃伊公爵残忍屠杀这一宗教迫害事件为主题，事件引发作者的强烈愤慨，所以写下这些措辞严厉又克制的书信，而且还写下一首可被称为"在樱桃核上雕刻头像"标号为18的十四行诗。

下面我们对这九封公函进行重点分析。

二、严厉而克制：皮埃蒙事件的 9 封公函①

意大利西北部的皮埃蒙（Piemont）地区，被阿尔卑斯山三面包围，又与法国、瑞士和意大利的伦巴第地区毗邻。1655年，一群伏都瓦教徒（Vaudois，新教的一支）因拒绝加入罗马教会而遭到奉萨沃伊公爵之命的军队大屠杀，这在英国国内引起剧烈反响，克伦威尔下令全国斋戒并为那些幸存者募捐，竟筹集到四万英镑，同时派出特使向事件制造者萨沃伊大公递交抗议书并游说欧陆新教国家进行有效的干预。作为国务院拉丁秘书的弥尔顿为共和国撰写了总共9封国务公函，并写出一首感情激昂而又气势磅礴的名叫"悼晚近发生的皮埃蒙大屠杀"的十四行诗。

编号8—16的9封公函按其写信日期分为四类：1655年5月写给事件指使者萨沃伊公爵的1封，旨在请求他收回成命；同月写给特拉西瓦尼亚王子、丹麦和挪威国王、瑞典国王、联合省的贵族、瑞士的新教州共5封，旨在通报情况并寻求支持；1655年6月8号写给日内瓦执政官和参议院的1封，旨在寻求救助合作，以解苦难者的燃眉之急；1655年7月29日同时写给法兰西国王路易和罗马马扎里尼的2封，旨在引荐和介绍派出的特使，以便开展外交斡旋。下面，我们分别看看这9封公函。

---

① ST JOHN J. A. The Prose Works of John Milton: Vol. II［M］. London: Joseph Rickerby Printer, 1848: 249 - 261.

1. 护国公奥利弗致最安详的王子，以马内利·萨沃伊公爵，皮埃蒙王子

最安详的王子殿下：

从日内瓦和法国皇太子领地以及许多其他与您领地毗邻的地区发来的信函皆已收悉，从这些信函中我们得知宣称属于改革的宗教的殿下臣民业已收到您的敕令，要求他们在敕令宣布后三日内离开他们世代生活的家园，否则将受到极刑和没收全部家产的惩处，除非他们保证在二十日之内放弃其既有宗教信仰而转向罗马天主教。据悉，他们曾以十分恳切的方式请求殿下收回成命，重新得到您的照应，以便恢复您的前辈给予他们的自由，但您的军队还是向他们发动了袭击，十分残忍地杀掉数人，把另一些人披枷带锁，其余的则被迫逃往荒无人烟、白雪皑皑的山上，成百上千的家庭因此陷入极度的悲惨之中，我们十分担心他们会在短时间内饥寒交迫地死去。我们闻听这些境况都不禁为这些遭罪受难的人们感到极度的悲哀和深切的同情。鉴于我们都须承认相同的人性和共享的宗教将我们密切地联系在一起，我们于是以为假如只是为自己兄弟姐妹的悲惨和灾难感到伤心和悲哀而不竭尽全力去把他们从突如其来的厄运中解救出来，我们就不可能完全履行我们对上帝、对兄弟般的仁慈，对我们的共同宗教应尽的神圣责任。因此，我们在更大的程度上十分恳切地请求殿下重新考虑您安详的先辈所采取的温和政策与他们屡屡给予和确定其臣民伏都瓦教徒的自由。他们的给予和确定无疑是最让上帝欣喜的善举，因为上帝一直都乐意将对良知的管辖权只留给自己。毫无疑问，他们也对其臣民有周到的考虑，因为他们在战场上既坚强、忠诚，在和平时期又总是温顺、谦恭。既然宁静的殿下在其他事情上都一直遵循您不朽先辈的足迹，我们便再三恳求您在这件事情上不要偏离他们走过的道路，希望您能屈尊取消这条敕令和其他任何可能因改革的宗教问题而使臣民感到忧虑不安的条令，希望您认可他们一直享有的权利和自古而来的自由并使他们遭受的损失得到补偿。假如殿下您乐意看到这一切得以实施，您就肯定是做了一件最为上帝接受的善事，让可怜的人在大灾大难中得以存活并得到安慰，高贵地向所有宣称改革宗教的邻人施以恩惠，而我们自己则会特别珍视您对自己臣民的仁慈善举，将其看作是我们恳求的结果。这既会让我们对您回报以所有的善功，为在本共和国与您的领地之间建立并巩固联盟和友谊打下坚实的基础。同时，我们从您的公正和温和中也会郑重地承诺，我们要为此恳求万能的上帝倾向您的心灵和思想。我们在此热切地祈求公正的上天给殿下及殿下臣民赐予和平与真理的祝福，愿您诸事顺心，吉祥如意！

白厅　1655 年 5 月

对屠杀事件的指使者仍然心存希望，所以语气上虽然严厉却也比较克制。

2. 致特兰西瓦尼亚王子①

同时，我们不能不满怀极度痛心的悲伤向殿下通报萨沃伊公爵将自己宣称坚守正统信念的臣民在阿尔卑斯山麓的谷地残忍的迫害之行径，……这些惨不忍睹的事情，想必殿下已有所闻，我们相信殿下不会不痛感伤心，而且（假如在这大屠杀大灾难中有幸存下来的）不会不对那些可怜的人们施以援手……

白厅　1655 年 5 月

3. 致瑞典国王查尔斯·古斯塔夫

我们绝不怀疑那臭名昭著的残忍敕令已经传至您的领地，萨沃伊公爵借此将其栖息在阿尔卑斯山谷的新教臣民彻底毁灭，严令将他们逐出其世代生活安居的地方，除非他们保证放弃其从先辈那里接受下来的宗教而去皈依那罗马天主教的迷信，在不到二十天里，无数的人被杀害，未遇害的则被剥去衣衫，任其挈妇将雏在荒无人烟的山上流浪，在冰天雪地里饥寒交迫，趋近灭亡。我们也不怀疑，陛下的心上必定充溢着虔诚的悲伤和深切的同情。……世上有谁不知瑞典人的君王一直站在改革的宗教这一边，曾战无不胜地进入德意志将所有的新教教徒来保护，我们故而首先请求陛下以您特别的方式给萨沃伊公爵写信，凭您那从中调停的权威努力（如果可能的话）将那可怕、残忍的敕令从无辜、信教的人们那里撤回。这些严厉的开始最终会走向何方，它们对所有的新教徒带来什么危害，我们觉得用不着向陛下多说什么，但假如他只愿意倾听自己的愤怒而不顾及我们共同的恳求和调解，假如有什么（任何宗教交融和慈善都须相信和崇敬！）协商僵局传至陛下（新教王子中的领袖）那里，就必须采取其他的行动，以使这么多的无辜兄弟姐妹不至于因为缺少救助而可怜地死去。我们所提出的都能得到谨慎的解决，相信这是陛下的心思和决心。让我们携起手来，用我们的名誉、权威、决策、军队及所需的一切，竭尽全力将这一虔敬的计划付诸实施。同时，我们恳求万能的上帝为陛下祝福。

4. 护国公致联合省所有高贵、掌权的阁下

毫无疑问，你们已经听说了萨沃伊公爵的敕令用来镇压栖息于阿尔卑斯山麓的居民、自古以来正统信念的持有者。……迄今，我们已经做了力所能及的一切。首先致信给萨沃伊公爵，在信中几乎是卑躬屈膝地恳求他心存善念可怜他那最无辜的臣民和请愿者，让他们重新回到世代生活的地方，赋予他们信奉自己宗教的原始自由。我们又致信新教教徒主要的王公官员，以为他们对此非

---

① Transilvania（特兰西瓦尼亚）是位于现今罗马尼亚国中部地区的一个古国。

常关注，从而会施以援手，向萨沃伊公爵恳求和安抚。我们现在相信，你们已然如是做了，或许做得更多。这是一个非常危险的先例，极端残忍地迫害改革者的行为近来已卷土重来，假如我们任由其始作俑者一再得手，必将给我们的宗教带来何等明显的危害，我们就不用给审慎的诸位多说了。另一方面，假如那公爵仅此一次自己觉得悔悟并听从了我们的请求，那么，不仅我们那受苦受难的兄弟姐妹就连我们自己也会收获到高贵、丰盛的收成，得到这项艰巨工作的回报。但是，要是他执迷不悟，一意孤行，将那些人们赶入绝境（在他们中间，我们的宗教由福音的首批贤人传播开来并不受迷信的玷污而流传下来，或者远在其他民族得到这福气之前就恢复了宗教原初的纯朴）并决心将其斩草除根，那么我们就要随时准备与你们大家和我们其他的改革派朋友和联盟一道采取其他行动和决策。要让濒临永久毁灭的正直、善良的人们活下去，这非常必要；还要让公爵本人清楚，对我们维护正统的兄弟姐妹所遭受的压迫和苦难，我们不会再坐视不管。再会！

5. 致丹麦与挪威国王，弗雷德里克三世

萨沃伊公爵以马内利发布一项严厉无情的敕令，将其世代生活在皮埃蒙谷地的臣民逐出家园，这些人安分守己，只是多年来坚守这宗教的纯洁因而远近闻名；他将其中的一些人残暴地屠杀，将其余的人赶到那荒无人烟的山里边，使其衣不遮体、绝无任何救济。这些事相信陛下早有耳闻，陛下对其遭受的苦难必定也是深表同情，因为这是如此强大的一位改革后信仰的捍卫者和王子应有的情怀。的确，基督教体制要求，我们中间无论是谁遭受苦难，大家都应有着深切的感受，没有谁能比陛下更能预见（假如您以为我们能够对您的虔敬和审慎有正确的判断）这一事件的成功先例对我们自己、对整个新教名义意味着什么。我们非常乐意致信于陛下，是想让陛下知晓我们明显地、真诚地与您（我们希望您为我们最无辜的兄弟姐妹遭受的苦难）怀有同样的悲伤、（与您对整个事件）同样的看法和同样的判断。我们为此已致信萨沃伊公爵，在信中，我们非常迫切地请求他饶过那些祈求他怜悯的可怜之人，希望他不再容忍那条可怕的敕令继续实施，——假如陛下和其他改革宗教国家、王子都来屈尊相求（我们相信他们已经这样做了），那就会有一线希望：那最安详的公爵的怒火或许有所缓解，他的愤慨会因四邻王子的调解而减轻。假如他固执己见，我们便会自行，也会与陛下和改革宗教的其他联盟一道，奋起抗争，随时准备采取力所能及的快捷手段，将诸多可怜的被造物从苦难中解救出来，给予他们自由和安全。同时，我们祈求万能的上帝为陛下祝福，愿您顺遂如意。

白厅　1655 年 5 月

6. 致瑞士的福音教诸城市

毫无疑问，晚近发生在宣称我们宗教的皮埃蒙人身上的灾难在我们将这不幸消息告知之前已经传至贵邦。他们原本是受萨沃伊公爵保护和管辖的臣民，但他们的王子发布一项严厉的敕令要他们离开世代生活的地方，除非在三日之内他们保证改信罗马宗教；不久后，他们受到武装暴力的袭击，他们的家园瞬间变成了屠场，无数的其他人惊恐逃散，现在他们衣不遮体、食不果腹、无家可归又无处躲避风雨，就要随饥寒交迫而消亡。他们挈妇将雏在荒无人烟的山间和积雪没膝的地方四处流浪。我们更是相信，你们一经闻知便和我们一样对其重重苦难深感不安，颇为同情，并因临近这些苦难的人们而痛楚更甚。此外，我们有足够的理由知道你们非常地热爱正统的信念，为持有这种信念持之以恒，为捍卫这种信念不屈不挠。凭借最严厉的宗教交融，你们与我们自己和这些不幸的人们都是兄弟姐妹或者属于一个机体，一个成员遭受苦难，其余成员不会感受不到，不会没有痛苦，不会没有损伤和危害。因此，我们致信于诸位，向你们通报此事，也让你们知晓。我们坚信此事与我们大家都息息相关，我们双方都会施以援手来将我们濒临灭亡、极度穷困的兄弟姐妹解救出来，不仅要努力去除他们的痛苦、灾难，而且会尽力争取不让这灾祸继续扩散，不会因为受到成功的先例之鼓励而侵蚀到我们这里。我们已致信萨沃伊公爵，……我们希望通过这样的恳求或者我们大家的一致调解，那最安详的王子会幡然悔悟，将我们如此迫切相求的东西给予我们。但是，假如他的心思顽冥不化，做出了别的决定，我们就准备把我们的意见传达给你们，用最为流行的方式将无辜的人们也就是我们在基督那里最亲爱的兄弟姐妹（他们经受了太多的冤屈和压迫）解救出来并重新安顿，使他们免于那必然却不公正的毁灭。他们的福祉和安全，我坚信，根据你们的一贯虔敬，你们定会热切地加以关怀。至于我们自己，只能在内心里把他们的存活看作是比自己利益甚至生命还要重要的东西。再会！

     O. P. （护国公奥利弗）

威斯敏斯特　　1665 年 5 月 19 日

这 5 封公函是在向周边所有的新教国家或地区的掌权者求助和结盟。首先通报情况，然后要求他们做出调停努力，提供救助。既诉诸那同根相生的情感，又以"唇亡齿寒"的道理去说服，可谓是情理兼备。

7. 致日内瓦城市最高贵的执政官和参议院

我们先前已让阁下知晓我们对栖息于皮埃蒙谷地的新教徒遭受骇人听闻的大灾难这一事件的巨大悲哀：萨沃伊公爵竟如此残暴地将他们迫害！但我们也想让阁下明白，我们不仅哀痛他们遭受的重重苦难，我们还要倾尽全力将他们从苦难中解救和安慰。为此，我们已经安排在共和国全境募捐救济，希望以此对外显示这个国家对兄弟姐妹（他们正在如此可怕的残暴重负下苦苦挣扎）的关爱，因为两个民族共享宗教交融，对于灾难也定是感同身受。募捐还在进行当中，因为这需要一些时日才能完成，那些可怜人的需要却是不容迟缓，我们于是认为应该提前以最快的速度将价值两千英镑的善款汇寄过去，以解其燃眉之急。我们知道你们对那些无辜之人遭受的冤屈也深有感触，不会抱怨我们给你们增添麻烦来协助救济工作，所以毫无顾虑地将支付、分发这些善款的工作交由你们来做，从而给你们增加负担。根据你们惯常表现出来的虔敬和审慎，你们定会让这笔善款公平公正地分发到最需要的人手里。款项虽然不大，但总会使那些至穷至困者得到一些缓解，直至我们给他们提供更多的救助。我们毫不怀疑你们会不嫌麻烦而尽心参与救济，故在此恳求万能的上帝将那宣称信奉正统宗教的所有民众内心激荡，让他们下定决心，一起来将自由捍卫，互帮互助，将那怒不可遏、不共戴天的敌人来抗击。在抗争之中，我们定会因援助之手能对教会有所助益而深感喜悦和欣慰。再会！

（两千英镑里的一千五百镑将由吉拉德·亨奇从巴黎汇出，剩下的五百镑将由司道普先生随信带来。）

1655 年 6 月 8 日

这是请求瑞士的日内瓦城给予被迫害者救济上的协助。日内瓦毗邻皮埃蒙，于情于理都应积极踊跃地进行救助，所以在语气上更像是朋友之间的事务相托。

8. 致法兰西国王路易

最安详、强有力的国王陛下：

据您在 5 月 25 日的回信，我们得知我们的判断无误。您的某个军团犯下大罪，将萨沃伊宣称信奉改革宗教的人们惨无人道地宰杀，野蛮凶残地屠戮；这绝非陛下旨意或敕令的结果。我们从中得到的唯一欣慰是听说陛下曾不失时机地对您的校尉军官表示您的不快，因为他们曾在没有得到任何合法准许的情况下残暴无比、肆无忌惮地参与那些极不人道的大屠杀。我们还听说您曾告诫公爵本人停止如此残暴的行为，您带着如此忠诚、如此人道将您在宫廷里享有的崇高敬意、您的紧密联盟和权威都用来调停此事，要让那些不幸的流亡者重返家园。我们希望这位王子会在某种程度上俯就陛下您的善意和调解。然而，我们发现无论您本人还是其他王公在这一悲惨事件上的再三恳求，都没有带来任何结果，我们便认为有必要派遣这位高贵人士以我们特使的名义去面见萨沃伊公爵，向他充分、全面地表明，我们对宣称信奉共同宗教信仰之人遭受如此残暴对待（而这都是出于同一种敬拜里的仇恨！）感到多么深切的关注。假如陛下能够准许再次更加迫切、紧急地使用您的权威和帮助，我们便有理由希望此次协商会成功地带来丰硕的结果，一如您为那些穷困交迫的人们所保证的那样，他们会忠心和顺从于他们的王子，这样您便会慷慨、欣然地将其福祉和安全照看，不会再有类似性质的压迫与如此令人沮丧的灾难发生在那些无辜、和平之人的身上。这本身就是真正高贵和公正的事情，与您的仁慈、宽厚极为相称。我们只能期望您的宽厚仁慈能在各处将共享宗教信仰的臣民安全保护。……最后我们要向陛下表明的是，我们非常钦美和重视您的友谊，为此，我们再次保证在所有情形中都不会缺少对我们声明的真正保障和效用。

　　陛下最挚爱的

　　英格兰共和国护国公奥利弗

　　白厅　1655 年 7 月 29 日

　9. 致最卓越的马扎里尼阁下

　　我们以为有必要派来这位高贵人士携带公函（公函抄件封于内中）面见国王，他还有权以我们的名义向阁下您表达我们的致意，并忠实无误地向您传达其他一些事项。对这些事项，我恳请阁下给予他完全的信任，因为我已给予此人非同寻常的信任。

　　阁下最挚爱的

　　英格兰共和国护国公奥利弗

　　白厅　1655 年 7 月 29 日

　　这两封公函则是随特使带给事件帮凶法王和罗马教廷的。给法王路易的堪与致萨沃伊公爵的那封公函相媲美，语气是相当克制的。给马扎里尼的则基本上是正式介绍信性质的，简明扼要。

　　从 9 封公函中，我们可以看出新教共和国的英国对皮埃蒙事件的应对情况：先是致信事件的指使者萨沃伊公爵，希望他悬崖勒马，收回成命；接着联络周边的新教国家和城市，敦促他们进行调停并施以援手；然后派遣特使前往事件帮凶（法兰西国王）甚至幕后黑手（罗马教廷）处进行外交斡旋。最为可贵的则是，共和国为此开展了大规模的募捐活动并及时将捐款分批寄出，尽快送达受害者，给予他们实质性的救助。

　　作为清教徒革命者，弥尔顿不仅精心撰写公函来协助解救饱受苦难的教友，而且饱含情感地写出一首流传青史的十四行诗"悼晚近的皮埃蒙大屠杀"（On the late Massacher in Piemont)，原文如下：①

> <u>Avenge</u>, O Lord, thy slaughter'd Saints, whose bones
>
> Lie scatter'd on the Alpine mountains cold,
>
> Ev'n them who kept thy truth so pure of old
>
> When all our Fathers worship't Stocks and Stones,
>
> <u>Forget not</u>: in thy book record their groanes
>
> Who were thy Sheep and in their antient Fold
>
> Slayn by the bloody Piemontese that roll'd
>
> Mother with Infant down the Rocks. Their moans
>
> The Vales redoubl'd to the Hills, and they
>
> To Heav'n. <u>Their martyr'd blood and ashes</u> sow
>
> O're all th' Italian fields where still doth sway
>
> The triple Tyrant, that from these may grow
>
> A hunder'd-fold, who, having learnt thy way,
>
> Early may fly the Babylonian wo.

诗人的愤慨从胸中径直喷涌出来，大声疾呼道："复仇吧，我的主啊！圣徒惨遭杀戮，// 尸骨散落在冰冷的阿尔卑斯山间"。接下来对大屠杀的惨状和诗人心中的悲愤做出生动而深沉的描绘："千万不要忘记！""他们都是你的羔羊，却在自己的圈棚 // 遭受嗜血的皮德蒙人的屠杀，连怀抱 // 乳婴的母亲也都被推下山崖。从谷底 // 到山巅都回荡着他们的哀号，直至飞升 // 到天堂。"最后的 5 个诗行则是恳求上帝对教皇将新教伏都瓦教徒大肆屠戮的罪恶进行报复（与开头的第一行遥相呼应）："请把殉道者的鲜血和骨灰 // 撒遍意大利的田野，三重冠的暴君 // 依然在那里作威作福；但愿从他们中间 // 生长出百倍的生灵，让他们老早就 // 知晓天道，能够躲过巴比伦的浩劫！"。这就成了对所有寻求宗教自由人士的强烈辩护。华兹华斯曾把这首诗称为号角声与风琴音的糅合，约翰逊则称之为"在樱桃核上雕刻头像"。

---

① 本诗的汉译及其在弥尔顿抒情诗中的地位，参见第二章第二节"政治论争类"（十四行诗）。

第二节　私人书信①

一、基本情况

圣约翰编辑的《弥尔顿散文集》（第三卷）的"私人书信"（Familiar Letters）总共收录 31 封书信，这些书信原本是用拉丁语写下的，圣约翰使用了牛津的费娄思先生的英译，他认为是"基本上表达了弥尔顿本来的观点"，而"其高尚的情操、崇高的思想尊严，没有什么私人书信可以超过"②。这些书信从青年时代开始，直至其离世并不很远的一个时期，前后间隔 41 年。最早的一封是 1625 年 3 月 26 日写给曾经的家庭教师托马斯·杨的，最后的一封是 1666 年 8 月 15 日写给布兰登堡选侯顾问彼得·海因巴赫的。虽然数量不大，但这些书信向读者打开了一个了解这位伟大诗人和散文家日常思想和家庭习惯的窗口。我们一边阅读这些弥尔顿内心生活的珍贵片段，一边定会有一些遗憾：他给我们留下的私人书信实在是太少了！

在我们所见到的 31 封私人书信中，前 9 封写于弥尔顿创作早期（1625—1639 年间），第 10 封是 1647 年 4 月 21 日写给佛罗伦萨贵族卡罗拉·迪奥戴迪的，和第 8、9 两封性质相类，也可计入早期作品，11—30 封都写于 1650 年代（1652—1959 年），发出地点为威斯敏斯特，也就是弥尔顿担任共和国外语秘书时的作品。最后一封（在伦敦家中）写于 1666 年，涉及当年的大瘟疫。

早期写下的 9 封书信里，写给少时家庭教师托马斯·杨的 2 封（标号 1 和 4），写给发小亚历山大·吉尔（Alexander Gill）的 3 封（标号 2、3 和 5），写给终生挚友卡洛（查理）·迪奥戴迪的 2 封（标号 6 和 7），第 8、9 两封是在佛罗伦萨滞留期间分别写给佛罗伦萨人本尼迪托·布昂马泰和梵蒂冈的路加·霍尔斯坦的。

中期（包括最后那一封）的 21 封分别写给 11 个人，其中写给亨利·奥登堡（Henry Oldenburgh）的 4 封（标号 14、18、24 和 29），写给理查德·琼斯

---

① ST JOHN J. A. The Prose Works of John Milton：Vol. III ［M］. London：Joseph Rickerby Printer，1848：487 – 522.

② ST JOHN J. A. The Prose Works of John Milton：Vol. III ［M］. London：Joseph Rickerby Printer，1848：487.

（Richard Jones）的 4 封（标号 19、22、25 和 30），写给彼得·海因巴赫（Peter Heinbach）的 3 封（标号 20、27 和 31），写给利奥纳德·菲拉剌（Leonard Philara）的 2 封（标号 12 和 15），写给亨利·德·布拉斯（Henry de Bras）的 2 封（标号 23 和 26），其余 6 封分别写给赫尔曼·米尔斯（Herman Mills）、理查德·赫瑟（Richard Heth）、艾兹玛的里奥（Leo）、日内瓦的斯班海姆（Ezechiel Spanheim）、艾默瑞克·比格特（Emeric Bigot）和奥伦治教堂牧师约翰·巴迪奥斯（John Badiaus）。

早期私人书信里，弥尔顿写给老师（杨）和挚友（迪奥戴迪）的 4 封在第六章第三节和第四章第二节里已经涉及，本章只对他写给发小亚历山大的 3 封书信进行分析。中期私人书信里，我们只对他写给理查德的 4 封书信、写给彼得的 3 封书信和一封写给雅典人菲拉剌的书信进行讨论。

二、谈诗论艺：写给亚历山大的 3 封书信

亚历山大·吉尔（Alexander Gill）是弥尔顿圣保罗学校的同学，其父是该学校的校长。亚历山大诗才出众、和蔼可亲又善于交际，对弥尔顿产生过极大的影响，在 3 封写给他的书信里，我们可以看出这一点。

标号 2 的书信：

书信和诗作都已收悉，感到非常高兴，因为我从中看到了诗人的威严和维吉尔的风格。我早知道你这样的天才不可能完全将心志从缪斯的教养里移走，将那天堂般的情感与你心中点燃的圣火都浇灭。克劳狄斯①评说自己的话"整个灵魂都充溢着阿波罗的圣火"也可用在你身上。如果说你这次自己食言了，我则要对你说的不能始终如一表示赞扬——如果缺了哪一种美德，我也要把这缺失来赞扬。不过，把你的诗作拿来叫我评判，你首先就是给了我莫大的荣耀，好比争胜好强的乐神们让神祇来将胜利的棕榈叶评判，又像诗人唠叨这事曾落在吕底亚山守护神伊姆洛斯身上那样。我不知道是该将亨利·拿骚攻占城市的胜利还是将你这诗歌创作来颂扬，因为我认为他的胜利并不比你的诗作给人带来更多的荣誉和名气。然而，既然你用如此悦耳、雄健的乐歌把我们盟友的胜利颂赞，我们难道就不可以期待我们自己的成功受到缪斯的颂赞？再会，博学的先生！相信我对你赐予我这些诗作非常地感谢。

伦敦　　1628 年 5 月 26 日

---

① Claudius Claudianus（370—404）为古罗马时期的拉丁诗人。

标号3的书信：

在前一封信里，我与其说是给了你回复，不如说是我将回复的义务给拒绝了，所以，我在心里答应你很快给你再写一封信，把你那友好的挑战详尽地回应。而即便我没有这一承诺，你也应该得到回信，因为你的一封信完全值得我回上两封，不，准确地说，一百封！收到你的来信时，我正在为那件事情忙得不亦乐乎，我曾经给过你一些暗示，那件事情实在不能再拖延了。我们院里的一位同事要参加学位哲学辩论，让我给他添加上几首诗歌（每年的辩论都有这样的要求），因为他长久疏于此类轻浮追求而且当时忙于更重要的学业。这些诗作，我给你送了一份，因为我了解你对诗歌的辨别品味，也知道你对我这样的诗作能坦白容忍。如果你愿意屈尊将你的诗作也让我来看看，我向你保证，没有什么会比这更让我高兴的了，我还会客观公正地将其价值评判。我常常把我与你谈过的话题来回忆（即便在这学术圣地，我也颇觉遗憾不能跟你促膝交谈），不由得痛苦地思考跟你分别我到底把什么好处给失去了，因为每次跟你在一起我就觉得自己有所长进，就时常向你的思想求助，好像那是文学的宝库。据我所知，在我们中间只有两三个人，不熟悉批评或哲学，也不会带着原始、质朴的判断立即从事神学研究。对此，他们只需要一点一知半解，刚好能让他们用窃来的碎片（才不管是哪个作者的）东拼西凑成一篇布道文，所以，我担心我们的牧师会退回到先前一个时代的僧侣无知状态中。我这里几乎没有什么志同道合的人，如果不是我已决定在图书馆的深邃寂寞中度过这个暑假，让自己躲在缪斯的密室里，那我简直就要抬起腿脚往伦敦走去。但你每天都是如此，所以我若是再让你分心或者占用你的时间，那就显得太不公平了。再会！

剑桥　　　1828年7月2日

标号5的书信：

要是你送了我一件杯盘或者其他让人羡慕的珍贵礼物，我就当冒昧地付给你我还付得起的价钱。可你在前天送给我的是一首用十一音节诗行写就的诗作，其价值无法用金钱来衡量，因此，你让我十分犯难，不知该用什么来回报这么珍贵的礼物。眼下我并没有类似风格的诗作来和你那杰作争奇斗艳，便只好呈上一个不完全是我自己的作品。那是一位确有才华的诗人的创作，我只是在上个星期才将那颂歌译成希腊文颂诗的。当时天还未亮，我躺在床上，也没有前思后想，全凭一时的冲动，到底怎样我也说不清楚。那诗人在他的题材上无与伦比，你这次在制作上也远远超过我。不过有了他的助佑，我总算是送上了一点有助于恢复你我之间平衡的东西。要是你在某一个地方发现什么毛病，我就要告诉你这可是我用希腊文创作的第一首也是最后一首诗歌，因为你知道我主要是用拉丁文和英语来作诗。这个时候，谁要花时间、费精力用希腊文写作，恐怕是没有人去读的。再会！但愿周一在伦敦的书商中间你能见到我。同时，如果你对那医生（他可是学院的老师）有足够的兴趣，将我的事情促进，那我就恳求你尽快去看看他，一如你对我的友情可能将你激励那样。

于我的别墅　　　　1634 年 12 月 4 日

前两封是弥尔顿在大学读书期间写就，后一封则是他在霍顿庄园读书自学期间写就，3 封书信都是在和好友谈论诗歌创作。我们从中可以看出，弥尔顿对亚历山大的诗才和诗作都是非常钦佩的，弥尔顿是一个用多种语言（拉丁文、希腊文、意大利语和英语）写诗的诗人。

三、诲人不倦：写给理查德的 4 封书信

理查德·琼斯可能是弥尔顿先前教过的学生，而其母亲又是一位让诗人很是尊敬的人。从 1656 年 7 月到 1659 年 12 月间，弥尔顿给"高贵的年轻人"理查德写了 4 封书信。

标号 19 的书信：

经常是我才拿起笔给你回信便有人来打扰，让我无法把信写完。后来又听说你去邻国远足。你卓越的母亲即将远赴爱尔兰（她的离去对我们实在是一件遗憾的事），她给了我相关的位置，所以她就把这些信带给你。你尽可相信我对你的挂念，而且会在我看到你的心灵思想逐渐成长时相应地长进。你凭着上帝的祝福庄重地对此做过保证，我对你自己的成长前景很是满意。相信你不会让人失望。虽然你在信中说你对牛津非常满意，但不会让我相信牛津让你显得更好、更聪明。要让我相信这一点，你得提供别的证据。我不愿看到你把美慕都倾注在你所赞美的首领的胜利或者同样性质的以力取胜的事情上。我们的阉羊是否生来就有双角并能把城池攻下来，我们对此为什么要惊叹？你一定要学会根据其行为的习惯性公正和节制（而非动物性力量的大小）来评价伟大人物。再会！代我向你的校友，卓有成就的亨利·奥登堡问好。

威斯敏斯特　　　　1656 年 7 月 21 日

标号 22 的书信：

我在你写出信的一段时间之后才收到你的信——信在你母亲那里待了十五天。很高兴感受到你的依恋和感激之情。我从来没有停止过对你天才的培养和促进，一直在努力给予你最纯洁的善良、最真诚的建议以便不辜负你卓越母亲对我的良好评价。你现在退隐的那个地方健康而宜人，有足够的书籍让你完成

学业。要是优美的环境既让人赏心悦目又能把人的智慧增加，那个地方就是完美无缺了。那里的图书馆书册充盈，但假如学生的心智不为一种更为理智的教育模式所提升，那就可能是个藏书库而非图书馆。你说的没错，所有这一切利于学业的条件都应与文学品味和勤奋修养结合起来。希望我永远都没有机会因你偏离这一信念而将你责备。只要你愿意就就业业遵从著名的亨利·奥登堡（你那同伴和朋友）那重要而友善的训诫，你就肯定会轻易地避开这种责备的。再会，我亲爱的理查德！让我像提摩太那样激励你去将美德和虔敬操练，你的榜样就是你的母亲，一位最优秀的女人。

威斯敏斯特

标号 25 的书信：

很高兴听到你没遇到什么麻烦就完成了如此一次长途旅行。你对巴黎的奢华不屑一顾，快捷地赶往能将文学乐趣和智者交谈享受的地方，从而使你的声望大大增强，我更是深感欣慰。只要你乐意，你就会让那儿变成绝对安全的避风港，而在别的地方必须防范成群结队的骗子和妖女塞壬的歌声。我不愿看到你过多地苛求索米尔葡萄酒而希望你用至少五分之一的帕纳塞斯山泉①晶莹的液体来将酒神巴克斯的溪水稀释。不过，在这方面，即便没有我的告诫，你也有一位杰出的导师，你最好多听导师的意见，这样你就会让你卓越的母亲得到最高程度的满足，使她对你的关爱与日俱增。你能够做到这一点，你当每天向上天求助。再会！争取在返回之时你在美德和学问上都有大的进步，这会给我莫大的快乐。

威斯敏斯特　　　1657 年 8 月 1 日

标号 30 的书信：

你因未能早一点写信而非常谦恭地道歉，其实也可以同样地把我责备，所以我不知道我该以为你并无过错还是认为你没有写那道歉的信。一刻也不要相信我在用你书信交流的勤勉将你的感激（假如你对我有什么感激）来衡量。我会觉察你所有的感谢热度，因为你会将我尽职服务的功绩高度颂赞，不是用你频繁的书信而是以你优良的习惯和道德、知识水平的高度。在你所进入的那个世界舞台上，你正确地选择了美德的路径，不过你要知晓，有一条路既通向美德也通往邪恶，而你应当在分岔口往前行走。离开欢愉享乐的普通路径，你会在通向美德的崎岖陡峭山路上愉快地遭遇艰辛和危险。我相

---

① Parnassus（帕纳塞斯山）位于希腊中部，传说是太阳神和文艺女神的灵地，山上的泉水被视为音乐和诗歌的灵感来源。

信，你定会更加灵巧地完成这一切，因为你一直有一个如此正直和老练的导师。再会！

威斯敏斯特　　　1659 年 12 月 20 日

作为师长，学生的健康成长和进步自然最令他欣喜，知道学生在巴黎那花花世界里能够"快捷地赶往能将文学乐趣和智者交谈享受的地方，从而使你的声望大大增强"，他感到欣慰。在学生因不经常写信而致歉时，他告诉学生，对老师的感谢"不是用你频繁的书信而是以你优良的习惯和道德、知识水平的高度"来进行的同时，他也始终不忘激励和鞭策学生在正道上行走，谆谆告诫他：1）评价人物的标准是正直、节制等美德而非"动物性力量"；2）不断提升自己的文学品味和自我修养；3）"离开欢愉享乐的普通路径"永远行进在"通向美德的崎岖陡峭山路上"；4）"兢兢业业遵从"好友亨利、至爱母亲这样的导师的训诫和榜样。在诗歌、论文中见不到的海人不倦的老师形象在这里我们看到了。

四、生活写照：写给彼得的 3 封书信

彼得·海因巴赫当是弥尔顿的一位欧陆朋友，弥尔顿在 1656—1666 年间写给他的 3 封书信中，我们可以了解到双目失明的作家的一些生活情形。

标号 20 的书信："致年轻有为的彼得·海因巴赫"

你慷慨地履行了你对我做出的所有诺言，除了那关于你及时返还的承诺。你答应我最晚在两个月之内返回，可假如我对你的思念还没有让我把时间记错，你已经离开差不多三个月了。你已经完成了我托付给你关于《阿特拉斯》① 的事情，我希望知道整部书的价格，你说是一百三十弗洛林②，这可足以买下同名的那座山了。不过，当下奢侈印刷热就是这个样子，图书馆的装修并不比别墅的装修花钱少！绘画和雕刻于我没有什么用场，在这个世界上，在我转动那瞎掉的双眼时，我担心自己会为失明而痛心，其程度不亚于我买那书册所付出的高价。请费心打听一下整部书有多少卷，在两个版本里，是布娄的还是詹森的更加准确、更加完备？我倒希望你回来时亲口告诉我而不是再写一封信来将情况说明。

---

① Atlas（阿特拉斯）是希腊神话中遭天谴而以双肩扛天的巨人，后来经常用它来指称地图册。同时，阿特拉斯也是非洲的著名山脉。弥尔顿在此应该指的是和地图相关的一部书册。

② Florin（弗洛林）即一种旧币，每个弗洛林价值 2 先令，相当于 10 便士，在十七世纪很是值钱。

再会！尽早回归！

威斯敏斯特　1656 年 11 月 8 日

标号 27 的书信："致年轻有为的彼得·海因巴赫"

你从海牙寄来的信我已于 12 月 18 日收悉，并于收到信的当天（如你所愿）写了回信。来信中，你先是为我曾经给你帮过一个忙而表示感谢。虽然我记不起到底帮了什么忙，但我因对你的敬意倒希望这是真的。而后你要我通过 D·劳伦斯把你推荐给已被指定为我们在荷兰的代表。我很遗憾，这件事我办不了，一则我跟管事之人不熟（我更愿意成天待在家里），二则他已经启程在路上，随员里已有一个做秘书（你要争取的职位）的人。带走这信件的人马上要出发了，那就再会吧！

威斯敏斯特　1657 年 12 月 18 日。

标号 31（最后一封）的书信："致卓有成就的彼得·海因巴赫，布兰登堡选侯的顾问"

毫不奇怪，你写信时有传言说我已消逝在我的同胞中间了。我的同胞在过去一年里饱受瘟疫的肆虐侵袭。假如这传言是出于对我安全的关心（似乎就是这样），我便觉得这是一种让人颇感欣慰的表示，说明我在你们那里还得到了一些尊重。不过，凭着上帝的仁慈，我得到了一个乡下的避难地，所以现在还享有生命和健康，而只要生命和健康继续下去，我就会愉快地去做任何有用的事情。隔了这么长的时间，我还能再次叫你来挂念，这叫我实在感到欣慰，虽然你对我的溢美之词写满纸页，几乎让我怀疑你将一个你说其身上有如此多你所钦佩的美德的人忘掉了。这么多的美德结合在一起，恐怕是要生出无数后代来的，但显然这些美德在穷困潦倒的处境里才最为繁盛。在那些美德当中倒是有一个让我在心里对其殷勤的接待以怨报德了，因为你所说的"谨慎"（policy）一词（要我说不如说成"爱国尽孝"）差不多已离我而去了。我为如此甜美的声响而着迷，却没有了国家。其他的美德倒是和谐一致。我们在哪里过得好，哪里就是我们的国家。在结束之前，我还要求你（假如在措辞、标点上有什么错误）将过错算在写这信的孩童身上，因为他不懂拉丁文，我对他十分恼火却又不得不一个字母（而非词语）一个字母地来对他口授。看到你的德行和才华（在你年轻时我便看出好苗头）已经让你在那王公麾下体面地任职，我自然是十分的高兴。

祝你万事如意！再会！

伦敦　1666 年 8 月 15 日

其一，他因"失明而痛心"，"其程度不亚于我买那书册所付出的高价

（130 弗洛林）"；其二，双目失明后基本上是（在小法兰西的居所里）过着深居简出的生活，社交很少；其三，虽然在 1666 年的大瘟疫中幸存下来，内心还想"去做任何有用的事情"，但只能采用自己口授、找人代写的方式来写作，写下的东西（尤其是用拉丁文写下的）自然时有差错。这让我们深切地感到诗人在晚年写下的三部巨作是多么的艰难了！

关于弥尔顿双目失明后的生活状况，我们从他于 1654 年写给雅典人利奥纳德·菲拉剌（Leonard Philara）的书信（标号 15）中会看得更为细致和具体：

我自始至终都对希腊（特别是你们那雅典）的文学情有独钟，也从未停止过那一种信念：那座城市有一天会对我这种热烈敬意做出丰硕的回报。你远近闻名的祖国那古代的天才已经将我的预言兑现：我赢得了你的友情和尊敬。尽管你我相隔千里万里，只是通过书信才得以认识，你写给我的书信是多么的彬彬有礼！当你突然来到伦敦，看到我已双目失明，如此的折磨不会让人将你敬仰，只能叫更多的人嗤之以鼻，却在你那里激起温柔的同情和关心。你不忍见我放弃恢复视力的希望，告诉我你在巴黎有一位专治眼疾的朋友，忒弗洛医生。假如我把这疾病的起因和症状都让他知晓，你便请他前来给我医治。我会按你说的去做，但恐怕会将这来自上天的助佑拒绝。我想我发现自己视力减弱已有十年的时间了，同时还伴有肾痛、肠胃痛和气胀。早晨我是惯常要读书的，但眼睛一看书立即就疼痛难耐，把身体活动活动则会有所缓解。我看那蜡烛，感觉就像四周有一道彩虹。没过多久，左眼（早于右眼而瞎掉）的左侧部分便变得非常模糊，基本上看不见任何东西了。右眼的视力在过去三年里也逐渐明显地失去，过了几个月则完全地丧失。就算我站着不动，我看到的任何东西也好像在不停地前后晃动。额头上、太阳穴上好像蒙上了厚厚一层水汽，常常给眼皮带来昏昏欲睡的压力，尤其是晚饭后到傍晚这段时间。所以，我经常想起诗人菲尼亚斯在《阿尔戈斯英雄传》里说的话：

"深度的麻木压在他乌云般的太阳穴上，

他举步行走，却好像是在疯狂地转圈，

或者是一声不吭躺卧于虚弱的恍惚中。"

我还得加上这一点：在我一丝视力尚存之时，我只要一侧身躺在床上，马上就有光线从我闭合的眼睑中倾斜出来，后来，随着视力的日渐损坏，色彩变得越来越暗淡，出现时往往伴随着一种内在的噼噼啪啪之声，而现在，什么样的光线照明都熄灭了，我四周充溢着完全的黑暗或者夹杂、沾染着一种灰褐色的黑暗。然而，我永远沉浸于其中的黑暗无论是在白昼还是在黑夜都好像是在向白而非黑靠近，当眼球在眼窝里转动时，就会有一丝光线如同从缝隙中进入。你的医生可能会点燃一线希望之光，但我已认定这已是不治之症，所以我常常反思，正如那位哲人所说，黑暗的日子注定要给予我们每一个人，我所经历的黑暗总比坟墓中的黑暗要好一些，因为神的唯一善意，一直是在对文学不懈追求、为友情喝彩和致敬中度过的。然而，假如像经文里写的"人必不只靠面包而活，还要依凭从上帝口中发出的每一个词语"，那为什么人不可以将视力的丧失默认下来呢？上帝可是在他心里面、良知上装上了足够的眼睛！趁着他如此悉心地将我照顾，趁着他如此仁慈地牵着我的手引导我前行，我便会因失明而高兴而非抱怨，因为这是他的快乐。我亲爱的菲拉剌，不管发生什么事，我都愿你勇敢、沉着地说再会，就像我有一双山猫的眼睛那样勇敢、沉着。

威斯敏斯特　1654 年 9 月 28 日

虽然身处物理意义的黑暗中，却在精神上光明、乐观、坚强，这就是诗人和战士的弥尔顿！正如诗人自己在第 22 号十四行诗末所申明的那样：

你若问我：
是什么支撑着你？是一种良知：
维护自由是我的宿命，全欧洲
都在谈论，纵然我劳累过度终至失明。
即便没有更好的引导，这一知识
也让我冲破俗世面具，遗憾无存！

第三节　本章小结

弥尔顿在担任公职的十年间（1649—1659）撰写了不少的国务公函，我们现见到的有 135 封。他在公函里按照议会和护国公的意思处理诸多的外交纠纷并提出了一些建议，这些建议大多具有热忱的理想主义色彩，与后来的哲学家密尔（John Stuart Mill）、诗人雪莱（Percy Bysshe Shelley）和哲学家卢梭（Jean-Jacques Rousseau）的思想接近。虽然我们很难说他的思想观点在当时行政上有什么直接的影响，但其"一贯性的弥尔顿式的宏伟书信体"（the uniformly Miltonic style of greater letters）表现得还是十分明显。我们从标号 8 - 16 这 9 封涉及皮埃蒙宗教迫害事件的国务公函里一定会得到这样的感受。

从剑桥大学读书开始直至在共和国担任公职的三十多年间，弥尔顿也断断续续地写下不少私人书信，我们现在见到的有 31 封，基本上都是在他创作的早期和中期写下的。从我们对其中的 11 封所进行的分析可以看出，这些私人书信简直就是对弥尔顿生活和品格的生动写照：从他写给好友亚历山大的书信里，我们看到他谈诗论艺的一面；从他写给晚辈理查德的书信里，我们见到他诲人不倦的一面；从他写给欧陆朋友彼得和菲拉剌的书信里，我们对他的日常生活，尤其是双目失明的痛苦与坚强不屈有了深切、形象的了解。这些私人书信娓娓而谈的风格与崇高伟大的思想对后来的英国散文样式"小品文"（familiar essays）或许产生过影响吧。

第十一章

历史著述：
《不列颠史》与《莫斯科维亚简史》

　　十二世纪，三位作家分别用拉丁文、盎格鲁—诺曼法语和中古英语为其诺曼领主写下大多是传奇的不列颠历史。这部"历史"设置在远古时代，从建国神话（对国家起源的英勇行为叙述，其样板是维吉尔的《埃涅阿斯纪》）开始，直至五、六世纪盎格鲁—撒克逊人完成对本岛居民的征服。主要作者是蒙茅斯的杰弗里（Geoffrey of Monmouth），他于1136—1138年间用拉丁文写下《不列颠国王史》（History of the Kings of Britain）。1155年，维斯（Wace）将其自由翻译成法语，而后雷亚蒙（Layamon）又用英语头韵诗体将其译成中古英语。① 弥尔顿对这部历史应当很熟悉，曾将其中的"布鲁图斯"片段译成现代英语，并以此为蓝本，参考了别的一些史料和传说，写成一部六卷本的《不列颠历史》（The History of Britain），1670年出版。

　　在都铎王朝前期，由于近海市场已有汉萨商人②和意大利商人的激烈竞争，英国只能在海上进行探险活动，以寻求呢绒产品新市场并在海外抢夺财宝。1497—1498年，约翰·卡博特（William Cabot）③ 向西航行寻找通往中国的道路失败。1553年，休·威洛比爵士（Sir High Willoughby）和理查德·钱斯乐（Richard Chancelor）又取道东北意欲开辟通往东方的新航线。他们沿挪威海岸北上，威洛比后来冻死在途中，钱斯乐则到达了莫斯科，取得沙皇伊凡雷帝的信任和友谊，于1555年建立了"莫斯科公司"。虽然去往中国的新航线没有找到，英国呢绒销售也没有多大的起色，但他们带回来了英国造船业发展不可或

---

① ABRAMS M. H. The Norton Anthology of English Literature［M］. New York & London：W. W. Norton Company，1990：94－95.
② 十二、十三世纪，中欧地区的神圣罗马帝国与条顿骑士团诸城市结成商业、政治联盟——汉萨同盟（Hanseatic League），该同盟以德意志北部城市为主。
③ 但卡博特到了北美大陆，并对现今为加拿大的新斯科舍、纽芬兰地区进行了探险和考察。

缺的原材料：蜂蜡、木材、绳索和毛皮等。[①] 弥尔顿依据休·威洛比爵士日志、理查德·钱斯乐谈话录和别的目击证人或者叙述人的口、笔头叙述写成一部五卷本的《莫斯科维亚简史》（Brief History of Moscovia），1682 年出版。

第一节　《不列颠史》[②]

一、基本情况

在弥尔顿这部史书里，不列颠特指英格兰，历史叙述始于传统的开端而终于诺曼征服，属于断代史。历史材料基本来源于相关的古代大作家，弥尔顿将这些来源广泛的史料汇聚成书并在其中夹杂一些自己对复辟后的王政的针砭。他承认，有很多的史料来源并不可靠，但民间传说有这样的作用："我们的英格兰诗人和作家，他们借助其文笔会知道如何有效地利用这些传说"。

弥尔顿约于 1649 年（担任公职之前）开始撰写《不列颠史》，并完成了前四卷，另外两卷在 1650 年代（担任外语秘书期间）陆续完成。1670 年由圣保罗教堂院内的玫瑰与王冠公司印制发行，1677 或 1678 年再版，1695 年和 1818 年又出了两版。

《不列颠史》各卷本来是没有题目的，其纲要如下：第一卷，古代，"使用历史现在时态对布鲁图斯与希腊人之间的战争做了非常生动、出彩的叙述"；第二卷，罗马时代；第三卷，萨克逊人的崛起，其中有一个题外插曲，论述议会和王权之间的关系；第四卷，七个撒克逊王国的相互内斗（"除了按年代记载隼鹰和乌鸦在天上聚集和恶斗，还有什么更多的意义呢？"）；第五卷，英格兰的统一：从爱格伯特到埃德加；第六卷，从小埃德加到哈罗德。

二、文本分析

《不列颠史》的封面页为：

---

① 钱乘旦，许洁明. 英国通史 [M]. 上海：上海社会科学院出版社，2012：123.
② SUMNER C. R. The Prose Works of John Milton：Vol. Ⅴ [M]. London：George Bell & Sons. 1908：164 - 393.

不列颠史：
尤其是现为"联合的英格兰"地区的历史
——从传统的开端直至诺曼征服
集自最古老的优秀历史作家
（以作者自己修订的 1670 年版本为依据）①

在第一卷开头，作者对民族的起始有这样的论述：

神圣经典都曾提及的民族之起始，今天已经无从得知了。其实，不仅是起始，就连接下来的许多时代——对，多个历史时期——的事迹，我们也是一无所知，或者已为神话传说所遮蔽和玷污。或许是因为文字只是在很久之后才出现，或许是因为蛮荒动荡的暴力行为，或者是民族自身在大变革时期完全衰退而步入怠惰与无知，远古文明的记载部分遭到破坏，部分遗失掉了。人们对当时的公共事务的不敬和蔑视（因而不值得去记录）态度或许也是一个原因。的确，我们经常看到有识之士不愿就其所处的时代而著述，他们以一种情有可原的厌恶与不屑发现当代的人物及其行为是多么不值一提，多么胡作非为，多么腐败堕落，又经常是多么令人不齿，多么史无前例。这些人物靠着侥幸和运气或者被胡乱地推选出来，作为国家的唯一决断和耻辱，对共和国行使管理大权。但是，我们的哲人（德鲁伊祭司们）制定出来的律法或持有的信念都禁止不列颠人去书写其值得纪念的行为。恺撒声称：他真的提出过一种原则，即诉诸文字是非法行为，而在其他事务（公事与私事，其中有一切很好的历史记录）中，都是用了希腊语。我并不明白为什么要这样做。教导过高卢人的不列颠德鲁伊祭司们对已知的（其弟子所使用的）任何语言都一无所知，他们频繁地书写其他事情并对崇高的东西十分好奇，但由于缺少记载而对时代、历史知之甚少，如同三岁小孩。这显然是不可能的。无论是出于什么原因，我们还是发现，不列颠事务，从最初人类来到岛上定居直至儒略·恺撒率军入侵，传统、历史或古代荣誉都没有给我们留下任何十分确凿的线索。我们对远古时代的猜想因此大都被明智的考古学家当作是现代神话而弃之一边。

然而，还有一些人（其著述并非无人问津，他们对古代的事情也并非不了解）承认，对人们认可的历史（前一部分人一口认定是子虚乌有的东西）而言，当看到先前被视作是瞎编乱造的叙述里往往保留着一些真实的东西，比如，我们压根儿就不相信在诗人笔下看到的洪水、巨人，但后来确凿的证据告诉我们

---

① SUMNER C. R. The Prose Works of John Milton: Vol. Ⅴ [M]. London: George Bell & Sons. 1908: 164 – 303.

并非一切都是虚构出来的。本人因此决定再次讲述这些人们口耳相传的传说。这样做不为别的，只是要支持我们的英格兰诗人和作家，他们借助其文笔会知道如何有效地利用这些传说。

本人也可能会提出例证，像希腊人狄奥多罗斯、拉丁人李维和我们的同胞波利罗尔与维伦尼乌斯那样，但我并不想以争论和引用的方式来迟滞或者中断历史的顺畅进程，更不愿意为谁是最初的居民之类的问题而去争论不休——每一种意见都在坚持某一种可能与某一种权威。我愿意竭尽全力，用迄今为止罕见的努力和平实轻松的简洁风格对那些值得记述的事情进行井然有序而富有成效的叙述，目的是最大限度地教导读者，使之受益。我祈求神助，希望我的努力会增加神的荣光和不列颠民族的福祉。

其借古讽今的意味还是比较明显的。

接着开始了英格兰民族起始的叙述，概要如下：

第一卷

在大洪水之前，地球就已有人居住，而且蔓延至适宜于人类居住的各个角落。这一点，我们可以从创世之时上帝的功劳中推而知之。可见，即使在那数百年间的旧世界里，本岛也早就有了自己的定居者、自己的事务和传说。其理由，我们也可以推而知之。大洪水与民族流散之后，人们从东方悠然而至，（挪亚之子）雅弗的长子勾墨及其后代（权威、论争和许多相关人士都持有这样的观点）是最早定居于这些西方、北部地域的居民。不过，我们自己的作家认为，这些居民没有做出什么成就，只是大胆地告诉我们是什么人在什么时候初次踏上该岛。从虚构臆想的著述中认定一个叫萨摩瑟斯或迪斯（雅弗之四子或六子）的人大约在大洪水之后的二百年建立了殖民地——先是在大陆上的凯尔提卡或高卢，然后是这个海岛，因而得名"萨摩瑟西"（Samothea）——并统治着此地。在他之后先后有四个王：麦古斯、萨隆、德鲁伊思和巴尔杜斯。不过，传说中的帕罗包斯（只有他们才会加以引用）并没有在任何地方提及他本人或其追随者渡海来到不列颠抑或是派人来到不列颠。结果，不着边际的杜撰就可以轻易地让我们在此不留下什么余地来讲述什么不列颠神话传说了。

接下来（也许并非史实，但似乎有些关联）是这些由巴尔杜斯统治的萨摩瑟西人被海神之子、巨人阿尔比恩（Albion）征服。阿尔比恩以自己的名字来命名海岛并统治四十四年。后来，阿尔比恩为援助其兄弟莱斯特里贡而将海岛转让给了高卢，大力神赫拉克勒斯为对付莱斯特里贡从西班牙匆匆进入意大利。阿尔比恩在意大利的战斗中与其另一兄弟柏吉昂一同阵亡。

我们确信，早在远古时期不列颠就被希腊人和罗马人叫作阿尔比恩。地理学家米勒曾提到一度成为战场的英格兰地区之石砾海岸。其他叙述，如他对该岛的命名甚至登陆，则纯属后人的臆断。……岛上的居民，或者被描述成魔鬼，或者被描述成阿尔比恩留下来的一群暴徒，他们生下来第二代巨人，对本岛实行暴政，直至布鲁图斯（Brutus）来到此地。

……

　　迄今为止，我们给出了很快就超越事情本身的可靠叙述。但当我们说到从布鲁图斯与其后的历代国王，一直到儒略·恺撒率军进入本岛的这一段历史时，我们就不能够做这样的简单处理了。远古以来的代代相传、律法与战利品并非借自外部或者完全自创，人们普遍相信它们都给我们留下了深刻的印象——支持这种看法的人很多，完全否认的则很少。布鲁图斯和整个特洛伊神话又能怎样呢？据说我们源自一位高贵的祖先——最初的著述者满足于保民官布鲁图斯，但后来有了更好的著述，虽然不愿放弃布鲁图斯的名字，但让这个名字进入了一个虚构的时代，给特洛伊添加上光亮和情感，使不列颠成为一个起源于罗马人的国度。然而，那些古老的历代列王从来就不是什么真实人物，没有做过人们长久以来所纪念的那些事迹，因而不能被看作是严格意义上的史实。

　　……

　　上述因由，很多人都予以认可，所以我决定不将它们略去不谈。对于我必须跟随的著作者，尽管其叙述有确凿也有存疑之处，只要不是荒诞不经且已为前辈作家证实的，我都作为叙事的合适内容而保留下来。最主要的作家就是蒙茅斯的杰弗里（Geoffrey of Monmouth）。杰弗里为何许人？其权威源自何处？其同代或前代还有谁论述过同样的事情？这需要一篇专论才可以说清楚。不过，所有的著述者都承认这一事实：布鲁图斯是西尔维乌斯之子，西尔维乌斯是阿斯坎尼乌斯之子，而阿斯坎尼乌斯的父亲是特洛伊王子埃涅阿斯（Eneas）。埃涅阿斯在特洛伊城毁灭之时带着儿子阿斯坎尼乌斯与一帮幸存者经过长时间的海上漂泊来到意大利。在意大利，他们得到了拉丁姆地区的拉丁努斯国王的帮助，埃涅阿斯娶其女儿拉维妮娅为妻，继承了王位并在死后将王位传给了阿斯坎尼乌斯。阿斯坎尼乌斯的儿子（罗马人的史书否认西尔维乌斯为阿斯坎尼乌斯之子）偷偷娶了拉维妮娅的侄女。

　　西尔维乌斯（Silvius）之妻有了身孕，消息传到阿斯坎尼乌斯耳中，国王命令"术士搞清那女人所怀胎儿的性别"，得到的答案是"胎儿将导致其父母双亡，因而会遭遇流放，但最终会在一个遥远的国度获得至高的荣誉。"预言真是不假。孩子（叫布鲁图斯）的母亲死于难产，父亲则在一次逐猎中被15岁的儿子误伤（中箭）身亡。

结果，布鲁图斯遭族人放逐来到希腊。在希腊，他遇见（特洛伊最后一位国王）普里阿摩斯之子海伦努斯国王那支人马，成为当时的国王潘德拉苏斯的奴隶而定居下来。皮洛斯（阿喀琉斯之子，攻陷特洛伊城后杀死国王普里阿摩斯并纳王子赫克托尔之遗孀安德洛玛克为妻）为报父仇将海伦努斯带到那里并将许多其他特洛伊人沦为奴隶。布鲁图斯后来在同族人中赢得越来越高的品行和膂力上的声誉，国王和武将也不得不对他另眼相看，年轻人更是对他爱戴有加。特洛伊人由此萌生希望并偷偷说服布鲁图斯由他领头为其争取自由。他们向他效忠，声称可以得到青年贵族阿萨拉库斯（其母为特洛伊人）的支持。阿萨拉库斯与其兄弟一道已经将继承下来的祖业城堡处理掉。布鲁图斯权衡再三之后无不乐意地点头同意了。

首先，他与阿萨拉库斯联手对城堡进行了加固，然后带上所有的支持者来到了山林，因为这是对国王进行劝诫的安全之所。他以全体支持者的名义给潘德拉苏斯送去下面的信息："特洛伊人认为其祖先在异域他乡做牛做马是一种耻辱，因而退居山林，抛弃受奴役的状态而选择了野蛮人的生活。假如这样做令他不快，那就请求他准许他们离开此地到他乡谋生。"潘德拉苏斯怎么也没有想到俘虏的子孙会送来如此放肆的信息，所以召集军队来到他们聚集的山林。布鲁图斯探知国王的军队临近一个叫拉蒂努姆的镇子（到底是哪个镇子，我们不得而知，但绝对是个希腊名字），便彻夜未眠地排兵布阵，对国王发动了突袭，杀死了大量的希腊人，并将其赶到我们的作家称之为阿卡隆（也许应该译为"阿奇勒斯"或"阿奇龙"）的河流边上。在河津之处，国王再次发起进攻，但没有取得成功。布鲁图斯把有生力量留在斯巴达努斯而与（战斗中俘获的）国王兄弟安提格努斯及其好友阿拉克里图斯回到深山老林中留守同党那里。潘德拉苏斯则迅速重整旗鼓对镇子发动了袭击。布鲁图斯对自己的力量没有信心，为了使其追随者免遭围歼，把阿拉克里图斯叫来，威胁要将他和他的好友一起处死。阿拉克里图斯请求允许其在当晚的第二个时辰去希腊联军那里，告诉卫兵他已将安提格努斯偷偷从监牢中带到一个密林山谷，但由于身带镣铐无法继续前行，所以要求他们迅速前往解救。

……

这一决定让各个方面都皆大欢喜。国王被带了进来，坐上王位，并被简要告知：接受这些条件即得到自由，不接受条件就只有等死。

国王怕死，便立即接受了开出的条件，还特别地送上自己承认是高贵而勇敢的女儿。他提出，假如他们愿意留下来，就可以得到三分之一的国土；假如不愿留下来，他将作为人质直至他的诺言全部兑现。

婚礼因此隆重地举行了，全国各地的船只也被征召起来。特洛伊人建成一只不少于324艘舰船的舰队，驶入苍茫辽阔的大海，经过两天一夜顺风顺水地来到一个叫作列奥吉西亚的荒岛。派出去侦察地形的人最终来到一个城市的废墟，发现了一座寺庙和戴安娜神像，自始至终看到的都是野兽。侦察兵带着神谕回到舰队，指望他们的首领能从神谕中获知今后的航线。

……

布鲁图斯现在觉得自己的权力已经大打折扣，停留的地方也不是神谕给出的目的地，便离开了安奎坦，一帆风顺地渡海来到德文郡的托特尼斯，并很快发现此处才是自己千辛万苦寻找的归宿。

……

之后，布鲁图斯选取一个地方，修建了新特洛伊城（Troja Nova），不久后改名为特里诺万图姆，即现今的伦敦。然后开始立法。当时，朱迪雅地区的最高祭司是赫里，赫里统治海岛二十四年，死后即葬于新特洛伊城。赫里有三子：洛克林、阿尔巴奈克特和坎伯。他们将国土一分为三，洛克林统治里格利亚中部地区，坎伯占有坎布里亚或威尔士，阿尔巴奈克特占有阿尔班尼亚，即现在的苏格兰。

……

迄今为止，我的主要依据是蒙茅斯的杰弗里及其追随者，不过我还是出于特别的原因认为应该把自己的发现交待出来。因此，我既不完全地相信别人，也没有仓促草率地贡献自己的观点。我也没有和他人一样计算或拼贴历史年代或编年纪事，一面让自己对时间与事件（其实质实在叫人怀疑）的探知徒劳无效。此前，我就像一个夜行人穿行在平坦而慵懒的梦境之中，而到了此时，我们的历史终于开始疆界分明起来。光亮与真实让我们见到了清晰可见的曙光，我们的眼前出现了朦胧却真实的色彩与形状。因为恺撒——我们现在开始遵循他的权威记述——并不希望有人指责他在评述（对，他与庞培发生的内战）中有什么失误，我们或许可以认为他在不列颠事务中对其缺少叙述技巧有更多的指责——他并不愿轻易让人对此提出质疑。不过，现在有了那么多的好作家，我们不可能从哪一个方面都得不到关于远古往事的充足了解。但是，这得在另外一卷书中讲述了。

从第二卷开始，英格兰的历史有了确切的文字记载，五卷的概要如下：

第二卷

现在，我要记述我们的救世主诞生前53年发生在不列颠的事情，即罗马人来到不列颠和来到以后发生的事情，直至罗马帝国的衰败与消亡。这段历史的真实性很高，是在开始的一百多年里好不容易收集而来的。

……

恺撒准备入侵……恺撒进攻不列颠人……恺撒击溃不列颠人……恺撒的船队遭遇暴风雨而被毁坏……恺撒被击退……不列颠人的性格……卡里固勒威胁要入侵不列颠……克劳狄斯入侵不列颠……奥斯托利乌斯被艾斯尼亚人击退……奥斯托利乌斯被俘并被带往罗马……珀利努斯进军安格莱西岛……不列颠人的残暴行为……（鲍勃西亚女王率领的）不列颠人遭受毁灭性的失败……阿格里克勒结束战争……卡勒多尼亚人的英勇袭击……罗马人的胜利……哈德良皇帝来到不列颠……埃尔皮乌斯·马西洛斯结束战争……塞维鲁斯修建横亘全岛的长城……卡里努斯为戴克里先所制服……戴克里先迫害基督徒……儒略从不列颠获取谷物……提奥多西乌斯杀死马克西姆……基隆提乌斯回撒西班牙……。就这样，伟大的罗马帝国寿终正寝了——先是在不列颠，随后在意大利本土。罗马帝国有效地控制了不列颠但并没有将其彻底征服使之全部臣服。如果我们从儒略来到不列颠算起直到（西哥特人的领袖）阿拉里克攻占罗马城（这一年，奥罗利乌斯写下那些从不列颠撤军的信件），那么这段历史就一共延续了 462 年。随着帝国的灰飞烟灭，西方世界中一切罗马性质的东西都衰败下来了：学术、勇气、雄辩、历史、礼仪以及语言本身，所有的一切与同等的和平也都逐渐消亡了。此后，我们将让另外一类作者（即僧侣）来为我们导航。我们不得不跟随这样的向导，因为没有比他们更好的向导了。从整体上看，他们的记述可能很真实，在有些情形下他们每一位都给出了自己的判断，坚守或传播着自己的信念，但是他们的记述与先前的记述大不相同，所以要使用完全不同的叙述方式。

第三卷

第三卷要讲述一些多样化但很典型的事件，这些事件由政治干预和形势变迁所致，或许值得特别的关注并对明智的读者有相应的回报。考虑到新近发生的国内动乱，这样的记述就更加具有特别的意义。动乱将我们抛入一种状态，而这种状态与帝国统治离去后我们不得不自治时的不列颠情状不无相似。

……

宗教与世俗自由的腐败状态……不列颠人向奥罗利乌斯求助……令人沮丧的不列颠……不列颠人遏制敌人的进攻……沃提格恩的统治……朱特人与盎格鲁人的到来……撒克逊人与皮克特人和苏格兰人结盟……沃提格恩再次掌权……亨吉斯特之死……科尔迪克创建西撒克逊王国……百东山战役的影响……艾达创建伯尼西亚王国……教会的彻底衰落……不列颠国王们不光彩的性

格……不列颠人将寇林驱逐出国。……就这样，我们略去神话传说，利用理智，依据事实，对罗马人离去之后的不列颠史实做了叙述。其中，我们听到神力在一个任性的民族中引发的许多悲伤和失望，他们被外来者和异教徒从一个美好的国度里赶进深山老林和不毛之地。基督教信念和宗教遭到非基督教行为的玷污，这在上天的眼里比忤逆不忠更加难以容忍。不过，他们最终还是弃绝了异教信仰，而这将在下面得到叙述。

第四卷

撒克逊人现在兴盛起来，形成七个绝对王国。最晚建成的一个看到其权势接近统治不列颠人所达到的最大限度，丝毫不用担心会被他国取而代之，便开始抽出时间来对彼此的伟大成就进行审视。这种审视很快在其他王国中引发钦美或妒忌，结果，西部的那个王国最终强大起来，把其他六国灭掉……

艾瑟尔伯特国王接受修道士奥斯汀……艾瑟尔伯特对基督教会的宽容……艾瑟尔福莱德屠杀僧侣……宗教纷争发生……企图谋杀爱德温……爱德温皈依基督教……奥斯沃德延请基督徒师傅……西撒克逊人肯沃克成为基督徒……谋杀西格比尔一世……苏格兰宗教大会与英格兰的主教……南部的撒克逊人皈依基督教……撒克逊人的英武气概衰败……艾瑟尔里德成为僧侣……获取历史真实的困难……西格伯特为猪倌所杀……艾瑟尔里德遭放逐……奥德设计杀死艾瑟尔布莱德……英格兰七国统一……埃克伯特击退康沃尔德不列颠人……诺桑布里亚王国的中落……已经征服了整个南部地区的埃克伯特于827年在此处发现了他们，因为他率领的一支军队来到这里以完成其征服全岛的大业。难怪他们在没有任何抵抗的情况下便投降臣服了，国王印得里德也就成了战利品。埃克伯特继续进军，于次年彻底地征服了北威尔士的其他地区。

第五卷

本岛的一切或其中的精华现在都已处于一个人的权势之下，能者之一的他成了有史以来成就最大的一位，超越他的人只能在神话传说中找到。稍有理性的人都会从这种统一中期待和平与富足，伟大与繁荣，但没过多久便发现事实恰恰相反。他们看到的只是强大的外敌入侵与破坏、满目荒芜、大肆屠杀和奴役。通常叫作是丹麦人，有时又叫作达西亚人，其实等同于诺曼人，开始和撒克逊人一样野蛮残忍，后来更是有过之而无不及。撒克逊人原本是受邀前来定居的，这些人则是不请自来。他们与本地人无冤无仇，来到这里的目的就是搞破坏……

丹麦人的颠覆……艾瑟尔伍甫完胜丹麦人……艾瑟尔伍甫之死……丹麦人灭掉诺桑布里亚人……艾斯塞斯顿之战……丹麦舰队的覆灭……丹麦人进入北

威尔士……阿尔弗雷德的性格……与丹麦人媾和……丹麦人袭击托切斯特……阿尔弗雷德之死与阿尔弗雷德的女儿……艾瑟斯坦掠夺苏格兰……安莱福与艾瑟斯坦之间的大战……艾瑟斯坦为爱德温复仇……爱德咸在金斯顿加冕……埃德加接受臣服君王的朝拜……埃德加杀死艾瑟尔沃德……所有的撒克逊荣耀都随他而去。此后，听到的只是他们在双重的征服下迅速衰亡。为了不遮蔽或玷污他们原先的英勇行为与坚定捍卫的自由，先前的事业将在别处加以记述，完全可以另外写成一册书。

第六卷

爱德华……艾瑟尔里德……当斯顿之死……丹麦人的成功……丹麦人的复仇……丹麦人的抢掠……残忍处死埃尔法日……丹麦王斯威恩之死……罗马人的破坏……艾石当恩战役……坎努特设计杀死爱德咸……坎努特向圣彼得呈送大礼……坎努特怒斥宫中寄生虫……哈罗德的残暴与诡计……哈德坎努特之死……爱德华与戈德温伯爵之女成婚……英格兰人模仿法兰西人的行为……爱德华国王休掉妻子艾迪丝……国王与戈德温伯爵和解……格里芬与阿尔加、哈罗德媾和……托迪斯遭放逐……爱德华国王的性格……托迪斯被逐出国境……威廉公爵在哈斯廷斯修建城堡……哈罗德在哈斯廷斯战役中被杀……这样，英格兰人虽然在选择本土国王的问题上意见不一致，却也不乐意接受一位异族征服者的统治。带着什么样的心态，采用什么样的生活方式来使自己适应这种臣服，则是马克姆斯伯里的威廉（William of Malmsbury）要极力去表明的事情。在诺曼人到来的几年前，教会在忏悔者爱德华的时代就已经将所有的好文献、好宗教丧失得一干二净，几乎无法阅读和理解使用拉丁语进行的侍奉活动，懂得拉丁语法的人简直成了奇迹。僧侣们衣着锦绣、胡吃海喝，这本身并无大错，但从良心上讲还是与宗教不符的事情。大人物沉溺于吃吃喝喝和糜烂生活，成为普通百姓的敌人。百姓服侍着他们的女儿，内心却在咒骂她们并将她们卖到妓院。低贱者白天黑夜都醉醺醺地四处游走，与其他恶行一道销蚀着人们的精神。此后，那些曾满腔怒火、浑身鲁莽而不是真正坚韧或具有作战本领的人让征服者威廉轻而易举地完成了征服。强于此类人的只是少数，大多数人都是这样。上帝长久的受难让坏人与好人一样享受好日子，上帝的严厉也常常不让好人免除与坏人同过坏日子的机会。

如果说这就是我们那些祖先遭受悲惨与奴役生活的原因，那么我们除了在合适的时候回想起繁荣安定的时代，担忧遭受类似恶行而得不到任何补偿，没有任何消除类似灾难的革命，还可能有什么更好的结局呢？

仅从概要当中，我们也可看出弥尔顿这部史书的几个特点：其一，叙述简单而明晰,在叙述中偶尔夹杂一些略显冗长的专论;其二,叙述和专论里时时透露出作者一贯的政治思想,即蔑视和谴责暴政,呼吁人们捍卫自己的利益。也就是说,弥尔顿是在借古喻今,将他那个时代的丑陋暴露出来,唤起人们对自由、和平的向往。请看下面几个例子:

"现当代的人物及其行为是多么不值一提,多么胡作非为,多么腐败堕落,又经常是多么令人不齿,多么地史无前例。这些人物靠着侥幸和运气或者被胡乱地推选出来,作为国家的唯一决断和耻辱,对共和国行使管理大权。"

"考虑到新近发生的国内动乱,这样的记述就更加具有特别的意义。动乱将我们抛入一种状态,而这种状态与帝国统治离去后我们不得不自治时的不列颠情状不无相似。"

"本岛的一切或其中的精华现在都已处于一个人的权势之下,能者之一的他成了有史以来成就最大的一位,超越他的人只能在神话传说中找到。稍有理性的人都会从这种统一中期待和平与富足、伟大与繁荣,但没过多久便发现事实恰恰相反。他们看到的只是强大的外敌入侵与破坏、满目荒芜、大肆屠杀和奴役。"

"教会在忏悔者爱德华的时代就已经将所有的好文献、好宗教丧失得一干二净,几乎无法阅读和理解使用拉丁语进行的侍奉活动,懂得拉丁语法的人简直成了奇迹。僧侣们衣着锦绣、胡吃海喝,这本身并无大错,但从良心上讲还是与宗教不符的事情。大人物沉溺于吃吃喝喝和糜烂生活,成为普通百姓的敌人。百姓服侍着他们的女儿,内心却在咒骂她们并将她们卖到妓院。低贱者白天黑夜都醉醺醺地四处游走,与其他恶行一道销蚀着人们的精神。"

这部史书还有一个值得纪念的东西:一幅作者本人已经无法看见的雕刻画像,即由费瑟昂(Faithorne)用蜡笔画下的作者素描像。《弥尔顿传》的作者梅森教授对此评述道:

"没有人希望看到比这更生动、更真实的晚年弥尔顿的画像了。那面部只能属于弥尔顿而非他人。在宽阔的前额和隆起的太阳穴下面是一对大大的圆眼窝,眼窝里面有一双清白却已瞎掉的眼球……漂亮的椭圆形面庞中有一种严峻的沉着,丰富的嘴唇稍稍撅起。整个表情都饱含英国人那种无畏无惧,夹杂着一丝无法言传的悲伤。"①

---

① GARNETT R. Life of John Milton [M]. Middlesex: Echo Library, 2006: 93 – 94.

第二节　《莫斯科维亚简史》①

一、基本情况

《莫斯科维亚简史》(*Brief History of Moscovia*) 从《一些目击者的著述》中集注而成 (1682 年)，是弥尔顿晚年或死后出版的几部散文作品之一。与他在动荡不安的 40 年代和 50 年代写出的主要散文作品相比，《莫斯科维亚简史》只是在为读者提供信息而非进行论辩，即对那个时代人们感觉既神秘又诱人的国度之地理、风俗和近代史做了一个概要的介绍，又对那些试图建立起英国与俄罗斯之间联系的第一批英国远征冒险活动进行了生动的叙述。弥尔顿的叙述理清了当代英国人在前往莫斯科维亚冒险途中所经历的艰难险阻和所感受到的异域文化。

我们不清楚弥尔顿在什么时候写下这部简史，但大概可以断定在出版之前很久就已经完成了。初版印刷商布拉巴松·埃尔默 (Brabazon Aylmer) 声称"本书是作者在双目失明 (1652 年) 之前亲手写就"，但专家提出了好几个创作时间，最早是在 1625—1626 年，最晚则在 1649—1650 年。作者自己在"序"(可能作于 1670 年) 中回忆说是在"别的事情让我分心"之前的一段"空闲时间"里完成的。书中引用了包罗斯·约维乌斯 (Paulus Jovius) 关于莫斯科维亚的著述，没有提及 1646 年英俄贸易关系发生的变化，弥尔顿在其早期教育中接受过历史教学，阅读过帕查斯 (Purchas) 和约维乌斯 (Jovius) 的著述，再加上手稿中的词语拼写方式，这些证据都支持该作品完成于 1640 年代初的推断。但共和政府做出外交努力来重建与俄罗斯的联系又支持该作品完成于 1649—1650 年间的推断。

正如弥尔顿的副标题、页内注解和文后材料来源所表明的那样，《莫斯科维亚简史》并非原创性作品，只是将先前发表过的叙述汇集起来，描绘出一幅没有被那些冒险家的特别经历和个人偏见歪曲了的真实图景，不过这幅图景时时受到自己视角和关注点的影响，例如那些描述皇家权力、俄罗斯女人的屈从、相对不受宗教迫害的文段时而流露出作者的主观臆断。现代批评家也注意到作

---

① SUMNER C. R. The Prose Works of John Milton：Vol. Ⅴ [M]．London：George Bell & Sons. 1908：394 - 431.

者自己对所用材料的想象可能带来的影响，如那些对武断暴君、危险四伏的航海与广袤严酷的地表景色的描写，并将此类描写与伟大史诗《失乐园》里的类似描写联系起来。

在《莫斯科维亚简史》付梓之前的 40 年里，英国政治和俄英关系都发生了很大变化。弥尔顿的叙述追溯到英国人与莫斯科维亚进行初次接触的英勇岁月，理查德·钱斯乐与休·威洛比爵士等先驱者的航海冒险，使得莫斯科维亚公司在 1555 年获得特许而成立，该公司对英俄两国间的贸易进行垄断性经营，直至 1698 年。弥尔顿对俄罗斯的叙述只到 1612 年，而在 1646 年，英国商人在莫斯科维亚遭驱逐，1649 年，沙皇对英国人处死国王查理一世进行谴责，英俄贸易关系一度中断，直到 1660 年王政复辟之后才得以恢复。在中断的几十年里，荷兰人主宰了对莫斯科维亚的贸易，但在 1660 年后英国人取代了荷兰人的位置。共和时期贸易的中断与作者在共和国覆灭后依然认可和怀念共和国，或许也是《莫斯科维亚简史》出版被长期搁置的因素。英国对俄贸易的增长也使他对书稿进行了修订并添加上了一个"序"。

二、文本分析

简史的原初标题页是：

莫斯科维亚简史

以及其他陌生的东方国度

远至华夏的俄罗斯地区

取材于数位目击者的著述

（初版，1682 年）

简史开头有一个"序"：①

地理学研究有利可图又乐在其中，然而在地理学著作者之中，有的虽然在确定经纬度上十分准确但在其他方面，如行为、宗教、政治等，大多都分量不足。其叙述要么是过于简略，内容贫乏而不能令人满意，要么是长篇累牍、东拼西凑而让读者厌倦。很多著述都只是在长篇大论地讲述荒诞不经的迷信、仪式、奇特习俗及其他不相关的鸡毛蒜皮之事。结果，混杂在词语丛林中的有益之物与值得人们注意的东西，要么一带而过，要么立时被人遗忘。可能有一些东西进入了一些更博学、更睿智的人心里，他们虽然没有闲暇与目的来写出一

---

① SUMNER C. R. The Prose Works of John Milton：Vol. Ⅴ［M］. London：George Bell & Sons, 1908：303 – 431.

部完整的地理学著作，但还是想将那对一两个国度描述的东西鉴定一下，使之成为一种模式或榜样让以后意欲做出整个著述的人引以为戒。或许这就使得罗斯·约维乌斯只对莫斯科维亚和不列颠进行描述。多年以后，这种思想又让我在一段闲暇时间里来做类似的尝试。我从莫斯科维亚开始，因为那是开化的欧洲极北之地，也是英格兰航海家首次发现的更北边的地方。在写作中，我发现自己比约维乌斯更具优势。我将散见于各处、人们在不同时间所观察到的东西轻松地搜集在一起，以便为读者免去广泛涉猎不同著作家的苦工。就是这些人不无趣味地以吸引我跟随他们从俄罗斯的东部边界来到华夏（中国）的长城——俄罗斯人在新近的几次旅行中到了那里，用远不同于我们普通地理学家的路径对这些国度进行了描述。但在我准备更进一步时，别的事情把我拽走了。有人听说了我的这篇文章，以为将其发表出来没有什么不对，因为那么多的奇闻逸事，以前都是七零八落的，现在确实集在一起供人一览，真是不该被埋没，将其聚集在一起的苦劳也不该遭忽视。

正文五章的题目分别是：

第一章　简介

第二章　萨莫迪亚、西伯利亚与东北方的国度（它们都臣属于莫斯科维亚人）

第三章　廷格西亚与其东面的国度，远至华夏（中国）

第四章　莫斯科维亚公爵和皇帝的加冕——摘自波兰人的编年史（有增补）

第五章　经东北首次发现俄罗斯，1553 年；英国使团，宫廷娱乐，直至1604 年

除了一定的史料价值和猎奇意义，这部简史里还有一些颇具文学价值的描写段落。例如，第一章的"简介"：

莫斯科维亚帝国或者俄罗斯，北面拉普兰和海洋，南接克里米亚鞑靼，西连立陶宛、利沃尼亚（即今拉脱维亚和亚美尼亚）和波兰，东临奥伯（或奥比）河与伏尔加河上的那加延鞑靼及阿斯特拉罕。

其北部地区十分贫瘠，居民要从千里以外获得粮食。冬季十分寒冷，木柴的前头在火里烧着，后头流出的树脂却已冻结。在英格兰人到那里的第一次航行中，留在船上的水手仅从舱内爬到舱口就发现呼出的气立刻凝结，因而窒息而倒下。他们第一次泊船的地方是位于北纬64°的圣尼古拉湾。海湾得名于一座木结构的修道院，里面有二十位僧人，都没有什么文化，对酒的嗜好却很强烈，但教堂本身很漂亮，满是圣像和细蜡烛。除了教堂就只有六幢房屋，其中的一幢为英格兰人修造。与修道院相对的是位于海湾中的玫瑰岛，小岛周长七八哩，

遍地都是粉色、红色的玫瑰、紫罗兰和迷迭香。五月中旬，地面不到半个月便干爽起来，杂草不到一个月便疯长过膝。九月过后，风霜再至，积雪高达一码（即三呎）。英格兰人造的房靠近一眼清泉。修道院的东北方即杜伊娜河的另一边是天使长城堡，英格兰人在那里面也有一处房。杜伊娜河发源于七百哩外，先将皮尼加河接纳，然后在这里流入大海，水量大，水流急但很浅。河水在丘陵间惬意流动，四周是茫茫旷野，处处是冷杉和其他乔木。木船上面没有任何铁质物件，航行要么靠风帆要么须纤夫牵引。

天使长城堡的东北方有个市镇叫兰帕斯，每年举办两次盛大集市，俄罗斯人、萨摩伊德人都来此做贸易。朝陆地方向有米岑、斯洛博卡两个交通重镇，位于皮绰拉或皮佐拉河与杜伊娜河之间；朝大海方向有坎迪诺海角和科尔戈夫岛，距北纬69°的皮绰里沙洲约三十里格（或九十哩）。

……

从该镇到罗斯托夫，再到美丽湖畔的大镇皮里斯拉夫，最后就到了莫斯科。

雅拉斯拉夫与莫斯科之间的二百哩，土地肥沃，人口稠密，村庄随处可见。正午之前，常常见到七八百架雪橇满载咸鱼而来，装满谷物而去。

莫斯科主城位于北纬55°，距圣尼古拉湾一千五百哩，据说要比加上郊区的伦敦城还要大，但城里的建筑相当粗糙，房屋、教堂大多为木制建筑，石材很是少见，街道也并没有什么铺设。在一座小山上有一座漂亮的四方形城堡，周长约二哩，围有又高又厚（有人说厚达18呎）的砖墙，又有十六个城门和许多的堡垒。主要的市场都在城堡里，但冬季设在结了冰的河面上。西南边有莫斯库阿河将城堡围绕，城里有九座带有镀金圆塔的教堂和皇帝的宫殿。皇宫里外在气势上都无法与英格兰的王公相比，看上去更像是我们这里的老式房舍，窗户很小，有些是玻璃的，有些是木格或铁条的。

要从莫斯科去里海，得乘船沿莫科库阿河顺流而下到奥卡河，然后经过一些城堡来到里赞，一座已成废墟的古城。第十天来到尼斯诺沃哥罗德。奥卡河在这里汇入伏尔加河——鞑靼人称为艾达河。从那里出发，第十一天来到喀山，一座现为俄罗斯人占领、拥有巨大财富的鞑靼城市。从喀山来到卡玛河（从帕米亚省便汇入伏尔加河），河的左岸树林里（而不是房屋）居住着外邦人，从那里可到阿斯特拉罕和纳戈依。河的右岸属于克里米亚。从莫斯科到阿斯特拉罕，大约六百里格。……从圣尼古拉或者莫斯科到里海，要走四十六个昼夜，大部分是水路。

从圣尼古拉往西，走上一千二百哩就来到北纬58°的诺夫哥罗德城。这是这块土地上最大的集镇，其规模不亚于莫斯科……

皇帝拥有绝对的权力，任何人死后若未留下男性继承人，其土地就被皇帝收回。任何富人，因为年事已高或其他残疾而不能履行所告知的公共服务，就会从其住宅被逐出，不得不与家人一道靠微薄的养老金过活。另外某个更值得拥有其住宅的人凭着公爵的权威便将其占有……

皇帝的收入凭他的心愿与其臣民的能力来定……

俄罗斯人能及时武装三十万人的军队，一半随皇帝走入战场，一半放置在边境要塞中……

他们作战毫无章法，也不愿主动开战，而是偷袭和打埋伏。他们具有惊人的忍耐力，食物又冷又硬，天寒地冻（地面积雪深达三呎），普通士兵在野外没有帐篷可住，而是大家挤在一起，只把头盖上，把斗篷挂在来风的地方，生起一小堆火，背对着风靠火边躺下，而且一来就是两个月。士兵的饮食是冰冷的溪水掺着燕麦片，马匹站在露天，啃着绿色树枝和树皮，却仍能够驱使。除了外邦人，皇帝是不给发薪俸的，但回报是终生可享用的土地。经常被差来参战的人认为自己最得皇恩，尽管他们是在无偿服役……

他们遵从希腊教会，迷信成分太多，敬拜仪式都是用俄罗斯语言。他们认为十诫与他们无关，因为上帝在律法下将其发布而基督通过十字架上的死又将其废除了。他们接受两种圣餐，遵从四次斋戒，每天到教堂做礼拜，从天亮前两个小时直至天黑。然而论淫邪、酗酒和勒索，没有谁比牧师更坏的了。

他们有许多巨大而富有的修道院，十分殷勤好客。特罗杰特修道院有七百名修士，四周围有坚固的砖墙，墙上配有许多的铜炮。方圆四十哩之内的土地、村镇大多属于这些僧侣，他们既是修士又是大商人。复活节期间，朋友相见，会相互握手，一个说"主已升天！"，一个答"的确如此！"，然后互相接吻，不分男女。皇帝在上帝、圣母和圣尼古拉之外最敬重的就是大主教，因为大主教是他的精神官长而自己只是世俗官长。不过，与鞑靼人领地接壤的莫斯科维亚人还未皈依。

两人相爱，男方会向女方送去一些小礼物，其中会有一条鞭子，即是告诉她：若是冒犯了丈夫，会有什么样的结局。他们中间有这么一条规矩：假如妻子一周不挨一次打，她就会以为自己失了宠或者更糟。不过，妻子都很听话，一般不会闹事，除非在某些时节。若是彻底憎恶了，丈夫便提出离婚——这一自由无疑是首先随着宗教从希腊传入而后又得到帝国法律的准许。

死者要穿着新鞋（好像是要出远门）下葬的，而且手里拿着写给圣尼古拉或圣彼得的信，上面写着"这是俄罗斯人，怀着真正信念而死"。他们相信，圣彼得看了之后就会允许他们进入天堂。

他们没有文化也不愿做文化人。他们最大的情谊在饮酒中，最为擅长的就是谈话、说谎、奉承和虚伪。他们喜欢粗肉、臭鱼，但饮料要好一些，很像另类的米斯酒，最好的则是由一种叫作玛丽娜的深红色甜莓（法国也产这种莓）果汁酿制而成，也有黑莓和其他莓类酿制的，还有一种是由春天从桦树根里榨取的树汁（六月以后即干涸）酿制而成。然而世上没有人比俄罗斯的穷人日子过得更糟的了：只要有稻草和水，他们就能活下来。因为他们冬天的面包是干稻草，夏日的面包则是青草和树根，而树皮一年四季都是其美味佳肴。即便这样，还有很多人饿死街头，没有人去救济或者关注他们。

当他们被派往国外或者外人到来时，他们会穿上节日盛装，但在其他场合就连公爵也是衣着简陋。

冬天，道路坚硬，遍地是雪，河流冰冻，他们赶着雪橇出行。单匹马拉的雪橇能在三天之内把人带到四百哩开外的地方去。夏天则道路泥泞，出门很是艰难。家境好的俄罗斯人冬日出门就坐雪橇，夏天出门一般骑马。雪橇上面铺上毯子或白熊皮，拉雪橇的马更是装饰一新，脖颈上装上很多狐狸尾巴或狼尾巴，背上骑着个引路的男孩，其他的仆人则骑马尾随。

俄罗斯海里产一种叫"莫尔斯"的海兽，这种海兽在礁石上觅食，而攀爬礁石全靠牙齿，所以他们对这种兽牙的重视可以和我们对象牙的重视相媲美。

第三节　本章小结

和现代立足于考古发现和史料研究的史书写作不同，弥尔顿的两部历史著作基本上都是文献汇编加上一些文学想象写成的。传说成分占很大比重的《不列颠史》虽然也具有一定的史料价值，但更为重要的是其中所隐含或者表露出来的一些作者的思想倾向，如反对暴君和暴政，歌颂争取自由的斗争；抨击教会的腐败，倡导因信称义的信仰。这与他一贯追求的政治、宗教理想是一致的。

《莫斯科维奇简史》是依据探险家的日志和口述而汇编成册的域外传奇描述。除了威洛比爵士的日志和钱斯乐谈话录，还有其他来源，例如克莱门·亚当斯谈话录、理查德·约翰逊（钱斯乐的仆从）笔记、首席书记官记录、亨·雷恩先生书信两封、金肯森的几次航海、兰多夫大使日志、杰罗姆·包斯日志、赫尔与威廉·帕斯格拉夫远航皮察拉、托马斯·史密斯出使记和哈克鲁特先生的文件等，虽然这些材料也具有一定的史料价值（英国人开辟通向我国的新航线之过程），但更多的是为了满足人们猎奇的心理，而其中的一些颇具文学意味的描写（如俄罗斯地理环境、皇帝加冕的描写）还是比较生动的。

　　两部历史著作也为文学创作提供了丰富的素材和思路，即作者自己所宣称的"支持我们的英格兰诗人和作家，他们借助其文笔会知道如何有效地利用这些传说"。事实上，弥尔顿曾经考虑过从不列颠的历史中取材创作一部伟大的史诗，虽然最终将其放弃而选择了基督教《圣经》。《莫斯科维奇简史》与半个世纪后出现的以海外冒险经历为题材的"历史"（小说）恐怕也有一定的关联吧。

第十二章

神学著作:《基督教教义》

　　《基督教教义》（De Doctrina Christiana, or A Treatise on Christian Doctrine）是一部于 1823 年发现、著作权归约翰·弥尔顿（已在 148 年前去世）的拉丁语手稿。查尔斯·R·萨姆纳（Charles R. Sumner, D. D. Lord Bishop of Winchester）与约翰·卡雷（John Carey）二人完成了专著的英译，萨姆纳的译本于 1825 年出版，题目是"仅只取材于《圣经》而编撰出来的基督教教义论文"，拉丁原文文本和引文并列出现。卡雷的译本出现在 1973 年，没有采用双语模式。最近的一个译本是约翰·黑尔与 J·唐纳德·卡灵顿根据手稿重新做出的转译，以页对页的拉、英对照版式印制。三个印本都把弥尔顿当作是专著的作者。

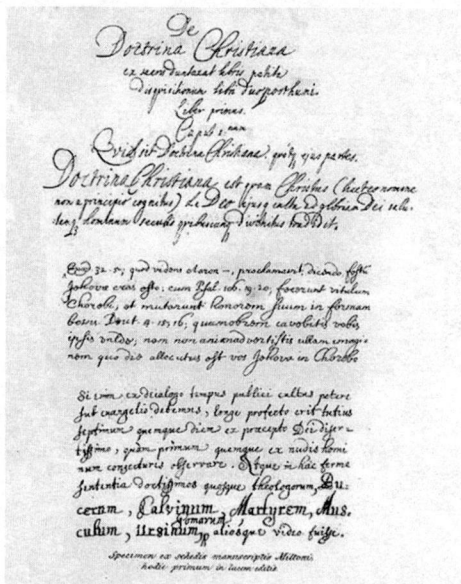

图十四　《基督教教义》手稿页

第一节　文本问题

大约在 1655 年，弥尔顿从外语秘书的职位上退了下来，然后到 1658 年 9 月 2 日（克伦威尔去世的前一天）弥尔顿的名字在国务院簿册上就没有出现过。或许就在这段时间里，他从公共事务中解脱了出来，开始做一些更合乎自己志趣的著述，结果就有了史诗《失乐园》《拉丁文词典》（对罗伯特·斯蒂芬词典的改进）和《神学精要》（Body of Divinity）。后者又被弥尔顿的好友奥博雷（Aubrey）称为"神学理念"（Idea Theologae），似乎是弥尔顿编纂的一篇神学论著，原本由好友斯金纳（Cyriack Skinnner）保管，斯金纳曾于弥尔顿去世的第二年（1675 年）试图在阿姆斯特丹将专著发表，但遭到拒绝。1677 年斯金纳迫于英国政府的压力而将手稿转交给政府。此后，手稿就被隐藏了下来。

1823 年年末，莱蒙先生（Mr. Lemon）在白厅的旧国务文件办公室做研究时，在一个壁式书柜中发现了一部拉丁文稿，署名为"前外语秘书、英国人约翰·弥尔顿的'基督教教义'"（JOANNIS MILTONI ANGLI DE DOCTRINA CHRISTIANNA, EX SACRRIS DUNTAXAT, DISQUISITIONUM LIBRI DUO POSTHUMI）。手稿和一整套由弥尔顿写给外国王国、国家的拉丁文公函放在一个写有"给商人斯金纳先生"字样的大信封里，信封外面包着两三张印刷纸。或许是因为不愿让处于上升势头的政敌知晓自己的宗教倾向，弥尔顿将手稿托付给好友以便在他死后出版，而斯金纳极可能参与了查理二世统治最后十年里的一些政治阴谋而遭抄家，文稿因此被没收，然后到了"国王陛下国务文件办公室"，而后在整理这些文件时被重新发现。

手稿总共 755 页，密密麻麻地写在十四开的信笺纸上。第一部分（截止到第一卷的第 15 章）用的是细小而漂亮的意大利手写体，明显是经过修改而准备付梓的稿件。没有任何行间书写，显然是女性笔迹，有可能是由作者的二女儿玛丽誊写下来的，所以有不少的谬误。手稿的其余部分出自完全不同人之手，笔迹遒劲有力，极可能出自作家的外甥爱德华·菲利普之手。行间多有增补和订正，还有不少带有字迹纸条贴在页眉或页脚上。订正出自两种不同的笔迹，但大部分还是与转写第一部分的笔迹一样。可信的推论是：这一部分由菲利普誊写，然后由玛丽和弥尔顿的小女儿德波拉在父亲的口授下进行了修改和订正。

我们有理由感到遗憾：弥尔顿的散文作品在粗俗、过激的文字中间时时闪现出一些补偿性的优美语句，但极少被读者注意到。初读这些作品，读者会报之以冷淡、厌恶或怨恨。作者对议会事业的极端热忱、在阐明自己世俗和宗教观点时表现出的尖酸刻薄无法让人（甚至他坦诚的对手）平心静气地来听他讲话。不过在他愉快的时候，在他更能够容忍政治热情而判断不再受宗派仇恨影响的时候，时代的旨趣还是可以从弥尔顿那些不是为临时目的而作的论文中安全地找到的。从某种意义上讲，它们与现在出版的作品有本质上的不同。这一类作品明显地表现出一种平静的思考、温和的语言。还有一些作品充溢着近乎诗意的修饰和说明而不是论说的风格。正是这一激烈的论说风格使他把辱骂性的形容词倾泻在自己对手的头上，同时也将语言的力量全部消耗在尖酸刻薄的咒骂之中。这正是他早期散文作品的突出特点，尤其体现在他驳斥莫鲁斯和萨尔马修斯的论辩文中。

《基督教教义》中显现出来的这种对比是非凡的。假如（很可能就是）这是在他事业走下坡路的时候写就，论文给出的倒是一幅怡人的图景，其心境已经被宗教原则软化，逐渐开始对别人所谓的错误宽容起来，因为他要为自己的错误接受判决的时候临近了。弥尔顿按计划行事（写作），并非不带有对学术体制和教会特权的偶然抨击、对同时代的政治并不顾及或者对不同于自己宗教观点有激烈的反对，他使用的语言，即便是在其论据最不让人信服的地方也几乎都是朴实而有节制的，所使用的比喻也是比较吝啬和睿智的。弥尔顿论述任何一个主题，时间一长就会显现出其诗人气质和辩论家风采，但本文并没有多少诗意和论辩的东西，因为论文的宗旨是讨论真理，把源自《圣经》的基督教神学体系以纯朴的方式传达出来，绝不是天马行空的想象的展现，也不是丰富渊博学识的炫耀。

第二节　分析解读

要确定弥尔顿的确切信仰并不容易，但他肯定是一位特别强调个体自由的坚强新教教徒，也可以说弥尔顿可能持有许多有争议的信仰，在灵魂与身体、婚姻与离婚、自由意志、三位一体等问题上，他似乎持有一些与正统基督教信仰针锋相对的异端观点。这些观点在他的这部神学专著里面都有一些表述。

一、突出特点

从"自序"和各章纲要中，我们可以看出《基督教教义》具有三个明显的特点：

其一，回归《圣经》本身。弥尔顿在"题头"就表明"只从《圣经》中编纂而成"（Compiled from the Holy Scriptures alone），又在"自序"中申明："我之所以全身心地研究基督教，是因为没有别的什么可以如此有效地将个人的生命和心灵从两个令人厌憎的诅咒——奴役和迷信——中解救出来，""我认为应该通过对《圣经》进行最为细致的研读和思考，来将自己宗教信仰的几个问题审视和确定。"而弥尔顿自己就是"先是从《旧约》和《新约》的原文阅读入手，再孜孜不倦地进入一些简短的神学家论著的学习……最后以与日俱增的自信转向一些更多的神学论著，对相互对立的学派所提出的关涉某些有争议的信仰点之论据进行考察"因为他发现"真理有时像谬误或者异端遭到顽强的反对，而谬误和异端被当作真理而受到珍视——不是出于《圣经》的权威而是出于对习俗惯例和团队精神的敬仰"。所以，每一个定义中的词语，他都要在《圣经》中找出依据来，也就是"只来自神圣的经文"，例如第一卷第十章中对婚姻和离婚的论述：

"婚姻在创世之时就已设立（甚至诫令），它存在于夫妻之间的互爱、社交、扶助和安慰（虽然为丈夫保留了一些优越的权利），这是显而易见的。《创世记》2：18"那人独居不好，我要为他造一个配偶帮助他。"《哥多林前书》11：7－9"男人……是神的形象和荣耀，但女人是男人的荣耀。起初，男人不是由女人而生，女人乃是由男人生出。并且男人不是为女人而造，女人乃是为男人而造的。"丈夫的权力在堕落之后又有所增加，《创世记》3：16"你必恋慕你的丈夫，你丈夫必管辖你。"因而在希伯来语中有一个词既指丈夫又指主子，《彼得前书》3：6中撒拉也就管亚伯拉罕叫"主子"。《提摩太前书》2：12－14"我不许女人讲道，也不许她辖管男人，只要沉静。因为先造的是亚当，后造的是夏娃，且不是亚当被引诱，乃是女人被引诱，陷在罪里。"

可见，婚姻乃是由上帝规定的男人女人间一种非常亲密的联系，婚姻的目的是生儿育女或者为生活提供轻松和安慰。《创世记》2：24于是说，"因此，人要离开父母与妻子结合，二人成为一体。"这不是律法也不是诫令，而是完善状态中男女之间存在的最亲密结合的一种效果或者自然结果。这些语句不是为了别的目的，只是在说明家庭的起源。

……

让婚姻繁荣、幸福，这是上帝的特殊职权。《箴言》19：14"贤惠的妻是耶和华所赐的。"18：22"得着贤妻的，是得着好处，也是蒙耶和华的恩惠。"

父母的同意是需要的。《出埃及记》22：17"若女子的父亲绝不肯将女子给他，"《申命记》7：3"不可与他们结亲，不可将你们的女儿嫁他们的儿子，也不可叫你们的儿子娶他们的女儿。"《耶利米书》29：6"为你们的儿子娶妻，使你们的女儿嫁人。"然而，婚姻双方的相互同意才是第一，也是最重要的先决条件，因为没有相互同意，也就没有爱和善意，自然就没有婚姻。

为了使婚姻有效，这种同意必须是不带任何欺诈性质，尤其是在贞洁问题上（《申命记》22：20/21/23）。年龄成熟显然也是必备条件。

婚姻形式存在于配偶双方互施仁慈、关爱、扶助和安慰，这在婚姻的设定和定义中已经表明。

婚姻的目的与形式几乎是一样，必然的结果是生儿育女，但自亚当堕落以来，防止放纵的补救规定在某种程度上就成了第二目的（《哥多林前书》7：2）。可见，婚姻不是约束所有人而只是约束那些不能与贞洁共同生活的人的诫令，《马太福音》19：11"这话不是人都能接受的。"

……

根据其定义，婚姻是一种最具亲密性质的结合，但并非像有些人（基于《马太福音》19：5的追述"二人成为一体"）所认为的那样不可解除和不可分割。仔细琢磨这些话便会发现他并非在暗示婚姻绝对不可解除，而是说婚姻不能轻率地解除，因为婚姻不可解除的基础在于婚姻的设定本身与婚姻各个部分依规守约——无论这些话是作为诫令还是自然结果就是如此。于是就有了这一说法："为此男人要离开父母，……二者成为一体"，也就是说，要是（根据上述诗句（《创世记》2：18/20）中规定的婚姻性质）妻子成为丈夫的合适帮手，或者说，要是双方都坚守爱恋、扶助、安慰和忠诚——人们普遍承认，这才是婚姻的根本形式。假如形式解除了，婚姻本身也就自然而然地实际解除了。

然而，人们非常强调接下来的诗句，"神结合在一起的，人不得拆散。"婚姻体制本身问道：上帝结合在一起究竟是为了什么呢？上帝结合起来的只是结合所允许的、合适的、善良的和值得尊敬的，并没有允许充溢着耻辱、仇恨和灾难的不自然、怪异的结合。促成这类结合的不是上帝，而是暴力、轻率或错误或者某个恶魔的影响。那么，将自己从如此咄咄逼人的内部邪恶中解脱出来，为何竟然是不合法的呢？况且，我们的教义并不拆散上帝依照其神圣制度而结合起来的人，所拆散的只是那些上帝自己已用神圣的律法权威（这一权威对于现在的我们，对于他古代的选民同样有效）将其分开的人。"

其二，他试图为自己建立起一个完整的基督教教义体系，这一体系包括：

1. 两个分支：（1）信念或者对上帝的认识（第一卷的内容）；（2）爱或者对上帝的敬拜（第二卷的内容）。

在"信念或对上帝的认识"部分，他先是对基督教教义、基督、神启这些总体性概念做出界定，对教义做了分类（第一章），然后对上帝的存在，包括名字和属性（九个），还有三大理念（活力、才智、意志）进行了证明（第二章）。从第三章开始，对"信念"进行系统的论证。

2. 神决包括：（1）内在效能（普遍效能、特殊效能）；（2）外在效能（生产、创造或创世、宇宙管辖、普通天道、特殊天道）。

4—7章：预定论（与人的特殊判决）；神子；圣灵（生产）；创世（无形创造；有形创造）。

8—13章：天道（对宇宙的普遍管辖；对天使的特别管辖（善与恶）；对堕落前人的特别管辖；始祖的堕落（罪：共有的罪；个体的罪）；罪的惩罚（恶的到来；精神死亡；身体死亡；永恒死亡）。

14—23章：人类的复原——救赎（救赎与救主）；调停者的职能（先知、祭司、国王）；救赎的实施与目标（基督的受辱和赞颂）；更新（人类的更新）；新生（新生的效果：悔罪；信念）；悔罪；存信念；嫁接（到基督身上）与更新的结合产生两大效果：新生；增殖（绝对/内在增殖；相对/外在增殖）；称义；收养。

24—33章：与天父和神子皆相关的增殖——结合与情谊；赞颂（不完全赞颂；完全赞颂）。不完全赞颂包括：恩惠之约——更新的显现；福音——对恩惠之约的新安排；恩惠之约的外部封印（割礼/逾越节；洗礼/圣餐）；无形教会（牧师与民众）；有形教会（普世教会与特定教会）；《圣经》；特定教会；教会纪律——维系特定教会的纽带。完全赞颂（再次降临；末日审判）。

3）"爱或者对上帝的敬拜"部分：对上帝的真正敬拜主要表现在行善功上，而善功（第1章）分为：首要原因（上帝）；最近原因（德行：总体德行；特别德行）。善功的最近原因（第2章）；敬拜上帝的德行（第3章）：总体德行［第4章，包括理解（智慧；审慎）和意志（忠诚；敏捷；坚贞）］；特别德行［包括内在敬拜（恳求和感恩；誓言和掣签（第5章）和外在敬拜（祈祷；神圣化—热忱（第6章）；宣称/宣告］。

敬拜的时间（第7章）对人的义务之相关德行：总体德行（爱和公义）；特别德行［包括节制（冷静、贞洁、谦恭、庄重；知足、节俭、勤勉）］；坚毅和耐心（对待恶）。

对人的义务（总体德行）（第8章）；特别德行（1）、特别德行（2）（分别是第9、10章）。对邻人的义务及相关的德行（第11章）：总体德行包括仁爱（绝对的爱与相对的爱）；特别德行包括内在的善（无辜、温和、宽厚）和外在的善（尊重、坦诚；廉正、行善）。对邻人的特别德行（1–3）（12—14章）。人与邻人间的义务即相关的德行（14—17章）：私人义务包括家庭（夫妻、父子、弟兄与亲戚、主仆之间的相互义务）和外人（布施；行善）；公共义务包括政治义务（官吏、民众相互义务及其与外族人的义务）和教会义务（牧师的相互义务及其与教会总体和个体间的相互义务）。

其三，弥尔顿特别关注的问题有以下8个：1）不赞同"预定论"（第4章）和

"三位一体"（第5章）；2）（恶的和善的）诱惑或试探（第8章）；3）天使（有善有恶）（第9章）；4）婚姻（赞成一夫多妻和离婚，第10章）；5）罪与罪的惩罚（11—13章）；6）基督作为调停者的职能（第15章）；7）人的复原（救赎和更新）（第18章）；8）有形教会与无形教会（牧师的职能）（第29章）。他对这些问题的看法在离婚册子、论宗教改革册子里甚至史诗《失乐园》里都有体现。

二、神学观点

其一，弥尔顿的神学。弥尔顿研究神学的方法是直指《圣经》，把"上帝之言"作为其研究基石。虽然他对当时的"神学体系"模式有所依赖，但他相信完全依据《圣经》也可以在神学理解上取得"进展"。他的神学研究"全是"从《圣经》中直接引用过来的材料，这就将他与那些对《圣经》不够重视的同代人区分开来。一些批评家认为，弥尔顿的神学是属于阿里乌斯派（Arianism）的，即一种与主流的加尔文派教义完全不同的新教神学思想，它强调人类的自由而不是上帝对万物的统治权，认为耶稣基督系上帝所创造，因而既不与上帝永世共存也不与上帝具有相同的实质。

其二，基督教教义。论文的第一章就在讨论"基督教教义"的真谛。弥尔顿声称，在开始谈论神学之前必须理解好这一"基督教教义"，教义源于基督与人类就神性而进行的交流。教义要求人类"与上帝的性质一致"，它来源于"那因为其救赎计划而赞美（上帝的）荣光的永久欲望"。

弥尔顿研究基督教教义的方法不是哲学的方法，弥尔顿也并不想去"了解"上帝，而是认为我们只能"以圣灵为向导在《圣经》本身"寻求上帝。他说："在本书中我不想教给大家什么新的东西，而只是把原有的东西收拢在一起，把散见于《圣经》中的内容汇总成为一本书，将这些内容至于特定的标题下面以方便人们引用。我希望这样能帮助读者记住这些东西。"他就这样明确提出了自己的观点：这部著述全部来源于基督的教义，基督教教义只能来自基督。

其三，弥尔顿的上帝。弥尔顿版的上帝具有"隐形上帝"（漠视人类所遭痛苦）的阴暗特征，是一种"压倒一切的力量"，在弥尔顿的一些著述里表现为"恐惧的化身"。虽然上帝没有定形，但我们还是知道一些方面：惟一的、永恒的、无所不在的。

弥尔顿对上帝的阐释一直被认为是阿里乌斯派的。凯里对这一术语进行了解释："假如弥尔顿持有反三位一体的上帝观，我们就完全可以把他叫作阿里乌斯主义者，正是在这种意义上自1825年《基督教教义》发表以来学者都一直把弥尔顿叫作阿里乌斯主义者。"特别要指出的是，《基督教教义》否认圣子（耶稣出生前的称号）的永恒性，而这种看法就将上帝和圣子分割开来。然而，有人声称圣子是永恒的，因为他在时间之前出生，并代表部分的逻各斯。但这是不可能的，正如凯里所说，"弥尔顿总结说，圣子并不来自永恒而是'在时间范围之内'"。也有一些人认为圣子在一些方面等同于上帝，但他并不具有上帝所有的特性。

关于弥尔顿的上帝，还有一点就是其物质性。这并不是说上帝具有人形，正如弥尔顿指出的那样，"上帝在最朴素的性质上是一种精神"，但这种"精神"在弥尔顿和许多同代人（如霍布斯）的眼里是一种物质。上帝因其物质本质能够创造所有别的物质，然后利用这些物质来创造万物和人类。

第三节　本章小结

《基督教教义》在弥尔顿所有晚年出版的散文作品之中是最为出色的一部。假如是在作者在世之时出版了，这部散文作品就一定会对舆论产生更大的影响，弥尔顿的名字也会成为十八世纪英国国教内外神职人员的一座高塔。弥尔顿的阿里乌斯主义只有在他亲手写下来时才能叫人普遍认可。总体的原则毫无疑问是基于《圣经》权威本身。从书中表现出来的一贯的无畏精神上看，弥尔顿不仅信奉阿里乌斯主义而且能够容忍多配偶制，因为在《圣经》里没有发现批评多配偶制的地方，甚至在一些地方还加以称赞。他不是一个人神同性论者，将人的激情赋予神祇（当然是从造物主意图这一意义上讲），他相信灵魂的物质性和自然道德性，相信暂时不表露死亡与复活之间的意识。只有在不被天道本意所束缚的时候，他才能够大胆地进行思考。他无法想象无中生有的创世，所以把一切存在都视作是神祇的化身——有人因此称他为泛神论者。他再次重申其离婚的主张，反对严守安息日的态度坚决得如同路德本人。不过，在赎罪与原罪的问题上，他又完全是个福音传道者。他称赞公共敬拜，只要不把这类敬拜作为灵性宗教的替代就行。祈祷是邪恶的，什一税令人讨厌。他对社会责任的阐述将清教徒的严格与骑士派的教养和世俗之人的礼貌调和起来。弥尔顿声称自己的创作目的是"用一种对人类友好、善意的感情来把自己认为最美好、最丰富的财产公布于众"。与别人的阐述已见不同，他是要"在所有的页码上都装满《圣经》的引文，几乎不给自己的话语留下地方"。所以几乎没有机会让他展示其雄辩才华。不过，道德上的崇高弥漫全书，如果有什么东西可以增加我们对弥尔顿的敬意，那就是他将自己最后的时光投入到一种由公正无私的仁慈和冒险的实事求是而激发出来的辛勤劳作之中！

总　结

弥尔顿的散文著述在今天或许并不被人广为阅读，这与其伟大品质和多样性的优点并不相称。弥尔顿散文的优点表现为：1）坚定地支持任何真实、诚实、公正、纯洁、可爱和享有好名声的事物；2）雄辩地声称人具有不可剥夺的权利，来将其心智能力诉诸健康的锻炼，也就是借助他所掌控的一切辅助手段来自行确定真理与谬误的权利；3）坚持人具有相互之间自由交流其诚实思想的权利，这些权利构成个体、国民、政治和宗教自由唯一可靠、持久的基础；4）颂赞诗人那种在对"永恒的灵"之完全依赖上所表现出来的永远自觉的情愫，而那"永恒的灵能够用话语和知识将其丰富，并派出携带其神坛圣火的撒拉弗（头等天使）来接触和净化他所喜悦之人的嘴唇"；5）颂赞他们对人作为不朽的试用者（按照其被赋予的全部才能）必须加以说明的看管所表露出来的那种无时不在的意识，对每个人都必须履行的神圣义务的意识与在整个公私、大小的生活细节里都行动起来（"在其大'监工'的眼里是一如既往"）的意识。①

弥尔顿的一些诗作在学校里已被广为"研究"，对他的一些散文作品之风格研究也在修辞学专业里进行着，但他的全部散文创作还不能说是已经真正地被人阅读，即倾尽自己的才能而聚焦于作品主题，并带着开放的心态对其措辞的高贵品质津津乐道。简言之，我们大家都应当逐渐使自己怀着对作者的绝对忠诚来将作家伟大的作品进行解读，不是要将其所有的思想和观点都接受下来，而是要真正地将其全面充分地理解。换句话说，对作者忠诚就意味着每一个读者都应以自己最为赞许的态度来将其意义和精神接受。

马克·帕蒂森（Mark Pattison）在其《英格兰文人传》（English Men of Letters）里对弥尔顿散文作品中的高贵品质予以充分的认可，他断定那是英语语言里纪念碑式的创作，虽然存在着他所谓的"不合句法的紊乱"（asyntactic disor-

---

① CORSON H. An Introduction to the Prose and Poetical Works of John Milton [M]. London: Macmillan & Co. Ltd, 1899: 13.

der)。但是，他低估了弥尔顿作为论证散文作家对政治、宗教自由事业的贡献，或者根本不作评估，因为他觉得弥尔顿竟然参与到对政治、宗教和其他形式自由的大论辩中是一件令人感到遗憾的事情。这似乎成了诗人成就卓然一生中不可接受的一点，"要不是复辟或者清教徒倒台，"他说，"我们可能就不会有那部伟大的清教史诗了"。戈德温·史密斯（Godwin Smith）在《纽约民族》上发表的一篇文章中对帕蒂森的《弥尔顿生平》评述道："帕蒂森将政治家弥尔顿的经历仅仅视为诗人弥尔顿一生中一段令人伤心的可耻插曲，我们当然不能指望他接受这样一种观点，即那部诗作正是他从政的结果。但我们会不由自主地想，弥尔顿的天性在那场重大斗争中所经历的紧张和升华，其精力和才华在最为严肃的事情上的英勇奉献，一定与他那部诗作对主题和语气的选择有不小的关联。'伟大的清教史诗'只可能由一位充满战斗精神的清教徒写出来。"

　　理查德·加奈特（Richard Garnett）在其《弥尔顿传》（*Life of John Milton*）里也表述了类似的观点。"与帕蒂森一道对弥尔顿于国家危机之际竟然从诗歌转向论争的行为感到遗憾，其实就是对《失乐园》竟然出现了而感到遗憾。这样一部作品不可能出自一个对公共福利漠然无视的人手里。……与帕蒂森一道说'使天才沦落风尘参与党争'纯属一种文学妄想狂（a sheer literary fanaticism）。在散文里，在诗歌中，弥尔顿都是一个理想主义者。他在政论册子里固然立足于国家两大政党中的其中一个，但他不是某一个党派的工具，而是这个党派的预言家和监督者。"

　　帕蒂森认为，弥尔顿在应该一直写诗的时候却写起了散文，"而且是那种昙花一现、毫无价值的散文——小册子，就一时的话题即兴而作的东西。他写下大量的这类东西，全然不知它们对事件进程没有产生丝毫的影响。"

　　但是帕蒂森错了。这些文章对后来的事件进程产生了影响，而且是不小的影响。查理二世的复辟并不意味着清教主义事业的终结，或者弥尔顿政论册子的无效。从很大程度上讲，正是由于那一事业、那些册子，君主制的宪法基础才在弥尔顿去世14年后发生了剧烈的向好的改变，弥尔顿如若活着见到这一改变，他一定会为此感到欣慰，因为他的所作所为促成了这一巨变。在光荣革命发生的那一年，他也不过是80岁。

　　弥尔顿这样脾气秉性的人不可能在时代动荡的漩涡里置身事外，因为他的每个毛孔里都充溢着爱国的热情。在《论教育》一文里，他基于自我修养和经历对教育做了这样的界定："我所说的是一种完整而慷慨的教育，旨在培养无论和平时期还是战争时期，在所有公私事务中都公正、熟练、宽宏大量地做事的人才。"当然，他并没有说这就是教育的全部。在《艾瑞帕吉提卡》里，他对"真正具有战斗精神的基督徒"做出界定后说"一种美德若是漂泊不定，羞于见人，缺少活动，不去呼吸，从不挺身而出把对手找寻，我便无法将他恭维"。

或许他论争散文作品的直接主题可能引不起今天读者的兴趣，但其中充溢着"永远不会消逝的真理"，而且是被生机勃勃地表达出来的。"关于离婚的册子"是这样，其他散文作品也是如此。在它们中间处处闪现着真理的"珠光宝气"。

麦考利勋爵（Lord Macaulay）于 1825 年 8 月发表在《爱丁堡评论》上论述弥尔顿的文章是一篇光辉灿烂、十分珍贵的作品，① 却也说了一些未开化时代适于作诗、开化文明时代不宜做诗的话。这些话绝非真实，弥尔顿也会认为是荒谬绝伦的。

麦考利著文的起因是后来成为温彻斯特主教的萨姆纳牧师（Rev. Charles Richard Sumner）出版了弥尔顿《基督教教义》的英译本。该教义的拉丁文手稿于两年前在白厅国务文件办公室的书柜中发现。

作者在文中提出了一个至今仍在有教养的人群中广为流传的观点，即随着学问和普遍文明以及科学不断地应用于物质需求和社会享受，诗歌便会消退，"藏起它那变小的头颅"，人也越来越屈从于作为事实的事实，越来越无视诗歌的即精神的事实联系。麦考利说，"弥尔顿清楚，自己的诗才不能从周围的文明或者他获得的学问那里得到什么益处，他便带着一些遗憾回顾那由单纯的语词和生动的印象构成的未开化时代"。

不过从弥尔顿的角度来看，他似乎并不知道这一点。恰恰相反，他以为诗人应当掌握所有古代和现代的人类知识，应该懂得许多的语言和文学。"通过勤奋和潜心学习（我认为这是我生活的一部分），加上坚强的性格倾向，我就有可能为后世也留下一些作品，因为他们不愿让它死去。"

弥尔顿对学问的观点和实践应该受到今日之学生的关注，因为现在的强劲时尚是"学问只为学问本身"。对弥尔顿而言，学问是一种拓展能力的手段——一种朝向"存在"（being）和"行动"（doing）的手段。马克·帕蒂森说的没错："他所培养的不是字词而是他自己，想要进去把他自己的精神世界拥有，不是在那里实施统治，而是能像国王那样利用那里的资源来构建一部会给他的国家、他的母语带来荣誉的作品。"

麦考利继续说，"虽然我们羡慕那些黑暗时代产生的伟大想象性作品，但我

---

① MACAULAY L. An Essay on John Milton［M］. New York：American Book Company，1894.

们这种羡慕不是因为它们产生于黑暗时代。相反，我们认为天才最美妙、最辉煌的证明是在文明开化时代出现的伟大诗作。我们不能明白为什么他们相信最正统的那一条文学信念（最早的诗人都是最好的诗人），却对这一条原则惊愕不已，似乎它是个例外。毫无疑问，现象上的一致表明原因上相应的一致。"

他又说道："在已开化的文学社会里，要想成为伟大的诗人，就必须首先成为一个孩童。"最有学问、最有教养并在各个方面都得到全面发展的人往往最像孩童，最不为知识而感到自豪。他们越是具有精神活力，就越是谦恭和纯朴，因为谦恭和纯朴是通向高智慧的大门。"他（诗人）必须将其整个心智罗网撕成碎片"，这对那可怜的家伙可是件难度很大的拆解活儿！"他必须将那迄今为止可能构成他主要的优越头衔的大部分知识都去除。"唉，谁愿意成为开化时代的诗人呢？"他的才华恰恰会是他的障碍"，他又会成为一个什么样无可救药的傻瓜呢？根据这一原则，我们为心智孱弱的孩童而设立的机构极可能为世界培养出最优秀的诗人！"他遇到的困难会与他在那些同代人中流行的追求中所表现出来的能力成正比，他的能力则会与其心智的活力与活动成正比。……我们在属于自己的时代里已经看到伟大的才能、剧烈的辛劳、长期的思考都投入到这一违背时代精神的斗争之中，投入其中（我们不说是绝对的无效）却不知是否会成功，得到的喝彩必然是微乎其微。"

有很多关于在什么条件下人类心智能够产出诗歌的脆弱理论，这肯定是其中最经不起敲打的一个。只要匆匆一瞥那些在古今世界各类文学里被称为诗歌大师的诗作，我们就可以发现其活力、力量的秘密，即：其一，他们都具备在他们所处的时代和地点里最好的知识和学问；其二，他们都与数个时代和国家保持着最广泛、最亲密的联系，而且深深地汲取，强烈地反映那时代、国家的精神。如果说莎士比亚并非博学之人，那他一定是这个世界上最有教养的人。他有完整的心智、精神的生活，对自己的才能应用自如，这可只是极少数的人子才可以成就的。他生活在人类历史上一个最适合施展戏剧天才的时代，一个总体上比先前那个时代更文明开化的时代。

没有哪一个真正的诗人能够生活在一个时代里而不把这个时代的精神比别的人更多地吸纳和反映。诗歌天性与普通天性的区别就在于其更强烈的敏感性和更锐利、更透彻的洞察力。认为诗人可以远离其时代精神与其周围的社会状态简直就是无视诗歌天性的这一区别性特征，将其虚弱性来暗自承认。我们从一个方面可以说诗人与其时代保持着距离，也就是说，不为其中昙花一现的东西所吸引，将其拒斥，但同时将其中富于活力和永恒的东西挪用过来。借助诗歌天性将诗人吸引的是那瞬间中的永恒与活力，而每一个时代都有其活力和永恒，因为永恒与活力无时不在、无处不在。

　　伟大的诗人之所以伟大，那是因为他具有强烈的个性色彩，而没有时间、地点、印象的影响就不可能有强烈的个性。完全意义上的个体通常不是由其拒斥力（尽管他总是要具备高度的拒斥力）而是由其挪用力来界定的。他将那本性在最健康的活动中能够吸纳的一切都带给他特别统一的本性上，抛弃的则是他无法吸收的渣滓。他的生活越是完整，他就越是受其环境的制约，越是受无数深刻的印象之感染。

　　更强的敏感性、更锐利透彻的洞察力，便是诗歌天才与普通本性的主要区别，而这一区别使诗人成为他所处时代的史学家和最真实的预言家。一个民族的诗歌、戏剧文学就是一面镜子，通过这面镜子，该民族真实的、基本的生活得到最清晰的反映。历史只给出现象的生活，只有一个时代独特的基本精神为伟大诗人所吸纳，并"与永恒诗句联姻"的永恒、绝对的东西才能抓住后代人的兴趣和共鸣。

　　弥尔顿绝对是属于他那个时代的人，是将时代最清晰地反映出来的人，所以与时代保持着最亲密、最同情、最活跃的联系。对那个时代所有持久的东西而言，他的诗文作品是现存最好的例证。他与所处时代的亲密关系在梅森博士那洋洋洒洒六大卷的《弥尔顿传：将其所处时代的政治、教会和文学历史联系起来进行叙述》（*The Life of John Milton: narrated in connexion with the political, ecclesiastical, and literary history of his time*）中得到了精妙的阐释。除了但丁，世界文学中没有哪一位诗人与其所处时代、国家保持着如此亲密的关系，以至于给他写一个全面的传记就必须"将其所处时代的政治、教会和文学历史联系起来进行叙述"。

　　弥尔顿在谈及自己所处时代那剧烈的政治、教会斗争时曾自豪地说"我曾为其重要的一部分"（quorum pars magna fui），这恐怕不无道理。谁又会怀疑，正是这些剧烈的冲突，甚至那双目失明的境遇将他锻炼、塑造，最终写出《失乐园》《复乐园》和《力士参孙》的呢？假如他远离这些冲突，他或许写出了另外一部伟大的诗作，但绝对写不出《失乐园》来！对于那场争取国民自由、宗教自由的大冲突来说，弥尔顿的散文著述定然是其原则、信条最充分的阐释和说明。在《失乐园》里我们能够看到古典学业、意大利学业对他的影响，其中有荷马，有维吉尔，有但丁，但最根本、最活跃、最具主宰力的精神则是一种精致的、受人颂赞的清教主义，并不受其中所有的偶然性之影响。这种精神将永远保存在史诗那纯净的琥珀里面。

光明社科文库
GUANGMING DAILY PRESS:
A SOCIAL SCIENCE SERIES

·文学与艺术书系·

约翰·弥尔顿诗文研究

（下）

陈敬玺 ｜ 著

光明日报出版社

第三编 03

| 晚期的史诗创作 |

概　述

　　1660 年 5 月 29 日，查理二世回到英格兰王国。反对查理一世的书册全部遭到焚烧。"弑君辩护者"弥尔顿虽然没有被送上绞刑架，但一度遭到被捕、囚禁。12 月 15 日，下议院做出赦免决议，他在交付一笔罚金后被释放出狱，随之搬出威斯敏斯特的官邸，暂时到霍尔本（Holben）的北边避难。弥尔顿的生活由此陷入担惊受怕的黑暗之中，因为为之奋斗的事业失败了，一直坚持的理想归于尘土，敌人洋洋得意地胜利了，朋友要么死在绞架上要么惨遭放逐、囚禁，声名遭玷污，原则被摒弃，财产又严重受损（复辟之前，弥尔顿就被剥夺了拉丁秘书的公职和年薪，投资到政府债券中的 200 镑也付之东流，另一部分又因管理不善而丧失掉）。贫穷、黑暗和无助的日子在其《力士参孙》中有这样的表露：

> 我在光明中摸黑，每天
>
> 置身于欺骗、轻蔑、虐待与冤屈中，
>
> 门里门外，一直就像个傻子，
>
> 被别人操控，从来就不能自主。

　　1663 年 2 月，弥尔顿与小自己 30 岁的伊丽莎白·敏舒尔（"一个贤淑、文静、和蔼的女人"）结婚，这给诗人不幸的晚年生活带来一缕阳光。第三次结婚后不久，弥尔顿搬到邦希尔园地的火炮步行道（Artillery Walk, Bunhill Fields）上居住，这里成了他最后的栖息之所。

　　就是在这样的处境中，弥尔顿完成了足以让他青史留名的三大史诗性作品。1667 年，《失乐园》（Paradise Lost, 10 卷本）出版，1671 年，《复乐园》（Paradise Regained）与《力士参孙》（Samson Agonistes）合并出版。

　　关于《失乐园》的创作，需要记住两点：其一，作者已经双目失明；其二，诗人口授，誊写人记录。创作时间在 1658—1663 年之间，1665 年夏完成修订。但出版过程并不顺利。1665 年，伦敦城因爆发瘟疫被死亡的阴影笼罩，第二年，一场大火又把城里的精华部分烧为灰烬，书商存放在圣保罗大教堂里的书刊遭遇毁灭性的灾难，与教堂一同随风而去。《失乐园》本来是可能如同其主人公那样轻轻松松地"在合唱的缕缕轻烟中 // 从地面上遭唾弃而升天"。但史诗的出版谈判在 1667 年 4 月 27 日已经结束。弥尔顿在这一天"考虑到萨缪尔·西蒙斯当即付给 5 英镑，其余的也在考虑之中"，"将一首叫作《失乐园》或者其他名字的诗作书稿与手稿（新近得到出版许可）交付给这位西蒙斯。其他的考虑指的是，头三版（每个版次印制 1300 册）完全售出时再支付给作者同等的 5 英镑。"诗人在去世之前得到了全部的 10 英镑，而他的遗孀在 1680 年以 8 英镑的价格卖掉全部的版权。不久后，西蒙斯以 25 镑的售价版权转手给别人。① 出版商可谓是发了财，创作者则收获了不朽。

　　1665 年 7 月，为躲避瘟疫，弥尔顿搬到乡下，住在白金汉郡毕孔思菲尔德的查方特·圣翟尔斯（Chalfont St. Giles）。此地距离他 30 年前乡居过的霍顿不过 13 英里。贵格会教徒艾尔伍德（Thomas Ellwood）住在附近，他于 8 月底或 9 月初被释放出狱，与弥尔顿有些交往。在看了《失乐园》的手稿后艾尔伍德对诗人说，"你在这里把失乐园的事儿说了很多，可对寻乐园（Paradise Found）又说了什么呢？"对此，"弥尔顿没有回答，默默地坐了一会儿，然后中止谈话，转到别的主题上去。"据艾尔伍德说，弥尔顿回到伦敦后"给我看了他的第二部诗作，叫《复乐园》，并愉快地跟我说'这还得多亏你，是你在查方特问的那个问题把它放进了我的脑子'。之前，我可没有想到。"②

　　《复乐园》大约是 1665 年米迦勒节（9 月底）或 1666 年的圣母日（3 月底）完成的，并于 1671 年与弥尔顿最后的诗作《力士参孙》一并出版，取名为《复乐园，一部四卷诗作，后附力士参孙》（*Paradise Regained, a Poem in IV Books, to which*

图十五　弥尔顿口授《失乐园》诗句

　　① GARNETT R. Life of John Milton［M］. Middlesex：Echo Library, 2006：71 - 72.
　　② GARNETT R. Life of John Milton［M］. Middlesex：Echo Library, 2006：87.

is Added Samson Agonistes），但使用了不同的标题页和页码标记。

其他晚年著述多为对先前手稿的整理，包括：

①"启蒙拉丁语文法"小册子（可能是四十年代教书时写出的教材）（1669 年）。

②《不列颠史》（1670 年，可能写于 1655 年）。

③"逻辑艺术教程"与"拉漠斯的方法"（The Method of Ramus）（1672年）。皆为先前的学校作业，文学价值不大。

④《论真宗教、异端、宗派和宽容》（1673 年）。

⑤《失乐园》（再版，1674 年）——由原来的十卷修订为十二卷。

⑥31 封拉丁文家书结集出版（1674 年）。

⑦拉丁文国务信函（Literae pseudo – senatûs Anglicani Cromwellii reliquorumque perduellium nomine ac jussu conscriptae a Joanne Miltono）在阿姆斯特丹和布鲁塞尔出版（1676 年）。

⑧拉丁语神学论著《基督教教义》几经转折，于 1823 年重新发现，并于 1825 年译为英语出版。①

教材、信函、史书和神学论著其实都是弥尔顿在中期的创作成果，因而放在中编"散文创作"里讨论。晚期创作的主要成果是诗歌，表现便是标识着他诗歌创作巅峰的三部史诗性作品：一万多行的史诗《失乐园》；两千多行的小史诗或"微型史诗"《复乐园》；1，758 行的古典诗剧或"密室戏剧"《力士参孙》。②

本编将聚焦于这三部史诗性诗作，其中的《失乐园》成就最大、内容最丰富也最为知名，所以分为两章，即人文蕴含和多视角解读。短篇史诗《复乐园》和古典式悲剧《力士参孙》各分一章。

---

① CAMPBELL G. John Milton［M］. 上海：上海译文出版社，2007：87 – 99.

② Closet drama（密室戏剧）即仅供阅读而不适宜于演出的戏剧作品。

第十三章

史诗《失乐园》的人文蕴含

　　《失乐园》是弥尔顿经过长期酝酿、构思而成的一部英语中仅有的具有古典趣味的叙事长诗。诗人一直认为英国文学需要一部能与荷马的《伊利亚特》和维吉尔的《埃涅阿斯纪》相媲美的史诗。早在旅欧归国之时，他就考虑创作一部伟大的诗剧，原先计划采用中世纪亚瑟王与其圆桌骑士（King Arthur and his Round – table Knights）的故事，后来决定利用当时颇为流行的题材，即《圣经·创世记》中关于人类堕落的故事。诗人发现戏剧舞台难以表现如此宏大的题材，便改用了场面恢宏的史诗形式。从 1658 年到 1660 年间，失明的诗人每晚口授 10 至 20 行诗句，由亲朋好友（包括女儿和外甥）笔录，完成一半。但后因王政复辟、困顿缠身，直到 1665 年方才完成全诗。1667 年出版时，长诗分为十卷，共 10，557 行；1674 年再版，为了与传统史诗相吻合，将长诗重新分为十二卷（原来的第七卷和第十卷各分成两卷），计 10，565 行。

　　洋洋洒洒上万行的史诗到底要给读者说明什么？《失乐园》的基本内容究竟又是什么？几百年里，文人学士一直都在孜孜不倦地探索，试图挖掘出史诗的内涵意蕴来。目前国内学界达成一致的观点主要包括以下四点：1. 史诗歌颂了撒旦的革命反抗精神；2. 史诗批判了上帝的封建专制统治；3. 史诗对亚当与夏娃的求知、爱情和被逐表示同情；4. 史诗反映了诗人对革命和自由的反思，因而表现了诗人以及那个时代特有的基督教人文主义（Christian humanism）。

　　事实上，《失乐园》是一部蕴含丰富、"仁者见仁，智者见智"的鸿篇巨制，它"在本质上既不是一部说教诗，也不是福音宣传，它对读者的影响基于弥尔顿的清教主张，即读者有阐释的自由"①。作为清教徒，弥尔顿理应站在上帝的一边，因而诗人自称《失乐园》歌咏的是 Of Man's First Disobedience, and the Fruit / Of that Forbidden Tree, whose mortal taste / Brought Death into the World,

---

　　① 安德鲁·桑德斯. 牛津简明文学史［M］. 北京：人民文学出版社，2000：167.

and all our woe，/ With loss of EDEN，till one greater Man / Restore us，and regain the blissful Seat.（"关于人类最初违背天条 / 偷食禁果，把死和其他 / 各样灾祸带至人间，并失去 / 伊甸乐园，直到一个非凡伟人 / 来为我们恢复乐土的事"，《失乐园》第一卷 1 – 5 行），自己写作《失乐园》的目的在于 That to the highth of this great Argument / I may assert th'Eternal Providence，/ And justifie the wayes of God to men.（"适应这一伟大主题的崇高品质 / 阐明那永恒的天道公理，/ 并向世人昭示天帝对人的公正"《失乐园》第一卷 24 – 26 行）；作为自小饱读异教诗书和拉丁文学且亲身经历革命时代风云变幻的思想家，弥尔顿又通过史诗表达了自己对人性、自由、教育和两性关系等问题所进行的思考，也就是对"人"做了一番人文主义式的思考。

　　人文学科关注的对象是人，尤其是人的精神、情感生活层面，探讨的是人之生存的根本问题，即所谓的"终极关怀"。各个人文学科都在各自学科范围之内进行探索，试图给出自己的解答：哲学用抽象的理论概念对之进行形而上的逻辑思考；宗教用虚幻的彼岸世界来安置人迷茫不安的灵魂；文学艺术则用生动具体的故事和形象传达自己对人生的理解，表现人的心灵生活和精神诉求，寻求人的精神家园。从某种意义上讲，文学艺术的发展史，即是人的灵魂、人的精神生活发展史，是对人之生存的根本问题的探索史。① 早在十九世纪，著名的丹麦文艺理论家勃兰兑斯就说过，文学发展史，其实就是人的心灵发展史。二十世纪著名的德国哲学家海德格尔也坚信"诗是历史的孕育基础"，文学是人类的一种生存方式，即"诗意地"生存。一句话，文学就是人学。

　　文学是人学，文学所记录的是人的心灵发展史，而人类的心灵发展史是由经纬两条线索交织而成的。纬线就是各个时代的社会思潮、社会心理，与当时当地的现实问题相关联，具有特定的时空性，通常表现为时代性、社会性、民族性和阶级性。经线则是贯穿人类灵魂史和精神史的人生问题和人本问题，这些问题不以时代、社会、民族、阶级差异而发生显著的变化，而是与生俱来，与死同去，一视同仁地摆在所有人的面前。人性、命运、生老病死、原欲与理性、情感与理智、人与自然与他人与自我的关系……都属于人生、人本问题。经纬两条线索紧密交织在一起，构成了人类心灵发展史或文学/人学发展史的网络。具体到弥尔顿的《失乐园》，我们可以说，诗中反映出来的浓郁的基督教意

---

① 胡山林 . 文学艺术与终极关怀［M］. 北京：中国社会科学院出版社，2005：322. 胡山林认为：终极关怀，首先是关于自我认识问题，其次是人的处境问题，再次是人生价值和意义问题。

味、折射出来的政治思考，加上诗人对自由、人性、两性关系和教育问题所做出的充满睿智和理性的反思，一起编织成了这部史诗的人学经纬网。

弥尔顿所处的"特定时空"，即经纬网中的纬线，是文艺复兴到新古典主义的过渡时期，这个时期的显著特点是古希腊罗马的古典主义思想、希伯来基督教思想与文艺复兴人文主义思想三股潮流交汇、激荡。在这个特殊的时期里，人与宗教与政治错综复杂地交织在一起，没有哪个个体（包括诗人、艺术家）能够置身其外而"洁身自好"，不受这种特定的文化氛围的影响。这一"特定时空"再具体到十七世纪的英国，我们便会发现，当时的英国是一个宗教与世俗、教权与王权、文学艺术与政治氛围相互交融、"你中有我，我中有你"的社会。这种复杂的社会语境在弥尔顿的作品之中自然得到了反映和折射。

"贯穿人类精神史"的普遍问题，即人之心灵发展史的经线，诗人对自由和两性关系的思考在《失乐园》中得到了显著的体现。撒旦由天堂坠落至地狱、由光辉变为猥琐的过程，亚当、夏娃由纯真、幸福到痛苦、抱怨，最后带着希望与孤寂离开乐园的经历，实际上是德性的丧失必然引向理性的偏离和自由的丧失这一心灵旅程的形象表述和诗人对"真正自由"与人性反思的曲折反映。诗人突出和强调两性的相互爱怜、相互尊重、相互帮助（尽管他依据《圣经》和时俗承认两性间存在高下、差异），所以《失乐园》中有对"男性"品质的赞美，也有对"女性"品质的推崇。男女之间的婚姻应该是一种"互助互爱""适合愉悦"的两性关系，是两个"适合的灵魂"所进行的"得体而愉快的"交谈，是不同音高的两根琴弦合作弹奏出来的和谐乐音，所以诗人对亚当夏娃（或泛指两性之间）的性神圣与性幸福满怀希望和敬仰。于是，在诗人对自由或者两性关系与婚姻的思考之中，深深地渗入了诗人对人之精神或灵性层面（即人学层面）的关注。

在人的这种精神或灵性层面进行深入的探究，是西方文化的传统，也是西方文化演变的内在动机，正是这一文化传统与演变动机，使得源远流长的西方文学自始至终回荡着人对自我灵魂的拷问之声，贯穿着深沉而强烈的生命意识和人文精神，并显现出深厚凝重的人性意蕴和文化内涵。弥尔顿通过其诗歌、散文创作，对社会、对人做出了人性与文化的思考和探索，从而使其诗其文具有了深厚浓郁的人学内涵。本章因而将从其《失乐园》中透露或折射出来的人学内涵，主要是宗教/政治观、自由观、教育观和两性观四个方面，对这部史诗进行解读。

第一节　宗教/政治观

西欧语言中的"宗教"一词，可能来自拉丁文的"圣经"，圣哲罗姆（Saint Jerome，345－420）将希伯来文和希腊文的《圣经》翻译成拉丁文。希腊文的 threskeia 被译成拉丁文的 religio，意指有限与无限之间的联系，特指人神关系。① 英语中的 religion 一词，由前缀 re－（意为"再次""重新"）和词根 －ligion（从 ligare，即"结合"）组合而成，本意为"重新结合"。《圣经·创世记》的主旨就是讲，人之始祖亚当、夏娃忤逆上帝意志而从伊甸园中堕入世俗之境地，自此以后，真理的境界同罪恶的世间就决然分开了，而 Religion 就是人类与神为恢复世俗神界的结合而订下的约定。这个约定，对犹太人来说，是"上界统治者"耶和华（Jehovah）与犹太先祖亚伯拉罕（Abraham）及其后代订下（即所谓的"旧约"Old Testament）的；对基督徒来说，则是由于犹太人违约而耶稣以调停者身份使上帝与人重新签订（即所谓的"新约"New Testament）的。可见，在西方，"宗教"一词本身就蕴涵了上帝、耶稣的绝对唯一性、万能主宰性和权威性的意义，体现了基督教所谓的"唯信得救"和 religion 之核心意义：对上帝的绝对膜拜和绝对信仰。哲学家梯德尔（E. F. Tittle）认为："宗教是一种使人感奋的信仰，能辅助个人发展到他的最高点。"②

"政治"，一般被人理解为"经济的集中表现。产生于一定的经济基础，又为经济基础服务，给予经济发展以巨大影响，并在社会上层建筑中居于统率地位"。或者"国事得以治理。《说苑·敬慎》：'（晋）政治内定，则举兵而伐卫。'"③ 在西方，"政治"的对等词 politics 涉及 the art and science of the government of a state（"治理国家的艺术和科学"），public affairs or public life as they relate to this（"公众事务或与之相关联的公众生活"），the opinions，principles or policies by which a person orders his participation in such affairs（"个人参与此类事务所特有的意见、原则"）或 scheming and manoeuvering within a group（"团体内

---

① BOWIE F. 宗教人类学导论［M］. 金泽，何其敏，译. 北京：中国人民大学出版社，2004：48.

② 陈惇，孙景尧，谢天振. 比较文学［M］. 北京：高等教育出版社，1997：301－324.

③ 夏征农，陈至立. 辞海：第六版［M］. 上海：上海辞书出版社，2009：2928.

部的谋划与演练")。①中西对"政治"之理解的共同点在于治理国家，包括观念政策和生活活动两方面，这显然与宗教信仰密切相连。事实上，宗教信仰就像是某种黏合剂，把社会生活的各个方面、各个层次凝聚在一起，并通过它涉及一切传统，如节日庆典、体育比赛、戏剧文学等，把所有的社会成员团结在同一种社会情感之中，政治乃至民族情感都与之有着不解之缘。在英国，基督教从一开始就和政治，即"治理国家"水乳交融般地紧密交织在一起。

　　基督教传入英国，是在来自莱茵河谷的盎格鲁人和撒克逊人对不列颠征服完成之后的事。公元596年，罗马教皇格力高利派来一个由本尼狄克特会修士组成的传教团，领导者是后来成为坎特伯雷首任大主教奥古斯丁（St. Augustine）。传教团的组织热情和修建起来的修道院最终将不列颠与罗马教会的拉丁文明和西欧新兴的基督教民族文化联结在一起。到公元七世纪结束时，英格兰全境都已接受了罗马基督教的行为准则和秩序，英格兰教会也已信心十足地向外派出自己的传教士了。

　　公元十一世纪末十六世纪初，英国王权在诺曼王朝的基础上得到了进一步的加强，资本主义在农、工、商业中迅速发展，民族意识日益增长，而掌握着英国三分之一土地的教会却仍听命于远离本国的罗马教廷，教会收入的大部分也以岁贡的形式流入罗马。人们越来越多地受到威克利夫（John Wyclif, 1320 - 1384）的宗教改革思想与源自意大利的人文主义思潮的影响，越来越对罗马教皇干涉英国事务不满起来，强烈要求将教会民族化。1527年，英王亨利八世（Henry VIII）以无男性继承人为由解除了他与卡瑟琳（Catherine of Aragon）之间的婚姻，并以此为契机开始了英国自上而下的宗教改革。1534年，英国议会通过《至尊法案》（*The Act of Supremacy*），规定英国国王取代罗马教皇，为"英国教会唯一的最高首脑"（the only supreme head on earth of the Church of England），凡拒绝承认这一点便被视为叛逆（nonconformist）。伊丽莎白一世（Elizabeth I）继位5年后的1563年，英国议会通过《三十九条信纲》（*The 39 Articles*），这一文件在教义上吸收了路德宗的"因信称义"（sola fide or justification of faith alone）说和加尔文宗的"预定论"（Predestinasianism），在组织形式、教会制度和敬拜形式上则保留了天主教传统。1571年，《三十九条信纲》被宣布为英国国教——圣公会（Anglicanism）的官方教义，所有神职人员和牛津、剑桥大学的宗教（神学）教师都必须签字遵从。自此，英国教会便断绝了与罗马

---

　　①　WATSON O. Longman Modern English Dictionary［M］. Suffolk：Richard Clay, Ltd, 1976：868.

教廷的联系，英国国教（the Church of England）作为新教的一支便得以最终确立。①

　　英国的宗教改革进行得并不彻底，英国国教中仍然保留了大量的天主教残余，这与资本主义的进一步发展极不适应。随着新教中的加尔文宗（Calvinism）在十六世纪中期后传入英国，进一步改革教会的呼声也越来越高。加尔文宗由于其教义（核心为"预定论"，即认为上帝是万能的造物主，掌握着世人的生死荣辱，对世上的每个人都预先做了永恒的判决）与组织形式（采用了更符合《圣经》的形式）而在英国赢得了越来越多的信徒。这些信徒要求涤除国教中的天主教因素（如强调敬拜仪式和奢华铺张），以便纯洁教会（to purify the Church），清理门户，因而被称为"清教徒"（Puritans）。这一"清教运动"（Puritanism）在十七世纪的宗教信仰改革中占据了支配性地位，不仅英国资产阶级革命在其外衣下发展，而且它为十七世纪以后北美殖民地新英格兰（New England）的政治和宗教思想奠定了基础。

　　伊丽莎白一世死后，苏格兰国王詹姆士六世继位，成了詹姆士一世（James I），英格兰、苏格兰自此合为一体。詹姆士一世竭力加强教会的统治地位以巩固王权专制，他主张"君权神授"，宣布"议论上帝是渎神，议论君主为叛逆"，因而大肆迫害清教徒，致使大量的清教徒（仅 1630—1640 年就有65000人之多！）逃亡国外，或避居欧洲大陆的尼德兰（Netherlands），或迁居美洲新大陆（the New World，包括新英格兰）。1625 年，其子查理一世（Charles I）继位并乘其余绪，力图在苏格兰确立国教会的统治地位，然而遭到苏格兰贵族资产阶级的竭力反对和苏格兰教会（the Church of Scotland），即"长老派"（Presbyterian）的顽强对抗。1637 年，国王任命的坎特伯雷大主教洛德（Laud）下令：苏格兰长老会在举行宗教仪式时，必须使用国教会的祈祷书（Prayer Book）。此令激起了苏格兰人民的强烈反对，引起 1638 年的苏格兰大起义，起义者发布"民族圣约"，号召人民勇敢地参与反对专制的英国国教会斗争，并于次年攻入英格兰击败英军。斯图亚特专制王朝遭到沉重打击，不得不停止长达 12 年的无议会统治（1629—1640 年），于 1640 年重新召集议会，成立了"长期议会"（Long Parliament，1640—1652 年）。但是，主张专制统治的国王与极力限制王权的议会之间的冲突从未间断，而且愈演愈烈，终于导致了 1642 年开始的保王派

---

① 张文建. 宗教史话［M］. 长春：吉林人民出版社，1981.
　　［美］MACGRATH A. 基督教概论［M］. 马树林，孙毅，译. 北京：北京大学出版社，2003.

（Cavaliers）与议会派（Roundheads）之间的内战。议会军在克伦威尔（Oliver Cromwell）的率领下，分别在马斯顿荒原（Maston Moor，1644）和纳斯比地区（Naseby，1645）取得了决定性的胜利。查理父子从牛津逃亡苏格兰，却被苏格兰人交给议会（1647年）。1648年，克伦威尔击溃保王的苏格兰入侵并清除了议会中多数的长老会成员，次年，查理一世受审并被处决，下议院建立了共和国（the Commonwealth），解除了王权和贵族院（即上议院）。查理二世联合苏格兰人进军英格兰，在渥塞斯特（Worcester，1651）被击溃，查理二世被迫流亡欧陆。清教运动忠实支持的"长期议会"于1646年建立了长老制，即由教徒推举出来的长老来治理教会，这引起了代表中等贵族和中小资产阶级利益的独立派（the Independents）的反对。独立派主张每一座教堂、每一个教派都应当独立自主，由教徒公众来管理教务，教徒可以自由祈祷、自由讲经，每个教徒都可以"直通上帝"而无须主教的干预。清教运动的内部分裂最终导致了1652年"长期议会"的解散和1660年（克伦威尔去世仅两年）的"王权复辟"（the Restoration），即由蒙克（George Monk）将军召集的议会迎接查理二世（Charles II），恢复王权，重建议会与王权之间的关系。查理二世在位期间，主教制得以恢复，并通过反对国教教徒和罗马天主教徒的法规条例，清教运动由此渐渐衰落下来。1685年查理二世去世，其弟詹姆士二世（James II）继位。新国王极为同情天主教徒，意欲恢复天主教，在位仅三年遂被赶下台。1688年，议会中的辉格（Whig）、托利（Tory）两党携手邀请詹姆士二世的女婿奥兰治的威廉（William of Orange）回国，此后由威廉三世和玛丽二世（Mary II）共同执掌王权，成就了所谓的"光荣革命"（Glorious Revolution）。其后，议会于1689年通过《人权法案》（Bill of Rights），1701年通过《清算法令》（Act of Settlement）与《继承法令》（Act of Succession），最终确立了君主立宪制（Constitutional Monarchy）的政体和新教的国家教会（Church of England）地位。

宗教与政治就这样错综复杂地纠缠在一起，二者之间如此亲和的关系又势必反映在文学家身上和文学作品之中。事实上，从古典时代到文艺复兴，大部分西方文学对宗教（主要是基督教）传统的继承都显示出了一种相互补充、相互巩固的关系，中世纪的文学（如奇迹剧等）更是被直接用来表现宗教观念和情感。中世纪研究专家怀特（Lynn D. White）曾说过，"如果没有中世纪基督教修士对希腊罗马经典作品的热忱，如果没有基督教徒训诲师对它们的使用，我们会对罗马人的作品知之甚少，就像我们对曾经一度在尤卡坦丛林中繁荣兴起的玛雅文化的了解程度一样。"①在十七世纪的英国，政治和宗教是二位一体的——当时的国王同时也是国教的领袖，同时统治着国家和教会，就像詹姆士一世所总结的那样，No bishops, no king, no nobility（"没有主教，就没有国王，也就没有贵族"），也如其子查理一世所声称的 religion is the only firm foundation of all power（"宗教是所有权力的唯一坚实之基础"）②。这一时期的文学普遍与清教运动息息相关，一些诗人（或作家）直接参与政治/宗教活动，或为国家教会写作，例如有着远大政治抱负的堂恩（John Donne）于 1621 年出任圣保罗大教堂的住持大牧师，诗人赫伯特（George Herbert）和赫立克（Robert Herrick）都是英国国教会——圣公会（Anglicanism）的牧师，拉弗勒斯（Richard Lovelace）因参加保王活动在内战中被议会派囚禁两次，弥尔顿和马伏尔都出任过共和国国务院的拉丁秘书（马伏尔还在复辟后的议会中担任议员）。内战期间，诗人（或作家）分裂成保王党和清教徒两大阵营，他们的诗歌、散文也充分反映了当时英国政治、宗教和社会思想观念的激烈对抗。与此相关的一个重大事件是 1611 年钦定《圣经》英译本（The King James Bible）的出现。"圣经"（Bible）一词，源于希腊文的 ta biblia（意为"这些书"），用来指称被基督徒视为权威的书卷或作品的结集（有时也用 Sacred Scripture 或 Holy Scripture 来指称）。《圣经》有"旧约"（Old Testament）和"新约"（New Testament）两部分组成。"旧约"指涉的是上帝与以色列选民的关系，在犹太教中表达出来，最初由希伯来文写成，小部分用的是亚兰文；"新约"指涉的是上帝与整个人类的关系，在耶稣·基督的身上启示出来，最初由希腊文写成。后来"旧约""新约"合并为《圣经》，并被译成拉丁文。宗教改革运动中，在英国先后出现了威克利夫和廷代尔（William Tyndale）的英语译本。十七世纪初，由主教安德鲁斯（Bishop Lancelot Andrews）主持，召集 47 名知名学者历时 7 年，在参考前两种译本的基础上编译成了以詹姆士一世为名的"钦定本"，即 the 1611 Authorized Version of the Bible，并于 1611 年出版发行。钦定本所使用的语言简朴自然，只用了 6,000 个左右的本土英语词汇，并保留了中古英语特有的古雅韵味，与圣经式庄重的教育内容极为吻合，因而它不仅是一部重要的宗教文献，同时也成了英国散文史上一部里程碑式的著作。可以说，没有任何一种其他译本对英国社会、文

---

① ［美］SCHMIDT A. 基督教对文明的影［M］. 汪晓丹，赵巍，译. 北京：北京大学出版社，2004：357.

② CORNS T. N. The Cambridge Companion to English Poetry, Donne to Marvell［M］. 上海：上海外语教育出版社，2001：3.

化产生了更大的影响。

　　事实上，作为清教徒的弥尔顿自认为是 church – outed by the prelates（被主教逐出教会的），也就是说，诗人希望自己的诗作将用来 to deplore the general relapses of kingdoms and states from justice and God's true worship（哀悼国家从正义和真正的敬神中故态复萌的普遍状况）。① 不了解弥尔顿生活下的宗教背景和革命活动，我们就很难解读诗人的作品。弥尔顿的祖父是热诚敬虔的罗马天主教徒，他的父亲却反对天主教，改宗信了新教并成了笃实的清教徒，弥尔顿本人则经历了由一个正统的清教徒向一个不去教堂也不在家祈祷的表面上不信教者的转变。诗人曾在英国宗教改革中心剑桥大学的基督学院学习数年，原本有做牧师之意愿（神职、医学、法律在当时是最受人尊敬的职业），诗人的第一次婚姻（与有坚定保王倾向家庭背景的玛丽·鲍威尔的离合、不幸）也与宗教/政治不无关系。意大利之旅还未结束即赶回国内，是因为他听到了国内动乱的消息，回国后立即投入到宗教/政治论争之中。共和国成立不久，即担任国务院的拉丁秘书，一干就是十多年（即便是双目失明也未能使他停止工作），并因为为英国人民的有力声辩而实际上成了新政权的代言人。复辟之后，诗人被囚，著述遭焚，但他对自由与进步依然矢志不渝。正是那充满激情的 21 年给予了诗人直接的社会生活经验，而这种经验使他有了了解人生、人性和洞察人之动机、情感的机会，使他能够在比较广阔的视野中理解人类努力、人类悲剧的种种后果，使他有效地弥补了书本学习上的不足，从而最终创作出了辉煌灿烂的三大史诗性作品！

　　《失乐园》是一部具有浓厚宗教色彩和政治蕴涵的史诗。它首先是人之初及原罪和受惩的描述，这一题材源自《旧约·创世记》中的第二节（尤其是 2：15 – 25）和第三节（3：1 – 24）。它同时又是一部撒旦（"敌对者""魔王"之意）堕落的历史，这是根据《新约·启示录》第十二节"女人与龙"（12：7 – 9）以及《旧约·以赛亚书》第十四节"巴比伦王下到阴间"中关于 Lucifer（晨星）的描述（14：12 – 21）敷衍而成。诗人一开始就开宗明义地宣称要"阐明那永恒的天道圣理，/ 并向世人昭示天帝对人的公正"。接着诗人讲述了两次"堕落"（Falls）：撒旦反叛上帝堕入地狱；亚当、夏娃违背天条失去乐园。两次"堕落"的交汇点就是撒旦以蛇形引诱人类始祖违背禁令偷食知识之果。在最后一章中，诗人通过天使长米迦勒的口和亚当的双眼展示了人类未来的远

---

① 　CORNS T. N. The Cambridge Companion to English Poetry, Donne to Marvell ［M］. 上海：上海外语教育出版社，2001：47.

景，从大洪水、亚伯拉罕、出埃及、进入应许之地、王国的建立，直到弥赛亚（耶稣基督）道成肉身、救赎人类。诗人用十二卷一万多行诗句形象生动、气势磅礴地解读了基督教的基本教义、创世和原罪。《圣经·旧约》一开篇就断言：是上帝创造了世界，创造了世间万物，任何被造之物都无法与上帝等同；天使的堕落和人的堕落都是因为他们企图与上帝平起平坐。它还宣称，上帝创造行为的巅峰是创造了人，只有人是上帝照着自己的样子创造的，人被视为受上帝之托来看护经营被造万物的管理者。以撒旦为首的天使由于傲慢、野心而反叛上帝，堕入地狱后仍不思悔改、继续作恶，因而得到万劫不复的命运；以亚当、夏娃为代表的人受外界诱惑违背天条禁令而堕落，但在被逐之后（由于神子自愿道成肉身并死后复活）得到救赎。伴随着这种堕落，"罪"进入了人的世界并切断了上帝与被造物之间的亲和关系，导致人类偏离正道而相互残杀，只有耶稣的献身与救赎才能使人清醒过来，之后，人便开始用爱和敬虔来呵护、管理这个世界。

美国基督教研究学者施密特（Alvin Schmidt）认为：

"《失乐园》反映的是《圣经》背景：随着亚当、夏娃在伊甸园里堕落犯罪，魔鬼及其邪恶天使被赶出天庭。是为此诗名。该诗也严肃认真地描绘了由于人的堕落犯罪所带来的死亡、天堂与地狱的真实情况，天使长米迦勒关于弥赛亚（基督）来救赎人类的信息，上帝在耶稣基督里的道成肉身，以及基督的复活升天。"

"他（弥尔顿）也流露出了对人类堕落在日常生活中所产生的绵延不断的后果的忧虑。……他是在重重地提醒我们：被逐出乐园（上帝之园）的处境以及随之而来的可怕后果始终与我们相伴。"①

这也许才是史诗的真正意义吧。

如此的宗教主题之中也处处渗透着诗人对"上帝的英国臣民"所遭受的政治革命失败的反思。撒旦与上帝的冲突和对抗，实际上就是当时英国社会中代表自由的议会与专制顽固的王权之间斗争的曲折表达。作为清教徒的诗人理应颂赞上帝，但《失乐园》中的上帝形象却成了权势（王权）的象征，上帝周围的天使个个唯唯诺诺，毫无个性可言，似乎只会歌功颂德、阿谀奉承，反倒是反叛者撒旦具有鲜明生动的形象，他不仅具有毅然无畏的抗争精神和坚持不懈的韧性与恒心，而且还能身先士卒，发扬民主（对上帝所造物"人"进行报复

---

① ［美］SCHMIDT A. 基督教对文明的影［M］. 汪晓丹，赵巍，译. 北京：北京大学出版社，2004：346.

的决定是经过集体议事之后才做出的!)。这不正折射出一个失败的革命者和热忱的清教徒的复杂心境吗?在史诗的第七卷中,诗人更是婉转地表明了自己在革命失败后的处境:

> 辞别了天堂,我又站在人间,
>
> 用我这尚未喑哑的凡人歌喉,
>
> 更好地去歌唱;虽然我时运不济,
>
> 虽然我遭遇了坏时运和恶人的口舌,
>
> 并处在黑暗之中,四周危险丛生,
>
> 一片萧索,满腹寂寥。　　　　　　　(第七卷 15－21 行)

但是,诗人并不气馁,他通过撒旦的口这样表达了自己的心志:

> 战败了又有什么?
>
> 我们并没有失去一切:不挠的意志,
>
> 复仇的努力,不灭的憎恨,
>
> 永不屈从,决不妥协的勇气,
>
> 除此而外,还有什么不可征服?　　　(第一卷 105－109 行)

因此,诗人请求尤拉尼亚(即"天庭的缪斯"):

> 愿你继续管理着我的歌咏,
>
> 为我找来所剩无几的知音,
>
> 将巴克斯及其放纵之徒的
>
> 野蛮嘈杂远远地给我赶走,
>
> 驱散那曾在佛罗坡撕碎
>
> 仙乐歌手的狂乱喧闹之徒。
>
> 那里的草木山石闻乐起舞,
>
> 但美妙的丝竹却被淹没在
>
> 呕哑嘲哳的喧嚷吵闹之中,
>
> 连诗神也没法保护她的儿子。　　　　(第七卷 30－39 行)

革命失败了,革命者的处境十分险恶,但诗人依然矢志不渝、卓然不群,为自由共和国摇旗呐喊,其政治态度可见一斑!当然,诗人有时还不能直抒胸臆,只能顾此言彼,曲径通幽地暗示出自己的政治观点。且不说撒旦在地狱里那气势磅礴的演说曲折地表现着一个败而不馁的无畏革命者形象,就是诗中对亚必迭(Abdiel)不肯附和叛逆,在孤立无援的情况下毅然与撒旦及其邪恶天使决裂(第五卷,803—907 行)的描写,也可以让我们隐隐约约地感到诗人表面上是在驳斥撒旦反叛,暗地里却是在抒发自己的情怀。于是,我们在第五卷结束的时候看到：

> 忠诚的撒拉弗亚必逃如此说罢，
>
> 发现在背信弃义的天使中只有他忠诚，
>
> 在无数的虚伪者中间，唯他一人保持
>
> 着忠心、挚爱和热诚，坚定不移，
>
> 毫不动摇，不受诱惑，不畏强权；
>
> 势单力薄，相互效仿都不能使他
>
> 偏离真理，或改变他一贯的信念。
>
> 他从他们中间走出来，那是一条
>
> 充满敌意、蔑视的漫漫长路，
>
> 但他昂首挺胸，无视强暴，
>
> 以轻蔑对轻蔑，转过身去背对
>
> 那些很快就要毁灭的高傲塔楼。　　　（第五卷 896－907 行）

《失乐园》的创作目的在于说明人类不幸之根源。文学是人学，伟大的文学作品，无一例外都是对人性和人之心灵奥秘做出的生动剖析与深刻洞察，这种剖析与洞察似乎不厌其烦地传达着一个关于人的悖论：人是灵魂与肉体、神性与兽性的综合体。吴宓曾经给"人"下过一个定义："人＝半神与半动物者"，因为在天、人、物三界之中，人处于天理（一）与物象（多）之间，是一个兼具灵与肉、一与多的复合体，他以其灵魂联系着神（一），又以其形体联系着自然（多）。① 确实如此，"人一半是天使，一半是魔鬼"；人是宇宙的中心，万物之灵长，但人之内心深处（潜意识中）隐藏着"恶"，这种"恶"既可表现为自然属性方面的求生、性爱、饥饿和恐惧等欲望和感觉，又可表现为社会属性方面的权威、占有、虚荣和傲慢等欲望和感觉，它们是人类文明和教育尚未完全加以控制的东西。一般条件下，这种"恶"蛰伏在人的心底，但一旦条件许可，它就可能冲破文明（所谓的"超我"或 superego）的管束而肆意妄为，危害他人，危害社会。夏娃由于盲目无知、妄想成神而堕落；亚当由于溺爱妻子、放任情感而堕落；撒旦由于野心、骄傲、自负、奸诈而堕落。他们都是因为任由情感战胜理性，内心的"恶"一经诱惑便一发不可收拾，结果失去了乐园（或天堂）。乐园一旦失去：

> 恐怕在你们未来的族类中，
>
> 一旦恶意充斥，就会出现

---

① 杨义，陈圣生．中国比较文学批评史纲［M］．福州：福建教育出版社，2002：270.

> 这么一位，他要么是故意捣乱，
>
> 要么是受恶魔似的坏阴谋驱使，
>
> 去发明类似的器具，用于战争
>
> 和相互残杀，罪恶地肆虐人间。　　　　（第六卷 501 - 506 行）

而且会：

> 出于骄傲自负的野心出现一个人，
>
> 他不满足这公正平等、兄弟相亲
>
> 的和平幸福生活，而是奋起
>
> 篡夺不应得的统治权，主宰
>
> 自己的同胞兄弟，从地球上
>
> 把自然法规与和谐弃置一边，
>
> 用战争和敌对的陷阱来猎杀
>
> 拒绝服从他的暴虐霸权的人，
>
> （猎杀的不是畜生而是人！）　　　　（第十二卷 24 - 32 行）

由此，诗人不仅对人性恶善，而且对革命失败的根由做了痛定思痛的思考和批判。值得注意的是，诗人对人类（泛指）或者英国人民（特指）的前途依然充满着希望和信心，因为：

> 到世界消亡的条件成熟之时，
>
> 他会带着光荣和权力再次降临，
>
> 来审判生者和死者，审判不忠的死者，
>
> 回报那些忠诚者，把他们迎进
>
> 天上的或者人间的至福之境，因为
>
> 到那时，地球上时时处处都是乐园
>
> 比起此处的伊甸园远更幸福。　　　　（第十二卷 459 - 465 行）

　　于是，《失乐园》通过《圣经》题材与"堕落"主题的选择，形象地阐释了"原罪""忏悔""救赎"这样的基督教基本教义。通过撒旦与上帝、亚必迭与邪恶天使的公开对抗和诗人直接、间接的心志抒发，诗人明白地表达了自己对革命矢志不渝、败而不馁的政治情操；通过对"堕落"之因的探究和"罪""恶"的剖析，诗人深刻地反思了革命失败的原因和人类不幸的根源。诗人在史诗中反映、折射出来的宗教/政治观点和思考是多方面、深层次的。

第二节　自由观①

"自由"，其实是一个模糊的概念，人们一般认为，"不受拘束，不受限制"即是自由。《辞海》中对自由的解释是："1）通常指人身、言论、信仰、集会等方面的自由。相对于专制而言，在不同社会具有不同内容。……自由是相对的，不是绝对的，它和法律或纪律是一个统一体的两个矛盾着的侧面，人民既享受着广泛的民主和自由，同时又必须用社会主义的法律和纪律约束自己。2）在哲学上与'必然'相对，组成辩证法的一对范畴。"②"自由"的英语对等词有两个：liberty 和 freedom。前者主要指：1. 自在地（尤其在行动或生活方式中）做出选择（暗含有明智且自愿受约束之意）；2. 随心所欲地做事之权利；3. 远离身体被囚禁之状态。后者主要指：1. 不受限制地使用或享用；2. 行动与选择自由；3. 不屈从于决定力量的状况；4. 享受民权；5. 享受个人自由或未处于奴役、囚禁状态中。③ 比较一下，可以发现，所谓"自由"，主要涉及两种情况：其一，无拘无束，随心所欲；其二，在一定约束下明智地做出选择。弥尔顿把前者叫作 license（即对真正自由的滥用或用于对社会不利的方面），邪恶之徒以此为"自由"，而把后者叫作 true liberty，这种"真正的自由"只有品德高尚的人才会拥有，因而他强烈呼吁"热爱美德吧，只有美德才是自由的"。正如他在第 17 号十四行诗中所说的那样：

> 他们无知无觉，叫嚷着要自由，
>
> 真理意欲解放他们，却还在抗拒。
>
> 他们口喊自由，心里想的却是放纵；
>
> 爱自由就必须首先做到智慧和善良。

弥尔顿目睹了许多次战斗，表现出足够的耐性，所以他切身地体验到了自己经常讲的自由之原则：the freedom of the virtuous individual to do of his own will what he ought to do anyway.④（唯一的"真正自由"就是品德高尚的个体能够根据自己的意愿去做他应当做的事情的自由）

---

① 与中编第七章"为自由而奋斗"相互观照，便可对弥尔顿的宗教、公民、家庭自由观点有个全面的理解。

② 夏征农，陈至立·辞海：第六版 ［M］. 上海：上海辞书出版社，2009：3068.

③ 参考 Longman Modern English Dictionary 中的 liberty 和 freedom 词条。

④ POTTER L. A Preface to Milton ［M］. 北京：北京大学出版社，2005：68.

弥尔顿是清教徒，同时又是坚定的革命者。他一生酷爱自由，尊崇"自由意志"（free will），并为了自由而倾其毕生精力。长期议会召集伊始，弥尔顿就著文说，他们比希腊罗马文学中所赞颂的英雄更为伟大，"因为那些古代伟人将人从那些仅把外部服从强加于人而任其思想自由驰骋的暴君手中解救出来，而这些人则是把我们从暴政学说中解放出来，这些学说将暴力和堕落带入人的内心服从"。（《为斯迈克提姆拉斯一辩》）① 在最为著名的、也是最具说服力的政论散文《艾瑞帕吉提卡》中，弥尔顿更是旗帜鲜明地主张更加广泛的言论自由，恳求在共和国实现古代演说形式的自由思想交流。文章针对议会于 1643 年决定重设出版审查制度而作，是最早的捍卫出版自由的文件之一。Arepagus 本为古雅典城邦议会集会论辩之所，弥尔顿借用过来比拟英国议会两院（该文的献词正是 To the Parliament of England）。文章开头用了译自古希腊悲剧大师欧里庇得斯（Euripides）的箴言：

> This is true Liberty, when freeborn men
>
> Having to advise the public, may speak free,
>
> Which he who can, and will, deserves high praise,
>
> Who neither can nor will, may hold his peace;
>
> What can be juster in a state than this?
>
> （生而自由的人在忠告公众之时，可以自由说话，这就是真正的自由。能够并乐于自由言论者叫人称美；有言论自由未能且不愿自由言论者享有安宁，在这个国度里，还有什么比这更公正的呢？）

接着，弥尔顿运用史料论证唯有暴君方才压制、审查著书立说这一观点，并列举出版自由的种种益处与严厉审查招致的危害，由此强烈地呼吁两院重新考虑审查制度：

> It is the liberty, Lords and Commons, which your own valorous and happy counsels have purchased us, liberty which is in the nurse of all great wits; this is that which hath rarefied and enlightened our spirits like the influence of heaven, this is that which hath enfranchised, enlarged and lifted up our apprehensions degrees above themselves. （上下院的议员阁下们，你们这些勇猛、求福之士，给我们带来的正是这种自由，这种培育大智慧的自由。这种自由，一如天界，将我们的灵性纯化、升华；这种自由，将我们的领悟大大地释放、拓展、提高。）

---

① POTTER L. A Preface to Milton [M]. 北京：北京大学出版社，2005：66.

文章末尾，弥尔顿这样抒发自己的心志：

> Although I dispraise not the defense of just immunities, yet I love my peace better, if that were all. Give me liberty to know, to utter and to argue freely according to conscience, above all liberties. （虽然我并不贬损为正当特权而做的辩护，但是我更热爱自己的安宁，假如这种安宁是我的一切的话。请首先给予我求知、言论和依照良知不受拘束而论辩的自由吧！）

为着自由，他发表了五篇政论，抨击英格兰主教制度及其所犯下的罪行；为着自由，他撰写了四篇文章，反对同床异梦、没有爱情的婚姻，支持这种婚姻的解除；为着自由，他用拉丁文和英文来论证人民处决暴君的合法性，并以嬉笑怒骂的言辞反击《国王书》的攻击，消除该书的影响；为着自由，他甚至在王政复辟的前夕还在《建立自由共和国的简便现成方法》一文中，提议由"人民选举的贤哲组成大议会"来挽救处于危机中的共和国。他的散文、小册子见证了自由在英国得而复失之全过程，因而他早期政论中的热情最终变成了《建立自由共和国的简便现成方法》中的忧郁了，因为他感到他说的只不过是 the last words of our expiring liberty[①]（我们正在绝迹的自由之最后的话语）。

自由的主题，也贯穿于弥尔顿诗歌的始终。诗人 15 岁时译出两首赞美诗，颂扬的是主（上帝）把以色列人从暴君法老的手中拯救出来。21 岁写下的《圣诞晨歌》中，他把圣婴看作是打败篡位的撒旦及其追随者的英雄。诗歌与音乐是诗人早期创作中一再表现的主题，诗歌本身和诗歌题材是他关注的对象，然而，即便在这些"纯诗"之中，也时时流露出诗人对人生、对自由的思考和向往。例如，在挽歌《黎西达斯》的结句，他看见"明天他奔向清鲜的树林、新的草地"。中期偶尔为之的诗作（主要是"为时""为事"而作的感怀十四行诗）中，也时时可以发现诗人对自由的反思、对自由遭践踏的愤慨。清教徒往往崇尚成功和胜利，自以为上帝站在他们这一边，但弥尔顿并没有为议会军的胜利冲昏头脑，而是（在"致费尔法克斯将军"中）理智地警告人们："在将真理与正义从暴力中解救出来之前，/ 战争除了招致无尽的战争，还能带来什么？"而在"致克伦威尔"中，他罗列了克伦威尔重要的军事胜利之后，严正地要求将军把注意力转向国家的宗教自由之需要："但是许多事犹待进取，/ 和平创造的胜利并不比战功逊色；/ 新的敌人在鼓噪，意欲给心灵栓上锁链。"正是因为没有取得和平时期的胜利，共和国才最终垮台。所以，弥尔顿拒斥"虚构的骑士在假设的战场上 / 从事没完没了的厮杀"（第九卷 30 - 31 行）这种虚假

---

① 　POTTER L. A Preface to Milton ［M］. 北京：北京大学出版社，2005：67.

的辉煌。亚必迭在他发现并驳斥撒旦的邪恶会众之时（而不是后来在战场上）就已经战胜了撒旦；米迦勒告诫亚当：不要指望基督用决斗的方式打败撒旦；《复乐园》中的诱惑仅只是舌战而已，因为基督特别拒斥任何使用暴力来建立王国的念头。弥尔顿歌颂的是"更加坚韧的耐性和英勇的献身"（第九卷32行）。当1646年10月下议院颁布法令，废除主教制而代之以长老制时，诗人也是拍案而起，严厉声讨：

> 你们谁敢为此起誓，让市政之剑
>
> 来强暴我们那基督解放出来的良知，
>
> 用（亚·斯和拉瑟福德之流交给你们的）
>
> 长老会式的等级制度来将我们驾驭？
>
> 有些人论生活、学识，论信念、纯心
>
> 都应当像圣保罗那样备受尊敬，
>
> 现在却完全被浅薄的爱德华兹
>
> 和苏格兰人某某确定为邪说异端！
>
> ……
>
> 这时，他们将从对你们的指控中清楚看出：
>
> 新的长老不过是老"牧师"的大写符号！

王政复辟之后，弥尔顿被迫退出政治舞台，使他有了更多的时间来对自由、人性做出深层的思索。在1670年出版的《不列颠史》中，诗人精辟地论证：For liberty hath a sharp and double edge for only to be handled by just and virtuous men, to bad and dissolute it becomes a mischief unwieldy in their own hands.（因为自由有双面利刃，只配由公正、高尚之士来经营；对放荡邪恶之徒，自由便成了在手中无法操纵的胡闹。）于是，致使《失乐园》和《复乐园》中撒旦堕落的神力，也正是激发力士参孙推倒菲力士人神庙大柱，从而解放了他的民众的那种神力。正所谓的"水可载舟，亦可覆舟"！就连《失乐园》中无韵诗（blank verse）的使用（弥尔顿以前，该诗体主要用于戏剧中）也不仅仅是一种审美选择，而且是an example set, the first in English, of ancient liberty recovered to heroic poem from the troublesome and, modern bondage of rhyming①（树立了一个样本，一个在英语诗中第一个摆脱近代韵脚烦琐束缚而恢复了英雄史诗原有自由的样本）。这里的"原有自由"（ancient liberty, 原意为"自古就有的自由"）

---

① RAFFEL B. The Annotated Milton [M]. New York, Toronto, London: Bantam Books, 1999: 132.

说明以前有过先例，但后来失去了。从中可以看出诗人对"自由"的惋惜和信心：自由，就像乐园一样，已经失去，但会再次得到的！正如一首中国歌曲中所唱到的"太阳下山，明朝依旧爬上来；花儿谢了，明年还是一样地开"。

可以说，弥尔顿对自由的思考是动态的：早期基本上持乐观态度，中期接近理想化（对议会领袖们和英格兰自由再生的理想化），而晚期则充满理性睿智的深层反思。诗人在晚期的伟大诗作中给我们讲述的东西，与其说是自由可以怎样再次得到，还不如说是自由是如何失去的。《失乐园》中，撒旦的经历正是诗人对美德的失去是如何导致理智误入歧途并使得自由丧失，所做出的生动透彻的考察与阐释。

《圣经》中关于撒旦的叙述很少，弥尔顿在其《基督教教义》中用了几句话就总结了《圣经》中可以找到的依据，这些依据合起来不过是表明：撒旦是一切罪恶的始作俑者，它具有不同的称呼。撒旦堕落的过程，是从天庭大战前和大战期间的天使长（Archangel），地狱议事会中的魔鬼王子（Prince of Devils）到乐园里的引诱者（the Tempter），直至回到地狱中的蛇（Serpent）的转变过程。沈弘对此这样评述道：

> "这是一个相当复杂和在作品中不断变化的艺术形象。在天国时，这位叛逆大天使名为路西弗，是天上最亮的一颗北斗星和一位骄矜而威严的军事首领。被上帝打入地狱之后，他的名字变成了撒旦，所扮演的角色也演变成了一位邪恶的地狱魔王。为了复仇，他潜逃出地狱，前往伊甸园引诱亚当、夏娃违抗上帝的禁令。至此，他又扮演了一位狡诈诱惑者的角色。"[1]

的确如此，在做天使长之时，"他虽不是天使中第一位，却是第一流的，／他的权力、恩宠、地位都优异无比，"（《失乐园》第五卷660－661行），在同伙的眼里，他曾经"住在光明的福地，／浑身披闪无比的光辉，／胜过群星的璀璨，"（《失乐园》第一卷85－87行），"可他却对圣子深怀嫉恨。／那一天，伟大的天父宣布圣子／为弥赛亚，受膏的王，／狂傲的他无法忍受，／这光景对于他自己是一种伤害，"（《失乐园》第五卷662－666行）。在遵从天父和圣子的条件下，他是自由的，然而，狂傲（pride）使"他觉得自己受了伤害"，便不再顺从至高无上的宝座而决定公然反叛。而当他与众撒拉弗合谋背叛上帝之时，他觉得突然一阵剧痛，"双眼眩晕发黑，脑袋急速喷出浓烟，／最后在侧裂开个大口子，我（'恶／罪'）从／那里迸发而出，一个全身披挂的女神。"（《失乐园》第

---

① 沈弘. 弥尔顿的撒旦与英国文学传统 [M]. 北京：北京大学出版社，2010：105.

二卷 751 – 756 行）。一旦产生了反叛的念头，"罪"便附上身来，与之结合产生出来的只能是"死"，而"罪"与"死"结合是"无穷的痛苦""恐怖包围""烦恼不已"且"得不到片刻的宁静"［《失乐园》（第二卷 800 – 802 行)］。虽然如此，天庭大战在即，我们仍然看到"撒旦身裹金刚石和黄金的盔甲／像高塔一样昂首阔步而来"，连他的反对者亚必迭也不禁惊讶："天啊！这样的不忠不信之徒，／怎能保持如此高大的威仪呢？／他貌似强大，不可攻克；为什么／不让那道德沦丧的也失去势力和威力呢？／为什么让最虚弱的反显得最英勇？"（《失乐园》第六卷 114 – 118 行）。即便是面临强敌，他仍自豪地宣称"你称这场战争／为罪恶的战争，我却称之为光荣的战争。／休想把这天国变成你所说的地狱；这儿，纵使不由我统治，也要让我／自由居住"（《失乐园》第六卷 289 – 293 行），此时，他还具有高大的光彩形象。终于，"全能的神把浑身火焰的他倒栽葱般地／从净火天摔下来，这个敢于向全能者／挑战的神魔迅速坠下，一直落到／深不可测的地狱，被禁锢在／金刚不坏的镣铐和永不熄灭的刑火中"（《失乐园》第一卷 45 – 49 行）。

在火湖中，"他凄然回顾／伴随他的是巨大的痛苦和沮丧，／交织着顽固的傲气和坚定的仇恨"（《失乐园》第一卷 53 – 55 行）。但他并不气馁，仍然在想如何重振军威，如何再次投入战斗。在地狱里，他依旧体态魁梧，"他的头从火焰的怒涛中仰起，／双眼射出炯炯光芒，／身体的其他部分匍匐在火海上，／肢体又长又大，平浮几十丈，／体积之大，犹如传说中的怪物，／像那跟育芙相斗的地母之子，巨人泰坦，"（《失乐园》第一卷 193 – 197 行），声音洪亮，自豪地宣布自己仍然有着"不挠的意志，／热切的复仇心、不灭的憎恨，／以及永不屈服、永不退让的勇气，／还有什么比这更难战胜的呢？"（《失乐园》第一卷 106 – 109 行）。因而他坚信"与其在天堂为奴，／不如在地狱称王"（Better to reign in Hell then serve in Heav'n，第一卷 263 行），他俨然是一个不屈不挠、有勇有谋的革命者！在他的鼓舞下，军威得以重振，队伍重新召集起来，"那时，号角、喇叭／齐声奏响；所有官兵高声呐喊，／那声音震裂了地狱的苍穹，／让那自古幽冥的混沌界惊骇"（《失乐园》第一卷 540 – 543 行）。在万魔殿，他们议定了引诱新世界中新造的人堕落犯罪的复仇计划，之后，作为"地狱之王"的撒旦挺身而出，甘愿冒险去独自远征。他凭着勇敢和机智，冲出地狱之门，飞渡混沌之界，来到新造的地球上的伊甸园。

自此，撒旦的形象开始变得猥琐、矮小，他摇身变成下级天使的模样降落到尼法提斯山，越过边界，再变成鸬鹚蹲在生命树上，环顾四周，然后"降落在嬉戏着的四脚兽群之间"，"首先他变成一只目光如炬的狮子，／在二人周围漫步绕行，／接着变成一只老虎，偶然看见／在林中有两只驯良的幼鹿在游戏，／便前去蹲在近旁，并时时更换／伏视的地点，好像在选择地方，／以便一扑出去就可使之双双就擒"（《失乐园》第四卷402–408行）。亚当、夏娃入睡之后，"他像蟾蜍一样地／蹲在夏娃的耳边。他用魔术／在接近她的想象器官，借此可以／构成任何虚境、幻境、梦境；／或者吹进毒素，想玷污她的／动物的精神，这精神是从纯清血液中／提取的，好似清溪上的微风；／一旦受污，就至少会引起思想上的杂念和不满，／徒劳的希望，空虚的目的和非分的欲念／为极度的自负所鼓动而狂妄自大"（《失乐园》第四卷800–819行）。以至于连乐园的守卫洗分都嘲讽道："背叛的精灵，你不要以为自己／形貌依旧，光彩未减，／会被认为和过去那时一样，／正直而纯洁地站立在天上。／你那光彩早已因你不再向善而离去；／你如今正如你的罪行／和受刑的地方一样黑暗肮脏。"（《失乐园》第四卷835–840行）太阳落山后，"先前被加百列恐吓赶出伊甸园的／撒旦，现在改变了诡计和／罪恶的计划，要毁灭人类，／不顾自身会遭受更重的惩罚"（《失乐园》第九卷52–54行）。"他漫游全球，仔细寻找，……／最后发现蛇是野地里全部生物中／最灵巧狡猾的。经过深思熟虑，／作出最后的决定，选择蛇，／这诡计多端的小鬼，最为合适的工具。／于是，他潜进它里面去，隐藏起他那阴险的诱惑／瞒过最敏锐的眼光"（《失乐园》第九卷86–96行）。由光彩的天使一下子变成了爬行的蛇蟒，连撒旦自己都惭愧难当，"啊！肮脏堕落！不久前还与天帝并坐首位，／如今却要蜷缩在爬虫体内，和畜牲的黏液相混，／似此憧憬崇高神性的灵质，竟成肉身、兽身"（《失乐园》第九卷153–156行），在成功地诱使人犯下原罪之后，撒旦凯旋归来，回到万魔殿，并自负地向他的地狱军士发表演说，但话音刚落，"只听得四周都响起无数的舌头／发出责骂声和嘶嘶声。他十分惊诧，／但接着受惊诧的是他自己；／他觉得他的脸被拉长，变得又瘦又尖，／他的双臂被肋骨缠绕，双腿相缠，／终于摔倒下去，变成／一条巨大的蛇，尽管挣扎，／终归是徒劳，他被一种更大的力量／支配着，照着审判所定的刑罚，／变成他犯罪作案时的形状"（《失乐园》第十卷506–516行）。

　　自由不是随心所欲，为所欲为，自由一旦为傲慢、嫉妒、复仇等"罪""恶"激情所控制，超越了理性的管束，也就成了堕落和毁灭。追寻自由是值得肯定、称颂的，但过度追求的后果又是令人担忧、可怕的。撒旦由光彩照人、体态魁梧的天使，最终变成地狱中浑身恶臭、委琐矮小的蛇蟒，所暗示的也许正是这一种状况吧。弥尔顿在《失乐园》中至少有两处，通过天使的口，明确地表达了他这种有条件、有约束的自由观：

其一

　　……你讨厌憎恶那子孙，
是无可指责的，因为他们给人
平静的生活带来如此骚乱不安，
意欲压制理性的自由，但同时
你要知道，打你犯罪以来，
真正的自由就已失去：真正的自由
与正确的理性总是相伴、共处的，
离开了理性它便不会单独存在；
人的理性一旦模糊，或不服从，
不羁的欲望和涌起的激情马上
就从理性的手中夺取管理控制权，
把一直自由的人降至为奴的地步。
因此，从他任由内心卑鄙的力量
统治自由理性之后，在公正审判中
上帝就让他服从于外来的暴君，
暴君常常平白无故地压制他的
外部自由：暴君必然存在，
虽然对暴君而言，无需什么借口。　（《失乐园》第十二卷79－96行）

其二

　　那天使对他说："天与地之子啊，
听着！由于上帝，你很幸福，
但要让幸福继续，得靠你自己，
就是说，靠你的顺从、坚定不移。
这正是给予你的警告，要听从。
上帝使你完美，但不是一成不变；
他使你善良，但要保持这种善性，
得靠你的力量，你自由的本性
来号令你的意志，而不是由注定的
命运或严格的要求来过度地约束；
他要求我们的是自愿的服从，
而不是情势所迫，勉强服从
他是从不接纳，也不觉察：

若是命运决定意志而别无选择，

不自由的心怎样才能被测出

是自愿或是非自愿的服从呢？　　　（《失乐园》第五卷519－534行）

有学者①认为，自由可以从正面理解为"为了……而自由"，也就是说，为了一个崇高的目标，个人采取行动来把握必然，实现理想。这种自由直接面向目的，反抗约束的出发点和归宿都是创造自我，其结果是积极迅速地回应各种新的机会，勇敢实践，积极奋斗，造就一个美好的未来。于是，这种自由能够超越感性的欲望和功利性动机，冲破个体对本能的屈从，从而在主体的目的性中显现出本体的崇高来。自由也可以从反面来界定为"摆脱……而自由"，也就是说，摆脱种种限制自我生命活力的外部约束，以使自我无牵无挂、自由自在。这种自由与人的本能欲望（如食欲、财欲、权欲、名欲、色欲等）密切相关，直接指向行动原因，仅仅要求摆脱束缚自我的限制，所以只能解释为何如此，缺乏崇高的目的。发展自我、满足虚荣，既是动力，也是目的，其最高表现形式也不过是对现实采取不合作的批判态度，把握自己个体存在的意义。由此看来，撒旦所追求的自由只是一种"摆脱……而自由"式的自由，因而是自私、渺小的，他的外形由高大光彩到渺小委琐正是对这种缺乏崇高目的的自由的一种形象注解。弥尔顿所追求的自由是一种"为了……而自由"式的自由，所以是崇高、伟大的，他的人格与诗作历经三四百年而影响不减，其原因也就不言自明了。

第三节　教育观②

读过《失乐园》的人总会有一种感觉：诗人对教育问题很感兴趣，也会发现他在通过史诗惯例向读者展现一种健康教育的观点。事实上，弥尔顿对教育问题的思考总是与史诗中其他主要哲学问题——神学和伦理学——紧密地结合在一起的。早在1644年，弥尔顿就有了一种绝对实用的教育观，无论是为了"修复我们始祖造成的废墟"，还是为了"培养和平与战争时期所有公私事务中

①　曾思艺．探索人性，揭示生存困境——文化视角的中外文学研究［M］．北京：中国社会科学出版社，2004：1－2.

②　将本节和中编第七章第三节结合起来，读者会对弥尔顿的教育思想观点有一个全面的观照。

公正、熟练、宽宏大量地做事的人才"，我们都可以看到那种实用的特点。《论教育》中对教育目的的两种界定迥然不同，二者之间明显缺少某种联系，所提出的教育改革之依据也似乎没有将二者全部包括在内。第一种界定要"通过重新获得对上帝的正确认识来修复我们始祖造成的废墟，又通过这种认识来爱上帝、效仿上帝、向上帝看齐，因为我们可以通过拥有真正德行的灵魂来最大限度地接近他，这种真正德行的灵魂与信仰的天堂恩惠一起构成至高的完美"。实际上是把学生假定为罪人，所以要用纪律这一消除邪恶（有时还是痛苦的）的过程来将其约束。这当是清教徒的观点。

另一个界定则不一定是清教徒的观点了。它仅仅声明，教育这项事业是培养"和平与战争时期所有公私事务中公正、熟练、宽宏大量地做事的人才"，也就是造就好公民，而这和人与生俱来的有罪本性没有任何关联，只是试图强调另一个重要的事实：人性中潜在的善良。可见，在《论教育》这篇早期论文里，我们看到了弥尔顿对教育目的的两种界定，界定的依据则是两种不同的人性理念。假如弥尔顿还对他早期的教育哲学理论念念不忘的话，两种观点的冲突就会明显地表现出来，但他没有让这种冲突出现，因为他作为一个教育改革家，更加关注具体的建议而非形而上学的思考。弥尔顿给哈特里布的书信不是高度的哲学思考，没有必要对两种界定的内涵做进一步的探讨。

到了《失乐园》，情况就不一样了。弥尔顿不再关注具体的问题，而是自然地转向关注人类行为的普世性问题。史诗中显现的人类始祖亚当代表着大多数能力、倾向和问题中表现出来的人性，完全可以被视作是普世性的学生。从这样的视角来看，弥尔顿早期作品中所隐含的两种教育观便成为非常重要的事情了。

我们有理由把拉斐尔的话语视为人性本善的教育观之生动表达，而把米迦勒的话语视为人性本恶的教育观之文学表征。拉斐尔可谓是弥尔顿心中理想的教师，他一心想把潜在的完美的亚当造就成一个能够在"和平与战争时期所有公私事务中公正、熟练、宽宏大量地做事的人才"——和平时敬拜上帝，战争中抵御撒旦。米迦勒则是另一种类型的理想教师，面对的是堕落之后的人，即在人犯罪、缺少上帝荣耀之后实施教育，所以他寻求的不是神一样能力的培养而是把他学生已然造成的毁灭修复。

可见，以上两种话语在教育意义上是互补的。如果说人的目标就是与造物主处在良好的关系中，那么拉斐尔就是要帮助人通过善良本性的表现来将目标实现，而米迦勒是要让人通过邪恶本性的表现来达成目标。如果我们对两位天使导师的话语进行细致的分析，两种立足于不同人性观的基本而互补的教育目的观念自然就会昭然可见了。

　　我们可以在一开始就把弥尔顿的基本自由主题确定下来，这样便能够在两种话语中更好地看清诗人将两位好导师的教育方法呈现出来的目的之所在。在《为英国人民再辩》中那一著名的自传性质的段落中，弥尔顿叙述了自己1654年之前的大部分工作，特别是他写给哈特里布的那封书信，说那是一种旨在促进"真正而具体的自由，须在内心而非身外寻求的自由；其存在与其说取决于刀剑之恐怖，不如说取决于有节制的行为与廉正清明的生活"。他将早期关于教育问题的讲话与探讨离婚的册子，以及更有名的论证出版自由的文章都视为与自由主题相关联的文件。从中可见，最为必要的教育是"将人的心智约束在美德之中，美德是政治与个体自由的唯一真正源泉"。所以，如果我们说拉斐尔作为导师的作用是教育亚当保持其已有的自由，而米迦勒的作用是帮助他重新获得自由，那么我们就是依照弥尔顿的精神在说话。

　　诗人在心里将自由与教育联系起来，史诗第五卷里拉斐尔被派来教导亚当的委任就因此显得非常重要了：

> 促成这类话语，
> 告知他现在身处的幸福境地，
> 他享用的幸福受意志的支配，
> 随他的自由意志而行：这意志
> 是自由的但不够坚定；因此警告
> 不要大意，不要走邪道；　　　　　　（《失乐园》第五卷233–238行）

拉斐尔受命而来，明显的目的就是教导亚当得有自己的幸福，即通过学会识别自由之中所孕含的危险而保持自由，这当然是弥尔顿思想中的基本悖论，怎么解决这一悖论倒与我们的讨论无关。这一委任中与我们有直接关联的是对（弥尔顿在其所有著述中都为自己设定的）那一综合性目标——促进"真正而具体的自由，（它）是须在内心而非身外寻求的自由；其存在与其说取决于刀剑之恐怖，不如说取决于有节制的行为与廉正清明的生活"——的重新措辞。天使导师拉斐尔的目标与弥尔顿自己的目标相差并不太远。

　　还有一个事实值得注意：这一委任涉及"话语"这一理念，而特别地暗含"理性能力"之意。师者，激发理智之人也。这在拉斐尔与亚当交谈之初就明白地表达出来了。他不仅要处理非常抽象的主题材料，精神对物质的同化能力与所有物质的基本统一，而且要对这一解释做出一个引人注目的转向，即坚持认为在这种潜在的统一中有一种从身体到精神、从植物生命到动物并最终到心智的进步。

> ……灵魂从中接受理性，
>
> 而理性是其存在，或者是推论的，
>
> 或者是直觉的；推论多半是你的，
>
> 真理大多属于我们，只是在程度上
>
> 有些差别，实质上则是相同的。　　（《失乐园》第五卷 486–490 行）

导师在这样的话语中若是没有一个确定的目标，便会因其居高临下与学生谈话的糟糕艺术而受到指责。拉斐尔一开始就坚持将两种获得真理的方式——天堂导师的直觉洞察与人类通过理性行为来获得——区别开来，这恐怕不是随意而为。导师十分清楚自己心里的目标，所以在一开始就设下三个不言自明的原则：导师的知识比学生的知识要高上一个层次；但学生具有一种人类特有的能力，借助这一能力他可以接近天使的知识；他的理性力量或"话语"与高级的直观或即时洞察天赋只是在程度上有区别。

同样引人注目的还有理想的教师一开始就不得不阐明一种在弥尔顿时代备受关注的教育原则：

> 人之始祖啊，你问的是件大事，
>
> 难以言说又令人伤心；我当如何
>
> 向人类感性来讲述那不可见的
>
> 战斗天使之业绩呢？
>
> ……然而，为了你，
>
> ……不妨简单描述一下，
>
> 把灵界的东西比作身体的形式，
>
> 因为这样的表达最好。　　（《失乐园》第五卷 563–575 行）

通过感觉而获得知识这一特点的强调是当时教学理论的老生常谈，在诸如夸美纽斯的教育理论家那里甚至更为明显。有趣的是这样的老生常谈竟然在拉斐尔开始的话语中作为其训诫的理论基础而出现——弥尔顿似乎只是在教育政策的角度上思考问题。

弥尔顿把这些观念作为基础观念，这在亚当（真正的一个有培养前途的学生）如何理解、吸收他的第一堂课中可以清楚地看出来：

> 你很快地教导我们知识应该遵循的
>
> 方向，从中心到四周设置下的自然
>
> 层级；我们依凭这些知识的层级
>
> 静观默思被造之物，并拾级而上，
>
> 向上帝趋近……　　（第五卷 508–512 行）

这一教育目标的表达与现代科学家的理想相距不大，现代科学家提出用自然法则来教导知识分子，人可以学会依据法则来将其行动塑造，而用弥尔顿的神学话语来讲——他可以拾级而上，向上帝趋近。

拉斐尔并未引导学生来对现代科学家以为是好的教育这一问题进行观察，在理想的现代课程里我们也找不到（构成史诗第五、六、七、八四卷材料的）那话语中的三大主题：第一个主题与反叛天使的堕落相关；第二个主题与创世相关；第三个主题则与"天体运行"相关。

我们先来看看三个话语主题的一些共同特征。首要的特征便是每个主题都是由学生的好奇心激发出来的，老师的作用是以对学生有某种道德的或知性的益处为旨归来传授知识，所以以直觉方式拥有知识的拉斐尔每一次都通过运用人的理性力量来将知识传授给亚当。

我们或许也注意到了，这三个话题构成了三类并不相同的主题材料。天使的堕落是对超人行动的记录，属于一种将对亚当产生所有悲剧性效果的叙事。创世的叙述则与我们始祖的思想相关，就像历史地质学家的叙述与我们的思想相关一样。第三个话语题材，天体运行或者天文学，带来了约束错误动因的科学冲动这一问题。由此假定弥尔顿选择这些领域就是为了阐释一种令人称羡的主题多样性，或许并不妥当，因为诗人只是专注于上帝对待人的方式之公正性证明，即只对神学问题感兴趣而与教学法无关，不必强调创世的某些方面也根本不必讨论天体运行的问题，这便成为一个有趣的事情了。学生在三个领域里寻求知识却与史诗结构缺少必要的连续性，这或许是因为诗人在阐释健康教育原则时使用了一种有意识的艺术手法。

第一段话语旨在展示悲剧的道德效果，即那种意欲在《力士参孙》读者身上所产生的效果。此外，弥尔顿为这部悲剧写下的"序"似乎大都与拉斐尔给亚当讲述的悲剧相关。的确，假如我们的目的是讨论这部分叙述的艺术性，那么观察其演讲如何具有戏剧对话的主要特点、拉斐尔自己使合唱具有令人钦佩的功效，就不会是一件乏味的事情。我们没有见到《论教育》中那些作为学生必读的"精选历史、英雄诗歌与只有庄严论据的雅典式悲剧"，却为这第一个学生准备下了适合的想象性材料，一种与日益临近的诱惑明显相关的叙事。拉斐尔在一种合唱曲中指出行动与听众生活之间的关联性，其忠实贴近程度与古典悲剧里的合唱队为正常的观众或读者在行动与其生活之间确立的关系并无二致。

读者或许已经注意到，《力士参孙》并不只是诉诸悲悯与恐惧的情感，而且也诉诸读者借以识别诗中所涉及的所有道德问题。同样，在堕落的故事里，弥尔顿让拉斐尔来为亚当指出行动的道德意义，从而至少给我们提供了戏剧艺术家作为教师角色的绝佳说明。拉斐尔有时几乎成了行动的伴奏，指向史诗的中心主题：服从和自由（通过服从而获得）。在天堂教导的第一部分，教师可谓是运用了最高级的自觉艺术手法。

话语的第二部分，创世的叙述，对了解弥尔顿的教育理论同样有意义。亚当再一次被描述为在纯净无瑕的精神里寻求知识：

> 却又为天真无辜的欲望所引导，
>
> 想要知道自己近旁的那些事情，
>
> 眼前这个天与地的世界最初是
>
> 如何开端；何时、由何又为何造就；
>
> 伊甸园里外的一切都在其记忆之前
>
> 已经完成……　　　　　　　　　　（《失乐园》61-66行）

对弥尔顿来说，这是知识欲望从属于生活目的的健康态度，将个体的意志与神圣的意志统一起来。学生秉承这一精神，怀抱对堕落的叙述于其道德大有裨益这一崇高理想，要将更深入的知识寻求：

> 但既蒙循循赐教，我们应知的
>
> 最高智慧，地上的思想所不能
>
> 企及的事情，那就请再屈就一步，
>
> 说说对我们或许同样有用的事情，
>
> ……
>
> 如果你不禁止我们去探索，
>
> 不求将永恒帝国的奥秘来揭示，
>
> 而要把他的劳作功绩增加放大，
>
> 我们因此也就知道得更多。　　　（《失乐园》80-91行）

只要亚当持有这种态度，拉斐尔就很乐意继续他的教导：

> 不过，你所能企及的可以让你
>
> 更好地赞美造物主，又会使你
>
> 更加幸福，因而并不会叫你
>
> 充耳不闻；我从天上接受下
>
> 这一使命，来满足你的知识欲望，
>
> 了解你分内之事；界限以外的，
>
> 就不要打听……　　　　　　　（《失乐园》115-121行）

又接着说道：

> 不过知识如同食物，也需要

> 用节制将胃口约束，所知道的
>
> 应与心脑可以容纳的量相一致。 　　　　（《失乐园》126－128行）

从这第二个叙述的切实引入中，我们可得到这样一种见解：对知识的欲望必须从属于对正确行为和伦理理想的欲望。

整个创世叙述都始终从属于道德目的，这并不一定隐含着一种非艺术的教训癖，但的确是对上帝最后创造物（人）的卓越品质与其相应职责——以其造物主的形象创造出来而不会堕落——的持续强调。

> 还有一个主要工作，一切创造物的
>
> 目的；要有一个生物，不像其他的
>
> 生物那样俯卧和粗蠢，而是被赋予
>
> 理性的神圣，可以挺起身子站立，
>
> 用冷静的心胸将其他生物来统治，
>
> 而且有自知之明…… 　　　　　（《失乐园》第七卷505－510行）

拉斐尔坚持认为，人因拥有天堂导师一直呼求的理性力量而与低等动物不一样。理性无疑是统帅性的原则，但即使在理性得到满足时也须遵循适度的节制，个体因此一直享有自由，好奇心必须屈从于实用的目标和目的。

这一知性生活的头等原则不久便要以一种醒目的方式得到阐明。亚当一点儿也不为略显冗长的教训感到厌倦，继续问起天体运行的问题来。在关于天文学问题的这一部分里，弥尔顿并不怀疑天文学的价值，却对带着某些目的和动因而进行的研究（与任何学问）的价值表示怀疑。诗人显然赞同最初主宰亚当寻求知识的那些动因：坚信通过知识他可以上升，去接近上帝。若是以这种精神去聆听，亚当就已经从堕落与创世的叙述中得到了所有的益处，然而，在第八卷里，他却对那一理想视而不见：

> 当我看到这个美妙的结构，这个
>
> 由天和地组成的世界；又测量
>
> 它们的高低大小；这个地球只是
>
> 一个点、一粒沙、一个原子，
>
> 比起那苍穹及其所有的星星
>
> （似乎在无限的空间中转动）
>
> ……
>
> 只是在这暗淡的地球，
>
> 这准时的小点周围撒下光亮，
>
> 夜以继日；在她广大的视界中

　　　别无用处；想来想去，甚觉奇怪，

　　　明智而质朴的"自然"怎能如此

　　　不均衡……　　　　　　　　　　（《失乐园》第八卷15－27行）

　　学生此时的心态显然是一种表征，象征着一种并未适当从属于某一高尚道德目标的知识欲望，亚当于此不过是个蹩脚的科学家。老师的态度可能代表着所有学问中应对一个大难题（在寻求动因绝对错误之时如何教授知识？）的正确方法。弥尔顿曾经面临这样的情况，而拉斐尔的方法于他就是最合适的方法。

　　这位理想的老师并不急于去劳烦那健康的好奇心：

　　　你提问或探究，我并不加以责备，

　　　因为天堂像上帝之书放于你面前，

　　　在那里面可以读到他神奇的创作，　　（《失乐园》第八卷66－68行）

　　其后又有一段看起来好像是在争论许多科学调查的徒劳无果，可我们无法相信弥尔顿这位伽利略的粉丝与当时前沿研究的学生，会对旨在揭示自然奥秘的科学精神如此地敌对。我们更须记住，天使导师的回答不是针对个体而是针对类型：处于典型道德状态中的人。学生忘记了一点，即他要想保留自己的自由、幸福状态，他一生中的要务就是一直服从，为此，他必须使自己的欲望，包括对知识的欲望，屈从于这一生活目的。如果他以一种指责上帝的精神来寻求知识，那他就不是在寻求会让他自由的真理。而知识当使他自由，拉斐尔迄今教给亚当的知识很可能给予亚当那弥尔顿所谓的自由。不过，此时欲望的满足会减少他的自由，因为这会带来一种错误的心态、一种假定与造物主平起平坐的倾向，因而会加速亚当的堕落。

　　还须注意一点，老师很清楚学生责难赖以立足的虚假推理过程，例如，拉斐尔特别痛苦地证明"伟大或明亮并不暗含着卓越"。另外一个危险的逻辑谬论是人类不能理解一种功能就意味着功能的缺失，因为这是神圣经济学中的一个瑕疵。面对此类假定，我们最好是记着拉斐尔的责备：

　　　而广大的周天，将造物主的

　　　高大辉煌显示，他的建筑

　　　如此宽阔，墨绳如此长远；

　　　让人知晓不是住在自家房里；　　（《失乐园》第八卷100－103行）

这是诗人对傲慢与自满的回应、对谦恭的呼吁、对至高实用性的坚持。

　　然而，我们不要误以为老师拒绝满足学生的好奇心，其实紧随其后的就是对哥白尼理论的描述：

　　　倘若以太阳为世界中心；

> 别的星球都为那引力所激励，
>
> 在他周围轮回舞蹈，那会怎样？ （《失乐园》第八卷 122 – 124 行）

鉴于史诗中所涉及的是托勒密宇宙学，用老师嘴里说出的新型天文学进行推测就显得很有意思了。或许是因为弥尔顿认为后一观点如果正确对待便可能具有一些重要的道德意义——有可能成为一种手段，所以借此来纠正亚当以为地球是宇宙中心的自我中心思想。

斥责以牢记生活之中心目标的告诫结束："仅只想你与你存在相关的事情。"告诫立即在学生身上产生了效果，亚当和前一次一样令人称羡地将老师心里的普世原则做出总结：

> 不去详尽地了解遥远无用之事，
>
> 探求玄虚微妙之物，而去知晓
>
> 日常生活中摆在面前的事情，
>
> 这才是根本的智慧；此外便是
>
> 烟气、虚空或者愚蠢的鲁莽，
>
> 使我们对那极为相关的事情
>
> 反而无知无识，永远在探究。 （《失乐园》第八卷 191 – 197 行）

他由此提议，不要好高骛远而须贴地飞行，讨论眼前有益的事情。诗人希望读者相信，老师在处理一种严肃道德状态——一个从迫近的诱惑之视角看来是十分危险的状态——时所采用的方法一直很成功。

我们现在来到这一普世学生类型教育的新阶段。老师不再传授知识，而是在亚当讲述其过去遭遇时扮演乐意的听者角色。假如不把它视为一个通过自我表达来培养性格并纠正所出现缺点的过程，拉斐尔就不会以为其听者功能就是教师目的的部分实现，天堂导师在此再一次显示出好的方法来。首先，他知道如何优雅地完成许多教师用高超的艺术也完成不了的事情：他能假装自己知识不够。亚当提出讲述的请求时，拉斐尔和蔼地回答道：

> 因此，往下说吧，
>
> 那一天我并不在场…… （《失乐园》第八卷 228 – 229 行）

与那常常将自我表达欲望压制的优越知识之傲慢假定相比，这是一种健康的态度，但除此而外，老师似乎真的想知道如果自己某一天未在天堂王座前出现，他究竟会错过了什么。亚当的叙述成为良好教育的一部分并不足为怪，因为老师知道怎样通过这种方法来培养性格。

亚当的叙述很顺利，直到他被迫描述自己对夏娃的爱慕：

> 可是一接近

> 她的美色，我就觉得她似乎生来
>
> 就完美无缺，又颇具自知之明，
>
> 她要说的话，要做的事情都是
>
> 最明智、正直、谨慎和最好的。
>
> 在她面前，一切高级的知识都要
>
> 颓然而倒地；'智慧'与她交谈
>
> 也茫然若失，看上去如同'愚蠢'；
>
> '权威'与'理性'好像原本是
>
> 专门将她服侍……　　　　　　　（《失乐园》第八卷 546 – 555 行）

老师在此必须介入，这不是温和（拉斐尔惯常的风格）的时候，因为他要对付的是与亚当幸福至关重要的道德倾向问题。学生并非真的有罪，但一时间未能让那至高的人性（上帝般的理性）来统治一切。我们已经看到，拉菲尔的教导基本上都是对这种理想的训练，以便使人保留其自由。诗人指出，此处的致命倾向是拒绝认可理性的正确地位，让感性搅乱了官能的正当平衡。"所有高级的知识"，热恋中的情人大叫道，"在她面前都要颓然而倒地，"又宣告，"'权威'与'理性'来将她服侍"。这种狂热若是用来称颂天堂之美或者夏娃娇媚身体所代表的精神美的赞歌，天堂导师便不会将其打断。拉斐尔没有在对夏娃进行恰当欣赏之前打断叙述，而是在："她的步态优美，眼里全是天堂，一举一动里边都是庄重和爱怜。"（《失乐园》第八卷 488 – 489 行）出现之前。

　　这表明，身体应从属于精神，使我们能够理解自然界的脑力应从属于与超越世俗现实相关的脑力。不过，在另一种态度中，有对理性的贬抑与对感官、感觉的抬升。弥尔顿虽说不存在罪的事实，但确实有一种犯罪的趋势。在亚当宣称夏娃自身完美无缺时，他就已经处于丧失自由的严重危险中了，因而有了这严厉的斥责：

> 不要指责"自然"，她尽了她的职责，
>
> 你只消尽你的职责，不要对"智慧"
>
> 失望；在你过度推崇并不优秀的
>
> 东西而非常需要智慧在你近旁时，
>
> 你若是不让她离你而去，她就不会
>
> 将你遗弃……　　　　　　　　　（《失乐园》第八卷 561 – 566 行）

斥责是全面的，即注意到对美色的崇拜、对情感的放纵，又注意到未能在上帝创世中识别出造物主的善意和万能这一事实。斥责主要是对理性的呼唤。拉斐尔的心里一直都在确保亚当享有最大的自由，而这自由必须部分地通过压制激情、通过更多地抬升理性来获得。激情本身再次不被看作是一种邪恶，而是在未被正确归属时成为邪恶的来源。所有努力就是要培养一种均衡的心灵——希腊伦理至高者所反复思考的官能均衡：

> 你要注意，不让激情
>
> 将你做事的判断统治，这是自由意志
>
> 所不允许的……
>
> 要站稳当！
>
> 站立或者倒下，都由你自由选择。
>
> 内心里完美，就无需外部的援助；
>
> 也就将所有犯禁的诱惑一一拒斥。　（《失乐园》第八卷 635 – 643 行）

意志、理性、激情，这是弥尔顿心理学中的三个重要术语。其目的是保证那种功能间的关系会带来意志的至高行为，即与上帝的意志相一致，而老师能够很好地达成这一目的，即不是把激情当作邪恶的原则来消除掉，而是作为适当从属于理性的基本元素。可见，拉斐尔的教导自始至终都是对理性力量的训练。

拉斐尔的话语有一种理想的统一目的，对堕落的叙述、创世的故事、关于天文学的谈话全都与意志的归属（理性统治着其他所有的力量）相关。这样，人类就准备接受一种诱惑：为了一种低等、易见的好处而贬抑上帝般的理性。于是亚当的叙述在总体上是要在讲述上帝之善时把理性的力量加强，只是在其中出现对理性的贬抑时拉斐尔才插进来。我们完全可以期望一个如此训练有素的学生不会成为激情的奴隶，而会记住：他首先是以其造物主形象造就出来的理性动物。

学生堕落了，老师并非一定要受到指责。传统的素材里本来就具有这种不可或缺的堕落，经验又告诉我们，不要总是拿学生的行为（其错误明显是对教导的违背）来衡量教导的优劣。不能因为学生屈从了诱惑，我们就认为拉斐尔是个坏老师。一个重要的事实是，以第九卷所记载的诱惑来看，拉斐尔的方法无论从哪一个方面来讲都是合理的，因为他一直在加强理性的力量。

值得注意的是，弥尔顿在这里几乎没有给予夏娃任何分量，她至多是个听者，而且在理性力量的顽强约束之前就已经离去。我们高兴地注意到，将夏娃侵袭的诱惑是因为推理出现问题而获得成功，推理出现问题又是因为夏娃暂时（也是要命的）与亚当分开了。亚当不会屈从于她的逻辑谬论，却屈从于她的情感诉求，尤其是一种不真实的情愫——他可能并没有给予她必要的道德行为自由，即便这自由会导致错误的结论。这样，他在诱惑发生之前是具有强大的理性力量的，但他更好的理智被一种感情用事的东西战胜了。当他允许她离去时，他显然在心里已有天堂教导的主旨了：

> 女人啊，万物都依照上帝的旨意
>
> 所规定的那样处于最佳状态：
>
> 他双手所创造出来的一切东西，
>
> 都不留下缺陷和瑕疵，何况是人，
>
> 或者将他幸福境地来卫护（不受
>
> 外来力量的伤害）的任何事物，
>
> 危险隐藏在内心，但他有力管控；
>
> 抗击自己的意志，他不会受伤害。
>
> 但上帝让意志自由；因为顺从理性
>
> 也是自由的；他让"理性"公正，
>
> 又让她十分谨慎，永远地挺立；
>
> 防止在受到貌似美丽的好处突袭时，
>
> 她发出错误的指令；并将意志误导，
>
> 做出上帝明令禁止的事情。　　　（《失乐园》第九卷 343－356 行）

如此完全受到拉斐尔教导影响的亚当几乎不可能屈从于诱惑，但夏娃心智不如亚当，觉察错误推理、使理性过程免于情感影响的能力也比不上亚当，而且（如其所愿）接受到的是二手的教导，所以对诱惑屈从了。她的理性遭到貌似美丽的好处突袭，发出了错误的指令，换言之，夏娃正是在（理智受到更好约束的）亚当绝不会受骗的情形中成为狡猾诱惑者的牺牲品。夏娃易于受骗，能让差的理智显得较好，让自己老老实实接受奉承（她误以为是判断力），让自己认定谎言（说他已将果子享用）可以构成一些重要推导之基础并完全搅乱自己理性的过程，结果她真的相信果子的禁令（她自由的必要条件）是对自由的严重限制。这类歪理邪说若是用在亚当身上便不会产生任何效用，但夏娃是一个相对简单的牺牲品：

> 他说完了；他的话语，富含狡智，
>
> 毫不费力地赢得并进入她的心里：　（《失乐园》第九卷 733－734 行）

其后，亚当被征服，不是因为虚假的推理，而是因为他易于陷入激情，而这正是他的老师在谈及夏娃魅力的话语中提醒过的东西：

> 他毫不迟疑地吃下去，
>
> 违反自己的好识见；未受欺骗，
>
> 却被女性魅力愚蠢地征服。　　　（《失乐园》第九卷 997－999 行）。

诱惑成功了，但绝非证明拉斐尔的教导一无是处，而是对其理性的一种确认。"有许多人"，弥尔顿在《艾瑞帕吉提卡》中说，"抱怨神圣天意竟让亚当遭受越界之痛。这真是蠢话！上帝给了他理智也就给了他选择的自由，因为理智就是选择。……上帝因此让他自由，在他面前（几乎就在眼前）放上一个撩人的东西，其中蕴含了他的优点、他获得酬报的权利和对节制的赞颂。上帝在我们内心创造激情，在我们周围设置乐趣，这些东西若没有经过适当的锻炼就成为美德的有机成分，那上帝又为何将其创造呢？"

激情战胜理智，将一种邪恶原则带入人的生活，弥尔顿就必须部分地考虑由其堕落转变而来的另一类型的学生，第二亚当。为了教导这类学生，他又须列入另一类老师，这类老师始终对亚当的品格变化了然于心。犯了罪并缺少上帝荣耀的新学生不得不对自己的毁灭进行修复，而修复的途径便是重新获得对上帝的正确认识，爱上帝，尊崇上帝，服从上帝。

在罪进入其学生的生活之前，拉斐尔就努力在理智和激情之间培养一种适合的关系并加强理智的力量：激情并不一定是恶，只有在它未被置于上帝般理性力量的控制之下时才会将恶引入人的生活。与此相对，史诗最后两卷里的天堂导师米迦勒在脑子里一直有罪的事实（肉体的人战胜了精神的人）与一种需要（将由此带来的毁灭修复）。因此，他的任务就是前来清除隐藏于激情中的邪恶原则，要想完成任务，他就不能有拉斐尔那样的脾气秉性。拉斐尔温文尔雅，态度和蔼，米迦勒则在言语和行为上都佩戴上了双刃剑。

如果说拉斐尔的任务是显现上帝的善，激发一种欲望去了解他的方式并乐于据此行事，我们便可以说米迦勒的职责就是向其学生展现他那不羁的意志（未能遵从理智和顺从万能主的意志）带出来的邪恶。在《艾瑞帕吉提卡》中的另一相关段落里，弥尔顿论及的正是人性的这一面：

"一种美德若是漂泊不定，羞于见人，缺少活动，不去呼吸，从不挺身而出把对手找寻，我便无法将他恭维。……毫无疑问，我们带入世界的不是天真纯洁，而是不纯的杂质；让我们纯洁的是考验，而考验要通过对立之物。因此，美德在恶的面前如果只是个乳臭未干的孩子，对恶许给它追随者的极致之物无知无识而将它拒斥，那么它就只是一种空白的善，而不是纯粹的善……

因此，对恶的认识和了解于这个世界上人类美德之构成是必不可少的，对错误的审视于真理的确认也是十分必要的。那么，除了阅读各类论文、聆听各种理智，我们还能够如何更安全、少危险地进入那罪恶与虚伪的领域进行搜索呢？而这正是不加区别地博览群书的益处。"

　　自然而然的推论就是若因担心会传播感染而将书籍禁止，我们就得名正言顺地把《圣经》本身禁止，"因为它时常不友好地叙述亵渎神明的事情，不优雅地描述坏人的肉欲感觉，并借助伊壁鸠鲁的论据在至圣者中间引发对天意的咕哝抱怨。"教皇分子曾将《圣经》禁止，部分就是出于此类原因。不过，有趣的是，弥尔顿正是把《圣经》中的这类材料演绎成为史诗最后两卷里的教育主旨。第十一卷记录了一系列预言性的幻景，将自该隐和亚伯到挪亚时代的人类历史展示出来。这些幻景虽各有其特别的情感效果，但都是将真正忍耐的学习和恐惧、虔敬的悲伤与快乐放在一起锻炼，成就最终的效果。这样，在亚当（现在是罪人、心胸平等和沉着冷静品质的代表）面对一个恶已成其基本元素的宇宙时，他就在自己的心里边调动起那种对未来善与恶的思考。例如，第一个事件涉及亚伯的被杀——亚当之罪给无辜者带来的后果，亚当在心里很是沮丧，不明白为什么要杀死那虔敬之人。他对老师说：

　　　　老师啊，那个温顺的人，

　　　　遭了大难，他曾虔诚地献祭：

　　　　虔敬与纯洁的忠诚竟得如此回报？（《失乐园》第十一卷450－452行）

　　天堂导师跟他解释说，死是罪（亚当之罪）的自然结果。学生更觉沮丧，但绝不使用温和方法的老师毫不迟疑地添加上一幅更为可怕的画面：患病者和残疾者的幻景。幻景立即产生了必然的效果：沮丧上面又多了同情——一种健康的道德状态，但同情持续的时间并不长。极易犯罪的人被轻易地引导来对上帝待人的方式提出质疑：

　　　　为什么生命给了出来

　　　　又要如此被夺回？换个问法，

　　　　为何如此强人所难？　　　　　　　　（《失乐园》第十一卷502－4行）

这是一种需要得到立即约束的道德状态：

　　　　"造物主般的形象，"米迦勒答道，

　　　　"在他们自我糟践将放纵的欲念

　　　　服侍时就已被弃绝……"　　　　　　（《失乐园》第十一卷515－17行）

随后便是关于节制的训诫。

　　接下来是一幅赏心悦目的画面：智者享用这高度的物质文明，但落入美色的陷阱。已然是这种陷阱牺牲品的亚当却缺乏必要的判断力来将真正的和表面的善来区分。他的心里"很快偏向享乐"，幻景似乎好看得多：

　　　　米迦勒对他说，"不要凭快乐来评判

　　　　什么是最好，尽管它似乎适合于自然；

你被创造出来，原本是带着圣洁的

高贵目的，即跟神圣保持一致。

你所见到的帐幕，虽然是如此快乐，

却都是罪恶之所，住在里面的将会是

那杀戮兄弟的族类……" 　　　　　（《失乐园》第十一卷603-9行）

　　老师在抨击道德缺陷倾向（拉斐尔曾在亚当对夏娃的不当狂热爱恋中很快觉察出来）上从来就不迟疑，可现在依照身体快乐原则思考问题的冲动表现得是如此明显，以至于罪人的导师必须将倡导它的有害道德原则——伊壁鸠鲁主义——来批判。这样的伦理教训从罪中间、从激情战胜理智中产生，而堕落的亚当正是一个急需严厉约束的伊壁鸠鲁主义者，为此，米迦勒故意在下一个幻景中展示出大规模战争与不和的一个场景。亚当流下了眼泪——在貌似至福的场景中得到巨大快乐之后流下眼泪。他向老师求解，老师告诉他，不和的原因就是道德松懈，并给他指出他自己未能觉察的因果关系，以便培养其独立思考和发现因果关系的习惯。按照因果关系（而非苦乐关系）来思考问题的学生，对弥尔顿、苏格拉底和现代科学家来说都是一个更好的道德存在，因为这类学生具有的知识与其观察、归纳、演绎的能力已经成了一种道德品质。

　　这只是对一种具有深远伦理意义的教学方法之匆匆一瞥：首先对邪恶生动地呈现；其次对情感效果仔细地观察；然后进行纠正，其目的总是要让学生不带感情地看待生活事实。只有真正社交的冲动才不受约束。

　　第十二卷里的方法又完全不同。考虑到人类视力的下降，老师主要使用了直接叙事的方法。随后的事件包括宁录的故事、巴别塔的修建、亚伯拉罕与摩西及基督的生活。在主要涉及亚伯拉罕、摩西和基督的叙事之中，考察如何再次演绎通过服从而获得完全自由，以及如何让英雄叙事在米迦勒的教训中占有重要位置，这将是十分有趣的事情。（主要关涉合适生活之完美模式的）史诗末卷的教学寓意：通过服从来与上帝的意志保持一致，人类得到拯救，并将伴随自己任性违命而来的毁灭加以修复。

　　米迦勒与拉斐尔的教导相互补充：一种将理智来强化，一种为善恶的思考提供素材。一种将教育的主要目的视为对上帝般理智能力的培养，另一种因无法把人视为自足体而更加强调教育的主题：恶与善的对立。米迦勒因此开始依赖理智与情感的共同训练，抨击快乐即善、不通过精细推理而是经由事实呈现（罪与其后果的事实）的假定，这种依赖部分是一种情感效果。

　　这一教育过程的顺序与致哈特里布那封书信中的叙述很相似，弥尔顿于再三申述理智或判断力的培养之后，接着说：

　　"接下来将需要加强连续、健康的灌输，以使他们正直、坚定，用更多的善的知识与恶的仇恨来教导他们。"

　　拉斐尔所关注的是理智的力量或者"普洛西里斯"（proairesis），米迦勒关注的则是通过善的知识与恶的仇恨之教导使亚当成为正直和坚定的学生。可见，对弥尔顿而言，两位天堂导师所使用的方法或许以一种兼收并蓄的方式代表着所有好的方法。二者放在一起则构成对人性善与恶、人的理性力量与情感经验能力的共同关注，都与意志的指引密切相关，它们不仅诉诸理智、感觉、想象和感官，而且可以通过艺术、科学的主题将其目的表达出来。这是一位清教徒和人文主义诗人的观点，所关注的是整个的人性。

　　这似乎成为对其先前观点的一种理想的补充。弥尔顿在致哈特里布的书信中所提出的不是整个教育艺术，而是教育改革的问题："对一种较好教育……的自愿看法，比起那已被采用的理念范围和广度更大，时间更短，成就也更确定。"这一目的显然极富争议而无法成为哲学上的或建设性的伟大理论。一些很实用的改革已经完成，这就使弥尔顿没有将具有至高理论普世性特点的观点发表出来。弥尔顿在课程改革上有很多可说的东西，他的著述充溢着具体的建议，但对教育政策的伦理基础几乎没有说什么，对教育方法也没有说多少，对教育与那（通过完全服从上帝意志而获得的）自由的基本主题则完全没有说什么。

　　正是在这里，《失乐园》的艺术话语给我们提供了在散体论文中见不到的哲学元素。人类通过遵从律法而得到自由——这是拉斐尔和米迦勒话语中的共同主题。于是教育和神学、伦理学和政治学有机地联系起来。建议不再是由一个热心改革现行教育方法的人提出来，而是要以人性构成的基本理念和人类结局的正确概念为其开端。将亚当视为普世学生的观点因此就具有了最高意义上的普世性。这是弥尔顿对自己反复思考的一个主题所给出的艺术表达，他最晚于1654年就已开始关注这一主题，并将其与人类自由这一更为根本的主题联系起来。

　　这种成熟的观点让教育目的成为真正自由的获得。所有的教导，拉斐尔的和米迦勒的，都关注着一个事实——这种自由只能通过自愿的服从才能获得。为此，人类得到教导：上帝是万能的，撒旦不能战胜上帝。人类又被迫看到不承认这一至高地位所带来的后果。然后，又在亚当身上烙上意志自由（给予人上帝般的理智这一天赋）的伟大事实，这天赋让个体的人能够总是把上帝待人的方式理解为合适与善意的，能够引导个体的意志、强化情感、抑制激情。最后，又通过米迦勒的教导，弥尔顿对上帝万能进行了进一步的强调：上帝绝非恶的作者，他让人为罪负责。理解了这一事实，也就认可了面对后果必须经历的痛苦，也就理解了一个目标，即在基督身上获得拯救的希望。

　　我们若是愿意把这视为诗人最成熟的教育思想之文学表达，便可以来将一个观点做一番审视，这观点不仅包括人性中的善与恶，而且将教育看作是培养理性思维的正当乐趣（伴随拉斐尔话语的那种乐趣），以及乐于忍受在纠正低等激情本性期间经历的痛苦（亚当在米迦勒手里所经历的那种痛苦）之过程。主题材料是全方位的，有对天使堕落的记录、对戏剧本质的分享、对创世的叙述、对"天体运行"的科学描述，又有"旧约"叙事的历史素材和赎罪的神学思想。质言之，史诗蕴含了对正确教育方法的重要表述，其中，师生的功能处于互补的关系中：教师有时传授知识以满足学生的好奇心，有时则倾听学生的观察结果；教师时而鼓励，时而警告，更经常的则是苦口婆心地说明观察到的事实间的关系，从而使事实意味深长。例如，米迦勒指出了强壮男子与美丽女子的婚姻与其后幻景中的普遍不和之间的关系。

　　两种话语又有一种潜在的一致性：目的都是培养美德，强化意志，提升理智并使所有的官能都始终处在合适的关系中。两位老师都无意去压制感觉，而是要将感觉（与理智处于合适关系中的感觉）来培养，以便让整个人在造物主的形象中成长。这种理念绝不是一个狭隘的清教徒的思想，而是足以称为伟大的伊丽莎白时代最后一位人文主义者的观点。

第四节　两性观

　　瑞士历史学家布克哈特（Jacob Burckhardt）曾经说过，现代就产生于文艺复兴，因为正是在这个时期，人类才第一次开始把自己看作是一个人。十四、十五世纪发生在意大利的文学艺术伟大复兴的实质就是回到古代的辉煌，回到古典希腊和罗马时期西欧文化的原初资源，而将中世纪的思想成果边缘化。这种思潮反映在基督教神学上就成了这样一种认识：通向未来的关键是"回到本源"（ad fonts），即回到《圣经》文本和教父时期［自新约结束（约公元100年）到卡西顿公会议（公元481年）为止，即基督教在地中海地区逐渐成为支配性宗教力量的这段时期］的著作。①流行于这一时期的思想主流是人文主义（humanism），所关注的是优雅（elegance）在各个方面的提高和人性在各个方面

---

　　① ［美］MACGRATH A. 基督教概论［M］. 马树林，孙毅，译. 北京：北京大学出版社，2003：283 - 286.

的张扬，肯定人生、赞扬人之外美内秀、崇尚两性间的和谐关系，自然成了文学艺术经常表现的主题。

意大利之外的其他国家，通过到意大利学习、游历、外交与意大利人文主义者通信交往，或通过书籍印刷或直接研究古典文化，也紧随其后加入人文主义大潮。在英国十五世纪有写出《坎特伯雷故事集》（*The Canterbury Tales*）这样体现人文主义精神诗作的乔叟，十六世纪有塑造出一系列具有人文主义观念的人物形象（包括鲍西娅［Portia］这样集美貌、智慧与财富为一身的光辉女性形象）的莎士比亚，十七世纪则有吟唱出夹杂着清教色彩的人文主义（Christian humanism）和史诗巨制的弥尔顿。弥尔顿是肯定人生的，在《快乐的人》和《沉思的人》这两首姊妹诗篇中，我们可以看到他对生活的热爱，在他的早期十四行诗中，我们可以看到他对生活的欣赏，在《失乐园》中，我们仍然可以看到诗人对幸福人生、美丽自然的颂扬和向往。他的诗中所反映出来的人文主义自然也就带有自己的特色，即清教主义的印记。就诗中所表现出来的爱情题旨来说，弥尔顿的表现总是轻情娴雅、轻描淡写和羞羞答答，而不是文艺复兴时期的那种无所顾忌、全然公开和纵情显露。他看见乡村高楼时，只是轻轻带上一笔：

> 那里也许有美人居住，
> 牵惹着邻村少年的眼目。①

他想到漂亮女人时，只是说：

> 美人的明目脉脉生情。

说到男女合婚，他隐晦地说：

> 这都是青年诗人在夏夜
> 河畔上，独自梦想的季节。

说到万物萌生的春天，也只说它：

> ……能使人感到
> 欢乐、年轻和缠绵的情绪。
> 像下面这样稍稍浓烈的感情
> 我是个年少、温和、单纯的求爱者；
> 但我既然扭不过自己，姑娘呵，
> 我愿意把这颗心，一点薄礼，
> 忠诚送给你。

---

① 约翰·弥尔顿. 弥尔顿诗选［M］. 殷宝书，译. 北京：人民文学出版社，1858：4.

也只是被他偷偷写在意大利语的诗中，虽然这种感情比起莎士比亚的

> 呵，不要说我对你是心意不专，
>
> 虽然这别离就像减弱了情火；
>
> 我丢开灵魂，难于丢开我自己，
>
> 而我的灵魂却在你的胸中藏躲。

显得苍白、淡泊的多，当然更比不上约翰·堂恩那近乎泼皮无赖式的表达：

> 女凶手，等我因你轻蔑而死去
>
> 等你认为你从此自由了。
>
> 不再遭受我这求爱的烦扰；
>
> 我的灵魂要到你床头，会看到
>
> 你假装清白，却在坏人的怀抱。

宗教人类学家菲奥纳·鲍依（Fiona Bowie）说过这样一段话："在西方社会中，'平等的神话'掩盖了性与性别依然是组织社会的关键原则的程度。然而，当男人和女人比较他们的经历时，或者面对统计信息时，非常清楚的事实是，我们生为男人和女人，会深深影响我们一生的选择、机遇和世界观。在大多数小规模的社会里尽管程度有所差异，但性别更明显地是社会进程与结构中的关键因素。"[①] 英语语言用两个词来指涉"性"或"性别"：sex 与 gender。前者是生物意义上的，指男人或女人，含有性欲、性爱等意义（由 sex 派生而来的 sexy 即指"性感的、色情的"意义）；后者是社会学（包括语言学中的"性"）意义上的，指男性或女性（或阳性/阴性）。与之相关的一个概念：性别角色，即"被确定为男性或女性的行为与职业或被视为适合与特定性别的行为或职业"，如英语中就常用 the sterner（更严厉的）/rougher（更粗暴的）/stronger（更强壮的）sex 来指男性，用 the fair（美好的）/gentle（温顺的）/weaker（较柔弱的）sex 来指女性；汉语中也说男孩子是"调皮捣蛋的"，女孩子是"文静乖巧的"，或所谓的"严父慈母"，一旦女人掌权，则为"牝鸡司晨"，天理不容了。在大多数情形中，"性别角色"只是一种文化建构，而不是一种生物属性。

在希腊神话中，主神宙斯创造了"女人"来惩罚给人类盗来天火的普罗米修斯，这个"女人"名叫潘多拉（Pandora 即 all gifts "所有的天赋/礼物"）。她被造之时，众神赋予了她各种特别的品质，如美貌、优雅、灵巧等，但一到地球，她便受好奇心支配打开了那只火与锻冶之神赫菲斯托斯给她的盒子，将灾

---

① Bowie F. The Anthropology of Religion ［M］. New York & London：Blackwell Publishing, 2005：105.

难、疾病等邪恶尽皆放出。她成了女人之始祖，"与男人生活在一起，成了他们巨大的悲伤，只知享福，而不与他们共患难"。赫西俄德《神谱》中的这一故事给我们的暗示似乎是：即便在最完美的女人之中，也存在着邪恶与毁灭之源；（Many women are in shape Angels but in qualities Devils, painted coffins with rotten bones.①）"许多女人外形上是天使，品质上却是魔鬼；光亮的棺材，装的却是腐朽的骨头。"希伯来人的创世故事与此大不一样：它不属于自然的一部分，不是那不可依靠并有时敌视人类的男女神祇，而是一个超越宇宙、具有远见卓识的自然创造者，他"依照他自己的形象创造了人，……他创造了男性，也创造了女性。"并宣告整个创造都是善的，并为创造赐福；造出"女人"不是作为惩罚手段，而是将她描述为在主的看护和繁殖地球的感召中适合的助手。"助手"（help）一词与上帝从亚当肋骨中造出夏娃的描述（Flesh of thy flesh, bone of thy bone "你的骨中骨，肉中肉"）一起暗示了一个从属的性别，也许是仅次于上帝的形象并因此在灵性、精神上处于劣势地位。

　　深受人文主义熏陶和影响的弥尔顿认为：《圣经》是神圣感应而产生的，但对《圣经》的解释应当是个体良知在圣灵和博爱原则指导下做出的。根据《旧约·创世记》与《新约·启示录》敷衍而成的《失乐园》就是弥尔顿的良知在圣灵和博爱原则指导下，对《圣经》中所蕴含的关于性别角色、两性关系和婚姻的人文主义关怀做出的解释。从这种形象解释中，我们可以看出诗人对人类尊严和可见被造物的美好（包括性征、性爱）的推崇，因为他将这些视为神之赋予。如此阐释"创世纪"，表现人之始祖亚当和夏娃，实际上说明并推进了文艺复兴式的古典和基督教思想的革新之合流。

　　在《旧约·创世记》中，造物主说："It is not good that the man should be alone, I will make him a help meet for him"（那人独居不好，我要为他造一个合适的帮手/帮助他的配偶）。弥尔顿没有否认女人在灵性或道德天赋方面的可完善性，他将男女结合的婚姻界定为 mutual help（"相互帮助"），而这种帮助是通过精神上的伙伴关系与家庭生活中的帮助，即舒适中的协作而显现出来的。他相信，夫妇关系仅次于个人与上帝的关系，是个人幸福或悲伤的主要源泉，所以理想的婚姻应该是建立在男女相互尊重的基础之上；他相信创造（包括男人、女人和性征、性爱）的原初之善（一度受到"罪"之伤害，但经感恩、勤勉是可以康复的），这种善的品质部分来源于诗人的感觉：做"帮手"并不是做奴

---

　　①　DANNIELSON D. The Cambridge Companion to Milton ［M］. 上海：上海外语教育出版社，2000：42.

隶，是一种男人、女人、天使与其创造者共有的一种感召和快乐。《失乐园》不无痛苦地承认存在邪恶，暗示在撒旦反叛之前"邪恶"（Evil）就已经在天堂存在，这就是傲慢（Pride）、色欲（Lust）、愤怒（Wrath）和贪婪（Avarice）；它承认乐园已经令人遗憾地失去，但它赞颂和张扬的却是错综复杂的两性原初和新生的杰出品质。①

　　弥尔顿承认《旧约》中夏娃是亚当"骨中骨，肉中肉"的观念。在《失乐园》的第四卷（635–638 行）中，诗人通过夏娃对亚当说的话宣告：

　　　　我的创造者和处置者啊，你吩咐的

　　　　我都听从，绝不争辩，这是上帝之命；

　　　　上帝是你的法则，你则是我的法则。

　　　　其他不用知晓，这是女人的幸福和赞美。

但是诗人大大缩小了性别间的差异。他冲破了将夏娃视为引诱者的成见，独具慧眼地表现了夏娃在堕落那天早晨单独活动的责任性动机：她对乐园（即整个自然界的缩影）出自母性关注的责任感，对乐园中邪恶存在的拒绝。她离开了，但离开的动机不是堕落的先兆，而是人修葺人类共同体和地球的责任；堕落前的夏娃是在寻找一种大生态中人与其他存在之间的多样和谐。堕落中断了这一进程，但夏娃对和解的祈求（第十卷，914–936 行）与亚当理智的回应，以及二者的真诚忏悔（第十卷末，1097–1104 行）又恢复了该进程。他赞美人（男人和女人）的尊严和善美，如在第四卷里，我们越过撒旦的肩膀看到：

　　　　两个高大挺秀的华贵身影，

　　　　如同天神，一尘不染的光彩

　　　　披挂在赤裸的庄严之上，

　　　　简直就是万物的主人。

　　　　在他们神圣的容姿上

　　　　闪耀着光辉的造物主形象，

　　　　真理、智慧、圣洁、肃穆、

　　　　自由都置于真正的虔敬之中。

　　　　人类真正的权威源自于此处，

　　　　虽然因为性别而使得他们

　　　　并不平等：他被造成机智勇猛，

---

① DANNIELSON D. The Cambridge Companion to Milton［M］. 上海：上海外语教育出版社，2000：178.

　　她却是柔和、妩媚而魅力无限；

　　他只为神而造，而她为他的神而造。　　　　　　（第四卷 288 – 299 行）

两人都是"万物之主"，充溢着神性，夏娃也包括在"真正权威"之内。虽然在后来，叙述者给予亚当的主导权要比给予夏娃的多，但伊甸园的动物却"顺从于她的召唤"（第九卷 521 行）。诗人坚持认为：每一个人都是由他或她自己和上帝共同塑造的，每一个自我越是从别的自我那里得到乐趣，就越是溢光流彩，爱在这具体的人之中也就具有了明亮的色泽。

　　盛行于十七世纪诗人们中间的一种设想是：虽然一些女人是可望而不可即的神祇，却没有几个女人是"真实且美丽的"（堂恩语）。然而弥尔顿在早期就立誓，要赶超但丁和彼特拉克，赞美那些"善与美集于一身"的人。他在 17 岁时创作了第一首英语诗，主题就是安慰遭遇女婴夭折的姐姐；早期诗《温彻斯特侯爵夫人墓志铭》将侯爵夫人置于仅次于雷彻尔（圣徒雅各之妻）的"荣耀之高位"；《悼亡妻》中，他相信自己"又一次在天堂／清清楚楚地遇见她"，尽管失明使他看不见亡妻的脸，"爱怜、甜蜜、善良在她身上闪亮，／如此透亮，脸上的愉悦谁都比不上。"；"姑娘，你正风华正茂……""那位好伯爵的女儿……"和"信仰和爱怜从未离开过你"都赞美了真实女人的精神胜利。在六首意大利十四行诗和三首拉丁语短诗中，他对女人也赞不绝口；四篇"离婚"小册子中，他为庄重信教的男人（某种程度上也有女人）倡导宗教的、文明的、家庭的自由。[①] 这一切对当时流行的针对女人的抱怨和虚构的赞颂，无疑成了一种令人耳目一新的变奏。即便是对两性间的不平等，弥尔顿也是有所反思的。未堕落的夏娃直觉地认为"你（指亚当）吩咐的／我都听从，绝不争辩，这是上帝之命"。（第四卷 635、636 行）但在摘食禁果之后，她对这个认识产生了疑问，她不知道应该"保持我权限内知识的不平等"，还是

　　弥补女性的缺陷，

　　更多地吸引他的爱，使我

　　与他更加平等，也许有时还胜过他。

　　这并不是非分的想法，（因为）

　　处于劣势，谁能享有自由？　　　　　　　　（第九卷 820 – 825 行）

其中，好像可以听到现代女权主义的音调。其实，在一个由丰富性和等级组成的多样统一的世界里，每一个人在某种意义上讲都劣于某一个人，所谓的人人

---

　　① 　DANNIELSON D. The Cambridge Companion to Milton［M］. 上海：上海外语教育出版社，2000：180.

完全平等，纯粹是一种理想，一种神话（每一个人的基因组成都是不完全相同的，这一事实不正是科学地说明了这种情形吗?）。然而，所有人都是自由的，"直至他自己奴役自己"。（第三卷 125 行）夏娃与亚当一样是自治的，他需要她，而她对此认可；她常常自然而然地离开亚当独自做一些艺术的、培育和乐善好施的事情。另外，从属者往往被赋予道德力量：夏娃、亚必迭、受人嘲弄被囚禁的瞎子参孙以及《复乐园》中那位政治上无权的希伯来英雄，只要他们完整地拥有行善的意志，就不会在道义上受损害。他们没有进行武装斗争，但是精神上的勇气无疑是两性（优也好，劣也好）都必须具有的美德品质。

　　婚姻是上帝出于善意而赋予人的。夫妇关系的真正形式是精神的，其次是生儿育女和婚床上的"相互仁慈"（mutual benevolence）。因此，弥尔顿以为，因为身体上的不忠而不是因为最为根本的精神不和而允许离婚，显然是本末倒置。一个男人拥有女人，不是将其当作奴仆，而是视为他自己的形象和荣耀，将她纳入那个上帝宣称属于他的领地之一部分，一个与他如此相像的生物竟然臣属于他，这才是伟大的荣耀！

　　婚姻是一种契约，契约中"必须首先有一种相互帮助，这种帮助首先有助于敬虔，其次有助于爱怜与和睦友好的伙伴关系，然后有助于繁衍后代与家中事务，最后有助于节制纵欲"①。其原因完全在于"相互"。于是弥尔顿将婚姻重新界定为"适合的灵魂"所进行的"得体而愉快的谈话"，这个灵魂给予那种爱的"相互享受"（mutual enjoyment）之"尊严与赐福"（dignity & blessing），而爱则是"在乐园中由上帝植入男人女人之间相互友善而有益的自然倾向性而产生出来的"，爱的每一方都是"一个甜美愉快共同体的合作伙伴"，这一共同体中有一种"平等、同质的火"，这种火只有在具有相互性质的情况下才能够存活或维持下去。②《失乐园》所体现的正是这样一种婚姻形式，亚当和夏娃的爱首先是相互尊重的，在第四卷中我们通过撒旦的耳朵听见亚当对夏娃说：

> 唯一的伙伴，所有快乐的唯一分享者，
>
> 你自己比一切都更加可爱，那天上的
>
> 掌权者创造了我们，并为我们创造
>
> 这一丰饶的世界，想必是出于至大善意，

---

① DANNIELSON D. The Cambridge Companion to Milton［M］. 上海：上海外语教育出版社，2000：183.

② DANNIELSON D. The Cambridge Companion to Milton［M］. 上海：上海外语教育出版社，2000：183.

这种善意仁厚、自在、又无穷无尽，

使我们从尘土中产生，并把我们

安置在这处处充溢着幸福的地方，

……　　　　　　　　　　　　　　　　（第四卷 411 – 412 行）

让我们永远赞美他，赞美他的恩赐，

做好他让我们做的令人愉快的活，

修枝剪叶，呵护白花，这些劳作

虽然辛苦，但有你相伴就甜蜜无边。　　（第四卷 436 – 439 行）

对此夏娃充满感激、爱怜和温顺，

我们人类的母亲这样说着，目光中

充溢着夫妇间那种纯洁的娇媚

和柔顺，半抱半依着我们的始祖，

起伏的半裸胸脯贴着他的胸口，

飘逸的金色发丝披散在四边，

他既欢喜于她的美丽又沉醉于

她温顺的魅力，带着无比的爱意

微微笑着，……　　　　　　　　　　（第四卷 492 – 499 行）

两个"适合的灵魂"就这样在进行着"得体而愉快"的交谈，

他们这样谈着话，手牵着手

走向他们那幸福的草舍，……　　　　（第四卷 688 – 689 行）

两人在树荫下的住所站住，

转过身子，向着广阔的苍穹膜拜，

赞美上帝创造了他们看得见的

天空、大气、地球和苍穹，

还有皓月普照的天界和星光

灿烂的天极，全能的造物主啊，

你创造了黑夜，也创造了白昼，

我们已经在互助互爱当中，

完成了白昼里指派给我们的劳作。　　（第四卷 720 – 728 行）

正是这种"互助互爱"（mutual love）的两性关系，构成了人类最初的"适合"婚姻，因此，诗人在亚当夏娃的"神秘的夫妇恩爱仪式"（Rites / Mysterious of connubial love,）之后放声赞叹到：

赞美你啊，夫妇之爱，神秘法则，

人类后代的真正源头，乐园中所有

公共万物中唯一的私有财产！ （第四卷 750 – 752 行）

……

他们在夜莺的催眠中相拥睡去，

百花构成的舍盖把早晨修剪过的

蔷薇撒落在他们裸露的肢体上。

幸福的伴侣，继续安睡吧！至福在此，

还求什么更大的幸福，更多的知识！ （第四卷 771 – 775 行）

夫妇之爱是神圣的，圣保罗曾在以弗所对基督徒说："你们作丈夫的，要爱你们的妻子，正如基督爱教会，为教会舍己。""爱妻子就是爱自己"（"以弗所书"5：27/28）。夫妇间的性爱是神赐的 [上帝在创世纪初设立婚姻之时，就告诉亚当、夏娃：性行为使夫妻二人成为一体（"创世纪"2：24）]，是相互爱怜，相互尊重的表达，也是上帝所喜悦的，亚当夏娃的堕落不是由性爱引起的，因为他们的性爱快乐是建立在他们祈祷上的精神契合的基础之上的。正是这种"相互性"的爱，使得亚当在被告知夏娃偷食禁果之后感到：

但是，我已将我的命运融入你的，

注定要与你同甘苦，共患难的；

要是死伴你而行，死对我就是生。

我在心里面有一种强烈的感觉：

自然的契约把我自己引向你，

你中有我，因为你的就是我的。

我们的处境无法分开，你我是一体，

一个肉体，失去你也就失去了我。 （第九卷 952 – 959 行）

因而 he scrupl'd not to eat（"他毫不迟疑地吃下"，第九卷 997 行）夏娃递过的禁果，真正做到了"同甘共苦"！

在神裁之后，亚当对妻子有过抱怨，对婚姻也有过悔恨：

"没有你，我原本是幸福的；要不是

你的骄矜和浮夸的虚荣，

在最危险的时刻，不听我事先警告，

不重视对你的怀疑，一心只想胜过

一切，甚至恶魔，和他一见高低。

不料遇见了蛇，就被愚弄、欺骗了，

你被他骗，我被你骗，我本信任你

认为你是聪明的、坚定的、成熟的，

能够抵挡一切袭击的；

却不知道只是徒有其表，不是真德，

整个是从我的肋边取出来的恶，

是弯曲的肋骨，是我沾了不幸的

左肋。如果是我多余的部分，

拔出来扔掉就算了。为什么上帝

聪明的造物主，住在最高天上的

阳性的神明，竟会在地上造出

这样新奇小巧的东西，大自然的

美的瑕疵；若只造男人和天使来

充满世界，不造女人，用其他方法

来生殖人类的后代，该多好啊！

这个祸水一降下来，便愈降愈多，

在地上产生的无数乱子，都是由于

女性的罗网，和那些与女性结亲者

之间的纠葛；或者因为找不到

合适的对象，只好退而求其次，

结果给他带来不幸和错误；

或者两相爱恋，却为父母阻拦，

或者选中了佳丽，却相见恨晚，

被自己憎恨的无耻情敌强夺了去。

这就是惹起人世间无穷灾害，

破坏家庭和平生活的原因。"

……

他不再说下去，转过身去，

夏娃没有反驳，眼泪不住地流，

头发散乱，谦卑地伏在他脚下，

抓住他的双腿，祈求和解。 （第十卷873－908行）

但在得到神启之后，在知道虽然要离开这个乐园，但"将在内心拥有一个更加幸福的乐园"之后，在夏娃表白"领我走吧，我决不迟疑。／与你同行，就是留在了乐园；／没有了你，留在此处等于放逐。／你对于我，就是天底下的一切"（第十二卷615－618行）之后，他还是将其原谅，然后：

They hand in hand with wand'ring steps and slow,

Through EDEN took thir solitarie way.

（两人手牵着手，缓慢徘徊，

孤零零地穿过伊甸园。）　　　　　　　　　（第十二卷末尾，699－700行）

他们孤独地离开了这个乐园，但是他们有真爱，有信心，就一定能寻找到"内心的那个更为幸福的乐园"！

　　质言之，弥尔顿通过对人类始祖的诗意描绘，表达了他对性别角色、两性关系和婚姻所做出的深刻、独到的思考，这种思考主要体现在三个方面。1. 他将两性关系和婚姻建立在"相互性"之上，把婚姻重新界定为"适合灵魂间得体而愉悦的谈话"，高一点或低一点的亚当、夏娃，其实是两根调至不同音高的琴弦，所追求的是相互合作，弹奏出美妙的和声；2. 他坚持妇女的精神完满、责任意识和对"所有理性愉悦"的适合性，他更为严肃地关注性关系及其反响，对性幸福和性神圣充满希望，没有人能像他那样挥洒自如而又纯洁无辜地描写过性爱幸福；3. 他对夏娃的描绘超过艺术、故事中的其他夏娃形象，在诗人的笔下，夏娃成了这样一个人：既有快乐心灵又有美丽姿容；既有荣耀、圣洁又有魅力、优雅；既有道德追求又有艺术创造力；既有鲁莽、粗俗又有宽恕、温顺；既有政治斗争性又有妩媚温柔处。他使夏娃成了一个自然界的热心呵护者，一个充满激情、感性和纯洁爱欲的伙伴，一个即兴抒情叙事诗的创作者，一个包括政治辩论在内的各种谈话的参与者，一个在堕落之后缔造和平安宁的领袖。[1] 倒退一百年，恐怕没有哪一个作家能够在《圣经》的基础上对两性和女性做出如此激进前卫的思考。

第五节　本章小结

　　蒋承勇在其主编的《世界文学史纲》"导言"中说："文学是人学，文学艺术的每一个毛孔都透射着人性的光辉。"[2]文学艺术发展的历史，其实就是人的心灵、精神生活发展的历史。"事实上，西方最早、最辉煌的古希腊文学艺术，一开始就把思考的重心放在'人'身上，担负起'认识你自己'、思考人应该

---

①　DANNIELSON D. The Cambridge Companion to Milton［M］. 上海：上海外语教育出版社，2000：189.

②　蒋承勇. 世界文学史纲［M］. 上海：复旦大学出版社，2000：2.

怎样活的神圣职责，体现出强烈的自我意识，因而在文学艺术作品中处处呈现出张扬个性、放纵原欲、肯定世俗生活和个体生命的特征，具有根深蒂固的世俗人本意识。"①紧随其后成为西方文学又一源头的希伯来文学，是一种强调绝对服从上帝意志、用理智抑制感性欲望、轻视现世生活而看重来世幸福的文学。重原始生命力和个体生命价值的情感性文学与重灵魂、重群体、重来世的理性文学由此构成西方精神生活的两极。之后的文学发展，其实就是在这两极之间忽左忽右、此消彼长、游离摇摆地发展运动。文艺复兴是这两股源头的交汇，文艺复兴时期的文学表现出一种情感和理性的综合，当然，作为一种对中世纪进行反拨的文学，它更多地向情感偏斜。莎翁的作品中有对"万物灵长"的赞颂、对爱与美的歌唱，同时也有对人性中"恶"（如麦克白的野心和奥赛罗的妒忌）的反思和探讨。处于英国文艺复兴晚期的弥尔顿，既具有深厚的古典（希腊、罗马）文学功底，又生活在一个宗教气息十分浓厚的社会、家庭环境中，而且深受意大利和本国伊丽莎白时代的人文主义思想影响，因此，在他的诗作之中，我们能够清楚地看到这三股源泉相互交融又相互碰撞的迹象，发现诗人对人和社会、对人的精神生活进行的独到而深刻的思考。

本章就弥尔顿在《失乐园》中所表现、折射出来的对人之精神或灵性方面的思考，做了一些基于社会语境和特定文本的解读。从解读中得出了以下结论：弥尔顿通过史诗题材的选择（天使与人的堕落和乐园的丧失）和直抒胸臆、曲折暗示等方式表达了对当时社会生活中的宗教/政治问题的思考；通过撒旦的经历（骄矜和野心愈大、形象就愈渺小和黯淡）和天使教诲、辩论交谈等方式表达了对自由（"真正的自由"）的看法；通过拉斐尔和米迦勒两位天使对亚当的谆谆教诲及其不同的教导方式表达自己对教育的哲学思考；通过亚当、夏娃的言行折射出自己对两性关系和婚姻的认识。质言之，诗人通过一部上万行的无韵体诗作对他所处时代人的心灵、精神生活做了一次全面、深刻的剖析和思考。

---

① 胡山林. 文学艺术与终极关怀 [M]. 北京：中国社会科学出版社，2005：322.

第十四章

史诗《失乐园》的多视角分析

　　十八世纪的英国文豪约翰逊不太喜欢弥尔顿的性格，更讨厌其政治和宗教观点，但对《失乐园》却有非常高的评价。他认为：（该史诗）"论设计可以占据第一位，论表现当在人之脑力创造成果中占据第二的位置。"（a poem which, considered with respect to design, may claim the first place, and with respect to performance the second, among the productions of human mind）其"结构设计无疑是完整的，明显符合亚里士多德的要求：有开始，有中间，也有结尾。""史诗致力于用最宜人的选文来教给人以最重要的真理。"他从五个方面对史诗成就进行了分析。

　　其一，"弥尔顿的史诗主题不是一座城市的毁灭、一个殖民地或者帝国的建立，而是几个世界的命运，天与地的革命运转；被造之物最高阶层对至高无上的君主的反叛；他们对其主人的颠覆与为此而遭受的惩罚；一个全新的具有理性的动物物种的创造；他们原有的幸福、天真、不朽的失去以及希望与和平的恢复。"（His subject is the fate of the worlds, the revolutions of heaven and of earth; rebellion against the Supreme King raised by the highest order of created beings; the overthrow of their host and the punishment for their crime; the creation of a new race of reasonable creatures; their original happiness and innocence, their forfeiture of immotality and the restoration of hope and peace.）

　　其二，在《失乐园》的性格角色之中特别值得研究的有三组：1）天使与人；2）善良天使与邪恶天使；3）天真状态中的人与罪恶状态中的人。在天使之中，拉斐尔的品性温和而镇定，平易近人而又善于交流，米歇尔则高贵而端庄。偶尔出现的阿比迭与加百利与其出现的场合很是吻合：前者孑孓独立的忠诚得到了可爱的描绘。邪恶天使的性格多种多样，撒旦是最受赞美却又是最为堕落的存在。天真时期的亚当、夏娃被赋予了天真所能够给出的一切情愫。他们之间的爱是纯真情爱和相互尊重，他们的娱乐没有奢华，他们的勤勉没有辛劳，他们对造物主说的话不过是敬佩和感激的声音。繁盛让他们没有什么可求，天真使他们没有什么可怕，然而，随着罪恶发展成为猜忌和不和，相互指责、自我辩解自然出现。他们开始用异化了的思想对待对方，把造物主当作其犯戒越轨行为的报复者而深感恐惧。最后，他们在怜悯中寻求庇护，软化与忏悔在哀求中融化。无论在堕落之前或者在堕落之后，亚当的主导地位一直没变。

其三，（史诗）包含了奇迹、造物与救赎的历史，展现了至高存在的力量和怜悯。可能的成为奇妙的，而奇妙的则变成可能的。

其四，（史诗）只有两个事件，即拉斐尔对天庭大战的叙述与米歇尔对世界未来变化的预言。二者都与大行动紧密相关：前者对亚当是一种警告，后者则是对亚当的一种安慰。

其五，力量（威力）展示那宏大的，照亮那辉煌的，强化那可怕的，暗化那阴郁的，放大那恐怖的。①

作为集弥尔顿一生经历和才学的鸿篇巨制，《失乐园》的意蕴内涵可谓是五花八门、包罗万象。本章从"诗歌与艺术、科学""史诗与宗教、教会""史诗与'人的堕落'""'正午—午夜'的时间结构"四个视角来对其进行更深层的分析。

第一节 史诗与艺术、科学

一、绘画与音乐②

文艺复兴时期的修辞与绘画紧密相连，对事物的理想描绘就是可以开口说话的画作，使用的词语要和修辞性的"色彩"一起来将画面呈现出来。写作的目的就是要人看的，所以作家的创作好像是描绘而不是讲述，读者的欣赏是观赏而非阅读。这样的描绘虽然没有严格的功能目的，但人们还是期望艺术家能够像以前荷马与维吉尔那样充分地利用各种机会来将自己这方面的才能挥洒、发挥出来。

弥尔顿在自己的诗作中也曾很好地展示过自己的文字绘画才能，才能的一

---

① HARDY J. P. Johnson's Lives of Poets: A Selection [M]. Oxford: Clarendon Press, 1971: 98-110.

② STEIN A. Milton and Metaphysical Art [J]. ELH, 1949, 16 (2).

种表现就是他对动词时态的掌控。在《失乐园》第一卷 544 - 549 行里，撒旦刚刚传下命令，竖起大旗：

> All in a moment through the gloom were seen
>
> Ten thousand Banners rise into the Air
>
> With Orient Colours waving: with them rose
>
> A Forest huge of Spears: and thronging Helms
>
> Appear'd and serried Shields in thick array
>
> Of depth immeasurable.

第一行里的 Were seen 将动作的时间设定为过去，但其后的 rise 与 waving 又将动作从过去拉出来，因而使动作似乎超越了时间。不定式的 rise 主宰着被动式 were seen，这是因为不定式标记 to 被省略，而且 rise 在节奏上是这两个诗行的高峰，但紧随其后的 rose 再次让动作回到过去。对于这样的安排，我们可以有两种解读：其一，过去时态的两个动词为两个给人以现在时之感的动词前后设置下一个框架；其二，一幅画之中的细节不可能同时都看到，必定有一个呈现的先后顺序。画作先于细节而存在，所以就巧妙地从过去时态开始。旗帜立即竖起，一时间就把抽象的逻辑时间放在了一旁；接着，时间在鲜艳旗帜迎风飘扬中被搁置起来；最后，另外的细节进入焦点，使用的则是过去时态。必须记住的是，这几个诗行的真正时态是过去时，现在时只是幻想。开始看到的细节好像就是那样发生的，后来出现的细节则更容易屈从于逻辑的顺序，看似同时发生的事情其实是有先后顺序的。

这些还只是画面的背景，而且是处于过去时态的静态背景。背景一旦完成，时态就有了变化：

> Anon they move
>
> In perfect phalanx to the Dorian mood
>
> Of Flutes and soft Recorders ——such as raised
>
> To highth of noblest temper Hero's old
>
> Arming to Battle, and instead of rage
>
> Deliberate valour breath'd, firm, and unmov'd
>
> With dread of death to flight or foul retreat,
>
> Nor wanting power to mitigate and swage
>
> With solemn touches troubl'd thoughts, and chase
>
> Anguish and doubt and fear and sorrow and pain
>
> From mortal or immortal minds.

队伍与音乐朝我们走来，用的是主动的现在时态。不过，英勇果敢的情绪在脑子里唤起别的画面（与音响和情感），而这些画面都源于过去。向前移动的队列五彩缤纷，而这部分来源于对事情的联想，事情是过去的，但一被唤醒就更像是现在，因为它们带来的是丰富多彩的过去。这或许就是前景的部分景深，也是交织在现在里面的过去之一部分。这种时间意识有双向的功用，一些分词具有暗示现在的修饰效果。如果说这还只是一种稍显勉强的微妙处理，那就让我们来看接下来的诗行：

> Thus they
>
> Breathing united force with fixed thought
>
> Mov'd on in silence to soft Pipes that charm'd
>
> Thir painful steps o're the burnt soyle：and now
>
> Advanc't in view they stand，a horrid Front
>
> Of dreadful length and dazzling Arms，in guise
>
> Of Warriers old with order'd Spear and Shield，
>
> Awaiting what command thir mighty Chief
>
> Had to impose：…

这似乎与第一段中看到的模式并无二致。聚焦一旦确定下来则可以看出过去时态，但效果并不简单，因为现在与过去交织在一起。时间不定的现在分词breathing 引出过去时的动词 moved，接着，时间不定的过去分词 advanced 又引入现在时的动词 stand。它们就在那里，来到前边立定不动，等待首领"不得不施加"的命令。

然后，出现了新的细节。明明白白地用上了现在时态：

> He through the armed Files
>
> Darts his experience't eye，and soon traverse
>
> The whole Battalion views，thir order due，
>
> Thir visages and statures as of Gods，
>
> Thir number last he summs. And now his heart
>
> Distends with pride，and hardening in his strength
>
> Glories：For never since created man，
>
> Met such imbodied force，as nam'd with these
>
> Could merit more then that small infantry
>
> Warr'd on by Cranes：

历史典故又一次把我们带入过去时态，而当我们曲里拐弯地穿过十几行回到撒

且身边时，前景的时态已是绝对的过去了。这一时态一直延续到与运动无关的拓展性描绘那一段。接下来：

> He now prepar'd
>
> To speak; whereat their doubl'd Ranks they bend
>
> From Wing to Wing, and half enclose him round
>
> With all his Peers; attention held them mute.
>
> Thrice he assya'd. …

弥尔顿和其他作家一样对历史现在时的手法十分熟悉，但与众不同的是他用现在时态将画面之一部分提至前面后立即转回到过去时态。

这种描绘简直就是绘画，而且不是那种照相式的绘画。他巧妙地安排层次景深和明暗配合，既模糊又鲜明，既具暗示又有确定，既有真实又带虚构。在遵守文学规律的同时，确保了所有这些效果，又通过最终效果而接近了绘画的效果。

第一个选段里的短语 Of depth immeasurable（具有不可测定的深度）对动词时态的效果做出了确认，给人以层次景深的印象——这在文艺复兴时期的画作背景之中很是常见。另一个短语 in guise / Of warriers old（带着古代武士的装束），尤其是其中的 in guise（装束；遮盖；伪装）带来一丝陌生感与想象中的虚构，透过这种虚构艺术获得了真实。值得注意的另一点是：对于诗人来说，一幅画无论有多少丰富的细节，都不必局限于一个框架，完全可以不被觉察地移入第二幅画、第三幅画里，一幅画的前景可以变成下一幅画的背景，如此循环往复下去。而效果（或许唯一的例外就是近景特写技术）可能依然更为接近绘画而非电影的效果。

还有一个更为重要的问题，即音乐艺术如何对文字画（verbal painting）有所贡献。尽管存在着特殊的音乐效果，但从总体上看，音乐是依照绘画的方式来将这种效果加以传达的，而且要有一些限制。的确，诗歌对"风笛与柔和的木笛"演奏的那类音乐非常敏感：开始是平静、高贵的进行曲，最后是更具个性色彩、犹豫不决而抚慰人心的节奏和旋律。我们有了一点"风笛与木笛"的即时效果，但这种效果比起前面论及的绘画之即时效果就不那么确定和完整了。或许我们已经接近风笛的音域和节奏了，但不会再有什么别的进展。还可以看到另外一种音乐效果：诗歌可以用音乐（而非绘画）的方式来对主题进行反复的渲染，使主题发生变化，得到深化：

> Mov'd on in silence to soft Pipes that charm'd
>
> Thir painful steps o're the burnt Soyle. …

不过这也得有所限制，因为绘画同样可以通过反复来对色彩和线条加以处理。我们见到的区别部分是一个空间的问题：在音乐中，你不可能一下子就把全部的东西都收纳进来，而必须耐着性子一步一步地进行。因此，我们为耳朵安排的间歇就比为眼睛安排的间歇要长一些。

音乐对主题的丰富是一种与队列的诗意丰富并行的效果，队列在眼前行进但引发人们对过去事情的联想。这些诗行含有音乐艺术成分，但更为接近绘画，在文字画中，我们似乎看到了画面，听到的音乐则要少一些。

弥尔顿在创作音乐幻觉之时，更多地使用了画家那种视觉的方式。画家借助人物的移动和脸部描绘将"从容不迫"的效果与"缓解锻造"的力量暗示出来。在弥尔顿那个时代，画家比乐师更容易见到。创造"在烧焦的土地上迈着痛苦的脚步前行"（同时受到音乐的感染）之感觉的艺术也更为常见。

弥尔顿希望得到一些绘画和音乐的效果，他将绘画和音乐艺术屈从于诗歌艺术，其实也就让诗歌艺术屈从于别的东西了。

二、天文学和望远镜①

弥尔顿早期作品里呈现出来的天文学背景来源于古代学术而非现代科学的遗产。不过，《失乐园》的读者一定不会忽略这样一个事实：弥尔顿的想象力受到了天文学的激发，而他的天文学知识属于哥白尼或伽利略，即现代科学的。

弥尔顿的想象力与其说是由新天文学教科书激发出来的，还不如说是被天体观测的真实感官经验激发出来的。就像伽利略在一个夜晚观察新宇宙那样，成长于一个自己一直坦然接受的世界中的弥尔顿，在某个场合透过望远镜"一眼就看到了所有的东西"。《失乐园》里的撒旦也是如此：

> 在他眼前，突然地出现了
> 蛮荒深渊的奥秘——漆黑一片
> 广袤无垠、浩渺无边，不知
> 到底有多高、多远。

这种经验他一直记得并在他成熟的作品里反复出现，刺激他去读书和思考，并让《失乐园》成为第一部描绘现代宇宙的诗作，在星际太空背景的衬托下演了一出大戏剧。

《失乐园》曾三次提及望远镜：1）第五卷第 261 - 262 行，"伽利略的镜

---

① NICOLSON M. Milton and the Telescope [J]. ELH, 1935, 2 (1).

子"；2）第一卷第 287－291 行，将撒旦的盾牌比作是"塔斯卡纳艺术家的光学镜子"；3）第三卷第 588－590 行，暗示伊甸乐园是：

> 一个斑点，很像天文学家
>
> 透过玻璃光学管在太阳透亮的
>
> 球体上还未见到过的斑点。

《复乐园》里也有两处提及望远镜，两次都发生在撒旦向基督展示世上的王国及其荣耀之时。福音书的作者并不关心撒旦在展示幻象时用的是什么手段，但生活在科学时代的弥尔顿却驻足惊讶道：

> 凭借什么奇特的视差或视觉的
>
> 光学技艺，在空气中放大，或者
>
> 望远镜的镜子，而急于去探索。　（《复乐园》第四卷第 40－42 行）

撒旦则在接下来的一段里回到同一理念，向基督暗示，他可以一眼就看到很多的东西，因为"我已能很好地使用我那空气显微镜"。（同上，第 56－57 行）。

弥尔顿使用了一种特别的技巧：透视。

在他之前没有哪一位诗人能像他那样把我们的想象力带到如此的高度，我们在这里可以像撒旦或者上帝那样一眼就看到天堂、地球、地狱和四周的太空。即便不是在他叙述宇宙空间的诗作中，弥尔顿也是非常地喜爱在其成熟的诗作里运用远景描绘。《复乐园》里更是有一系列的远景描绘，但都局限于我们这个世界。撒旦把基督带向那座"高山"，让他对眼前的景象一览无余："广袤的原野"、两条河流汇合入海、巨大的城市，还有帕里翁山堆放在奥萨山上——

> 景象是
>
> 如此的宏大，时而可见干涸的
>
> 沙漠，寸草不生，滴水不见。　（《复乐园》第三卷第 262－264 行）

地貌描绘足以给人以开阔无垠的印象，但弥尔顿更进一步，暗示到"随眼轻轻一转，你可以看见"（第三卷第 293 行）亚述、阿拉斯河与里海、印度河、幼发拉底河、波斯湾、阿拉伯沙漠、尼尼微、巴比伦、波斯古城和六七个别的真真假假的地方。这是《复乐园》里最为宏大的景象，但在稍小一点规模的景象中（如第四卷第 31 行里的罗马和第四卷第 236 行里的雅典）也能明显地看到这一技巧的运用。从其一而再地提及"望远镜"和"空气显微镜"中可以看出，弥尔顿的这类景象描绘与望远镜给他带来的距离感、透视感之间有着很大的关联。

《失乐园》里对透视的应用则更加复杂和精妙，地表景象在这里成了宇宙景象。由于场景在宇宙，景象大多在太空，弥尔顿就更有理由利用望远镜的技艺来描绘望远镜为世人打开视野的宇宙了。我们一次次地感觉到突如其来的远景描绘，随着撒旦，我们"惊讶地俯视整个世界突如其来、一股脑儿呈现给我们的景象"。天使尤拉尼尔给撒旦解释他没有认出的景象，听上去简直就像一位十七世纪的老师在一堂理论课上加上了透过望远镜而看到的实际景观：

> 往下俯瞰那个星球，它的那一边
> 带着源于此处的反光照射四方：
> 那是人所栖息的地球，亮光即其
> 白昼，会像另一半球那样入侵
> 黑夜；不过在那里，临近的月亮
> （对面的那颗美丽星星）及时地
> 赶来帮助，将她一月一次的半空
> 旅行停止又重新开始，周而复始，
> 用借来的光芒充盈、亏欠、充盈，
> 三变其容貌，把地球照得通亮，
> 在其苍白的领地里把黑夜阻挡。 （《失乐园》第三卷第 722 –732 行）

有时，我们在遥远的宇宙景象中看到上帝自己：

> 现在，万能的圣父自上苍
> 从他所落座的纯清天穹之
> 九霄云上的高贵王位俯瞰，
> 自己和他们的善功一览无余。 （第三卷第 56 –59 行）

更常见的则是撒旦：

> 在这圆形世界的坚实而浑浊
> 的球体上面，第一个凸面将
> 发光的内球一分为二，在
> 混沌界之外，通向幽冥界的路上，
> 撒旦落下行走。原先看上去像个
> 遥远的球体；现在则像无垠的大陆，
> 漆黑一团、蛮荒一片，裸露在不见
> 半点星光的夜色之下。 （第三卷第 418 –425 行）

又是撒旦在面朝伊甸园时，从地球上不无伤心地往下看：

> 时而朝向伊甸园，此刻在他的眼里
> 春光无限，他悲伤地注目观望着；
> 时而朝向天堂和那耀眼夺目的太阳，
> 此刻正襟危坐在子午线的高塔之上。 （第四卷第 27 –30 行）

正是透过撒旦的眼睛，我们在《失乐园》里看到了最具望远镜特点的景象：

> 好奇和惊愕地俯视这个世界
> 突如其来给出的景象，……
> 他巡视一圈（完全可以，因为
> 他高高站立在旋转的穹隆之上，
> 夜晚的阴影笼罩四方），从利比亚
> 之东边到地平线之外，大西洋中
> 承载着仙女座的缥缈轻柔的群星；
> 从北极到南极，从东至西，浏览其
> 长宽与高低，然后不做更长的停留
> 纵身而下，径直地跃入这个世界的
> 第一个区域，自由自在地在纯净的
> 大理石般的空气中逶迤、蜿蜒而行，
> 四周是无数闪闪烁烁的星星，星星
> 很是遥远，别的世界却是近在咫尺。　　（第三卷第 542－566 行）

也正是透过撒旦的双眼，我们从远处看到了自己身处的小宇宙。这个宇宙曾经非常地大，现在却和伽利略发现的其他行星并无二致：

> 这个垂悬的世界，大小像颗星星，
> 紧靠着月亮的一颗最小的星星。　　（第二卷 1052－1053 行）

这种宇宙透视感，就像所谓的"弥尔顿风格"那样极具弥尔顿的个人特色和时代特色。之前的那个世纪不会有，之后的十八世纪也不见这种惊奇。

莎士比亚生活在时间的世界里，弥尔顿则生活在空间的宇宙中。在弥尔顿的想象中，人的世界之外就是无边无际的太空，主宰《失乐园》全诗的正是这一太空，我们最初是透过撒旦的眼睛而看见这一太空的：地狱之门打开后，他一时间感到十分惊愕，定睛注视着展现在面前的混沌界。对混沌界的描绘折射出望远镜天文学所发现的新太空。当时还没有什么词语可以用来描绘太空景象，弥尔顿只好像当时的天文学家那样被迫使用了一系列的否定式表达：

> 在他眼前，突然地出现了
> 蛮荒深渊的奥秘——漆黑一片
> 广袤无垠、浩渺无边，不知
> 到底有多高、多远。维度
> 和时间、地点，全都没有了。　　（第三卷第 890－894 行）

眼前，"蛮荒深渊""自然的子宫或者坟墓""既不是海、滩，也不是气、火"

（第二卷 932 行）：撒旦在"用头、手、足或翅摸索前行"，弥尔顿则搜肠刮肚地找寻词语来对混沌界进行描绘。他来到"一个广袤的虚空"，一跃而升至"蛮荒的苍天"，强行越过"黑暗深渊"的"沸腾海湾"，历经艰险终于靠近"光明的神圣势力"，"自然"在此"首次开始其极端的边界"。弥尔顿对混沌界的描绘，无论是在用词还是在用意上都可谓是，英语诗歌中通过望远镜观察而为人描绘宇宙景象的第一次伟大尝试！很多描绘细节是古典的，一些描绘细节是中世纪的，但从根本上讲他所描绘的还是一个伽利略之前没有人想到的现代混沌界。

对混沌界的描绘只是弥尔顿描绘新太空的开始。上帝"放眼俯视自己与他们的善功"之时，我们透过上帝的眼睛看到了新太空，看到了上帝周围的神圣天堂、地球上的"幸福乐园""地狱及其间的鸿沟"。撒旦继续在空中航行，发现了"遥远的纯净天堂"，游弋于"愚人乐园"中，终于来到地球的入口。他在天堂阶梯的下层"好奇和惊愕地俯视这个世界突如其来给出的景象"（第四卷第 582 - 583 行），并"从北极到南极，从东至西，浏览其长宽与高低"，然后"纵身而下，径直地跃入这个世界"（第二卷第 560 - 561 行）。弥尔顿对其他世界的观念放在这些诗段里，大大增加了宇宙的广袤无垠，因为我们看见撒旦先是迤逦蜿蜒于群星之中，然后"穿越浩渺无边的清虚天空"而"游弋于不同世界之间"（第七卷第 102 - 103 行）。

弥尔顿首先是诗人，所以在《失乐园》里向我们展示了自己对新天文学印象做出的想象性反应，而这一反应与其神学思想前提并不完全相容。不过，弥尔顿在这里更为关注的是伦理而非玄学。就像《失乐园》里的天使那样，他撇开太空的天文学含义与形而上的思考，叮嘱亚当"只想那些与你和你的存在相关的事情"。广袤无垠的宇宙暗示着神祇（上帝）的永恒，这对他来说就足够了。宇宙已然是浩渺无边，却在向弥尔顿显示"天堂宽广的环道"，一如诗篇作者和预言家所见：

> 造物主高贵的辉煌，他建造得
>
> 如此宽广，线条如此向外延展，
>
> 人类因此知道自己并非孑孑而立，
>
> 大厦太大，人根本无法充盈其间。　　　　　　（第八卷第 100 - 104 行）

弥尔顿在成熟时期创作的诗文没有为哲学家（他们在努力寻求新天文学所激发出来的绝对、无限太空新理念）提供多少可参考的东西，不过，《失乐园》仍然不失为一个杰出的范本，我们从中可以看出望远镜天文学在多大的程度上，引发了富于想象力的人们对太空的浩瀚无垠之遐想。十七世纪的敏感人士借助"光学镜子"对夜空进行实际观测，对"似乎在高深莫测的太空中翻滚的星星"

已经有所觉察，因而再也回不到先前那种想当然的有限宇宙概念里了。《失乐园》受到新天文学的影响，其他诗人则受到《失乐园》的影响。后来的许多诗人都对弥尔顿所获得的太空印象有过一些有效的模仿，对他们来说，弥尔顿的"崇高品质"不仅是一个语言的问题，一个关于上帝和撒旦、天堂与地狱的高尚理念问题，而更多的是一个太空感的问题。十八世纪的人们开始喜欢上山川和山川景色，对"宽广景象的兴趣"日渐浓厚，透视感和太空意识开始出现在《失乐园》之后的英语写作中，这是伽利略望远镜留给后人的直接遗产，也是弥尔顿留给英国人民的遗产。弥尔顿的守护女神是尤拉尼尔，而尤拉尼尔在《失乐园》里对"散、韵文章中还未尝试过的事情"进行了成功的描绘。

第二节 史诗与宗教、教会

一、第二亚当与教会①

在《失乐园》中，学者发现了两对平行对应的三位一体关系：神圣的三位一体（Holy Trinity，圣父—圣子—圣灵）与非神圣的三位一体（Unholy Trinity，撒旦—罪—死）。二者之间的关系已然成为史诗中一个有效的艺术成分。

就夏娃而言，还存在着第三种三位一体，即"世俗的三位一体"（an earthly counterpart of Trinity）。如同罪出于撒旦之头颅，夏娃出生于亚当的肋侧；与罪和圣子一样，夏娃是以使之出生者的形象被造就出来的；如同天生的圣子，夏娃体现着地球上的救赎之爱——撒旦则是用恨对救赎之爱的戏仿。第三个成员没有十分明确地说明，但似乎指涉整个人类或者应许之子——弥赛亚。

其实，从末世论的视角上看又存在着第四种"三位一体"。史诗的表现范围和主题性质都要求它完整地展现历史上的神圣规划设计（the divine plan），通过这一设计，"伊甸园的丧失"由于一个限制性的条款（"直到一位更伟大的人／来将我们复位。"）在现实中得到了平衡。这位更伟大的人，即第二亚当，通过其教会来实现对选民的救赎，这一呈现方式不仅让弥尔顿把焦点放在自己想放的地方，而且使其结构上平行的几个三位一体得以放大、凸显。明白这第四种"三位一体"能对史诗文本中一些明显不够艺术、不够关联的文段进行解释，又

---

① MOTHER MARY C. P. The Second Adam and the Church in 'Paradise Lost' [J]. ELH, 1967, 34（2）.

能对"罪"和"死"的寓意进行证明。"基督（第二亚当）—教会—选民"。

第四种"三位一体"里的基本元素是教会（"基督的新娘"）的概念。教会就像夏娃源于亚当那样从十字架上的基督的侧面诞生出来。在写给以弗所人的书信中，我们可以明明白白地看到这一隐喻的《圣经》基础：

> "你们作丈夫的，要爱你们的妻子，正如基督爱教会，为教会舍己。要用水籍着道把教会洗净，成为圣洁，可以献给自己，作个荣耀的教会，毫无玷污、皱纹等类的病，乃是圣洁没有瑕疵的。丈夫也当照样爱妻子，如同爱自己的身子，爱妻子便是爱自己了。从来没有人恨恶自己的身子，总是保养顾惜，正像基督待教会一样，因我们是他身上的肢体。为了这个缘故，人要离开父母，与妻子连合，两人成为一体。这是极大的奥秘，但我是指着基督和教会说的。"①　　　　　　　（《以弗所书》5：25－32）

弥尔顿与其同时代的读者对"亚当—夏娃"和"基督—教会"之间的类比关系应该是非常熟悉的。仔细阅读《失乐园》第八卷中对创造夏娃的描述，我们就会发现，很多的细节似乎都是精挑细选出来以便带出这一平行比照。

弥尔顿的诗行与《圣经》文本（《启示录》）有好几处都是相同的，这包括新娘的装饰、引导她的声音、婚姻的圣洁和婚姻仪式、尊严与神秘的总体氛围。亚当的反应——"我欣喜若狂，不能自己"——就是将本段引入"启示录"里的"哈利路亚"之回声。教会的诞生在类型学上是由夏娃的创造而表现出来的。在最后的那一天，"羔羊的新娘"将从天而降来庆祝其最后的婚礼，由此圆满地成就夏娃与亚当结合的类型学意义。

夏娃的创作与亚当的幻景之间的关系并不局限于预言的总体概念，因为在史诗的意图里面，第十一、十二卷所描画的世界历史明显就是一个主要讲述基督最终得胜的预言。因此，最先呈现出来的是教会的诞生，然后才是教会以后的演变发展。当然，基督是胜利者，教会斗士也都将胜利归功于基督，不过随着众多的被救赎者最终起来把撒旦追随者空出来的位置填满，胜利的维度也就变得广阔起来了。因此，选民（即隐形的教会）被视为基督和他的教会新娘结合之最终胜利果实。

正是在这里，我们才清清楚楚地发现"神圣三位一体"中第三位所发挥的作用。正是第一个三位一体中第三位的神功才最终将"死"（第二个三位一体中的第三位）的力量摧毁，使用的手段则是把亚当与夏娃的后代——他们构成第三个三位一体——提升至永恒荣光王国中的生活，以此作为第二亚当及其教会

---

① 中国基督教协会，简化字现代标点和合本《圣经》。

的战利品。

所有这些与第二亚当和教会主题相关的暗含意义构成《失乐园》中似乎无穷无尽的艺术复杂品质的一部分。通过表明用来描述夏娃创造过程的词语意义，我们展现出史诗第十一、十二卷里场景与叙述间的有机联系。通过在"神—魔—人"三位一体的平行结构上添加上末世论的维度，我们就将史诗所传达并完成恢复乐园主题的永恒意识进行了深化。最后，它还让我们更好地理解史诗对"罪"的描写，有助于说明罪与死的语言不是累赘多余而是史诗的有机组成。

二、主线之外的副线①

弥尔顿在结束对万魔殿的描述时提到了建造师玛门，也就是古代世界的玛尔西巴：

> 据传说，他从天上
> 坠落是因为他将主神朱弗触怒，
> 被他从水晶的城垛上摔下，从清晨
> 到正午，从正午到黄昏，整个
> 炎炎夏日里都在往下坠落；
> 与夕阳一道，流星一样，从至高处
> 下落到爱琴海上的楞诺斯岛上。 （《失乐园》第一卷 740 – 746 行）

绝妙的文段，更绝妙的诗行！文段在几个层面上将快速、错误或戏仿的行动这一主题重复叙述，流露在其中的则是一种令人不可思议的沉着冷静，好像叙事的熊熊火轮突然间露出其珠光宝气的轴承。诗句要表现的是"堕落"，因而有人暗示，弥尔顿的想象在此已陷入对居于史诗中心的玛尔西巴神话故事的期待。"已陷入"的想象竟然与田园牧歌形象遥相呼应，叫人联想到一种缓慢、冷静而像炎炎夏日消亡的"坠落"，这又是为何？没有人给出解释。我们很容易回想起类似的浮雕或者间隔的时刻，尤其是在开头几卷的宇宙饰雕中——将昏昏欲睡、躺卧于火海之上的天使比作沃隆百洛萨溪流上的秋天落叶（第一卷），或者将玛门演讲结束时得到的喝彩比作风暴之后催人入眠的嘶哑乐调（第二卷），或者将撒旦飞渡混沌界眼前见到的用条金链悬在空中的世界比作月亮身边一个最细微的星星（第二卷）。

玛尔西巴故事的明显目的就是来刺一刺那夸张的万魔殿，并与接下来的诗

---

① HARTMAN G. Milton's Counterplot [J]. ELH, 1958, 25 (1).

行一道来强调一个事实：玛门的建筑与其建造者一样都不牢靠。这与前两卷的情节（描述撒旦同党在地狱的建造活动）倒是很吻合，但这些诗行通过其几近装饰性的品格揭示出来一个与这一情节同时出现的第二个情节或一条"副线"（counterplot）。这一隐隐约约的副线带来了这一嵌入寓言的对位音乐效果。

　　在弥尔顿对玛尔西巴坠落的描述中，我们不会看不出它对《圣经》节奏的戏仿："有晚上、有早晨，这是头一日。"对弥尔顿而言，创世理念总是以某种方式与这坠落联系在一起，而且，被触怒的朱弗这一画面与水晶城垛的画面融为一体继而让位于后者，天使在那炎炎夏日里坠落，如此从容不迫：

> 　　　　从清晨
>
> 到正午，从正午到黄昏，整个
>
> 炎炎夏日里都在往下坠落；

而在其下落的最后部分，光彩与轻松的形象盖过了愤怒或耻辱的形象：

> 与夕阳一道，流星一样，从至高处
>
> 下落到爱琴海上的楞诺斯岛上。

当然，仅从上下文来看，这种描写不过是纯粹的坠落，而且弥尔顿的复述也没有什么出彩或者超然的东西：

> 他们这样讲，
>
> 却是错的；因为他和这些叛逆盲众
>
> 在很久以前就已经坠落；他现在
>
> 空有一身本领，虽曾在天上将高塔
>
> 造就，也被一头抛掷下来；只好
>
> 和他辛勤的徒众在地狱里修建厅堂。（《失乐园》第一卷 746 - 751 行）

但是，在他徜徉于异教寓言的迷人疆域上时，弥尔顿先暂时离开那字面上的真理，而将其主导的想象动因显露。玛尔西巴给予他自己这样一种让人不由自主想起那创世叙述的节奏，而他的经历将上帝和未受坠落（据说晚于创世，实际却先于创世）打扰的创世暗示出来。当然，这就是弥尔顿自动将创世理念与坠落念头联系在一起的例证。然而，更深层、更根本的文本感觉是上帝的愤怒压根就不是真的愤怒，而是一种冷静的预见：任何堕落（无论是万魔殿设计者玛尔西巴的虚构堕落还是撒旦的真正堕落，抑或是亚当的普世堕落）最终都不会对创世构成什么干扰。

　　弥尔顿对神界的沉着冷静，对上帝的全能全知（知道创世将超越死和罪）的感觉在《失乐园》里用一种间接迂回的方式表现了出来，形成史诗的一条副线，而促成这一副线的主要方式则是明喻的使用。在整个史诗（特别是前两卷）

里，弥尔顿都不得不让其读者在想象中感知那种可怕的崇高品质。他似乎只能借助类比来做到这一点，但他绝少使用观察者与被观察者都处于同一平面的直接类比，而是使用放大与缩小的明喻来获得精妙的效果。例如：撒旦的盾牌被描述成挂在其肩上的月亮，而这一观察又是透过伽利略设在菲索里山或伏达诺山的望远镜做出的。这样的明喻不仅将地狱之事放大或缩小，而且总是把它们隔离开来。就像那位"托斯卡纳艺术家"透过望远镜来观察月球那样，《失乐园》的作者也是隔着一段相当的距离，透过一种既让对象清晰可见又介入在读者和对象之间的媒介来向读者展示地狱景象。弥尔顿的观察视角在时空中灵活多变，让我们对地狱真实和地狱对人或上帝具有的力量感觉永远都无法固定下来。我们知道，精灵可以随意变成任何形状，弥尔顿因此就像斯宾塞那样应用这一想象公理来将精神之战中善与恶的单纯位置观念摧毁掉。尽管如此，弥尔顿还是在第一卷里努力让我们相信：撒旦是一个真实而可怕的代理者而从来不是一种无法抗拒的力量。即便是在我们最为靠近撒旦的时候，只要我们愿意赞同弥尔顿使用的两大神圣证明手段（人的自由意志和上帝对创世得胜的预知），我们就须去除所有关于无法抗拒之影响的暗示。

人的自由意志和上帝对创世得胜的预知这两大概念，给整个史诗投上一种平静而阴沉的光辉，这种光辉来自信念之心，也源于自决之核。史诗中所使用的明喻必须说服我们，人过去和现在都"足以站立，虽然随时可能跌倒"（第二卷第99行），人的理智和意志无论遭受多么大的诱惑和侵袭都会站立在塔尖上——《复乐园》中的基督就是在这既不牢固又不稳当的塔尖上遭受最后、最大的诱惑（第四卷第541行），它们在深陷危险、激情或邪恶之时必须执着地表现出冷静的理智和外来的力量（a power working ab extra）。

这得通过几个途径来实现。例如使用地名来强调标识。那托斯卡纳（Tuscan）艺术家从菲索里（Fesole）或伏达诺（Valdarno）透过光学镜子来将月亮（撒旦的盾牌）观看，同时在斑驳陆离的球体上寻找新的土地、河流和山脉。这些地名难道不是有助于将观察者固定下来，让他远离浩渺而模糊的地狱与其未有命名、变动不居的地理状态，又使他不作离开地球借助科学超越这月球世界的企图？

外部观察者（the observer ab extra）的角色在隔不到几个诗行的一个比喻中表现得更加微妙新奇了。这个比喻讲的是天使昏昏欲睡，躺卧于地狱的火海上面：

> 密密麻麻，如同秋天的落叶撒满
>
> 弗洛布洛萨溪流，那伊特鲁尼亚

> 古木参天、枝丫勾结；又像海藻
>
> 漂浮在红海水面，俄里翁披挂罡风
>
> 将红海海岸袭扰，使那滔天巨浪
>
> 卷走布里利斯与其孟菲斯骑兵，
>
> 心怀对其食言的憎恨而将那
>
> 寄居歌珊的民众追赶；民众则已
>
> 安全上岸，回头将追逐者观看，
>
> 海上浮尸、破碎的车轮连成一片。 （《失乐园》第一卷 302 – 311 行）

没有比这更为精细调节的美学距离了！我们先是见到最大的对比点：天使匍匐于湖面一个"周围全是火"的区域，看上去就像应季落下的树叶漂浮在树荫蔽日的溪流上；接着来到下一个风暴吹散海藻的意象；最后，连焦点也不用调换就见那以色列人从"安全上岸"的地方回顾追兵浮尸的海面。简直就像是音乐，一个主题消退，另一个主题立即补上去，平静、自然死亡的意象转换到剧烈、超自然毁灭的意象。外部观察者变得清晰起来，替代了原先对神圣宁静的匆匆一瞥。

副线还可以更清晰一些吗？有一个比喻试图让我们在撒旦将其军团叫醒之前把无数地狱里受惊的众魔看得更清楚，同时也让我们（对创世泰然自若的秩序、即将来临的风暴与通过天意与自由意志的人类存活）的感觉变得更加敏锐。撒旦从众魔中间傲然起身，准备将其军团鼓动起来再做恶事：

> 在那火海的
>
> 岸边上，他站起身来，呼唤
>
> 他的军团，天使的外表，却昏昏欲睡，
>
> 躺卧着，密密麻麻，如同秋天的落叶……

但诗人自己唤起的场景完全是对撒旦声音被充分听见之前的地狱的模仿。多重比喻接着专注于俄里翁这一中心意象，这就将撒旦唤醒堕落天使的力量和上帝驱散、消灭他们的力量都勾画了出来。在这一"情节副线"里，撒旦之手与上帝意志最终竟无法分辨开来。

另一个更加复杂的例子来自第一卷末。弥尔顿将聚集在万魔殿门前的堕落天使比作是春天的蜜蜂，这显然是一个将地狱变小、把创世放大的比喻。蜜蜂是富有成效的，而其存在于撒旦的牙齿间又将地狱震耳欲聋的嘶嘶声淹没了，他们那"稻草城堡"将强过"专横的"万魔殿。可反讽还没有结束，恶魔不就是那些从食者那里带出食物、从强者那里获得甜蜜的蜜蜂吗？（《士师记》15：5 – 19）

　　这类比喻中最为著名的是对（风暴中放逐的埃涅阿斯眼中）忙乱不堪的迦太基人的描述（《埃涅阿斯记》第一卷430－440行），这或许不是巧合。被其天神母亲用云层遮住的埃涅阿斯从山顶俯视如同夏日归来的蜂群那样忙忙碌碌修造城市的人们，被迫大叫道："噢，不幸的人们，"他们的城墙已经在升起！而后，维吉尔似乎要将任何绝望的印象都驱散，继续说："太神奇了！"天神赋予他隐形的本事，他任意地走在迦太基人中间。

　　副线在此变浓起来，我们看到弥尔顿对古典文本的大胆"篡改"，埃涅阿斯一心要创建寿命远超迦太基的罗马国。在维吉尔文本中修墙造城的蜜蜂暗示出一种随季节更新、独立于特定文明的创造精神，而弥尔顿文本中的蜜蜂表征着同样的特权和希望。罩在云层中的埃涅阿斯是"外部"观察者，即那岸上之人，他急不可耐的大叫是意欲建造超越腐败（或许超越神的愤怒）的文明之人的叫声。在弥尔顿文本里，一个即将出现却还在隐身的人也发出了这种叫声：他看见玛门与其队伍修造万魔殿，撒旦的队伍在城堡四周洋洋得意地聚集。即便如此，创世的墙垣会像罗马"活过"古代世界那样像比撒旦更经久耐用吗？

　　我们若只是停留在蜜蜂的比喻上，这一切就会是假想或者外在的东西，因为这比喻与俄里翁袭扰红海这一中间意象一样，在意义上并不确定，只是一个依次起作用、再次将副线显现的一系列意象里的一种视觉枢纽，其不确定性与弥尔顿先前对专用名词的利用，以及他对枢纽政体风格的运用完全可以相媲美。通过枢纽意象和词语便可向前或向后指涉，给予诗句以非同寻常的平衡和灵活。我们来看看贯穿于几个比喻的整个调节过程：

> 所有的出入口都拥挤不堪，大门
> 和宽大的走廊，尤其那开阔的大厅
> （看上去像带顶盖的战场，英勇武士
> 惯于在此纵横驰骋，在苏丹王座前
> 向那异教徒的精锐骑兵发起挑战，
> 要与他们徒手格斗或者比拼投枪）
> 地上、空中密密匝匝，水泄不通，
> 羽翼相擦，响声一片。好似蜜蜂
> 在春天，当太阳与白羊宫并驾齐驱，
> 成群地放出幼蜂在其蜂巢的四周；
> 在清新的露珠和芳香的鲜花中间
> 飞来飞去，或者在他们稻草城堡
> 四边新近抹上蜜蜡的光木亮板上

来回走动，把那国家大事来商量。

那聚集在空中的也是密不透风，

进退艰难；突然之间，号令传来，

奇迹发生了！他们原本身躯庞大，

胜过地母那巨人族的子子孙孙，

而今却比不过最微小的侏儒，在那

狭小屋内无数会众挤在一起，宛若

那印度山外的皮格曼人或者小精灵，

他们在森林边，泉水旁，黄夜欢宴，

这景象，被那晚归的农夫瞧见，

或者梦中瞧见，"决断女神"月亮

高高地端坐于头上方，并沿着

她苍白的轨迹朝着地球慢慢靠近。

他们全神贯注，尽情地舞蹈，

耳中全是迷人心魄的快乐音响，

他且喜且惧，心脏上窜又下跳。 　　（《失乐园》第一卷 761－788 行）

将地狱军团导向我们眼前的这些意象同时表明：撒旦的胜利或失败、他真实或虚假的力量其实都掌握在一个"秘密决断者"（或者是上帝的先知先觉或者是人的自由意志）的手里。在第一个比喻里，外部观察者是苏丹，在"带顶盖的战场"斗争结果中，他作为某种撒旦给异教徒和基督徒武士蒙上一层阴影。第二个比喻在本体上并不确定，但它将撒旦成千上万的徒众从数量上减少，将他们的好战意图融入自然、宁静的创世图景中，太阳和白羊宫取代了苏丹。"奇迹发生了！"是维吉尔故事里"太神奇了！"的回声，为神圣观察者的到来做准备。庞大的徒众群体看着看着就缩小成侏儒（第三个比喻），我们知道这些"小小的骑兵"（弥尔顿如此称呼是一语双关，折射出前面几卷里的双重视角）是可以被"鹳鹤"（575－576 行，意指侏儒）比下去的。然后诗句将我们从主要行动中带出来，因为变小的恶魔又被比作小精灵，他们在午夜晚宴时被晚归的农夫发现。从地狱的在场和盛况中，我们慢慢地滑入一种田园牧歌。

然而，这静止的时刻不正隐藏着一种比地狱备战更为真实的战斗吗？这是在午夜，一天与另一天之间的枢纽，在那农夫的心里似乎也是一个要得到的类似平衡点。他对精灵群的意义甚至真实性并不完全确定，就像在冥界中把狄多的影子看了一眼的埃涅阿斯那样，他"瞧见或者梦中瞧见"某个东西，模糊不清，如同云层中的新月。这是多么深邃的寂静啊！折射出来的正是在关键枢纽上维持平衡的心境，就像远离地狱威胁和颤动的静寂点终于到达一样。不过，尽管他不确定，但头上月亮的意象还是越来越鲜明。作为决断者，月亮一直在那里，现在则向地球趋近，农夫心里且喜且惧。

显然，月亮是外部观察者（苏丹、太阳与白羊宫、农夫）的最后一个变形。原本是撒旦之类给真实或精神的战斗结果蒙上一层阴影，现在却变成了一种个体天真、自主区别力和自由理智的呈现，而自由理智如同天上的月亮与一种优越的影响力秘密的连接在一起。坚实观察者的形象在这秘密决断者形象里达到顶点。然而，这月亮还不是秘密决断者明确无误的象征。我们肯定对月亮有这样的感觉：不确定、变幻不定、清廉而有斑点，有盈也有亏。"作为决断者"的月亮似乎是成了副线，但只是个不完美的形象符号，这符号要到第四卷才显现出来。这样，整个前后、大小、侏儒或者精灵、瞧见或者梦中瞧见、远近、喜惧的循环，一直在继续着，最后我们在第一卷最后几个诗行里得知，在万魔殿的内部深处，撒旦与其至伟之主端坐在各自丝毫未变的形象中。

在《失乐园》第四卷的结尾处，加百利天使与其随从和乐园里变成蟾蜍、蹲坐于夏娃耳边的撒旦遭遇，他们之间有了英勇、傲慢的言语交流，撒旦的奚落让这队天使十分愤怒以至于他们：

> 怒火万丈，将方阵变换成新月形，
> 手持长矛围拢过来，密密匝匝，
> 一似田野里的谷物，成熟待收，
> 将其穗实的须发弯曲，随风飘摇，
> 小心的农夫站在一旁，满脸狐疑，
> 生怕打谷场上见到的全是糠壳，
> 自己的希望落空。那撒旦十分警觉，
> 他鼓足气力，鼓鼓涨涨地站立着，
> 就像特尼里夫岛或阿特拉斯山那样
> 岿然不动。他身长顶天，带着羽饰的
> "恐怖"坐于头冠上，掌中也不缺
> 那矛和盾的东西：看样子就要有
> 恐怖举动，不仅给乐园带来骚乱，
> 而且将整个繁星密布的天穹搅扰，
> 或者各种元素至少因这激烈冲突
> 而变得一团糟糕。但永生的神
> 为防止如此恐怖的宇宙争斗，

　　　　在天空悬挂上他那金色的天秤，

　　　　于处女宫和天蝎宫之间依稀可见；

　　　　他原初在此将所创的万物衡量，

　　　　用平衡的空气悬挂于地球周边，

　　　　放上秤锤，将战争与国事，

　　　　所有的一切都来权衡。　　　　　（《失乐园》第四卷978－1002行）

原先似乎是说明地狱的广大，其实是在将地狱缩小，把创造放大的比喻，竟用在这里来对抗天堂。弥尔顿把撒旦吹胀起来，将天使方阵的长矛拉远缩小成等待收割的穗实，因而在天堂和地狱之间创造出力量平衡的印象。然而，起主导作用的意象既不是撒旦也不是天使，而是麦田：先是随风弯曲飘摇的麦穗，而后是农夫心中所想。副线到此达到它最完美的形式。《失乐园》不是为了天堂或者地狱而作，而是为了创造的缘故。如果不是为了保存着"自我平衡"的地狱，如此折腾又有何意义？人随时可能跌倒，但是否可以站立起来？人与世界能否经过自治而存活下来？所有的行动都围绕并为着这一中心问题而开展。这个问题或许不能由天堂、地狱的直接冲突在超自然层面上解决掉，因为解决问题的只能是两个决断：人的自由意志和上帝的先知先觉。成熟的谷物在风中摇晃，照料谷物的心灵也在摇晃。在成熟与收割成熟之间，落下风儿、打谷场、自古就有的"麦穗"的劳作和上帝意志与人的意志之同步的问题。麦穗好像由风儿随意处置，但那农夫的思想和"希望"又当怎样呢？世界的命运就在加百利和撒旦之间，也在风与成熟的麦穗之间，更在人与其思想之间。最后，上帝那至高的决断者，用同样一对金色的天秤将平衡打乱，而地球就在这不平衡中将其原始创造来衡量。

第三节　史诗与"人的堕落"

一、亚当的堕落①

　　夏娃的堕落起源于其不当的欲望，即借助知识来超越神定等级中分派给自己的位置。亚当的堕落则是因为他没有能够将其适当的地位加以维护和巩固。

---

　　① SMITH R. E. JR. Adam's Fall [J]. ELH, 1968, 35 (4).

在神定的秩序当中，夏娃的地位低于亚当，但她妄想得到上帝那样的地位，亚当抛弃了上帝而错误地选择了夏娃。因此，夏娃的堕落是向上的，亚当的堕落则是朝下的，然而弥尔顿却坚持认为：亚当堕落的理由与夏娃堕落的理由并无二致。

对堕落所做的戏剧铺垫须从史诗的第九卷往前回溯。我们发现，夏娃在池边顾影自怜之时（第四卷第 449－466 行）就已经开始了自爱的尝试，接着又以自我为中心对宇宙进行评说（第四卷第 657－658 行），然后在睡梦中直接接受撒旦的诱惑（第四卷第 797－809 行），后来又将天、地的慷慨赐予平等对待并流露出对天使拉斐尔的妒忌。夏娃在堕落之前做出的最后一次触犯秩序的姿态是她坚持要离开亚当独自在乐园里干活（第九卷第 205－225 行）。

在回溯中，我们发现亚当的堕落在前面极少有什么铺垫，亚当只是到了第八卷才对夏娃表现出自己的弱点来。他对拉斐尔说道：

> 不过，当我看到
>
> 她的可爱时，我发现她是那么完美，
>
> 又是那么无缺……　　　　　　　　　　　　（第八卷第 546－548 行）

这一弱点在亚当未能尽到伊甸园主人的责任，而同意让夏娃独自在园中干活时又一次表现了出来。

我们还可以在亚当身上找到另外一种弱点，即亚当和夏娃一样，直接受到被禁知识的诱惑。这在亚当与天使拉斐尔的对话过程中可以清清楚楚地看出来。

如果用戏剧的视角来审视亚当与拉斐尔之间的交流，把他们当作是具体的个体而非象征性的符号，我们就会发现两个证据。其一，连续的一问一答在结构上基本是平行对等的，但又有所不同，目的是要营造出一种逐渐强化的效果。亚当每次发言都先是对天使的光临表示感谢，并向天使保证自己明白自己在神定结构中的位置和职责，然后才提出问题。渐进强化的效果表现在：亚当提出的问题越来越自负、武断，他的"知识欲望"也越来越脱离理性的控制。其二，中心隐喻包含了"食物—知识"与"好奇—胃口"这两个因素。弥尔顿在对亚当的知识胃口做比喻性的描述时，将这一胃口或食欲界定为"毫无节制"（in-temperate），甚至为"贪得无厌"（gluttonous）。

"知识"本身固然没错。对亚当开头提出的几个问题，拉斐尔并没有发现有什么不妥，因为他认为将"其他世界的奥秘显露出来"会是对上帝慷慨伟大的一种证明。既然对上帝的善举和威力的思考应当是人的最大乐趣，那么亚当对上帝了解得越多也就会感到越高兴。健康的知识欲望与不健康的知识欲望之间，区别仅仅在于其不同的起源。寻求知识如果是为了增加上帝的荣光，这种好奇和欲望便值得人们称赞；渴望知识如果是为了提高自身的地位，这种欲望就只是任性妄为了。亚当的确具有强烈的"知识欲望"，问题在于他的这种欲望是否为了正当的目的。

亚当"突发而至"的"想了解这个世界以外的事情"之欲望发生在针对这种欲望而做出的明显警告之后。撒旦在其独白（第四卷第 505－535 行）中，决定"要用更多的知识欲望来刺激他们的心智"从而成就人的堕落。几个诗行之后，史诗叙述者的声音便做出预警：

> 继续安睡吧，
>
> 绝佳的一对儿；哦，假如你们不要去
>
> 寻求更大的幸福，知道不要知道更多，
>
> 你们便依然是最幸福的生物。　　　　　　　　　　（第四卷 773－775 行）

在第四卷中花园场景的结尾处，伊瑟里尔和色芬两位天使发现撒旦"像蟾蜍那样蹲伏着，紧靠着夏娃的耳边"（第 800 行）对她说，通过知识"可以飞上天去……看到天神在那儿的生活，而你也可以这样生活"（第五卷第 80－81 行）。在第五卷的中间，我们则看到亚当第一次涌现出好奇心来：

> 就这样，他们吃饱喝足却又未过分，
>
> 亚当的心里面突然升起一个念头：
>
> 既然上天赐予他这次伟大的会面，
>
> 让他了解他这个世界之外的事情，
>
> 了解天堂居民，（他们的卓越远远
>
> 超越自己，他们灿烂的外形就是
>
> 神的光芒，他们的崇高权势超越
>
> 人类），那就不要浪费掉这次机会，
>
> 于是，他构思出自己谨慎的话语，
>
> 对天堂牧师这样开言道……　　　　　　　　　　（第五卷第 451－460 行）

只是在亚当吃下夏娃准备的饭食之后，他的思想才转向别处。吸引我们注意力的第一个词语是"突然念头"（sudden mind），因为在无忧无虑的乐园中任何突然的事情都是值得注意的，说明新的情况出现了。亚当开始时的思想是笼统的，对"这个世界以外的事情"感到迷惑，但接下来却是对自己与天使的具体比较了。尽管各自都是完美的，亚当声称在卓越上面天使还是强过自己。亚当的这一反应主要是出于对天使的敬畏，但其中暗含的妒忌也是不容忽视的。

不过，最让人感兴趣的还是亚当对自己第一个问题的内在构建。他的"话语"是"谨慎的"（wary）和"构思"（framed）出来的，而"谨慎"可以有

"胆怯"和"犹豫"的内涵［诗中另一次用到该词时是在"谨慎的魔鬼"（wary fiend）这一短语中］，动词"构思"（结构）则用以描绘谦恭、胆怯的亚当与天使初次交谈时字斟句酌、欲言又止的那种试探心态，也可以从修辞意义上来表达"细心组织语言来达成某种特殊目的"之内涵。

　　一旦开口，亚当便明显地表现出欲言又止的情态，不想流露出自己对"这个世界以外的事情的兴趣"。从表面上看，这似乎是因为他缺乏镇定：

　　　　与上帝同在的居民，我对您的恩惠，

　　　　对人的这种恩赐，现在已十分了解，

　　　　您屈尊来到人间这个简陋的住处，

　　　　尝食这些地上生长出来的果实，

　　　　不是天使的食粮，您却欣然接受，

　　　　好像是在参加上天的盛宴那样，

　　　　心甘情愿地食用；可又比什么呢？　　　　（第五卷第461 –467 行）

亚当心里想说什么，开始说了出来，然后却用一句"可又比什么呢？"把话打住了，这或许是舞台紧张的第一次表现吧。然而，就在不多的一些诗行之前，亚当和拉斐尔还就比较食物的问题进行过充分的讨论，当时的亚当却是显得十分的自信。对夏娃备下的食物，他这样说道：

　　　　……这样的食物或许

　　　　不对精灵天性的胃口；我只知道

　　　　这是上天圣父赐给所有生物的食物。　　　　（第五卷第401 –403 行）

最后，拉斐尔就天使对生存的需求进行了解说，又对自己天使的胃口做了戏剧化地肯定。亚当在这里再次以"构思""谨慎的"话语来提出问题，多少有点儿叫人生疑。在意识层面上，亚当担心自己流露出好奇心却又想让拉斐尔说话。在潜意识层面上，亚当还有一个目的，即我们可以把"可又比什么呢？"看作是略微不自信的亚当在试图鼓舞士气时问出的一个问题。"我们最好的饭食不够好"之类的声明潜意识地指向"当然很好了"的回应。

　　此前，亚当没有机会把自己与天使相提并论，所以习惯于主宰一切，但突然间，夏娃与他之间的关系（"低劣"）在他与拉斐尔之间重现了，这就自然触动了亚当的平衡感。如果说亚当现在想要获得一种对自己价值的确认，那么他只是表现出了一种弥尔顿先前让主持家务的夏娃公开流露出来的一种欲望。收拾好一顿饭食后，夏娃期望拉斐尔"看到并承认在这地球上上帝赐予的丰饶与其上天并无二致"（第五卷329 –330 行）。亚当也希望从天使那里得到类似的认可，即暗示至少在食物上面，他在伊甸园中的状况与拉斐尔在天上的状况是

"一样好"。

亚当要求比较，拉斐尔做了字面上的回应，淡淡地说"鉴于你目前的状况，这是你能希望得到的最好的了"。对拉斐尔来说，问题已经解答，再不会有别的问题了。

> 同时，尽情
> 享用这种幸福状态能够容纳的
> 所有幸福，不要期望更多的了。　　　　　　　（第五卷第 503 – 505 行）

但是，拉斐尔已经表明，还有更高一级的幸福。将堕落之后的人类动机赋予仍处于无辜状态中的亚当或许不够公平，不过，我们仍可期望拉斐尔的回答会增加亚当心中的自我怀疑，并相应地刺激亚当的好奇心。弥尔顿将重新发动谈话的全部责任都留给了亚当，因为拉斐尔把要讲的话都讲完了，亚当的第二次发言就和第一次一样笨拙而不自然。亚当先是对拉斐尔表示感谢，然后猛然提出了第二个问题：

> 可是，
> 那附带的警告，假如发现你们违命，
> 究竟是什么意思呢？我们会缺少
> 对他的遵从或者抛弃他的爱吗？
> 是他用土造出我们并把我们安置于此，
> 让我们尽情享受人类欲望所能够寻求
> 与感受的最大程度的幸福。　　　　　　　　（第五卷第 512 – 518 行）

交谈中的那种"拉丁式笨拙"或可归咎于弥尔顿本人在讨论"其他世界奥秘"时表现出来的一种犹豫不决。不过，还有一种可能，那就是亚当就像现在拉斐尔跟他说话那样，把上帝的禁令和盘托出却将违命作为一种可能而去除掉。"可是那附带的警告究竟是什么意思呢？"这样的不自然表达只是弥尔顿使用的一种技巧，用以引起读者对亚当的好奇心与亚当对自己好奇心之质疑的注意。读者感受到了亚当的不安并开始对其"知识欲望"的合适性产生怀疑。

完成了对自由意志及其连带责任的演讲，拉斐尔提到了撒旦与其他反叛天使的堕落，这就为亚当信马由缰的好奇心提供了参照点。亚当的回应是，天使的话语比天堂的音乐更为悦耳（虽然理智的亚当应该更喜欢天使的音乐），他向拉斐尔保证他知道自由意志是什么，也知道自己应该怎么做。接下来，在亚当的思绪里发生了第三次猛然转向，从"我完全明白了"转到"让我再问一个问题"。我们还是从转向发生之前看起吧：

> 然而，我们绝对不会忘记去爱

我们的造物主，不会忘记去遵从他，

他的唯一禁令还是那么公正，我的思想

向我保证过并永远保证：虽然您讲的

发生在天堂，在我内心引起些许怀疑，

但我更想听到，要是您同意的话，

全部的事情，尽管事情一定不同寻常，

需要神圣的沉默来仔细聆听……　　　　　　　（第五卷第 550 – 556 行）

冒号后面的关键诗行是"在我内心引起些许怀疑／但我更想听到，……"欲望战胜了怀疑，而怀疑并不指向"发生在天堂的事情"，连接词"但"表明，亚当所怀疑的是自己提出的问题与其"欲望"是否合适。

亚当在此第一次经历了内心冲突：在发问之前，内心的某种东西一定要战胜内心的另外某种东西。弥尔顿把这种内心不安作为堕落本性的一个指标，不过，尽管我们可以说亚当是"内心不安"，他目前的内心经历还只是属于我们仅在撒旦和夏娃身上所看到的那一种。

拉斐尔这一次并没有立即作答，他对自己满足亚当好奇心的努力（或许也对亚当好奇心本身）是否合适公开质疑。拉斐尔不知道"怎样来展示另一世界的奥秘——也许展示本身就是不合法的"（第五卷第 568 – 569 行），弥尔顿笔下的两个角色都提出了这个问题，当然拉斐尔是直接提出来的，亚当则是间接暗示出来的。于是拉斐尔继续给亚当讲述天庭大战，他给自己找下的理由是：撒旦的堕落会对亚当、夏娃产生警示作用。

第七、八卷中没有出现第五卷那腼腆害羞、犹豫不决的亚当。听完天庭大战的讲述之后，亚当向拉斐尔打听天、地创造的事情，所询问的不仅是创造的技术问题还有上帝的创造目的（第七卷第 54 – 97 行）。亚当的第五个问题也是最后一个问题（第八卷第 1 – 38 行）已经自负到武断的地步：他不是请拉斐尔给他解释宇宙的事情，而是要天使跟他一起来推理！亚当毫不掩饰地把自己新近发现的智力加以炫耀：

当我看到这一美好穹隆，这由

天、地构成的世界，计算着

它们的宏大，这地球就成了一个小点，

与天穹及其所有的星星相比

简直就是沧海一粟……

叙述中处处可见定性的形容词和副词，如"美好""仅仅""无用""明智""节俭"等。我们也应该注意到亚当对自己思考的强调："我看到""我计算"

"我钦佩"等。在亚当思考地球和宇宙的关系时，我们不禁记起夏娃那句有名的话：

> 但是，彻夜闪耀的这一切到底是为了什么？
>
> 睡眼已闭上所有的眼睛，这荣耀为谁而显？　　（第四卷第 657－658 行）

亚当为此曾给她上了一课，而现在他的思考引发了拉斐尔的说教。

我们因此可以得出两个结论来：第一，亚当提出的问题越来越自负和武断；第二，亚当的讲话在结构上是平行一致的。亚当对拉斐尔的教训做出的书呆子气十足的大段背诵总是用句号在一个个诗行的中间打住。在五段讲话里，句号后面都跟着一个连词："可是"（yet，but 或 though）。这样的连词既将亚当下面要问的问题引入，又戏剧性地削弱和限制了刚刚说过的话语，类似于"人不该吃得过量，可是我还是觉得很饿呀"。引向第四个问题的诗行或许有助于我们了解弥尔顿是如何使用这种过渡或转折的：

> 伟大的事情，在我们耳中充满惊奇，
>
> 与这个世界大不相同，您让我知道
>
> 神意的阐释者，这是上帝恩准
>
> 从上天派下来给我们发出预警，
>
> 告诉我们可能会遭受的损失，
>
> 现在无从得知，因为人智无法企及。
>
> 为此，我们对那无穷无限的"善"
>
> 怀有不朽的感激，并以庄重的目的
>
> 接受他的告诫，永远遵从至高意志，
>
> 我们的本质目的。可是，既然您已
>
> 好意屈尊来将我们教训和指导，把
>
> 超越地球思想的事情告知，……　　　　（第七卷第 70－83 行）

亚当为了自我保护的目的，正式地或者仪式化地向拉斐尔保证他对自己的现状和知识很是满足，但随即又戏剧性地表明自己一点儿也不满足。我们期待着在亚当的讲话里出现断裂，而没过多久从得当推理向不当好奇心的转折就发生了。转折直接指向亚当对神定秩序的智性理解与他对这一秩序的情感责任之间的裂痕。

《失乐园》里的"食物—知识"隐喻在含义上已经超越了禁果和被禁的知识，泛指的食物在隐喻意义上等同于泛指的知识，这一比喻在拉斐尔对亚当创世问题的回答中表现得非常清楚：

> 但是，知识就像食物，需要同样的

　　节制来对胃口进行控制，知道

　　心智到底可以充分容纳多少东西，

　　还要压制多余过量，不然很快就会

　　把智慧变成愚蠢，一如养分之于风。　　　　　（第七卷第 126－130 行）

把食物用作象征符号，弥尔顿采用了两种主要方式：其一，象征着禁果的苹果；其二，象征着乐园在堕落之前的丰饶与欢乐的其他果实。在对这两种食物进行描述时，弥尔顿使用了感性十足的形容词，虽然他使用的描述性词语一直没有多少变化，但是，弥尔顿能够通过焦点的变换来使其视角发生大的变化。在食物被用来象征伊甸园时，作为叙述人的弥尔顿对其总体的、普遍的可向往品质进行强调。在食物被用来暗示或指向堕落的语境中，焦点便不再是食物的可向往品质而是人类对食物的欲望。前者即"这值得向往"，焦点落在欲望的对象上；后者即"夏娃想得到它"，焦点在欲望本身。因此，我们可以说，动词 hunger, thirst（"如饥似渴"）和 desire（"欲望、渴望"），尤其是 desire 都意味着一种不健康的饥渴和欲望。

　　有了这样的总体原则，我们就可以来看看弥尔顿是怎样对亚当在提出创世问题之前的心态进行刻画的了：

　　由此，亚当很快消除了

　　心中升起的疑惑；往前走去，

　　清白无辜，带着知识的欲望，

　　想知道跟前可能让他关注的事情，

　　这个天、地的世界如何明显开始，

　　何时、由何又是为何创作出来的，

　　在他记事之前，伊甸园的里外

　　都发生了什么事情。就像一个干渴

　　未得缓解、眼睛依然看着湍流之人，

　　听见了潺潺流水却激发出新的渴望，

　　就这样他继续向天堂的嘉宾发问。　　　　　（第七卷第 59－69 行）

Desire（"渴望"）与 doubt（"疑惑"）再次被并置在一起，不过这一次引导亚当前行的是他的"知识欲望"，而亚当又是在"仍然清白无辜"的状态中往前走去的。史诗另外一次使用短语 yet sinless 是在夏娃和撒旦来到禁树跟前对夏娃进行描述的时候。可见，"仍然清白无辜"是一种用来标识临近堕落的诗歌手段，所以能够让我们注意到亚当被"知识欲望引导前行"里所暗含的危险。

　　亚当的欲望显然可以被界定为贪得无厌。动词 eyes（眼见）暗含"肉欲"

和"抛媚眼",liquid murmur（潺潺流水）虽然是中性的却引起"激发新的渴望"而成了无节制胃口的对象。考虑到撒旦早前的预言（"由此，我要激发他们的心智／用更多的知识欲望"），短语的真实含义就更加清楚了。我们还可以注意到撒旦在禁树那里对夏娃做出的声明：

> 为了满足我尝食那些鲜美果实
>
> 的强烈欲望，我已做出决定，
>
> 不再犹豫；饥渴交加，有力地
>
> 说服了我，在闻见那诱人果实
>
> 香味时更加不堪，强烈地催促我。　　　　（第九卷第 584 - 588 行）

弥尔顿完全知道亚当的潜在危险，假如亚当对拉斐尔说的话做出正确的反应，就会把危险挑明。假如弥尔顿此刻希望保护亚当，他就不可能把专属于撒旦和夏娃的那些词语用在他的身上。我们还可以将本段诗行行云流水般的品质与先前亚当背诵秩序、程度与顺从时的"拉丁式笨拙"进行对照。

第八卷开端的十五个诗行为"我明白，可是"，这种转折过渡提供了一个很好的例证。更为重要的是，发生在亚当第五个问题之前的这一诗段继续将智性好奇心与物质性胃口相提并论：

> 天使讲完了，在亚当的耳中，
>
> 他的声音依然余音袅袅，让他
>
> 以为话音还未落，他静静倾听；
>
> 然后，恍若梦醒，满怀感激地答道。
>
> "我该用什么样的感谢或者补偿
>
> 来对您报答，神的史学家呀！
>
> 您如此大大地缓解了我
>
> 对知识的渴求，又屈尊友好地
>
> 来到这里跟我讲述我本无从
>
> 寻求的事情，让我惊奇万分
>
> 而满心欢喜地亲耳听到，然后
>
> 得当地将荣耀归于至高无上的
>
> 造物主；可是，我还有一个疑问，
>
> 只有您的解答才会将其了结。"　　　　（第八卷第 1 - 14 行）

前三个诗行里那半睡半醒的状态可能让我们想到夏娃而不是亚当，因为亚当强于夏娃的地方正是理性思考的力量。显然，他现在不是在用他特别的能力进行回应。一旦清醒过来，亚当便对拉斐尔"大大"满足自己好奇心的行为再三感谢。然而，对知识的渴求并不是那么轻易被消灭的，亚当仍然"看着湍流"，并开始提出第五个问题，一个拉斐尔不会全部回答的问题。

现在，让我们向前跳到亚当的归纳性背诵来。在第五个问题里，亚当承担起评判宇宙效能的任务，现在他又接过小学教师的角色来，提出了这样的建议：

> 因此，让我们从这一高度下行，
>
> 去往一个较低的地方，然后说说
>
> 眼前一些有用的事情……　　　　　　　　　　（第八卷第 198－200 行）

亚当提出让拉斐尔听他讲故事。但是，当他玩笑般承认提出这一建议的理由时，我们发现亚当无节制的好奇心依然非常活跃：

> 直到此时你才明白，
>
> 我是多么费尽心机地将您滞留，
>
> 请您来听我不无愚蠢的讲述，
>
> 我可是希望得到您的答复啊。　　　　　　　　（第八卷第 206－209 行）

在冒号的后面，亚当对天使的话语做了总结：

> 只要和您在一起，我就觉得身处天堂，
>
> 您的话语在我耳中可比棕榈的果实
>
> 还要甜美。棕榈的果实最适合用来
>
> 缓解劳作之后的饥与渴，在尽情享用
>
> 甜美饮食和休憩之时；果实让人满足
>
> 并很快感到充实与快乐，但您的话语
>
> 充溢着神恩，并不给其甜美带来餍足。　　　　（第八卷第 210－216 行）

或许没有什么东西比伊甸园的果实更为"触手可及"（at hand）了。我们还记得，亚当在吃过夏娃准备的丰盛饭食之后才将注意力转向天堂，他对伊甸园的胃口已经得到了满足，但他对天使所代表的世界之好奇心不可能得到满足。虽然亚当乐意"从高处下行"，但他更加喜欢更为幸福的状态，即他在想象中经历过的天堂。亚当不是天使，"觉得身处天堂"对他来说其实就是让他在想象中犯下他能够犯下的唯一的罪。这又让我们回想起撒旦对夏娃讲过的话：

> 飞升上天堂吧，用你的功德，去看看
>
> 天神在那里的生活，然后也那样生活。　　　　（第五卷第 80－81 行）

亚当做不到天使所教导的"低一等的明智"，他自己承认，天使的话语"并不给其甜美带来餍足"。

亚当内心里自然明白天使对节制进行的论述，他也能像拉斐尔那样就神定结构的必要性和正确性做出高谈阔论，引导亚当跨越自己界限的是他内心中的夏娃。亚当对知识的欲望在内心深处从来就没有得到抑制，他在第八卷里的最后一个动作就是脱口而出地提出了和天使做爱的问题。亚当没有让自己从餐桌边走开，但拉斐尔从餐桌上撤走了他的杯盘。堕落发生之后，亚当开始明白了实际情况，于是对拉斐尔说：

> 受教匪浅，我将自此离开，
>
> 心安气又闲；我得到了知识，
>
> 这躯壳能够容纳的所有知识；
>
> 此外再有祈求便是我的愚蠢了。 （第十二卷第 557 - 560 行）

阿诺德·斯泰因（Arnold Stein）对于亚当的堕落有三个发现：其一，恶的胜利一定是源于内心的——亚当对此有过正式的承认（第五卷第 117 - 119 行）；其二，恶是亚当的一个组成部分，是他的"另一半"和"更亲爱的一半"——第九卷里亚当受夏娃的诱惑，在象征层面上讲则是一种自我诱惑；其三，虽然亚当受到的是自我诱惑，但是外来诱惑（撒旦）与外在违禁行为（尝食苹果）在神学意义上或者戏剧需要上也是必不可少的。

在亚当和拉斐尔的交谈中，亚当被戏剧化地处理成为一个分裂的人格。亚当内心中的那个亚当明白危险来自心里，对自己在伊甸园中的生活构成威胁的是自己的不满足。亚当内心中的夏娃想要得到天使品性并努力去追求。亚当从夏娃手里拿过苹果的时候其实就已经堕落了，他所缺少的只是外部的表征行为来象征性地表明他对自己"另一自我"（other self，即内在与外来的夏娃）的最终接受。当亚当对米迦勒说自己的愚蠢在于希求超过自己能力的知识时，他是在为夏娃负责。同样，当他向神子抱怨说，自己从夏娃手里"不能怀疑会得到任何的伤害"，他也就是在说，自己在进行辩解的时候无法看到自己的内在弱点。拉斐尔警告亚当要"管好自己的胃口，以免让罪／对你发动突袭"。这是一个只有亲身经历才能让亚当真正明白的事实。

二、"幸运的堕落"[1]

对许多读者来说，《失乐园》里最让人感到不可思议的诗行是第十二卷中，亚当对其犯下的大罪是否值得暗自庆幸而表示出来的那种严肃的怀疑。天使长米迦勒一直在给亚当预示性地讲述堕落之后的人类历史，讲述的大部分都是非常不幸的事情，但最后是对二次降临与末日审判的预言。此时，基督将会奖励：

---

① LOVEJOY A. O. Milton and the Paradox of the Fortunate Fall ［J］. ELH, 1937, 4 (3).

"他的忠实信徒，把他们接进幸福之所，

天上的或者地上的，因为那时的地球

将成为乐园，一个远比这伊甸乐园

幸福的地方，远比现在幸福的日子。"

天使长米迦勒这样说，然后停了下来，

就像身处世界伟大时代中，我们的始祖

满心欢喜，惊讶不已地回应道：

"哦，无尽的善，无边的善啊，

所有这样的善都将会从恶中产生，

恶也将变成为善——简直比

最初创世从黑暗之中带出光明

还要神奇！我现在满腹狐疑，

我到底应该为我做下或引起的

罪深感懊悔，还是该因为更多的善

将从犯下的罪中产生而感到大的快乐——

给上帝带来更多的荣耀，上帝给人更多的

善举——更多的恩惠将把愤怒遮盖。"　　　　（第十二卷第 462 – 478 行）

最后的六个诗行成了弥尔顿对"幸运的堕落悖论"（the Paradox of the Fortu-nate Fall）之诗意表达。这一悖论至少给人一种形式上自相矛盾的感觉。从弥尔顿所接受的教义前提与诗中所隐含的教义前提上看，亚当在其中感到犹豫不决的两种结论都是必然的，却又是相互排斥的。对于人的堕落，我们无论怎样诅咒和哀痛都不为过，但考虑到堕落所引发的后果，我们无论怎样感到欢欣鼓舞也都不为过。亚当尝食禁果本身包含了所有其他的罪过：一个有理智的生物违背了无穷智慧发出的禁令，让地球创造中的神圣目的遭受挫折，其罪过可谓是无比之大了——整个人类因此堕落腐化并与上帝疏远起来。然而，假如没有发生堕落，道成肉身和人类救赎也就无从发生，这些崇高的神秘事件就没有机会没有意义了，神的慷慨善意和力量便无法施展，也不会为人所知了。虔诚的信徒不会认为——假如不发生人类得救这一动人戏剧，这个世界就会更加美好。他们也不会相信，这出戏剧的第一场（即一切都从中产生的那一事件）真的叫人懊悔不已。得到救赎的最后状态，也就是人类历史的巅峰，将会在幸福感和道德品质上远远超越伊甸园中人类的原始幸福、天真状态（要是没有发生堕落，人类可能依然身处其中）。可见，亚当犯下的罪（也就是其后代的罪过）就是一种"确实则虚无"（conditio sine qua non）的事情，即使对上帝荣耀的更大显现也给人类带来无比的益处。戏剧的结局是光明的，光明的结局在戏剧一开始就已经暗含其中了，所以不是一场悲剧而是一部神的喜剧。

"幸运的堕落悖论"在基督教思想史上其实屡见不鲜，这并非弥尔顿的发明或发现。杜巴塔（Du Bartas）在史诗《神周》（*La Semaine*）中，弗莱彻（Giles Fletcher）在其《基督得胜》（*The Triumph of Christ*）剧本中，安德内尼（Andreini）在其《亚当》（*Adam*）剧本中都对这一悖论有所涉及。他们提出，人的堕落不仅被神的仁慈翻转过来成为善行，而且它成了人与上帝获得更大善行不可或缺的途径。在他们的脑子里无疑存在着这样的逻辑：特定历史事件（堕落与救赎）之间有着因果决定关系，后者或结果是好的，作为其必要（却不是充分）原因的前者也就一定是好的。然而，按照正统的教义，堕落依然是一种道德上的恶，这样就出现了两个问题。其一，道德上恶的存在从另外一个更为全面的视角上看也是一种善，这是对的吗？其二，堕落既然为善，那就不可以认为堕落的发生一定是与上帝意志保持一致的吗？教父时期的圣奥古斯汀其实已经很明确地提出和考虑了这两个问题，并给出了肯定的答案。

由此可见，《失乐园》第十二卷中提出的悖论并不是那样骇人惊俗，也并不能说明弥尔顿的思想有多么的新颖独到。这一悖论从教父时期开始就一直被神学家和学者讨论，并最终为罗马教会正式承认，因而也算是正统的观点。虽然暗含于其中的唯信仰论倾向让许多作家对此避而不谈，但在处理基督教神学论题（即人类历史中救赎过程的巅峰）中它仍然占据着一个公认的自然位置，也成为弥尔顿在其史诗中讨论的巅峰主题。这种观点固然将（史诗在一开始就申明的）人类堕落的故事置于一种或多或少的模糊境地：我们发现人的初次犯禁并不见得就是一件可悲的事情，但诗人和神学家却必须让这一事件显得可悲可叹。唯一的解决办法就是对这两个主题分别进行处理：在以人类堕落为主的叙述部分，我们不能明明白白地塞进犯禁毕竟是"幸运的堕落"（felix culpa）的思想；"幸运的堕落"须得保留到收尾阶段，因为它使故事先前不幸的章节对最后的幸福圆满显得必不可少，从而让这种幸福圆满得到提升。

第四节　　"正午—午夜"的时间结构①

阿诺德·威廉姆斯（Arnold Williams）在其《创世纪》研究的开头这样说道：

"亚当和夏娃尝食知识树果实从而违背了造物主的意志，他们的堕落是人类历史中两大关键点之一，另外一个关键点是基督被钉上十字架为人类的违禁进行补偿。《创世纪》给我们提供了近两千年人类生活的唯一叙述，因而具有双重的功能：既是神圣的历史又是世俗的历史。从文化意义上讲，摩西（文艺复兴时期的信念）是第一位史学家、第一位诗人甚至第一位作家，而《创世纪》是他的第一部著述，所以成为历史上第一部文学创作。"

在神圣史和世俗史这一双重功能之中隐藏着弥尔顿史诗中时间叙述结构的基本核心，因为弥尔顿在史诗一开始就告诉我们，他是一个与摩西相似的诗人和预言家，他的诗作要包含"人的第一次违命"与"一位更伟大的人"将乐园恢复的史实。弥尔顿对丧失乐园的叙述因此就不仅是对人类早期生活的历史观照，而且是对永恒生活的精神编年史，是一出上帝与人同为主角的宇宙戏剧、一种对永恒天意的断言和坚持。弥尔顿所处理的真理既是人的真理，又是上帝永恒设计的更高一级的真理，它包含了人的真理，成为人类精神源头的一个基本连接。

弥尔顿是如何在其叙述结构中体现这一永恒悖论呢？他是让时间词语表达的事件（即有先后顺序的行动）同时在永恒的现在（史诗的中心场景）之中发生，从而营造出一种双重时间设计的效果。暂时的时间成了永恒的隐喻，双面的时间成了结构的基础。撒旦的堕落与基督的升天、人类与世界的创造连接在一起，人的堕落与基督被钉上十字架和救赎连接在一起。十字架上的受难非常重要，因为这是撒旦被打败的标识。所有这些事件都相互关联，共同成为永恒天意意象的一部分。

这一讨论必须回归到人所共知、蕴含丰富的一个传统，即柏拉图的"大年"（magnus annus）及其永恒正午②。对柏拉图与其注解者来说，循环的时间意象

---

① CIRILLO A. R. Noon – midnight and the Temporal Structure of 'Paradise Lost'［J］. ELH, 1962, 29（4）.

② 见柏拉图的 Timaneus 中的 magnus annus 概念。

在"大年"理论里得到了完美的实现。"大年"在所有的天体都回到创始之初的排列状态时完成并得以更新，"大年"的循环运动是"永恒的"（all time），从而使可见世界成为对永恒世界的一种模仿。由于"大年"理论是把所有的天体想象成一种完美的垂直排列，时间意象就成了一个永恒正午的意象。《失乐园》里几乎每一个具有主题意义的事件都发生在午夜或者正午，而午夜与正午是相互分离又协调一致的两极：明显摇摆于两极之间的行动实际上发生在"大年"意象中的唯一正午时分！

接近于"正午"的象征用法又将"正午"与"午夜"暗中并置起来，这一做法首先出现在对玛尔西巴①陨落的描写中。尤其是流星和落日等相关意象将他与撒旦周围的主题意象联系在一起：

> 从清晨
> 到正午，他下落，从正午到露湿的黄昏，
> 整个一个夏日；如同一颗流星，从天顶
> 和落日一道往下坠落。　　　　　　　　（第一卷第 742 – 745 行）

这在早先叙述中看似漫不经心提到的"正午"，以后看来则是至关重要的。

因为撒旦的堕落与人的堕落连接在一起，所以"正午"的意象便被有意地强化了，玛尔西巴的模式也重复出现了。这一点，我们在史诗第十卷，即对撒旦最终坠入地狱并进而变成蛇形的描述中可以生动地看到。坠落一开始是反常地表现为与下降同时的北行上升，并在太阳到达天顶时落在最低点，从而让史诗象征性的"正午—午夜"时间设计达到了戏剧高潮。

最后的一次下落是高潮性的，但在整部史诗里撒旦都是与日食、月食般的衰落（eclipse）的意象关联在一起的，而衰落的意象又是与正午和正在衰败的流星紧密相连的。这些指向隐喻性正午中心的意象产生出了那种给予永恒时间意象的模式。那么，作为一种隐喻结构，不管我们把堕落的叙述看作是纯历史还是基督教神话，《失乐园》都说明了基督教历史事件的永恒性质。

对于文艺复兴的人来说，"正午"是一个语义十分模糊的概念，有一个与之紧密相连又明显对立的概念："午夜"。不过，"正午"与"午夜"并不真正形成对立，按照《牛津英语词典》（OED）的词源解释，"正午"原先并不仅仅指白天的中间点，而是指与日中相对应的夜晚时间，即"午夜"或者"昼、夜的

---

① Mulciber（玛尔西巴）是罗马火与锻造之神伏尔甘（即古希腊的赫菲斯塔斯）的姓。据希腊神话说，火神被宙斯从天上摔下来，落在爱琴海的楞诺斯岛上，成了瘸子，弥尔顿说这说法不对，他就是玛门，早就已经和堕落天使一道从天上坠落了。

最高点"。可见，这是一个在比喻意义上涵盖了"午夜"意义的词语，包括了两个极端，有（发生在基督被钉上十字架时的）正午对黑暗的召唤之意。"正午"的语义模糊性甚至让人们将其用来指称创世发生的时分与昼、夜之间的完美平衡中点。

约翰·斯万（John Swan）在其广受欢迎的《玻璃世界》（*Speculum Mundi*）一书中暗示，当太阳运行至白羊座时的春天就是创世发生的时间。假如时间是从创世开始的（圣奥古斯汀与早期教父们就是这种看法），假如时间是从太阳位于白羊座、处在天空正中央（即正午时分）开始的，那么，"正午"就是创世的完美时间和永恒的意象。正午没有影子只有光，这就将那时间与唯一真正永恒的存在——上帝——连接在了一起。这样，时间就在"正午"以一个自然的循环开始了。在其相应的道德层面（恩惠的次序）上，对于基督徒的灵魂而言，时间开始于两个明显区别又互相关联的点：道成肉身（基督在午夜降生）的完成时分与基督被钉上十字架（救赎行为完成而太阳再次出现在白羊座）那一天的正午时分。

弥尔顿（在拉斐尔对撒旦反叛的叙述里）让撒旦在午夜时分背叛上帝而前往北方这绝非偶然之笔。撒旦犯下具体的"罪"，当然是人们常说的傲慢了，落实到他拒绝服从天命这一点上，他的罪则是充满傲慢的违抗。与之平行的核心情势则是"人的……违命"，因而成为一种傲慢在正午时分所犯下的罪。史诗这种环形结构形成了一种表面的对立在主题上的和解，这一和解超越了人类理解的"正午"与"午夜"相互区别的叙述层面。永恒只对上帝存在，是一个人类无法完全理解的概念，在这里经过压缩后悖论性地从其唯一的目前点拓展至午夜与正午两个表面上对立的点上。在史诗中，撒旦在午夜的堕落与人类在正午时分的堕落是同时发生的，两个同心球体（一个是人类生活，一个是天使时间）的共同轴心就是傲慢在"正午/午夜"时分发动的违禁之罪。

将这些重大事件按照设计的顺序排列下来，整个模式也就变得清晰起来了。一方面，撒旦在午夜时分犯罪而于第三天的正午时分在天堂被基督打败；第一次对夏娃的诱惑发生在午夜时分，没有得逞，最后在中午时分进行诱惑却十分成功。可见，撒旦的背叛发生在午夜而成功在正午，人则是成功于午夜而失败于正午。全部事件在永恒状态中的现在性将一种更为丰富的模式强加于我们：撒旦于午夜在天堂犯罪，这一行为本身就包含了他在永恒中失败的开端。撒旦的失败表现在基督于午夜降生这一事件上，基督的诞生则是一种三位一体结合之真正果实的道成肉身，而这一行为在罪与死的化身里被滑稽性地模仿。人在第九天的正午时分堕落，让撒旦有了一次表面上的胜利，但人也在（以永恒的观点看）正午时分由基督的十字架受难而得到拯救。始于午夜犯下的罪，撒旦的失败在基督于正午日食死在十字架上的时候达到顶点。这可不仅仅是一种对基督于撒旦午夜反叛时刻在天堂发起的日食（衰退）之另一方面的深化：

> 现在又出现一位为自己聚集起
>
> 所有的权势，以受膏王的名义
>
> 把我们遮蔽，午夜的紧急行动
>
> 匆匆来此会合，都是为了他。　　　　　（第五卷第775－778行）

由于是太阳升、降过程的中点，正午又成了一个宁静、永恒的时刻，自然的过程在这一时刻被打断了。它给人提供了一个与精灵永恒世界进行交流的最佳机会，是人通向永恒的最佳世俗途径，所以在宗教社会生活中，正午在每一天的神圣时段中占有特别显著的位置。炎热的天气引发倦怠和幻境，因而最容易招来邪恶精灵与诱惑，即所谓的"日中魔鬼"（noon-day devil）。正午在道德上因此成为一天里最为危险的时刻，与之俱来的强烈肉欲与梦中性欲的觉醒也使之成为极端性诱惑的时刻。

撒旦在正午时分降临，随后对夏娃实施诱惑，这在叙述层面之外可以被视为一种比喻手段，用来表达一种更为普遍的意义：中午时分的午夜降临正是邪恶降临进入人的灵魂。正午与午夜于是融为一体，成为一个恩惠与光变黑的象征。亚当、夏娃接受诱惑而堕落，也就将他们放进了一个《以赛亚书》（59：10）所描述的罪之结果的语境中：

> "我们摸索墙壁，好像瞎子；我们摸索，如同无目之人。我们晌午绊
> 脚，如在黄昏一样；我们在肥壮人中，像死人一样。"[1]

罪与诱惑的正午黑暗因此就是光明之中的黑暗，使之平衡的行为则是撒旦的征服者（基督）在正午实施的拯救。

撒旦把亚当、夏娃心中的激情释放出来，这就标志着正午的宁静与平衡已被打破，撒旦由此完成了"日中魔鬼"的工作。他于正午时分完成了自己午夜的邪恶，在自以为是辉煌胜利的时刻开始回归地狱。他已将亚当、夏娃带入自己的罪里边——自己午夜堕落与他们正午堕落象征性地会合在一起。傲慢带来他的堕落，其中包含了他们的堕落，同样，午夜与正午在代表着永恒的时间意象里结合在了一起。

---

[1]　中国基督教协会，简化字现代标点和合本《圣经》。

　　撒旦回到地狱的景象在此成为史诗在永恒现在性的正午方面的一个基本悖论。在撒旦回到北方朝其午夜之罪走去的同时，他也到达了他的日中高度或最低点，也就是他的午夜时分的正午。他的辉煌高度成为一个向黑暗、向午夜顶点的下落。而在另外的一极上，太阳在白羊座这里升至其正午的日中高度：基督在正午被升上十字架，从天堂的午夜堕落就已开始的撒旦堕落正在完成。撒旦的胜利因此成为永恒中的失败，在永恒中貌似对立的"正午""午夜"之语义模糊问题在单一的永恒正午中解决了。此外，这一场景也成就了基督在《复乐园》里对撒旦做出的预言："你不知道我的上升就是你的跌落／我的提高就是你的毁灭？"（第二卷第 201－202 行）

　　随着太阳临近白羊座，所有的"正午指涉"都汇合在一起，以便让时间成为永恒的隐喻。创世之时，太阳处在白羊座的天空正中央，使正午成为最完美的时间。人堕落之时，太阳在白羊座；基督在十字架上受难（也就是蒙恩时间的开始）之时，太阳在白羊座——这是"大年"隐喻性的更新。对于一个认为基督受难的地点就是亚当、夏娃尝食禁果的知识树所在之处、发生的时间又与亚当犯罪时间相同这样一个时代而言，撒旦回到地狱的场景就是一个堕落与救赎、撒旦与基督对立（实际上并不存在真正的对立）之理想的永恒意象。模仿善的撒旦尝试了一种对神圣的欺骗性戏仿，他成功诱惑的结果只是他自己最终的衰落。

　　在一种诗意的道成肉身过程中，弥尔顿创作出这部史诗来证明上帝的永恒天意。在对道成肉身的模仿中，他必须将永恒托付给时间，而在对既是神圣又是世俗的那段历史进行模仿时，他必须说明这样一个道理：午夜和正午只是对人才表现为对立的两极，因为人是时间的存在，就必须通过时间象征才能理解永恒。用时间表现出来的这种神圣天意折射出弥尔顿诗性神话深处的基督教普世性质。如果说堕落发生在某个历史时刻，那么它在基督徒的生活中就是一个永远的存在；假如道成肉身是一个历史事件，那么它就与其隐含的救赎永远共存。通过"正午"这一基本的超验象征符号而演化出来的时间为全诗做出了显著的贡献，成为一个基本的隐喻。这隐喻让本诗通过对物理战争、上升与下落的描绘，成为一个善与恶永恒史诗的时间意象。

第五节　本章小结

　　《失乐园》从其问世开始就引发人们非同寻常的热情和崇敬，同时也经受着各种各样的批评和指责。十九世纪的威廉·布莱克曾说："弥尔顿写天使与上帝之时戴着镣铐，在写魔鬼和地狱之时却得心应手，究其原因，他是一位真正的诗人，堕入了魔鬼之列而不自知"。二十世纪的 T. S. 艾略特对此也是颇有微词，他以为："在阅读《失乐园》的时候，我们不要指望什么清晰可见，我们的视觉必须模糊，以便让听觉更为敏锐。"

　　确实，《失乐园》里至少有三点叫人感到不安：表现主题、主人公（英雄）和神学思想。然而，一首诗不会因为其神学思想不再为人认可而不被阅读欣赏，《失乐园》里的神学思想只是一种手段和情节设计，就像神话之于《伊利亚特》一样。史诗中的"主人公（英雄）"是人，撒旦只不过是一个从光明、伟大逐渐走向黑暗、萎缩的"歹徒"。史诗的表现主题是人的堕落与救赎的许诺和希望。尽管很少有人相信物质性的地狱和人格化的邪恶，但史诗中所表现的基本主张是永恒的。人受到诱惑，人与恶的冲突，人的抱负、失败和忏悔……这一切都是永远存在的，不管现在流行的是什么神学或哲学思潮。弥尔顿通过这部史诗给予我们这样的暗示：每个人的一生就是一种失去乐园又寻找乐园的经历，理性只有在人的抱负超越自我，并信仰正义、善良和慈悲之类的伟大理想时才有可能存在。

　　对于如此伟大的一部史诗，我们不可能一下子就把它所有的蕴含都揭示出来，不同的时代、不同的语境、不同的读者都会在其中看到自己想看到的东西，当然也可能发现自己不愿看到甚至厌恶的东西。但无论如何，对过去流传下来的经典文本进行多视角的解读和分析，对其价值的挖掘和重新发现都会是一件很有意义的事情。

　　本章通过"史诗与艺术、科学""史诗与宗教、教会""史诗与'人的堕落'""'正午—午夜'的时间结构"四个专题，从多个视角对《失乐园》进行了深层次的解读。我们发现，弥尔顿通过对动词时态的掌控，在史诗中构建出一幅幅的文字画，又用音乐的形式对表现主题进行反复渲染而使之深化。虽然弥尔顿的天文学背景来源于古代学术，但其天文学知识是属于现代科学的，突出表现便是望远镜和透视原理在史诗中的巧妙应用。

　　我们还发现，《失乐园》里其实隐含着四种"三位一体"（尽管弥尔顿在

《基督教教义》里是反对三位一体的），即"圣父—圣子—圣灵"的神圣三位一体、"撒旦—恶—死"的非神圣三位一体、"亚当—夏娃—弥赛亚"的世俗三位一体和"基督（第二亚当）—教会—选民"的宗教三位一体。史诗的神学蕴含是非常丰富的，而弥尔顿对神界的沉着冷静，对上帝的全能全知（知道创世将超越死和罪）的感觉在《失乐园》里用一种间接迂回的方式表现了出来，形成史诗的一条副线，而促成这一副线的主要方式则是地点名词和明喻（比喻）的巧妙使用。

《失乐园》要表现的主题是"人类最初违背禁令，偷食禁果，把死亡和其他灾祸带进人间，从而失去乐园，直到一个更伟大的人来为我们恢复那至福之地"，而其重心在于"人的堕落"。夏娃的堕落起源于其不正当的欲望，即借助知识来超越神定等级中分派给自己的位置。亚当的堕落则是因为他没有能够将其适当的地位加以维护和巩固。对于人的堕落和乐园的丧失，我们无论怎样诅咒和哀痛都不为过，但考虑到堕落所引发的后果（人类得以认识善恶等），我们无论怎样感到欢欣鼓舞也都不为过。亚当尝食禁果本身就包含了所有其他的罪过：一个有理智的生物违背了无穷智慧发出的禁令，让地球创造中的神圣目的遭受挫折，其罪过可谓是无比之大了——整个人类因此堕落腐化并与上帝疏远起来。然而，假如没有发生堕落，道成肉身和人类救赎也就无从发生，这些崇高的神秘事件也就没有机会，没有意义了，神的慷慨善意和力量便无法施展，也不会为人所知了。

《失乐园》里几乎每一个具有主题意义的事件都发生在午夜或者正午，而午夜与正午是相互分离又协调一致的两极：明显摇摆于两极之间的行动实际上发生在"大年"意象中的唯一正午时分！随着太阳临近白羊座，所有的"正午指涉"都汇合在一起，以便让时间成为永恒的隐喻。创世之时，太阳处在白羊座的天空正中央，使正午成为最完美的时间。人堕落之时，太阳在白羊座；基督在十字架上受难（也就是蒙恩时间的开始）之时，太阳在白羊座——这是"大年"隐喻性的更新。对于一个认为基督受难的地点就是亚当、夏娃尝食禁果的知识树所在之处、发生的时间又与亚当犯罪时间相同这样一个时代而言，撒旦回到地狱的场景就是一个堕落与救赎、撒旦与基督对立（实际上并不存在真正的对立）的理想的永恒意象。

《失乐园》可谓是一部典型的"仁者见仁，智者见智"的伟大作品，仁者、智者还会从中发现更多、更丰富、更深刻的意义蕴含，但无论如何它都是"英语中唯一具有古典意味的叙事诗"。（梅西，2005）加奈特的评价则更是精到：

　　"弥尔顿给了他的祖国一部不逊于任何其他诗作、不同于大多诗作又并不只是基于本土情形（必定会走进熟悉世界上流传最广的书籍的国度）的伟大史诗作品，并以其庄严措辞的不朽丰碑进一步丰富了英国本土文学。……他将希腊精神与希伯来精神、《圣经》与文艺复兴结合起来，这是前无古人后无来者的事情。《失乐园》就是一座'鬼斧神工、坚如磐石'的桥梁，这座桥梁把古代诗歌与现代诗歌连接起来，也使伟大的英国文学不间断地延续了下来。"①

①　GARNETT Richard G. Life of John Milton［M］. Middlesex：Echo Library, 2006：84. 原文为：He has given her a national epic, inferior to no other, and unlike most others, founded on no merely local circumstance, but such as must find access to every nation acquainted with the most widely - circulated Book in the world. He has further enriched this native literature with an unperishable monument of majestic diction, an example potent to counteract that wasting agency of familiar usage by which language is reduced to vulgarity, as sea - water wears cliffs to shingle.

第十五章

短篇史诗《复乐园》的分析解读

　　《复乐园》这部短篇史诗与独幕诗剧《力士参孙》一起在 1671 年结集出版。史诗分为四卷，由 2,070 个无韵体诗行构成。诗句大多为对话，所呈现的是耶稣基督在受洗并开始其使命不久后，与撒旦在旷野中进行的三天口舌之争。弥尔顿所遵循的是"路加福音"（4：1-12）中撒旦对耶稣实施诱惑的过程：把石头变成面包；成为世界各国的统治者；从耶路撒冷的教堂塔尖上纵身跳下。他也从人们经常引用的"马太福音"（4：1-11）里吸收一些细节：魔鬼的诱惑紧跟在洗礼的描述之后；成功抵制了诱惑的耶稣得到天使的辅佐伺候。

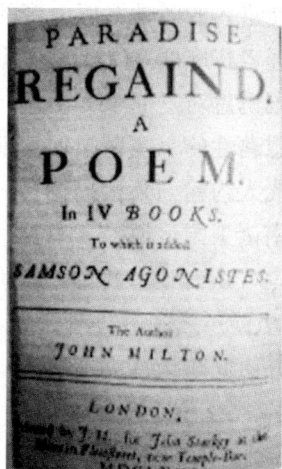

图十六　《复乐园》封面

第一节　基本情况

　　《复乐园》与《失乐园》形成某种对比。因为信仰而遭迫害与监禁的贵格会教徒托马斯·埃尔伍德（Thomas Elwood）在其自传中说，是他给了诗人创作《复乐园》的灵感。1665 年，伦敦瘟疫流行，弥尔顿先前的学生埃尔伍德安排"老师"来到白金汉郡圣翟尔斯查方特村的一处农庄暂住。其间，弥尔顿给埃尔伍德看了他的一份《失乐园》手稿，埃尔伍德在交还手稿时：

　　　　"他问我是否喜欢，又有什么意见，我谦恭而随意地告诉了他。深入交谈之后，我愉快地跟他说，你在这里说了那么多的乐园丧失，可对乐园复得你又说了些什么呢？他没有回答，坐在那里，沉思良久。"（《托马斯·埃尔伍德传》，1714 年版，第 233 页）

弥尔顿回伦敦后不久，埃尔伍德去看他。弥尔顿把《复乐园》的手稿拿给他看，"并用愉快的口气跟我说，这得归功于你，你用查方特的提问把它放进我的脑子里，在那之前我可没有想到过呀。"（《托马斯·埃尔伍德传》，1714年版，第314页）

其实，《失乐园》既讲述了乐园的丧失也讲述了乐园的复得，"一位更为伟大的人"来将人类救赎的基督教主题已经暗含其中了。两部史诗一起将律法与福音之间的类型学关系显露出来。在《失乐园》的最后一卷里，米迦勒把耶稣的胜利描述成"在荒漠中长期游荡后进入迦南圣地"与"重返乐园"（第十二卷307－314行）。亚当与摩西作为罪人就被联系起来，他们被逐出只有耶稣才能进入的圣地，但上帝的恩惠给了他们一种慰藉性的幻景。宗教改革时期的注经者将摩西登上毗斯迦山顶（"摩西五经"最后一章的开头）与福音书中的万国诱惑对立起来，不过，山顶幻景对十二卷中的亚当与《圣经》中的摩西都是慰藉性的，魔鬼向耶稣呈现的帝国视觉形象则意在颠覆而非安慰。弥尔顿的同代人约翰·莱特福特（John Lightfoot）注意到了"我主从高山之巅向摩西展现迦南诸王国，说'所有这些我将给予以色列的孩子'；魔鬼向耶稣展现世间万国，说'所有这些我都给予你'"（《四位福音者之间的和谐》，1647年版，第2章29页）之间的显著区别。亨利·恩斯沃斯（Henry Ainsworth）将这一区别放大并由此暗指《希伯来书》的第11章，即《失乐园》最后两卷中幻景框架的《圣经》出处：

> "上帝在此从高山上向摩西展现所有的王国与迦南的荣光，为的是安慰他并巩固他的信仰；摩西看到了远处的许诺，向其致意，然后死去。与此相反，魔鬼将耶稣带上极高的山峰并向他展示世间万国与其荣华，意在将他对上帝的信仰与侍奉中带出来（假如他能够的话），敬拜撒旦。"（《摩西五经注解及赞美诗》，1647年版，第二章，29页）

当弥尔顿笔下的亚当登上"乐园最高山丘"（《失乐园》第十一卷377－378行）时，他并不知道自己在接受多大程度的恩惠，也不知道"第二亚当"必须经历多大程度的考验。史诗叙述者确信：

> 那大诱惑者为了另外的目的，
>
> 把我们的第二亚当引诱到旷野的
>
> 那座高山上显示全世界的
>
> 王国和荣华的，并不比这山高，

视线不比这儿广。①

史诗在此第一次表明，亚当的历史进程幻景与《复乐园》里的行动有着类型学意义上的关联；弥尔顿提醒读者，撒旦"将/上帝之子带上一座高山"（《复乐园》第三卷 251 – 252 行）。

类型学是《复乐园》的一个重要象征模式，因为撒旦诱惑耶稣，其目的就是要借助古典历史人物与《圣经》历史人物来对其自身进行界定。耶稣拒绝诱惑而代之以德行的榜样，并在拒斥撒旦式宴席（"哎呀，与这些美味佳肴相比，／将夏娃引入歧途的那只烂苹果是多么简朴啊!"，第二卷 248 – 249 行），或者在重获失去的乐园时彻底改变了罪孽的样板（如我们的始祖）效果。当然，让乐园失而复得的事件并非旷野中的诱惑而是十字架上的受难。不过，除了《耶稣受难》那首自认为是败笔的残篇外，弥尔顿从不愿意去描述基督在十字架上的死亡、重生复活以及二者之间的传统事件（包括堕入地狱、地狱折磨与先于基督被囚禁在地狱里的名人之救赎）。弥尔顿好像有意避免将基督与殉道的查理王进行比较，但也可能有别的什么原因使这一话题于他不合时宜。救赎论的问题可能在情感上过于强烈而无法用词语来进行表述。从另一个极端上看，对弥尔顿这样的保罗派神学家来说，觉察到的恩惠之代价（牺牲掉自己的部分身份，移植到基督身上，使之复活）或许是无法承受的事情。

这个问题可以和耶稣的身份问题②联系起来。史诗中的诱惑与福音书里的耶稣并非没有关联，在福音书里，罗马人指定的犹太大祭司该亚法恳请耶稣："我指着永生神叫你起誓告诉我们，你是神的儿子基督不是?"（《马太福音》第 26 章 63 节）。

> "耶稣对他说：'你说的是。然而，我告诉你们，后来你们要看见人子坐在那权能者的右边，驾着天上的云降临。'大祭司就撕开衣服，说：'他说了僭妄的话，现在你们都听见了。'"（《马太福音》第 26 章 64 – 65 节）

《复乐园》中撒旦与弥尔顿的读者都有着该亚法的好奇，他们都明白"神子"这个词语"并不只有一个意思"（第四卷 517 行）。撒旦在洗礼现场听到来自上苍的声音宣告耶稣是"敬爱的神子"（第 513 行），并将耶稣"仔细端详，以便恳请 / 在什么程度或意义上把你叫作 / 神子"。（第 515 – 517 行）：

---

① 约翰·弥尔顿. 失乐园（多雷插图本）［M］. 朱维之，译. 长春：吉林出版集团，2007：316.

② 弥尔顿在《失乐园》和《复乐园》里都没有把耶稣和基督等同起来。

> 我现在或者过去也是神子，
>
> 过去是，现在自然是；关系永存；
>
> 世人皆为神子；然而我以为你
>
> 在某种程度上高于其他的神子。　　　　　　　　　（518－521 行）

保罗（《罗马书》第 8 章 14 节、《加拉太书》第 4 章 4－7 节）把圣灵引导的人都叫神子，并认为有信仰的人都是神子（《加拉太书》第 3 章 26 节）。早期的基督徒们认为"神子"是一个高级的指称，这与弥尔顿笔下的撒旦十分相像，只是在上述的相关章节里（该亚法问耶稣他是不是高于人的存在，然后在耶稣对此并不否认时大叫"僭妄之语"），《圣经》才赋予了这一词语一种形而上的意义。

弥尔顿在《复乐园》里对耶稣的这种索齐尼教义①式的描述，与《马太福音》第 26 章中对自我确认的基督描述不同，它增加了描述的英勇性质，这一更具人性的耶稣证实了其父对他的信仰：

> 圣父了解圣子，因此确保
>
> 历险成其孝德（虽然未经考验），
>
> 来应对任何企图，任何引诱、
>
> 诱惑或者恐吓，或者伤害。　　　　　　　　　（第一卷 176－179 行）

开篇的乞灵已经明白无误地指出了诱惑的结果：耶稣现在"经过证实（考验、证明或者考验的力量，诸如《圣经》证言或证明文本）是确定无疑的神子"（第一卷 11 行）。圣父则称他为"这完美的人，以其德行而叫作神子"（第一卷 166 行）。《失乐园》里的圣父在赞扬人类救赎者时也是如此简明、洪亮："不只凭出身而且凭德行成为神子"（第三卷 309 行）。德行高于出身这种弥尔顿式的坐标无处不在：善功（德行）高于恩惠（出身）、自由意志高于宿命论、共和思想高于君权神授、激进的非雇佣僧侣高于富有的国教教会。

耶稣最后说出的话语成为史诗有名的部分，因为批评家在一个问题上意见不同，即在他宣告"经文中也说过 / 不要诱惑你主上帝"（第四卷 560－561 行）之时，他是否发现了其神圣身份？这是在引用一个确定的文本还是一种过于确定的祈求呢？"不要诱惑你主上帝"或许是悖论式的保罗派教义："基督即律法的终结"（Christ is the end of the law）（《罗马书》第 10 章 14 节）的戏剧化表现。保罗使用了大胆的双关语（end 既指"目标/目的"又指"终结/废止"）来表明：耶稣以取消律法的方式履行了律法。耶稣在诱惑过程中始终遵从着上帝

---

① 该教派拒绝承认基督的神性、三位一体和原罪等概念。

的律法，并命令撒旦同样不要僭越律法，他的话语是服从性的也是命令式的，既在履行律法又在超越律法。无论弥尔顿的本意究竟是什么，基督教读者在过去几个世纪里所施加的压力，与其在史诗中的高潮位置都在这一论断中——引发某种超越重复的东西——创造出了一片空间。多数读者都想将超验圣父的论断转化成对固有神性的确认，因为他们明白无论在史诗中，还是在福音书（《马太福音》第4章第7节和《路加福音》第4章12节）里，耶稣都没有宣称他具有圣父那样的神性。宣告与宣告带来的名声伴随着对超自然洞见的接近，耶稣在斥责撒旦的过程中恪守了原本由摩西定下的基调。摩西在提醒四处流浪的以色列人注意其犯下的罪时说："你们不要诱惑耶和华你们的神，像你们在玛撒那样诱惑他。"（《申命记》第6章16节）耶稣在最后一次申斥撒旦时使用的语气，对福音书读者来说应当是很熟悉的。这种语气很像耶稣对法利赛人的频繁责备，不是因为他们触犯了律法（就像《圣经》里的以色列人那样），而是因为他们过分拘泥于律法。

　　几乎所有的批评家都断言，耶稣做出的最后论断就是其神性的显现，与此同时，撒旦对这种神性也有完全的认识。不过，史诗叙述者只是声明撒旦被击败，受了伤，并将受到更重的伤（第四卷621-623行）。不得缓解的困惑之折磨或许超越了终于明白耶稣的神性之折磨，这至少提供了撒旦先前曾表现出强烈愿望的那种结局来（尽管是最坏的结局）："我会处于最糟的状况；这是我的港口、／港湾和最后的休憩，／我会得到这一结果。"（第三卷209-211行）史诗没有把这种结局给予撒旦，因为他在诱惑全过程中表现出来的急躁与经常被低估的神子之耐心（甚至超过了约伯）形成鲜明的对比。如果说耐心是弥尔顿试图灌输给读者的个人与政治美德，那么耶稣最后的话语或许就成了一种道德寓意和一个关键问题，它教育我们要满足于其身份的奥秘而不要急于追寻事实和理智。

第二节　文本分析①

一、叙事主旨

　　《复乐园》分为四卷，分别由502、486、443、639个抑扬格五音步的无韵

---

① RAFFEL B. The Annotated Milton [M]. New York, Toronto, London：Bantam Books, 1999：537-617.

体诗行组成，总共2，070行。史诗的主旨是"歌咏整个人类的乐园复得，// 因为一个人的坚定顺从，完全经受 // 各种诱惑的考验，诱惑者诡计多端 // 却一再受挫，终归失败并遭驱逐，// 伊甸乐园矗立在荒芜的原野中间"。

史诗四卷的叙事脉络如下：

二、第一卷

开卷的前7行说明史诗的题旨：

> 不久前，我吟唱了幸福花园，
>
> 一个人违禁而让乐园尽失；现在
>
> 我则要歌咏整个人类的乐园复得，
>
> …………

亦即神子耶稣基督成功抵制恶魔撒旦的种种诱惑而让乐园失而复得。

接下来，按照史诗惯例，诗人向圣灵（the Spirit）祈求灵感：

> 圣灵啊，你把这荣光的隐士
>
> 带进荒原，他勇斗精神敌人的
>
> 辉煌战场，然后证明他就是那
>
> 确定无疑的种子；赐我灵感吧！
>
> 一如既往地给我即兴（否则无声）的歌，
>
> 展开幸运、丰满的翅膀去穿越
>
> 广袤自然的高度与深度，讲述
>
> 超越英勇的神行，（秘密完成，
>
> 长久以来未曾被人记载和颂赞）
>
> 它们不该长期湮没，不被传唱。　　　　　　　　（第8－17行）

然后，开始了史诗事件的叙述，首先是神子的身份得以确认：

> 且说那伟大的宣告者打开嗓门，
>
> 呼喊出比军号还要威严的声音：
>
> "忏悔吧！所有的受洗者，天堂
>
> 就近在眼前！"人们便蜂拥而至，
>
> 敬虔地接受他的伟大洗礼，其中
>
> 就有来自拿撒勒的约瑟夫之子；
>
> 他独自来到约旦河——无人知晓，
>
> 也没人注意。但施洗者得到神启，
>
> 立即将他认出并发现他的神性

超过自己，十分愿意将其天职
让渡于斯。他的发现没过多久
便得到了证实：这人一经受洗，
天堂便豁然开朗，圣灵以鸽子模样
从天而降，天堂传来圣父的声音，
宣告这就是他可爱可亲的儿子。　　　　　　　　（18－32行）

恶魔撒旦得到这一消息，立即召集群魔大会，讨论应对神子的阴谋诡计：

消息传到天敌撒旦的耳朵里，他
永远都在满世界游荡，自然不愿
缺席这盛大的聚会，便带着他那
几遭雷霆重击的神圣嗓音，惊奇地
将这经历高贵考验、受人称颂的人
仔细端详一番。他满怀妒忌和怒火
飞速来到神子之所，又马上在半空
把他所有的大贵族召集起来议事，
在厚厚的云层和十倍的黑暗里，
郁闷的恶魔大会开始。面色阴沉，
语气悲伤，天敌在这里开言说道：
"噢，古老的空中权势与宽广世界，
（我更喜用'空中'，因为这是我们
曾经的征服；我不愿说起'地狱'，
我们所憎厌的处所）；你们知道，
人类纪年所记载的几世几代里，
我们都占有着世界，并随心所欲
对地球上面的万事万物进行治理，
从亚当和他轻信别人的伴侣夏娃
受我欺骗而失去乐园，都没改变。
尽管恐慌惧怕一直都伴随着我们：
夏娃的子孙必然会在我的头上
施加上那痛不欲生的致命创痛。
天堂训令被迟滞延宕由来已久，
因为最长的时间于他也都是短暂。
而今，不经意之间，循环的时辰

就已经把这可怖的时间度完，其间
我们只能承受那长久伤痛的打击，
（果真如此，我们也只是头遭打击
而神力并未完全丧失，在地上，
在空中，我们赢得这美妙的帝国，
来施展我们的自由，彰显我们的存在）
为此我带来不幸消息：那女人的种子
命定于斯，已经由女人生产出来。
他的出生极其加剧了我们的恐惧，
而今他长大成人，开花结果，具备
所有德行：优雅、智慧，可以达成
至高至伟，致使我的恐惧成倍加增。
他出世之前，作为先驱的伟大先知
就已宣告他的到来，并请来所有人，
大声宣称在那神圣的河水里
洗涤其罪孽，让其心灵纯洁，
以便可以干干净净地把他接受，
或者把他当作国王来崇敬。都来了，
他（神子）本身也在其中受洗——
不是为了更加洁净，而是要接受
上天的见证，证明他的真正身份，
万国诸侯从此坚信不疑。先知
崇拜于他那是我亲眼所见。他
一出水面，云层之上的天堂就
打开她水晶的门扉，一只鸽子
（不知何故）完美地降落在他头上，
天堂之中清晰地传来那君主的声音：
'这是我的爱子——我对他很满意。'
他的母亲自然是凡人，但他的父亲
却拥有在天堂君临天下的统治权力，
为了成就神子，他有什么不愿做呢？
我们熟悉他的头生子，在他雷霆万钧
把我们赶入深渊之时也感受到了苦痛。

我们为此定要记住他，因为他的外表

都和人一个样，但在他的脸颊上面

或多或少都闪耀着他父亲的荣光。

你们瞧，我们的危险来到了最极端

的边缘，不容许我们作长久的争辩，

我们必然采取突然行动，进行反击，

（不用暴力，而是隐秘欺骗和精巧算计）

以防他最终率领诸侯，引导万国，

做其君主和领袖，在地上至高无上。

先前没谁出头，我曾独自承担起

那并不快活的远征，摸清了实情，

毁掉了亚当，平安顺利地将任务

完成。这次航行并不是那么激烈，

必将带我而去，上次用顺手的法子

定会带给我希望，取得同样的伟绩。"　　　　　（第 33 – 105 行）

撒旦的慷慨演讲不可谓无智无理，因而在追随者中间引起了强烈的反响：

发言结束，地狱会众反应

强烈，个个感到惊愕，不能自已，

伤心的消息使他们陷入深度沮丧，

让他们心惊神慌。他们没有时间

长久地沉溺于其恐惧或者悲伤：

一致同意将这一伟大壮举交由

他（他们伟大的独裁者）来实施。

因为他反人类的尝试曾如此成功，

让亚当堕落，并率领他们从地狱

深陷的洞窟走出来到光明的境地，

有摄政、权贵、国王，还有神祇

来自各个快乐领地和浩瀚的疆域。　　　　　（第 106 – 118 行）

撒旦欣然离去，迫不及待地要开始实施自己的破坏计划：

（他）于是迈着轻快的步子

朝着约旦河岸走去，包藏毒蛇狡智；

在那里，他最可能见到新近宣布的

人中之人，这已经得到证实的神子，

> 并在他的身上去尝试诱惑与诡计——
> 来毁掉那种子，恐怕就是这种子要
> 结束自己在地上快乐的长久统治。
> 然而，他在不自知的情形下完成了
> 至高者预先确定、早已安排的坚定
> 意图……　　　　　　　　　　　　　　　　　（第 119 – 128 行）

因为无所不知的上帝此时正在天界跟迦百利讲述神子的事情：圣女在加利利生下神子，现在已经长大成人；为了给世人展现其出身与德性，上帝让撒旦出来对他实施试探，而神子会比约伯更能够抵制诱惑，从而把撒旦赶回地狱，由此赢回人类始祖因过失而失去的东西；为此，上帝先让这人在荒野接受考验，然后让他通过屈辱和磨难去战胜"罪"与"死"这两大天敌，"这样天界现在已知，人类今后会发现将救赎整个人类的神子这一完美之人具有多么高的德行"。（第 140 – 167 行）于是天界遍唱赞歌："胜利皆归于圣子！"（168 – 187 行）

神子在约旦河受洗后正在沉思冥想：最好怎样开始拯救人类这一重大工作呢？向世人宣告自己已成熟的神圣职责，第一步该怎么走呢？有一天，在圣灵的引导下，神子来到旷野（188 – 193 行），继续思考：我自幼便专注知识学习，关心公共福祉（all my mind was set / Serious to learn and know, and thence to do / What might be public good）；12 岁时进入神殿，接受律法的教导，世人为此称奇不已，然而，这并不是自己内心抱负的全部：

> ……取胜的行为、
> 英勇行动在我胸中燃烧：要把
> 以色列从罗马人的束缚中解救，
> 然后抑制、消灭掉人间所有的
> 野蛮、暴力和自大的专横暴政
> 并最终解放真理，恢复公正；
> 然而，更为仁慈、更为神圣的
> 还是先用言辞征服自愿的心灵，
> 让说服和道理去做恐惧的工作；
> 至少去尝试，教导犯错的灵魂
> 不要随意做错事，不知不觉地
> 被误导；只是要将顽固者抑制。　　　　　　（第 215 – 226 行）

对此，圣母坚决支持并将其身世详细告知（229 – 258 行）。神子细读律法书和先知书，对自己救赎人类的使命有了更为清晰的认识，这在他受洗时得到了天象的印证：圣父在天堂宣告这是令他满意的爱子（259－286 行）。神子明白自己应该结束隐姓埋名的生活，并开始行使天堂赋予他的权威，自己被一种无形的神力引到旷野，肯定是别有用意的。（287－293 行）

耶稣一边冥想一边在荒无人烟的旷野上孤独地前行（294－302 行），他不吃不喝，过了 40 天，迎头碰上一位乡下人打扮的老者。老者认为他就是不久前在约旦河受洗的神子，便问道："是什么霉运把他带到这人迹罕至的地方？"（303－334 行）神子回答道："把我带往那里／会把我带到这里；我不寻求其他向导。"（... who brought me thither／Will bring me here; no other guide I seek. 335－336 行）于是老者说道："你既然是神子，那就把这些硬石头给你自己变成面包，这样你就会用食物救了自己，也让我们这些可怜人尝尝而得到解救"（But that out of these stones be made the bread／So shalt thou save thyself and us relieve／With food, thereof we wretched seldom taste. 342－345 行）耶稣对此嗤之以鼻：

> 你以为面包有这等神力？经里不是记着
> （我可以透过你外表看出你的真实身份）
> 人的生存不只是靠着面包，还要靠上帝
> 嘴里发出的每一个词语，这些词语不是
> 像吗哪①琼浆那样喂养了我们的先祖吗？
> 在山里，摩西呆了四十天，不吃不喝；
> 以利亚也是在四十天里不进一点食粮，
> 游荡在这荒野中；我是在学他们的样子。
> 你为什么让我这样死活不信经书呢？
> 你知道我是谁，我也知道你是谁呀。　　　　　　　　（347－351 行）

被剥掉伪装的大魔鬼不得不承认自己在天庭带头造反而被坠入地狱的历史，但他对自己诱惑、欺骗约伯和亚哈王的行径再三辩解：

> 因为这都是他吩咐我做的；虽然我
> 失去了我原有的大部分光彩，没了
> 上帝对我的眷爱，爱的能力我可没
> 完全丧失；至少我还会思考和钦美
> 自己在善、美、德性里面所见到的
> 优秀品质；否则我就失去一切意义。　　　　　　　　（377－382 行）

---

①　manna，即《圣经》中记载以色列人在经过荒野时得到的天赐食粮。

大魔鬼声称自己没有理由与人为敌，也并不因为嫉妒来祸害人类，因为把人类拉下水并不能给自己带来多少安慰，"让我最受伤害的是人堕落了会重得乐园，／而我却永世不得翻身了"。（404－405 行）耶稣对他的声称进行了严厉的斥责：

> 你活该如此悲哀；一开始你就是
> 满嘴谎言，自然会在谎话中终结，
> 你自夸能逃出地狱，然后进入
> 天堂中的天堂。你的确是来了，
> 作为一个悲惨可怜的奴隶囚徒，
> 来到自己先前曾经光彩夺目地
> 端坐于群雄中间的地方，遭到
> 罢黜、驱赶、怒视、躲避和白眼，
> 在天堂主人的眼里成了万劫不复
> 或者万众唾弃的景观；这福地
> 不再给你任何幸福、任何乐趣，
> 而是将折磨的火焰（失去的幸福
> 的象征）无以名状地烧在你身上；
> 你身在天堂，却甚于囚于地狱。
> 你可是要为天堂王者服役的呀！
> 给你带来恐惧，激励你去作恶，
> 你难道把这些都归罪于服从？　　　　　　　　（407－423 行）

耶稣进而对大魔鬼先前的欺骗行径——揭露和批评（424－459 行），然而：

> 上帝现在已经向这世界传来他
> 鲜活的谕旨，将其最后意志教导，
> 并派来他的真理精灵，永驻于
> 虔诚的心灵；一个内在的神谕
> 教人知晓必须知晓的所有真理。　　　　　　　（460－464 行）

狡猾的魔鬼"内心为愤怒和蔑视刺痛"，表面却强作镇静，要求我们的救世主亲口给他传达上帝的谕旨（468－492 行）。耶稣对此冷漠地答道：

> 你的目的我很清楚，你来到这里，
> 我却不许或禁止；上天许你做什么
> 你便去做什么；其他什么也休想。　　　　　　（494－496 行）

恶魔撒旦于是：

深深地一躬，

将其灰色沮丧掩饰，消失于

四周的稀薄空气：黑夜降临，

带着她阴郁的翅膀把荒野

双重遮蔽，鸟儿蜷缩于土巢，

百兽来到林中，四处漫游。 (497–502 行)

三、第二卷

与此同时，新近受洗的人们和施洗者约翰还在约旦河边焦急地等待耶稣，日子一天天地过去了，他们对受洗者耶稣的怀疑也越来越加深了（1–12 行）。有时，他们也想耶稣会像摩西和提斯柏那样在长时间失踪后得到天启而再次回到他们身边来，所以他们四处仔细寻找，但都无功而返（13–24 行）。在约旦河岸的一处小溪边，微风吹拂着芦苇和柳枝，朴素的渔夫聚集在低矮的农舍里面，诉说着他们始料未及的损失和怨气（25–29 行）：

哎呀，我们这是从多么高的希望

一下子又跌落到原处啊！我们亲眼

见到弥赛亚来到我们中间，这可是

我们多年来对天父的期望；我们听到

他的话语，充溢着恩惠、真理的智慧，

"好了好了，没事了，解救就在眼前，

王国会在以色列再一次建立起来。"

我们为此欢欣，但这欢欣没过多久

就变成了困惑、茫然和新的惊愕；

他到底去了哪儿？是什么意外把他

从我们这里夺走了？他会就此消失

然后隐退，再一次把我们的等待

推迟和延长？以色列人的上帝啊！

快给我们派来你的弥赛亚，时间到了；

瞧，人间君王在怎样把你的选民压迫，

又是如何把他们邪恶的权势抬升到

那么样的高度，而在他们的背后

把所有对你的恐惧抛弃；升起并捍卫

你的荣光，从轭下把你的选民解救吧！ (30–48 行)

虽然有所抱怨，但他们仍在等待，因为他们相信：

> 他不会让我们失望的，
> 不会把他叫走，也不会让他隐退，
> 用那幸福的景象把我们逗弄，然后撤回；
> 不久后，我们就会见到希望和快乐回归。　　　　　　　　（54－57 行）

圣母不见儿子受洗归来，更无其任何消息，心中十分担忧，口中叹息不已
（58－65 行）：

> 从上帝那里得到崇高的荣耀或者致意，
> "蒙恩的女子，我问你安，主与你同在"
> 现在于我有何用处，有何意义呢？　　　　　　　　　　　（66－68 行）
> ……
> ……这是我中意的命运；啊，
> 这是我对高度苦难的颂赞；
> 我或许是受了罪，蒙了恩；
> 我不会找茬，更不会去抱怨。
> 但他现在滞留于何处？他心里
> 定是藏有大的想法。我失去他
> 十二年后才重新找回，我清楚
> 他不可能迷路，而只是要去做
> 他父亲的事情；他意欲何为？
> 我想了却不明白；他离开的时间
> 太久，一定隐藏着什么伟大目的。
> 不过，我早已习惯了耐心等待；
> 我的心早就变成了储存事物
> 与说法的仓房，预示着奇异的事件。　　　　　　　　　（91－104 行）

耶稣此时正独自行走在荒漠之中，沉浸于神圣的冥想："如何开始又如何完
美地成就／他在地上人间的目标和崇高使命？"（113－114 行）

撒旦离开耶稣，回到半空中其追随者聚会之所，他不带任何吹嘘、欢欣的
色彩，不无焦虑而语气单调地向他们讲说道（115－120 行）：

> 王公、天神，上天古老的子嗣们，
> 魔鬼精灵啊，你们从他的领地里
> 得到天地之精华，或者更准确地
> 称作下界的火、气、水、土之力，

我们因此占据此地，这些好席位，
没有遭遇新的麻烦；现在却来了
一个敌人要侵入这里，他威吓着
要把我们赶下去，回到那地狱。
我带着全体大会的一致同意
和完整授权独自承担了使命，
已经找到他，见到他，试探他，
但发现我对付人类始祖亚当的
法子远不够用，须做另外的工作；
亚当因为受到妻子的引诱而堕落，
可对这位远远低劣于他的人而言，
他至少算是从其母亲身边来的人，
带着上天给予的更多人类禀赋，
更有绝对的完美、神圣的恩惠，
还有做伟大事迹的宽广胸怀。
我于是返回，以免先前在乐园
夏娃那里取得成功的那种信心
让你们盲目地相信我在这里
也会取得同样的胜利；我号令
你们大家做好准备，用手足
或者计谋帮助我，否则我就会
力不抵敌，虽然没料到这个对手。　　　　　　　(121 – 146 行)

堕落精灵里最放荡、最好色的彼列提议使用美人计，因为：

别的什么都不行；女人则曾将
精明的所罗门的心骗取，让他
建造并躬身屈从于他妻妾的神祇。　　　　　(169 – 171 行)

撒旦以为这是以小人之心度君子之腹，彼列自己沉溺于美色，害了不少良家妇
女（172 – 191 行）。

但你的这些习惯
并非所有人都喜欢；在人子中间，
有多少个面带微笑对美色诱惑
有过思量？又有多少个随意蔑视
其袭扰而专注于更为重要的事情？　　　　　(191 – 195 行)

庇拉的征服者亚历山大对东方美女毫不在意，罗马大将军西庇阿把伊比利亚美女遣送回家，养尊处优的所罗门胸无大志才落入了女人的陷阱（196－204行）。

> 而我们要试探的那人要远比
> 所罗门精明，心灵更为高贵，
> 生来就是要全身心地去成就
> 最伟大的事业……　　　　　　　　　　　　　　　（205－208行）

> ……美女美色只能
> 俘虏脆弱的心灵，得其称美；
> 只要不去贪恋，她的所有羽饰
> 就会颓然落地，缩成小小玩意，
> 突然的怠慢都会让其羞愧难当。
> 因此，我们须用更为阳刚之物
> 来将其毅力考验，例如更能展示
> 价值、荣光和普遍赞赏的东西，
> 最伟大的人也经常在礁石上翻船；
> 或者，使用那些似乎可以满足
> 合法自然欲望之物，而不是其他。　　　　　　　（220－230行）

撒旦于是决定趁其饥饿之时用美味佳肴来将耶稣引诱，便带上一帮与他同样狡诈的精灵飞向荒漠。神子经过40天的斋戒还在荒漠的阴翳中漫游，此时饥饿感正在降临（235－244行），于是自言自语道：

> 到哪里才是个头呢？过去的四个十天里
> 我一直都漫游在这草木的迷宫中，不食
> 人间烟火，不知食欲为何；我并没有把
> 斋戒归咎于德性，也一点都不在乎
> 我在这里遭的罪；假如自然不需要
> 或者上帝不用饮食吃喝来支持自然，
> （虽然需要），那还要忍受什么赞扬呢？
> 不过，我现在确实觉得饿了，说明
> 自然对她的所求还是有需要的；上帝
> 可以用某种别的方式来满足这种需要，
> 虽然饥饿之感依旧没有消除：只要
> 这身体没有消耗掉，我便心满意足，

　　　　不担心也不在乎这饥馑之苦会带来

　　　　什么伤害，因为有更高尚的思想让

　　　　我更渴望去做圣父希望我做的事情。　　　　　　　　（245－259 行）

　　夜幕降临，神子在茂密的树丛中躺下。睡梦中，他面前出现了美味佳肴，自己仿佛站在切里瑟河边，饥饿的大乌鸦不断地给以利亚叼来食物，而先知也躲进荒漠，在刺柏下睡着。先知醒来发现食物并在天使的劝说下吃下，让他足以再维系 40 天，有时，他与以利亚或者丹尼尔一起把食物享用。夜色褪去，曙光来临，云雀欢唱，我们的救世主从草榻上起身，发觉一切皆为梦幻：自己是在斋戒中睡去，又在斋戒中醒来。（260－284 行）他登上小山丘，环顾四周，希望看到农舍、牧人或者羊群，但映入眼帘的仅仅是山谷中一处百鸟鸣唱的快活林。他向那里走去，以便中午歇息，很快他就来到了树荫遮盖的步行道上，相信这就是树神、树精的老窝。这时，一个人走上前来，衣着鲜亮，完全是城里人或者宫中人的打扮，此人对耶稣开言道（265－301 行）：

　　　　带着天赐的殷勤许可，我又回来了，

　　　　对神子的惊奇和敬仰确是添了许多：

　　　　你在这荒凉孤寂之中竟然经得起

　　　　缺吃少喝的折磨！我当然十分知晓

　　　　你不会不觉得饥饿，因为其他名士

　　　　（据传说）也曾在这片荒野里来过：

　　　　那逃亡的女奴带着他的儿子，弃儿

　　　　尼拜约，在这里遇见了乐善好施的

　　　　天使而得到解救；以色列各个部族

　　　　在这里忍饥挨饿，但上帝从天上

　　　　降下吗哪琼浆；而那勇敢的先知，

　　　　提斯栢土人，却曾流浪于此两次

　　　　受到天音的邀请而进食以消饥。

　　　　你在这四十天里未曾受人关注，

　　　　四十天在此，越来越多地遭到遗弃。　　　　　　　　（302－318 行）

对此，耶稣回答道："你为何有了这样的结论？／他们都有需要，而我一点都没有。"

　　撒旦问："如果你面前摆放着食物，你难道也不吃吗？"，"你为什么要拒绝呢？／你不是对所有的创造物都要权利吗？／一切生物不是又应该为你服役，／听你号令而竭力替你效劳吗？""瞧那大自然，她已羞愧难当，／或者你心内不安，竟然叫你挨饿！／她该倾其所有，拿出最精美的储备／来把你款待，因为你是她／荣耀的主人；请你屈尊坐下吃吧。"（319－336行）话音未落，救世主就看见"在最宽阔的树荫下面的一大块空地上，／已经摆上一桌丰盛的宴席，皇家气象"，山珍海味，无不尽有，"啊，与这些美味相比，那将夏娃／迷惑住的苹果是多么的简陋！"四周又有仙女神童捧花持杯服侍，芳香扑鼻，音乐荡漾（320－365行）。撒旦再次殷勤相邀："神子还有何疑虑，不肯坐下来吃呢？／这些东西并非禁果，没有禁令／不让人去触碰这些洁净食物；／尝食它们并不增长什么恶的知识，／而会维持生命，用甘美、滋养的快乐／将生命的死敌，'饥饿'消灭。／……／你还犹豫什么，神子？坐下享用吧！"（368－377行）面对这样的诱惑，耶稣镇定地回复道：

> 你不是说过，我对世上万物都有权吗？
>
> 那我使用这权利，又有谁能够阻拦呢？
>
> 我若是喜欢，何时何地都可尽情取用，
>
> 用得着你去拿来当作礼物送与我吗？
>
> ……
>
> 你这奢华的美味，我根本瞧不上眼，
>
> 你这华而不实的礼物不过是一堆狡计。　　　　　　（379－391行）

撒旦见自己"所做、所给的都令人生疑"，便自我安慰一下，"别人要千辛万苦才勉强掠夺过来，／还是让他们去处理这些东西吧"。一桌食物"带着哈皮①振翅舞爪的声音"一下子消逝。美食诱惑失败了，但撒旦并不死心（399－405行），他要将其诱惑继续进行下去：

> 饥饿将其他一切生物都降服下去，
>
> 你却不受其伤害，所以没有动心；
>
> 此外，你的节制也是天下无敌，
>
> 没有任何引诱屈从于你的胃口，
>
> 你又全身心地致力于高尚的计划
>
> 与高尚的行动；可这得靠什么呢？
>
> 伟大的行动需要伟大的进取手段；
>
> 你如今无名、无友，出身又低贱，
>
> 已知的父亲不过是个做木匠活的，
>
> 在穷家里养育，在困境中成长，

---

① Harpy（哈皮）为希腊神话中鸟身女人脸怪禽，是欲望强烈的复仇神。

而今饥肠辘辘，迷失在这荒漠里，
你还有什么法子和希望去将伟大
追寻呢？你从哪里获得那权势？
你能得到什么信徒，什么随从？
尾随你而行的愚钝群众又何以
跟你，在你没钱养活他们之后？
有钱才有荣誉、友情、征服和国土。
……

因此，你要想完成伟大的事业，
就须先得财富，积攒起金银财宝；
此事不难，只要你听我的召唤；
财宝是我的，运气在我手掌中；
我只要喜欢谁，谁就会一夜暴富，
仁德、勇敢、智慧却与我无关。 （406—431 行）

耶稣对此不紧不慢地回复道：

没有了这三者，财富又怎能够
得到国土并长久地拥有国土？
看看地球上的那些古代大帝国，
哪一个不是在财源滚滚时消亡？
而具备仁、勇、智之人虽然身居
低下却往往最终取得伟大成就！
……

我从外表上看，的确一贫如洗，
但于此贫贱之中，不也可能很快
成就他们那样的事业或者更多？
不要赞美财宝了，愚人的圈套而已，
聪明人只会看作是障碍或者陷阱，
常常将仁德松懈，使德行愚钝，
而不去激励她做出值得称赞的事。
我以同样的憎厌将财宝国土拒绝，
又将怎样？但这并不是因为王冠，
看上去金碧辉煌，实则荆棘圈环，
只给那头戴冠冕者带来各种各样的

危险、麻烦、忧虑和无眠的夜晚，
因为他的肩头压着每个人的重负。
王冠里面存放着一个国王的职责，
还有他的荣耀、仁德、价值和赞美，
为了公众，他承担起所有这些重负。
然而，那约束自家内心，规矩激情、
欲望和恐惧的人，才更是个君王。
每一个智慧、仁德之人皆可成就；
未能成就者便怀着恶意去将人的
城池或者顽冥不化的大众管制，
内心则屈从于混乱无序的掌控，
或者任凭无法无天的激情横行。
但若以真理的道路来将万国引导，
维护道义，指导人们脱离错误，
使其知晓如何正确地敬拜上帝，
则更具王者风范；灵魂会为之
吸引，（更高贵的）内心为其所治。
而别的君王只是把人的身体来管制，
而且往往使用暴力，这样的统治，
对于大方之家绝非什么真正的乐趣。
此外，让出一个王国一直被人视为
更伟大、更高尚的事情，而谦让
远比僭取王位更加宽宏大量又大方。
财宝因此对于他们自己毫无用处，
与你所说的求财之理由也一无是处，
获得权杖往往反倒不如失去权杖。　　　　（433－586 行）

耶稣铿锵有力、掷地有声的驳斥结束了史诗的第二卷。

四、第三卷

面对神子的驳斥，撒旦无言以对而又心有不甘，在积攒起所有的狡智后，他继续温言软语地将神子引诱（1－6 行）：

我看得出你知道知识的用处为何，
说你最该说的话，做你最该做的事，

你倒是言行一致，你所说的话出自
你那宽宏大量的心胸，而你的心里
充满善良、智慧、正义和完美的形状。
……

这神一般的美德，你为何将其隐藏？
强装退隐山林，生活在这不知名的
蛮荒之地；你为何不让全世界惊叹
你的所作所为？又为何不让你自己
来享用这名声和荣光？荣光是奖赏，
能激励那高贵的精神火焰，修炼得
纯洁缥缈的构造去做更高贵的尝试。
你把所有快乐、享受都不放在眼里，
将所有金银财宝、所有的收益获得
与所有的尊贵、权势都视若粪土，
只将那至高无上的东西保留珍藏。　　　　　　　　（7－30 行）

撒旦列举出古代马其顿人菲力之子（亚历山大）、罗马将军西匹阿、庞培和儒
略·恺撒等少年得志而成就大业的事例，以引诱耶稣对名声和荣誉的向往。耶
稣对此回复道（31－43 行）：

你就算是巧舌如簧，也终究不能
说服我去为开疆拓土把财富寻找，
或者让我为了荣耀而将帝国炫耀。
荣耀是什么？难道不是声名光辉、
民众的赞美，永不掺杂的赞美？
而民众又是什么？就是糊涂兽群，
乌合之众，只对粗鄙的事物喝彩，
仔细掂量后则根本不值得这称赞。
他们对自己不知晓的赞美、钦羡，
并不知是对谁，只是随声附和；
这样的称赞又能带来什么快乐？
不过是生于其舌尖，成为其谈资，
遭受其诋毁反而成为不小的赞美！
……

当上帝眷顾到这地上，用赞许

标识出正直者，在天堂向众天使
将他公开宣告，众天使真心喝彩，
把赞美重新做出，这才是真正的
荣耀和名声；他对约伯就是这样。
······

在天上声名赫赫，在地上默默无闻，
因为地上的荣耀是虚妄，大多归于
并不荣光的事与不配此名声的人。
（征服、踩踏与战争、袭击等）
这些行径都算得上是丰功伟绩吗？
都只是抢劫、破坏、杀人、放火，
将邻近或偏远的和平国度来奴役；
他们做了俘虏却比他们的征服者
更值得享有自由，因为征服者
所到之处，遍地废墟，寸草不留，
和平时期的繁荣景象随风而去，
却反倒骄纵起来，强迫人将其
称为神灵、救星和人类施恩者，
又用庙宇、祭司和牺牲来敬拜。
（最终他们变成非人，被"死神"带走）
不过，荣耀中若真有什么好处，
那就可以用完全不同的方式获得，
不必使用野心、战争或者暴力；
而是用和平的行为、绝顶的智慧
与忍耐、节制。
······

那么，我还要寻求荣耀吗？就像那
虚荣之徒一样？我只寻求他的荣耀，
他遣我来此，且将我的出处来见证。 （44－107行）

撒旦嗫嚅嗫嗫地劝他"不要轻视荣耀，从而一点儿／也不像那伟大的天父，／因为他寻求荣耀，并为了荣耀／创造出万物"。上帝"不满足于天使给出的荣耀／还要得到来自人的荣耀"，"他要求荣耀，接受荣耀／甚于一切牺牲或者神圣祭礼，""从我们这被宣称为天敌，他也要索取荣耀。"（108－201行）我们的救世主对此做出如下热情洋溢的回应：

> 还有理性；因为他的话产出万物，
> 虽然不以获得荣耀为其首要目的，
> 只是为了显现他的善意，将这善
> 自由自在地传达至每一个灵魂；
> 除了荣耀、祝福，也就是感激，
> 那最轻微、容易、现成的回报，
> 他们就再无他物可用来报答了；
> 要是连这也无法偿还则极可能要
> 报以轻蔑、耻辱、毁谤；这样的人
> 我父还能向他们要求些什么呢？
> 对如此多的善意、如此多的仁爱，
> 岂能做出这等冷酷而不当的回报？
> 可人为什么还要将荣耀来寻求呢？
> 他自己一无所有，属于他的东西
> 只剩下了非难、羞愧和耻辱！
> 他从上帝那里接受到许多恩惠，
> 而今背叛上帝，既忘恩又虚妄，
> 且将所有的战争善意破坏精光，
> 还要亵渎神圣，不自量力地僭取
> 那本该只是属于上帝的东西；
> 然而上帝心怀宽广，遍施恩泽，
> 只要人们推动他的（而非自己）荣耀，
> 他也会亲自将荣耀施与其身上。 （122－144 行）

撒旦再一次哑口无言，因为他自己对荣耀贪得无厌而失去一切，但他随即想出了另一套托词（145－149 行）："荣耀的问题就依你了，／你说不值当那就不值当，／可你生来就是为了一个王国，／注定要坐上你父亲大卫的王座，""朱迪亚与所有的'应许之地'／现今沦为罗马羁轭下的一个省，／听命于提比略""并没受到／温和的治理，他们常常冒犯圣殿"（150－160 行）。

> 屡屡把那律法侮辱、违犯，视之为
> 令人憎恶之物，安条克以前就有过
> 如此遭遇。难道你以为静坐或者
> 如此隐退便可能将你的权利追回？

......

假如万国不能让你动心，那就用
热忱和责任来把你打动；二者脚步
不慢，只在"机会"的额发上等待。
它们本身就是绝对的机会——
天父屋舍的热忱，将你的国家
从受异教奴役状态中解救之责任；
你必须竭尽全力去完成，最好地
把古代先知的话落实，他们歌咏过
你长久的统治，而快乐的统治就要
尽早开始。快去统治吧！这可是大事。　　　　　（161－180行）

我们的救世主对此的回应则是：

世间万物最好在其合适时节完成，
因为"真理"说，万事皆有定时。
先知的记载若是提到过我的统治，
说那是无穷无尽，那么，始于何时，
天父依其目的意图已经确定了下来，
因为时间、时节一切都在他掌握中。
要是他已决定要我先在卑微之中
接受考验，在逆境里面接受锻炼，
通过千种磨难、伤害、侮辱、轻蔑
与嘲弄，还有陷阱、阴谋和强暴，
以及万般痛苦、节制与默默期待，
而不加怀疑和忧虑，他便会知晓
我的耐力与服从，那又会怎么样？
最会逆来顺受的也是最会做事的；
最先学会服从的也将最会治理，
欲得永恒赞美就须先经此等考验。
可我于何时开始治理永久的王国，
这与你何干？你又为何如此挂念？
到底是什么让你做如此的盘问？
岂不知我的兴起便是你的败落？
我的进步上升就是你的最终灭亡？　　　　　（182－202行）

撒旦心如刀绞，口中则回应道："要来的就让它来好了；所有／接受恩惠的希望都已失去；没有更糟的了。／没有了希望，也就没有了恐惧。"虽然自己一切都完了，但还是希望能在神子的庇荫下，"请你做我的树荫，做我的凉亭，／犹如夏日里的一片云彩"，以便减轻一些天神的怒火。他又说神子初出茅庐："还未见过世面，未经历过荣耀，／帝国、君主与其金碧辉煌的宫殿，／最佳经验的最佳学堂，最为敏锐的／洞察诸事的眼光，把人导向至伟的行动。"（203－234 行）"你不知道世间有何荣华富贵，／所以我要带你去一个地方，在那里／你很快就会克服幼稚的心气，／眼前看到的是八面威风的地上君主，／他们足以让你开始知道，／自己十分合适、擅长王道霸术，／洞悉各种奥秘；这样你就会明白／如何最有效地应对他们的对立。"
（235－250 行）

> 话音未落（他还有此能力），他就
> 带领神子登上了一座巍峨高山。
> 在那座高山葱葱绿荫的脚底下，
> 有一片广袤的平原，悦人眼目，
> 向四面铺展；两边都流淌出河水，
> 一条蜿蜒曲折，另一条笔直前行，
> 中间则一马平川，少有沟渠纵横，
> 然后，河流汇合一处，注入大海：
> 沃土漫天遍野，盛产五谷、油，酒，
> 遍地都是草场，满山皆见牛羊；
> 巨大的城市、高耸的塔楼，极像是
> 权势赫赫君主之治所；如此的开阔，
> 那景象之中时而点缀着干旱缺水、
> 草木不生、荒凉萧瑟的沙漠。
（251－265 行）

在这高山之巅，诱惑者又开始了他的絮叨：

> 我们已快速越过了山陵、溪谷，
> 穿过了森林、田野、洪水、庙宇和塔楼，
> 少走了多少里路；你瞧，这儿就是
> 亚述与其古代帝国的八荒疆界。

（有尼尼微、巴比伦、波斯波利斯、巴克特拉、埃克巴坦拉、赫克托皮洛斯、苏珊等亚述帝国的名城重镇）

> 你来得正是时候，可以好好见识一下
> 他伟大的权势；因为那安息的国王

> 在泰西封纠集起他所有的战车兵将，
> 去对付塞西亚人①，他们的野蛮入侵
> 将索格狄安娜省都化为灰烬。瞧啊，
> 远道而来的万千兵士带着何等装备，
> 钢的弓、利的剑，蜂拥而出，逃命
> 和追击敌人，同样都叫人胆战心惊，
> 所有的骑兵都勇猛无畏，出类拔萃；
> 瞧他们如何地聚集，又如何地布阵：
> 菱形阵、楔形阵、半月阵和翼形阵。 （267－309 行）

无数的轻装骑兵从城门里奔涌而出，身披铠甲，傲气冲天，矫健驰驱在亚述古老的大地上，"从未见过这样的军队或这么大的营盘，""他们的骑兵勇猛无比，又遮天盖地。"大魔头于是更加蛮横无理，继续把我们的救世主引诱（310－346 行）：

> 让我来告诉你，带你到这里，给你看
> 这么美丽的景象，我究竟有什么目的。
> 你的王国，先知和天使都已做出预言，
> 可是，你若不去努力进取，如你先祖
> 大卫那样，你便将永远也不会得到。
> 预言依然存在于万物与众人的口中，
> 只是提出了实现的手段；不使用手段，
> 已经预言出来的也会一一地取消。
> 就算你真的承继下那大卫的王座，
> 得到了所有人的认可，不见一人反对，
> 无论是犹太人还是撒马利坦人；可你
> 又怎能希望在罗马与安息这两大帝国
> （两大死敌）之间长久地享有安宁
> 和稳定呢？所以，你必须选出一个
> 来作为自己的王国；依我看，最好是
> 那安息大帝国，一是距离要近一些，
> 二是它近来比较强盛，曾经入侵了
> 你的国家，掳去了她的两个国王，

---

① Scythian（塞西亚人）是栖居于今天俄罗斯和西伯利亚的蛮族，一度统治索格狄安娜省，即现今位于乌兹别克斯坦与塔吉克斯坦的撒马尔罕和布哈拉地区。

安提格努斯和赫坎努斯；根本不把
罗马的脸色来理睬。我倒是很乐意
把安息交予你手，任凭你来处置；
是要征服，还是要结盟，你说了算。
借助他你将重获政权，否则就休想，
只有这样才能够真正将你安置在
大卫的王座上，做他真正的继位者，
将你的同胞，那十个部族，来解救；
他们的子孙依然在其境内的哈伯
做牛做马，混杂在那米迭人中间，
雅各那十个儿子，约瑟的两个儿子，
背井离乡已经很久，一如其先祖
在埃及的土地上被人随意地驱使，
解救他们的重任，就摆在你的面前。
你若是要想从奴役的状态中让他们
重获自由，将其祖业来恢复，那么，
你就尽可在万般荣耀之中登上王位，
从埃及开始，一直到幼发拉底河外
都由你来统治，不惧那罗马与恺撒。　　　　　（347－385 行）
我们的救世主露出鄙夷，做出如下坚定的回复：
肉体的臂膊，脆弱的武器，那么多
战争工具，与我都不过是徒劳的荣耀！
长时间做准备，瞬间就会归于乌有，
这便是你摆在我眼前的；在我的耳中，
灌入了许多诡计，把敌人、援助、战役
和纵横捭阖做了如此深入的剖析，
这对世人十分可行，于我却一文不值。
你说，我须使用手段，否则预言也会
作废，从而不能助佑我登上那王位；
我现在告诉你，我的时机还未到来。
（而你的时机最好是遥遥无期！）
只要时机一到，你就不要以为我会
有什么疏忽，而不尽心尽意，或者

需要你的精明心机与作战所需的辎重
（你带给我看的笨重东西），那只是
人类的弱点。并不是人类强势的证据。
你称之为我的同胞的那十个部族，
我一定会去全力解救，假如我要去
将大卫真正的后人统治，并把他的
权杖尽情挥舞，及至所有以色列儿郎；
可你为什么要这么热心呢？想当初，
你挺身而出，作为诱惑者趾高气扬地
将以色列人清点计数，用三天的时间
让它失去三十万条鲜活的生命，那时
你对以色列、对大卫、对大卫王位，
热心又在哪里呢？这就是你当时的
热心，这就是你现在对我的热心！
至于那被掳去的十族人，不正是
他们变成了自己的俘虏？他们
离开了上帝而去把那牛鬼蛇神敬拜！
……
此外，他们还犯下甚于异邦人的大罪，
即便是在被俘为奴的土地上依然是
不学会谦恭，不肯向其先祖的上帝
虚心悔罪，洗心革面，而是顽冥至死，
身后留下一个和自己惟妙惟肖的族类，
与异邦人几乎无异（只剩空虚的割礼），
将上帝和偶像放在一起来加以敬拜。
……不，让他们去服侍其敌人吧，
让他们的敌人去服侍偶像与上帝吧！
不过，在他十分知晓的时刻，他终究
会记起亚伯拉罕，用某种神祇的召唤
使他们回心转意，来真心诚意地悔罪，
在他们满心欢喜回归以色列故土时，
划开亚述的洪水，为他们开辟道路，
他们的先祖在赶往应许之地的途中，

不就是他将那红海和约旦河如此劈开？

我要把这些留给他的时机和旨意。　　　　　　　　　　（387－440 行）

恶魔的诡计因此落空，真理与虚妄的论证结束。

五、第四卷

撒旦再遭失败，懊恼不已，那曾将夏娃成功诱惑的修辞与口舌都到哪里去了？他知道遇上了劲敌，但还想挽救自己的声誉，准备不惜自取其辱而做最后一搏，于是他"就像葡萄成熟时的成群苍蝇，／汇聚在吐出新酿的压榨机旁，／赶走了，又嗡嗡哼叫着返回；／又像汹涌波涛将那磐石击打，／虽被撞成碎花，旋即重新攻击，／终究徒劳无功，归于白色泡沫"。于是，他把我们救世主带至那高山的西边，在那里可以看到另一片狭长平原，南面临海，背面靠山，一条河流横亘中间。"河的两岸矗立着帝国的都城，／高高的塔楼和神殿傲然屹立／在七座小山，随处又点缀着／宫阙、门廊、戏院、浴场、渡槽／石雕像、战利品与那凯旋门，／还有百花园和小树林尽显眼底，／与高耸入云的山巅交相辉映。"（1－39 行）面对如此缤纷景象，诱惑者打破沉默，道：

你眼前见到的城市不是别的，
正是伟大荣光的罗马，大名鼎鼎的
地球王后，因获得万国财宝而变得
如此丰富多彩；你看那朱庇特神殿
高出其群侪，傲然翘首于那塔耳片
悬崖之巅，其城堡固若金汤；那边
派拉丁山上又见巍峨、堂皇的皇宫，
方圆开阔，结构高大，不啻鬼斧神工，
雉堞金碧辉煌，远远地就炫人眼目，
还有炮塔、阙台与那熠熠生辉的塔尖。
又有许多精美的宏伟建筑，更像是
神祇居所（我将那幻想的显微镜用到
极致），里里外外，你都可以看见
柱廊、顶盖和雕饰；它们件件都是
名门大师的手笔，所用的材料皆为
香柏木、大理石、象牙或者黄金。
你再将你的眼光投向各个城门那边，
注意那摩肩接踵、蜂拥出入的光景，

其中有执政官、各个行省的大总督，
身着朝服，匆匆赴任或者急急赶回；
带着扈从与符节，即其权势的象征；
还有军团、步兵队、骑兵队和翼形阵；
或者是来自遥远偏僻地区的使节团，
身着各色衣装，走在亚平、艾米良的
大路上，有的来自极南之地，如埃及的
斯尼，有的来自影子两边倒的地方，
……（东至印度，西及不列颠，北达日耳曼）
万国现在无不听命于罗马，听命于
罗马的大皇帝，他的辖制区域里，
幅员辽阔，财富充足，权势无边，
人人举止彬彬有礼，文治武功齐备，
你尽可再次享用那长久的声名，比
安息人的更盛。在这两个王座之外，
其他简直不值一提，都是蛮夷之邦，
由那极其偏远的小小国王去分享；
这些都给你看了，你已经见识了
世上所有的王国及其万般的荣耀。
……（现在的国王老迈无子且荒淫无道）
如你这般堂堂君子，已开始显现
高尚行为，要将此怪物从王座上
（已叫他变成了猪圈！）驱赶走，
自己取而代之登上王位，把一个
胜利民族从奴役重轭中解放出来，
却是多么轻而易举的事情！
又有我的援助，你岂能不成功？
权柄给了我，我再合理转交给你。
因此，一定要放眼于整个世界，
目标要高远，至高目标不达成，
你就坐不上王座，即使坐上去，
也不会长久，不管预言怎么说。　　　　　（44－108行）

神子对此毫不动心，冷静地回复道：

这显示奢华的宏伟与壮观，
尽可以称得上是富丽堂皇，
但与那武备一样，不入我眼，
更不能迷我心；你不妨再加点，
说上那饕餮盛宴，美味珍馐，
摆放在香橼木桌或大理石上，
（因为我听人说过，或许也读过）
产自萨蒂亚、加勒、佛勒涅与
奇奥斯、克里特的葡萄美酒；又用
镶满宝石和珍珠的黄金、水晶、象牙
和萤石杯盏把美酒痛饮——要我说，
他们依旧饥渴。再说你让我看的
远近各国的使节，那又有什么体面？
不过是浪费时间，坐着听取许多
空洞的恭维、谎话与古怪奇特的
奉承。你又提到皇上，东征西讨，
多么随意，如此辉煌；你说我须将
野蛮的怪物驱赶。我要是先去把那
使他堕入此境的魔鬼赶走，又当如何？
让他的折磨者"良知"将他叫醒吧；
我可不是为他而来，也不是为了解救
那曾为胜利者的民族，他们现在卑贱
而邪恶，做奴隶也是咎由自取；他们
原本正直、简朴、温和、节制且善战，
但把自己置于羁轭下的各国暴虐统治，
搜刮各个领地，让肉欲和掠夺将自己
元气大伤；先是从胜利中滋生出野心，
那令人屈辱的虚荣；而后是凶暴残忍，
斗兽竞技让他们嗜血成性，竟然将
活人置于狮虎口边；财富使其享乐，
继而愈加贪婪；安逸将其阳刚销蚀。
什么明智、勇敢的人乐意去将这些
自甘堕落、自我作践的人们解救？

又怎能把内心的奴隶从外表解放？
因此，你要知道，当我的时机到来，
坐上大卫王座，我就会像一棵大树，
伸展枝叶，将整个世界遮盖和庇护，
或者像一块磐石，把世界各地的
所有君权都砸成碎片，而让我的
王国无穷无尽。成就这事定有方法，
但并不要你知道，我不会告诉你。　　　　　（110－153 行）

诱惑者厚着脸皮说，"我提议给出来就被你拒绝，／可见你对这些提议是多么地不屑"，但"你也要知道，我十分珍视那些／提议，给出去的定要有回报"。"我把世界上的王国都交付于你，／这并非戏言，既然与了我，我就可／随意送人；但附有这个保留条件，／那就是，拜倒在我的脚下面，／把我当作你至尊的主来敬拜。"（154－169 行）我们的救世主轻蔑地答复道：

我从不喜欢你的话，更不喜那提议，
现在则只有憎厌，因为你竟敢说出
那令人讨厌的词语和大不敬的条件；
可是，在你授权于我的时限之内，
我姑且还是忍耐；经书上写着，
十诫中的第一条：你当敬拜上帝，
除他而外，你不可敬拜别的神祇；
而你竟敢对神子提出要求，来敬
你这遭诅咒的东西！你这次试探
竟比当初对夏娃的还要放肆大胆，
也更加亵渎神圣！你要为此后悔的。
世界上的各个王国倒是都给了你，
但只是授权，毋宁说被你篡夺去，
你当然不能拿过来再转让给他人。
若是给予了，那么除了王中之王、
至高的上帝还会有谁？若是给了你，
那么你对给予者的回馈是多么地
漂亮！不过，你心中的感恩早已
丢失。你竟鲜廉寡耻、无所忌惮
到此地步，将王国献给我这神子！

把我自己的东西给我，又用这臭约

要我卑躬屈膝将你当上帝来敬拜！

滚到我身后去！老实现出原形来，

"头号邪恶"，永驻地狱的撒旦！　　　　　　　　　（170－194 行）

撒旦见自己的"试探于你（神子）并未造成伤害，／反倒给你（神子）带来更多的荣誉和敬意"，便决定"随它去吧，这世上的王国／都是转瞬即逝的，我将不再把你／劝告；随你得到或者得不到"。他于是转变方向，开始从学问、知识、艺术等方面将耶稣再次试探和考验（195－224 行），因为：

并非所有的知识都在摩西的律法，

即"五经"里或先知的著述中间；

异邦人也有知识，也曾著书立说，

在自然之光的引导下也擅长教训；

你要与其多多交谈，并如你所愿

用说服的方式将他们牢牢统治；

若是没有他们的学问，你将如何

与他们或他们与你愉悦地交谈？

又怎能与他们论理，就把其谬论、

传统习俗和歪理邪说彻底地推翻？

以其人之道还治其人之身，效果最好。

所以，撒旦循循善诱道：

趁我们还未离开这巍峨的山巅，

你再往西边或者西南边看一遍；

在那爱琴海岸边矗立着一座城池，

建筑高贵，空气澄净，土地轻松，

那就是雅典：希腊的眼睛，艺术

与雄辩的母亲，名士豪侠的故土，

在她温馨的隐秘之所，市内或郊外，

随处可见谈学论道的散步林荫道。

瞧，那里是"学院"的橄榄树林，

柏拉图的隐居之所，有雅典神鸟

在夏日里把浓情蜜意的乐歌吟唱；

那边百花盛开的伊米托斯山上面，

蜜蜂孜孜不倦地飞来又飞去，

嗡嗡哼唱，诱人沉思冥想；那里的
伊利苏谷将其潺潺流水滚动。城墙
里面，又有古代圣贤的学堂：在此
培育出将世界征服的亚历山大大帝，
那是会堂，旁边是雕梁画栋的斯多亚。①
在那里，你将听到并学会歌喉或指尖
生产出来的曲调、乐符合成的音乐，
（多么摄人心魄！）各种格律的诗歌，
伊奥利亚的情歌与多利斯的颂歌，
还有给予诗歌生气、使之高贵唱出的
"玛勒斯的瞎子"，别名叫荷马，
福玻斯都要将他的诗篇据为己有！
此后又有崇高庄严的悲剧诗人，
他们用合唱曲和抑扬格把人们教导，
审慎道德的导师！用短小精悍的警句
和乐于接受的方式，把命运、偶然
和人世沧桑演绎，将崇高行动与激情
精妙地描绘。此后又有演说大家润色，
那些古人用其所向披靡的雄伟辩才，
随心所欲地将剧烈动荡的民主统治；
震撼了阿森纳②，在希腊上空霹雳作响，
影响传至马其顿与亚达薛西的王座。③
再用你的耳朵来听一听圣贤的哲学，
他们从天而降，来到苏格拉底家
低矮的房舍，瞧，那就是他的住所。
他尽受神启，被神谕庄重宣告为

---

① 亚里士多德曾做过亚历山大大帝的老师。Lyceum 是位于雅典树林中的运动馆，亚里士多德在此建立了"逍遥学派"的学堂。Stoa 的本意是"雕梁画栋的门厅"，指的是芝诺学派的学堂，该学派将斯多葛哲学引入雅典（约公元前 301 年）。
② Arsenal（阿森纳）为雅典比雷埃夫斯港口的一所建筑，公元前 339 年，雄辩家德摩斯梯尼在演说中敦促将所有的民用物资都用于抗击马其顿入侵的战争，建筑工程为此被搁置下来。
③ Artaxerxes（亚达薛西）为《圣经》中的人物，波斯王，大流士二世之子。

　　　　　最智慧的人；从他的口中流溢出
　　　　　甘甜如饴的溪水，将古今哲学流派
　　　　　透彻地浇灌；有的取名叫"逍遥派"，
　　　　　还有伊壁鸠鲁派和严峻的斯多葛派，
　　　　　都在这里（或在家中）切磋和琢磨，
　　　　　直至时间让你足以达到治国的程度；
　　　　　这里的规矩会让你成为内心里的
　　　　　完整国王，加上帝国则更为强壮。　　　　（225－284 行）
　　对此，我们的救世主睿智地回复道：
　　　　　不要以为我不知晓这些事情，或者
　　　　　以为我不了解；我应当知晓的事情，
　　　　　一点也不缺少。那从天上，从光之
　　　　　源泉承受光亮的，并不需要别的
　　　　　什么教条教训，虽然也并不虚妄；
　　　　　但这些没有一点真理，仅只是梦幻、
　　　　　臆断、幻想，就像那空中楼阁模样。
　　　　　哲人中的第一位，最智慧的那一位，
　　　　　公然宣称只解此事，其余一概不知；
　　　　　第二位哲人喜用寓言和醇美的奇喻；
　　　　　第三派怀疑一切，包括那普通常识；
　　　　　其余的把人间幸福置放于美德之中，
　　　　　但美德须与财富、长生紧密地系连；①
　　　　　他相信肉体享乐和无忧无虑的生活，
　　　　　又把哲学傲然成就中的最后一流派，
　　　　　斯多葛称作是美德；他的有德之人
　　　　　既智慧又自我完美，且拥有一切，
　　　　　与上帝对等，恬不知耻地冒渎我主，
　　　　　又无所忌惮，把所有的财富、快乐、
　　　　　痛苦或折磨、生与死都不屑一顾，

---

① 哲人中的第一位即苏格拉底，第二位即柏拉图，第三流派指的是由皮浪（Pyrrho）的信
　徒组成的怀疑论者，"其余的"指的是亚里士多德为代表的逍遥学派，"他"则指的是
　伊壁鸠鲁派。

只要他乐意，便可以或自诩能将其
抛弃：他那夸夸其谈都不过是虚饰
或者闪烁其词，只是叫人捉摸不定。　　　　　　　　　　（285－308）
啊，他们既不自知，更不懂得上帝，
又不知道世界的起源与人类的堕落
（自取其辱！），而今须仰仗神恩，
能给人教导什么而不把人来误导？
他们大谈灵魂，却个个误入歧途，
在自己身上把美德寻找，把那荣耀
都归于自身，丝毫也不与我主上帝；
反而用常见的名字"侥幸"和"命运"
将他来严厉指控，说他全然地不顾
那凡尘之事。要是在这里面去把
真正的大智慧找寻，我们岂能成功？
借助幻想则会更糟，因为所见只是
她虚假的外形，一片虚空的云彩。
然而，哲人曾说过，许多的书籍
都令人厌倦；人若连续不断地去读，
却不能带来同等或更高级的精神
与判断（他带来的，还须在别处寻找？）
依旧犹豫不定，什么问题也没解决，
纵然是破书万卷，仍然是浅薄无知，
囫囵吞枣或沉醉其中，为精致事物
搜集玩具、鸡毛蒜皮或海绵一小块，
一似孩童在海滩上拾到些石子儿。
若是我乐意用音乐或者诗歌
来把我的闲暇打发，我便很快
于其中用我的本土语言找到那种
安慰吗？我们所有的律法书和故事书
都包含有颂诗，我们的《诗篇》铭刻着
美词佳句，我们留在巴比伦的歌与诗
曾经让我们的胜利者大饱耳福，表明
希腊人即使从我们这里学到那些手艺；

他们学得并不像，于是放开其嗓子，
将他们的神祇与他们自身的恶行歌唱，
在寓言、颂诗、乐歌里不知廉耻地
把自己与其荒唐的神祇来精心装扮。
删去他们臃肿的形容词语吧，那是
娼妓脸上厚厚堆积的傅粉啊！此外，
便只是薄薄一层有益或可乐的东西，
与"锡安之歌"相比，简直不值一提：
我们的歌咏，超越所有真正的品味，
上帝得到恰好的美，神一样的人类，
神圣中的至圣，与其圣徒同沐恩惠；
都是来自上帝的灵感，并非因你而生，
唯一的例外是由自然之光表达出来的
道德品质，这可还未完全地丧失。
你所称颂的那些名嘴辩士，站在
雄辩之术的山巅，其实全为政客，
貌似热爱他们的国家，怜惜众生，
与我们的先知相比只能是低劣不堪，
先知接受神圣教化，治国安邦之策
谙熟于心，能用庄严朴素的语言
将国人教导，远胜希腊罗马的宏论。
他们的教训最为朴实，最易学习：
什么能让民族获得并长久享有幸福，
什么会将王国毁灭，把城池夷为平地。
这些知识与我们的律法将明君造就。 　　　　　(285－364 行)

撒旦茫然不知所措，因为他所有的投枪都已掷出，但"财富、荣誉、军备、艺术、王国与帝国"与他所提议的"伴随荣耀、名声的冥想性或行动性生活"都不能让神子欢喜。于是他决定将神子带回到旷野，因为"我在那里发现的你，我便把你带回那里去"。撒旦把神子单独留在荒野中，佯装要退隐出去（365－397 行）。

……黑暗于是陡然升起，
白昼下沉而去，阴郁的夜色来临，
她阴影般的子孙，全都虚幻缥缈，

将光亮和缺席的白日统统褫夺去。
我们的救世主在经历空中远游后，
依旧神清气闲、态度平和，但匆忙、
饥寒交迫的苦痛使他不得不歇下来，
在阴翳的树荫下，相互交错的枝桠
遮住他的头颅，不受露水潮气欺凌；
可是睡眠无法得到保证，因那恶魔
正在他的头边窥伺，过不多久便用
噩梦来把睡眠打搅。东西南北各方
霹雳大作；天上的乌云从许许多多
流产的可怕裂缝中泻下倾盆的大雨，
电光闪闪夹杂其中；水与风搅和着
要将世界毁灭；罡风在其岩洞之中
无法安睡，从四面八方、天涯海角
奔涌出来，驻足于这狂乱的荒野上。
荒野上高大的松树（虽然根深蒂固）
与坚韧不拔的橡树都弯下其坚硬的
脖颈，任凭狂风暴雨将它们欺凌，
或者干脆被连根拔起，颓然倒地。
非凡耐心的神子啊，你尽管当时
衣不遮体，却独自在那里岿然屹立，
毫不动摇；可恐怖还远不止于此：
地狱里的幽灵、阴间的怒火，也从
四面八方将你来环绕；有的在狂号，
有的在怒吼，有的撕心裂肺地尖叫，
还有的将其熊熊烈火的投枪掷过来，
在你平心静气、毫无惊惧卧坐之时。
如此这般，凶险丛生的一夜过去了，
美丽的"晨曦"出场了，头披灰巾，
迈着朝圣的步履，用她光灿灿的手指
将雷霆的吼叫止住，把滚滚乌云驱赶，
使罡风和幽灵静卧——恶魔遣来它们
是要用极端的恐怖把那神子来考验。

于是，太阳放射出更为有效的光线，
让地表露出快活的生气，把淅沥的
树木和垂头的花草身上的湿气晒干；
鸟禽经历了一整夜的狂风和暴雨，
忽然发现世间万物更加碧绿和新鲜，
在树丛中、枝头上吐出清澈的乐调，
来把这清晨心旷神怡的回归颂赞。　　　　　（397－438行）

那"黑暗王子"并未离去，见此转机，便装出快乐的样子向我们的救主走来，"尽管他计策尽施，并无新的出现"，却"由于最后一次的受辱而坚定起来，／一心要使出更妙的法子，将其怒火／和深恨发泄，虽然一再遭受驱赶"。他看见神子正在两边有树林的小山上行走，便现出原形跳将出来，若无其事地对神子说（439－450行）：

阴森惨淡的夜过去了，美丽的清晨
降临在你神子身上；我听到那风暴
好像天地要合为一体，可自己远在
他处；狂风暴雨固然仍叫俗人惧怕，
让那天柱支撑的昊天苍穹陷于险境，
叫下界地球的幽暗基础摇摇欲坠，
却于整个宇宙无关紧要，于人体这
小宇宙更是毫发无伤，只是个喷嚏，
或许有益于健康，顷刻便成为过去。
但若是降临在人、兽、草木的身上，
就会带来灾害、破坏、动荡不安，
一似那人间事务中的狂暴与动乱；
暴风骤雨在头上怒吼，似有所指，
往往把祸事与灾殃来预示和显露；
这场风景将这一片荒漠刻意地侵袭，
针对的人就是你，因为只是你在此。
我不是说过，你若是拒绝我的提议，
在恰当完美的时节对你施以援手，
助你赢得那命定的王位，而是愿意
面对"命运"的推动将一切延长，
在人所不知的时间自行取得大卫王座

(什么时候、何种方式都未曾告知)
那么你一定会成为你命定的角色，
因为天使已经把它宣告，只是隐藏了
方式和时间：诸事都已料理妥帖，
不在必须的时间，而是于最佳时刻。
你若是未将此看清，那就定会看到
你给我的预言：你必须经历种种艰难
和苦痛、危险以及万般的煎熬与考验
才能最终执掌以色列人的庄严权杖；
将你四面密密笼罩的预兆性的夜晚，
其中有着许多的恐怖、声音、奇观，
对你发出警告，是确定无疑的预兆。 （451－482 行）

神子对此不理不睬，竟自往前行走，答复则是简单明了：

我不过是浑身被雨淋湿，除此而外，
你说到的那些恐怖并未带来伤害。
尽管嘈杂震耳，凶险逼近，我却
从未有所惧怕；它们能够显现的
预示或者凶兆，我全然不屑一顾，
尽皆为虚假，出自你而非上帝那里；
你心里清楚，我将超越你的阻拦
而得到治权，你那强加于我的援助
一旦被我接受，至少显得一切权力
皆源于你手，野心勃勃的精灵！从而
认为是我的上帝；若是我对此拒绝，
便暴雨狂风相加，以为可使我恐惧，
屈从于你的意志；丢掉痴心妄想吧，
我已将你看清，你的努力于我无效。 （486－498 行）

恶魔勃然大怒，吼叫道：

听好了，处女所生，大卫的儿子，
(因为"神子"这称号并不确定)
关于弥赛亚，我已经听见所有先知
都曾预言过；关于你的出生，已经
加百利宣告，我则是第一个知晓；

你的诞辰之夜，天使的歌声响彻
伯利恒的原野上空，反复地吟唱
你这救世主已然降临，来到人间。
自此以后，我便不曾一刻将眼光
离开过你，从襁褓到童年、青年，
再到成人，虽然都在隐秘中完成。
直至那一天，在约旦河的渡津边，
人们蜂拥来到施洗者身旁；我虽
不受洗，却也夹杂其间，只听见
天降神音，宣告你是上帝的爱子。
因此，我认定你值得我近身靠前，
去将你仔细察看，以便能够明白
在何等程度上，又在何种意义上
你被叫作"神子"，这绝非单义词；
我也（或曾经）是所谓的"神子"，
曾经是，现在就还是；关系永存；
世人皆为上帝之子，可我以为你
既如此被宣告，定然远远高出他们。
自此，我便观察起你的一举一动，
一直跟随你来到这广袤的荒野上，
在这里，我搜集到所有确凿的证据，
断定你必将是我最致命的天敌。
所以，不难推想，我若预先去将
我的敌人了解，知道敌人是谁，
有何特长，智、力、意图如何，
便可借助协商、调解、休战或结盟
把他争取过来或者赢得他的信任。
我在这里曾经得到过机会来将你
试探和筛查，但我得承认我发现
你坚如金钢磐石，把所有的诱惑
都拒之门外，又好像坚固的中心，
直至人（智者和愚夫）的极致处，
不用更多：因为荣誉、财富、王国

> 与荣耀都被你（今后还会）视若粪土。

> 我由此知道你是不同于一般的人，

> 配得上天堂之声宣布的神子之名，

> 现在，我必须开始用上另外的法子。　　　　　　（499 - 540 行）

恶魔于是把神子带往耶路撒冷神殿最高的塔尖上，要最后一次试试他是否就是真正的神子。果真是神子的话，从塔尖跳下去便不会受到伤害，因为《圣经》上说："他要为你遣来天使，／天使将用手把你托起来，／以免你的腿脚触碰上石头。"（541 - 559 行）面对如此挑衅，耶稣回答道："……经上还写道，／不要试探天主你的上帝；"然后站起身来。撒旦一见大吃一惊，一头栽下了塔尖。

> 好像地母之子安泰（不妨拿小事物

> 来和大事件做个比较）在伊拉萨

> 与主神朱弗之子阿尔喀德斯在决斗，

> 被打倒在地却又站立起来，从地母

> 那得到新的力量，缓过来角斗更狠，

> 终于在空中被掐住喉咙，咽气倒下；

> 那骄横的诱惑者也是在屡遭败绩后

> 开始新一轮的攻击，却在其得意时

> 倒下去，而后站着看那胜利者倒地。

> 又像是那底比斯大怪物，给出个

> 谜语，猜不中的人都被他吞下肚去，

> 可一旦被识破与猜中，便含恨逃窜，

> 从伊斯梅尼悬崖上一头倒栽下去。

> 那恶魔也是惊恐交加，颓然倒地，

> 溜回到坐着议事的同伙那里，带去

> 毁灭、绝望和苦闷，他希冀成功

> 结果却得到索然无味的胜利符号，

> 他竟敢如此傲慢地将神子来诱惑！

> 如此这般，撒旦坠落了下去，耶稣

> 在塔尖上尴尬而不安，但天使们

> 立时组成一只火球，振翅飞过来，

> 用无数轻柔的羽翅把耶稣接住，

> 一似卧于浮榻上穿过愉悦的虚空，

> 来到百花盛开的山谷，把神子置于

绿茵茵的岸边，又在其面前摆上
一大桌神圣、芳香、甘美的饮食，
有从那生命之树上采摘的果子，
又有从生命之泉汲取的玉液琼浆，
可以使疲惫的耶稣立刻恢复活力，
将饥饿（若是饥饿对他有所伤害）
与干渴治疗；在他进食的过程中，
天使的合唱响起来，同声赞美他
对种种诱惑与骄横诱惑者的胜利：
"圣父不二的真形象，无论是在
幸福的怀抱还是在光明的孕育中，
或者远离天庭，成为人形被供奉
于血肉的神龛里，在旷野中游荡，
或者行走在任何地方，你的外形、
风度或者运动都永远地表现出
神子的气度，有天神一样的力量
来抵抗你父王宝座的觊觎之徒
与乐园的蟊贼；在很久以前，
你曾将他战败，将其叛军整个
从天庭里面掷出；现在你又为
被逐的亚当报了仇，将诱惑抵制，
从而让那失去的乐园重新回来，
又把那欺诈性的征服彻底地挫败。
自此以后，他再也不敢涉足乐园
来实施诱惑；他的圈套全被破坏。
尽管那人间至福之所已被确立，
留给亚当和他选定的子孙，让你
这救世主降临下来，将其重新安置；
那个时候，他们尽可安居又乐业，
不再惧怕诱惑者，不再担心诱惑。
可是你，这地狱的毒蛇，在云层中
统治的时间不会多了，就像秋日的
星辰或者闪电，从天庭坠落下来，

在他脚下遭受践踏。不是吗？在你

感觉伤痛（不是上次的致命伤）之前

凭此受到拒斥，在地狱里也不能

取胜了；在其各个门口，地狱都在

叹惜你大胆的尝试。此后，要好好

学会敬畏神子；他虽然是手无寸铁，

却只用他声音的恐怖便会将你从

那恶魔的辖区，那污秽的地盘与

你的军团中赶出去；他们会大叫着

飞窜，祈求将其隐藏于猪群中间，

生怕他下令把他们遣送至无底深渊，

在确定的时间之前捆绑着接受折磨。

致敬！至高者之子，两个世界的继承者，

撒旦的制服者，凭借你光荣的功绩，

快快地进来，去开始把人类拯救！"

他们就这样歌颂神子，我们温顺的

救世主，而胜利者也从天堂的筵席中

恢复了体力，满心欢喜，悄无声息地

踏上回家之路，朝他母亲的房舍走去。　　　　（563－639行）

耶稣战胜了诱惑、威胁、试探，曾经失去的乐园又回到了人间。

第三节　深层解读

《复乐园》是一部用一种不同的无韵体写成的不同故事，我们从中可以看到一个更为非正统的年迈诗人。结局是必然可以预见的，这是人们对该诗的主要批评，但这一指责没有多大的说服力，要知道一直都不属于正统的弥尔顿现在几乎成了阿里乌主义者（Arianist），第二亚当的基督所面临的诱惑是人与俗世、肉体与魔鬼之间发生的第二次冲突。《复乐园》在辉煌崇高品质上或许无法与《失乐园》前两卷相媲美，但包括了许多完全可以和《失乐园》后十卷并驾齐驱的段落。

一、基本分析

《复乐园》在国内的最早汉译本是朱维之在 1957 年出版的《复乐园——附弥尔顿短诗选》。朱维之在"弥尔顿和复乐园的战斗性（代序）"中认为，复乐园表现了诗人自己的形象。① 这种观点现在看来也是有一定道理的。

在弥尔顿的三部诗作中，《失乐园》和《力士参孙》的革命者形象比较容易看出来，《复乐园》因为表现得更含蓄、更深刻，所以从表面不容易看出。但毋庸置疑《复乐园》和《力士参孙》都用各自的方式表现出诗人自己那至死不屈的革命者形象。前者用史诗的形式，表现生的伟大；后者则用悲剧的形式，表现死的光荣。

《复乐园》讲述的是耶稣在旷野绝食 40 天之后被恶魔试探的故事，但诗中的主人公显然不是福音书上的耶稣，而是诗人理想中意志坚定、目光远大的人物，一个"富贵不能淫、贫贱不能移、威武不能屈的大丈夫"，或者说就是作者自己的形象，是对自己的处境和心情的生动写照。

《复乐园》表面上看似乎是《失乐园》的续篇，二者合在一起来将人类乐园"失而复得"的过程进行诗意的表现。然而，两部史诗却具有明显的不同，突出的有两点。其一，反映的内容和形象不同：《复乐园》折射出来的是"诗人自己在复辟后的处境和自己的形象"，《失乐园》表面上反映了"英国革命和克伦威尔的形象"，骨子里则是对人类命运和本性的深层思考。其二，借用的人物性格不同：《复乐园》中的神子与恶魔跟《失乐园》中的神子和恶魔根本就是两类不同的人物形象。《失乐园》里的神子俨然是一个封建骑士的形象，坠落在地狱火湖里的恶魔则似乎是一个失败不气馁、富于心计的革命者形象；《复乐园》中的神子是贫苦家庭出身、具有远大革命理想的志士形象，对他实施诱惑的恶魔则似乎是个僭妄的"天空和世界的老统治者"形象。当恶魔发现寒微的木匠家里产生了一个伟人，将来会起来挑战和粉碎他"全部的威权"时，便准备不择手段来将其垂死的"威权"保卫，以便"在天空和地面这美丽的王国里长久地生存下去"。

朱维之认为《复乐园》具有高度的艺术价值，其艺术性主要表现在四个方面。其一，历史的现实性。史诗的题材源自《圣经》故事，表现出来的内容则是当时英国和欧洲大陆的现实社会。其二，绚烂而又平淡的风格。例如他在描

---

① 约翰·弥尔顿. 复乐园 [M]. 朱维之，译. 上海：新文艺出版社，1957：1 - 24.

写撒旦彻底败退，天使将迎接神子时，只用了短短的六行半：

> 如此这般，撒旦坠落了下去，耶稣
>
> 在塔尖上尴尬而不安，但天使们
>
> 立时组成一只火球，振翅飞过来，
>
> 用无数轻柔的羽翅把耶稣接住，
>
> 一似卧于浮榻上穿过愉悦的虚空，
>
> 来到百花盛开的山谷，把神子置于
>
> 绿茵茵的岸边，　　　　　　　　　　（第四卷 581–587 行）

又如在开头，只用了短短的四行（半句话）就把全书的题旨呈现出来：

> 因为一个人的坚定顺从，完全经受
>
> 各种诱惑的考验，诱惑者诡计多端
>
> 却一再受挫，终归失败并遭驱逐，
>
> 伊甸乐园矗立在荒芜的原野中间。　　　　（第一卷 4–7 行）

其三，严谨而紧凑的结构。没有多余的段落，场面描绘层层相扣：起初的撒旦是傲慢骄矜的，自以为法力无边，可以顺利成功，但交手后发觉对手富于智慧又有坚定的意志。卷土重来时，他改变策略，先是用美酒佳肴，接着用财富，用荣誉，然后用实力，用爱国心，用学术……来将神子引诱和试探，可谓是步步为营，稳扎稳打，但最终所有的努力都归于失败。2，070 行的史诗只叙述三天试探之事：第一天是火力侦察；第二天最为紧张，利诱和威胁，继之以暴风雨的警吓；第三天是最高点，撒旦黔驴技穷，目眩而坠落。其四，自由而严谨的无韵诗体。"唯其用无韵诗体，正足以发挥作者纵横无阻的弘长（自由地抒发情感），汪洋恣肆，有吞江海之气。他的无韵诗，音调铿锵，抑扬顿挫，虽然没有韵脚，读起来却觉得有强烈的节奏，富有音乐的美。"①

二、深层解读：对"弃绝"进行图解的明喻②

人文主义强调古典学问的积极价值、宗教道德的温和中庸与普遍的合理性，而这与弥尔顿激进的宗教活动或者诗歌中的一些杰出品质可能格格不入。燕卜生（William Empson）等反对者因此认为弥尔顿是"一位绝对论者，一个全有或者全无之人"。如果我们只谈论其史诗创作，问题就变成弥尔顿诗歌中的语气和质地是合理的还是专断的？弥尔顿对世界的评价是接受还是弃绝？

---

① 约翰·弥尔顿. 复乐园［M］. 朱维之，译. 上海：新文艺出版社，1957：21.

② WIDMER K. The Econography of Renunciation：the Miltonic Simile［J］. ELH, 1958, 25 (4) .

　　弥尔顿使用的形象语言，尤其是明喻，为这类讨论提供了一个绝佳的视角，因为他所使用的明喻不仅贴切生动而且表现出使用传统素材的独具匠心。此外，明喻一直是人们对弥尔顿诗歌品质提出诟病的主要焦点。

　　从《复乐园》（第四卷562－571行）里的一处明喻里，我们可以发现一些与比喻使用相关的微妙复杂品质。撒旦（作为最后的威吓）把基督置于塔尖而自己从塔尖上摔落下来，这一行为被比喻成巨人（安泰）在力量对决中被大力神式的基督（阿尔喀德斯）打败。弥尔顿不无自觉地使用评注对这一比喻的作用进行了说明："将微小之物与最伟大的东西放在一起比较。"可见，被比之物的差异性与相似性都很重要。

　　为了充分认识弥尔顿辩证式的诗歌创作，我们需要将差异性的比喻原则同时用在基督和撒旦的身上。把基督比作大力神赫拉克勒斯，虽然有点比例失调——赫拉克勒斯的胜利是筋骨肌肉的积极展示，基督的胜利则是对所有筋骨肌肉的弃绝，但比喻让读者注意到诗人的观点：基督的弃绝才是"最伟大"的英雄行为。而且，在"将微小之物与最伟大的东西放在一起比较"的过程中，我们发现弥尔顿意欲把撒旦看作是一个远胜于古典巨人的存在。这一比喻以及《失乐园》《复乐园》里其他类似明喻的使用既对基督的弃绝做了赞美，又对诗人自己之于古典美德的讥讽态度做了宣扬。对弥尔顿来说，使用英雄般的异教形象适合于戏剧化地表现"恶"，尽管这种表现并不充分。

　　"安泰——阿尔喀德斯"这一比喻还有另外一个维度。在《复乐园》开头的诗行里，弥尔顿对古典学问进行了激烈的抨击，但在这一比喻中他又回到古典学问，这不是前后矛盾吗？证明的负担落在了读者的身上，他们会一再声明一位具有明显自觉性的诗人忘掉了自己在二百行以前做出的激烈批评。不过，更为合理的解释是，弥尔顿是在对这个比喻进行嘲讽——与古典之物的相似（即便对撒旦来说）是卑贱和损人的事情。强调撒旦——基督之战与古典英雄之战的差异其实就是对古典学问的最后一击！对古典知识和古典神话的否定就是对单一神祇的维护、对撒旦—基督神话的赞颂。事实上，弥尔顿式的比喻是聚焦相关性并强化界定性的。这一论点不仅适合于撒旦—基督这一特定的斗争，而且适合于更为广阔的语境，即弥尔顿坚持认为英雄与邪恶的基督教观点和古典观点之间具有不可通约的宗教性质。

　　弥尔顿所使用的明喻大多需要一种对差异性的讥讽意识，也需要一种明显的比较意识。建立在弥尔顿对田园牧歌传统之评价上的两个明喻可以为此提供进一步的例证。走进伊甸园的撒旦（《失乐园》第九卷第455行）看上去就是"长期囚禁在拥挤城市里的人"，《复乐园》里的撒旦（第二卷第300行）从总体上看（因为更多地起着纯辩证的功用）则是一个重要性要小得多的戏剧人物，但也属于都市人一类，"就像在城市或者宫廷中长大的人"。两个场景中的撒旦都与都市相关联，这就为后来的事件（恶棍般的狡猾绅士在田园牧歌的背景下用花言巧语战胜乡村土人，即基督和夏娃）做了铺垫。然后弥尔顿开始了戏剧逆转：乡下土人的天然善良战胜了恶棍无赖——在《失乐园》里是夏娃的天生丽质让撒旦暂时变得"愚蠢般的善良"（第九卷第 465 行），在《复乐园》里撒旦则是老奸巨猾的恶棍，滑稽而愚蠢地用食物去诱惑一个善良的禁欲之人（第一卷第 337 – 356 行）。这样，天然善良田园牧歌式的轻松胜利又遭到逆转，因为夏娃接受了诱惑，基督也被迫将其另外的本性（神性）显露出来，只是借助神迹，惨遭失败的天然德行才最终得到拯救并获得胜利。

在《失乐园》中，撒旦用田园牧歌式花园里的苹果取得胜利，却又用地狱之园的灰土苹果（第十卷第 547 – 572 行）使这一胜利变成幻觉。在《复乐园》中，撒旦"强迫"基督显露出神性以便使自己不从塔尖上摔下去，但暴力的虚幻威胁在撒旦自己摔下塔尖之中暴露无遗（第四卷第 551 – 571 行）。这种广博的讥讽性平行表达与一种精深的神学范式捆绑在一起，神学范式又将田园比喻的意义颠倒过来。乡下土人的天然善良在与精明狡猾的邪恶之冲突中先是暂时获胜，然后失利，最终被神力显露而取代和补救。

当然，比起明喻里的功用来，田园牧歌式的设计在两部史诗中更为广泛地使用着。弥尔顿强调这种设计作为人类救赎之英雄行为而非人类回报的起点，这就颠覆了伊甸园中极乐世界的古典概念。田园牧歌式的对比与由城市所代表的俗世，在弥尔顿创作之中也是一个反复出现的"恶"之意象，这一意象在加沙和万魔殿中可以见到，在统治"城里人"与"内心统治"对比之类的杰出宗教（新教）隐喻中也可以见到。不过，弥尔顿一再使用田园牧歌设计，好像是为了对天然善良暂时充足却最终并不充足进行戏剧化处理，也是为了对基督神性所救赎的所有天然善良之必要性进行戏剧化处理。

弥尔顿在史诗创作过程中可以选择的比喻素材范围非常广，但他经常选用的还是这些材料的传统用法。荷马、维吉尔和塔索反复使用昆虫（蜜蜂、大黄蜂、蝗虫、苍蝇等）比喻，弥尔顿及其以后的诗人也使用昆虫比喻，但与古典用法有所不同：蜜蜂形象具有正面的说教意义，而苍蝇、蚂蚱具有负面的说教意义。这种情感色彩极可能受到赞美劳作的清教精神之影响。弥尔顿有意识地将传统史诗程式应用在基督教的主题和意义上，这就要求读者时时注意弥尔顿与古典作家的区别。

在《力士参孙》中，弥尔顿利用了传统的古典意象，将参孙"焦躁不安的思想"比作"一群致命的大黄蜂"（第19－20行）。不过，古典文学里呈现的是外部折磨，弥尔顿所比拟的却是内心折磨。当参孙拒绝"无所事事地坐着，……一只恼人的雄蜂"（567－568行），这里的昆虫形象在古典文学中并不常见。更能说明问题的是《力士参孙》中合唱使用的明喻："嘈杂骚乱的人群"是"长大然后消失"的一帮人，"就像夏日的苍蝇"。弥尔顿不是在传统的古典昆虫比喻上增加了一丝清教徒的天职与责任意识吗？

另一处苍蝇的比喻出现在《复乐园》里（第四卷第15－24行）：撒旦被比作"一群苍蝇"，正在骚扰（被比作"葡萄酒压榨机"）的基督——表面上看是撒旦诱惑基督，但具有基督诱惑撒旦的暗示意义。一个与之相连的明喻把苍蝇群集变换成一种"徒劳的撞击"，就像波浪撞击岩石一样。讲究逻辑的批评家可能会发问，这两种明喻怎么能给人一种前后一致的动作意象呢？小小的苍蝇怎么是强大的波浪呢？葡萄酒压榨机又怎么是岩石呢？嗡嗡叫怎么成了撞击呢？撒旦只身一人又怎么能够合乎情理地被比作一群苍蝇与一连串的波浪呢？

然而，弥尔顿所使用的明喻并不想对一个场景或者人物进行视觉逻辑上的详述，弥尔顿式比喻质地的一致性要求使用辩证的而非视觉的原则。两个明喻因此可以理解为：撒旦那寄生性的徒劳诱惑（实为继续恶行的自我诱惑）被合适地比作一群苍蝇，数量大却无足轻重，但恶对善（基督）的攻击贯穿所有的自然时间，这就要求将撒旦的行动也比喻成波浪的猛击，以使之显得更具威力。恶之行动微小而又巨大，正是不同明喻之间的联系才把这一双重性质显露出来。同样，基督那显而易见的丰富、应时的能量（葡萄酒压榨机）成为真正的坚定不移（岩石）的准则。

为撒旦、基督而用到的比喻有助于我们对弥尔顿式的辩证逻辑（能量与稳固间的永恒冲突反复出现而又意义非凡）做出界定。

如果把弥尔顿诗歌当作其神学两极对立（动态、充足的恶与不变、绝对的善之间）思想之一部分来阅读，我们就会在其令人困惑的品质中发现深层的一致性。……弥尔顿对明喻的使用似乎是偏离了古典标准，这种偏离与相信逻各斯的新教徒使自己的修辞观从说服人的古典箴言中偏离出来一样不可避免。明喻之"道"也须是真理的一部分。

诗歌细节必须联系作品内含的诗学—神学原则才能得以理解，这在另一个历史视角上得到暗示。在弥尔顿的新教巴洛克风格里，我们可以找寻常见的巴洛克分解法，其中细节上显而易见的差异与旺盛增强（而非消解）了艺术作品中内含的均衡与逻辑。

反复出现的意象（明喻即是其中之一）模式也与能量和稳固的原则相关联。

撒旦的天然状态是流动：在《复乐园》中的表现是撞击基督岩石和"绝望港口"的波浪，在《失乐园》（第一、二、九卷）里的表现是舰船的比喻，以及撒旦再三滑行、游走于液体与混沌物质之中（例如地狱湖中、混沌界中的部分穿行与进入伊甸园所凭借的河流、水雾）。在撒旦与水怪（利维坦）和古典航海之间也有很多的相似点。《失乐园》里（第九卷第510－518行）有撒旦像航船的比喻。撒旦的确像一只商船，因为夏娃正在用自己的天真无知来换取船中货物；撒旦更像舰队，因为他有想象中的多神论财富和世界的多样性。……与流动液体联系在一起的负面意象可能与弥尔顿拒斥流动的做法相关：流动构成自然与世俗活动的首恶，这与神圣的永恒背道而驰。……小船上的船员因此明智地把撒旦一样的利维坦误以为一座海岛（《失乐园》第一卷第196行），即大海的天然构成。小船上唯一迷失方向的舵手或许是在一个传统的灵魂黑夜里把自己泊靠在一个虚幻的妖怪小岛上了。这一状态与地狱经验之间的相似性比起场景逻辑来更加引人注目。

弥尔顿使用的明喻似乎经常具有多重功效而非单纯的比喻，上述的利维坦比喻就对地狱和撒旦的品质都做出了探索。当然，把撒旦比作利维坦只是给撒旦描画巨像的系列行为之一，与之相对立的系列明喻为我们描画了缩小了的其他魔鬼形象，从而将撒旦的形象进一步放大。恶之起源，即撒旦，主宰着所有恶的变体，即其他堕落天使。撒旦被比作海怪，他使用的长矛被比作制成"大船桅杆"的挪威松树（第一卷第294行），其他魔鬼则被比作"秋天的树叶"（而非海水）。接着，又把魔鬼比作"红海海滩上""散乱的海藻"。显然，联想发生了移动，从地狱火湖的颜色转换到了红海典故，典故立即将"出埃及记"的《圣经》故事带入诗人的脑海。对魔鬼的比喻从秋天的落叶变为红海莎草，又变成海水淹没的法老骑兵队伍。读者的联想由枯死植物的忧郁转到死亡人性之邪恶，这或许就是古典史诗明喻向《圣经》道德明喻的转型！

魔鬼的这种埃及人式惨状与撒旦愤怒地催促魔鬼站起身来这一戏剧行动相互交融在一起。从这种意义上讲，行动本身只是许多比喻的一个顶点，因为法老庞大军团的覆灭与天使的堕落并无二致。诗节的收煞比喻则是将现在处于卑贱的魔鬼与先前高高在上的"天使"进行地位上的对比。从植物到人再到天使，这一系列的比较结束于对恶的戏剧性思考和撒旦对堕落状态的意识。戏剧悲情在不断重复的差异（由魔鬼现状与过去之比较带来）中显现出来。同样的双重视点之诗歌技巧使用在一、二卷的始终。恶在这里既微小又庞大，既多样又单一，我们由此见识了弥尔顿基本的辩证法。呈现恶之双重本质的方法赋予恶以古典特征，恶则是大多数古典典故的主题，在撒旦这一古典英雄（是武士又是古典思考者）的身上得到体现。我们必须使用异教、循环、英雄的词语来理解堕落者而非善良者。善良不属于天然力量，也不属于时间命运的英雄式循环。

堕落天使听到撒旦的命令，从火湖中起身（第337－343行），开始新一轮的"上升—跌落"时，他们就是"乌云般的一群蝗虫"。这是一个传统的史诗比喻，但在功能上不是枝节性的，在意义上也不是古典式的，因为弥尔顿再次将比喻和《圣经》里的红海故事联系起来。《出埃及记》里蝗虫在法老的红海惨败之前出现，所以不是古典史诗里的天然邪恶，而是受上帝所选预言家及其"神杖"支配而现身、消失的神圣灾祸。古典的不幸在弥尔顿的史诗技巧里只是《圣经》式惩罚的伪装，所以常见的情形是：每当弥尔顿表现出非常的古典品质时，其语气都是非常弥尔顿和基督教式的。将异教神话精妙地吸收进基督教神启，这种辩证法成了弥尔顿诗歌品质的一个重要方面，也成了一个能使之不变成古典素材与基督教素材的人文主义融合的主要资质条件。

我们可以通过《失乐园》第一卷里出现的其他几个明喻来对上述作诗策略进行一个简短的说明。弥尔顿的比喻转向"莱茵河或多瑙河"的野蛮人群，再到异教神祇的"神样形状"，外形的增大与邪恶劫掠程度的加剧同步（蝗虫—野人—假神），重复了先前一个诗段里的增大比喻（落叶—堕落之人—堕落天使）。在接下来的诗段里，堕落天使作为异教神祇——列举出来，异教神殿作为地狱之都很快修建起来，这样就有意地将异教与邪恶等同起来，并构建出一种转变：完全摒弃古典知识去追求基督教神启的唯一神话。

在第一卷最后一个诗段（第752行）里出现了一个蕴含丰富的明喻复合体，这就更全面地显露出弥尔顿对"恶"的观点。将地狱里的聚会之所比作具有骑士气概的"战士"之汇聚，这无疑是一个讥讽性的明喻，因为战士"藐视最优秀的异教骑士气概"，而堕落天使正是异教骑士气概之根源。此外，如其争斗的军团所指，魔鬼其实就是十七世纪最不具备骑士气概的兵士。接下来又是一个古典昆虫的比喻："就像春天里的蜜蜂……"这一明喻的关系显得复杂一些：先前劫掠成性的蝗虫换成了勤奋的蜜蜂，这好像给魔鬼添加上了积极的语气——这其实在修建万魔殿的"勤奋成员"之劳作那里已经有了铺垫，勤奋尽职的新教美德甚至弥漫在地狱里面。弥尔顿后来评论道，彼烈建议堕落天使享受"不光彩的安逸与和平的懒散"（第二卷第227行）其实是不对的。参孙情愿在加沙为敌人劳动，亚当和夏娃在伊甸园也在劳作，所以尽职做工本身是一种美德。不过，弥尔顿至少在三种方式上对比喻的正面品质进行了颠覆：其一，蜂巢、金色的"稻草城堡"表明万魔殿得以修建的"宝贵祸害"并无道德上的永恒性；其二，明喻的结尾所强调的是密密麻麻蜂拥而至的负面昆虫品质，而非正面的勤劳品质；其三，昆虫参与"国家事务"总是带有一些政治讽刺的意味。宽泛一点来说，赋予魔鬼一些正面的品质所显示的并非美德的缺失而是积极邪恶的力量，不管是建造万魔殿的虚假、军纪、勤劳，还是任何其他用于不善目的的英勇、天然吸引力，都是如此。恶，与其说是罪，不如说是虚假的美德，就像撒旦的处事原则："恶，你要成为我的善！"《失乐园》赋予堕落天使的各种正面英雄品质（如劳作、纪律、抱负、智能、勇敢和能量）当然都被讥讽削弱了。此外，他们强调恶的形式多样，善的本质则只有一个，就是对神圣权威的信念与服从。对新教徒弥尔顿而言，美德和善功都不具有救赎性质，任何行动只要不与宇宙的不变权威融为一体都可能变成恶行。地狱成员的真实对照并不是与地狱活动相异的什么活动，而是超越所有活动的意志与信念——反英雄、不变的主、不受诱惑的基督、摒弃一切的参孙、诗意的脑子只是聚焦于唯一的神启上。

蜜蜂的比喻也为庞然魔鬼奇异地缩变成"最小的侏儒""俾格米人"和"仙女精灵"进行了铺垫。这些相似之处部分地颠覆了先前意象的英雄品质，因为保留了弥尔顿对恶之微小而又巨大的辩证看法。形体缩小同样适用于宽阔的场景（现在已经变成"狭小的空间"）。全诗倒数第二个魔鬼形体缩减（"空气精灵缩减成最小的形状"）带有诙谐、怪异的笔触（给予无形以最小的形状！），并通过本身的荒谬逻辑为缩减过程投上了一丝怀疑，从而为颠覆做了准备。第一卷的收尾是撒旦同党全都呈现出不吉的高大英雄形象：处在"与自己相像维度"的"伟大的天使主子""小天使"和"上千个半神"。最后的那个明喻绝对不是明喻，而是那种邪恶巨大而具自我界定性质的弥尔顿式事实。

弥尔顿使用的明喻，从下流的肉味到异教英雄，只能是撒旦的专属，天然、神话比喻的丰富范围属于地狱之一部，它们不仅仅是一种装饰，而且含有深意。异教智慧、天然堕落世界的品质、感官经验、时光的欲望与多变、异教与世俗的英雄准则乃至基督教善功与美德的一些表现，似乎更适合于堕落的状态而非不变之绝对。我们甚至可以说，撒旦就是英雄，不过是诗意景象中的英雄，英雄主义在其中遭到拒斥，以便得到一种对超越一切权威的激进的宗教（新教）服从。

关于英雄的传统性现代问题是不充分的，正如许多明喻所强调的那样，撒旦不是一个人，而是一种多重的集合，一种对最终的短暂、固有价值与美德（这些价值与美德在人间而非天堂受人崇敬）图解的诗意折射。人们注意到，"幸运的堕落"（felix culpa）的悖论与"善自恶中来"（good from evil）的断言都孕含在弥尔顿的长篇诗作里。或许我们还可以添加上另外一些悖论，即反英雄的英雄诗歌、新生神话颠覆成为弃绝的神话……。无论如何，对弥尔顿式的诗歌品质和语气进行精细、辩证的阅读给我们提出了一个引人入胜而又令人震惊的最大比喻：世界即邪恶，美德即弃绝。

第四节　本章小结

《复乐园》从一个方面讲是对"诗即生活之批评"这一有名定义所做的反驳。如果可以这样说，《复乐园》便是一部比《失乐园》还要伟大的作品。华兹华斯与柯勒律治曾宣称，《失乐园》从创作技巧上看是弥尔顿最为完美的诗作。假如此话不虚，那么我们就可以说完美的制作技巧并不是上等诗作的主要衡量标准。无论如何，《失乐园》的开头两卷是无与伦比的，但弥尔顿的诗歌力量在《复乐园》里得到了绝妙的展示。[①]

《复乐园》里接近《失乐园》辉煌部分的是那些与诗的行动本身关联度最小的诗节，也就是诗人高超的艺术和丰富的想象把题材的苍白掩盖下去的那些诗节。对帕提亚军事远征的描写、对鼎盛时期罗马帝国辉煌而准确的描绘、浓缩希腊文明成就的那一段诗节……，都构成了《复乐园》宏伟高峰与艺术、雄辩的奇迹。不过，《复乐园》不同于《失乐园》，美丽动人而非令人感到恐惧。主题上固有的缺陷不能归责于诗人，因为人类掌握的技巧根本无法将第二亚当描绘成为第一亚当那样令人同情的对象——洁白无瑕的德行被描写得一点也不拘谨和乏味，这就足够了，也够了不起了。遭受挫败（被自己的武器击败）的撒旦肯定远不如《失乐园》中那英勇无畏的冒险家形象那样叫人感兴趣，弥尔顿用哀婉动人的笔触将撒旦那堕落无赖的情绪做了缓和的处理：

> 虽然我已经失去
> 原本带有的大部分光彩，不再
> 为上帝喜爱，但我并没有失去
> 爱的能力，至少可以思想、羡慕
> 我在善或美或德行中所看到的
> 优秀品质；我本该失去各种感觉。

这样，弥尔顿能够做的他都做到了，尽管是带着欺骗的意图而说出这段话的，但也表达出一个实情：弥尔顿笔下的撒旦与歌德笔下的莫菲斯特相去甚远。

---

① GARNETT R. Life of Milton [M]. Middlesex: The Echo Library, 2006: 87.

下面诗行里蕴含的悲怆情感也是深切的：

　　　　我愿身处最糟的处境，最糟就是最好，

　　　　那是我的港湾，是我最终的休息之所。

　　《复乐园》里表现出来的节制、严肃风格往往为批评家所诟病，但这并不是诗人能力衰退的标志。除了一些精彩的插曲性描写，他总是试图以厚重的诗歌材料来打动人，有时他会显得乏味，但他永远都是诗人。即便是在他行文美妙属于演说家或道德家的品质里，他也绝对是诗人，一些东西在蒲伯手里可能成为散文，到了弥尔顿手里则一定是诗歌。

　　本章从三个方面对短篇史诗《复乐园》进行了讨论。"基本情况"做简要介绍，"文本分析"对其表现内容进行了几乎是逐句逐行的分析，具有文本细读（perusal）、忠实原著的特点。"深层解读"里的"基本分析"将《复乐园》和《失乐园》进行了比较分析，从而揭示出《复乐园》在思想内容和艺术表现上的独特品质。"对'弃绝'进行图解的明喻"则通过差异性比喻原则在《复乐园》和《失乐园》中的应用对前者的深层内涵（包括两个新的悖论"反英雄的英雄诗歌"和"新生神话颠覆成为弃绝的神话"）进行了一定的阐释。

第十六章

古典式悲剧《力士参孙》的分析解读

　　与《复乐园》在 1671 年一起出版的是弥尔顿的最后一部诗作《力士参孙》，这部诗剧用一种只有但丁才具有的强烈情感将诗意的和个人的诉求结合在一起。参孙与弥尔顿自己具有非常高的相合度，诗人又用强烈的自传倾向进一步提升了这种相合度。双目失明、政敌得胜、力量丧失与生命终结、坚定不移的决心……在参孙和弥尔顿身上都有。此外，还有一些不能十分确定但暗示性极强的笔触，在妲利拉的诗节里，我们见到一种对女性魅力的敏感、怀疑和抗拒，而这完全是弥尔顿式的。在参孙与巨人哈拉发的口角争执中，我们又看到弥尔顿自己也会对"自鸣得意的恶人"说出的话语。撇开这一切，仅从纯文学的角度上说，这也是一首具有最高趣味和最大美丽的诗作，一部极具古典悲剧风味的英语诗剧。

第一节　基本情况

　　弥尔顿将其悲剧命名为《力士参孙》（一译《斗士参孙》，其中的 agonistes 即 contestant or combatant in the public games 或 "公共竞技活动中的竞技者或战斗者"），既恰当合适又具先见之明。说它恰当合适是因为题目标识出了悲剧主人公在身体与精神上的痛苦、他的冲突与访客的言语争论以及他在大衮节庆活动中的力量展示。说它具有先见之明是因为悲剧的方方面面（从其创作日期到主人公的性格）几乎都有学者和批评家在争斗。悲剧最早出现在一部以"《复乐园》……后附《力士参孙》"的诗集中，一些学者据此推断它是在四十年代末或五十年代初完成的作品，与《复乐园》结集出版是为了给区区 111 页的短小史诗增加篇幅。的确，40 年代那几个离婚小册子里所描绘的不幸婚姻之多重折磨在悲剧里重新出现了，而出现的语境各不相同、令人吃惊：在讨论不育问题中被认为是"婚姻中的耻辱"（353 行）、奴役和奴隶状态（410－413 行，416－418 行）、接受别人给予的自由而非忍受作为耐心之考验的苦难（503－506 行，516 行）、绝望（590－597 行）、神圣眷顾（668－670 行）、就连"至圣至福者"也会犯的错误（1034－1040 行）等。

但近来的文学史家更倾向于认为这是一部晚一些的作品，其根据就是：悲剧是遭放逐奴役的政治环境与王政复辟时候的英格兰、遭到失败的参孙之处境与弥尔顿的困境之间的那些平行关联。任何人读到 692－696 行（"你还常常听任他们受异教渎神者/仇恨刀剑的宰杀，他们的尸体/被野狗和禽鸟撕扯，或者遭擒被俘，/带至改朝换代的不公法庭面前，/受到忘恩负义的盲众声讨和宣判。"）上帝对其忠实信徒的可怕待遇不禁让人联想到保王党人对那"美好旧事业"支持者的报复行为——不仅囚禁、处决他们，而且将其尸体挖出、砍下头颅。而紧随其后的四个诗行（"他们纵然逃过了这一切，或许/你仍会叫他们在病困交加中弯腰，/受疾病折磨而身心交瘁，/未老却已先衰;"）对躲过这种厄运的人们所经受的贫穷和病灾的描述，完全可以让人想到弥尔顿自己的境况。可拿来比较的实在是太多了：参孙遭到囚禁、被迫参加偶像崇拜仪式，而清教徒被命令参加安立甘宗派（英格兰国教）的敬拜仪式，以表现公共姿态的统一性。悲剧中的曼诺阿为赎买儿子而四处奔走这一情节在《圣经》里并不存在，或许叫人想到一些有影响力的人物在复辟之后为弥尔顿寻求豁免而做出的努力。但参孙拒绝接受赎买又会让人想起革命党人托马斯·哈里森和亨利·韦恩拒绝逃离又不许别人为其花钱换取释放的事件。

我们至少可以把这些不同的意见调和起来，给出一个折中的看法，即弥尔顿可能是比较早地开始了创作，但在王政复辟之后才将其完成。但我们仍无法协调对参孙性格的传统肯定倾向与近年来的极端否定态度。在十九世纪，大卫·麦森（David Masson）将参孙与弥尔顿等同起来：

"同样，他在晚年，在复辟之后的岁月里也是英雄末路：一个先知和战士被独自留在属于不同信仰、不同行为的人（菲利士人）中间，他们为他的事业之毁灭欢欣鼓舞，又因他过去对这一事业的效力而侮辱、中伤、嘲笑他的不幸和那事业本身，以此来将其愤怒尽情发泄在他身上。"①

可到了 1970 年代，约瑟夫·威特雷奇（Joseph Wittreich）已将"虚伪的先知和破坏者参孙与真正的先知与创造者弥尔顿区分开来"。威特雷奇为参孙背叛其士

---

① MASSON D. Milton's Poetical Work：Introduction to Samson Agonistes ［M］. London：Mac-millan, 1874：91.

师职责与那会原谅其不顾"上帝律法"的"有害诡辩"深表遗憾。约翰·凯瑞（John Carey）在"9·11"悲剧事件的周年纪念之际著文，将参孙比作是劫机分子，"同他们一样，参孙毁灭了许多无辜的受害者，他们的生命、希望和爱恋对他个人来说都是闻所未闻的东西。"① 凯瑞甚至建议把作品列为禁书，因为它"教唆人去搞恐怖主义"②。

将此类极端立场调解起来的最佳方法莫过于细读《圣经》"士师记"第13－16节里对参孙的叙述，并将弥尔顿改变后的那些变化牢记在心。弥尔顿继承了这一原始暴徒的本来故事，抱着对《圣经》的崇敬心理，尽量保留原文的许多细节，然而，他不仅改变了外在的细节（让妲利拉做参孙的妻子，把参孙的临终话语改换），而且试图将那残忍的士师之冠转变成一个具有良知、正直和虔敬的人——至少这是我们在他即将与那军官一同离去时直言相告中听到的东西。

《力士参孙》是弥尔顿最为奇特的一部重要诗作。用古希腊框架形式来叙述希伯来故事，面对的观众却是基督徒，又有一些有瑕疵的诗行在这些相互冲突的传统中显露出来。尽管剧中有埃斯库罗斯《解放了的普罗米修斯》、欧里庇得斯《赫拉克勒斯》及其他古希腊悲剧的影子，但最接近的古典来源是索福克勒斯的《俄狄浦斯王在克罗诺斯》。最为明显的表现就是接二连三的对话者对主人公的决心进行攻击、作者对合唱队与信使的处理，尤其是弥漫于全剧的反讽语气。很多读者注意到，反讽同时表达两种意义，因而它成为表达弥尔顿悲剧的悖论与极性对立的主要模式。参孙的休息日成了他最为剧烈的活动日，他那三位对话者所得到的与其所欲得到的截然相反：曼诺阿想要帮助儿子却落入至深的沮丧，妲利拉恳求和解却得到严辞拒绝，哈拉发前来幸灾乐祸并施加侮辱结果却遭到羞辱，还给参孙提供了取乐和精神进步的机会。人物角色往往用"要么……要么……"的结构来表达偶然性事件：参孙的力气为了一个目的正在回归，否则马上就会死去（597－698 行）；妲利拉要么是菲利士人的贵妇人，要么是参孙的妻子（722－724 行）；参孙要么战胜敌人，要么被敌人杀掉（1516－1517 行）。而在每一种情形中，显示都是"既……又……"，即二者兼具。

虽然悲剧中的大部分都适应于一种泛化的犹太——基督教传统，但这一传统中两类因素间的冲突导致了对它最有分歧的解读。诋毁参孙，并相信其"充

---

① WITTREICH J. Perplexing the Explanation: Marvell's On Milton's Paradise Lost [J]. in PATRIADES C. A. Approaches to Marvell: The York Tercentenary Lectures [M]. London: Routledge, 1978: 295.

② CAREY J. A Work in Praise of Terrorism [J]. The London Times Literary Supplement (TLS), 2002, 6: 15－17.

满激情的动作"（1382 行）只是出于本能而非神启之结果的批评者，常常将类型学借来用作一种整体性传统，使弥尔顿希伯来诗歌的丰富性萎缩成基督教教义之更加鲜明的焦点。他们使"旧约"措辞服从于"新约"精神的判断，以便将《力士参孙》不公正地与《复乐园》放在一起来比较，把参孙与基督、曼诺阿与上帝（参孙真正的父亲），甚至"士师记"第 13 - 16 节（故事的表面来源）与"希伯来书"11：32（故事真正的来源）相互比较。

　　道格拉斯·布什（Douglas Bush）的一个论点或许会让我们有一个更为人道的解读：

　　　　"弥尔顿（在《论教育》中）曾提及'端庄'一词，说它是'要观察的宏大杰作'，值得注意的是，如此认真的一位基督教诗人却能够如此严格地维护希伯来的端庄，避免明显地指涉到任何一种特定的基督教信仰或者理念。"①

试图在犹太教与基督教之间找到共同原因（而不是惯常的做法，即将二者对立起来）的一元论式阅读，将不会在合唱队或曼诺阿或参孙那里发现容易贬抑的物体。参孙用其最后的直言快语来为自己辩护，这并不会让"托拉"（律法书）受辱，而只会让其承认合唱队中的人性、同胞情谊的能力、可观的精神和知性发展，而非用一种保罗二元论的精神将其拒斥为一种被奴役的希伯来人（代表着受摩西律法约束的被奴役民族）的狭隘、过时和错误的合唱曲。一种主流的反讽式基督教二元论阅读则认为，参孙生得无谓，死得徒劳，因为他只是"开始将以色列从菲利士人手里解救出来"（"犹太书"13：5），他与其幸存的同胞都没有完成这一行动。然而，从一种更为丰富的《圣经》视角上看，"他将开始解救以色列，……而这解救将由别人继续下去并使之完美，部分由埃里、参孙、扫罗来完成，但主要是由大卫来完成"。我们不应因其父母的缺陷与一种不正确的和犹太教联系在一起的原始我族中心主义而贬低曼诺阿，若是用一种与基督教兼容的犹太教式阅读，便会理解那种拿出钱来救赎孩子（而不是为自己存下来），并尽其余生来照料那孩子（1485—1489 行）之举动所表达出来的爱了。贬低合唱队和曼诺阿，也就是贬低他们的民族性，一种与仁慈的（而非胜利者的）基督教相兼容的校正性阅读就会承认，弥尔顿借用了一种积极的类型学（相容而非对立），他将希伯来《圣经》的表达转换到"新约"中来，为的是强调上帝对待其所有创造物的那些连续方式。

------

① BUSH D. Milton：Poetical Works：Introduction to 'Samson Agonistes'［M］. London：Oxford University Press，1966：514.

第二节　文本分析

一、内容提要

参孙被俘，成了瞎子，如今在加沙坐牢，在一普通教养所里做工。在一个所有人都停止工作的节庆日子，他走出监牢，来到附近一个地方，有些悠闲地坐了一会，对自己的境况哀叹起来。后来他碰巧遇上了前来看望他的同族青年朋友（他们构成了合唱队），他们尽其所能想把他安慰；他年迈的父亲曼诺阿也来看望他，曼诺阿同样努力地去将他安慰，而且告诉他此行的主要目的：用赎金来保证他得到自由。菲利士人宣布这一节庆盛宴，借此向把他们从参孙手里解救出来的神祇表示感激，而这让参孙更加苦恼。然后，曼诺阿离开，去找菲利士贵族实施他的救赎计划，又有其他人（包括害得他被俘的妻子妲利拉和菲利士大力士哈拉发）来看望参孙，最后来的是个公差，叫他去参加盛典，在贵族和民众面前把他的神力展示一遍。他起初断然拒绝了这一要求，把公差打发走，但后来在内心里说服自己，以为这是来自上帝的启示，就在公差返回来，威胁着要把他强行带走时，他屈从了命令，随公差离去。合唱队仍然留在原地，曼诺阿满心欢喜地返回，以为过不多久就可将儿子解救出来，大家正在谈得高兴之际，一个希伯来人匆匆赶到，先是语无伦次，而后口齿清楚地向他们讲述那场灾难：参孙对菲利士人都做了什么又碰巧对自己做了什么。悲剧至此结束。

二、精彩段落

如前所述，《力士参孙》这部古典风格的诗剧用一种强烈的情感将诗意的和个人的诉求结合在一起。剧中的主人公参孙与作者弥尔顿自己具有非常高的相合度，诗人又用强烈的自传倾向进一步提升了这种相合度。双目失明、政敌得胜、力量丧失与生命终结、坚定不移的决心……在参孙和弥尔顿身上都有。此外，还有一些不能十分确定但暗示性极强的笔触，譬如参孙和妲利拉交锋的那些诗节，以及他和巨人哈拉发的口角争执。以下便是八处足以体现这种自传倾向和暗示笔触的精彩诗行。

1. （第 66 – 109 行）参孙哀叹自己的双目失明

　　……但最为悲惨的则是

失明，我对你最觉痛心！
在敌人中间瞎了眼，哎，甚于
镣铐、地牢或者乞讨和老迈！
光，你这上帝的初创物，于我已无缘，
她所有赏心悦目之物都已荡然无存，
这原本可以部分地减轻我的悲伤，
如今却混得连最卑贱的人或虫豸
都不如；这儿最卑贱的都强于我，
它们爬行却能看见；我身处光明却黑暗一片，
整日承受着欺骗、轻蔑、叱骂和冤屈，
室内或者户外，永远都像个傻瓜，
仰人鼻息，丝毫也不能自己做主；
我几乎是半死半活，死的部分更多。
黑暗，黑暗，黑暗啊！在正午的炫目光亮中，
无可救药的黑暗，完完全全的日全食，
白昼的希望半点也没有！
首先创造的光线啊，你那句伟大的话语，
"要有光，光就普照万物"；
为何要把你的首条敕令从我这里褫夺？
太阳于我是漆黑一片，
月亮也同样沉默无语，
她抛弃黑夜而去，
躲进她虚空的月间洞穴里。
既然光与生命如此重要，
几乎就是生命本身，假使
光果真存在于灵魂里面，
她便遍布身体各处，那又为何
把视觉局限于眼睛这脆弱的肉球？
如此突出，如此容易熄灭，
而不像感觉，散布于全身各个器官，
以便透过每个毛孔随意地观看？
置身光亮，却犹如在黑暗国度，
不死不活，一个活着的死人，

　　而且已被埋葬；噢，比那还要悲惨！

　　我自身就是自己的坟茔，一座活的墓穴，

　　被人埋葬，却又未被

　　死亡和葬仪的特权

　　免除掉最大的其他邪恶，痛苦与冤屈，

　　而是因此更容易遭受

　　所有的人生灾祸，

　　在残暴的敌人中间，

　　作为阶下囚，苟延残喘。

这也是生活在复辟王朝里双目失明的弥尔顿自己在悲叹吧！

　　2. 参孙至少在两处对自己和妲利拉的婚姻深感悲哀

　　其一（219 – 237 行）面对合唱队的忏悔：

　　　　第一个我是在提木拉见到，她让我

　　　　（而非我父母）欢喜，结果我要娶她，

　　　　一个异教徒的女儿；他们并不知道，

　　　　我所提出的来源于上帝；内心的冲动

　　　　让我明白，因此促成了

　　　　那段婚姻；我或许可借此机会

　　　　开始解救以色列人民，

　　　　那是我接受神圣召唤要去做的事情。

　　　　这一位我娶错了；第二位我娶的

　　　　（但愿从不曾娶过！愚蠢之举而悔之晚矣！）

　　　　便是住在梭列山谷的妲利拉，

　　　　那徒具美貌的妖孽，我那老练的害人精，

　　　　我原先的行为让我以为此事合法，

　　　　目的也相同，时刻准备去压制那

　　　　以色列的压迫者。我如今在此遭罪，

　　　　罪魁祸首不是她，而是我自身：

　　　　竟然屈从于一顿花言巧语（噢，脆弱！），

　　　　将沉默的堡垒拱手让给一个女人。

　　其二（407 – 419 行）面对父亲的忏悔：

　　　　我屈从了，向她敞开我的心扉，

　　　　可我但凡意志坚定，有一点男人气概，

便会轻而易举摆脱她的所有陷阱；

但糟糕的妇人之仁让我束手就擒，

这对我的荣誉和宗教都是奇耻大辱啊！

抹不去的污点！奴役的心思，

活该受到被奴役惩罚的回报！

我现在沦落至如此低贱的地步，

衣衫褴褛、推磨不止，可并不比

我先前的奴役状态更为卑贱，

下流无耻、缺少男人气、声名狼藉，

是真正的奴役！比这更糟糕的是失明，

看不见我奴颜婢膝至何等地步！

这似乎也是弥尔顿在为自己的第一次不幸婚姻的反思吧。

3. 参孙至少在两处对自己的同胞（以色列人民）发出哀叹

其一（241–248行）（以色列人仍在遭受奴役）

那过错我却不揽在自己头上，而要

转送到以色列的长官与部族的首脑，

他们看见那壮举本为上帝所为，

任由我单枪匹马将征服者抗击，

却不认可，更不考虑

奉献出来的解救：我则是

既不祈求荣誉也不自我吹嘘，

实干本身是无声却将干事之人彰显；

……

其二（265–276行）

假设那一天犹太人参战，全族抱成一团，

他们就会借此一举攻占加沙的塔楼，

将今天他们侍奉的主子统治；

但更为常见的是民族日益腐败，

罪孽渐至深重，最终沦为奴隶，

且爱奴役甚于享自由——

奴役易得而自由必须奋斗；

而对上帝宠爱有加、举荐为

其救主的反而嗤之以鼻、

嫉妒或猜忌；要是他有什么事，

他们总是把他抛弃，并最终

以忘恩负义来对待他最可敬的行动！

"日益腐败""爱奴役甚于享自由"，这不正是弥尔顿对自己同胞（英格兰人）放弃共和而重回君主制之行径的控诉吗？

4. 参孙与背叛和出卖自己的前妻（妲利拉）的交锋

其一（748 – 765 行），怒斥意欲和解的妲利拉：

滚开，滚开，鬣狗！这是你惯用的伎俩，

像你这样的假惺惺女人都爱玩这把戏，

背信弃义，言而无信，一味欺骗和背叛；

而后屈膝忏悔，低声哀求，

装出悔恨的样子，提出和解，

坦白悔罪，许诺痛改前非，

却并非真心悔改，只是要将其丈夫

试探，看他的忍耐有多大的限度，

又该用什么法子来对付他的德行与弱点；

然后，用更加谨慎的精明技巧

再一次犯规，又再一次认错；

聪慧绝顶的优秀男人常常为其蒙骗，

他们心怀善意，笃定不会将悔罪者

拒之门外，而总是乐于给予宽恕，

无奈地接受那悲惨日子的煎熬，

被一条亲密的毒蛇紧紧缠绕，

如若不用快刀斩乱麻的手段将其砍断，

（一如我和你）我便将成为后代的样板。

其二（773 – 781 行），妲利拉对自己行为的辩解：

首先我得承认，这是我身上的

一个缺点，却是女人与生俱来的缺陷：

好奇心，追根问底又胡搅蛮缠，

打听秘密，而后又同样把握不住，

把秘密泄出，二者都是女性的通病；

这不也是你的缺点吗？禁不住强求，

便毫不保留地让人知晓

　　构成你全部力量和安全的隐秘所在。

　　我的作为就是你先给我领的路。

其三（822－824行），参孙承认自己首先犯错：

　　……你说我做出了榜样，

　　是我领的路，刻薄的指责但确实如此，

　　在你骗我之前，我先将自己来欺骗。

其四（928－950行），当妲利拉恳求他宽恕自己并许诺要殷勤照料他，并与他白头到老时，参孙断然拒绝道：

　　不，不，我的情况，你不用操心；

　　这不合适；你我早就一刀两断；

　　别以为我那么好哄骗或可憎厌，

　　再一次将双脚踏进你那罗网

　　（先前我曾落入其中）；我了解你的

　　伎俩、陷阱和罗网，为此我付出了大代价；

　　你那好看的魔杯和婉转动听的咒语

　　对我已不再有什么效力，魔力已被消除；

　　蝰蛇的智慧，我已领教得太多，

　　足以让我的耳朵不听你的妖术。

　　如果在风华正茂时，众人皆

　　爱我，敬我，惧我，唯有你把我，

　　你的丈夫憎恨、轻视、出卖而后抛弃。

　　如今又有当如何将我利用？一个瞎子，

　　因此好欺骗，在很多事情上像个孩子，

　　不能够自立，所以易受轻蔑、嘲笑，

　　最后被人忽略！你又怎样把我侮辱？

　　因为我必须顺从你的意志，活得

　　如同奴隶。你又如何再次出卖我，

　　把我的一言一行都上报给主子，

　　任其指点、评判、皱眉或者哂笑？

　　这监牢，我倒认作是我的自由之家，

　　而你的家门，我的双脚绝不会踏进。

这何曾不是经历背叛和欺骗的婚姻，而今生活在双重黑暗中诗人自己的写照？

5. "旁观者清"的合唱队对妲利拉及二人的婚姻有如下的评论

其一（997－998行），这女人就是条毒蛇：

> 她走了，最后才显现毒针的
>
> 毒蛇，在这之前却隐藏得不浅。

其二（1010－1017行），但男女之间的爱情实在是难以说清楚：

> 并非德行、智慧、勇敢、才智、
>
> 力气、仪表堂堂或者功成名就
>
> 就能够赢得或永久享有女人的爱情；
>
> 但究竟什么能行，倒是难说，
>
> 更难猜中，
>
> （取决于人们怎么将它看）
>
> 很像是你的谜语，参孙，
>
> 人当坐下来苦思，一天或者七天；
>
> ……

其三（1034－1043行），恋爱和婚姻就是不一样：

> 无论是什么，在最智慧的优秀男人
>
> 看来，处女面纱下最初都是天堂，
>
> 温柔、谦恭、娴静、端庄，
>
> 一旦成婚，则恰恰相反，变成家中的
>
> 荆棘，深深刺入自卫者的臂膊，
>
> 令人心碎的祸害，在他走向德行的途中
>
> 兴风作浪；或者施展其魅力
>
> 引他走上邪路，因溺爱
>
> 而被奴役，让其神志颓废，
>
> 稀里糊涂做下可怕之事而自毁前程。

其四（1053－1061行），因而男人在婚姻中不能放弃自己的一定专制权力：

> 所以，上帝的普世律法，
>
> 赋予男人以专制的权力，
>
> 让他的女人对他有适度的敬畏，
>
> 一个时辰也不能离开他的权力，
>
> 无论她是喜是怒；
>
> 这样他便一生一世也不会
>
> 招惹麻烦，不因女人篡权

而接受摆布，也不会感到沮丧。

这种婚姻观与诗人在《失乐园》里表达出来的看法是一致的。为此，一些学者批评弥尔顿是一个憎恨女人的人（misogynist），但若是联想到他早期那些十四行诗，尤其是"梦亡妻"那一首，这样的评价恐怕是有失公允的。

6. 参孙的父亲曼诺阿通过自己的言行把自己的父爱表达得淋漓尽致

其一（1476－1484行），就是倾家荡产也要把儿子救出来：

　　假如我的全部家底包得住

　　他的赎金，我当然乐意

　　如数缴纳；哪怕将来我要

　　过同族中最贫穷的生活，也强似富豪，

　　强似把他留在那不幸的监牢之中。

　　不，我已拿定主意，不带走他绝不离开此地。

　　为了将他赎回，如果必要，

　　我将随时放弃所有的家资：

　　只要不缺少他，我就什么也不缺少。

其二（1571－1577行），在听闻儿子死讯后悲痛欲绝：

　　的确最糟了！啊，我保释他的希望

　　全部落空了！但能解脱一切的"死"

　　现已将他的赎金支付且一笔勾销。

　　今儿我可真是一场欢喜一场空啊！

　　满怀释放的希望，到头来烟消云散，

　　就像那蓓蕾初绽的春花

　　遭到残冬严霜的摧残而凋零下来。

其三（1707－1724行），继而又为儿子的英勇行为感到自豪：

　　好啦，好啦，现在不是悲痛的时候，

　　也没有更多的理由；参孙已经像参孙那样

　　把自己了结，英勇地结束了他

　　英勇的一生，对他的敌人彻底地

　　复了仇，让他们的哀悼经年不息，

　　叫加菲托子孙的哀号传遍

　　菲利士全境。给以色列则是

　　带来了荣誉和自由，就让他们

　　找到勇气来抓住这个时机；

> 给他自己和家人创造不朽的声誉；
> 但最美好、最幸福的还是，整个过程中
> 上帝都不曾离开他（虽然人们担心）
> 而是眷顾他，助佑他，直至最后。
> 这儿不是流泪的地方，这不是哭丧
> 或者捶胸顿足的事情，没有脆弱，
> 没有轻蔑、非难、指责，一切都很圆满，
> 如此高贵的死亡足以让我们心平气又和。

这里面恐怕多少有一些诗人自己父亲的影子吧，结合前面那首著名的拉丁文诗作"致父亲"，也许更会有这种感觉。

7. 合唱队（或许就是参孙同族中的智者）对参孙的英勇行为高度赞美

其一（1660 – 1668 行）：

> 噢，代价昂贵却光荣无比的复仇，
> 生生死死，你都完成了
> 以色列得到预言由你去做的
> 工作，现在又光荣地置身于
> 你杀死的人群中，自杀而亡，
> 并非自愿，却身陷极端处境的
> 兽栏之中，必然的法则将你与
> 你杀死的敌人在死亡中连接起来，
> 其数量大于你先前一生杀掉的总和。

其二（1687 – 1707 行）：

> 而他尽管双目失明，
> 遭受鄙视，似乎尽丧元气，
> 却在内心眼目的启迪下
> 把自己火一样的勇气从死灰中
> 唤起，猛然成为熊熊烈焰，
> 犹如巨龙在暮色中到来，
> 对栖息的窝巢
> 与井然有序的农舍、
> 温顺家禽的棚窝
> 发起突然袭击；但如同雄鹰
> 将其晴天霹雳砸在它们的头上。

> 勇气么，已然丧失，
> 似乎被压制、被颠覆，
> 好像那隐身阿拉伯森林的
> 自生自灭的神仙鸟，
> 没有第二只或者第三只，
> 刚刚才完成自焚，
> 就从其灰烬中重生，
> 新生，壮大，又在最无生气之时，
> 获得勃勃生气；
> 身躯虽然死去，名气却留存下来，
> 长生神鸟万古长青。

其三（1745－1758行）：

> 我们虽然存疑，一切都是最佳，
> 最高智慧无形、无踪，
> 究竟带来什么？
> 最好是在结局之处现身。
> 他似乎常常将面目遮掩，
> 却又猝然返还，
> 来到他忠诚的战士身旁，
> 为其行为光荣作证。加沙自此哀悼，
> 以及所有将他们联合起来抗击
> 他无法控制之意图的那些人；
> 带着这一大事件里新得的
> 真经验，带着和平与慰藉，
> 还有平和的心境，他把他的仆人
> 遣散，所有的激情都已消耗尽。　　　　　（结尾）

8. 悲剧里的行动都是通过语言来转述的

例如，送信人对参孙与敌同归于尽这一重要事件的生动叙述（1596－1659行）：

> 因为有事我一早来到这个城市，
> 我进城门之时，太阳正在升起，
> 晨号声声响起，传遍条条大街，
> 宣告节庆来临。我还未开始办事，

就听见外面人人风传，说今天
参孙要被带来让人们参观，
看他表演杂技以证明他力大无边；
参孙沦为俘虏，我心伤悲，却也不想
在这样的盛况中缺席不出场。
那建筑是一座宽敞的半圆形大剧院，
两根大柱子将高高的拱顶来支撑，
有座席让所有的贵族和各级的
官员井然有序地坐着观看；
另一边在露天，普通群众可以
站在长凳上、靠在看台上探看；
我就悄悄在这人群中独自站立。
宴饮到正午进入高潮，祭品
和美酒让他们兴高采烈，呼叫连连，
娱乐节目于是开始表演。顷刻之间，
参孙作为公共仆人被带了进来，
身着他们真实的仆从制服；前有箫管
和铃鼓；两边是全副武装的卫兵，
前后都有骑马的和步行的，
弓箭手、投石手、甲胄兵和长枪兵。
见到参孙，人们高声呼喊，
划破云霄，把他们的神颂赞，
是他叫他们的天敌成了奴仆。
参孙跟着兵士来到那场地，
不急不躁，无所畏惧，面前诸物
他不用眼睛都要试上一试，
他又举又拽，且拉且折，每每
展现出不可思议的惊人神力，
没有一个对手胆敢与之较量。
最后到了中场休息，他被领到
两根巨柱之间；他求那引路人
（从站在近前的人那里听到）
让他靠上一靠，因为过于劳累，

双手搭在那两根巨大的柱子上，
拱形的屋顶就是靠这巨柱支撑。
那人立即把他引领；参孙双手
抱住巨柱，低垂脑袋站立着，
定睛向着前方，像是在祷告，
或者在脑子里翻腾什么大事情。
终于，他抬起头来，高声叫喊：
"各位老爷，你们强迫命令我的，
我都已经做了；遵命是理所当然，
你们不是没有见识到奇迹和乐趣。
现在我可要自愿把另一种本事试试，
好让你们来见识见识我更大的力气，
任谁看见都会惊得目瞪口呆。"
话音未落，就见他俯下身去，
绷紧全身肌腱，一似那风雨突发，
地动山摇，那两根巨柱
前后左右猛烈地摇晃，
他紧紧抱住，尽力摇动，巨柱轰然倒地，
拉着整个屋顶砸将下来，
砸向坐在下面的所有人头上，
有贵族、贵妇、队长、参事和祭司，
他们的统治精英和社会精华，不仅
来自本市，还有周围的菲利士各城，
他们从四面八方赶来参加这隆重盛宴。
参孙混杂在他们中间，不可避免地
将同样的毁灭也拽倒在自己身上；
只有站在外面的平民幸免于难。

　　参孙对自己双目失明的哀叹、对自己不幸婚姻的反思、对自己同胞自愿接受奴役的悲哀、对姐利拉辩解和祈求的怒斥，这在《圣经》里都是没有的，自然是诗人在自说自话，把自己的内心展示给读者。合唱队对男女恋爱和婚姻的评说、曼诺阿的言行对父爱的展示、合唱队对参孙英勇行为的颂赞，《圣经》里面也没有多少记载，当然他们也是在代表诗人自己反思人生和社会。合唱队的巧妙运用、送信人对主要事件的言语叙述则部分地体现了这部诗剧的艺术特点。

第三节 深层解读（一）：绝望与耐心①

在《力士参孙》中有两个合唱段值得我们去做更为细致的审视。两个合唱段在表现主题上相互补充，在结构位置上也前后呼应，所反映的正是悲剧想要传达给观众的那种教条式概念：耐心是坚毅品质最高程度的显现，是一种传统上与悲伤（tristitia）和绝望之大罪（参孙内心斗争的根源所在）相对立的特别大德。

第一个合唱段出现在曼诺阿探望之后参孙陷入深度的绝望而哭号之时：

古往今来的书册里面

有很多智者的警句名言；

称颂耐心是至真的坚毅；

要人好好地承受一切灾难，

脆弱人生中所有的不幸，

蕴藉性的文书，

论证精细，令人完全信服，

给悲伤和焦虑不安带来安慰，

但饱受煎熬的人对此却

不闻其声，或者觉得像乐曲，

刺耳且与其抱怨调式不对应，

除非他在内心里面感觉到

某种来自上苍的安慰源泉，

秘密的更新，可以恢复气力

并且支撑起晕倒的精神。 （652－666行）

在哪种意义上耐心是"最真的坚毅"呢？"最真"给出的暗示是，还存在着一种程度低一些的坚毅。

第二个合唱段的叠章对这一暗示做出比较明白的说明。合唱队在哈拉发离去之后唱道：

哦，多么的美妙！对饱受压抑的

---

① HARRIS W. O. Despair and "Patience as the Truest Fortitude" in Samson Agonistes [J]. ELH, 1963, 30 (2).

公正之士之精神多么具有鼓舞力！
当上帝将无敌的威力放在
解救他们的人的手里面，
以平息压抑这地球的怒威，
那野蛮、粗暴的狂徒之力，
他们胆大、热忱，足以支持
暴君权力而疯狂地去追赶
所有尊崇真理的正直之士；
他具有朴实、英勇的仁厚，
配有天国活力的武装，
将他们所有的武器弹药
与战争技术都一一打败，
对他们的军械武库不屑一顾，
使其全部失效，与此同时，
展开翅膀，疾驰而去，
快如闪电，瞬间便完成了
最邪恶的差事，使之措手不及，
稀里糊涂地便失去了防卫。
不过，耐心更经常是圣徒的
行为，是对他们坚毅的考验，
让他们个个成为自己的救星
与所有暴行或侥幸可以加害
之人的胜利者。这两种情况
都在你的命中注定，
参孙，你拥有的力气
胜过所有的人子，但视力的丧失
可能一下子让你与那些最终须得
"耐心"加冕称颂的人们为伍。

（1268－1296 行）

两种人类获胜的方式并置在一起，其中，至少对上帝的圣徒而言，"耐心更经常是……他们坚毅的考验"。另外一种自然是有上帝的拥护者——其至德便是"英勇的仁厚"，即所有古代史诗英雄和文艺复兴时期廷臣的标识——所完成的光荣、活跃的战斗。对但族人所有的热情来说，这难道就是前面那个合唱段所暗示的比神圣耐心程度低一些的坚毅吗？

弥尔顿在其他地方表达出来的观点会对此加以证实。例如，当他驻足于《失乐园》第九卷要对史诗的特别主题进行说明时，他抛弃了"迄今为止被人们视为唯一的英雄论点"——"传说中的骑士／在矫揉造作的战斗中"取得的胜利——而选择了"以前没有吟唱过的／耐心与英勇殉道／这种更好的坚毅"（28–33行）。这不仅使概念得到明明白白的承认，而且说这话的人就是弥尔顿本人而不是戏剧人物的合唱队。另一种纯粹弥尔顿式的东西则是亚当在第十二卷里表达出来的真知灼见："为了真理而遭受磨难／是可以达到至高胜利的坚毅。"（569–570行）这些文段表明，弥尔顿在很大的程度上赞同合唱队的做法：将仁厚与耐心作为坚毅的表现并置起来，二者之中，耐心更为了不起。

这其实是一种传统的基督教式伦理道德思想模式，弥尔顿对此自然知晓并用自己惯常的创造手法将其进行了戏剧化的处理。

弥尔顿所熟知的基督教文学、肖像学传统给了我们这样的暗示：参孙展示出来的坚毅由一种积极领域里的仁厚行为和另一种令人称颂的耐心忍受领域构成，后者经常担负起拒斥对上帝仁慈的终极绝望之任务。在这样的背景下阅读《力士参孙》，剧中两个以耐心为主旨的合唱段就更具主题意义了。

剧情一开始，但族人就让我们有了心理准备，知道会见到一个深陷"悲伤"（tristitia）陷阱的参孙，"像一个丧失希望，被人遗弃／遭到自我背叛的人"（120–121行）。他们的估计后来证明是合乎情理的，但在当时还不够充分，因为参孙的悔恨最初是一剂解药，用来医治对上帝公正怀疑和争吵。

> 慢着！我不能草率地怀疑
>
> 神的预言；要是所有的预言
>
> 由于我自己的失误都实现了，那会怎样呢？
>
> 除了我自己，我还能去埋怨谁呢？　　　　　　　　　　（43–46行）

所以，当曼诺阿来暴躁地将上帝指责时，参孙再次回应道：

> 不要判定什么上天的性情，父亲，
>
> 所有的邪恶都是公正地降临到我身上的；
>
> 都是我自己把它们招惹来的，
>
> 我是唯一的作者，也是唯一的原因。　　　　　　　　（373–376行）

然而，在这次抵制以父亲为代表的诱惑中，他几乎一字不落地公布了自己的罪过，结果陷入了"悲伤"，决心要让"常常祈求的死亡／快点来结束我的所有痛苦"（575–576行），寻求"死神令人麻木的鸦片这一唯一的药方"，并证明"绝望的晕厥／和遭天堂遗弃的意识"。他万分痛苦地号叫道：

> 我也不在希望之人的名单中；

> 绝望是我的一切罪恶，无可救药；
>
> 不过还留下这一祷告，也许会被听到，
>
> 不是长长的请愿，而是速速地死去，
>
> 结束我所有的悲惨，给我以安慰的药膏。　　　　　　（647 – 651 行）

第一个合唱段立即出现并对这种绝望做出恰当的回应，在某种意义上讲，它代表了诗人自己的基督教信仰。

另一方面，但族人在这恰当的时分也想到了这个信条，但对其于此情此景中的效用没有信心，因而得出结论："没有什么用，充其量是支乐曲，/ 刺耳，属于不合调的情绪……"孤立地阅读剧本会让人对这种"常识性"观察交口称赞，并以为他们的观点就是剧中的真相。

弥尔顿在构建但族人对耐心的拒斥时使用了复杂微妙的措词造句，这就暗示他确想让这种拒斥含有一种并不明显的含于剧中的真理（真相）。他们对耐心美德的第一个评价是：当人真的处在被折磨的状态中时，耐心"没有什么用"，不过，如此武断的判决立即被替代为一个不那么确定的判决，即耐心"没有什么用，充其量是……"对受折磨的人而言，"充其量是支乐曲，/ 刺耳，属于不合调的情绪"并不意味着真是这样。然后，又有"除非"一词将喜剧在其中发生转折的那一事件预示出来："除非他在内心里面感觉到 / 某种来自上苍的安慰源泉。"当然，合唱队本身并没有对此类天堂恩惠表达这么多的希望，而只是暗示眼下并没有这种恩惠出现。……第一首耐心颂歌已经在参孙极度绝望之时将这一传统的"悲伤"疗法预示出来，并不无讽刺地把合唱队对耐心的拒斥与通过耐心和神助而取得最终胜利的预示并置起来。

第二个合唱段在其出现位置上同样独具匠心，在意义上也是十分突出。合唱恰巧发生在参孙因为重新获得耐心而初次康复过来之后，又在第一个合唱段所预示的天堂恩惠流入之前。

在哈拉发这一角色身上无论体现的是什么原型，至少在一个关键时刻他扮演了英语文学中一个长期的传统角色：对上帝宽恕之终极绝望的诱惑者。哈拉发对已经受到"悲伤"威胁的参孙说，"不要相信你的上帝，不管他是什么，/ 他并不在意你，也不承认你，已经把你 / 从他的选民中给除去……"（1156 – 1158 行）。

但是，参孙以前所未有的坚决拒绝了这种诱惑。面对异教徒的奚落，参孙一面继续承认自己的罪过，一面又将悔悟与对上帝终级宽恕的信念平衡起来：

> ……我活该有这些甚至更多的邪恶，
>
> 我承认这是从上帝那里公正无私地

> 施加在我身上的，不过，我不会
>
> 对他最后的饶恕感到任何的绝望，
>
> 上帝的耳朵从来没有闭塞过；他的眼睛
>
> 亲切仁慈，会再次接受那恳求之人。　　　　　　　（1169 – 1173 行）

同样，他对待死亡的态度也发生了改变，他不再呼请和祈求死亡，而是耐心地等待死亡，已经在平和的状态中接近了一种对不知不觉中预示那一胜利性灾难的理解：

> 不过，要来的尽管来吧！我的死敌将会是
>
> 我最迅捷的朋友，从此将我除掉的死亡，
>
> 他能够给予的最坏之物，对我则是最好之物。
>
> 然而，结果可能就是这样，因为他们的目的
>
> 就是仇恨，而不是给我帮助，会用我的毁灭
>
> 给尝试毁灭之人带来他们自己的毁灭。　　　　　（1262 – 1267 行）

参孙通过耐心而获得新生的最初迹象，与其作为上帝先前拥护者的活力暂时回归是同步发生的。此时，第二个更充分的相关颂歌开始唱出来了。坚毅的两大特性，仁厚的"英勇"进攻和耐心的殉道承受，都在这里得到了平衡。值得注意的是，但族人对一种特性表现出明显的热情，与他们对另一种特性给予言辞上的支持之间存在着一种悖论性的对比。他们持续地高调赞美，"哦，多么的美妙！多么具有鼓舞力！"被调节到短暂的小调，"不过，耐心更经常是圣徒的／行为，是对其坚毅的考验"。他们对前者的偏爱也就隐藏在这种调式的对比之中，但与弥尔顿在《失乐园》第九卷里所表达的观点和他在《宗教论改革》一文中对"天堂殉道的坚毅"之支持相一致的却是后者。提利亚德（Tillyard）感觉"合唱队歌颂那种导致行动'朴实、英勇的仁厚'之荣光，但也提到了行动遭到拒斥、圣徒必须仅仅成为自己救星的另外一种状态"。我们在参孙同胞离去的声音中可能会感觉到这个"仅仅"，但我们依然要对这些戏剧人物的人性态度和他们不情不愿举动中表达出来的真相加以区别对待。通过耐心而获得胜利，对于弥尔顿是一种更为高尚的胜利，虽然我们和但族人对此并不赞同。

同样，在合唱队得出结论：

> 这两种情况
>
> 都在你的命中注定，
>
> 参孙，你拥有的力气
>
> 胜过所有的人子，但视力的丧失
>
> 可能一下子让你与那些最终须得

"耐心"加冕称颂的人们为伍。

之前，我们似乎很难维持一种合适的平衡，有学者认为，参孙可能是上帝的无敌拥护者，"他可能只得用耐心来承受其命运"。虽然合唱队在对"耐心"的理解上可能有错，但它做出的"预告"却不无讽刺地是正确的，因为弥尔顿笔下的参孙所努力争取，并刚刚赢得的胜利是一种来自内心的胜利。这是一种对绝望的胜利，而绝望的解药是耐心，即程度高一些的坚毅，也就是在弥尔顿的时代由参孙及其圆柱所象征的头号美德（至德）。

精神胜利的巅峰随着天堂恩惠的突然进入而来临，天堂恩惠从参孙身上唤出他第一次自信的表达：

带着美好的勇气，我开始感觉到

内心升起的一些冲动，要将我的思想

指派去做一件非同寻常的事情。　　　　　　　　　（1381 – 1383 行）

正如第一支颂歌里的讽刺性预兆那样，"某种来自上苍的安慰源泉，/秘密地更新，可以恢复气力/并且支撑起晕倒的精神"，真的来对参孙在"悲伤"中求助的耐心之外表上的刺耳品质实施减缓了。此后，他的话语和行动都折射出一种前所未有的平和，结果，我们在送信人的描述中终于看到他在最后可怕的复仇举动之前"耐心而无畏地"站立着，对着与其已和解的上帝祷告或者与上帝一同冥想。

第四节　深层解读（二）：悲怅与泄导①

约翰逊博士对《力士参孙》有两项指责：1）缺少一个"中间"（a middle）；2）不能在这部心理剧中找到或然性或使然性的外部事件序列。②

其实，关键并不在于"或然性与使然性"，而在于悲怅的品质（pathos），即构成灾难的暴力行为。弥尔顿的悲剧与古希腊（或亚里士多德式）悲剧不同的地方在于：灾难与任何人类关系都没有直接的关联，而只对参孙与上帝的关系这一终极事件具有意义。因此，"或然性与使然性"不能成为剧中管控人类关系的法则，将关系中悲剧事件连接起来的使然性才是我们应该关注的东西。在

---

①　MUELLER M. Pathos and Katharsis in Samson Agonistes [J] . ELH, 1964, 31 (2) .

②　HARDY J. P. Johnson's Lives of the Poets：A Selection [M] . Oxford：Clarendon Press, 1971：101 – 102.

亚里士多德的理论里，"悲怅"激发人的怜悯与恐惧，并引发这些情绪的"泄导"和"升华"（katharsis）。

按照亚里士多德的标准，《力士参孙》甚至算不上是一部好的简单悲剧。参孙杀死的是敌人（而非亲人），这有什么悲剧性可言？剧中"悲怅"所涉及的也属于亚里士多德公开批评的东西而不具备什么悲剧性。

这样看来，参孙与菲利士人的关系不能构成剧中的悲剧中心，其他的人类关系也不能，因为参孙有意割断了自己与同胞的所有关联，在离开舞台时将自己与曼诺阿、姐得拉和但族人的关系都做了了结。弥尔顿让参孙完全孤立于人类之外，结果，由参孙引起的悲怅按照亚里士多德的标准来看不仅不具有悲剧性质，而且绝对是反悲剧的。不过，在参孙的人类关系之中仍然存在着潜在的悲剧情形。弥尔顿让姐利拉成为参孙的妻子，也就给剧中引入了堪与高乃依《贺拉斯》相比的悲剧冲突。他甚至在姐利拉的那一场景里将这种冲突延续了片刻：参孙对姐利拉的迷恋被姐利拉厚颜无耻地加以利用，却被作为他深陷国家责任和狂热情爱两难中的悲剧情境一点点地显露出来。但参孙很好地把这一冲突解决掉了，使之最终与灾难没有产生什么关联。

说《力士参孙》缺少一个"中间"也就是说他缺少悲剧性的"悲怅"品质。假如没有人类关系进入"悲怅"，假如所有的人类关系都被主人公公开拒绝，那么我们又怎么用人类的方法来对参孙做出评判呢？探视者可能惹参孙生气，但对他的影响只是限于发动一个按照其本身逻辑而运行的过程。参孙对这个世界的"或然性与使然性"并不关注，所以不能用它们来对他进行评判。

如果想要证明本剧作是悲剧，我们就必须找到受剧中"悲怅"重要影响并赋予其悲剧性质的那种关系。对参孙而言，唯一重要的关系就是他与上帝的关系了。

在剧中大部分的时间里，我们发现，上帝好像已经把参孙给抛弃了，只是在希伯来军官第一次退场后的"刺激提议"中，上帝才表明他对参孙的持续关注。我们或许可以因此将本剧分成两个部分：在第一部里，参孙好像遭到了抛弃；在第二部中，参孙重新回到了上帝的怀抱。这种分法与参孙上台、下台的动作大致一致，把两个部分连接起来的场景是希伯来军官前来传唤参孙参加节日庆典。

对于这一传唤，我们发现了一些前后不一的东西，从军官的话语中，我们知道菲利士人是临时起意来传唤参孙的。剧末的半合唱（第1675-1679行）也给人一种类似的感觉，但在信使的报告中，情况却大不一样，因为他在一大早就听说参孙要在庆典中出场（1600行）。如何协调这两种说法呢？第一部分表明了"一个心灵的统一":一系列略微有关联的意外事件让参孙重新获得了信仰。在很长的一段时间里,上帝的设计与参孙的努力好像是井水不犯河水的,二者在最终才汇合在一起。事实上,上帝的恩惠在参孙还没有意识到的时候就已经在一些事件——他为证明自己而选择的时间和地点、最大规模的观众为他最后一搏而聚集起来、菲利士人的双眼被暂时蒙蔽起来——之中显现出来了,不过,一直到最后上帝才明明白白地显现给主人公。这一拖延构成了对参孙最后也是最大的考验,因为这需要确定参孙是否有资格来担当这一角色,而确定必须由其自由意志来做出,他拒绝参加庆典事实上就已做出了决定,而这一决定导致了一个僵局。"刺激提议"将所有的障碍都排除掉:参孙的努力终于被融入上帝的设计之中。

这一启示来得突然,参孙与合唱团都没能够完全明白其中的内涵。在此之前,剧情一直拖拖拉拉,此时需要有一个突变;观众看着军官催促参孙便知道要有大事发生了。菲利士人突发奇想,要参孙前来表演助兴,这显现出他们的狂妄自大。不过,行动的步伐由拖拉而突然加快,其主要原因还是要表达一种经验感受:上帝可能长时间都无所作为,但一旦振作起来便会迅速完成。上帝干预的速度初看起来似乎前后脱节,但这种表面上的断裂其实在动作结构之中非常关键——我们只需回顾一下就可以明白其中的奥秘了。信使的讲话说明参孙是作为早已做出的设计而出现在菲利士人面前的。在一个表面上显得松散的情节末尾中,我们发现所有的事件确实成就了一个至高无上的宏大设计。

这样的目的论关联与《诗学》里戏剧或然性的关系,我们从《力士参孙》的开头就可以看得清清楚楚。弥尔顿剧作内含的动作在表现范围上比大部分古希腊悲剧还要宽阔,其目的可不只是对参孙的生平做一个全面的叙述,他所遇到的问题并不比荷马为《伊利亚特》选择合适的情节轻松多少,所以,亚里士多德赞美荷马的话同样可以用在弥尔顿的身上:

> "他没有企图把战争整个写出来,尽管它有始有终。因为这样一来,故事就会太长,不能一览而尽;即使长度可以控制,但细节繁多,故事就会趋于复杂。荷马却只选择其中一部分,而把许多别的部分作为穿插,例如,船名表和其他穿插,点缀在诗中。"①

弥尔顿也只是选取参孙一生中"容易叫人一览无余"的一小段,然后通过精心选择的插曲回忆将参孙的生平全部表现出来。《力士参孙》的开头的确是一个纯

---

① [古希腊] 亚里士多德. 诗学 [M]. 第二十三章, 罗念生, 译. 北京: 人民文学出版社, 2002: 70.

粹的"本源"（arche），它将冗长乏味的牢中苦力打断，几乎是不言而喻地立即指向一个重大的事件，并给人留下一点悬念。阿伽门农与阿喀琉斯之间的争执、灯塔信号和忒拜城里的瘟疫都剧烈地扰乱了正常生活秩序，而预示着某种重大事件。相比之下，《力士参孙》的"本源"要显得松散一些，但表面上的缺陷仍然是剧本不可分割的一部分。合唱团无不惊讶地注意到，在一个本应为休息的日子里发生了非同寻常的事情，这一点他们在希伯来军官前来传唤参孙的时候就已经觉察到了。参孙心智合一与上帝规划的证实就要在灾难里会合了（1297–1299 行）。

我们若是把该剧解读为上帝与参孙之间神圣关系的重建，认为目的论关联取代了亚里士多德式戏剧的或然性，我们就有可能回答了约翰逊对弥尔顿的指责。不过，悲剧冲突的最后一种可能性似乎也就随之而消失了。有什么比上帝意志的圆满实现更不具有悲剧性的呢？然而，参孙死去的情形给合唱团和曼诺阿带来的是恐惧和迷惑，他们一再表达出一种挫折感，这与那位批评家——指责该剧缺少悬念、关联或者"中间部分"所代表的一切——的反应明显地相似。开头什么也没有，突然间一切都同时发生了，这让他们感到困惑。第二个半合唱团里所内含的行动迟滞和突发的意象对这种困惑做了有力的表达。合唱团仍对参孙死去的消息惊魂未定：

> 哦，代价沉重而光荣辉煌的复仇！
> 无论活着或者死去你都已经完成了
> 上帝预告给以色列人要去做的工作。
> 现在，你以胜利者的状态与你
> 以自杀行为而杀戮的人躺在一起，
> 虽然并不情愿，却和他们混杂在
> 可怕的命运围栏里，死亡的法则
> 已将你和你杀戮的敌人混合起来，
> 他们的数量超过你以前杀戮的总和。　　　　　　　（1660–1669 行）

"混杂在可怕的命运围栏里"这样的词语与目的论设计的启示怎么可以相容呢？假如我们认为这只是为了给一出关于胜利者参孙的基督教剧作添加上一点儿古希腊的味道，那么我们就应该对弥尔顿的拙劣写作提出批评；假如我们把这些词语认真对待，我们难道不是在对他的亵渎神圣进行指责吗？

弥尔顿自己对拯救和永恒的话题表现出一种超乎寻常的缄默，这更让问题的解答复杂起来。在《力士参孙》里，弥尔顿几乎没有使用"宽恕"和"怜悯"的字样。当曼诺阿听见菲利士人的死亡惨叫声时，他发出这样的感叹：

上天怜悯！这么可怕的声响，出了什么事啊？　　　　　　　　　（1509 行）

还有一些文段（如 520 行与 1169 – 1172 行）也在打消人们宽恕和怜悯可以改变世界现状的希望，但毫无疑问，"一切都是最好的"。参孙与上帝的再次结合绝对不容置疑，即便是这种结合永远被笼罩在神秘之中。

在作为终极善事的上帝规划之启示与幸存者中的恐惧和困惑之间，依然存在着一种张力（即一种恐惧元素），这一张力无法解释而只能默默接受。从参孙的视角来看，这一规划并不能减少而只能增加这种不协调的意识。参孙的演变应当用悲剧性弱点（hamartia）和卡塔西斯（katharsis，精神泄导）的方式来加以审视。在《诗学》里，"悲剧性弱点"或许是一个情节因素，即导致致命行为的那种无知状态，致命与行为实现的 anagnorsis（突转）相反。在理想的复杂悲剧里，"突转"或者"突然发现"与"剧情突变"（peripeteia，即主人公突然意识到自己的处境从而能感到"高兴"或"悲哀"）同时发生。这种突然转换在《力士参孙》中是绝对不存在的，因为它与缓慢的痛苦发现之主题互不相容。"悲剧性弱点"与"突然发现"并不相互对立，但人们会说到一种行进中悲剧性弱点的概念：随着参孙对自己失败的逐渐认识，他对失败的态度也发生了变化，参孙对悲剧性弱点的渐进性理念因此反映出一种意识的变化。先前被视为无意识的意外事件现在成了脑子里因邪恶意图而产生的自主性不公正行为。"悲剧性弱点"的古典概念并不能解释参孙的精神重生，而只能用来描述这种重生成为可能的铺垫过程。重生本身应当被理解为"精神泄导"——这里指的是"主人公的净化"。这种阐释远离了亚里士多德却得到了剧中证据的支持。在《序》中，弥尔顿对"泄导"所做的医学解释与其在剧中大量使用医学意象之间明显地存在着某种关联，这些意象强烈地暗示，需要得到医治或者净化的正是参孙自己。

参孙越来越强烈的自我意识在其对待自己力气的态度中可以看出来。剧情开始之时，他更多地认为这是身体方面的东西，差不多就是悬挂在头发上的一种魔力。哈拉发在其他很多地方都与重生之前的参孙相像，在这一点上也不例外。参孙认为：

上帝，在他赐予我力气之时就向我显示

这一天赋是多么的微不足道——悬挂在头发上。　　　　　（59 – 60 行）

这在哈拉发那里得到了回应：

…… 某种魔术师的法术

武装了你或让你强壮起来，而你谎称是

生下来时上天把力气放在你的头发里。　　　　　（1133 – 1135 行）

不过，参孙又同时对自己的天赋有了一种深刻的认识：这是对一种特殊关系的推论，一个既神秘又明晰、半隐半明的秘密。他的这一理解源自他对自己背叛内含的清醒认识。曼诺阿与合唱队只是把参孙的陷落看作是敌人与自己国家眼里的耻辱，而参孙则逐渐觉得这是一件在上帝面前都显得卑鄙和耻辱的事情。弥尔顿对参孙的泄密行为加以充分地利用，因为这涉及一种完全依赖于自由意志的"悲剧性弱点"。《圣经》里绝少有泄密的描写，弥尔顿笔下的参孙却是一个在发誓保密的情况下第一次接受秘密的人。弥尔顿在创作本诗剧时可能一直想着伊留斯尼亚秘密和埃斯库罗斯的例子——埃斯库罗斯被指控泄露了那些秘密但最终被无罪开释，因为他是在不知不觉的情形下泄密的。亚里士多德借用这一事例来对其理论进行说明：意图（而非行为）决定犯罪的性质。参孙得出了同样的结论，所以不能够开释自己。他不再认为自己的犯罪是不慎冲动的结果，而认为是在完全知晓的情况下有意而为之的愚蠢之举，因为他与提姆纳女子的婚姻应当对他和妲利拉的交往一直有所警示。随着他对自己失败态度的改变，他的失落感也越来越强烈。折磨他的不是力气、权力与名声的丧失，而是与上帝独有关系的丧失，而且是他自觉自愿放弃掉的。参孙在认识上的进步在他为哈拉发的指责做出的有力回复中得到了表现：

> 我不懂什么魔咒，也不用什么禁用的技术，
>
> 我的信任全都在活生生的上帝那里，是他
>
> 在我一出生就给了我这种神力，注入我
>
> 所有的筋节和所有的骨骼里面，一点也
>
> 不比你差，只要我不让这些发绺被人剪掉，
>
> 这是我绝对不能违背的誓言保证。　　　　　　　（1139 – 1144 行）

弥尔顿的剧作充满知性，几近辩论性质，但最终超越了知性的限制，直接的表达也就得让位于隐喻了。《力士参孙》里具有决定性意义的断裂、从理智到信仰的转变都伴随着一种从争论到意象的转换。参孙最终的重生不能只归因于其意志力，这只是一个他在最后才意识到的精神泄导的过程。泄导是用一种污染和清洗的复杂意象群来表达出来的，其中，医疗的意象发挥着特殊的作用。

参孙身处其中的阴湿、肮脏、恶臭监牢为剧情发展设置下一种高度主题化的场景，他的衣着也成为场景设置的一部分。就像《失乐园》中的牵手，衣着意象也构成一个次要、细微的母题，让我们能够准确地追溯主题的演化发展。合唱队初次见到参孙时，便对他一身肮脏产生了反感：

> 就像一个绝望并自我
>
> 遗弃、随波逐流的人，

> 一身奴隶行头，极不合身，
>
> 且破烂不堪，满是污垢。　　　　　　　　　　（121 – 122 行）

对他衣着的暗指在临近结尾时再次出现。哈拉发把参孙视为不可接触的人，也就是拿撒勒人的对头：

> 我绝不屑于和一个瞎子角斗，
>
> 而你想要与人接触就得好好洗洗。　　　　　（1106 – 1107 行）

希伯来军官在结束传唤时允诺，他将看到一个"精神抖擞、穿着鲜亮的参孙"（1317 行），送信人最后也报告说，参孙穿着公仆的正式制服。

在这些意象里，内在纯洁与外在纯洁之间存在着一种讽刺性的对比。我们固然在经过梳洗、穿上新衣的人物身上看到了一个全新的参孙，但也可以说全新的参孙一直就隐藏在破衣烂衫里面。对比还不只是这些，参孙的纯洁行为、他的第一次婚姻与他在庆典上的露面，从法律上讲其实都是不纯洁的，不过，法律上的纯洁（虽然最终也被超越）只是对内心重生的一种证明。参孙起初拒绝参加不洁的菲利士人庆典，这本身就说明他已经重新获得拿撒勒人的名分。他遵从法律，就是一种净化，虽然算不上最终的"泄导"，却也是在向其靠近。外表上看是贱民的参孙在内心里面已经获得了法律上的纯洁。另一方面，这种法律上的纯洁是形式上和外在性的，一旦参孙满足其要求就可以对它进行超越。他在一方面重新获得了法律上的纯洁，另一方面却又拒绝了法律上的纯洁。法律上的净化预示出他最终实现超越的那种心态。

拿撒勒人与神性的亲密交流之神秘从来没有得到清清楚楚的说明，但在参孙戒酒（541 – 558 行）这一貌似题外之言中做出了暗示。洁与不洁的区别就是水与酒的区别。不洁即混乱和激动，"闪烁的红宝石光彩流溢"与清澈宁静的"清凉的水晶溪流"形成对比。酒精是"骚动不安的"，溪流则是有所指向，"流向东方的霞光"。参孙纯洁之时饮用的水与新鲜果汁和品质乳汁的澄澈结合在了一起。参孙通常（也应当）是在想着过去的堕落，现在则不由得回顾起更远的过去——他即将重新获得的过去。水被用作重生的象征，这在曼诺阿表达自己希望的反讽中得到证明：

> 但上帝听了你的祷告，让干涸的地上
>
> 涌出清泉，来把你大战之后的干渴
>
> 缓解；他同样也可以轻而易举地
>
> 在你的双眼里再次带来光明，以便
>
> 你比起以前更好地将他侍奉。　　　　　　（581 – 585 行）

瞥了一眼未来便一头栽进眼前的腐败，参孙的伟大独白应当在水的意象引发的对纯洁的呼请之背景下来完成阅读。独白里满是医疗的意象，这些意象恢复了悲剧开头几行里的母题：参孙呼吸着"来自天堂的清新气息"而不是"不健康的气流"，因而觉得自己得到了补偿。"安逸"与"不适"之间的对比在更为具体的医疗术语中折射出洁与不洁的对比。曼诺阿在离开参孙之前曾请求合唱队做参孙的医生，用疗病式的话语来安慰参孙（605 行）。此前，合唱队已经信心十足地表示：

> 恰当的词语具有抚慰
>
> 烦乱心绪、不安情怀的神力，
>
> 就像在发炎的伤口上涂上药膏。　　　　　　　　　　　（184－186 行）

但参孙的处境无可救药。剧情一开始，他就在抱怨，因为自己发现：

> 对身体有一些安慰，对烦乱的心思
>
> 却没有任何用处，就像一群武装的
>
> 毒马蜂，一旦发现我一人独处
>
> 便一拥而上，把过去的事呈现：
>
> 我过去曾经如何，现在又是怎样。　　　　　　　　　　（18－21 行）

他现在的思想已经成为"满是毒刺的折磨者，""让人恼怒，形成溃疡，引发可怕的炎症"（623－626 行）。参孙的不洁最初是由暗示表面受到污染的词语（如 foul，defile，pollute，unclean 和 stain，blot 等）来表达出来的，但其堕落之疾程度更甚，rankle（化脓），gangrene（生坏疽），fester（溃烂），tumour（肿瘤），exulcerate（溃疡）之类的词语已经透过表皮而深入到骨髓。在剧情结束之时用"清水和药草"（1727 行）将参孙表皮上的不洁冲洗掉，这是可能的，但"没有什么清凉的药草或者药水可以缓解"那"可怕的炎症"（626 行）。除了"死亡的麻木鸦片"（630 行）再没有什么解救妙招了，而鸦片本身和（让菲利士贵族"失去感觉或但觉堕落"的）酒精一样不纯洁。参孙在其最黑暗的时刻开始以为自己是即将截掉的坏肢，上帝的养子、神圣的植物（662 行）都已经枯萎（633－651 行）。人的医药无能为力，参孙需要一位医者的"强烈同情心"，而这位医者能以自己的方式锻造出东西来。

独白暗含了水的净化力已失效之意，只有火的暴力才能医治参孙，因为火可以穿透表皮，这就是第二个半合唱的内含意义。大毁灭在这里等同于凤凰涅槃（1697－1707 行），它成就了上帝的设计与参孙的泄导，也就是参孙为自己准备的火祭。这一隐喻与其说适用于他的最后行动不如说适用于其整个一生。参孙一退场，合唱队便向（在宣告参孙心思之后"乘着火焰升腾起来"的）天使发出呼请（1431－1435 行）。参孙在《序》中迫切提出的一个问题就是：

> 哦，我在天堂的出世为何被天使
>
> 两次预示？天使最后在我父母双双
>
> 在场的情形下乘着火焰升腾起来，
>
> 离开焚烧着祭品的神坛，一如
>
> 一辆火拉的战车，体现出他那
>
> 上帝般的存在，从某种伟大行为
>
> 或收益中向亚伯拉罕的族人显露。　　　　　　(22－29行)

问题终于有了答案。

　　凤凰涅槃与大毁灭的意象绝非要支持《力士参孙》是一部拯救剧的阐释，而是加大了目的论设计之启示所引发的张力和困惑。对声名之外的任何不朽形式，诗人只字未提。没有什么"无法表意的喜歌"让参孙欢喜，悲剧里也没有令人销魂的圣歌，有的只是"甜美的抒情曲"（1737行）。这并非都是因为剧中的《旧约》场景设置。赞美诗是由自知罪孽深重却又希望得到净化的人唱出来的，他祈求"欢乐和开心"并许诺要想"公正无私的上帝""高声歌唱"，关键的问题是其中的血祭已经被悔悟之心的祭品替代，赞美诗人因此可以把死亡、痛苦、牺牲与拯救之至福对比起来。在《力士参孙》里面，这些因素聚拢交织在一起，"混杂在可怕的命运围栏里"。

　　参孙的精神泄导、参孙与上帝的和解是对戏剧做出的一种复杂、不确定而神秘的解决方案。不过，还有一种针对观众的、更为传统的精神泄导。在弥尔顿的剧作里，观众的反应被融入其中，因为曼诺阿与合唱队都是一个悲剧事件的旁观者，都经历了被文艺复兴批评家视为终极目的的净化过程，观众的净化过程主要在曼诺阿的净化中得到表征。曼诺阿的净化值得我们特别的关注，因为在这一过程中弥尔顿试图去解决或者调整伴随参孙死亡而来的残酷与困惑。和参孙一样，曼诺阿的讲话是一种发生在一出小戏剧本身之中的过程，我们可以说，在《力士参孙》中存在着一条由赎金阴谋构成的曼诺阿副线，这是一个几近美妙的计划，却在最后时刻落空了。一个貌似松散、简单却最终得以完成的行动与一个微妙复杂却惨遭挫败的行动构成对位的旋律配合，这对本剧的戏剧结构至关重要。毫无疑问，这是一个精妙的设计，我们对曼诺阿的精神泄导进行描述也就必须从他在舞台上的场景结构分析入手。

　　人们想当然地以为《力士参孙》的结尾是对《俄狄浦斯与克罗诺斯》（Oedipus and Coloneus）的模仿，但这一看法把可能说明曼诺阿在剧中所起作用的一些重要差异遮蔽起来了。俄狄浦斯一离开舞台行动也就结束，事实上，剧中的行动一直都处于骚动中，这种骚动把俄狄浦斯在优米尼德斯圣所那里寻到的安宁再次搅扰。而参孙离开舞台时，行动才正要开始。二者在灾难之间也有类似的差别：参孙的灾难是暴力行为，俄狄浦斯的灾难只是一种结束。弥尔顿处理问题的方式因此必须与索福克勒斯有所不同。索福克勒斯可以从俄狄浦斯的退场直接转到送信人的报告，因为观众对俄狄浦斯的外貌变化（报告的主旨）大体上是有所听闻的（《序》中已经提及，剧中也一直有所涉及）。在《力士参孙》里，只有送信人的报告是不会将灾难融入剧中的，因为它不愿涉及或者确认行为过程所引发的任何期望。将参孙的存在与送信人的入场联系起来的是第二个曼诺阿场景——参孙之死的表征。观众听到打断曼诺阿与合唱队交谈的两次叫喊，成了某一可怕事件的第一手见证人，见证可能是模糊的，却比送信人的二手证词更为直接。显然，曼诺阿的返回，恢复了赎金计划与场景真实目的之间的对比，从而成为剧中最为辛辣的讽刺之一。

该场景应当被解读为一出微型复杂悲剧，曼诺阿是悲剧的主人公，参孙是其中的哀婉、悲怆（pathos），送信人的到来则是通过"发现"而发生的"突变"。在这一结构中存在着一种错位，因为其哀婉、悲怆既不是由悲剧主人公发出的，也不是由他来承担的，但至少与其关系密切并在曼诺阿身上带来一种由愉快到不快的变化。几乎可以肯定地说，该场景是对《俄狄浦斯王》中"突变"的模仿。在《俄狄浦斯王》里，来自科林斯的送信人还未入场就已有伊奥卡斯特向阿波罗做祷告，祈求太阳神把俄狄浦斯从忧虑当中解脱出来（911－923行）。送信人关于波利波斯之死的消息在伊奥卡斯特心中引起一阵狂喜，使他大叫道："神启啊，你现在在哪里？"不过，俄狄浦斯仍然在担忧，消息并没有把他从对母亲的恐惧中解脱出来。送信人于是开始讲述俄狄浦斯出生的往事，场景采用了一种特别的形式，由三个人的对话构成，而理解其内涵的只有沉默不语的第三个角色。在俄狄浦斯产生一种短暂希望——神谕或许不是真的——之时，伊奥卡斯特堕入极度的悲伤之中。对她的退场，合唱队和俄狄浦斯都做了错误的解读。俄狄浦斯现在进入到他最后的无意识骄横姿态，自以为是幸运的孩子。经历了最初的担忧之后，合唱队随着俄狄浦斯的思绪对神圣诞生的可能性进行思考，但牧羊人的话语马上将其所有的希望摧毁，让人发现俄狄浦斯就是罪魁祸首：

> 哎呀，一切都完了！都知道了，不再有隐瞒了！
>
> 哦，光明啊，但愿我从来就没有朝你看过！

曼诺阿的那一场景与此很相似，虽然曼诺阿和合唱队与伊奥卡斯特和俄狄浦斯并不完全对称。忽略角色的差别而去勾画两个场景的运作，我们就会发现其轨迹非常相似。曼诺阿对谈判的最终成功感到洋洋得意，这与伊奥卡斯特听到送信人开头话语时的欣喜若狂十分地相似。对幸福的期许使他精神焕发，就连菲利士人也显得友善起来——曼诺阿称其中的一些人慷慨大方、彬彬有礼和乐善好施（1466–1471 行）。就在此时，传来了第一阵叫喊声——上帝规划进入关键阶段的征兆，不过，曼诺阿还在说明自己的计划——一种绝望而愚蠢的竞争。随着眼前的灾难越来越迫近，曼诺阿的想象看见了一个大好的结局。赎金已成定局，曼诺阿准备牺牲掉自己所有的财富，但这一慷慨行为在参观参孙准备实施某种大行动的高贵憧憬下黯然失色了。参孙的头发长出来，一定是对更多神助的保证，而什么样的神助会高过视力的恢复呢？合唱队以为这是情理之中的事情，但曼诺阿的回答把第二次嘈杂声打断……此时，我们来到了伊奥卡斯特退场的阶段：事件即将发生可怕的转向！在索福克勒斯的悲剧里，国王专横的意志将所有的可怕忧虑一扫而去；曼诺阿和但族人则缺少俄狄浦斯的胆气，他们既不敢希望也不敢害怕。曼诺阿的理解朝最坏处想，而合唱队试图给他鼓气，和《俄狄浦斯王》一样，这里出现了一种轻微的反转：随着伊奥卡斯特的退场，俄狄浦斯从焦虑转向了傲慢。同样，曼诺阿从自信转向害怕。先前一直怀疑不定的合唱队现在倒是乐意见到奇迹的发生。送信人来了，经过一系列的误解，真相到底还是显露出来了：

> 长话短说吧，参孙死了！

两个场景里面，真相的揭示都被尽可能长地延迟，而延迟间的张力因主人公被推向令人眩晕的高度，而后猛然堕入无尽的悲伤这一事实而得到增长。灾难把貌似合情合理的人为希望砸了一个粉碎。剧中的人物都处在一种盲目的状态中，奇迹突然出现因此显得不仅可能而且必要。在《俄狄浦斯王》和《力士参孙》中，人们都希望奇迹发生，无论这奇迹是神圣诞生的突然显现还是视力的突然恢复。希望升起来了，真相就愈发具有灾难性，在《力士参孙》里尤其如此，其中的灾难比起人们曾经祈求的奇迹显得更加"令人惊愕"，更加超乎常理。对曼诺阿的愚蠢幻想进行指责很容易，但我们应当知道，在他生活的世界里，这些幻想都是合情合理、有根有据的。

参孙超人般的力气和决心让我们无法对其死亡产生怜悯和恐惧的感情，他并不"和我们一样"，这在他拒绝掉父亲的帮助和妻子的和解中可以明白地看出来。那么，将参孙的悲剧投射到曼诺阿的悲剧中就不失为一种颇具灵感的解决方案了。曼诺阿对参孙的感情是极具人性的，他幻想破灭的残酷性不能不引发人们的怜悯和恐惧。在《力士参孙》中，亚里士多德意义上的悲剧情感是通过一种情感之爱（philos）哀婉、悲怆的实现而激发出来的。

比起参孙的简单悲剧，曼诺阿的悲剧是复杂的，我们可以从戏剧经济学的角度上对此做一些说明。剧情漫长，人们的兴趣就会衰减，尤其是在主角退场之后，使用一种立时抓住人的风格自然成为留住观众的好手段。曼诺阿的悲剧加快了参孙的悲剧，并在曼诺阿的"突变"与"发现"中凝结了灾难的悲剧性潜力。假如说曼诺阿的悲剧有助于凸显参孙之死的严酷，那么它同时也代表了一种对平静接受与"甜美抒情歌"的回归——诗歌的疗伤神力在其中得到了展现。在这一回归中，曼诺阿经历了一种深刻的变化——或许可以将其称为他的"精神泄导"。这一过程的性质与其在剧中发挥的功能可以用歌德对亚里士多德的悲剧定义所做的误解来加以说明。歌德强烈反对一种以其效果和在观众身上产生的效用来衡量一出悲剧的理论，他以为亚里士多德有过这样的说法：一出悲剧经过一系列将戏剧人物卷入怜悯和恐惧的事件之后，要以舞台上"这些激情的平衡与和解"来收尾。"精神泄导"实际上不仅是戏剧，也是所有诗歌之必需的东西。在悲剧中，泄导通常由人的牺牲或者其替代物带来，无论如何，一部完整的悲剧都必须用一丝和解的气息来收场。

把"精神泄导"理解为作品结尾达成的平衡状态，歌德和弥尔顿在这一点上倒是表现出惊人的一致。试图在冲突、怀疑的可怕不和之中实现一种和谐，这在弥尔顿早期的作品（如《黎西达斯》）中就已现端倪，到《失乐园》中则得到了充分的表现。在《力士参孙》中，和解是由曼诺阿悲剧（其实并非悲剧）结构的"错位"来完成的。从其悲剧印象与对最初消息的恐惧开始，剧情就朝着"一切都是最好"的平静结局发展。曼诺阿承认自己的愚蠢无知——一种使参孙的罪更为接近古希腊思想的"性格弱点"（*hamartia*），他从对非常之事的恐惧回归到试图做非常之事的人类智慧。悲剧灾难的突然发生先前考验了参孙，现在又在考验曼诺阿。

参孙之死是严酷的，其中有一个无底深渊，你越是想在上面架设桥梁，深渊就开口越大。然而，弥尔顿的艺术要求架设这样一座桥梁，可以把它叫作"泄导"，也可称之为"舒缓"。悲剧意义的"舒缓"在曼诺阿所经历的变化中得到了表达，但他"心境的平和"与"经验的新获得"都伴随着一种有意的限制与"谦恭明智"的顺从决心。我们不能指望他把所有的困难全都解决掉，在其"不可控的意图""不可寻的处置"与"一切都是最好"的无声肯定之间依然存在着某种张力。或许我们有理由感到痛惜，却没有理由让圣歌诗人感到高兴和快乐。悲剧得到了"舒缓"是因为人们接受了它，而不是因为它得到了解决。"泄导"状态依然是一个含糊的元素：一方面是"心境平和，激情耗尽"（calm of mind, all passion spent），一方面则是"真正经验的新获得"（new acquist of true experience）——一种对绝对必要性令人费解方式的洞见，乐于接受的态度会使之舒缓，但其恐怖绝不会被完全消除。

第五节　深层解读（三）：科学与比喻①

弥尔顿对意象的选择是由一个大的思想模式来决定的，而这一模式建立在一种以隐喻形式来思考的文艺复兴习惯上面，旨在发现人与世间万物之间的一致关系。弥尔顿使用一致关系的方式与前人和同代人都不同，但也依赖和反映了当时流行的心理习惯和宇宙和谐概念。本节旨在说明：1. 弥尔顿借助技艺和个性使用了一种现成的象征体系和一种流行的隐喻性道德问题参照框架；2. 对弥尔顿比喻性设计的知晓与其意义的理解和艺术的欣赏都至关重要。

《力士参孙》里的隐喻性模式是紧密地交织在一起的。为了对这一模式有一个全面的了解，我们首先就要将那些显而易见的部分提取出来，对其水、土、气、火四种元素的诗意应用进行考察。在剧作开头的几行里，弥尔顿用"气"的意象标明了一些元素特征，这些元素可以是自由的或者禁锢的（第8行），也可以是健康的或者不健康的（9 – 10 行）。一种元素可能显现出另一种元素的特质——"气"将词语的意义消解了（176 – 177 行）。这一意象群也说明，"气"元素的健康性来源与另一元素（如"火"）相同。"天堂的气息清新吹来，纯净而甜美 / 与白日山泉同时出生"（10 – 11 行）中的短语不仅暗含两种元素（"火"与"水"）相互等同，而且表明"火"与"气"也来自同一个源头。意象群的暗示之意在重要形容词的再次使用中得到了延续："清新"（fresh）在此用在了天堂气息的"气"上面，而后又用在了"水"上面，"清新的水流""纯净地……流淌，/ 带着天堂火杖轻飘飘的痕迹"（547 – 549 行），再后来"来自上苍的慰藉之源"被描绘成"秘密的使人清新之物，可以恢复（人的）气力"（664 – 665 行）。"气"的意象也在暗示元素环境中的任何存在都可能并不恰当地反映其性质："风一样的快乐，"曼诺阿说，"证明是不可靠的，就像初开的春花一样"。（1574 – 1576 行）

对"气"指涉的诗意运用这一观念出现在"水"的指涉里。禁锢的"气"是"紧密而潮湿的"——"潮湿"与"紧密""禁锢"的气关联起来，也就暗示出元素的双重性质，即"水"可能源自天堂，但也是大海偶像"龙"的元素

---

① COX L. S. Natural Sciences and Figurative Design in Samson Agonestes [J]. ELH, 1968, 35 (1).

（13 行）。元素间的关联又在液体的典故里得到重申：葡萄液"弥漫着烟气"（552 行）；葡萄酒放出火光（1418 – 1419 行）；水流带着火的气息（547 – 549 行）。弥尔顿用了悖论和语义模糊的手段对液体元素中潜藏着的善与恶的理念进行了强调：它可能是"纯净的"，也可能是"混杂的"，其根本的单一性和整体性由其内在的生命给予品质——"清澈、纯净，／轻飘飘"流动的泉水是"透明的""乳汁般的"——来确定：这样的液体让人感到清新。然而，翻滚的液体弥漫着烟气，与葡萄酒一起喝下去将会让人"陶醉于偶像崇拜"（1670 行）。液体的比喻暗示，元素可能相互等同，但必须同时保持自己固有的性质：弥漫着烟气或放出烈火的液体、密不透风的气都失去了它们应有的品质。对"混杂物"的误解或者使用也不只是导向不健康：是"疯狂，想到使用烈性葡萄酒／烈性的饮料是我们主要的健康支持"（553 – 554 行）。元素意象群里面对强调同一性、差别性和矛盾性的暗示又被移植到对感官同一性、差别性和矛盾性的强调上面。参孙把誓言变成"一个词、一滴泪"（200 – 201 行）：元素意象群里的暗示引导读者关注两个声音（"誓言"和"词语"）的区别，舌头的产物和眼睛的产物连接在一起，错误的声音与咸水也连接在了一起。

同样的评论模式也出现在"火"的意象中。"光"或者"火"，从某种意义上频频与"水"等同起来："上帝听到（参孙的）祷告，让泉水／从干涸的地上涌出，来缓解干渴／……可以同样轻松地／让光再次从（他的）双眼中涌现。"一种元素的特质再次出现在另一种元素里：天使并不是在陆地上驾车或者御气升腾，而是在火焰中驾车上升。"火"的意象群也重复着这一评论：同一种元素可能为善也可能为恶，一个人可能像完美上帝那样燃烧放光（528 – 529 行），一个民族可以"粗野傲慢，难以浇灭"（1422 行），所以能够拿这种火扑灭的只能是猛烈的火。不仅如此，善与恶还可在元素中运行：心胸可以被点燃而具有勇气（1739 行），但可以用非神圣的热情将其射中（1419 – 1420 行）。

"土"作为恶出现在"土壤"（一个与"顽冥不化"指涉相关联的词语）的指涉里。参孙初次露面时，身穿"奴隶衣衫，……破烂不堪，灰头土脸"（122 – 123 行），从而将"土"与"禁锢"联系在一起。当惨败于上帝冠军的老武士"浑身是土，匍匐在地，簪缨头盔掉在尘土中"（141 行）时，"土"的意象再次换出衣服退化堕落的图景。留在加沙双目失明的参孙，占据着"一块黑暗之地"，其中也出现了"土"与"火"的等式。对"土"元素的诗意使用也暗示善在其中和其产物中发挥作用：合唱队来自"佐拉丰饶的山谷"。当血迹从参孙的身体上洗刷去时，完成洗刷的不仅是纯净的盆水，还是清洗的草药（1727 行）。此外，可能为善也可能为恶的元素本身就是一个通向生命给予之力的过道：上帝使泉水从干涸的地上涌出。

　　为人类戏剧设置舞台的弥尔顿在这里用上了人们耳熟能详的关于人、世界和宇宙的普遍概念。其一，每一种元素的矛盾性都折射出善与恶的冲突，这是人类动作戏剧无法回避的情状，存在于外部自然中的矛盾性可能为我们提供关于人性的评论，因为人是由这些元素构成和支撑的。其二，堕落元素的特点是不能显示其应有的品质，不能恪守秩序。其三，不同元素间的对等平衡折射出一种普遍的统一性与动态性。人生活在一个自然元素与非自然元素相互冲突的世界里，而这个世界的显著特点是自然流动和变化，人的一生无不受其制约：适当的元素适当地运行，相互对立而又相互依存，虽然明争暗斗但总是处于相互转化的情状。其四，这些元素的源头是一起伟大的力量，这一力量可以将恶化为善，但总是反映在适当地显现其恰当品质的元素里。弥尔顿就是这样把参孙置于一个善、恶冲突不可避免，善、恶斗争不可避免而恪守秩序才是升华之关键的世界里，从而为参孙设置下一个表演的大舞台。

　　借助意象群里显现出来的矛盾性和悖论而给出选择的做法在"风暴"（所有元素都在一种运作中）的意象中再次出现。妲利拉说参孙"听不见风和海水／更听不见祈祷，然而，风最终／还是与海和解，海与岸也和解了"。（960 – 962行）哈拉发被称为风暴（1061行）而且是"另一种形式的风暴"（1063行）。合唱队警告参孙，他如果不跟军官去，便可能接到另一种消息——"威严如同雷霆，叫人难以忍受"（1350 – 1353行），而合唱队刚刚在对上帝审判的描述中（1284行）用过一个风暴的意象。送信人报来参孙的大动作时，他是用元素和风暴的意象来进行描述的，而且通过重复使用"令人惊愕（amaze）"一词将这一意象与先前所暗示的神的暴风雨联系起来。半合唱重复了风暴的意象，说参孙"如同雄鹰／将晴天霹雳砸在他们的头上"（1695 – 1696行），从而也将参孙的行动与先前上帝审判（"插翅的远征"）的描述联系起来。

　　在"土""水""气""火"的意象中所做出的评论，在"风暴"意象里得到了补充，因为这一意象再次对奋斗的情状进行了强调——这既是人的最初栖息之所，也对其他不同的情状做出了界定。走在新生道路上的参孙展现出各种元素狂风暴雨般的运行情状，但冥顽不化的哈拉发也是暴风雨，当然是"另一种暴风雨"了。崇敬大衮的菲利士贵族是通过风暴的意象来做出判决的，上帝的审判也是用风暴的意象做出的，风暴因此被召唤出来对善与恶、秩序与混沌——亦即参孙与妲利拉、参孙与哈拉发、参孙与菲利士人——之间的冲突进行界定；对哈拉发与菲利士贵族心中的混乱（狂风暴雨般的激情信马由缰，恶恶相争）进行界定；也对意志战胜感官（也就是相互对立的元素相互斗争又相互促进，从而得到净化的暴风雨般的转化过程）进行界定。秩序和混沌的永恒斗争、秩序中有变化的永恒斗争，这些基本的文艺复兴概念在这一意象群里得到了详尽的描述。风暴意象群里存在的矛盾和悖论加大了选择的困难，因为不仅风暴种类有别，就连斗争与和解在某种意义上也是等同的："气"最终与"水"和解，"水"与"土"和解，永恒的可能只有暴风雨了。

人被比作一种元素或一种由所有元素构成的自然现象，这一意象群所引发的复式评论已经得到讨论。当弥尔顿把人比作一种主要由一种元素来支撑的物体（如土中的植物、水中的船只或空中的飞鸟）时，这种评论又得到了拓展。

参孙被比作植物：曼诺阿说天使"裁定（参孙的）成长是神圣的，就像是植物；／精挑细选，神圣光辉那么一会儿，／人中奇迹"（362－364 行）。妲利拉被叫作"雨露过多的美丽花朵"（725 行），而女人被叫作"荆棘，……一种依附的捣蛋鬼"（1037－1039 行）。剧情展开之初，被参孙打败而倒在尘土中的敌人被描绘成"巴勒斯坦之花"（144 行），剧情结束之时，发生在菲利士剧场的风暴则毁灭了菲利士城市的"花朵"（1654－1655 行）。当合唱队说道"世俗的种子"（1439 行）时，植物的意象用在了所有人的身上。人的物理、情感品质与特性都在植物意象群里有所指涉：剪去参孙的头发是一场"致命的收获"（1024 行），男子气概在"一粒男子气"（1024 行）中得到界定，曼诺阿的快乐像"初开的春花"（1576 行），而参孙说道自己的青春和气力时也用的是花的比喻。

当我们把植物意象与另外那些将人界定为由某一特定元素支撑的东西联系在一起时，植物意象就会变得更加显著。参孙和妲利拉被描述为航船的舵手：合唱队说"什么样的领航人一定要遭难？／舵上还配有这样的舵手？"（1044－1045 行）合唱队自己身上也用上了同样的意象，因为观众看到他们的时候，他们是朝着参孙"航行"而来。此外，参孙与妲利拉与哈拉发也都被描述成舰船或者舰船意象中某种东西的占有者。参孙哀叹自己"在海上毁掉了／上苍托付给他配装辉煌的／船只"（198－200 行）；妲利拉是"大海或陆地之物"（710 行），"像一艘高贵的舰船"（714 行）；哈拉发载有"舱货"（1075 行），被叫作"批货"（1238 行），由风吹着前行，就像"漂浮"的妲利拉接受"东南西北风的奉承"（719 行）那样。

人又一次被描述成由"气"构成的生物。合唱队把"乌合之众"比作"夏日的苍蝇"（674－676 行）。参孙在倒下前"飞"在一大帮敌人（262 行）的上面，在诗的结尾（他已获得新生）则被比作长着翅膀的龙、鹰和凤凰（1692－1699 行）。我们在这些意象里可以看到弥尔顿对多样性中的一致性和统一性的持续关注。人可以是植物、舰船，也可以是栖息在气元素中的一种生物，参孙烦乱的思绪因此"就像一群致命的／大黄蜂"（19－20行）。

植物、舰船和有翼生物的形象让弥尔顿对微观世界与地球世界之间的关系进行探索。通过植物意象，他可以对外部元素与内在成长之间不可分割的关系进行评述；通过舰船意象，他可以把这种成长与航行联系起来——这些元素让人能够达成某种目的。飞行的生物意象则将这种成长、旅行与飞行和上升联系起来——这些元素让人飞升起来。将生命、成长、旅行和上升与某种元素联系在一起，即表明这一元素的重要性也表明二者之间的互动。

首先，借助这些意象，诗人对存在、选择和行动的选择之强调得到了延续。植物可以是奇迹也可以是捣鬼，舰船可以是"没有精神的庞然大物"，也可以是一个依然明白堤岸有阳光和阴凉之选择的容器，可以接受东西南北风的奉承和吹拂，或者对"天堂吹来的清新气息"（10行）做出回应。飞行的生物可能没有什么翼力而且短命，或者其对自身也进行戴翼远征的上帝之本质越来越了解，从而可能从龙变成鹰，变成凤凰，生存"好几辈子"。其次，诗人对差异中的相似性与万物之中伟大统一、和谐之力的存在之强调也延续了下来。就像其纯洁、清新可以追溯到一种神圣元素中的那种元素，由这些元素支撑起来的物体也发现其力量源泉在一种神圣的健康状态之中：种子的力量来自上天，辉煌配装的舰船是由"上苍"托付于人的。此外，各种元素之间彼此可以等同，地上的植物、海上的舰船与空中的飞鸟也都是一体的。人在其内心容纳了所有的元素和所有的创造样本。人是气，是空气中的有翼生物，而且是有思想的。一种物体可以用另一种物体来进行界定，假如人身上的那种元素是邪恶的，他就不能够飞得高、飞得久，他就是一种自残而蜇人的东西，产出有毒的大黄蜂来。不过，这一过程也可以倒过来：假如人的思想在智慧中得到更新，他就会成为鹰，成为使自己永恒的凤凰，他就会由最纯净的元素构成。与此同时，对流动和渐变的持续强调也在成长、航行和飞行的意象中延续了下来。戏剧中的其他人物角色固然也被表现为栖息在海、陆、空上面，但只有参孙被比作是生活在火中的生物。其他人可能被描述成内心有火，可以行善也可以作恶，但只有从恶中净化出来的人才能够生活在火之中。参孙就像凤凰，焚烧自己而得到重生；参孙就像天使，在上帝的元素里面把自己显现出来。

弥尔顿的视角有两个朝向：一方面，他在人身上寻找地球世界与宏观世界的特点来对人进行研究；另一方面，他在外部世界中寻找一种人性来对外部世界进行研究。他反复地将人的感觉和特性赋予各种元素：风和海是聋子，太阳不出声，神火只是一瞥。他又将视角转向另一面，把词语当作火的燃料而进行描述，这种比喻性手法造成一种对人之境况进行持续拓展性的比喻视角。假如元素听见或者听不见，说话或者不说话，看见或者看不见，假如元素是一种看、听、说，假如看、听、说都是元素的燃料，那么人（即土与土中的植物、花之快乐的容器）自然就是一种潜在的看，一种运行于看的元素里的东西，并对那种看有所增益。

弥尔顿对比喻性语言的掌控一贯强调元素与感觉感官之间的联结，对一种东西的评估要通过对另一种东西的比喻性界定来进行。他在描述感官感觉时，似乎把它们当作土、气、火或者水：景象"容易浇灭"（95 行），声音感觉可以被溶解掉（76－77 行）。人可以被界定为一种单一的元素或者单一的感觉：参孙是凝视（34 行，567 行），哈拉发是舌头（1066 行），妲利拉是嗓音（1065 行），菲利士贵族则是耳朵（921 行）。一种元素可以表现出人的特性，感官理解的事物也可以呈现出人性的特点：气味是前驱，噪音在散步，味道要来访。元素之间有对等或替换，感觉之间也有对等或替换。参孙宣告太阳不发声时，其实也暗示自己把视觉和听觉等同了起来，而视觉无法像触觉那样发散到身体各处，以便让人"可能透过每一个毛孔来任意观看"（93－97 行），他为此感到哀伤。后来他用触觉来替换视觉："你会看到或者感到谁的上帝最强大"（1154－1155 行）。在容易让人联想到《圣经》中对"品尝"一词使用的一个短语里，参孙用"品尝"把"看见"替换掉："知晓的方式不是去观看而是去品尝"（1091 行）。最后，一种元素通过另一种元素的特别品质来得到界定，一种感觉也被展现为运行于另外一种感觉或人类品质所特有的方式之中：合唱队告诉曼诺阿自己"渴望去听"（1456 行），参孙被告知不要去寻找嗓音（1065 行），消息刺人耳朵（1568 行），军官前来，他的"眼神有速度"（1304 行）。

在元素的意象群里，我们见到了元素之间可以对等或者替换这一理念的反复暗示：缺少"几乎本身就是生命"（91 行）的光，人可能由"清澈的乳白果汁"（550 行）来完成更新，但这也是光。一贯地将元素与感觉关联起来，将不同的感觉比喻性地等同起来，这就给我们暗示：没有了视觉，另一种感觉也会来传达给予生命的光元素；借助于听和品尝，人也可以看见。

弥尔顿对元素多样性、矛盾性与统一性的评述及其道德选择的比喻性暗示，通过元素与感觉之间的互动而得到进一步的拓展。有外来的光，也有内在的光；有菲利士人的"内心盲目"，也有得到重生的主人公的"内在眼睛"（1686－1689 行）。纯粹元素恰当地呈现其固有的品质，这种暗示在人必须恰当地使用该元素、恰当地评价每一种视觉手段的暗示里得到了拓展。假如参孙对身体感觉做出了不恰当的估价，假如他最为抱怨的是物理损失（67 行），那么他就是精神上的盲目。物理视觉没了，有精神视觉的保障就会在相关元素中打开通向邪恶的大门。妲利拉告诉参孙，"你的视力虽然失去了，／人生还有许多的安慰，在其他／感觉不需要家庭之快乐时／享用，……／而不管许多人在外面因视力而感到的忧虑和意外"（914－919行）。不过，假如视力给人显现忧虑和意外，其他感觉也是可以的。认同妲利拉的处世哲学也就是认同了混乱无序。感觉意象群暗示，精神上的盲目、终极性的忧虑和意外，都可以通过任何一种感觉来到我们身上，不过，视觉与安慰的更新也可以。

声音与沉默的意象、耳聋与听见的意象丰富并放大了关于选择与选择的困难的评述。初看上去，沉默在这出一个说话过多之人的戏剧里代表着善，声音则代表恶。我们发现沉默是一种"神圣的托付"（428行），爱在沉默中斗争（863－864行）。声音的界定则由这样的用语来完成：菲利士人庆祝其偶像（16行）的"盛行噪声"，一团烦乱的思绪（19行）或一帮酒肉朋友（192行），偶像崇拜者和无神论者大张的嘴巴（452－457行），顽冥不化者"吟诵其偶像"（1672行），撒向以色列的谣言（453－454行），坏消息（1567行），傲慢菲利士人的雷鸣呼声等。"鲜血、死亡和死亡的行为"是噪声（1513行），噪声具有毁灭力，能把天空撕烂（1472行），饶舌是一种罪过（490－491行）。吹牛者哈拉发是噪声和舌头，女叛徒妲利拉是噪声和嗓音，叛徒参孙是嗓音和胡言乱语。军事意象被用来描述"善"的沉默与"恶"的声响之间的斗争：沉默是城堡（236行），妲利拉使用"舌头炮兵"和"奉承话语"（403－404行）来向参孙发起进攻，参孙则被"一串词语"（235行）征服。说出一个名字便是发动了一场进攻（331行），妲利拉把市政官和"总是听她话"的祭司的恳求、教唆描述成"攻击"和"围攻"（845－846行）。

然而，意象群依然一再坚持这样的观点：善在声响中可能为善，在沉默中可能为恶。参孙在失去物理和精神的视力时说，"太阳……是黑暗／沉默的"——沉默在这里等同于光线缺失，而声响则等同于光线。对噪声进行界定的方式有：上帝"原初的敕令"（85行），神圣的预言（23行，472－473行），上帝审判的雷霆（1696行），参孙的誓言（378－379行），"恰当的词语"（184行），"疗伤的词语"（605行）和"甜美的抒情歌曲"（1737行）。军事意象群表明，防御并不总是存在于沉默之中——哈拉发就是通过论争而捍卫以色列的（283－285行）。

十七世纪的诗人常常使用囚牢的意象来对感觉与灵魂之间的关系进行探索，弥尔顿并没有暗示说身体是灵魂的囚牢，也没有将身体、灵魂的健康与自由分割开来，但也依照惯例将感觉和囚禁的意象并置起来。不过，弥尔顿的比喻性评述比其他诗人要复杂精妙得多。

从物理层面上讲，对自由的限制名目不少。参孙的双重无助（锁于镣铐又双目失明）在短语"囚牢中的囚牢"（153 行）里得到了很好的表述，但当合唱队说"内在的光 ……／发不出可见的光线"（162 – 163 行）时，"囚牢中的囚牢"便具有了另外一层意义。我们知道，没有恰当地显现出自己应有品质的元素是"遭囚禁的"，同样，精神束缚和精神盲目也是共生共存的。参孙在精神上、身体上都是盲目的，都是披枷戴锁的。弥尔顿又把参孙的囚禁等同于死亡——一种并非身体上的死亡：合唱队对参孙说，"你已经成为……／你自己的囚牢"（155 – 156 行），参孙自己也无不悲叹道"我自己，我的坟茔，一个移动的坟墓"（102 行）。其中的暗含便是：自我为自己的胜利所囚禁，所消灭。

当自我成为坟茔的时候，文艺复兴时期，人思想中就总会产生一种秩序被打乱的暗含意义，这种扰乱则经常是由感觉滥用的方式来加以界定的。至少从部分意义上讲，参孙身体、精神上的囚禁都是由妲利拉带来的，参孙在被菲利士人锁住之前就已经是妲利拉的"契约奴隶"了。弥尔顿也反复将妲利拉的指涉与奴役、囚禁的意象联系在一起，并反复地将这种意象构建与感觉意象关联起来。当合唱队称赞参孙饮酒有节制时，参孙则说"在一道门上防御而让敌人／从另一道门进来，这又有何用呢？"（560 – 561 行）妲利拉一再被界定为敌人，描述她时所使用的意象是陷阱和囚禁：她那"美丽但不可靠的容貌"是陷阱（532 – 533 行），她那"甜蜜的话语"是诱饵（1066 行），她的裙裾是传染性的（533 行），她的"迷人嗓音"也是设好的陷阱。这样的意象表明，参孙是通过视觉、味觉、触觉和听觉而掉入陷阱的。

感觉意象群因此对理解力或意志力的一种失败结果——陷阱、囚牢、死亡——做出了界定，也对一种退化远离自由和生命的性质进行了界定：妲利拉"甜蜜的话语"的"诱饵"让参孙变成了"雄蜂"（567 行）。妲利拉婉转动人的魅力与令诗人神魂颠倒的杯盏之指涉，让我们想到将耽于声色的男人变成野兽的塞壬：披枷戴锁的参孙被"用来干着兽类的苦工"。通过感觉出现的元素或者乐意滥用感官的剧中人都被描述成人不像人的模样。女神的崇拜者是"非人"的（109 行），妲利拉是"东西"，为妲利拉做苦工的参孙是只"驯服的公羊"。

这类意象也在暗示，人类已经因为滥用感官而丧失了自己在宏大设计中应有的位置而变成了比人低下的生物。用在妲利拉身上的蝎子传统上是好色淫荡的意象，但淫荡的蝎子只能对好色之徒造成伤害。野兽意象暗示出罪人的普遍性质，也暗示出邪不压正的概念。合唱队在提到堕落之人时说道，他们的"躯壳"是"狗和禽鸟"的猎物（693 – 694 行）。后来，妲利拉被称作豺狼（748

行），再后来，菲利士人被称作"禽鸟"（1695 行）。不过，参孙虽然已经是蝎子和夏日苍蝇的猎物，当豺狼和禽鸟出现在剧中时，他也不再轻易地为他们所伤害，因为他不再是死人。

弥尔顿于是给我们暗示，恰当使用感官和自由与生命是捆绑在一起的，滥用或者误用感官（即秩序相对立的罪）一定招致以死亡和腐败为特征的囚禁状态。这种囚牢就是野兽的毛皮，人的精神一旦腐败，人便带上了兽类的本性。通过对兽类意象的选择和管控，弥尔顿便能够用不同的方式对腐败的性质做出评述。

在比喻性评述与秩序相对立的罪之性质、结果和效用的过程中暗含着对遵从秩序的性质、结果和效用之评述。不过，比喻性语言也对后者进行了明白无误的界定。参孙说，"得到很好解决的一粒男子气／可能已经轻松地排除了一切（妲利拉的）陷阱"（408 – 409 行）。一个人只要不丢弃"男子气"，只要恰当地使用将他与兽类区别开来的品质，只要施展出他的意志、理智和理解力来对其感官加以控制，他就不会屈从于陷阱或者腐败。

就这样，弥尔顿指向了那种由适当克制带来的自由，也指向了那种由自由带来的不当克制。克制的意象对罪的结果进行了继续解说：苦工、陷阱、囚牢紧随感官、意志的不当使用而来。但节制的意象也对恰当的行为进行了界定：准确的沉默本身就是一种"封印"（497 行），真正的自由是与守秩序捆绑在一起的，菲利士人对这条法则并不了解，因为他们受内在盲目的打击而招致了自身的毁灭。"有内在眼睛启迪"的人将自己交付给秩序，从而拥有了一种创造性的自由，并可能证明"在被视为不活跃的时候／其实是最有活力的"（1704 – 1705 行）。披枷戴锁的参孙再一次明白，人从存在的本质上讲是自由的也是有束缚的，但人又借助意志的天赋可以对决定那种束缚和自由的性质与范围进行选择。参孙对哈拉发说，"我的双脚被镣铐锁住，但我的拳头是自由的"，（1235 行）这一席话象征性地成就了意志对曾经束缚它的感官的胜利。

秩序中固有的自由和生命显现在恰当坚守男子气概的人身上，这一前提已经得到了讨论，但还有一个问题，即如何补救那些已经堕入混乱无序，并为此遭到枷锁束缚而其理智、理解和意志水平已经降低的人？弥尔顿不仅在兽类、克制意象中，还在疾病意象中对这种无序状态进行了界定，他将无序和疾病并置起来，用宇宙论的方式对堕落之人的补救问题进行了探讨。

合唱队提到了参孙的"疾病"（184 行）、"化脓的伤口"（186 行）和"心烦意乱的肿瘤"（185 行），参孙也说他的悲伤就像"久治不愈的疾病"（618 行），像"发炎、化脓、生疽／成为黑色的坏疽"（620 – 622 行）的"伤口"。

他的思想"生发可怕的炎症"（625 – 626 行），痛苦悄悄进入"到内心"并"对她至纯的精神实施折磨，／就像对内脏、关节和四肢那样／给人以有回应的痛苦"（611 – 615 行）。参孙可能既失明又遭捆绑，但意象群一再申明最大的问题是内心的混乱无序，而这种内在疾病是用词语来描述的。词语唤起外在的元素，继续将元素、风暴、感觉意象中的矛盾和悖论来强调。参孙的内疾有两大特点：黑色与火焰。参孙被描述为花朵，也就暗含健康或者腐败会通过元素来到人身上的意义。风暴的意象用于人也说明人就是元素，并显现元素的正负品质。同样的评述也可以在疾病的意象里看到：人是由既可能繁荣昌盛也可能腐败堕落的元素构成的，但元素又是与其健康相关联的外在之物。然而，"没有什么凉快的药草／或药水可以来缓解，／也没有什么和煦的春风"可以减轻那"可怕的炎症"（626 – 628 行）。参孙的病具有一种宇宙性质，他身上的元素已经腐败，自然无法自我纠正的事实对参孙也适用。

参孙身体上的疾病既是精神疾病的产物也是精神疾病的反应，但这丝毫也不影响弥尔顿对身体疾病和精神疾病的恰当区分。起初，参孙在评估疾病与治疗时表现得相当混乱，在对脑子和精神混乱进行描述时，他认为"无可救药"，属于一种物理世界中无物可以减缓的炎症。但在后来，他发现身体死亡就是治愈精神疾病的一剂良药："死亡……鸦片，我唯一的治疗。"（610 – 630 行）他把遭到上帝遗弃的意识与物理视力和身体自由关联起来，并称它们都是"无药可治的""邪恶"，但马上又把身体死亡称作是包治百病的万灵药："速求一死，／所有悲伤的了结和药膏"（641 – 651 行）。这里没有精神疾病和身体疾病间的恰当区分，参孙的理解力暗淡下去，所以无法将其疾病和治疗适当地联系起来。……借助精神、身体疾病与死亡之间的区别和类推，弥尔顿指向了参孙所知与其应知之间的对比和最终平行。药膏和医治部分在于参孙明智的选择。当他最后跟哈拉发说，"来自你手中的一切都不／让我害怕，无可救药"，他是在表明自己对疾病和治疗有了更多的理解，因为他原以为是治病良药的身体死亡现在却成了自身也可以治愈的东西。

弥尔顿使用的比喻性结构在对参孙得胜的描述中达到顶点，并在某些高尚概念和某种传说成为大家的共同财产时绝妙地展现出可能的诗意行为。既然有了最纯净的元素"火"与最纯净的金属"金"这两种可以互换的象征符号，有了火是"万物之更新者"这一盛行的科学传说，弥尔顿在他使用火的意象以演绎其救治、救赎主题，并对纯净、健康和秩序的解说进行了结之时也就在人们心里唤起了这些理念。既然有了一种流行的自然传说——龙是一种"飞升上天""点燃空气""吞噬禽兽"并有"敏锐视力"的生物，鹰是一种"视力非常了得""能够毫无瑕疵地看见太阳"并可以自我更新的生物，凤凰则是一种"从其自身灰烬里生出的蠕虫成长起来"的生物——弥尔顿就熟练地利用上了这些形象。它们成为参孙力气、视力、生命更新的象征并推进对新生性质的总体评述；它们标识出参孙的精神性质与其病态、盲目的"禽鸟"之间的区别；它们艺术性地了结掉始于"蠕虫"和"雄蜂"的参孙兽类意象模式；它们暗示出行为方发生时的精神变化——一种类似于凤凰涅槃的变形（参孙像"蠕虫"一样"长出羽毛，改变形状而变成一只鸟"）。弥尔顿选择了具有多种联想的意象并将其融入一种复杂的比喻设计里面。有翼形象的演进反映了参孙行为——作为土（山）、气（风）、水与火的运动——的演进。这种描述让我们想起元素变形的传说，并像龙、鹰、凤凰意象那样给我们暗示参孙的精神变形。

简言之，弥尔顿明智、复杂而一贯性地使用着一种现成的象征体系。剧情开始之时，我们看到参孙被一只"引导之手"领到一个可以选择"太阳或者阴凉"的地方。虽然环境有一些局限，但从后来的意象和事件来看，这种开场还是颇有深意的。由于错误的选择，参孙堕入黑暗之所，我们反复地看见他面临太阳和阴凉的比喻性选择，我们看到他在一只"引导之手"的帮助下在理智和选择的自由上获得新生，我们也最终看到选择在开场比喻性选项之中得到解决，并在收场的火之意象（参孙的力气、理智和健康都得到更新，因而像上帝）中得到界定。虽然原初的事件看上去只是阴凉和混乱的选择，菲利士人的阴凉则成了参孙的太阳，因为选择了太阳，参孙也就对黑暗无所畏惧了。

细致分析弥尔顿使用的意象之后，我们会发现一种谨慎细致的技艺，这种技艺所强调的是视觉而非声响，是思想而非词语。在他那平静诗歌修辞外表的下面存在着一种复杂的比喻、象征结构，一种将参孙的斗争与胜利启迪、其本身构成对人的行为与生命做出的哲学评定的比喻性评述。

第六节　本章小结

歌德在晚年曾对艾克曼说："最近我看了他的《力士参孙》，这是一部比任何其他现代诗人都具有古代精神的诗作。他可是真正的了不起。"①《力士参孙》

---

① 转引自 GARNETT R. Life of John Milton［M］. Middlesex：The Echo Library，2006：89. 英语原文为：I have lately read his Samson, which has more of the antique spirit than any production of any other modern poet. He is very great.

对作者和读者来说都是一首老年人而非年轻人的诗作，难怪刚走出大学校门的
麦考利认为它不如《科莫斯》。① 《力士参孙》与弥尔顿以前作品的关系就像是
雕塑与绘画的关系，但属于阳刚流派的那种雕塑，满是青筋，充满力量，专注
于深刻真理的表现。《力士参孙》之美是一种金属而非大理石之美，坚硬而亮
堂，其中最大的缺憾是风格上表现出来的一种严峻、刺耳的品质，尤其是在那
些合唱之中。在无韵体的演讲里，十足的优雅与完美的尊严结合在一起，例如，
达利娅的告别演说：

> 名声如若不是双面的，就是双口，
> 受到相反冲击便显现出大多行为，
> 在双翅（一只黑，一只白）之上，
> 载有伟大的名字，乘风驭气而去。
> 在行割礼的民族中，在但、犹大
> 和四周相邻的部族中，我的名字
> 或许在后人的眼里已经遭到玷污，
> 前面提到的诅咒，还有最不合乎
> 婚姻的诽谤所造成的虚假污点。
> 不过，在我最渴望的国度里，
> 在艾克戎、加沙、艾斯多和加瑟，
> 我的名字将被列入青史留名的
> 女人（死人与活人）中，在重大
> 节庆里被人传唱，她把她的国家
> 从凶恶的破坏者手里拯救出来，
> 她的选择超越了婚约，我的坟墓
> 年年有人上供，年年撒满鲜花。

《力士参孙》的结构布局是古希腊戏剧的结构布局，只有这一结构可以用来叙述
这种极端简单、人物极少且只作为主人公之衬托的行动。去掉弥尔顿式的诗歌
风格与自传性质和政治意味的暗指，这简直就是索福克勒斯或欧里庇得斯就此
题材创作出来的戏剧作品。菲利士巨人哈拉发是弥尔顿高超艺术创造的结果，
这不仅丰富了贫乏的戏剧行动，给参孙这一人物性格带来强健的特征，而且让
读者对后来的灾难有了心理准备。这里得说"读者"而非"观众"，因为这种

---

① MACAULAY L. An Essay on John Milton ［M］. New York：American Book Company，1894：
34 - 35.

戏剧可能在宫廷或大学舞台上演出,而且具有一定的效果,但自希腊戏剧以来就没有哪个真正的戏院会给它留出演出的地方。弥尔顿对此也是认可的,他在"序言"里边就对"诗人将喜剧的素材和悲剧的哀伤与庄重混杂在一起、把微不足道与粗俗不堪的人物随意、胡乱引进戏剧(所有有识之士都认为是荒谬的)的错误"进行抨击。总体上讲,《力士参孙》是高贵风格的典范,这一风格对每一代英国人来说都是不可或缺的,永远都具有异域的情调。

从某种意义上讲,《力士参孙》可以称得上是一首民族诗歌,其中饱含深层的暗喻意义。谁都看得出参孙就是作者本人的化身:年迈、失明、无助、被嘲笑、受责难、所有理想都惨遭失败,而唯一的支撑就是信念和那不可战胜的精神。与他生活处境相关联的具体暗示时而可见:对自己在敌营中选择第一任妻子的自责、对自己简朴生活几近结束之时竟然遭受那种(用来严惩放纵行为的)弊病之折磨的惊讶。在希伯来先知眼里,以色列有时指的是一个人,有时则指的是一个民族。同样,参孙就是查理二世时代英国人民的代表,他最大的负担就是他的悔恨,而这种悔恨不可能压在弥尔顿的心上:

> 我确实认可也承认,
> 我尊重这一点,我给大衮带来
> 这种浮华并在异教人群中增加了
> 对他的夸赞;给上帝带来的
> 则是不誉和耻辱;而且打开了
> 偶像崇拜、无神论的大口;给
> 以色列带来诽谤、亵渎,给虚弱的
> 心灵带去疑问,使之以前容易
> 动摇、跌倒并加入偶像的行列;
> 这是我最大的痛苦、耻辱和悲伤,
> 是我灵魂的剧痛,使我的眼睛
> 无法闭上,让我的思想无法休息。

对弥尔顿来说,英格兰民族就是沦为奴隶却不断犯错误的参孙,而这参孙还要去挣脱枷锁,给菲利士人带来毁灭。《力士参孙》因此成为一部预示性质的戏剧、一个《被缚的普罗米修斯》世界戏剧的英国版本。

本章从三个方面对这部古典风的诗剧进行了分析解读。"基本情况"给出了一个总的理解框架,《力士参孙》是弥尔顿一部奇特的诗作,它用古希腊的框架形式来叙述希伯来的故事,面对的却是基督徒的观众或读者,因而建议我们用一种与基督教兼容的犹太教式阅读来处理剧作。"文本分析"给出的内容提要将诗剧的情节线索清理出来，然后对剧中八处体现作者自传倾向和暗示笔触（以及叙事特点）的诗句进行分析，从而对剧作有一个切身的体会和理解。

本章的重心"深层解读"则从"绝望与耐心""悲怅与泄导""科学与比喻"三个方面对诗剧进行了表现内容和艺术形式的分析。"绝望与耐心"对剧中两个合唱段做了细致的审视，认为它们在表现主题上相互补充，在结构位置上也前后呼应，所反映的正是悲剧想要传达给观众的那种教条式概念：耐心是坚毅品质最高程度的显现，是一种与传统的悲伤和绝望之大罪相对立的特别大德。

"悲怅与泄导"针对约翰逊对弥尔顿这部剧作的指责，抛弃掉亚里士多德式戏剧或然性的论点而将诗剧解读为上帝与参孙之间神圣关系的重建，因而将那受剧中"悲怅"重要影响并赋予其悲剧性质的关系寻找，对参孙而言便是他与上帝的关系。在剧中的大部分时间里，上帝好像已经把参孙给抛弃了，只是在希伯来军官第一次退场后的"刺激提议"中上帝才表明他对参孙的持续关注。诗剧因此可分为两个部分：参孙好像遭到了抛弃；参孙重新回到了上帝的怀抱。把两个部分连接起来的场景是希伯来军官前来传唤参孙参加节日庆典。

"科学与比喻"认为诗剧的隐喻性模式是紧密地交织在一起的，因而将那些显而易见的部分提取出来，对其水、土、气、火四种元素的诗意应用进行考察。考察发现，弥尔顿对元素多样性、矛盾性与统一性的评述及其道德选择的比喻性暗示，通过元素与感觉之间的互动而得到进一步的拓展，他使用了一种谨慎细致的技艺，这种技艺所强调的是视觉而非声响，是思想而非词语。在平静诗歌修辞外表的下面其实存在着一种复杂的比喻、象征结构，一种阐明参孙的斗争与胜利的比喻性评述。

总　结

史诗分两类：自然史诗和人造史诗。自然史诗是即兴、自创和传统的汇聚，主题选择诗人。人造史诗则是反思的结果，诗人有意地选择题材，处理一个单独的情形。维吉尔、卡蒙斯、塔索和弥尔顿的创作属于第二种。

在弥尔顿晚期创作的三大史诗性作品里，《失乐园》无疑是成就最高的一部，其特殊成就表现在三个方面：1. 使用描绘地狱之火、地狱之黑暗的笔触来描绘乐园的芬芳；2. 让人类的大敌成为主人公（英雄）并无不带有同情和钦佩；3. 使人类始祖、天使与天使长乃至神祇自身发出适宜得体的言说。

《失乐园》也有自己的缺憾。其一，未能实现作者堂而皇之所声称的创作目的："证明上帝对人的作为的正当性。"从史诗所提供的东西来看，这是一个绝对无法解决的问题。上帝让其对手带着纯粹恶意的动机去毁灭他无辜的生物：

> 他一次又一次地犯罪作恶
>
> 会堆积在一起使他万劫不复。

但除发出警告外并没有进一步地进行干预。这种行为将不会有任何结果，可能暗示智慧或善意的缺失，或者至多证明这一宣称：所言不虚

> 必然与侥幸
>
> 并不靠近我，我的意愿是命运。

其二，只有撒旦是意志坚定、冷静、理智的。旨在保护人类的护卫天使实在是愚蠢得很。尤利尔威胁撒旦说要用锁链将其拖回地狱，但接着让撒旦注意自己的不利处境，劝告他自己离开乐园。撒旦当然明智地离开了乐园。天使想方设法不让撒旦接近乐园，却没能让亚当、夏娃一直在其视线之内，尽管他们发现那擅自闯入者：

> 像只蟾蜍蹲坐在夏娃的耳边
>
> 试图用他魔鬼的法术和技巧
>
> 接近她相像的器官，并借此

随意造出幻觉、奇想和梦境。

如果再做进一步的想象，我们就会发现这都只是由全知全能者自身的单纯天真造成的。上帝将守卫地狱之门、囚禁撒旦于地狱中的重任委托给了最愿意将撒旦放出来的宇宙存在："罪"和"死"。唯一合理充分的解释就是，这些缺陷是主题本身自带的。

另外一个问题也无法回避，即"恶"一号（撒旦）就是史诗的主人公（英雄）。人们曾尝试让亚当成为主人公（英雄），而在受召行动和受罚以前的亚当也的确不失为理想的人。当他违背造物主的禁令出于对其伴侣的同情而参与偷食禁果之时，他确实一时满足了"主人公不一定总是无错但必须总是高贵的"这一标准。不过，当他开始和夏娃相互指责、相互抱怨的时候，他也就放弃了主人公的地位。于是撒旦成为其中唯一可能的主人公。

诗人与其所处时代的宗教之间的关系对这些缺陷做出了充分的补偿。首先是他的宇宙观，其次是他的宗教观。弥尔顿的宇宙观主要是"托勒密式"的宇宙观。即太阳、月亮、行星围绕地球中心旋转，其外面是层层叠叠的水晶球体在旋转。不过，他也从伽利略的发现中得到一些启发，从而使之带上日心说和哥白尼天空无限说的色彩，以便使诗人期望其诗作在想象世界中获得有效的永久性。弥尔顿的失明将其感觉世界中的所有外部空间转换成为一种四周全是黑暗的无限状态，但他在想象中可以随心所欲地发出光芒。他作为思想家明显倾向于哥白尼学说，但又发现托勒密学说——尽管不如哥白尼学说那么崇高——更适合于创作一首需要无限行动之舞台的诗歌之目的。

在弥尔顿的宗教信条里则没有这种妥协和折中，因为宗教在他看来是一个非常严肃的问题。弥尔顿对史诗中所有主要人物的真实存在（自然的或超自然的）都确信无疑，认为无论他怎样用想象创造各种事件，他都是像一丝不苟的历史学家那样把人物性格真实地呈现出来。此外，只有在他对其确信无疑时才会将自己的宗教观点公布于众。他远远地偏离了清教主义信条，成了一个阿里乌派教徒。他的神子是一个无法言说、令人称颂的存在，又是一个具有依附性、品质稍逊、并非自由自在的存在，可以融入圣父本身，或者在无损全能者之完美的情形下完全消除。他不再属于加尔文派，因为撒旦和亚当都具有自由意志，都不一定要堕落。弥尔顿的精神世界也具有物质性。①

与荷马相比较，弥尔顿处于不利的位置：他从史诗的顶点开始，不久后便明显地持续下落。弥尔顿的天才没有受损，但他使用的技巧超越了内容，人的

① GARNETT R. Life of John Milton [M]. Middlesex: The Echo Library, 2006: 73 – 84.

堕落无论如何也不能被描绘成像撒旦的堕落（堕落本身就是一种后果）那样生动有趣。此外，史诗里的主要灾难、人之堕落发生在收尾之前，没有留下多少余地来展开救赎计划（从正统神学视角与艺术视角看都很重要），这是绝对无法避免的。令人感到遗憾的是，弥尔顿绝对忠实于《圣经》的字句，所以不能用相应的诗节来丰富后面的几卷。到了结尾之处，他才再次回到真正的自己：

> 他们回过头来，看到乐园的整个
>
> 东面，他们以前曾经的幸福居所，
>
> 上面飘扬着火红旌旗；大门口
>
> 满是令人恐惧的面孔和凶猛的刀枪。
>
> 他们掉下天然的泪水，但马上擦干。
>
> 整个世界就在面前，他们得去选择
>
> 栖息之所，天意便是他们的向导。
>
> 他们手牵手，拖拽着徘徊的脚步，
>
> 穿过伊甸园，走上孤零零的大路。

因为属于《圣经》题材，弥尔顿在同胞中间就普遍享有崇高的声誉。弥尔顿的风格是移植过来的古典风格，弥尔顿的措辞、造句让学者高兴不已却令无知之士感到绝望。措辞并不矫揉造作或者学究气十足，但用典十分频繁，而且不只源自古代典籍。或许没有一位与弥尔顿比肩的诗人能从前人那里借过来那么多的东西，既有词语又有思想。他身上处处散发着怀旧的气息，对别人的东西往往随手拈来而后改造成自己的东西。例如，他将撒旦的盾牌比作月亮，就是从荷马那里（《伊利亚特》对阿喀琉斯盾牌的比喻）借过来的，不过荷马只是说庞然大物般的盾牌发出天上月亮一样的光芒，弥尔顿则赋予盾牌以具体的形状，通过望远镜赋予它肉眼可以看到的超自然的维度，并通过暗示望远镜之外的东西将这些维度放大：

> 他那笨重的盾牌，
>
> 上天的锻造，巨大、厚实、浑圆，
>
> 架在后背上；宽宽阔阔的周边
>
> 像一轮明月挂在肩头，其球形
>
> 那位托斯卡纳艺人透过光学镜子
>
> 在傍晚看见，在费索里山巅或
>
> 沃达诺城里，在她斑驳的球体上
>
> 将新的陆地、山川与河流观测。

这些手法大大增加了盾牌与月亮的相似性。弥尔顿就这样挪用着以往的文学财富，用自己的形象和题写将其重新塑造。日积月累的学问可能会让精神虚弱者的天然火苗窒息而灭，对弥尔顿则成了滋养成分。弥尔顿高超的镶嵌画里的光亮的宝石和灿烂的珍珠往往是借来的，但其安排布局和花样图案都是他自己的。

《失乐园》最大的一个魅力就是那无与伦比的韵律。虽然后来的柯勒律治和丁尼生都在这种韵律上竭尽全力，但是只有弥尔顿以其庄重品质与音乐性的水乳交融在英语诗歌中独领风骚。确实，从某种程度上讲，这种庄重品质是其题材所固有的，想与之匹敌的诗人只有在表现主题上与弥尔顿辉煌主题相匹配的时候才可以心安理得地使用华兹华斯在其《榆树》、柯勒律治在其牧歌里使用的那种无韵诗体。弥尔顿的文字音乐有一种风琴般的庄重品质，而这部分是通过对各种停顿的特别应用，主要是通过把完整句（而非单个诗行）用作韵律单位而取得的。结果，完整句里的每一个诗行都带有其本身的音响负担，但这一负担分门别类地被分配到后边的诗行里。一些诗行单独地看几乎是不合韵律的，与相关诗行联系在一起才会显得密不可分、一气呵成。弥尔顿的诗歌艺术是饱学之士的诗歌艺术，思想深邃，对思想的顺序安排更是精妙，因而只适合于表现带有庄重或冥思色彩的崇高品质，而不适合于荷马式的自然性崇高品质。最能表现其诗歌艺术之尊严、微妙、永恒的迟延运动、前后一致的和谐、严肃而令人陶醉的甜美的莫过于第四卷中对夜幕降临叙述的那一诗节：

> 宁静的暮色来临，灰白黄昏
> 用她庄重的外衣把万物笼盖；
> 万籁俱静；鸟兽和虫蛇全都
> 蜷伏在草丛中，躲回到自己的
> 巢穴，只剩下那不眠的夜莺；
> 她整夜地唱着她那温柔情歌；
> 寂静满心欢喜；穹隆时而闪烁，
> 布满鲜活红宝石；长庚星领着
> 群星，明亮无比；直到婵娟
> 在朦胧威严之中升起，最终
> 透亮的女王放出无敌的光芒，
> 把她银色斗篷投放在黑暗之上。

夜莺的歌通过短句的过渡，经过逗号、分号的切割连续不断地延续到"她整夜地唱着她那温柔情歌"之"伸展开的连锁甜美"，这样的暗示意义是多么地美妙！这种美妙在史诗中随处可见，最引人注目的恐怕莫过于描述匍匐于地的撒旦这一庞然大物的那一连串单音节了：

So stretched out huge in length the Arch-fiend lay.

（那大恶魔长长的身子就这样四仰八叉地躺着）

第十三章就《失乐园》的人文蕴含进行解读，解读发现诗人在史诗里表达了自己对当时社会生活中的宗教/政治问题的思考、对自由（"真正的自由"）的看法、对教育的哲学思考、对两性和婚姻的认识，也就是说，诗人通过这部上万行的无韵体诗作对他所处时代的人的心灵、精神生活做了一次全面、深刻的剖析。

第十四章则通过"史诗与艺术、科学""史诗与宗教、教会""史诗与'人的堕落'""'正午—午夜'的时间结构"四个专题从多个视角对《失乐园》进行了深层次的解读。解读发现，弥尔顿在史诗中动用了文字画和音乐渲染的艺术手法来将其主题深化，他又在史诗里隐含了四种"三位一体"，从而赋予其丰富的神学蕴含，而这得益于广博比喻的巧妙应用。解读还发现，人的堕落固然可悲可叹却也似乎令人欢欣，因为人具有了识别善恶的本领，而"正午—午夜"的时间结构揭示出史诗的一个永恒时间意象：创世之时，太阳处在白羊座的天空正中央，使正午成为最完美的时间；人堕落之时，太阳在白羊座；基督在十字架上受难（也就是蒙恩之始）之时，太阳在白羊座——这是"大年"隐喻性的更新。

《复乐园》与《力士参孙》合在一起出版，但两部诗作无论在内容上还是在形式上都大相径庭。前者可谓是对基督教《圣经》的生动阐释，主要情节不仅来自其"士师记"而且诗歌语言也像经文那样质朴。"全诗的结构是一场大辩论，耶稣与撒旦不断辩论，自始至终，贯穿四章。""它缺乏《失乐园》的华美和气概，叙述只在一个平面进行，很少戏剧性的大起大落，……但它自有一种宁静，辩论也写得深入。"① 后者则是一出古典式的希腊悲剧，有合唱队（歌队），不分场景，事件和行动大多由报信人来宣布，但故事情节来自希伯来历史传说，最终则呈现给基督教读者（或观众），因而成为弥尔顿最为奇特的一部诗作。

第十五章从三个方面对《复乐园》进行讨论。"文本分析"几乎是逐句逐行对短篇史诗的内容进行分析；"深层解读"里的"基本分析"将《复乐园》和《失乐园》进行了比较分析，从而揭示出《复乐园》在思想内容和艺术表现上的独特品质。"对'弃绝'进行图解的明喻"则通过差异性比喻原则在两大

---

① 王佐良，何其莘．英国文艺复兴时期文学史［M］．北京：外语教学与研究出版社，2006：332 - 333.

史诗中的应用对前者的深层内涵（包括两个新的悖论“反英雄的英雄诗歌”和“新生神话颠覆成为弃绝的神话”）进行了一定的阐释。

第十六章也从三个方面对诗剧《力士参孙》进行了解读。“基本情况”给出一个总体框架和阅读建议（一种与基督教兼容的犹太教式阅读），“文本分析”清理出情节线索，而后对体现作者自传倾向和暗示笔触的诗句进行分析，“深层解读”则从“绝望与耐心”“悲怆与泄导”“科学与比喻”三个方面对诗剧进行了内容和艺术表现的细微分析。

拉德奇诺维支在收录于《弥尔顿：剑桥文学指南》中的一篇论文里说道：

“对弥尔顿来说，这部短篇史诗对《圣经》的解读证明史诗的主题真实合理，给了他一种具有弹性、韧性、狡黠和精髓的风格，又让他接触上一种（也具有将长久成熟目的的道德平衡传达出来的抽象宁静之）文类。这些效果是对一位诗人聆听《圣经》回响的回报，因为他曾祈求他的最后一部诗作会

> 给我即兴（否则无声）的歌，
> 展开幸运、丰满的翅膀去穿越
> 广袤自然的高度与深度，讲述
> 超越英勇的神行，（秘密完成，
> 长久以来未曾被人记载和颂赞）
> 它们不该长期湮没，不被传唱。

弥尔顿对其《圣经》来源的态度，可以这样来表述：诗人从灵感中汲取力量来将英勇的《圣经》行为重新记录，为他们的时代再次歌唱出来，因为在锡安山的歌唱中‘上帝与上帝形象的人都得到赞美’，将基督带入荒原的精神激励出弥尔顿一直希望唱出的‘为后代而作的歌’。”①

戈登·坎贝尔在“牛津名人传记丛书”之《弥尔顿》中认为：

“《力士参孙》是一出供人阅读而非演出的密室戏剧，因而是一部文学而非戏剧作品，与（在十七世纪的英格兰人们阅读而不表演的）古典戏剧更为接近。其结构是对古希腊戏剧的模仿，但参孙的人物形象绝对是当代的。和拉辛（弥尔顿出版《力士参孙》时他正如日中天）一样，弥尔顿创造了一个远比古典戏剧角色更具自觉意识的戏剧主角，因此，参孙更像哈姆莱特而非俄狄浦斯。的确，参孙在很多方面上就是复辟时期一位努力在

---

① DANIELSON D. The Cambridge Companion to Milton [M]．上海：上海外语教育出版社，1999：216.

其人生中察觉某种神圣干预的不尊奉国教的新教教徒。《力士参孙》里没有出现上帝,这和约翰·班扬的《天路历程》一模一样,因为对十七世纪晚期不尊奉国教的新教教徒而言,精神心灵的成长并不借助上帝的任何幻象。结尾处参孙对菲利士人的杀戮也体现一种当代的议题:弥尔顿版本的杀戮中杀死的只是贵族,因为站在外面的'平民百姓'都幸免于难。在弥尔顿的眼里,报应当指向政治领袖而不是他们所领导的人。"①

三部史诗性作品题材都来自《圣经》,诗体都是拉丁风味的无韵体,从而造就出约翰逊文学批评三类话语之一的崇高(sublime)话语。另外两类话语是:美的话语(如蒲伯)和哀婉的话语(如莎士比亚)。

---

① CAMPBELL G. John Milton [M]. 上海:上海译文出版社,2008:84-85.

结　语

2015 年，杰弗里·P. 拜克使用五个标准（文选收录、学术引用、语录集收录、拍卖销售纪录、谷歌书籍 N 元统计）对约翰·弥尔顿的 31 部散文作品及其散文与更伟大的史诗作品之间的关系进行了测量。结果发现，《艾瑞帕吉提卡》最为卓越超群。诗歌中，《失乐园》与《黎西达斯》最为卓越。[①]

五个单项指标的排名情况为：

1. 文选收录：频率最高的 11 部是《艾瑞帕吉提卡》《论教育》《离婚的主张与约束》《偶像破坏者》《建立自由共和国的简便现成方法》《论宗教改革》《论国王与官吏的职位》《为斯迈克提姆努斯一辩》《论世俗权力》《家书与序跋》《基督教教义》和《四度音阶》。

2. 学术引用：频率最高的 10 部是《艾瑞帕吉提卡》《基督教教义》《论教育》《偶像破坏者》《离婚的主张与约束》《论国王与官吏的职位》《论宗教改革》《不列颠史》《家书与序跋》和《论反主教制教会治理之理由》。

3. 语录集收录：频率最高的 8 部是《艾瑞帕吉提卡》《论教育》《论反主教制教会治理之理由》《论国王与官吏的职位》《离婚的主张与约束》《为斯迈克提姆努斯一辩》《四度音阶》和《建立自由共和国的简便现成方法》。

前三个指标的综合排名显示：人们更加青睐弥尔顿的早期作品。后期作品只有《建立自由共和国的简便现成方法》和《不列颠史》入围，《艾瑞帕吉提卡》的综合得分则达到 90。排名前十位的是：《离婚的主张与约束》《论教育》《论反主教制教会治理之理由》《偶像破坏者》《论国王与官吏的职位》《为斯迈克提姆努斯一辩》《基督教教义》《不列颠史》和《论宗教改革》。这些作品对我们了解弥尔顿的宗教、政治和教育哲学思想很重要。排名居中的九部作品是《四度音阶》《为英国人民再辩》《对抗议者之批评》《家书与序跋》《克拉斯特

---

① BECK J. P. The Singularity of Areopagitica: A Quantitative Analysis of John Milton's Prose Works [J]. Historical Methods, 2015, 48 (3): 174 – 184.

里恩》《长期议会人物性格特写》《论真宗教》《论世俗权力》与《和平条款》。这些作品对我们理解弥尔顿的生平、宗教政治观点偶有助益。排名靠后的 12 部作品是《内阁议会》《晚近一次布道笔记》《莫斯科维亚简史》《宣言或特权公函》等。这些作品意义不大，就像他自己在第 11 首十四行诗中说的那样：“现在已很少人阅读”。随着创作日渐程式化，其散文作品衰落，而诗歌创作接续了上来。

从弥尔顿散文作品的出版时间与综合排名上看，1640 年代成就最大，1650 与 1660 年代则大幅下降，但到了 1670 年代无论是在产量还是在质量上又有了明显的提高。

4. 拍卖销售记录：《艾瑞帕吉提卡》仍然是傲然独立！1667 年版《失乐园》均价近 5 万英镑；1644 年版《艾瑞帕吉提卡》均价 4.8 万英镑；1645 年版《诗集》均价 3.24 万英镑。接下来的是两个散文集：《宣言或特权公函》和《启蒙拉丁语文法》。

5. 谷歌书籍 N 元统计（对大量书籍进行量化测定）：使用 2012 年版的谷歌语料库，平均得分较高的 6 部作品分别是《失乐园》《科莫斯》《黎西达斯》《艾瑞帕吉提卡》《力士参孙》和《复乐园》。《离婚的主张与约束》则排在散文类的第二名。

拍卖纪录与 N 元统计再次证实了帕克关于弥尔顿散文是用“左手写就”的说法，也证实了这样一个论断：没有一部散文作品可以和《失乐园》媲美，在散文作品中也没有一部作品可以和《艾瑞帕吉提卡》争锋。

《艾瑞帕吉提卡》在论争册子中独树一帜，属于一种古典式听众缺席的演讲词，所模仿的是伊索克拉底式演讲和圣保罗式演讲。它又是一篇在创造性和文化意义上都是出类拔萃的作品，超越了弥尔顿的其他散文创作。这一结论也得到了许多名家的支持，如威廉·克里甘（William Kerrigan）等人称之为“为出版自由做出的最完整、最激励人之论辩”，罗伊·弗兰纳甘（Roy Flannagan）也以为“《艾瑞帕吉提卡》已经成为至今人们仍在界定我们文化教养的文学经典”。①

长期以来，弥尔顿一直是被引用（摘录）最多的英国作家之一，其声誉主要建立在少数几部作品上，如《失乐园》《力士参孙》《黎西达斯》和《艾瑞帕吉提卡》。弥尔顿对自己的散文创作评价甚高，批评家对其则是毁誉参半。最权

---

① BECK J. P. The Singularity of Areopagitica: A Quantitative Analysis of John Milton's Prose Works [J]. Historical Methods, 2015, 48 (3): 183.

威的《弥尔顿传记》作家帕克认为，弥尔顿从诗歌转向散文，其实就是转到了一种不那么"适合却并非完全不适合的表达媒介，他用的是左手，不过这只左手也是非常灵巧的"。①

1. 弥尔顿在散文创作上的成就

弥尔顿的散文著作在今天或许并不被人广为阅读，而这与其内在的伟大品质和多样性特点并不相称。

贯穿弥尔顿散文（甚至诗歌）里的一大主题是"自由"。对今天的人们而言，弥尔顿散文作品的首要价值也体现在其对"自由"激情四溢的阐释。这种自由里包含对真理的深切同情，它由一种对人类高尚本性自愿自发的遵从所引发，没有这一遵从，自由便无从谈起。所谓的外部自由只能给具有邪恶内心倾向的人提供机会，使之成为道德上的软骨头。

当今世界或许比以往任何时候都更加盛行外部自由，其中所涉及的诱惑完全可以由弥尔顿不遗余力倡导的主观自由加以拒斥。他对自由的理想应当教给年轻人，因为其本身具有内在价值，而且成为抑制过度欲望（貌似自由实为"放纵"）的唯一手段。对此，弥尔顿在其第 11 首十四行诗中说道：

> 他们口里喊叫自由，心里想的却是放纵；
> 爱自由就必须首先做到智慧和善良。

《论反主教制教会治理之理由》（108 - 111 页）中关于约束（纪律）的一段文字应当让年轻人知晓，应当尽一切努力来促成他们对其中崇高话语的共鸣和吸纳："其金色的审视棍杖，标识和测量新耶路撒冷的每一个角落和回路。"在《为斯迈克提姆努斯一辩》一文中，他说："过了没多久，我便更加相信这一说法：只要他不愿将我的希望挫败，要在值得赞美的事情上写出好诗来，他就应当使自己成为一首真正的诗作，也就是说，是由最好、最值得尊敬的东西构成的模范。若是自己心中没有值得颂赞的品行和经验、实践，他就休想为英勇的人们、著名的城市高唱赞歌。"

在为家庭、公民、宗教、政治自由论争的过程中，他成了一个论争散文作者，而贯穿其散文作品的一个重要原则便是：内在自由是真正外部自由的条件，（inward liberty is the condition of true outward liberty）没有内在自由就不可能有外

---

① PARKER W. R. Milton：A Biography［M］. Oxford：Clarendon Press. 2003：200 - 201.

部自由。人们常常错误地将"放纵"称作自由，而这只能导致一种更为卑贱的内心奴役状态，因为没了健全的限制（自律或者他律），生而具有缺陷的人们只会是越来越多地屈从于自己低劣的本性。

英国文艺复兴是一个散文风格和品种纷纷涌现的时期。十六世纪后期有黎里（John Lyly）的《优弗伊斯》（*Eupheus*）、纳什（Thomas Nash）的《不幸的旅人》（*Unfortunate Travellor*）、胡克（Richard Hooker）的《论教会政策的法则》（*Of the Laws of Ecclesiasticall Politie*）、培根（Francis Bacon）的《随笔》（*Essays*）。十七世纪前半叶又出现了伯顿（Robert Burton）的《忧郁的解剖》（*The Anatomy of Melancholy*）、布朗（Thomas Brown）的《医生的宗教》和《瓮葬》（*Religio Medici & Urn Burial*）、弥尔顿的《艾瑞帕吉提卡》、沃尔顿（Izaak Walton）的《垂钓全书》（*The Complete Angler*）以及无数的人物特写、传记、历史书、地方志、海外游记、席间谈话、日记，无数布道文，无数有关宗教、政治、社会问题的小册子。

"英国散文从未有过这样兴旺发达的局面。在风格上，千姿百态；在内容上，几乎什么都谈，现实人生之外，还有探究隐秘心理，涉猎外国风俗；既有沃尔顿的水边凝思，也有弥尔顿的当朝抗言；在小册子论战中，不仅有绅士们的说教，还传来了'平均派''掘地派'的群众呼声，一场人民革命的雷鸣已隐约可闻。高雅文化在这里，下层文化和边缘文化也在这里，二者的对立和冲突使得这个时期的散文更充实，也更有光彩。"①

十七世纪是一个剧烈变动的时期，充满着辩论和斗争，内战期间还弥漫着火药味，散文在此期常常被用作斗争的武器。

弥尔顿的散文创作至少跨越了四个种类：论争小册子、公私信函、历史著述、神学论著。第一类自然是他作为散文家的立身之本，其中的《艾瑞帕吉提卡》一直被视作论争册子中的上品。《不列颠史》《基督教教义》也具有一定的影响力，一些书信至今读起来仍叫人兴味盎然。可以说，他在四类散文创作上都有比较高的建树。

弥尔顿的散文创作在艺术表现上往往具有五个鲜明的特点：其一，雄辩的演讲风格，如《艾瑞帕吉提卡》；其二，论证的逻辑性，如《论国王和官吏的职位》；第三，论据的旁征博引，如论离婚的几个册子和《基督教教义》；其四，丰富的想象力，例如，沃顿笔下的可敬主教们在弥尔顿的第一篇反对主教权威的文章（《论宗教改革》，1641）里变成了：

---

① 王佐良．英国散文的流变［M］．北京：商务印书馆，2011：13.

"在抵达（上帝赋予他们的）此生之可耻终点后，必将被永恒地投入最黑暗、最深邃的地狱渊薮中。在那里，他们经受所有其他遭诅咒者的恶意控制、践踏和唾弃，在折磨的痛苦中得不到丝毫的安逸，只能作为奴隶和黑鬼在他们身上施加极端的暴政。他们将永远处在那种境况中，成为最卑贱、最低劣、最沮丧、最遭践踏和蹂躏的万劫不复之家臣。"

第二年发表的《论反主教制教会治理之理由》和《为斯迈克提姆努斯一辩》也加入了这场战斗。他将自己的敌人充气、放大，成为围着马戏团指挥蹒跚、摇晃的怪物：主教拿着多重圣俸，张着血盆大口……吸吮加纳利甜酒，吞食美味的天鹅肉；教会里的显贵"身着细棉、薄绸和装备，四处游走"，在"法衣争吵、披肩打斗"中把自己展示，从头到脚散发出一种"热闹的恶臭"；霍尔主教浑身水痘、湿疹，竭力腾空自己的肠胃，被请来"将其臃肿的脂肪从我们的视线中消除"。这些肉感的生物把昨日教皇主义酸臭的粗鄙呕出，身上沾满"邪恶、结块的粪便"，一如《失乐园》中的"罪"，从弥尔顿意识中的阴暗层面升腾出来，将种种畸形形象向公众展览。

第五个特点则是语言上的，即组织思想缜密的长句，使用枝叶繁茂的比喻。长句如《论国王与官吏的职位》第二部分"叙述"的第四段：

It being thus manifest, that the power of kings and magistrates is nothing else but what is only derivative, transferred, and committed to them in trust from the people to the common good of them all, in whom the power yet remains fundamentally, and cannot be taken from them, without a violation of thir natural birthright, and seeing that from hence *Aristotle* and the best of political writers, have defined a king, "him who governs to the good and profit of his people, and not his own ends," it follows from necessary causes, that the titles of sovereign lord, natural lord, and the like, are either arrogancies or flatteries, not admitted by emperors and kings of best note, and dislikt by the Church both of Jews (*Isai.* xxvi. 13) and ancient Christians, as appears by *Tertullian* and others. Although generally the people of Asia, and with them the Jews also, especially since the time the chose a king against the advice and counsel of God, are noted by wise authors much inclinable to slavery. ①

全段由两个句子构成，第一个句子竟然延续十多行。主句只是 it follows … that（自然而然的结论就是……），主句之前有两个层次的原因：it being manifest

---

① ST JOHN J. A. *The Prose Works of John Milton*：Vol. Ⅱ ［M］. London：Joseph Bickerby Printer, 1848：11 – 12.

that …（显而易见的是国王和官吏的权力只不过是派生而来、转移而来，由人民委托给他们的……）和 seeing that（又鉴于亚里士多德与其他优秀政治学作家对国王的界定……），而主句中的宾语为一个从句（亦即结论的表述）：the titles of sovereign lord，natural lord，and the like，are either arrogancies or flatteries（主权主子、自然主子等等头衔要么是傲慢自大要么就是阿谀奉承），但在宾语从句前面有一介词短语 from necessary causes（出于必要原因），后面又有两个分词短语 not admitted by … and dislikt by …（不被皇帝和重要的国王承认，也为基督教和犹太教所憎厌）的限定，而后又由一个状语从句 as appears by Tertullian and others（德尔图良与其他作家都有此类表述）。

枝叶繁茂的比喻如《艾瑞帕吉提卡》中的：

"然而，这就是那些曾经大声疾呼反对分裂和宗派的人们。简直就像我们在修建上帝的神殿期间，一些人切割石材，一些人把石材凿方，其他人砍伐木材，突然来了一拨缺少理智的人，根本不考虑在修建完工之前必须有许多宗派和分队在采石场和木材场工作。而当每一块石头都被巧妙地砌在一起时，也不可能成为一个严丝合缝的整体，而只会是这个世界上彼此紧密相连的个体。一幢幢的建筑更不可能都是一种形式，或者说，其完美表现在：从许多适度的花样和（彼此并非不成比例）兄弟般的差异中产生出来的美妙、优雅的对称，让整个建筑群和结构显得和谐而美好。"

与此相关的还有含义深远的用典，如《艾瑞帕吉提卡》对寻求真理的比喻：

"诚然，真理曾随其圣主来到世界上，其外形既完美又辉煌，但在圣主升天且让使徒睡着之时立即有一个邪恶的骗子民族兴起。他们（就像埃及故事里泰丰与其帮凶对待善良的奥西里斯那样）把"真理"抢走，将其可爱的形体分割成千万个碎块，在风中四面抛撒。自此以后，"真理"的伤心朋友们，但凡敢于露面都像伊西斯仔细寻找被肢解的奥西里斯身体那样，四处奔波，一块一块地捡拾起来，能找到多少就是多少。上下议院的议员们，我们还没有找到所有的碎块，在其主人二度降临之前也不会将它们找全，但圣主会把每个关节、每个部位都拼接起来，最终塑造成一个永生不灭、完美可爱的形象。不要任由这些审查禁令处处妨碍、阻挠人们去继续寻找，继续为我们殉道的圣徒举办葬仪。"

不难看出，西塞罗式的演讲风格和拉丁语语文风格在弥尔顿的散文创作之中留下了深刻的烙印。

2. 弥尔顿对英语史诗创作的贡献

——以《失乐园》为例

法国文学家史达尔夫人（Madame de Stael）在《论文学与社会制度之关系》（1800）一书中，曾经把欧洲的文学分为"南方文学"和"北方文学"两大类。南方文学包括地中海北岸国家，如希腊、罗马和十七世纪的法国、意大利和西班牙的文学，其源头在荷马（Homer）；北方文学指的是北海周边国家，如英国、德国和斯堪的那维亚文学，其源头在奥辛（Ossian，古爱尔兰诗人）。南方文学重理性与形式美，犹如地中海的阳光，和煦而温暖；北方文学重情感与灵魂痛苦，犹如北海之天空，阴沉而险恶。南方文学是异教文学，发源于古希腊的理性个人主义，关注现实生活和知识探求（如"认识你自己"的训诫与对逻各斯 Logos 的追问）；北方文学是基督教的文学，发源于希伯来的情感救世主义，强调来世生活和灵魂的救赎。南方文学具有一种怡心养性、动人爱怜的阴柔之美；北方文学具有一种惊心动魄、骇人心目的阳刚之气，两种文学类型所表现出来的境界和风格，一如古代中国的《楚辞》之于《诗经》，《西洲曲》之于《木兰辞》和元明的传奇之于杂剧，各有特色，各有所长。①

英国文学属于北方文学，自然颇具基督教式的注重感情、来世和灵魂痛苦的特点，表现出一种有如崇山峻岭、惊涛骇浪、迅雷闪电般的阳刚之美。在最早的英国文学作品（如中世纪的民间史诗《贝奥伍甫》）之中，就可找到对阴冷、恐怖的北海之描写，古谚中也有 Die Nordsee ist eine Nordsee（"北海即死海"）之说法，这里的"死海"不光指怒涛覆舟、人葬海底之惨境，还暗含冰天雪地、凋零肃杀之气象。因而，在早期的英国文学作品之中，可以见到许多咏叹生命无常、命运多舛的东西，即使在文艺复兴时期的大家莎士比亚和弥尔顿的作品中，这种浸润、这种特质也时时显露。莎士比亚最伟大的作品（如《哈姆雷特》对生死的思索，《奥赛罗》的嫉妒与猜疑，《麦克白》的野心与暴虐和《李尔王》的昏聩与发疯）其实都是在描绘"灵魂在极端痛苦中发出的悲鸣"，而弥尔顿的伟大诗作（如《失乐园》《复乐园》和《力士参孙》等）也无不表现出灵魂的痛苦、奋争和救赎，无不映射出对人和人性的反思与对人类不

---

① 李赋宁. 英国文学论文集［M］. 北京：外语教学与研究出版社，1997：1–2.

幸之根源的探究。①

　　从《圣经》中取材进行文学创作的做法古已有之，在中世纪尤为兴盛，绝非弥尔顿的独创或专利，但是能够从《旧约·创世纪》和《新约·启示录》中三言两语的叙述中敷衍出洋洋洒洒上万诗行，制作出一部包罗万象的百科全书式的史诗来，在西方文学史上恐怕是舍弥尔顿而别无他人了。确实，《失乐园》涉及上帝创世、天庭大战、人之堕落和基督的救赎等庞杂内容，其中饱含着诗人对人之精神层面（如宗教与政治、人性与自由、两性与婚姻等）的探究和思索，饱含着诗人包罗万象的睿智和情感，简直可以说是囊括寰宇，上穷碧落，下及黄泉！如此巨大成就，既源自弥尔顿对古典文学（古希腊，古罗马）及基督教（希伯来）文学的研究和造诣，又源自他对文艺复兴文学的关注和兴趣，还得益于他在那个激烈动荡时代中的经历和遭遇。这部史诗汲取了古典史诗中所有的传统特征，如明喻（simile）等修辞手法的大量使用（第一卷中对撒旦在火湖中身躯的描绘）、宏大战争场景的描绘（邪恶天使与善良天使间的天庭大战和撒旦穿越混沌界的探险旅行）、固定的语言模式（以一个问题开头，再铺叙一个伟大人物或事件的来龙去脉，以回答先前所提出的问题；全诗十二卷，分成上下两部，每部开始都要祈求诗神缪斯赐予灵感，以表明诗人只是在替天说话）、众神与领袖们集会议事和激烈论争（第二卷中，万魔殿中的"和"与"战"之争）等，又融入了十七世纪英国流行的诗歌形式，如田园牧歌（eclogue，如伊甸园中亚当夏娃的生活、劳作）、喜歌（epithalamium，如对亚当夏娃婚姻结合的歌咏、赞美）、颂歌（encomium，如赞颂上帝与圣子的歌）、哀歌（elegy，如哀叹人之经不住诱惑而堕落）、警世诗（epigram 或译为"格言诗"）和布道诗文（sermon）等，还渗进诗人自己对人、人性和宗教/政治等问题的思考，以及诗人对自己失明的哀痛、对光明的渴望，从而将一个简单的《圣经》故事演绎成了一部汇集文艺复兴与宗教改革、古典精神与基督精神、高雅庄严与朴实无华的伟大史诗。难怪在史诗问世后不久，人们便立即承认，弥尔顿是英国文学迄今为止唯一的一位重要史诗诗人。

　　因此，我们以《失乐园》为案例，从它对欧洲史诗传统的继承与发展、其语言风格（所谓的 Grand Style "庄严/宏伟体"）和诗歌形式（所谓的 blank verse "无韵诗体"）三个方面来阐述弥尔顿对英语诗歌的贡献。

---

　　① 李赋宁. 英国文学论文集［M］. 北京：外语教学与研究出版社，1997：2.

其一，对史诗传统的继承与发展。

诗歌，为"文学的一大样式。……是最早产生的一种文学体裁。它按照一定的音节、声调和韵律的要求，用凝练的语言、充沛的情感、丰富的想象，高度集中地表现社会生活和人的精神世界。"史诗，则"指古代叙事诗中的长篇作品，以重大历史事件或古代传说为内容，塑造著名英雄的形象，结构宏大，充满幻想和神话色彩。"① 在英语中，"诗"的对等词有两个：verse 与 poetry（有时也用 rhyme 一词来专指押韵的诗），其中，verse 可泛指诗歌（即与散文 prose 相对的 poetry），但专指格律诗（metrical poetry），poetry 更多地用来泛指一切诗，即 a type of discourse which achieves its effects by rhythm, sound patterns and imagery. Most characteristically, the poetic form evokes emotions or sensations, but it may also serve to convey loftiness of tone or to lend force to ideas② （"一种用节奏、声音模式和意象来取得效果的话语类型，其显著特点是，诗的形式可激发人的情感，但也可用来表达庄严崇高的语气，给思想增添力度"）。诗，按其表达内容可以分为抒情诗（lyric，源于 lyre "竖琴"一词，包括哀歌 elegy、颂歌 ode 和十四行诗 sonnet 等）、戏剧诗（dramatic）与叙事诗（narrative，源于 narrate "讲故事/叙述"一词，包括谣曲 ballad 和史诗 epic 等）。epic 被定义为 a long narrative poem on a grand style, telling a story of great or heroic deeds. Originally of folk origin, as in 'Beowulf', it later became linked with literary legends and conventions, as in Milton's 'Paradise Lost'③，即"以一种宏伟风格创作出来的一种叙事长诗，讲述的是伟大或英勇行为的故事，发源于民间，如《贝奥伍甫》，后来成为与文学传奇和惯例相联系的一种诗歌体例，如弥尔顿的《失乐园》。"于是史诗又分源

---

① 夏征农，陈志立. 辞海：第六版 [M]. 上海：上海辞书出版社，2009：2039，2066.

② WATSON O. Longman Modern English Dictionary [M]. Suffolk：Richard Clay, Ltd, 1976：846. Oxford Concise Dictionary of Literary Terms 对 poetry 的界定是：language sung, chanted, spoken, or written according to some pattern of recurrence that emphasizes the relationship between words on the basis of sound as well as sense：this pattern is almost always a rhythm or metre, which may be supplemented by rhyme or alliteration or both. （依照某种重现的模式而唱出、吟出、说出或者写出的语言，这种重现模式强调词语的意义和声音之间的关系，十有八九指的就是节奏或者"尺度"，也可以辅助以尾韵或头韵或者尾韵加头韵）

③ WATSON O. Longman Modern English Dictionary [M]. Suffolk：Richard Clay, Ltd, 1976：349. OCD 的界定是：a long narrative poem celebrating the great deeds of one or more legendary heroes, in a grand ceremonious style. （用一种宏伟、仪式性的风格颂赞一个或数个英雄行为的长篇叙事诗）

自口传耳听的民间史诗（folk epic）和组织严密的文人史诗（art epic）两种，它至少应具备以下四个特点：1. 篇幅长，多则上十万行，少则一万行；2. 讲述一个具有历史或传奇意义的人的故事；3. 风格庄严、正式；4. 遵循一定的套式。这个既定的套式包括：（1）以问题（一种对伟大人物或事件故事的追问）开头；（2）对问题的回答紧随其后，构成史诗的叙述部分；（3）在颂赞英雄（或主人公）的过程中，英雄或主人公对史诗中其他主要人物及其背景进行交代和分类；（4）叙述英勇行为，行动的主要来源是战斗场景。

早期的史诗传统主要赞颂军事胜利，如荷马（Homer）的《伊利亚特》（*Iliad*）探讨了希腊人与特洛伊人之间战争的来龙去脉，维吉尔（Virgil）的《埃涅阿斯纪》（*Aeneid*）追溯了罗马帝国风范的渊源和特质，塔索（Tasso，1544－1595）的《解放了的耶路撒冷》（*Jerusalem Delivered*）对第一次十字军东征作了传奇式的描绘，卡蒙斯（Camoens，1528－1580，葡萄牙诗人）的《卢西亚德》（*The Lusiads*）为葡萄牙人自古及今的海上扩张欢呼称颂。谙熟古典文学和文艺复兴文学的弥尔顿对这种史诗传统当然不陌生，于是，在《失乐园》里我们见到了善良天使与邪恶天使的天庭大战（Heavenly war）、万魔殿（Pandemonium）中对战与和的激烈论战以及撒旦只身穿越茫茫混沌界（Chaos）的探险旅行。然而，诗人在《失乐园》中并没有把自己局限在民族主题内，他要探讨、追问的是全人类不幸之根源，要"阐明那永恒的天道圣理，／并向世人昭示天帝对人的公正"（第一卷25－26行），也没有采取传统的乐观态度，因为他讲述的是"关于人类最初违背天条／偷食禁果，把死和其他／各种灾祸带至人间，并失去／伊甸乐园，直到一个非凡伟人／来为我们恢复乐土的事"（《失乐园》第一卷1－5行）。史诗的中心人物亚当的命运更不具有英雄色彩，因为正是他和夏娃的堕落才导致了整个人类的堕落，而在史诗的末尾，亚当、夏娃"俩人手挽着手，慢步绕行，／孤零零地穿过伊甸园"（《失乐园》第十二卷699－700行），给人留下的不是振奋或者激动，而只是同情、悲伤和无尽的思索。从中我们完全可以看出一个处在文艺复兴晚期的英国诗人对文学（诗歌，尤其是史诗）传统的继承与发展。

弥尔顿的社会家庭背景和他的求学经历使他对古希腊、罗马古典文学传统和基督教《圣经》、希伯来文学传统十分熟悉，所以他能够把希腊罗马神话和《圣经》传说相互交织，有机融合起来。从某种意义上讲，他承担着 to redefine classical heroism in Christian terms①（用基督教语言/方式来重新界定古典主义的任务）。《失乐园》的主题和题材来源于《圣经》，基督教的基本教义，如"原罪""救赎"都渗透于其中，但史诗的许多要素却来自传统的史诗或类似史诗的作品。悲剧式的史诗主题（由于忤逆行为而到来的死亡与悲哀），像阿喀琉斯一样由于荣誉受损而引发行动的主人公/英雄和天庭大战的战斗场景都来自荷马的《伊利亚特》；撒旦的诡计和智巧、撒旦在混沌界险恶的海上和新世界中与奥德修斯相似的历险，来自荷马的《奥德赛》（*Odyssey*）；善良天使和邪恶天使间的天庭大战的诸多方面来自赫西俄德（Hesiod）的《神谱》（*Theogony*）；弥尔顿宇宙世界中的变幻莫测与神、魔的变形，来自奥维德（Ovid）的《变形记》（*Metamorphoses*）；全诗分为十二卷，上下两部，颇具内在的对称与平衡，其中的天堂、乐园和地狱与维吉尔的《埃涅阿斯纪》中的奥林匹亚诸神，阴曹地府和埃涅阿斯在海上漂泊的层次遥相呼应。还有一些因素源自文艺复兴时期的浪漫史诗和其他文体。"愚人乐园"（the Garden of Fools）来自阿里奥斯托（Ariosto，1474 - 1533，意大利诗人）的《疯狂的罗兰》（*Orlando Furioso*，1516）；寓意式人物，如"罪"（Sin）与"死"（Death）来自斯宾塞（Edmund Spenser，1552 - 1599）的《仙后》（*The Faerie Queene*，1589）；撒旦穿越混沌界、前往地球的历险（第二卷中），来自塔索《解放了的耶路撒冷》和卡蒙斯的《卢西亚德》中帝国主义式的远航探险；对创世的描述和意象以及给予诗人灵感的天堂缪斯（第七卷中），来自杜·巴塔（Du Barta，法国诗人）的六日创世巨作《神周与神功》（*The Divine Weeks and Works*）和创作灵感之源泉。在某种意义上讲，弥尔顿的伊甸园就是一个浪漫乐园，乐园中男女主人公得经受恶龙的袭扰；它同时也是一块天上的殖民地，由天帝创造，受撒旦的袭击。②把史诗这一古典文学样式用于基督教缪斯，并抒发文艺复兴、宗教改革与奥古斯都古典主义（Augustan classicism，十八世纪上半叶在英国流行的文化文学思潮）诸方面的思想情感，把《失乐园》制作成为集"愤怒史诗范式"（epic - of - wrath paradigm，撒旦之于阿喀琉斯的傲慢）、"寻求史诗"（the quest epic，撒旦穿越混沌界之于奥德修斯的海上历险）、"浪漫传奇"（romance，伊甸园之生活劳作场景）、多种"悲剧范式"（由于傲慢、野心而反抗，犹如麦克白）、"经典悲剧"（亚当、夏

---

① DANIELSON D. The Cambridge Companion to Milton［M］．上海：上海外语教育出版社，2000：113.

② DANIELSON D. The Cambridge Companion to Milton［M］．上海：上海外语教育出版社，2000：114.

娃之堕落而失去乐园)、"基督教悲剧范式"(启示录式的人类未来之展望)和抒情诗与谈话的样式(人物主要通过抒情诗、谈话来显现自己的性格与价值)的复杂综合体。这一行为本身就体现了弥尔顿对传统的继承和发展,也体现了古典文学、希伯来文学与文艺复兴文学三股潮流的激荡碰撞与融会贯通。

在《失乐园》中,弥尔顿把来源于希腊文和拉丁文史诗中的成语和大量的比喻(尤其是明喻 simile)融入英语,造就出一种新的语言式样——"庄严(或宏伟)体"。这种语言式样既显得稳定又富于变化,既庄严有力又略事雕琢,与史诗的宏大构思与庄重主题极为协调,同时这种语言式样与日常使用的话语又相去甚远,结果它既对人们习惯的概念提出挑战,又给常见的形象赋予新的意义。例如在《失乐园》中多次提到的"光"(Light),就不仅仅指恒星发出的射线:撒旦能降落在恒星上,好像成了太阳黑子中的一粒(第三卷,588 - 590行:There lands the Fiend, a spot like which perhaps/Astronomer in the Sun's Lucent Orb / Through his glaz'd Optic Tube yet never saw.);地狱是无光的烈焰和"可见的黑暗"(As one great Furnace flam'd, yet from those flames / No light but rather darkness visible. 第一卷,62 - 63 行),天堂则光芒万丈,这里的光与太阳光相类似(Or hear'st thou rather pure Ethereal stream, / Whose Fountain who shall tell? before the Sun, / Before the Heaven thou wert, and at the voice / Of God, as with a Mantle didst invest / The rising world of waters dark and deep, / Won from the void and formless infinite.)(第三卷,7 - 12 行:"或者称你为纯净的空灵之流, / 你的源泉在何处?你先于太阳 / 先于天空而出现,上帝一声令下 / 你便如同华盖披挂在 / 那无限的虚空无形之中兴起的 / 漆黑深沉的水域世界上。")——诗人并没有给出"光"确切的定义,读者对"光"的感觉也是捉摸不定,而这不正吻合贯穿于诗的"人智有限"这一基本观念吗?即便是上述的天庭大战、战和论争与混沌界历险这样明显模仿古典史诗传统的情节,以及上下部十二卷、两次堕落、"天堂—乐园—地狱"这种仿效维吉尔《埃涅阿斯纪》的史诗结构,也被诗人赋予了全新的、更为广阔的寰宇背景和打破常规的复杂时序过程和时间观念(先说天使堕落到地狱,再由邪恶天使的复仇引起新世界,而后在乐园里由回顾方式叙述天庭大战和创世过程,两条线索汇合成人受诱惑而食禁果,犯禁后的惩罚,最后再以展望未来的形式讲述人的救赎;叙述在过去、现在、未来之中任意穿梭往返)。从史诗的语言风格与结构时序之中,我们更是清楚地发现了弥尔顿对传统的创新和发展。

文艺复兴是一个无论在诗学理论或是在诗歌实践中,文体意识都得到了提升的时代,而弥尔顿则是当时文体意识最为强烈的诗人。他的《失乐园》首先就是一部关于知识和文体选择的史诗，其中包含了各种来自文学样式的因素，我们从中不仅可以发现诗人对迄今为止的史诗及类似史诗这样文学样式的借用与创新，还可以发现许多戏剧和抒情诗的因素。在亚当夏娃栖息劳作的伊甸园中，我们见到了具有阿卡狄亚式的田园牧歌、歌颂婚庆的喜歌、颂神感恩的赞美诗、抒发情怀的爱情诗、哀歌怨诗以及隐藏的十四行诗。从地狱和天堂的描述中，我们又可见到极为讲究修辞艺术的独白、对话和演说，如第一、二卷中撒旦气势磅礴的论辩演说和关于"战"与"和"的议会式的论争（第二卷，11－378 行）、第三卷（80－134 行）中上帝司法自我辩护式的陈述、第五卷（772－895 行）中撒旦与亚必迭关于上帝统治权的辩论、第八卷中关于天体运行的论证（15－178 行）、上帝关于人性的对话（357－451 行）和拉斐尔与亚当关于爱的对话（521－643 行）、第九卷中（670－732 行）撒旦用西塞罗式的风格方式进行的颇具煽动诱惑性的演说辞、第十一卷与十二卷中米迦勒关于基督教历史的讲座。弥尔顿为什么将如此复杂的文学形式和样式融入《失乐园》中呢？部分原因在于许多文艺复兴时期的批评理论都支持这样一种观点：史诗是多种主题、多种形式、多种风格的汇总。《荷马史诗》就被广泛认可为一种所有艺术、科学（哲学、数学、历史、地理、军事、宗教、赞美诗、修辞文）和各种文学样式的源泉。同时，人们也承认《圣经》包含所有历史、所有主题材料和许多文学样式（法律、历史、预言、英雄诗、赞美诗、寓言、谚语、圣歌、布道、书信、悲剧、悲喜剧等），是一部史诗性的著作。不难理解，文艺复兴时期的诗人个个都试图创制由极具包容性的诗行构成的史诗作品，而大多数十六、十七世纪声称为史诗的叙事诗［如，悉德尼 Sir Philip Sidney，（1554－1586）］的《新阿卡狄亚》（Arcadia，1590，1593）和斯宾塞的《仙后》］，显然都是史诗、田园诗、传奇诗、寓言诗和歌谣的综合体。① 但是没有哪一个诗人比弥尔顿更为广泛、精细地运用了文学样式的多样综合性，他由此给史诗这种文学样式赋予了更大的包容性、更大的活力，将《失乐园》制作成为一部由多种文学样式组成的百科全书式的史诗作品（an encyclopedia of literary forms②）。旧的模式被赋予新的想象力，新的模式又被创造了出来，它们一起深刻影响了以后的英美作家。

---

① DANIELSON D. The Cambridge Companion to Milton ［M］. 上海：上海外语教育出版社，2000：115.

② DANIELSON D. The Cambridge Companion to Milton ［M］. 上海：上海外语教育出版社，2000：115.

文艺复兴本身就是一场改革运动，在这场运动中，作家们有意识地将古典文学的精华移植过来，为自己所用，以表现新的时代精神。古典文学样式被视作是反中世纪的样式，因而被新教和天主教的改革意识形态所认同，而对英国的人文主义者而言，模仿古典样式本身就是一种改革，而且是具有新教特色的改革。这种模仿表现在两个方面：1. 对古典文学样式重新加以改造；2. 直接模仿古典黄金时代的文学，对古典样式的细节进行归化处理。之后的奥古斯都古典主义时期（即十八世纪，特别是十八世纪上半叶的英国文学）的改革，则更是 an ideal of reform through renovation of reapplication of socially relevant classical genres① （通过革新与社会相关联的古典文学样式之重新应用而实现的一种改革理想）。处于文艺复兴晚期即"清教时期"和奥古斯都古典主义时期之间的弥尔顿，对古典的、国外的文学自然是广为接纳、择优吸收。他不断地消化吸收其中他以为是恒久、优美的东西，这就使他远离同时代的文学时尚而与伊丽莎白时代的诗人息息相通。事实上，他属于那种注重感官美、音乐性并用寓意将异教主题和基督教主题和谐起来的斯宾塞传统。《失乐园》中，由人为照明、精致装饰和室内集会构成的巍峨万魔殿（Pandemonium）和充溢着清新空气、繁茂自然与天然荒野的自由伊甸园（Garden of Eden），与斯宾塞的《仙后》中那巴斯雷恩庄园（House of Busirane）和阿都尼斯花园（Garden of Adonis）实在是颇具异曲同工之妙。它们都带着某种巴洛克（Baroque，一种流行于十七、十八世纪欧洲的酷爱曲线、斜线、剧烈扭转和壮观游戏的艺术样式）色彩。于是，弥尔顿常常被人视为英国巴洛克文学最高成就的代表人物。

其二，集众家之长的"庄严（宏伟）体"。

弥尔顿的创作手法可谓是真正的古典主义方法。他的古典语言文学功底极为深厚，可以直接无碍地学习、借鉴古希腊古罗马的文学，他反对专制压迫，向往自由平等，所以并没有为自己套上法兰西学院那种"三一律"式的枷锁。他不是为古典而学古典，他学习古典的目的在于发展古典和创造经典。文艺复兴伊始，人们便试图打破天主教一统天下的局面，开始向古希腊学习古典的东西，以求"回到本源"，于是，出现了大量的古典文学译著。与此同时，宗教改革人士也开始重译基督教的经典，试图恢复希伯来与基督教的本来面目和原初精神。这两项工作到十七世纪已基本上结束，接下来要做的就是如何融会贯通

---

① CORNS T. N. English Poetry, Donne to Marvell [M]. 上海：上海外语教育出版社 2000：80 - 81.

这两种异质的文学传统，创建全新的民族文学传统。为了丰富、规范自己的民族语言，发展、繁荣自己的民族文学，并最终建立自己的民族文学经典，欧洲各国都在努力地学习古典文学和圣经文学，但由于国情有别，各国的学习也就各有侧重。君主制的法国学来人为的清规戒律，以图对作家进行限制、约束；革命之后确立了君主立宪制的英国学习的则是古雅典式的民主（复辟后的一段时间里，法国式的古典主义也曾一度统治英国文坛）、对自由探讨和自由创作的强调。对古典文学（尤指史诗）传统的继承和发展，在弥尔顿的创作中首先就表现在他打破了古典题材的限制，有意识运用起《圣经》题材来（他晚年的三大诗作尽皆取材于《圣经》故事，这在当时的法国是绝对不允许的！），其次还表现在他集古今内外众家之长而独创出来的语言风格——"庄严（或宏伟）体"（Grand Style）。

所谓"庄严（宏伟）体"，其实就是弥尔顿将古典拉丁语的精华有机地融入自己的母语（英语）中，而创作出来的一种既庄严宏伟又简洁质朴的一种语言风格。这种语言风格显著地表现出三个方面的特质：1. 璀璨瑰丽的想象设喻；2. 雄伟响亮的音响效果；3. 非同寻常的措辞造句。这种风格在诗人21岁时创作的《圣诞晨歌》中就已初见端倪。该诗从圣婴诞生写到天使吟唱，从命运宣告基督即将被钉上十字架为人类赎罪转至上帝降临审判。场景纵贯天庭、人间、地狱；时间横跨上帝创世到末日审判。全诗融《圣经》故事、古典神话和寓言传说于一体，显现出一种视角多变、气势磅礴的特色。到了晚年的《失乐园》和《力士参孙》中，这种语言风格更是被弥尔顿运用得游刃有余、挥洒自如，简直达到了炉火纯青、出神入化的地步了。

丰富的想象、广泛的设喻（analogy），是上至《荷马史诗》下到文艺复兴时期史诗性诗作中常见的基本要素，《失乐园》之中当然也不少见。事实上，弥尔顿在史诗中经常是任由自己的想象展翅飞翔，真可谓是上穷碧落、下及黄泉（地狱中的火湖和万魔殿、撒旦穿越茫茫混沌、地球上的伊甸乐园、天堂的天使和天庭大战，无一不是丰富想象的结果）；他大量使用比喻，明喻之中常常夹杂着暗喻，不仅使想象生动鲜明而且扩大了思想境界。例如在史诗的第一卷中，对魔王撒旦火湖中的身躯的描写（192 – 208 行）和邪恶天使昏睡于火湖的描写（283 – 313 行）。在前一段描写中，诗人用传统中的怪物如"巨人泰坦""百手巨人布赖里奥斯""百头神泰丰"和"海兽利维坦"来比喻撒旦横陈于火湖中的巨大身躯；在后一段描写中，比喻更为广博——为了说明火湖中天使众多，诗人先把他们比作意大利茂林之下的河上落叶（thick as Autumnal leaves），又比作红海秋后漂泛的海藻（or scattered sedge afloat），最后又比作《圣经》故事里的情节：上帝的选民以色列人在神的庇护下，涉渡红海后，回顾海面，只见上面漂浮着那么多的尸体和破碎的战车（floating Carkases and broken Chariot wheels）。这些比喻的运用恰如其分，不仅说明了火湖上天使众多的情形，而且也暗示了他们堕落后的凄惨痛苦境地；同时设喻的范围是如此的广泛（由意大利到埃及，由古希腊罗马到古希伯来，由当今的红海到《旧约·出埃及记》中的红海），以至于读者不由得对地狱的火湖展开广阔的想象，又为火湖上的天使提供了具体深刻的背景。弥尔顿式的比喻可以轻而易举地变成一篇文章，甚至一部书的主题，而且使用范围广泛，如从稍显勉强的（如第四卷第 166 行里把撒旦来到伊甸园比作鱼的腥味）到完美无缺的比喻（如第四卷第 268 行把伊甸园比作女阎罗普罗塞耳皮娜采花的田野），但在所有的比喻里，细致、挑剔的探究会让我们发现所比事物和人始料未及的深层意义。弥尔顿又一次凭借高度复杂的语言和比喻实现了一种目的，这一能力似乎成了弥尔顿这位学识渊博、诗才五斗之人的特权。

用典和暗引（allusion），也是拓展境界、增加内涵的有效方法，《失乐园》中不仅充溢着大量的古希腊、罗马神话传说的暗引，如蛇发海怪（Gorgons）、巨人家族（Titans）、大力神（Atlas）、夜莺（Nightingale）、水仙（Narcissus）、海兽管理者（Proteus）等，而且处处可见对《圣经》的解释和引用（如上述"火湖上的众多天使"与"火湖上的魔鬼身躯"两段中），从而使全诗时时出现充满异国情调的意象，如"奶与蜜"（milk and honey）、"善良的牧羊人"（good shepherd）、"生命之河"（the river of life）、"珠宝与香料"（jewels and spices）。这是因为弥尔顿一直认为《圣经》不只是宗教文本而且是文学巨著，《启示录》也是"崇高庄严的悲剧"，他创作《失乐园》时的每一天都是由听人朗读希伯来文《圣经》而开始的。在史诗的开头几行就包含了"何烈山"（Oreb，第 7行）、"那位牧羊人"（That shepherd，第 8 行）、"选定的种子"（the chosen seed，第 8 行）、"西罗亚水池"（Siloa's brook，第 11 行）和"爱奥尼亚山"（th' Aonian mount，第 15 行）这些典故。典故中不乏灰色的成分，又有很多难解的古旧词语，使用典故和暗引的目的是为了通过比较来拓展读者的理解，多数读者知道这些典故中的一些，但全都知道的恐怕就没有几个了。另外，诸如 Adamantine（"金刚石般的"，第 48 行）、durst（"敢于"，第 48 行）、Compeer（"同侪"，第 127 行）、Sovran（"君主"，第 246 行）等我们多少有些熟悉的词语，也为诗歌增加了威严的语气。《失乐园》并非为文盲听众而作，但在很多版本里，解释性的注解几乎和诗句一样长。

丰富的想象、广博的设喻、大量的典故和暗引，再加上词语在不同背景中的象征性重复，具有拉丁意义上的双关语（如 nightingale，既指夜间歌唱，给予诗人诗思灵感的鸟，也指一则古希腊的神话传说）和具有反讽意义的短语的使用，为《失乐园》添加上了一种海纳百川、终成汪洋的恢宏意境和宏伟气魄。

雄浑响亮的音响效果的取得，一靠江河奔流、一泻千里的节奏，一靠和谐悦耳、扣人心弦的音韵。《失乐园》是诗人在双目失明的情况下用脑子思考和耳朵聆听来构思成句的，所以绝不是供人默读的案头之作。据诗人的外甥（也是主要笔录者和校对者）菲力普（Edward Philip）回忆；《失乐园》是 in a Parcel of Ten，Twenty or Thirty verses at a Time（"每次十行、二十行或者三十行"）①写就的：先是由诗人吟咏，笔录者记载，再由人大声朗读，然后修改成文；初版时，诗行也都是有数字标识的。显然，节奏、音韵所造成的声音（音响）效果，对诗人来说无疑是最为直接的传情达意方式。

语言的节奏（rhythm）指 the irregular alternation of stress, duration or pitch tending with heightened emotion towards metre②，即"音重、音长、音高随着情绪高涨而不规律地交替出现并趋向音韵格律"的现象。朱光潜曾有这样的论述："诗同音乐一样，生命在于节奏（rhythm）。节奏就是起伏轻重相交替的现象，它是非常普遍的，例如呼吸循环的一动一静，四时的交替，团体工作的同起同止，都是顺着节奏。我们在讲话时，声调随情思的变化而异其轻重长短，某处应说重些，某处应说轻些，某字应说长些，某字应说短些，都不能随意苟且，这种轻重长短的起伏就是语言的节奏。"③ 诗歌是非常注重节奏的，诗的音乐效果主要地是从节奏中产生的，"中文诗和西文诗都有节奏，不过它们有一个重大的分别，西文诗的节奏偏在声上面，中文诗的节奏偏在韵上面，这是由于文字构造的不同（而形成的）。西文字多复音，一字数音对各音的轻重自然不能一致，西文诗的音节（metre）就是这种轻重相间的规律，例如英文中最普通的十音句（pentametre）的音节取'轻重轻重轻重轻重轻重'式；法文中最普遍的十二音句（Alexandrine）的音节分'古典式'和'浪漫式'两种。"④ 此处的"音节"（metre）一词本源于 measure（"尺度""衡量"）一词，现一般译为"拍子""音尺"或"音（格）律"。本意为 the rhythmic recurrence of patterns within

---

① ［英］POTTER L. A Preface to Milton ［M］. 北京：北京大学出版社 2005：126.
② WATSON O. Longman Modern English Dictionary ［M］. Suffolk：Richard Clay, Ltd, 1976：954. OCD 的定义为：the pattern of sounds perceived as the recurrence of equivalent 'beats' at more or less equal intervals（大致相同间隔重复出现的声音模式，相当于"节拍"）
③ 朱光潜. 诗论 ［M］. 北京：读书·生活·新知三联书店，1984：245.
④ 朱光潜. 诗论 ［M］. 北京：读书·生活·新知三联书店，1984：245.

a line of poetry or in lines of poetry, based on stress , or number of syllables or on a combination of these or on number of feet①，即一个或数个诗行中模式的节律性出现，这模式可能基于重音、音节数或重音加上音节数，或音步数。英语是一种强调重音（stress）的语言，一个词（word）必须有一个重读音节（stressed sylla-ble），一句话（sentence）中还有一个（或数个）逻辑重音（logic stress）；由单音节构成的词在句中若是实词则要重读（作虚词用则弱读），双音节词（偶尔一些多音节词）中重音出现的位置不同往往引起词性和意义的变化［如 affect 一词，若第一个音节重读，为名词，意为"感情""情感""引起情感的因素"；若第二个音节重读，则为动词，意为"影响""感动""（疾病等）侵袭"］。这种轻重分明的音节（syllable）和整齐匀称的音步（foot），很容易使语言的自然节奏落在轻重音的交替出现上，因而英语诗音（格）律中最为常见的是"抑扬格"或"轻重格"（iamb），即"轻—重—轻—重"的音节排列模式。《失乐园》通篇使用的是无韵诗体（blank verse），即不押韵的五音步十音节抑扬格诗行（iambic pentametre）。这一诗行呈现出规律的"轻—重—轻—重—轻—重—轻—重—轻—重"或"—、/—、/ —、/—、/—、/"的节奏模式，读起来往往给人以抑扬顿挫、铿锵有力的感觉。实际上，英语诗中常用的诗节（stanza）——"英雄双行体"（heroic couplet）和"英雄四行体"（heroic quatrain）都是由押韵的"五音步十音节抑扬格"组成，因其雄浑干脆的音韵效果，故称为"英勇的""宏伟的""英雄的"（heroic）。有时，为了调节或适应诗的情感、节奏，英语中还会使用增加行内重音或轻音数量，或者使用行内停顿（caesura）和跨行诗句（enjambment）的方法。一般说来，一个诗行之中的重音愈多，力度就愈大，速度就愈缓（即所谓的"阳韵"）；轻音愈多，诗就愈显轻快、流畅（即所谓的"阴韵"）。诗行内的停顿往往可以放缓诗的节奏运动，而一个句子跨上两个诗行或数个诗行，又往往会加快诗的节奏流动。《失乐园》之中，这些节奏调节手段，尤其是跨行诗句和行内停顿频频出现，很好地将诗的情感节奏与诗的语言节奏契合起来。

无韵诗并非绝对的"空白"（blank）无韵，"空白"仅仅指"不押尾韵"，但英语中的 rhyme 除了 end rhyme（尾韵或韵脚）外，还包括 internal rhyme（行

① WATSON O. Longman Modern English Dictionary［M］. Suffolk：Richard Clay，Ltd，1976：702. OCD 的定义为：在诗行中大致有规律反复出现的按拍计量的声音单位模式，诗歌的主要音律有四种：定量式（如希腊语、拉丁语）；音节式（如法语和日语）；重音式（如古英语）；重音/音节式。

内韵），如 assonance（半谐音，即相邻词的辅音相异而元音相同，像 sharper 与 garter 和诗行 Our echoes roll from soul to soul.）、consonance（谐音，即相邻词的元音相异而辅音相同，如 loves 与 moves 和诗行 The Splendor falls on castle walls）、alliteration（头韵，即相邻词的头一个音相同，如 safe 与 sound 和诗行 He claps the crag with crooked hands.）和 onomatopoeia［拟声词，如 chick，coo 与诗行 I heard a fly buzz（嗡嗡声）when I died.］。此外，诗行中措词的元音长短、开合与辅音之清浊也可表现出或和谐或刺耳、或浑厚或尖脆、或舒缓或急促的音响效果［即 euphony（和谐音）和 cacophony（尖利音）］来。例如 R. L. Stevenson 的一首"安魂诗"（*Requiem*）的第一节：Under the wide starry sky, / Dig a grave and let me lie. / Gladly did I live and gladly die, / And I laid me down with a will. 第一行的主要词都是开口大的长元音或双元音［ai］或［a:］，恰恰与"辽阔的星空"意境一致，而第二行的主要词（除最后的［lai］外）主要用的都是短/单元音，显得急促而快速，恰恰与"平静愉快走向死亡"（视死如归）的意境相一致。难怪英国古典主义大师蒲伯（Alexander Pope，1688 - 1744）在其《论批评》（*An Essay on Criticism*，1711）中声称"声音须像意义之回声"（Sound must seem an echo to the sense）！通过口授、朗诵而成就的《失乐园》虽然没有韵脚（尾韵），却充分地利用了行内韵及措辞的音韵，因而具有声响悦耳、音韵和谐的听觉效果，而且与诗歌的意象系统和思想观点契合无间、相得益彰，因而被十九世纪的英国诗人丁尼生（Alfred Tennyson，1809 - 1892）称为"上帝赐予英国的风琴乐音"（God - gifted organ - voice of England）。①

　　特别的节奏，加上特别的音韵构成了特别的音响效果，而特别的音响效果又恰如其分地表达诗行字面意义无法表达的感情。例如，《失乐园》第七卷中（23 - 39 行）在描写自己在革命失败后的巨大悲痛时，诗人所使用的声音力量是相当显著的，这段诗的原文如下：

> Standing on Earth, not rapt above the Pole,
>
> More safe I sing with mortal voice, unchanged
>
> To hoarse or mute, though fall' n on evil tongues;
>
> In darkness, and with dangers compast round,
>
> And solitude; yet not alone, while thou
>
> Visit'st my slumbers Nightly, or when Morn
>
> Purples the East: Still govern thou my Song,

---

①　Alfred, Lord Tennyson's *Milton*（丁尼生诗作"弥尔顿"）第三行。

URANIA, and fit audience find, though few

But drive farr off the barbarous dissonance

Of BACCHUS and his Revellers, the Race

Of that wilde Rout that tore the THRACIAN Bard

In PHODOPE, where Woods and Rocks had Eares

To rapture, till the savage clamor dround

Both Harp and Voice; nor could the Muse defend

Her son, So fail not thou, who thee implores:

For thou art Heav' nlie, shee an empty dreame.

因为"还有一半未有吟唱出来"（Half yet remains unsung），这几十行诗便标志着整个史诗的转折点：诗人像希腊神话中的乐圣 Orpheus 一样下到地狱刚刚回来，又像为满足虚荣而乘坐飞马上天的王子 Pellerophon 一样从高空回到地球，他的故事也由此留在了地球上，讲述的不再是神而是人的历史。这是诗人第三次（全诗中共有四次）向诗神缪斯（即诗中的 Urania）乞求灵感，语调是沉重、忧郁的。作为旁观者，诗人静观亚当夏娃从虚荣的野心到卑恭的忍从之跌落；作为创作者，诗人向读者表明他自己也得到了同样的教训。Pellerophon 大胆地乘飞马升天而坠落，致使腿跛、目盲，独自彷徨在"流浪之野"。这不仅与撒旦的反叛好有一比，而且类似于诗人自己讲述的前所未有过的"冒险的歌"（adventurous song，第一卷 13 行）。因此，尽管有酒神 Bacchus 及其寻欢作乐者和复辟时期的其他危险，尽管明白自己只是"世俗的噪音"，只是一个"读者甚少"的作家，弥尔顿还是自以为"更加安全"了——因为他已经回到了地球。与这样的忧郁、悲痛、激昂而坚强的意境、情趣相映成趣、相得益彰的正是诗行中依靠上述方法而创造出来的音响效果。如若不信，那么就请把这一诗段大声朗读几遍，闭上眼睛聆听品味一遍。在第一卷（40－49 行）叙述撒旦被天神从天堂抛入地狱的诗段中，这种音响（听觉）效果体现得更是淋漓尽致。原文如下：

He trusted to have equaled the most high,

If he opposed; and with ambitious aim

Against the throne and monarchy of God

Raised impious war in heaven and battle proud

With vain attempt. Him the almighty power

Hurled headlong flaming from the ethereal sky

With hideous ruin and combustion down

To bottomless perdition, there to dwell

In adamantine chains and penal fire,

Who durst defy the omnipotent to arms.

此处的叙述效果绝不表现在视觉上，因为我们无法想像"净火天""可怖的毁灭""无底的万劫不复""金刚石的镣铐"或"刑火"到底是什么样子，即使名词前的修饰语也无法增强我们的印象——浑身火焰的撒旦只是给了我们一种光亮之物一闪而过的感觉。引起我们直接反应的是听觉音响。读 41 – 44 行时，你得长长吸口气，因为这四行诗要达到的效果是"（声音）渐强"（crescendo），你的声音在叙说上帝威严的两个长诗行上升高，在叙说撒旦挑战威严的暴行处升高。你期望着声音继续升高，但读到第 44 行你却发现大叛乱已经结束了——诗人在这运用了"突降"（anticlimax）的修辞手法。"全能的上帝"接管了诗句，他将撒旦掀翻，并（从第 45 行的开头起）用力（hurled，意为"猛力掷出"）把他扔下，使他再飘飘悠悠了四行，才最终落到无尽的深渊。诗人使用了特殊安排的节奏模式，如轻重音移位（第 44 行 Him the almighty …中，人称代词 Him 本应弱读，但在这落到重读的位置上，以示强调）、重音增加（45 行 Hurled head long flaming…中双音节词 headlong 两个音节都重读，以示强调并造成急促、笨重之感觉）和重音减少（第 45 行…flaming from the ethereal sky 中，连续四个弱读音节，从而造成轻飘飘降落之感觉），又使用了行内韵的形式，如头韵（Him, hurled, headlong 和 down, perdition 之类）与半谐音（ruin, combustion, down, bottomless 之类），还使用了特殊的句式，如语序倒装（inversion）和插入语嵌入（parenthesis——如分词短语、介词短语和从句等修饰性成分加入句内，使句子变长、变复杂），第 44 – 49 行若用散文表达则应为 The almighty power hurled him（who durst defy the omnipotent to arms）headlong flaming…，自然是自然了，但诗的节奏（尤其是 hurled 一词的位置）却显然丢失，而且这一诗段也不再是对此后更为直接、详细表述的观点——在上帝意志和允许之外绝无什么行动——的一种间接说明了。此外，还要注意指称撒旦的代词 he（主格）向 him（宾格/受格）的转化，这一转化旨在说明他由主体（subject）转化为客体（object）。弥尔顿一再提醒读者：尽管撒旦相信他是按自己意志行动的，但他实际上做的只是上帝允许他做的事，即只有那些自愿顺从上帝意志的人才是自由的。因此，神子耶稣基督和叙述者弥尔顿都用宾格/受格的 me，只有撒旦使用主格的 I，然而，积极自由行动的是前者，而非后者（反讽的意义不正是暗含于此吗）。只有最初的反叛是他自己的选择，因而在此前讲的是他的傲慢（pride）而非上帝"将他从天堂中抛掷出去"（Had cast him out from heaven）的。在第六卷中拉斐尔来给亚当讲述天使堕落的真实情况，我们才发现他们是跳跃（jump）

而非坠落（fall）：他们本可以回到弥赛亚那里去（弥赛亚是追赶而不是让他们坠落），只是由于他们觉得无颜再见到神子才：

> …headlong themselves, they threw
>
> Down from the verge of heaven…　　　　　　　　（第五卷，864－865 行）

"把自己倒栽葱似的从天堂的边缘投掷下来"。正因为如此，弥尔顿才一直强调这么一个悖论：上帝要的是完美无缺的自由，而上帝的对手却自由地"选择"了不自由，把自己奴役起来（not free but to thyself enthralled——Abdiel 语，第六卷 181 行）。难怪十八世纪的大文豪约翰逊博士（Dr. Samuel Johnson）评论到：弥尔顿的特殊天才在于 displaying the vast, illuminating the splendid, enforcing the awful, darkening the gloomy, and aggravating the dreadful① （展示了博大，照亮了辉煌，强化了恐怖，加剧了阴沉，放大了忧惧）。

弥尔顿的"拉丁文式措辞造句"通常指三种情况：1. 使用英语词语的拉丁语族语言（包括法语和意大利语）的本义，如使用 puny（第二卷 367 行）的法语（puis se）本义，即"后生的"，使用 Satan alarmed（第四卷 985 行）的意大利语（all' arme）本义，即"整装待发""严阵以待"；2. 运用拉丁语法结构创制英语句子，例如用 After the Tuscan mariners transformed（主动语态）来表述 After the Tuscan mariners had been transformed（被动语态）的意义；3. 使用拉丁语序，例如带有很多插入语成分的复合句和倒装语序等，这在《失乐园》个性化的诗段中是很明显的，例如，在第三卷（26－32 行）：

> …. Yet not the more
>
> Cease I to wander where the Muses hunt
>
> Clear spring, or shady grave, or sunny hill,
>
> Suit with the love of sacred song; but chief
>
> Thee Sion and the flowery brooks beneath
>
> That wash thy hallowed feet, and warbling flow,
>
> Nightly I visit: …

原本应为一个并列的复合句，若用散文表述，则应为 Yet I do not any more cease to wander where…; but nightly I visit chief thee Sion and the flowery brooks beneath that…，意思表达自然浅显易懂了，但诗的韵味（尤其是音响效果）则丧失殆尽了。如果将此段的风格与撒旦的语言风格（如 I therefore, I alone first undertook / To wing the desolate abyss）做一个比较，我们便发现，诗人很谨慎地有

---

① ［英］POTTER L. A Preface to Milton ［M］. 北京：北京大学出版社，2005：129.

意强调 Thee 而忽略了 I；撒旦的 I 落在重音的位置上，以突出他的自我中心的意识，而诗人自己的 I 却不是，可能的话，他会用宾格（受格）的 me 来替代主格的 I，例如第九卷（41－43 行）中：

> . . . . Me of these
> Nor skilled nor studious, higher argument
> Remains,

这是因为他始终把自己视作是神灵感应的接受者，而非创作者。

英语是一种复合式语言，在句中使用语序来生成意义，而拉丁语是一种屈折性语言，在句中使用词尾变化来标明词语的功能，语序对它并不重要。例如，拉丁语中的动词经常出现在句末，直接宾语可以放在主语之前。在《失乐园》里，弥尔顿似乎有意地寻求非典型的英语句法类型，绝少使用简单句。他把这种成分倒置、盘根错节的句法形式用于诗学，部分是为了维持正确的节律，但奇特的句式似乎又是弥尔顿刻意而为之的风格目标。

> soft oppression seisd
> My droused sense, untroubld though I thought
> I then was passing to my former state
> Insensible, and forthwith to dissolve　　　　（第八卷，288－291 行）

第八卷里这一诗段的词语因为拉丁句法的缘故就无法弄清其确切意义：

> "…… 轻柔的压迫抓住了
> 我发昏的感觉，但我不受干扰以为
> 自己当时正在回到先前的状态
> 没有感觉，而立即消融。"

C. S. 刘易斯以及其他钦佩宏伟风格的人辩解说，在这类诗段中，印象主义式的效果比确切的意义更为重要，昏昏欲睡、感觉麻木、消解融化依次出现，这一意象表明人（即亚当在上帝为他制造睡梦幻境时）意识的瓦解。当然，这一段虽然在字面上不易理解但并非糟糕之作，读者明白亚当正在经历的事情，然而如果放在诗才不如弥尔顿的人之手，这类写作就成了胡言乱语。

其实，我们今天以为是拉丁语式的许多用语（Latinisms）和语法结构在十七世纪是很普遍、正常的用法（毕竟那是古典主义盛行的时代），很长的复合包孕句（long involved sentences）也是建立在讲话的自然节奏基础之上的——它们原本也是要朗读出来的。拉丁语富于词形的屈折变化，而英语已逐渐失去这些屈折变化，因而语序比较固定：John loves Mary 与 Mary loves John 用词相同，但词的位置有异，意义也就有所不同；只有人称代词有主格、宾格（受格）和所有格的变化，即使倒装（移位）也不会产生歧义，而弥尔顿就喜用这种结构，经常在句首用 Me（宾格形式）来作为 As for me, I…的缩略形式使用。

朗读弥尔顿的无韵诗会遇到一些困难，这是因为它们具有高度浓缩的特点。诗行中的词语似乎都富含意义，个个都需加以强调，结果难以确定重音究竟该放在何处。句子并未在所期望的地方停止，而是一直前行（所谓的"跨行诗句" run - on lines），有时留下一个显然同时附在两个地方的游离从句，或者到了一诗行末，长长换口气，却发现下一诗行的开头干脆把先前叙述的东西取消了，如《失乐园》第一卷（746 - 747 行）的 thus they relate, / Erring, for he with this rebellious rout（Erring 意为"说错了"），这其实是诗人有意为之的惊奇，目的就是要让读者时时小心仔细（当然也体现了"即兴片段创作"的特点）。难的句法、复杂的句式通常与叙述难的行动或复杂的情感相一致，继续往下读，这些难题也就无关紧要了，因为重要的是不停地往前走，就像撒旦在茫茫混沌界中穿行一样。①

正是如此富于表现力的"庄严（宏伟）体"，使弥尔顿的诗作，特别是史诗《失乐园》充分地展现出了构思宏伟、语言典雅、音韵铿锵、雄伟壮丽的特质。难怪，梁实秋由衷地赞叹："其（《失乐园》）气势之雄伟与文词之优美较诸欧洲古典的民族史诗均无逊色。"② 就连对弥尔顿这一风格颇有微词的 T. S. 艾略特也在其《约翰·弥尔顿诗歌注》称赞道："在其所擅长的方面他比别的任何人做得都好。""事实上，这是一种我们至今都还在努力去摆脱的影响。"

其三，发扬光大后的"无韵诗体"。

如前所说，《失乐园》通篇都是用"无韵诗体"（blank verse）写成的。verse 可泛指与散文（prose）相对的"诗歌"，特指"格律诗"（metrical poetry）；blank 可指"空白"（如 blank paper）、"无表情"（如 blank faces）、"空虚无物"（如 blank future）和"无变化"（如 a blank wall）。二者组合而成的 blank verse 指 unrhymed verse, esp. the five - foot iambic③，即"不押韵的格律诗，特别是抑扬格五音步的格律诗"，即"—、/—、/—、/—、/—、/"的诗行格律，

---

① ［英］POTTER L. A Preface to Milton ［M］. 北京：北京大学出版社，2005：77.

② 侯维瑞. 英国文学通史 ［M］. 上海：上海外语教育出版，1999：190.

③ WATSON O. Longman Modern English Dictionary ［M］. Suffolk：Richard Clay, Ltd, 1976：702. OCD 的定义为：不押韵的抑扬格五音步诗行，例如丁尼生的《尤利西斯》（1982）一诗的最后三行：One equal temper of heroic hearts, // Made weak by time and fate, but strong win will // To strive, to seek, to find, and not to yield.

因为"不押韵"（unrhymed）所以说是"空白的"（blank）。但是，韵脚"空白"的"格律诗"仍然是讲究节奏和音韵效果的，因为它经常使用行内韵和"和谐音""尖利音"等字音效果。

英国最为古老的史诗《贝奥伍甫》（*Beowulf*）主要利用头韵（alliteration）、四音步抑扬格（iambic tetrameter）、平行结构（parallelism）和对偶句（antithesis）来显示其诗歌特质。英国文学（诗歌）之父——中古时期的乔叟（Geoffrey Chaucer，1343—1400）将许多外国诗歌样式引进并融入英语诗歌中，建立了英语诗的多种标准形式，他的名诗《坎特伯雷故事集》（*The Canterbury Tales*）使用的都是押韵的英雄双行体（rhymed heroic couplet），每个诗行用五个重音的抑扬格。伊丽莎白时期，霍华德（Henry Howard），即萨里伯爵（Earl of Surry，1517 – 1547），与华埃特（Thomas Wyatt，1503—1542）合作，从意大利和法国文学中引入了多种诗歌形式，包括十四行诗（Sonnet）和无韵诗，从而建立起了英国的抒情诗派。华埃特依照彼特拉克（Patriarch）的诗体和说话的自然节奏，写出了最早的英语十四行诗；萨里伯爵则在翻译维吉尔的《埃涅阿斯纪》时（译作 *Certain Books of Virgiles Aenaeis*，于 1557 年出版发行）引入了无韵诗体。英语语音变化无穷，押韵实在不易，将铿锵有力的押韵拉丁诗句翻译成不押韵的英语格律诗，恐怕也是无奈之举吧。相对自由的无韵诗对诗人（尤其是戏剧诗人）的吸引力极大，一经引入便被广泛采纳，并渐渐流行开来。基德（Thomas Kyd，1558 – 1594）用无韵诗写出了充满血腥复仇的《西班牙悲剧》（*Spanish Tragedy*），但第一位成功运用这一诗体的却是剧作家马娄（Thomas Marlowe，1564 – 1593）。随后的莎士比亚更是将无韵诗娴熟地运用进他的伟大剧作中，在他的笔下，无韵诗似乎产生出呼风唤雨的力量来——他不仅能够根据题材内容的需要而伸缩诗行的音节，在顿挫、收放之间显现出更大的自由，而且能够仔细推敲字音以增加诗的音节性和意象性，最终将无韵诗完全英国化并得到人们普遍的喜爱。十六世纪中期以后，无韵诗已经逐渐成为英国戏剧诗和叙事诗的主导形式。①

把无韵诗引入非戏剧诗歌领域，这得归功于弥尔顿，同莎士比亚一样，弥尔顿起于传统而归于创造。从传统的音节到注重节奏的自由流畅和连续奔腾，然后转向更为连续、更为庞大、流线型的五音步十音节诗节（pentametre）形式——"诗段"（构成结构和意义上完整的数行诗），并抛弃韵脚，强化节奏，最终造就了弥尔顿自由、朴素的无韵诗体形式。

---

① 朱立民，颜元叔. 西洋文学导读［M］. 台北：巨流图书出版公司，1993：262.

弥尔顿酷爱自然，他称赞莎士比亚是"一位自然诗人，只凭天赋，不依赖学问和功力而达到艺术高峰"。在《快乐的人》一诗中，他说道：

Sweetest Shakespeare, Fancy's child,

Warble his native woodnotes wild.

（最悦耳的莎士比亚，——幻想的宠儿，

婉转地唱出他自然、奔放的林间乐曲）

又在《莎士比亚碑铭》（*On Shakespeare*, 1630）一诗中赞道：

For whilst to th' shame of slow – endeavoring art

Thy easy numbers flow, and that each heart

Hath from the leaves of thy unvalued book

Those Delphic lines with deep impression took,

（你舒缓流动的乐符让不思进取的

艺术家蒙羞，每一个人的心灵都从

你珍贵万分的书页里汲取

那些印迹真切实在的德尔菲诗行）

弥尔顿向往自由，不愿意使自己的思想受到当时已十分成熟，但相当古板、拘谨的诗体 heroic couplet（英雄双行体）的约束，而选择使用节奏接近英语口语、押韵不甚严格因而相对自由的无韵诗体，因为他感到：

The measure is English heroic verse without rhyme, as that of Homer in Greek and of Virgil in Latin, rhyme being no necessary adjunct to true ornament of poem or good verse (in larger works especially) but the invention of a barbarous Age, to set off wretched matter and lame meter – graced indeed, since, by the use of some famous modern poets, carried away by custom, but much to their own vexation, hindrance, and constraint to express many things otherwise and for the most part worse than they would have expressed them. ①

（其格律是无韵的英语英雄诗体，与荷马用希腊文、维吉尔用拉丁文写的英雄诗一样。韵脚绝非诗之真正装饰或好诗的必备附件，对较长的诗作尤其如此，而是一种野蛮时代的发明，用以点缀卑陋的题材和蹩脚的音步。自从被一些现代著名诗人采用而成为习俗后的确成了优雅的装饰，但对其本身造成了很大的麻烦、障碍和束缚，无法很好地表达很多事情，而不用韵却能够生动地表达

---

① RAFFEL B. The Annotated Milton: Complete English Poems: The Verse [M]. New York, Toronto, London: Bantam Books, 1999: 133.

出来。)

的确，无韵诗体解决了戏剧、诗歌（尤其戏剧性强的叙事诗）创作中的一大难题：能写出好诗来却损害了戏剧风格；能用连贯情节、有意味的对话写出剧作但其中的诗文却十分蹩脚。无韵诗体遂成了一种折中，它使诗人既能写出兴味盎然的戏剧，又能使剧文保持浓浓的诗情画意，因为它具备下面的四个特点：

1. 音尺（或格律）规则固定，但不受韵脚惯例约束。押韵的解除使许多严肃的对话从有韵诗的音乐性、矫揉造作中轻松地解放出来；

2. 无韵诗体在以后几百年间被用于各种诗歌形式之中，思考严肃主题的诗人往往喜用无韵诗体，因为英语口语在节拍的抑扬顿挫上倾向于抑扬（轻重）格，所以在模仿英语口语的诗歌中常常使用无韵诗体，如著名的哈姆莱特独白的开头 To be, /or not/ to be, /that is /the ques/tion. 与一首谐趣诗中的 To > mor/ row > is / our wed/ding day.

3. 由于不用押韵，无韵诗既可用来传达正式也可传达非正式的语气（调子），到底使用哪一种，完全由措辞造句来决定；

4. 无韵诗并不容易写。正因为它的自由性，无韵诗才可能被糟蹋成为仅仅由十个音节一顿（诗行）组成的普通句子，所以，用无韵诗体作诗的人必须特别注意意象、象征和音响的运用。①

在寻找新的格律（尺度）上，毋宁说弥尔顿是个迟到的伊丽莎白诗人。在他之前，很多人（如十六世纪的斯宾塞）都在尝试创作基于希腊和拉丁品质的英语诗歌，即长短音节相间（而非轻重音节相间）的诗行，许多作家对束缚人的韵脚十分恼火，因为韵律常常使诗人追求悦耳的音响而牺牲掉准确的意义。本·琼生曾写过一首题为"反对用韵的韵诗"（*Fit of Rhyme Against Rhyme*），他在诗中愤然指责有韵诗：

Wrestling words from their true calling,

Propping verse for fear of falling

To the ground,

Jointing syllable, drowning letters,

Fast' ning vowels as with fetters

---

① BRROKS C. & WARREN R. P. Understanding Poetry [M]. Beijing: Foreign Language Teaching and Learning Press & Thomson Learning, 2004: 495 - 565.

They were bound! ①

(将词从其真正意义中强拧出来

以支撑有韵诗，唯恐它

委然坠地；

接起了音节，淹没了字母，

就像用镣铐束缚一样

来把元音捆绑。）

口里说是在反对用韵，但对自己能够游刃有余地对付自己所抱怨的麻烦，显然还是颇感自得的：戴着镣铐跳舞，太麻烦，但看我跳得多棒！弥尔顿并未得意于此（讽刺性的十四行诗除外），玄学诗以后也没有其他诗人得意于此。押韵（韵脚）毕竟不过是用来给诗人的思想提供一种和谐的音乐伴奏或回声，如此而已！在意大利诗人中（弥尔顿在欧陆之旅期间与意大利诗人多有唱和），弥尔顿发现了在押韵惯例内进行实验的有趣范例，他们将语序扭曲（或成分前置、插入、倒装、后置等），频频使用 elision（元音省略，如 th' heav' nly 之类）的手法，任由诗句（思想）无停顿地延续到下一（几）诗行。这显然不像英国诗人所钟爱的 heroic couplet —— 那种"封闭的"抑扬格五音步双行诗体：每一对句表达一个完整的思想，每一行都在行尾结束并由"行间停顿"（caesura）把一句划成整齐的两半，特别适合于表现艰涩、紧凑和警句式的思想。由此，在诗的自然节奏与读者理解诗义时使用的说话节奏之间造成一种张力。弥尔顿用意大利语创作的十四行诗表明：诗人非常熟悉它们并能把这些技巧移植进英语语言。

可能也是在意大利语中，弥尔顿找到了用无韵诗体创作史诗的先例，因为在他之前，英语中并没有将无韵诗体用于戏剧之外的例子。塔索的《被解放了的耶路撒冷》原本是用 ottava rima（八行押韵诗体）写成，但是他在一首关于创世的诗中用了无韵诗体，其他意大利作家也使用这一诗体。奥古斯都时代的许多作家都努力使无韵诗体听上去更像是不押韵的英雄双行体：思想落于单行诗句内，而不是诗行与诗行的重叠。弥尔顿却在竭力避免这种单调在他的史诗作品中出现。他做得非常成功，以至于很少有读者注意到他在《失乐园》里好像是不经意偶尔使用的韵脚，这种用韵，最明显的例子出现在第一卷（143 - 152 行）别西卜（Beelzebub）的首次演讲中：

But what if he our Conquerour, (whom I now

---

① [英] POTTER L. A Preface to Milton [M]. 北京：北京大学出版社，2005：73.

Of force believe Almighty, since no less

Then such could have o' repow' rd such force as ours)

Have left us this our spirit and strength intire

Strongly to suffer and support our pains,

That we may so suffice his vengeful ire,

Or do him mightier service as his thralls

By right of Warr, what o' re his business be

Here in the heart of Hell to work in Fire,

Or do his Errands in the gloomy Deep;

其中，押韵的 entire, ire, fire 出现在七行之内。

在《失乐园》里，无韵诗体得到了挥洒自如的应用：它不仅被用来表述慷慨激昂、气势磅礴的演说论辩，悲怆沉痛、充满激情的呼吁述说，而且用来抒发各种各样的情怀、情感。这在伊甸园中亚当夏娃的爱情诗段和哀叹诗段之中表现得极为充分、细致。例如堕落前的夏娃创作了第一首绝妙的爱情诗段（第四卷，639 - 656 行）：

With thee conversing I forgot all time,

All seasons and their change, all please alike.

Sweet is the breath of morn, her rising sweet,

With charm of earliest birds; pleasant the sun

When first on this delightful land he spreads

His orient beams, on herb, tree, fruit, and flower,

Glistening with dew; fragrant the fertile earth

After soft showers; and sweet the coming on

Of grateful evening mild, then silent night

With this her solemn bird and this fair moon,

And these the gems of heaven, her starry train:

But neither breath of morn when she ascends

With charm of earliest birds, nor rising sun

On this delightful land, nor herb, fruit, flower,

Glistening with dew, nor fragrance after showers

Nor grateful evening mild, nor silent night

With this her solemn bird, nor walk by moon,

Or glittering starlight, without thee is sweet.

（同你交谈，我全然忘掉时间，

季节、季节转换以及一切的欣欢。

清晨的气息多么甜美，晨鸟的鸣啭

愈加令人舒畅；宜人的初升朝阳

在向这欢欣的大地铺撒金光，

照耀在草木、果实和花朵上，

饱含露珠晶莹透亮；阵雨过后，

肥沃富饶的大地芳香流淌；

温润宜人的暮色缓缓来到，

寂静的夜色也跟着神鸟、明月、

天上的珠宝、串串繁星接踵而至。

然而，无论随着舒心晨鸟的歌唱，

升腾起来的清晨气息，还是照在

这欢欣大地之上的初升朝阳，

还是草木、花果、晶莹露珠、

阵雨后的芳香、温润宜人的暮色、

神鸟婉转的静夜、月下漫步、

灿烂星光，没有了你又有什么欢畅？）

　　这一诗段结构颇为复杂，十八行的诗句只由两个句子组成：前两行为一句，讲夏娃认为与亚当交谈胜过一切愉悦，后十六行为一个并列句，其中的第三行到第十一行，讲乐园的各种美好事物，而第十二行到十八行语气一转，讲如果没有了亚当，夏娃觉得乐园的一切欢畅都将不复存在。使用的是典型的无韵诗体，每一诗行由抑扬格的五音步十音节构成，如第一行的节奏为 With thee conversing I forget all time（－、／－、／－、／－、／－、）。无论从结构或是从内容上讲，都更像一首加长了的"十四行诗"。诗段通过精致的重复模式赞美了伊甸园的欢欣、甜美，直到最后的半行才点明题旨——对夏娃来说，只有亚当才是伊甸园的精华。甜美可爱的一首情诗，不是吗？然而比起亚当的晨歌（*aubade*）（第三卷，17－25行）来，它还略显逊色：

Awake

My fairest, my espous'd, my latest found,

Heavens last best gift, my ever new delight,

Awake, the morning shines, and the fresh field

Calls us; we lose the prime, to mark how spring

Our tended Plants, how blows the Citron Grove,

What drops the Myrrhe, & what the balmie Reed,

How Nature paints her colours, how the Bee

Sits on the Bloom extracting liquid sweet.

（醒来吧，

我的美人，我的爱侣，我最新的发现，

上天最后的恩赐，我万古长青的快乐！

醒来吧，晨曦在闪亮，清新的田野

在召唤；我们会失去大好的时光，

去观看我们照料的草木如何发芽，

丛丛枸橼如何怒放、开花，

没药、香苇又将什么落下，

自然如何挥洒斑斓的色彩，

蜜蜂在花蕊如何汲取琼浆。）

这一诗段在形式上更为自由一些，并未严格依照"抑扬/轻重"的音律模式，如第二行中 My fairest, my espoused 连续三个轻音且有停顿，而第三行 Heaven's last best gift 连续三个重音而无停顿（也许诗人这样做正是为了使音律节奏更好地吻合于所表达的情感，因为在一个诗行之中，重音越多，力度就越大，速度就越缓；轻音越多，也越显得轻快、滑动和流畅），但是它饱含着生动活泼的鲜明意象和更为炽烈的感情表达。因此，无论是从声音效果，还是从蕴含于诗行中的情感、意义上来讲，这都是一首新郎唱给新娘的情歌典范，所以常常被视为情歌之中最为精巧的一首。

然而，在堕落之后，情形便倒过来了：悲剧式的哀歌、怨歌由亚当发起，但使之变形与完善的却是夏娃。亚当唱出好几首悲怆抒情诗，有对所失去的绝望悲叹，有寻找补救、解脱的苦痛抱怨。他见到堕落后夏娃的第一眼，心中就涌起对她的沉沦堕落及缺少她时的凄惨生活所产生的悲痛欲绝："哎，上帝造出的尤物，上帝所有作品中/的最后最美之物……"（第九卷，896－916 行）；以"噢，幸福中的悲惨！难道这就是/这个全新的荣光世界的末日吗？"开始的最长"悲情怨诗"（第十卷，720－844 行），徒劳地在悲号、顿呼和痛苦质问中寻求解脱。相比之下，夏娃开始了一种更好的悲怆抒情诗样式：那种从实质，从结构上都是悔罪圣歌的真正典范，如同《旧约·诗篇》之 38、51、102（"耶和华啊，求你不要在怒中责备我，不要在怒中惩罚我……""神啊，求你按你的慈爱怜悯我，按你丰盛的慈悲涂抹我的过犯。求你将我的罪孽洗除净尽，并清除我的罪……""耶和华啊，求你听我的祷告，容我的呼求达到你面前。我在危难的日子，求你向我侧耳，不要向我掩面；我呼求的日子，求你快快应允我……"）一样，她向亚当请求饶恕的祈祷充分表达了堕落后处境的凄惨、悲伤和剧痛，而且表达了对犯罪的忏悔、补救的意愿与和解的希望：

> Forsake me not thus, Adam, witness heaven
>
> What love sincere, and reverence in my heart
>
> I bear thee, and unweeting have offended,
>
> Unhappily decided; thy suppliant
>
> I beg, and clasp thy knees; bereave me not
>
> Whereon I live, thy gentle looks, thy aid,
>
> Thy counsel in this uttermost distress,
>
> My only strength and stay: forlon of thee,
>
> Whither shall I betake me, where subsists?
>
> …
>
> On me exercise not
>
> Thy hatred for this misery befallen,
>
> On me already lost, me than thyself
>
> More miserable; both have sinned, but thou
>
> Against God only, I against God and thee,
>
> And to the place of judgment will return,
>
> There with my cries importune heaven, that all
>
> The sentence from thy head removed may light
>
> On me, sole cause to thee of all this woe,
>
> Me me only just object of his ire.　　　　　（第十卷，914－936 行）
>
> （不要这样抛弃我啊，亚当！
>
> 皇天可以作证，我心中对你怀有
>
> 多么真挚的爱和敬，虽然无意之中
>
> 我冒犯了天条，不幸地被欺骗。
>
> 我求你了，我抱着你的双膝，
>
> 在这极度痛苦之时，勿要使我失去
>
> 我赖以生存的东西：你温和的容颜，
>
> 你的帮助，还有你的好心忠告，
>
> 那是我唯一的力量和支撑。失去你，

> 我能到哪里去，我能到哪儿生存？
>
> ……勿要因为这降临的不幸
>
> 而把嫉恨施加在已经毁了的我身上，
>
> 比起你我更可悲；我俩都犯了罪，
>
> 但你只背叛了上帝，而我却把上帝和你
>
> 都背叛；我要回到宣判的地方去，
>
> 用哭声哀求天庭，把你头上的惩处
>
> 全部降落到我身上，灾祸是因我，
>
> 怒火的唯一正当目标是我，是我。）

夏娃请求受她牵连的丈夫原谅的这段颇具雄辩力的圣歌式祈祷（注意最后一行中以示强调 me me 的重复），使她开始了赎罪的角色，就像是生下了弥赛亚（基督）的第二夏娃——圣母玛利亚，这也暗暗对应了天庭谈话中神子自告奋勇地要求把人类犯的罪迁到他自己的身上（第三卷，236 - 237 行）的情节。由此，弥尔顿使这一诗段成了全诗一个关键点：堕落作为以绝望和死亡告终的古典悲剧，让位于灾难和痛苦可以在希望中忍受的基督教悲剧（请注意 Forsake me not thus 与 on me exercise not thy hatred 中圣经体式的否定句!），夏娃的祈祷为第十卷中夫妇二人一起向上帝做悔罪祈祷做了铺垫，不过那时的祈祷带来的只有无声的悔恨、叹息。于是，这段圣歌式的祈祷就成了堕落世界中抒情诗的上乘之作。

可以说，无韵诗体在弥尔顿的手里已经达到了游刃有余、挥洒自如地表情达意的新高度。自此以后，它也就成了英语诗中通行的格律形式，即使在十九世纪和二十世纪也依然深受欢迎，例如，华兹华斯（William Wordsworth）、济慈（John Keats）、丁尼生（Alfred Tennyson）、勃朗宁（Robert Browning）和美国诗人罗宾逊（Edwin Arlington Robinson）与弗罗斯特（Robert Frost）都在无韵诗体中有上乘之作。当然，二十世纪的无韵诗已不大用来表现崇高的主题，而是在调子上变得更为口语化、大众化了。

科尔森认为史诗《失乐园》最为显著的特点为：1. 主题的崇高性（sublimity）；2. 诗句的和谐悦耳（harmonious &melodious），即非戏剧的无韵体（non - dramatic blank verse）。① 华兹华斯将和谐诗句界定为："和谐诗句（首先便是英语抑扬格无韵体）表现在停顿与节奏的巧妙安排和诗段的蜿蜒流畅上面"〔harmonious verse consists（the English iambic blank verse above all）in the apt arrange-

---

① CORSON H. An Introduction to the Prose and Poetical Works of John Milton. London：Macmillan & Co. Ltd. 1899：13 - 32.

ment of pauses and cadences and the sweep of whole paragraphs]：

>　……带有许多蜿蜒的回合，

>　伸展开去的紧密相连的甜美。

科尔森在其《英诗入门》（*Primer of English Verse*）中总结出弥尔顿无韵体诗歌的两大特点。其一，诗行内部和谐多样的节奏。这也是弥尔顿自己所提及的"真正音乐乐趣"的基础，它让"意义以各种方式从一个诗行拉长进入另一个诗行"。

其二，将诗行优美而和谐地组合起来以形成诗节。这比那押韵诗行构建出来的整齐划一的诗节更具有机统一性。押韵诗行构成的诗节必须保持某种一致性，所以或多或少地带有一些人工的痕迹，但弥尔顿的无韵体诗节旋律与和声组成的浪潮可长可短，节奏丰富多变，全凭思想和感情来将其推动，有时贯穿十几个诗行，有时只延伸两三行。在英语语言中，没有别的无韵体诗歌能够显示出如此多样化使用停顿的精湛技艺了。完整句群或者逻辑片段终止于一个诗行第一、二、三、四音步的后面或者中间，若是加上在第五个音步中间的停顿，那就总共有五种情形。诗节通常只适用于押韵诗行的整齐句群，但也可以恰当地适用于无韵体（尤其是《失乐园》里的诗句）的多样化组群。要想充分地欣赏弥尔顿无韵体诗句，就必须以组群来阅读，一个句群可能始于诗行中间，也终于诗行中间，这些组群都是因为感情而引起的统一行动，与押韵诗行倒是并无二致。

3. 弥尔顿对英语抒情诗和英语语言的贡献

1645年，弥尔顿将自己先前创作的诗作结集出版（《约翰·弥尔顿英文、拉丁文诗集》），或许是想让世人知道自己并非只是一个臭名昭著的离婚小册子的作者，而且是一位颇具才华的诗人。出版商莫斯雷于同年还出版了保王党诗人沃勒（Edmund Waller）的诗集。沃勒的诗集深受读者欢迎，一年之中连印了三版。弥尔顿的诗集过了15年还没有把第一版售罄，但诗人相信，"不管是快是慢，是多是少"（第7首十四行诗）自己终将成为"伟大荣誉的继承人"（《莎士比亚碑铭》），但他还必须等上许多年才能真正承继下莎士比亚的诗歌遗产。到了诗人离世前的那一年（1673年），弥尔顿成了当之无愧的莎士比亚诗歌遗产继承人，因为他不仅出版了三大史诗性作品，而且将原诗集再版。再版的诗集里加进了一些1645年以前写出的诗作，包括《悼夭婴》和《大学假期习作》。该习作为诗人1628年就读于剑桥大学基督学院时写下的诗作，未被收入初版，可能是因为其中浓郁的"自负"意味，而再版收进来则是因为年轻时自诩的诗才已经得到了证实。诗人回顾自己早先的愿望，无不充溢着一种自豪感：

> 你好，本土的语言，你瘦弱的筋腱
> 曾鼓动我蠢蠢欲动的舌头首次开言，
> ……
>
> 我因此求你不要将你的援手吝惜，
> 虽然我已犯下这些小小的失误。
> 你快些径直来此，带给我一次快乐，
> 从你那衣橱里带来你至贵的宝藏；
> 不是那花哨的新玩意与纤细的饰品，
> 虽然它们都曾经让我们心驰神往，
> 而去采集那绚丽衫袍和鲜艳盛装，
> 它们为深邃精神与精致智巧所渴望。
> 我已有一些赤裸的思想在四处游荡，
> 大声地叩敲门扉，意欲奔涌而出；
> 它们安居户内，却已生出倦怠，
> 静待着你去将它们装扮一新；
> 然后，便要毫不犹豫，勇往直前，
> 飞快地来到这美丽聚会的耳朵边。

如果说在 1645 年人们还看不出弥尔顿凭什么瞧不上昨日的诗歌时尚，那么到了 1673 年他则显然有资格这么做了，因为他已经用自己的方式在大学期间为自己立下了宏伟誓愿：

> 然而，我倒是更愿意自己去选择
> 你的服役来表现一种严肃的主题，
> 以便让你在四面八方将财宝寻找，
> 再用合适的音响将我的想象装扮：
> 好让如痴如狂的心境在高空翱翔，
> 飞越旋转的两极，朝天堂的大门
> 窥进，又将至福的神祇仔细观瞧，
> 看他是如何静卧在雷霆的王座前。

弥尔顿的确要使用英语语言来为他搜寻自己所有的宝藏，正像十八世纪的艾迪生（Joseph Addison）所评说的："我们的语言俯身于他，与他伟大的灵魂并不相配，因为那灵魂让他充溢着如此荣光的概念。"加进再版的还有几首贺拉斯诗作的英译、另外几首《圣经·诗篇》的英译和九首十四行诗。

　　最好是从其创作的时间顺序上来看弥尔顿的诗文作品，因为弥尔顿首先是一位双语作家，大部分作品都是用拉丁文写成的，拉丁文对于他几乎就是第二母语，将其外语创作和英语创作分开看，虽然方便但把人误导，而且会在其伟大文学创作活动中留下一些令人不解的空白时段。约翰逊曾将二流诗人考雷（John Cowley）的早熟与相对晚成的弥尔顿进行比较，但这种比较并不能令人信服。事实上，弥尔顿在自己15—21岁时就已译出数首希伯来语赞美诗并写出英语诗《哀亡婴》和大量趣味和诗情十足的拉丁文诗作。这些诗歌创作对一个20岁左右的年轻人来说绝非平庸之作。此外，还有他在剑桥读求学时写就但到1674年才得以出版的《演说集》（*Prolusiones Quaedam Oratoriae*），其中有一些带有自传性质的有趣笔触，预示着一个具有叛逆、论争精神的年轻人的出现。《演说集》里包括七个演讲稿：1."白天黑夜哪个更好？"；2."星球和谐"；3."反驳经院哲学"；4/5.科学论题；6."学院暑期工作日，几乎全校年轻人都参加"；7."艺术比无知更让人感到幸福"。

　　弥尔顿的这些早期诗文创作很重要，因为它们消除了人们对弥尔顿年轻时无所作为的怀疑，又因为它们说明成熟的弥尔顿已经在年轻之时显现出来了。想要从头了解弥尔顿就必须从这些不为人所知的作品开始。

　　弥尔顿总共72首不同语言（英语、拉丁语、意大利语和希腊语）、不同风格（短歌、挽歌、十四行诗、格律诗和无韵体）的抒情诗作，主要创作于1640年之前（早期）。这些诗作按照表现主题和诗体风格可以大致分为五大类：宗教类；抒怀类；十四行诗；假面剧（诗剧）；应酬类（悼亡和颂赞）。从这些诗作中，我们不仅领略到青年诗人的宗教情怀和诗歌天才、青年和中年弥尔顿的生活侧面与原汁原味的彼特拉克十四行诗歌，而且管窥到隐居乡村时的诗人心灵和使用多语制作牧歌、情歌的本事。

　　可见，弥尔顿早期诗歌创作的一大特点是超乎寻常的多样性，最明显的便是语言：英语的、意大利语的、拉丁语的、希腊语的，甚至有源自希伯来语的英语译作。当然还有文类，即便是在英语诗作中，我们也发现有悼亡诗、贵族式娱乐诗剧、具有性格刻画传统的姊妹诗作、模仿挽歌的戏剧性诗作等。诗作中的文化蕴含从祭司般的虔敬，到剑桥校友机智的戏谑，再到贵族家庭高尚的雅致，几乎是无所不包。可以说，青年诗人弥尔顿创作出了一些他那个时代最优秀的诗歌：比卡鲁和达文南特还要好的贵族娱乐诗剧，甚至比本·琼生还要好的丧葬挽歌，甚至比赫伯特还要好的基督教节庆诗歌。从某种意义上讲，他那部1645年的诗集代表着斯图亚特时代前期英语诗歌的最高成就。

弥尔顿对英语抒情诗歌的贡献突出地反映在十四行诗上面。首先是表现领域有了进一步的拓展，男女情爱原本是十四行诗的标准题材，约翰·当恩引入宗教冥思的内容，弥尔顿则将其拓展至政治及其他领域。其次是诗行安排上的大胆革新，除刻意模仿彼特拉克的六首意大利语诗作外，只有第十六首是以偶句诗行来收尾的。诗的节奏也突破了在第四、第八行停顿、收紧的常规，而是一直贯连下去，造就一种一泻千里的气势。在彼特拉克式十四行诗中，前八行和后六行之间须保持思想和节奏的平衡一致。前八行的韵式为：一、四、五、八行压一个韵，二、三、六、七行压一个韵，首行与末行同韵，使整个诗节浑然一体，形成一个统一的节奏。第四行末尾有一个短暂的停顿，第八行末尾则有一个明显的收煞，思想的表达和节奏的发展在此达到高潮，并准备在后六行的诗节中逐渐地回落。后六行并不带来新的思想，节奏比较简单，韵脚也不严格，只要求在最后的两行形成押韵或不押韵的偶句。诗的重心在前八行，后六行依附其上，为重心提供一个"渐弱"的落潮。相比而言，莎士比亚式十四行诗的结构则显得更加干净、整洁：三个四行诗节（12行）加上一个起着收尾功能的押韵的警句式的偶句。前面的十二行中不必有明显的停顿，因为三个四行诗节同等重要，只是对要表达的思想进行反复渲染、层层推进，并将高潮带入最后的偶句之中。偶句的作用是道出全诗的主旨，因而成为全诗的"点睛之笔"。彼特拉克式（意大利式）十四行诗追求一种繁复而和谐的表现效果，莎士比亚式（英国式）十四行诗则更注重一种亲切而甜美的品质。弥尔顿是地道的英国诗人，其十四行诗创作却基本上是意大利式的，但他又有自己的创新：其一，结构虽然基本保持了"8＋6"的模式，却并不愿意在前八行的末尾收住或者停顿，而是将前八行的思想与节奏不间断地带进后面的六行诗节，甚至在前四行的末尾也不做短暂的停顿；其二，韵脚虽然基本遵循了 abbaabba cdcdee 的意大利范式，但也时而打破惯例，在后面的六行诗节中使用 cddcee 或 cddcdc 的变体，甚至采用不押韵的无韵诗体形式。

可以说，即使没有后来的三大史诗性作品，弥尔顿的早期诗歌创作也足以奠定其作为17世纪优秀诗人的地位，足以和约翰·当恩、本·琼生、赫利克、赫伯特、卡鲁、沃勒、克拉肖、马伏尔和亨利·沃恩等同时代诗人等量齐观。《失乐园》《复乐园》和《力士参孙》则让他站在了英语诗歌创作的巅峰之上，成为可以和乔叟、莎士比亚并肩而超越斯宾塞的英语乃至世界一流诗人。他那些优秀的散文创作和英国革命期间的经历和贡献又让他获得了散文家和政治家的称号，使他成为英语文学史上一个非常独特的大作家：散文家、政治家和一流诗人。

英国学者约翰·格蕾丝认为"他（弥尔顿）仍然是一位崇高的英语诗人"

"在他诞辰四百周年的时候，我们要说他是一位值得纪念的作家，要纪念的也不只是史诗《失乐园》。"牛津大学的英语讲师、弥尔顿（基督学院）的校友盖文·亚历山大（Gavin Alexander）对《牛津英语词典》（OED）进行了仔细的检索，发现弥尔顿为英语语言带来了 630 个词语，从而成为英国最大的造词者，紧随其后的是本·琼生（558 个）、约翰·当恩（342 个）和莎士比亚（229 个）。

"要是没有这位大诗人，我们就不会有 liturgical（礼拜仪式的）、debauchery（放荡淫逸）、besottedly（纸迷金醉地）、unhealthily（不健康地）、padlock（挂锁）、dismissive（不屑一顾的）、terrific（令人生畏的）、embellishing（装饰性的）、fragrance（芬芳）、didactic（说教的）或者 love – lorn（害相思病的）这样一些词语，当然更不会有 complacency（洋洋自得）这个词了。"①

弥尔顿的新造词可以大致分为五类：1）旧词添新义，首次把 space 一词用来指涉"太空"；2）旧词变新形，从动词造出名词或从形容词造出动词，例如 stunning（令人瞠目结舌）和 literalism（写实主义；直译）；3）使用否定形式，例如 unprincipled（没有原则）unaccountable（莫名其妙）irresponsible（不负责任），弥尔顿特别擅长这一类，共使用过 135 个以 un – 开头的词语；4）新创复合词，例如：arch – fiend（头号敌人）和 self – delusion（自欺欺人）；5）绝对新创词，例如 pandemonium（万魔殿）和 sensuous（感官的）。

当然，"并不是弥尔顿想怎么样就怎么样，他造出的一些词，如 intervolve（相互缠绕在一起）和 opiniastrous（固执己见；刚愎自由）就没有最终进入流通使用。这似乎是我们的而非他的损失。"

"最大的造词者"、崇高的"宏伟体"风格、灵活多变的"无韵诗体"，这就是弥尔顿对英语语言的伟大贡献！

4. 今天我们还需要弥尔顿吗？

英国《新政治家》与《独立者》杂志的前任文学编辑博依德·通金，于 2017 年在《旁观者》上发表专论"为什么弥尔顿还很重要？"② 用的副标题是

---

① GRACE C. John Milton – our greatest word – maker ［OL］. The Guardian），Monday 28 January 2008.

② TONKIN B. Why Milton still matters? ［OL］. THE SPECTATOR，18 March 2017. 其副标题为：*Paradise Lost* can still speak to readers on its 350th anniversary – even if its champions sometimes seem to lose faith.

"《失乐园》在其出版 350 年之后仍然能够与其读者交流，尽管其支持者有时候似乎会丧失信心"。他在文中写到：

就在 350 年前（即 1667 年）的 4 月，约翰·弥尔顿将《失乐园》的所有版权卖给了出版商萨缪尔·西蒙斯，首付 5 英镑，售出 1300 册之后再付 5 英镑。对于一部叙述撒旦的天庭大战、夏娃的"致命过失"与人类被逐出伊甸园的故事而不久后便成为纪念碑似的文学经典的 12 卷史诗作品来说，这好像是一笔很划算的好买卖。萨缪尔·约翰逊作为托利党人为诗人的革命政治观点感到悲哀却也将《失乐园》放在"人类心灵创作"中的第一位（设计布局）和第二位（技巧）。

随着周年纪念的临近，即便是弥尔顿的支持者也表现出丝丝歉意来。因出色编辑出弥尔顿短诗集而闻名学界的约翰·凯瑞教授将《失乐园》剪辑成一个读者友好型的 230 页《失乐园精华》。凯瑞把每一卷的内容提要都加以浓缩而不是仅仅从出彩、唬人的诗句里精挑细选出来一些金色玩意儿，然后再将其汇总起来。就是这位终其一生而致力于弥尔顿研究的教授现在也开始感到不安而悲叹："几乎没有人读它呀！"

另一阵营则在考量一位世界级知识分子的经验教训，他在 1649 年之后充当克伦威尔的外语秘书，倾尽全力要让欧洲大陆那些心胸狭隘之徒相信英国人并没有失去理智成为一群野蛮的乌合之众而将其君王杀死。他的活儿干得不错：第一部《为英国人民辩护》（现在换上了一个巧妙的标题）在巴黎和图卢兹点燃熊熊大火。他挥动自己的全部学问和雄辩来为英国的独特道路辩护，从马德里到斯德哥尔摩的文明社会都为之震颤。这样看来，他或许又是离国去乡者的一座灯塔。

两大阵营都应该注意弥尔顿对践踏个体自由的暴政——国王、神父实施的也好，将军甚至议会实施的也罢——一直持有的那种鄙夷。仅仅是人数多对这位不满现状之人是没有任何意义的。逐行地阅读《失乐园》会让我们对撒旦的看法逐渐发生变化——这种变动不居的超凡魅力使之成为世界文学中最伟大的人物性格之一，不过他的确表现出一种倾向：喋喋不休地说他那广受欢迎的反叛上帝的命令。他曾声称"差不多一半"的天使追随他，后来又说是"三分之一的神祇"。不管怎么说，保王的天神阿比迭严肃地坚持"有时候，成千上万的都可能错了而正确的只有少数几个"。

作于 1644 年的《艾瑞帕吉提卡》反对的不是国王而是议会对言论自由的控制，在这一反对审查制度的伟大论辩中，弥尔顿坚持认为真理的呼吸能够推翻谎言的城堡——或如我们现在所说的替代性事实。普通人的意见对他来说是无足轻重的。"让她和虚假角斗吧,"他大声呼吁,"有谁听说过真理在自由、公开的遭遇中处于下风?"令人伤心的是,选举宣传的历史所暗示的事实恰恰相反。但是,弥尔顿令人兴奋地站起来支持坦率、自由甚至火药味十足的辩论,认为辩论本身就是通向智慧的道路,因为"我无法去称颂退缩、归隐的德行,……从来不主动出击去面对敌人,而只是从人群中偷偷溜走。"

撇开政治不谈,《失乐园》需要新的读者,不是因为其中宏伟壮观、五彩缤纷的描述性诗句(即学术界大谈而特谈的"宏伟风格"),而是因为位于史诗核心的那种其乐融融、人性化十足的戏剧。第九卷里,当夏娃告诉亚当她已经吞食了禁果时,她使用的语气就像是梅菲尔俱乐部里突然出现了一种全新的毒品:"使我先前模糊的双眼 / 睁开,让我精神抖擞,心胸充实"。不管怎样,她只是在上帝和亚当跟她絮叨其从属地位之后才屈从于毒蛇的诱惑的。

顶级的美味小吃不仅会给出"善恶的知识",而且会重设他们之间的关系,"得到他的爱越多 / 就越让我跟他平等……如若我不及他,谁会自由呢?"亚当不理会这种原始女权主义的逻辑,刚刚为其配偶采来一个用乐园里最美花朵编织的花束,听到夏娃的所作所为便一下子给惊呆了:"恐惧冷飕飕地 / 传遍全身,四肢关节全都瘫软。/ 为夏娃编织的花环从他松开的掌中 / 掉下来,褪色的玫瑰花瓣洒满一地,/ 他愣在那里,目瞪口呆,脸色苍白……'剧本就这样自动写下来。"

在弥尔顿的神学体系里,夏娃必须屈从于诱惑,以便让神子来救赎人类。自由意志导致了她的幸运堕落(felix culpa),也让她成为女主人公(女英雄)而非女恶棍。围绕这些基本教义,弥尔顿塑造出一个有血有肉的非凡女性形象,这一形象在史诗最生动可爱的诗行与最引人瞩目的论辩中占有很大的份额。即将步入婚礼殿堂却缺少新婚诗歌的男女可以考虑丢弃莎士比亚那首过于熟悉的116号十四行诗而选择夏娃的那首爱情赞歌"和你交谈,我完全忘掉了时间……"

眼下,能够打动读者并被视为史诗中的真正大胆精灵的是夏娃而非鲁西弗。撒旦毕竟只是像个自我膨胀的初级牧师,参加宴会时逢人便问"你不认识我吗?"不过,从布莱克(给出了那句四季常青的裁断:弥尔顿是一位"大诗人,堕入魔鬼行列而不自知")到威廉·燕卜生(在其《弥尔顿的上帝》中)之类的反基督教批评家,《失乐园》里光彩四射的撒旦从来就不缺少粉丝。不久前,菲利普·普尔曼又一次对这一矿层进行挖掘,用他那弥尔顿式的三部曲《他那黑暗物质》(题目源自《失乐园》第二卷第916行)将史诗正式的神学思想颠倒过来。不过,普尔曼在故事的核心植入的不是魔鬼超级明星而是那个聪明、探索的夏娃式人物：里拉·贝拉夸。普尔曼这位受人喜爱畅销书作家遭到卡雷的忽视，尽管这位受人喜爱的畅销书作家在离经叛道上比老卡雷这个坏脾气的反对者有过之而无不及。

通俗文化里的其他天使长也为弥尔顿的复兴做出了贡献。2015 年，"粉色弗洛德"乐队吉他手大卫·吉尔莫的个人专辑《让那把锁嘎嘎响》从《失乐园》中借来歌词，督促我们"丢弃那锁链……离开那火湖或者东门，你一定会渡过难关"。这简直就是夏娃的情感！至于尼克·凯弗那首带有硫黄味的神魔和"灾难性计划"的古典乐曲《红红的右手》，已经将弥尔顿的一个短语和概念（第二卷第 174 行）"喂进"观看过《尖眼罩》片头的每个人的想象中。可见，卡雷对其主人公的隐形意识或许在忧郁这一面出了错。托马斯·谢尔比这位来自伯明翰黑帮地狱的黑暗复仇王子将会慷慨陈词："邪恶，你就是我的善使。"《尖眼罩》今年秋天就要回来，给他点时间吧！

华兹华斯在二百多年前说的话对我们今天仍然适用："弥尔顿！你该生活在这个时刻，英格兰（或者世界）需要你！"

> Milton! Thou shouldst be living with this hour;
>
> England hath need of thee: she is a fen
>
> Of stagnant waters: altar, sword, and pen,
>
> Fireside, the heroic wealth of hall and tower,
>
> Have forfeited their ancient English dower
>
> Of inward happiness. We are selfish men;
>
> Oh! Raise us up, return to us again;
>
> And give up manners, virtue, freedom, power.
>
> Thy soul was like a Star, and dwelt apart;
>
> Thou hadst a voice whose sound was like the sea:
>
> Pure as the naked heavens, majestic, free,
>
> So didst thou travel on life's common way,
>
> In cheerful godliness; and yet thy heart
>
> The lowliest duties on herself did lay.
>
> (*London , 1802*)

参考文献

中文类

著作

［1］陈惇，孙景尧，谢天振．比较文学［M］．北京：高等教育出版社，1997．

［2］侯维瑞．英国文学通史［M］．上海：上海外语教育出版社，1997．

［3］胡山林．文学艺术与终极关怀［M］．北京：中国社会科学出版社，2005．

［4］蒋承勇．世界文学史纲［M］．上海：复旦大学出版社，2000．

［5］蒋承勇．西方文学"人"的母题研究［M］．北京：人民出版社，2005．

［6］李赋宁．英国文学论述文集［M］．北京：外语教学与研究出版社，1997．

［7］李赋宁．欧洲文学史（第一卷）［M］．北京：商务印书馆，2002．

［8］李宪愉．二十世纪中国翻译文学史（三四十年代·英法美卷）［M］．天津：百花文艺出版社，2009．

［9］梁启超．饮冰室诗话［M］．北京：人民文学出版社，1959．

［10］钱乘旦，许洁明．英国通史［M］．上海：上海社会科学院出版社，2012．

［11］沈弘．弥尔顿的撒旦与英国文学传统［M］．北京：北京大学出版社，2010．

［12］孙庆芳．教皇史话［M］．北京：商务印书馆，1985．

［13］王佐良．英国散文的流变［M］．北京：商务印书馆，2011．

［14］王佐良，何其莘．英国文艺复兴时期文学史［M］．北京：外语教学与研究出版社，2006．

［15］夏征农，陈至立. 辞海：第六版［M］. 上海：上海辞书出版社，2009：.2928.

［16］杨义，陈圣生. 中国比较文学批评史纲［M］. 福州：福建教育出版社，2002.

［17］杨周翰. 十七世纪英国文学［M］. 北京：北京大学出版社，1996.

［18］杨周翰，吴达元，赵萝蕤. 欧洲文学史（上）［M］. 北京：人民文学出版社，1979.

［19］曾思艺. 探索人性，揭示生存困境——文化视角的中外文学研究［M］. 北京：中国社会科学出版社，2004.

［20］张文建. 宗教史话［M］. 长春：吉林人民出版社，1981.

［21］赵稀方. 二十世纪中国翻译文学史（新时期卷）［M］. 天津：百花文艺出版社，2009.

［22］周作人. 欧洲文学史［M］. 石家庄：河北人民出版社，2004.

［23］朱光潜. 诗论［M］. 北京：生活·读书·新知三联书店，1984.

［24］朱立民，颜元叔. 西洋文学导读［M］. 台北：巨流图书出版公司，1993.

译著

［1］鲍侬，菲奥纳. 宗教人类学导论［M］. 金泽，何其敏，译. 北京：中国人民大学出版社，2004.

［2］德比奇，雅克，等. 西方艺术史［M］. 徐庆平，译. 海口：海南出版社，2005.

［3］麦格拉斯. 基督教概论［M］. 马树林，孙毅，译. 北京：北京大学出版社，2003.

［4］麦格拉斯. 基督教文学经典选读（上）［M］. 苏晓明等，译. 北京：北京大学出版社，2004.

［5］培根，弥尔顿. 哈佛百年经典：培根论说文集及新特兰蒂斯 弥尔顿论出版自由与教育［M］. 张春，张影莹，译. 北京：北京理工大学出版社，2014.

［6］施密特，阿尔文. 基督教对文明的影响［M］. 汪晓丹，赵巍，译. 北京：北京大学出版社，2004.

［7］亚里士多德. 诗学［M］. 罗念生，译. 北京：人民文学出版社，2002.

［8］约翰. 梅西. 文学简史［M］. 熊建，译. 北京：中国友谊出版公司，2005.

[9] 约翰·梅西. 西方文学史：文学的故事 [M]. 孙青玥，译. 北京：红旗出版社，2014.

[10] 约翰·弥尔顿. 失乐园（多雷插图版）[M]. 朱维之，译. 长春：吉林出版集团有限责任公司，2007.

[11] 约翰·弥尔顿. 复乐园 [M]. 朱维之，译. 上海：新文艺出版社，1957.

[12] 约翰·弥尔顿. 科马斯 [M]. 杨熙龄，译. 上海：新文艺出版社，1958.

[13] 约翰·弥尔顿. 斗士参孙 [M]. 金发燊，译. 桂林：广西师范大学出版社，2004..

[14] 约翰·弥尔顿. 弥尔顿十四行诗集 [M]. 金发燊，译. 桂林：广西师范大学出版社，2004.

[15] 约翰·弥尔顿. 弥尔顿抒情诗选 [M]. 朱维之，译. 上海：上海译文出版社，1993.

[16] 约翰·弥尔顿. 弥尔顿诗选 [M]. 殷宝书，译. 北京：人民文学出版社，1958.

[19] 约翰·弥尔顿. 欢乐颂与沉思颂 [M]. 赵瑞蕻，译. 南京：译林出版社，2013.

[18] 约翰·弥尔顿. 为英国人民声辩 [M]. 何宁，译. 北京：商务印书馆，2012.

[19] 约翰·弥尔顿. 论出版自由 [M]. 吴之椿，译. 北京：商务印书馆，2012.

[20] 约翰·弥尔顿. 建设自由共和国的简易办法 [M]. 殷宝书，译. 北京：商务印书馆，2013.

[21] 中国基督教协会. Holy Bible《圣经》"简化字现代标点和合本" [M]. 南京：中国基督教协会，2000.

英文类

著作

[1] ABRAMS, M. H. ed. The Norton Anthology of English Literature：7th Edition The Major Writers [M]. New York & London：W. W. Norton & Company, 1990.

[2] BALDICK C. Oxford Concise Dictionary of Literary Terms [M]. 上海：上

海外语教育出版社，2000.

［3］ BOWIE F. The Anthropology of Religion ［M］. New York & London: Blackwell Publishing, 2005.

［4］ BROOKS C. & WARREN R. P. Understanding Poetry. Foreign Language Teaching and Learning & Press Thomson Learning, 2004.

［5］ BUSH D. Introduction to 'Samson Agonistes' in his Milton: Poetical Works. London: Oxford University Press, 1966.

［6］ CAMPBELL G. John Milton ［M］. 上海：上海译文出版社，2008.

［7］ CHEN J. Culture of the English – speaking Countries: An Introduction ［M］.西安：陕西人民出版社，2012: 59 – 61.

［8］ CHRISTOPHERG. B. Milton's 'Literary' Theology in the Nativity Ode. From Milton and the Sciences of Saint ［M］. Princeton: Princeton University Press, 1982.

［9］ CORNS T. N. A History of Seventeenth – Century English Literature ［M］. Oxford: Wiley Blackwell, 2007.

［10］ CORNST. N. The Cambridge Companion to English Poetry: Donne to Marvell ［M］. 上海：上海外语教育出版社，2001.

［11］ CORSON, H. An Introduction to the Prose and Poetical Works of John Milton ［M］.London: Macmillan & Co. Ltd, 1899.

［12］ DANIELSON Dennis. The Cambridge Companion to Milton ［M］. 上海：上海外语教育出版社，2000.

［13］ ELIOT T. S. Two Studies by T. S. Eliot ［M］. London: Faber and Faber, 1968.

［14］ ELHCritical Essays on Milton ［M］. Baltimore and London: The Johns Hopkins Press, 1969.

［15］ FLANNAGAN R. ed. The Riverside Milton ［M］. New York: Houghton Mifflin, 1998.

［16］ GARNETT R. Life of John Milton ［M］. Middlesex: The Echo Library, 2008.

［17］ GREENLAW E. A. An Outline of Literature of the English Renaissance ［M］. Language Learning, General Books LLCTM, Memphis, USA, 2012.

［18］ HARDY J. P. Johnson's Lives of Poets ［M］. Oxford: Clarendon Press, 1971.

[19] JOSEPH A. Notes upon the twelve books of Paradise Lost. Collected from the Spectator [M]. London: ECCO Print Editions, 1731.

[20] MACAULAY L. An Essay on John Milton [M]. New York: American Book Company, 1894.

[21] MASSON D. Introduction to Samson Agonistes in Milton's Poetical Work [M]. London: Macmillan & Co. Ltd, 1874.

[22] MILTON J. The Annotated Milton: Complete English Poems [M]. ed. RAFFEL B. New York: Bantam Books, 1999.

[23] MILTON J. Milton: Complete Poetry and Selected Prose [M]. ed. VI-SIAK. E. H. Glasgow: Robert Maclehose and Co. Ltd the University Press, 1969.

[24] MILTON J. Milton's Selected Poetry and Prose: A Norton Critical Edition [M]. ed. RISEBLATT Jason P. New York & London: W. W. Norton & Company, 2011.

[25] MILTON J. The Prose Works of John Milton: Vol. I – V [M]. ed. ST JOHN J. A. London: Joseph Rickerby Printer, 1848.

[26] MILTON J. The Prose Works of John Milton: Vol. IV [M]. ed. SUM-NER C. R. London: George Bell & Sons, 1908.

[27] MILTON J. Milton Political Writings [M]. ed. DZELZAINIS M. 北京: 中国政法大学出版社, 2003.

[28] MURRAYJ. R. The Influence of Italian upon English Literature during the Sixteenth and Seventeenth Centuries, Les Bas Prize, 1885 [M]. London: George Bell and Sons, 1886.

[29] NORBROOK D. Poetry and Politics in the English Renaissance [M]. 2nd edition. Oxford: Oxford University Press, 2002.

[30] NYQUIST M. and FERGUSON M. W. Re – Membering Milton: Essays on the Texts and Traditions [M]. New York and London: Methuen, 1987.

[31] ORGEL S. The Jonsonian Masque [M]. Cambridge, Mass. : MIT Press, 1965.

[32] OTIS N. Outline History of English Literature to Dryden [M]. New York: Barnes & Noble, Inc, 1937.

[33] OTTER L. A Preface to Milton [M]. Beijing: Peking University Press, 2005.

[34] Oxford Advanced Learners' English – Chinese Dictionary [M], 8th edition.

［35］ PARKER, W. R. Milton: A Biography ［M］. Oxford: Clarendon Press, 2003.

［36］ PATRIADES C. A. Milton's Lycidas: The Tradition and the Poem ［M］. Columbia: University of Missouri Press, 1983.

［37］ POPLAWSKI P. English Literature in Context ［M］. Cambridge: Cambridge University Press, 2008.

［38］ RICKS C. English Poetry and Prose 1540—1674 ［M］. London: Sphere Books Ltd. , 1986.

［39］ RUBINSTEIN A. T. The Great Tradition in English Literature from Shakespeare to Shaw ［M］. New York and London: Modern Reader Paperbacks, 1969.

［40］ RUMRICH J. P. & CHAPLIN G. Seventeenth – Century British Poetry 1603—1660: A Norton Critical Edition ［M］. New York & London: W. W. Norton & Company, 1974.

［41］ SAMPSON G. The Concise Cambridge History of English Literature ［M］. Cambridge: University Press, 1972.

［42］ WARD A. W, WALLER A. R. The Cambridge History of English Literature: Vol. Ⅲ Renaissance and Reformation ［M］. Cambridge: at the University Press, 1909.

［43］ WATSON O. Longman Modern English Dictionary ［M］. Suffolk: Richard Clay, Ltd, 1976.

［44］ WITTREICH J. ' Perplexing the Explanation: Marvell's On Milton's Paradise Lost' in Approaches to Marvell: The York Tercentenary Lectures ［M］. London: Routledge, 1978.

［45］ ZEIGER A. Encyclopedia of English ［M］. New York: Arco Publishing Company, Inc. 1978.

论文类

［1］ BECK J. P. The Singularity of Areopagitica: A Quantitative Analysis of John Milton's Prose Works ［J］. Historical Methods, 2015, 48 (3): 174 – 18.

［2］ CIRILLO A. R. Noon – Midnight and the Temporal Structure of Paradise lost ［J］. ELH, 1962, 29 (4).

［3］ HARRIS W. O. Despair and ' Patience as the Truest Fortitude' in Samson Agonistes ［J］. ELH, 1963, 30 (2).

［4］ HARTMAN G. Milton's Counterplot ［J］. ELH, 1958, 25 (1).

［5］JAYNE S. The Subject of Milton's Ludlow Mask ［J］. PMLA, 1959, 74 (1): 539.

［6］LOVEJOY A. O. Milton and the Paradox of the Fortunate Fall ［J］. ELH, 1937, Vol. 4, No. 3 (September 1937).

［7］MUELLER M. Pathos and Katharsis in Samson Agonistes ［J］. ELH, 1964, 31 (2).

［8］NEUSE R. Metamorphosis and Symbolic Action in Comus ［J］. ELH, 1967, 34 (1).

［9］NICOLSON M. Milton and the Telescope ［J］. ELH, 1935, 2 (1).

［10］PECHEUX M. M. C. O. S. U. The Second Adam and the Church in 'Paradise Lost' ［J］. ELH, 1967, 34 (2).

［11］SMITH JR. , RUSSELL E. Adam's Fall ［J］. ELH, 1968, 35 (4).

［12］STEIN A. Milton and Metaphysical Art ［J］. ELH, 1949, 16 (2).

［13］WIDMER K. The Econography of Renunciation: the Miltonic Simile ［J］. ELH, 1958, 25 (4).

（除1、5两篇外，其余11篇论文均引自论文集：Critical Essays on Milton, from ELH ［M］. Baltimore and London: The John Hopkins Press, 1969）

电子资源

［1］CAREY J. A Work in Praise of Terrorism? ［OL］. The London Times Literary Supplement (TLS), September 06, 2002.

［2］CRACE. J. John Milton – our greatest word – maker ［OL］. The Guardian, January 28, 2008.

［3］TONKIN B. Why Milton still matters? ［OL］. The Spectator, March 18, 2017.

［4］VENCEL, B. My Apologies to John Milton: It Seems I Misjudged You ［OL］. After Thoughts: John Milton Apology. March 03, 2016.

后　记

作者是幸运的，初中毕业即赶上恢复高考，于 1978 年进入西安外国语学校学习英语。在学习英语过程中开始接触英语文学，弥尔顿的史诗《失乐园》和散文《论出版自由》都让我兴味盎然。后来我在繁杂的教学工作期间仍不忘初心，坚持修完英、汉语言文学两个专业的本科、研究生课程，对中、英语言文学传统有了系统、深入的体认，也逐渐具备准确理解原著、品评译文的比较文学与文艺批评理论素养。

事实上，作者的文学硕士学位论文便是《论〈失乐园〉的人学内涵与艺术意蕴》，其后又陆续发表近十篇与弥尔顿相关的论文。2012 年，获批陕西省教育厅社科项目"史诗《失乐园》与英国的文艺复兴"（12JK0257）。2015 年又获批教育部人文社会科学研究西部和边疆地区项目"约翰·弥尔顿诗文研究"（15XJA752001）。2016 年 9 月到 2018 年 8 月，作为国家公派教师在伦敦政经学院（LSE）语言中心任教，作者得以沿着弥尔顿的生活足迹进行实地考察并收集到很多与弥尔顿相关的材料，包括 1848 年版的《弥尔顿散文集》（全五卷）、Nonesuch 图书馆编印的《弥尔顿诗歌全集》（包括所有的英语和外语诗作）和原版艾迪生、约翰逊、麦考利、艾略特对弥尔顿的评述和近年来一些评论文章，又和语言中心的英国文学专家做过深入的交流。此外，还参加了法语课程的学习，获得法语 A2 证书，已经能借助词典和翻译软件阅读弥尔顿的外语诗作。其间，依托两个项目和英国任教的机会，主编出版两部英、汉双语教材《英语国家文化基础》和《英语文学原著导读》，并完成"约翰·弥尔顿诗文研究"的主体部分。新冠病毒疫情席卷全球，却也让作者有了潜心写作的机会，闭门数月，终于在新学期开始前完成全部文稿。

书稿能够完成，得感谢教育部的项目和原国家汉办，他们给予作者足够的资金支持和实地的考察机会。书稿得以付梓，须感谢光明日报出版社，出版社于 2020 年 4 月决定将其收入"光明社科文库"。

三位研究生（张笑铭、张文、景自赟）参与了专著的校对和订正，作者在此一并表示感谢。

希望本书的出版能够填补国内在约翰·弥尔顿研究领域的空缺。

陈敬玺

二〇二〇年八月

于西北大学